Forward the Foundation
파운데이션을 향하여

종이책의 감성을 온라인으로
황금가지의
온라인 소설 플랫폼

인기 출판소설 무료 연재 중!

FOUNDATION
SERIES
07

Forward the Foundation
파운데이션을 향하여

Isaac Asimov
아이작 아시모프

김옥수 옮김

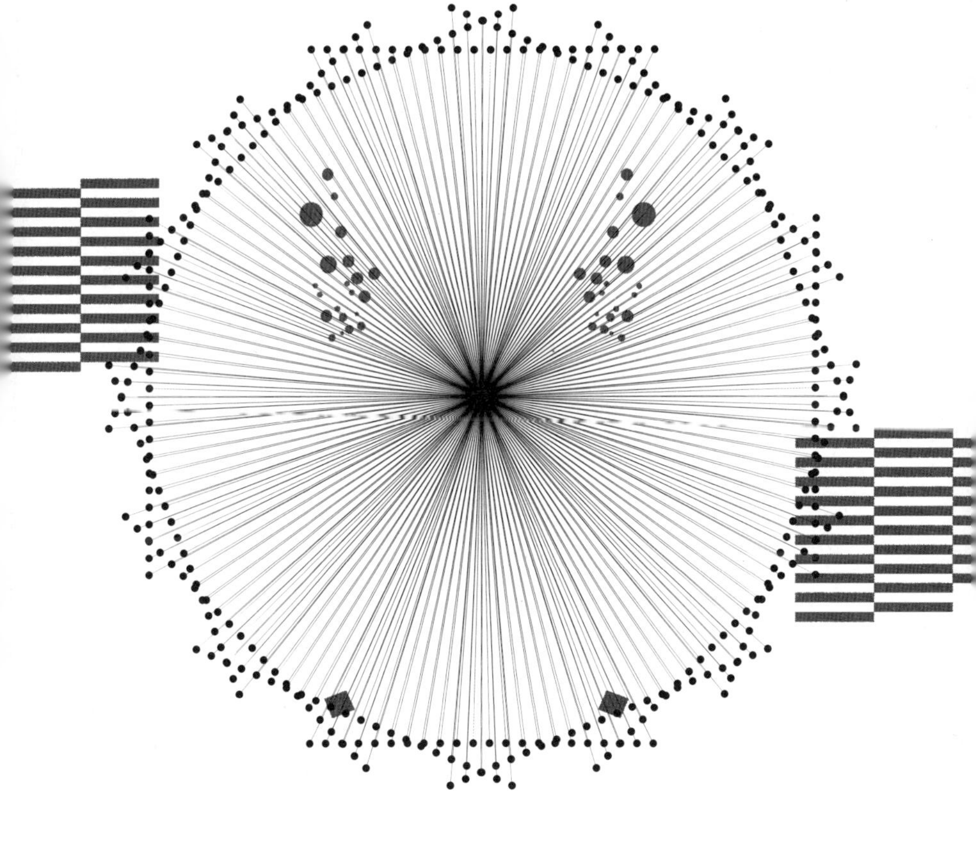

황금가지

FORWARD THE FOUNDATION
by Isaac Asimov

Copyright © 1993 by Nightfall, Inc.
All rights reserved.

Korean edition is published by arrangement with
Doubleday, an imprint of The Knopf Doubleday Publishing Group,
a division of Random House, Inc., through EYA.

이 책의 한국어 판 저작권은 EYA를 통해
The Knopf Doubleday Group과 독점 계약한 ㈜민음인에 있습니다.
저작권법에 의해 한국 내에서 보호를 받는 저작물이므로 무단 전재와 무단 복제를 금합니다.

차례

제1부 **에토 데머즐** ———— 9
제2부 **클레온 1세** ———— 143
제3부 **도스 베나빌리** ———— 267
제4부 **완다 셸던** ———— 395
제5부 **에필로그** ———— 552

역자 후기 ———— 557

나를 기억하는 모든 독자에게 바칩니다.

제1부

에토 데머즐

에토 데머즐

······클레온 1세 황제가 통치하는 기간에 대체적으로 에토 데머즐이 정부 권력을 장악한 실력자로 군림했다는 사실에는 이견이 없지만 통치 철학에 대한 역사적인 평가는 크게 두 갈래로 나뉜다. 고전적인 평가는 은하제국이 분해되기 이전 마지막 한 세기 동안 꾸준히 등장한 강력하고 무자비한 독재자 가운데 하나에 지나지 않는다는 주장이다. 하지만 최근에 등장한 새로운 견해에 의하면 설사 독재자였다고 해도 최소한 인정은 아주 많은 독재자였다고 한다. 이런 견해는 대체적으로 해리 셸던에 대한 관계에서, 특히 라스킨 조라넘이라는 독특한 인물이 혜성처럼 등장한 시기에 주로 나타나는데 구체적인 내용은 아직까지 밝혀지지 않았다.

—『은하대백과사전』

여기에서 인용한 '은하대백과사전' 전제는 파운데이션 1020년에 디미너스 은하대백과사전 출판사에서 간행한 '은하대백과사전' 제116판에 실린 내용을 출판사 측에게 허가를 받아서 실었다는 사실을 밝힌다.

1

"제가 다시 말씀드리지만, 셀던 선생님, 선생님께서 가까이 지내시는 데머즐이 아주 커다란 곤경에 처했습니다."

유고 애머릴이 '가까이 지낸다'는 말을 살짝 강조하면서 말했다. 혐오감이 또렷하게 묻어 나오는 어투였다.

해리 셀던은 그 뚱한 어투를 알아차렸지만 모른 척했다. 그는 삼중 컴퓨터(tricomputer)만 바라보던 시선을 들어서 이렇게 대답했다.

"내가 다시 말하지만, 유고, 그건 말도 안 돼."

그러더니 약간, 아주 약간 성가시다는 표정으로 이렇게 덧붙였다.

"괜한 말로 나한테서 시간을 빼앗으려는 이유가 무언가?"

"아주 중요하다고 생각하기 때문입니다."

유고 애머릴이 도전적으로 의자에 앉았다. 쉽게 물러나지 않겠다는, 이왕 꺼낸 김에 끝까지 말하고 말겠다는 굳센 의지의 일환이었다.

8년 전만 해도 다알 구역에서 (사회 계급이 아주 낮은) 열 저장실의 노동자로 일하던 유고였다. 그런 유고가 수학을 배워서 지성인이 되었을 뿐 아니라 심리역사학자라는 높은 계급까지 올라온 건 순전히 해리 셀던 덕분이었다.

애머릴은 자신이 겪은 과거를 잊은 적이 단 한 번도 없었다. 오늘 같은 자신이 있도록 도와준 은인도 결코 잊은 적이 없었다. 그 말은 귀에 거슬리는 소리를 하는 게 해리 셀던에게 도움이 된다면 해리 셀던에 대한 지극한 존경과 애정에도 불구하고, 그리고 자신의 경력이 여기에서 끝나는 한이 있더라도 그렇게 해야 한다는 걸 의미했다. 해리 셀던이 베푼 은혜가 그만큼 크기 때문이었다. 그래서 유고 애머릴은 왼손으로 공중을 때리며 다시 말했다.

"선생님, 제가 이해할 수 없는 어떤 이유 때문에 선생님은 데머즐을 아주 높이 평가하시지만 저는 그렇지 않습니다. 선생님을 제외하고 제가 존경하는 사람 모두가 데머즐을 좋게 보지 않습니다. 그래서 데머즐 개인한테 무슨 일이 일어나든 관심조차 없습니다. 하지만 선생님은 다르다는 사실을 알기 때문에 저로선 그런 내용 자체를 알려 드리지 않을 수가 없습니다."

셀던은 빙그레 웃었다. 그는 자신이 쓸모없는 걱정이라고 생각하는 것만큼이나 다른 사람의 진지함에도 웃음이 나왔다. 셀던은 애머릴이 좋았다. 아니, 그 이상이었다. 애머릴은 트랜터 행성 표면을 가로지르는 여행을 하다가 만난 네 사람(에토 데머즐, 도스 베나빌리, 유고 애머릴, 레이치) 가운데 하나였다. 그들 네 사람에 대해서라면 셀던은 이전엔 결코 느낀 적 없는 호감을 느끼고 있었다.

네 사람은 각자 서로 다른 아주 독특한 측면에서 해리 셀던한테 꼭 필요한 인물들이었는데, 그 가운데에서도 애머릴은 심리역사학 원리를 이해하는 능력이 탁월하고 새로운 분야를 탐색하는 창의력이 돋보였다. 심리역사학을 완벽하게 개발하기 전에 행여나 셀던 자신에게 무슨 일이 일어난다 해도, 그래서 진행 속도가 아주 더디게 변하고 넘어야 할 산이 많이 늘어난다 해도 연구를 계속할 연구원이 최소한 한 명은 남을 거란 사실에 셀던은 많은 위로를 느꼈다. 셀던이 마침내 입을 열었다.

"미안하군, 유고. 자네 말을 귀찮아 하거나 자네가 설명하려고 애쓰는 내용을 억지로 무시할 생각은 없어. 이건 전부 내가 맡고 있는 일 때문이라고나 할까, 그러니까 내가 학과를 맡고 있기 때문에……"

애머릴은 이제 자신이 웃을 차례임을 깨닫고 낄낄 웃으며 중간에 끼어들었다.

"죄송합니다, 선생님. 웃은 건 잘못이지만 선생님한테는 그 자리가 어울리지 않습니다."

"그건 나도 잘 알지만 다른 방법이 없어. 뭔가 전혀 해를 끼치지 않는 일을 하는 것처럼 보여야 하는데, 스트릴링 대학의 수학과 학과장 역할보다 무해하게 보이는 일은 어디에도, 정말 어디에도 없으니 말이야. 별 볼 일 없는 업무로 하루 일과를 보내는 것처럼 보이는 덕택에 심리역사학에 대한 연구 상황을 알려는 사람도 없고 물어보는 사람도 없어. 문제는 별 볼 일 없는 업무에 몰두하느라 충분한 시간을 연구에 투입할 수가…….”

셀던이 시선을 돌려서 자료가 가득 담긴 여러 컴퓨터를 쳐다보았다. 자신과 유고 애머릴만 열 수 있는, 만일 다른 사람이 우연히 만지기라도 하면 누구도 이해할 수 없는 엉뚱한 기호만 잔뜩 나오도록 만든 컴퓨터였다.

유고 애머릴이 말했다.

"업무가 계속 늘어난다면 대리인한테 위임하는 식으로 시간을 내셔야 할 거예요.”

셀던이 애매한 어투로 대답했다.

"나도 그럴 수 있으면 좋겠어. 어쨌든 말해 보게, 에토 데머즐이 어떻다는 건가?”

"위대한 황제의 총리 에토 데머즐이 지금 여기저기에서 폭동을 부추기고 있습니다.”

해리 셀던이 눈살을 찡그리며 물었다.

"에토 데머즐이 그런 걸 바랄 이유가 뭐란 말인가?”

"그자가 그런 걸 바란다고 말하지 않았습니다. 그냥 그렇게 하고 있다는 거지요, 자신이 그런다는 사실을 알든 모르든, 정적들한테 다양한 도움을 받으면서. 선생님도 아시겠지만 저는 아무래도 괜찮습니다. 이상적인 상황이라면 에토 데머즐이 황궁에서, 트랜터에서, 제국에서 완전히 쫓겨나는 게 바람직하다고 생각하니까요. 하지만 아까 말씀드렸듯이 선생님이 그자를 높이 평가하시기 때문에 일부러 알려 드리는 겁니다. 최근에 일어나는 정치적인 갈등을 선생님이 자세히 살피시지 않는 것 같아서요."

"나한테는 그보다 중요한 일이 많으니까."

해리 셀던이 아무렇지 않게 대답했다.

"심리역사학처럼요. 저도 인정합니다. 하지만 정치를, 현재의 정치를 무시하면서 어떻게 심리역사학을 효과적으로 연구할 수 있겠습니까? 지금 이 순간은 현재가 미래로 전환되는 시점입니다. 과거만 연구할 순 없습니다. 우리는 과거에 일어난 사건을 알고 있습니다. 우리가 지금까지 연구한 다양한 현상에 따르면 현재와 가까운 미래에 커다란 변동이 일어날 가능성이 많습니다."

"전에도 그런 주장을 들은 것 같군."

"앞으로도 자주 들으실 겁니다. 이런 사실을 선생님한테 설명드려 봤자 저한테는 아무런 도움도 못 되는 것 같지만 말입니다."

셀던이 한숨을 내쉬고 의자에 등을 기대며 빙그레 웃는 얼굴로 애머릴을 쳐다보았다. 비록 귀에 거슬리는 소리는 할지언정 심리역사학을 진지하게 받아들이는 젊은이란 사실에 충분히 만족할 수 있었다.

유고 애머릴한테는 과거 열 저장실 노동자로 일했던 흔적이 여전히 남아 있었다. 다른 무엇보다 힘든 육체 노동을 했던 사람 특유의 널찍한 어깨와 근육질이 돋보였다. 그는 그런 근육이 흐물흐물하게 변하도록 놔두지 않았는데, 그건 아주 바람직한 현상이었다. 책상에 앉아서 모든 시간을 보내려는 욕구를 물리쳐야 한다는 자극을 셀던한테 주었기 때문이었다. 셀던은 애머릴처럼 강인한 체력은 아니었지만 그에게는 오랫동안 단련한 체술(體術) 실력이 있었다, 마흔이란 나이에 접어들었음에도 불구하고 말이었다. 물론 언제까지나 지금 실력을 유지할 순 없을 터였다. 하지만 지금 당장은 그런대로 유지할 수 있었다. 게다가 매일같이 한 운동 덕분에 허리는 여전히 날씬하고 다리와 팔은 단단했다.

해리 셸던이 입을 열었다.

"자네가 에토 데머즐에 대한 말을 꺼낸 건 내가 가깝게 지낸다는 이유 하나 때문이 아닌 것 같군. 뭔가 다른 이유가 있는 게 분명해."

"당연하지요. 선생님이 에토 데머즐이랑 친하게 지내시는 동안 이 대학에서 선생님의 위치는 안전할 터이고 따라서 심리역사학에 대한 연구도 계속될 수 있으니까요."

"그래, 맞아. 그래서 나한테는 에토 데머즐이랑 친하게 지내야 할 이유가 있어. 그건 자네도 잘 알고 있군."

"선생님껜 그자를 설득할 필요가 있지요. 그건 저도 잘 알고 있습니다. 하지만 친교까지 나누는 건…… 그건 이해가 안 됩니다. 하지만 에토 데머즐이 권력을 잃는다면 선생님의 위치는 물론이고, 클레온 자신이 전면에 나서면서 제국이 몰락하는 속도도 빨라질 것입니다. 그렇게 되면 우리가 심리역사학을 완성시켜서 인류를 구하기 전에 무정부 상황이 펼쳐질 가능성이 많습니다."

"그렇군. 하지만 자네도 알다시피, 솔직히 나는 제국이 무너지기 전에 심리역사학을 완성시킬 수 있다고 생각하지 않네."

"설사 붕괴를 막을 수 없을지언정 그 충격을 감소시킬 순 있습니다. 그렇지 않습니까?"

"그럴 순 있겠지."

"바로 그겁니다. 우리가 안정된 상태에서 연구를 오래할수록 붕괴를 막을 가능성은, 최소한 그 충격을 완화시킬 가능성은 그만큼 많아집니다. 바로 그것 때문에 흐름에 역행해서 에토 데머즐을 구할 필요성이 있다는 겁니다. 우리가…… 아니, 적어도 제가 원하든 원치 않든."

"하지만 자네는 조금 전에 에토 데머즐이 황궁에서, 트랜터에서, 제국에서 완전히 쫓겨나야 한다고 말하지 않았나?"

"그렇습니다. 이상적인 상황에서 말이에요. 하지만 지금 우리가 사는 세상은 이상적인 상황이 아니고 우리한테는 총리가 필요합니다. 독재와 억압의 도구로 전락한 총리라 해도요."

"그렇군. 그런데 총리가 권력을 잃으면 제국의 몰락이 가속화될 거라고 생각하는 이유는 뭔가?"

"심리역사학이죠."

"심리역사학에 근거해서 예언한다는 건가? 하지만 우리는 아직 기본적인 틀조차 못 잡았어. 그런데 무슨 예언을 할 수 있다는 거지?"

"직관이라는 게 있으니까요, 선생님."

"그래, 직관은 누구나 지니고 있지. 하지만 우리한테는 그 이상이 필요해, 그렇지 않은가? 우리는 이런저런 조건에 의한 미래의 구체적인 실현 가능성을 수학적으로 파악하려는 거야. 직관으로 미래를 충분히 파악할 수 있다면 심리역사학 같은 건 조금도 필요하지 않아."

"그렇게 이분법적으로 보실 필요는 없습니다, 선생님. 저는 양쪽을 다 말하는 거니까요. 양쪽을 조화시키면 한쪽만 추구하는 이상으로 효과적일 수 있습니다…… 최소한 심리역사학이 완성될 때까지는."

"그럴 수도 있겠지. 어쨌든 말해 보게, 에토 데머즐이 무엇 때문에 위험하다는 건가? 에토 데머즐 정권이 전복될 가능성이 어디에 있단 말인가? 지금 우리가 정권 전복에 대해서 말하는 건 맞지?"

"네."

유고 애머릴이 대답했다. 엄숙한 표정이었다.

"그렇다면 말해 보게. 나는 잘 모르겠으니까."

셀던의 말에 애머릴이 얼굴을 붉히며 대답했다.

"너무 겸손하시네요, 선생님. 조-조 조라넘에 대한 소문은 선생님도 들으셨지요?"

"물론이지. 그자는 대중을 기만하여 선동하는 정치가 아닌가……. 잠깐, 그자가 어디 출신이더라? 니샤야, 그렇지? 아무런 가치도 없는 행성. 염소나 키우는 곳 같은데. 고급 치즈가 나오고."

"맞아요. 하지만 단순히 나쁜 선동가가 아닙니다. 추종자가 막강한 데다 그 세력은 계속 늘어나고 있거든요. 그자는 사회 정의를 실현하고 민중이 권력에 직접 참여하는 것이 자신의 목적이라고 주장합니다."

"그래. 나도 그 정도는 들었어. '정부를 민중에게'라는 슬로건을 내건 다지?"

"아닙니다, 선생님. '민중이 정부다'라는 슬로건입니다."

해리 셀던이 고개를 끄덕였다.

"으음, 자네도 알다시피 나도 그 주장을 좋아해."

"저도 마찬가집니다. 아니, 전적으로 지지합니다…… 조-조 조라넘이 진심이라면. 하지만 그렇지 않습니다. 그건 하나의 발판에 불과합니다. 수단이지 목표가 아니에요. 그자가 바라는 건 에토 데머즐이 전복되는 것입니다. 그러면 클레온을 쉽게 조종할 수 있으니까요. 그러다 보면 조-조 조라넘 자신이 황권까지 차지할 겁니다. 스스로 민중 그 자체가 되는 거지요. 선생님은 제국 역사를 돌아보면 비슷한 사례가 여럿 있었다고 말씀하셨습니다. 하지만 현재의 제국은 당시보다 약하고 불안합니다. 몇 세기 전에는 제국을 약간 흔드는 걸로 끝난 충격이 지금은 제국 전체를 무너뜨릴 수 있습니다. 그래서 제국 전체가 내전에 휩싸이며 파멸의 길로 접어들면 우리는 대안 모색에 필요한 심리역사학을 완성시킬 수 없습니다."

"그래, 자네가 주장하는 요지를 알겠어. 하지만 에토 데머즐 정권은 그렇게 쉽게 무너지지 않을 거야."

"그건 조라넘의 세력이 얼마나 무섭게 늘어나는지를 몰라서 하시는 말씀이에요."

"그자의 세력이 아무리 커도 상황은 마찬가지야."

해리 셀던이 그렇게 말하더니, 어떤 생각 하나가 뇌리를 스치는 표정으로 다시 말했다.

"그자 부모가 조-조라는 이름을 지어 준 이유가 궁금하군. 그 이름에는 뭔가 어린 티가 나질 않나."

"부모가 지어 준 이름이 아니에요. 진짜 이름은 라스킨이거든요, 니샤야에서 아주 흔한 이름이죠. 조-조란 이름은 그자가 직접 고른 건데, 조라넘이란 성의 첫 글자를 딴 것 같아요."

"그렇다면 더 어리석은 거 아닌가?"

"아니에요, 제 생각은 달라요. 추종자들은 '조…… 조…… 조…… 조' 하고 끝도 없이 외치는 걸요. 거의 최면을 일으키는 수준입니다."

"으음. 두고 보면 알겠지."

해리 셀던이 중얼거리더니, 삼중 컴퓨터로 걸어가서 다차원 시뮬레이션을 조정하기 시작했다.

"너무 느긋하신 거 아니에요? 위험이 금방이라도 몰아닥칠 것 같은 상황에서?"

애머릴의 말에 셀던이 무쇠처럼 단단한 시선에 아주 단호한 목소리로 대답했다.

"아니야, 그렇지 않아. 자네가 모르는 변수가 있어."

"제가 어떤 변수를 모르는 거죠?"

"그건 나중에 토론하기로 하지, 유고. 지금으로선 에토 데머즐이랑 제국에 대한 걱정을 나한테 미루고 자네는 하던 일이나 계속하도록."

애머릴의 입술이 단단하게 굳었다. 그러나 셀던한테 복종하던 습관이 힘을 발휘했다.

"알겠습니다, 선생님."

하지만 압도적으로 강한 힘은 아니었다. 애머릴은 문가에서 고개를 돌리며 이렇게 말했다.

"지금 실수하시는 겁니다, 선생님."

해리 셀던이 살며시 웃으며 대답했다.

"내 생각은 달라. 하지만 자네의 경고를 충분히 들었으니 잊지 않도록 하겠네. 그러나 모든 일은 잘 풀릴 거야."

하지만 애머릴이 떠나는 것과 동시에 셀던의 미소도 사그라졌다.

'정말 모든 게 잘 풀릴까?'

2

해리 셀던은 유고 애머릴의 경고도 잊지 않았지만 그것에 대해 집중적으로 생각하지도 않았다. 마흔 살 생일이 다가오고 지나갔다…… 당연히 심리적인 충격도 함께.

마흔 살! 이제는 젊은 나이가 아니었다. 머나먼 지평선 너머로 뻗어

나간 미지의 광야처럼 펼쳐지던 인생도 끝이 났다. 트랜터에 온 지 벌써 8년이 넘었다. 세월이 쏜살처럼 지나갔다. 이렇게 8년을 또 보내면 거의 쉰 살이란 나이가 될 거였다. 그러다 보면 순식간에 늙은이가 되고 말 터였다.

그런데도 심리역사학은 아직까지 뚜렷한 진척이 없었다! 유고 애머릴은 다양한 원칙과 가정에 근거해서 대범한 방정식을 만들어 내고 있었다. 하지만 그런 원칙과 가정을 어떻게 검증한단 말인가? 심리역사학은 아직 실험 과학이 아니었다. 심리역사학의 모든 원리와 가정은 철저한 검증을 거쳐야 할 테고 그렇게 하기 위해서는 인간이 사는 세상이랑 몇 세기라는 시간, 그리고 윤리적인 책임감을 철저하게 배제한 관찰력이 필요할 터였다.

불가능한 문제란 생각이 들었다. 어떤 식으로든 학과 업무에 시간을 뺏겨야 하는 현실이 안타깝기도 했다. 그래서 하루 일과를 마친 다음에 해리 셀던은 침울한 기분으로 집을 향해 걸어가고 있었다.

보통 때 해리 셀던은 캠퍼스를 걷다 보면 언제나 기분이 좋았다. 스트릴링 대학 캠퍼스는 하늘을 덮은 돔이 아주 높아서 하늘이 열려 있는 느낌을 주었다. 황궁을 딱 한 번 방문할 당시에 겪은 그런 기후에 시달릴 필요가 없었다. 나무랑 잔디랑 산책로도 있었다. 그의 고향 헬리콘 행성에서 공부를 하던 대학 캠퍼스랑 거의 비슷했다.

햇빛이(물론 태양이 없는 햇빛이다.) 불규칙적으로 나타났다가 사라지면서 구름 낀 날씨 느낌을 만들어 내고 있었다. 그리고 약간 싸늘한 날씨였다. 아주 약간.

해리 셀던이 볼 때 싸늘한 날씨가 최근 들어서 약간 많이 나타나는 것 같았다. 트랜터가 에너지를 보존하려는 건가? 비효율성이 증가하는 건가? 아니면 셀던 자신이 나이를 먹어서 혈관이 얇아지는 건가? 셀던은 이런 생각을 하면서 속으로 인상을 썼다. 그리고 두 손을 재킷 주머니에 넣으며 어깨를 웅크렸다.

평소의 셀던은 길을 살피며 걸을 필요가 없었다. 사무실에서 컴퓨터실까지, 그리고 컴퓨터실에서 아파트까지, 그리고 역순으로 걷는 길 역시 온몸이 완벽하게 파악하고 있었다. 그래서 길을 걸을 때마다 다양한 사색에 몰두할 수 있었다. 하지만 오늘은 어떤 소리가 의식을 파고들었다. 특별한 의미가 없는 소리.

"조…… 조…… 조…… 조……."

부드러우면서도 희미한 소리가 어떤 기억을 불러냈다. 그래, 애머릴의 경고. 거짓 선동. 그렇다면 그자가 캠퍼스에 나타났단 말인가?

셀던이 마음을 정하기도 전에 두 다리가 방향을 돌리더니 대학 운동장이 있는 낮은 언덕 너머로 나아갔다. 체조도 하고 운동도 하고 학생들이 연설도 하는 운동장이었다.

운동장 한가운데에 적당한 규모의 학생들이 모여서 구호를 열심히 외치고 있었다. 단상에 올라선 사람은 처음 보는 사람이었다. 목소리가 우렁찼다.

하지만 조-조 조라넘이란 작자는 아니었다. 셀던은 조-조 조라넘을 홀로비전에서 몇 차례 본 적이 있었다. 애머릴이 경고한 다음에는 특히 자세히 처다보았다. 조라넘은 덩치가 크고, 동지애를 느끼게 하는 멋진 미소를 짓는 사내였다. 머리칼은 짙은 회색이고 두 눈은 연한 파란색이었다.

반면에 지금 연설하는 사내는 우선 덩치가 조그맣고 몸집이 홀쭉하며 까만 머리칼에 입이 커다랗고 시끄러웠다. 셀던은 그자가 하는 연설에 귀를 기울이지 않았다. 하지만 "독재자의 권력을 다수에게."라는 구호가 들렸다. 많은 목소리가 뒤따라 외치는 소리도 들렸다.

이런 생각이 들었다.

'주장 자체는 좋아. 하지만 어떻게 그렇게 한다는 거지? 과연 저자가 무슨 뜻인지나 알고 저런 말을 하는 걸까?'

셀던은 인파 외곽으로 다가가서 자신이 아는 사람을 찾아보았다. 수학과 학생 피난젤로스가 보였다. 나름대로 괜찮은 성격에 곱슬머리가 까만 젊은이였다.

"피난젤로스."

해리 셀던이 소리쳤다.

컴퓨터 키보드 앞에 앉아 있지 않은 해리 셀던은 상상도 할 수 없다는 표정으로 피난젤로스가 물끄러미 쳐다보다가 재빨리 다가오며 소리쳤다.

"셀던 교수님. 저 사람 연설을 들으러 오셨나요?"

"특별한 목적이 있어서 온 건 아니야. 이상한 소리가 들려서 찾아온 것뿐이야. 저 사람은 누군가?"

"나마티라는 사람이에요, 교수님. 조-조의 주장을 알리는 중이에요."

"그건 나도 알고 있네."

해리 셀던이 말하는 순간에 구호를 외치는 소리가 다시 일어났다. 주장을 마무리할 때마다 구호를 외치는 게 분명했다.

"그럼 나마티라는 저 사람은 누구지? 처음 듣는 이름 같아. 저 사람은 어느 학부 소속인가?"

"저 사람은 대학 구성원이 아니에요, 교수님. 조-조의 추종자 가운데 하나예요."

"대학 구성원이 아니라면 허가를 받아야 연설할 수 있는데, 저 사람은 허가를 받은 것 같은가?"

"그건 저도 모르겠어요, 교수님."

"으음, 그렇다면 확인해야 하겠군."

셀던이 인파를 헤치며 나아가려고 하자, 피난젤로스가 소매를 잡으며 만류했다.

"그러지 마세요, 교수님. 저 사람이 깡패를 데려왔어요."

연설하는 사람 뒤에서 건장한 젊은이 여섯 명이 널찍한 간격을 유지하며 다리를 짝 벌리고 팔짱을 낀 자세로 인상을 쓰고 있었다.

"깡패?"

"폭력을 대비해서요. 행여나 누군가 뭐라도 수상쩍은 일을 시도할 경우를 대비한 거예요."

"나마티란 작자는 대학 구성원이 아닌 게 확실하고, 게다가 설사 허락을 받았다 해도 자네가 말한 '깡패'까지 포함되진 않을 거야. 피난젤로스, 대학 보안 요원한테 신고하게. 신고가 없더라도 지금쯤이면 여기에 와 있어야 하는 건데."

피난젤로스가 만류하며 말했다.

"아마 그 사람들도 문제가 생기는 걸 바라지 않을 거예요. 제발 교수님, 그러지 마세요. 보안 요원한테 신고하긴 바라신다면 그렇게 할게요. 하지만 그들이 나타날 때까지 기다리세요."

"그들이 도착하기 전에 내가 저 사람들을 쫓아낼 수 있을 것 같아."

해리 셀던이 인파를 밀치며 나아가기 시작했다. 어려울 건 없었다. 그를 알아보는 사람 자체가 많은 데다가 어깨에 달린 교수 견장이 모두의 시선을 잡아끌었다. 이윽고 연단 밑에 도착해서 두 손으로 연단

바닥을 짚고 1미터가 좀 안 되는 높이를 풀쩍 뛰어오르는데 입에서 조그만 신음 소리가 저절로 흘러나왔다. 10년 전만 해도 한 손으로 가볍게 뛰어올랐을 거란 안타까운 생각이 들었다.

셸던이 허리를 똑바로 펴는 순간, 연설하던 사내가 입을 다물고 경계심이 가득한 눈으로 차갑게 쳐다보았다.

셸던이 차분하게 물었다.

"학생들한테 연설하는 것에 대해 허락은 받았소?"

"당신은 누군데?"

연설하던 사내가 물었다. 커다랗게 울리는 목소리였다.

셸던도 똑같이 커다란 목소리로 대답하며 물었다.

"이 대학에서 학생들을 가르치는 교수요. 허락은 받았소?"

"당신은 나한테 그런 걸 물어볼 권리가 없어."

연설하던 사내가 대답하자 뒤에 서 있던 젊은이들이 다가오기 시작했다.

"허락을 안 받았다면 지금 당장 대학 구내에서 떠날 걸 권하는 바이오."

"그럴 수 없다면?"

"으음, 지금 대학 보안 요원이 달려오는 중이오."

셸던이 대답하고 나서 인파를 쳐다보며 커다랗게 소리쳤다.

"학생 여러분, 우리한테는 캠퍼스에 모여서 자유롭게 연설하고 토론할 권리가 있습니다. 하지만 외부인이 아무런 허락도 없이 비합법적인 집회를 열도록 방관하는 건 우리 스스로 권리를 포기하는……"

바로 그 순간에 커다란 손이 어깨를 잡았다. 셸던은 눈살을 찡그리며 고개를 돌려서 손의 주인이 피난겔로스가 말한 '깡패' 가운데 한 명이란 사실을 확인했다.

"여기에서 꺼지쇼…… 당장."

사내가 셀던도 그 출처를 당장 파악하기 어려운 말투로 외쳤다.

"이러는 게 무슨 소용이 있겠소? 보안 요원이 금방 여기에 도착할 터인데 말이오."

"그렇다면 폭동이 일어날걸. 우리는 그런 걸 겁내지 않아."

나마티가 잔인하게 웃으며 대답하자, 해리 셀던이 반박했다.

"당연히 그렇겠지, 당신이 바라는 건 바로 그런 걸 테니까. 하지만 그런 일은 일어나지 않을 터이니 모두 조용히 물러나시오."

셀던은 다시 학생들을 쳐다보고는, 어깨에 올려놓은 손을 살짝 털어내며 커다랗게 물었다.

"그렇지 않습니까, 여러분?"

그러자 인파 안에서 누군가가 소리쳤다.

"셀던 교수님이다! 그분은 좋은 분이시다! 그분한테 손대지 마!"

셀던은 인파 사이에서 일어나는 동요를 감지했다. 개중에는 일반적인 원칙을 둘러싸고 대학 보안 요원이랑 싸움이 일어나길 원하는 학생도 있을 게 분명했다. 하지만 개인적으로 해리 셀던을 좋아하는 학생도 분명히 있을 것이고 비록 셀던을 모르지만 교수랑 갈등이 생기는 자체를 바라지 않는 학생도 분명히 있을 터였다.

어떤 여학생이 크게 소리쳤다.

"조심하세요, 교수님!"

셀던이 한숨을 내쉬며 눈앞에 나타난 커다란 덩치를 쳐다보았다. 과연 자신이 제대로 대처할 수 있을지, 반사 신경이 충분히 빠르고 근육이 그만큼 탄탄하게 받쳐 줄 수 있을지, 체술을 제대로 발휘할 수 있을

지 자신이 없었다.

깡패 한 명이 다가오고 있었다, 물론 너무 자신만만하게. 빠르지도 않았다. 그래서 셀던은 굳은 몸뚱이를 움직이는 데 필요한 시간을 약간 벌 수 있었다. 깡패가 대담하게 정면으로 내민 팔도 약간 도움이 되었다.

셀던은 그 팔을 잡고 빙글 돌면서 허리를 숙이고 팔을 들었다가 내렸다. (입에서 신음 소리가 났다. 신음 소리까지 나와야 하는 이유가 도대체 뭐란 말인가?) 그와 동시에 깡패는 그대로 공중을 날아 연단 모서리에 쿵 떨어졌고 그의 오른쪽 어깨가 빠졌다. 탈골이었다.

완전히 예상 밖의 상황에 학생들이 환호성을 내질렀다. 대학 특유의 자부심이 즉시 터져나왔다.

"모두 물리치세요, 교수님!"

어떤 목소리가 소리치자 다른 학생들은 환호성을 올렸다.

셀던은 흐트러진 머리카락을 정돈하며, 숨을 헐떡이지 않으려고 노력했다. 아파서 끙끙대는 깡패를 그는 한 발로 밀어서 연단 밑으로 떨어뜨렸다. 그리고 상냥하게 물었다.

"또 덤비겠소? 아니면 조용히 떠나겠소?"

셀던이 나마티와 그의 추종자 다섯 명을 똑바로 쳐다보았다. 모두가 망설이는 표정이었다. 그래서 다시 말했다.

"그대들한테 경고하겠소. 이제 청중은 내 편이오. 당신들이 한꺼번에 몰려든다면 청중이 가만있지 않을 것이오······. 좋소, 다음은 누구 차례요? 한 명씩 차례대로 덤비시오."

셀던이 마지막 말을 일부러 커다랗게 소리치고 손가락을 끄덕여서 어서 덤비라는 신호를 보내자 군중이 좋아하며 환호성을 내질렀다.

나마티는 꼼짝도 않고 가만히 서 있었다. 셀던은 옆으로 달려들어 팔꿈치로 나마티의 목을 조였다. 급기야 학생들까지 연단으로 올라와서 깡패들과 셀던의 사이를 가로막으며 소리치기 시작했다.

"한 번에 한 명씩! 한 번에 한 명씩!"

해리 셀던이 힘을 주어서 상대의 숨통을 조이며 귀에 대고 속삭였다.

"이렇게 하는 방법도 있어, 나마티, 오랫동안 수련을 쌓았거든. 조금이라도 몸부림치며 벗어나려고 한다면 후두가 망가지고 말 거야. 그러면 자네는 속삭이는 소리 이상으로 두 번 다시 말할 수 없겠지. 목소리를 지키고 싶으면 내가 시키는 대로 해. 내가 목을 약간 풀어 줄 테니까 자네가 데려온 덩치들한테 당장 떠나라고 말하는 거야. 다른 말을 하면 아마 그게 정상적으로 말하는 마지막 목소리가 될 거야. 그리고 이 캠퍼스에 또다시 나타나면 그때는 더 이상 봐주지 않겠어. 완전히 끝장을 내고 말 테니까."

셀던이 말하며 잠시 압박을 줄이자, 나마티가 쉰 목소리로 말했다.

"너희 모두. 어서 떠나."

그와 동시에 그들이 다친 동료를 데리고 서둘러 물러났.

잠시 후에 대학 보안 요원이 도착했을 때, 셀던은 이렇게 말했다.

"미안하오, 여러분. 잘못된 신고였소."

그리고 운동장에서 벗어나 집으로 다시 걸어가는데, 후회가 질토 일어나기 시작했다. 드러내고 싶지 않은 셀던 자신의 일부를 드러낸 셈이었다. 자신은 수학자 해리 셀던이지 싸움을 좋아하는 해리 셀던이 아니었다.

게다가 이 소문이 도스에게도 들어갈 게 분명하다는 우울한 생각도 들었다. 그렇다면 자신이 직접 말해서 실제보다 부풀린 소문에 귀를 기울이지 않도록 만드는 편이 좋을 것 같았다.

하지만 도스가 좋아하지 않을 게 분명했다.

3

도스는 좋아하지 않았다.

도스는 아파트 현관에서 한 손을 허리에 올린 채 편한 자세로 셀던을 기다리고 있었다. 8년 전 바로 이 대학에서 처음 만날 때 모습 그대로 빨간색이 감도는 금발 곱슬머리에 균형이 잡힌 날씬한 몸매였다. 셀던의 눈에는 아주 아름다웠지만 객관적으로 볼 때 아주 아름다운 얼굴은 아니었다. 하지만 그에겐 처음 만난 사나흘 이후부터 도스를 객관적으로 바라볼 기회가 단 한 번도 없었다.

도스 베나빌리! 부인의 차분한 얼굴을 보는 순간 셀던에게 이 생각이 제일 먼저 떠올랐다. 수많은 행성은 물론 트랜터 내부에도 도스 셀던이라 명칭을 당연하게 받아들이는 지역이 많았다. 하지만 그는 그 명칭이 부인에 대한 남편의 소유욕을 나타내는 것에 불과하다고 생각했다. 그래서 그렇게 부르고 싶지 않았다. 지금은 그런 걸 은하제국 이전의 원시적인 유물로 간주하는 지역도 많았다.

도스는 슬픈 듯 머리를 저었는데, 그녀의 풀린 곱슬머리를 흩트릴 정도는 아니었다. 그녀가 부드럽게 말했다.

"다 들었어요, 해리. 도대체 당신을 어떻게 대하면 좋을까나?"

"다정한 키스 한 번이면 적당할 거요."

"으음, 해 줄 수도 있겠죠. 우선 얘기부터 들어보고 나서요. 들어와요."

도스가 그들 뒤로 현관문을 닫으며 덧붙였다.

"나한테도 수업이 있고 연구 과제도 있다는 사실을 잘 알잖아요. 그런데도 나는 당신의 연구에 꼭 필요하다는 말 때문에 트랜터 왕국의 끔찍한 역사에 여전히 매달리고 있어요. 그런데 이제 그걸 모두 포기하고 당신을 따라다녀야 될까요? 당신을 보호하기 위해서? 당신도 알겠지만 보호하는 건 여전히 내 일이에요. 나한테 그보다 중요한 일은 없어요, 당신이 심리역사학에 뚜렷한 진척을 이루고 있는 지금으로선."

"뚜렷한 진척? 나도 그러면 좋겠소. 하지만 나를 보호할 필요는 없소."

"그럴 필요가 없다고요? 나는 레이치를 보내서 당신을 찾아보라고까지 했어요. 당신이 늦어서 걱정이 됐거든요. 평상시에는 늦을 것 같으면 미리 연락을 했으니까요. 이 말이 당신 보호자처럼 구는 것으로 들린다면 미안해요, 여보, 하지만 나는 당신 보호자예요."

"가끔은 나도 통제에서 벗어나고 싶을 때가 있을 거란 생각은 안 드시오, 보호자 도스?"

"그러다가 당신한테 무슨 일이 일어나면 내가 에토 데머즐한테 뭐라고 말하죠?"

"내가 저녁 식사에 너무 늦은 거요? 저녁 식사 서비스 단추를 벌써 누르기라도 한 거요?"

"아니에요. 당신을 기다리는 중이었어요. 이제 왔으니 당신이 직접 단추를 눌러요. 음식에 관한 한 나보다 훨씬 끼다로우니까요. 그리고 화제를 돌리지 말아요."

"레이치가 내가 아무 문제 없다는 얘길 안 하던가? 그렇다면 더 얘기할 게 뭐 있겠소?"

"레이치가 당신을 찾은 건 당신이 상황을 장악한 다음인 데다 곧장 돌아왔기 때문에 본 것도 적고 말할 것도 적었어요. 도대체 어떻게 된 거냐고요."

해리 셸던은 어깨를 으쓱하며 설명했다.

"도스, 불법 집회가 있어서 내가 해산시켰소. 내가 아니었다면 대학 전체가 불필요한 갈등에 휩싸일 가능성이 많았소."

"그리고 그걸 막는 게 당신에게 달려 있었고요? 해리, 당신은 예전과 같은 체술 선수가 아니에요. 당신은……"

셸던이 재빨리 끼어들었다.

"늙은이라고?"

"체술 선수로는 그래요. 벌써 마흔 살이니까. 컨디션이 어떻던가요?"

"으음…… 약간 뻐근하더군."

"그럴 줄 알았어요. 그런 식으로 헬리콘 출신의 젊은 운동선수처럼 행동하다가 갈비뼈가 부러질 수도 있어요……. 어떻게 된 건지 자세히 말해 보세요."

"으음, 거짓 선동가 조-조 조라넘 때문에 에토 데머즐이 곤경에 처할 거라고 유고 애머릴이 경고했다는 말을 내가 했잖소."

"조-조. 네, 나도 그 정도는 알아요. 내가 모르는 게 뭐죠? 오늘 무슨 일이 있었죠?"

"운동장에서 집회가 열렸소. 나마티라고 하는 조-조의 추종자가 군중에게 연설을……"

"나마티라면 갬볼 딘 나마티군요. 조라넘의 오른팔."

"으음, 당신이 나보다 더 많이 알고 있군. 어쨌든 그자가 대학 당국의 허락도 없이 군중에게 연설을 하고 있었는데 내가 보기에 폭동이 일어나길 바라는 눈치였소. 혼란을 부추기고 그래서 잠시나마 대학에 공권력이 투입되는 사태가 일어난다면 그자는 에토 데머즐이 대학의 자유를 억압했다며 공격했을 것이오. 모든 책임을 에토 데머즐한테 돌리길 좋아하는 자들이니 말이오. 그래서 내가 그들을 막았소. 그리고 돌려보냈소."

"자랑스러운 어투네요."

"당연하지 않소, 마흔 살 먹은 노인네가 그랬으니?"

"그래서 그렇게 한 거예요? 마흔 살이 어떤지 확인하려고요?"

셸던은 저녁 식사 메뉴를 조심스럽게 누른 다음에 이렇게 말했다.

"아니. 나는 대학 당국이 불필요한 갈등에 휩싸이는 게 정말로 걱정스러웠소. 그리고 에토 데머즐도 걱정스러웠소. 유고 애머릴의 경고에 내가 생각보다 커다란 영향을 받은 것 같소. 정말 엉뚱하지 않소, 에토 데머즐이 잘 처리할 터인데 말이오, 도스. 하지만 유고를 비롯한 그 누구한테도 그런 말을 할 순 없었소."

셸던이 깊은 숨을 들이마시며 다시 말했다.

"그나마 당신한테라도 이런 말을 할 수 있어서 얼마나 다행스러운지 모르겠소. 누구도 에토 데머즐을 이길 수 없다는 사실을 당신도 알고 나도 알고 에토 데머즐도 알지만 다른 사람은 전혀 모르오(적어도, 내가 아는 한에서는 그렇소.)."

벽에 달라붙은 오목한 판을 도스가 누르자 거실의 식탁 코너에 노란색이 감도는 부드러운 분홍색 불빛이 들어왔다. 도스와 셸던은 함께 식탁으로 걸어갔다. 식탁에는 깨끗한 식탁보와 크리스털, 식기류가 벌써 세트로 놓여 있었다. 그리고 두 사람이 의자에 앉음과 동시에 저녁 식사가 도착하기 시작했다. 이 시간에는 음식을 오래 기다린 적이 한 번도 없었고 셸던은 그런 현실을 편하게 받아들였다. 저녁 식사에 신경을 쓸 필요가 없는 사회적 지위에 오래전부터 적응한 셸던이었다.

셀던은 마이코젠에 다녀온 이후로 즐기기 시작한 양념과 조미료를 음미했다. 남성이 지배하고 종교가 깊숙이 침투한 원시적인 사회에서 그런 수확이라도 거둔 게 그나마 다행이었다.

도스가 부드러운 어투로 물었다.

"누구도 이길 수 없다니, 무슨 뜻인가요?"

"당신도 잘 알듯이 그는 감정을 자유롭게 바꿀 수 있소, 도스. 조라넘이 정말로 위험한 존재로 발전한다면 그는⋯⋯."

셀던이 두 손으로 애매한 몸짓을 하며 계속 말했다.

"새롭게 변할 수도 있잖소, 마음을 조종당해서."

도스는 불편한 표정으로 쳐다보았고 식사는 보통 때와는 다르게 침묵 속에서 진행되었다. 도스가 입을 연 건 식사를 마치고 그릇과 식기류와 음식 찌꺼기를 비롯한 흔적이 식탁 한가운데에 있는 처리장치로 모두 빨려든(그래서 식탁이 깨끗이 정리된) 다음이었다.

"해리, 이런 말은 하고 싶진 않지만, 당신이 천진난만한 착각에 빠져드는 걸 모른 척할 수가 없군요."

"천진난만한 착각?"

셀던이 눈살을 찡그렸다.

"그래요. 지금까지 우린 이런 대화를 나눈 적이 전혀 없었죠. 이런 주제가 나올 거란 생각 자체도 못해 봤어요. 하지만 에토 데머즐한테는 몇 가지 단점이 있어요. 그는 천하무적이 아니에요. 에토 데머즐한테도 결정적인 결점이 있고 그래서 그는 조라넘으로부터 결정직인 타격을 받을 수 있어요."

"진담이오?"

"물론이에요. 당신은 로봇을 이해 못해요⋯⋯. 에토 데머즐처럼 복잡한 로봇은 더더욱. 하지만 나는 달라요."

4

순간적으로 다시 침묵이 감돌았다. 하지만 그건 머릿속 생각이 소리가 나지 않는다는 이유 하나 때문이었다. 셸던의 머릿속에서는 특히나 많은 생각이 소용돌이치고 있었다.

그랬다, 사실이었다. 그의 부인 도스는 로봇에 대해 정말 많은 지식을 지니고 있는 것처럼 보였다. 셸던은 몇 년 전부터 이 점을 궁금히 여겼지만 결국엔 포기하고 그 생각을 마음속 귀퉁이에 집어넣고 만 상태였다. 사실 에토 데머즐이(로봇이) 아니었다면 해리 셸던은 도스를 만날 수도 없었을 거였다. 당시에 도스는 에토 데머즐 밑에서 일했고 그런 도스를 8년 전에 트랜터 전역을 돌아다닐 셸던을 보호하도록 '배치한' 당사자가 바로 에토 데머즐이었다. 도스가 자신의 부인이자 조력자이며 '더 좋은 반쪽'이 된 지금도 해리 셸던은 로봇 에토 데머즐과 그녀의 이상한 관계가 가끔씩 궁금하게 여겨질 때가 있었다. 그건 셸던 자신도 쉽게 파고들 수 없고 부인 자신도 원치 않는 영역(도스가 아직까지 밝히지 않는 유일한 비밀)이었다. 이 생각을 떠올리는 순간 아주 고통스러운 의문점 하나가 피어올랐다. 도스가 자신과 사는 건 에토 데머즐에 대한 충성심 때문일까 아니면 셸던 자신에 대한 사랑 때문일까? 해리 셸던은 후자라고 믿고 싶었다…… 아직까지는.

도스 베나빌리와 함께하는 결혼 생활은 행복하지만 그만한 희생이, 그만한 조건이 따랐다. 조건은 아주 엄격하며 그 내용은 토론이나 동의 형식이 아니라 상호 이해라는 암묵적인 형식을 통해서 결정되었다.

셀던은 자신이 아내라는 존재에게 원하는 모든 품성을 도스에게서 발견할 수 있었다. 자녀가 없는 건 맞지만 사실 셀던 자신도 자녀를 절박하게 원한 적이 없었다. 셀던한테는 레이치가 있었다. 셀던 자신의 유전자 전체를, 아니, 그 이상을 물려받은 것처럼 여겨지는 마음속의 아들이었다.

하지만 부인이 이 문제를 떠올리게 만들었다는 단순한 사실 하나 때문에 셀던은 지금까지 두 사람의 평화와 안락을 오랫동안 지켜 주던 약속이 깨져 나가는 느낌을 받았다. 그래서 조금씩 화가 치밀었다.

하지만 셀던은 이런 생각과 의문점을 다시 옆으로 밀쳐 버렸다. 보호자라는 부인의 역할을 예전에도 받아들였고 앞으로도 그럴 터였다. 다른 무엇보다 도스가 가정을 이루며 한 식탁과 한 침대를 쓰는 상대는 자신이지 에토 데머즐은 아니었다.

도스가 말하는 소리에 해리 셀던은 백일몽에서 깨어났다.

"지금 화가 난 거냐고 내가 물었잖아요, 해리."

셀던은 살짝 놀랐다. 다시 묻는 부인의 어투에 자신이 마음속으로 깊이 움츠러들며 부인한테서 계속 멀어지고 있었다는 사실을 깨달았기 때문이다.

"미안해, 여보. 화가 난 건 아니오. 당신 말에 어떻게 대답해야 좋을지 몰라서 이러는 것뿐이오."

"로봇에 대해서요?"

이렇게 묻는 도스의 표정이 아주 차분해 보였다.

"당신은 내가 로봇을 당신만큼 모른다고 하는데, 그 말에 어떻게 대답하면 좋겠소?"

해리 셀던이 잠시 침묵하다가 (드디어 기회를 잡았다는 사실을 깨닫고)

조용히 덧붙였다.

"기분 나쁘지 않도록 말이오."

"나는 당신이 로봇을 모른다고 말하지 않았어요. 내 말을 인용하려면 정확하게 인용하세요. 당신이 로봇을 이해 못한다고 말했죠. 나는 당신이 로봇에 대한 걸 아주 많이 안다고, 아마 나보다 많이 알 거라고 확신해요. 하지만 아는 것과 이해하는 건 달라요."

"지금 당신은 엉뚱한 논리로 나를 자극하고 있소. 그런 엉뚱한 논리는 의식적 무의식적으로 상대를 속이는 모호한 상황에서나 나오는 법이오. 나는 학문에서나 느긋한 대화에서나 그런 엉뚱한 논리가 나오는 게 싫소. 그런 논리는 분위기를 재미있게 만들려고 할 때에만 의미가 있는데, 지금은 그런 상황이 아닌 것 같소."

도스가 자신만의 독특한 방식으로 부드럽게 웃었다. 아주 재미있지만 마음껏 웃을 수 없다는 표정이었다.

"엉뚱한 논리가 당신을 거만하게 만들고 당신은 거만할 때마다 유머 기질을 발휘하는 것 같군요. 하지만 내가 차분히 설명하지요. 당신을 자극할 의도가 없으니까요."

도스가 말하며 팔을 내밀어서 셸던의 손을 쓰다듬었다. 그 순간에 셸던은 자신이 주먹을 쥐고 있었다는 사실을 깨닫고 깜짝 놀랐다. 약간 당혹스러울 정도였다.

도스가 계속 말했다.

"당신은 심리역사학에 대한 이야기를 아주 많이 해요. 최소한 나한테는. 그거 알고 있어요?"

셸던은 목청을 가다듬으며 대답했다.

"그 부분에 대해선 당신의 자비를 청해야 할 것 같구려. 그 내용 자체가 원칙적으로 극비일 수밖에 없으니 말이오. 심리역사학은 그 영향을 받는 사람들이 그 내용을 하나도 모를 때에만 의미가 있소. 그래서 내가 그 말을 할 수 있는 사람은 유고랑 당신밖에 없소. 유고한테 심리역사학은 일종의 직관으로 작용하오. 그는 아주 똑똑하긴 하지만 애매한 결론으로 무작정 뛰어드는 경향이 있어서 나는 그에게 경고를 던져서 그를 현실 세계로 다시 끌어내는 역할을 해 줘야 하오. 하지만 나 역시 엉뚱한 사고에 빠져들 때가 있기 때문에 그걸 입 밖으로 뱉어 내며 설명하는 과정이 나한테는 커다란 도움이 되고 있소, 설사……."

셀던이 빙그레 웃으며 계속 말했다.

"당신이 내 말을 한 마디도 이해하지 못하는 것처럼 보일지라도 말이오."

"나도 내가 당신의 공명판 역할이란 사실을 알지만 그 문제라면 아무렇지 않아요……. 정말로 아무렇지 않아요, 해리. 그러니까 행여나 앞으로 그런 태도를 바꾸겠다는 결심까지 하는 일은 없으면 좋겠어요. 내가 당신의 수학적 설명을 이해 못하는 건 너무나 당연해요. 나는 단순한 역사학자일 뿐이잖아요. 정치의 성장에 기반한 경제적 변화의 영향이 지금 내 시간을 뺏어먹고 있는 주제인데……."

"그렇소, 그리고 그 부분에 대해선 내가 당신의 공명판이라는 사실을 몰랐소? 앞으로 심리역사학 연구에 그 지식이 필요할 때가 올 터이니, 당신은 나한테 꼭 필요한 사람이 분명하오."

"다행이네요! 당신이 나랑 사는 이유가 드디어 드러났으니. 나의 영원한 아름다움 때문이 아닐 거란 사실은 나도 알고 있었거든요. 당신의 논지가 엄격한 수학의 틀에서 벗어날 때에는 나도 가끔씩 당신 얘길 이해할 것 같다는 말을 덧붙여야 할 것 같네요. 가령 당신이 가끔씩 설명하는 소위 '최소한주의(minimalism)의 필요성'이란 것에 대해서는 나도 이해하는 것 같거든요. 그걸 설명할 때 당신이 의미하려는 바는……"

"내가 의미하는 바가 뭔지는 나도 알고 있소."

해리 셀던의 말에 도스가 상처받은 표정으로 반박했다.

"거드름 좀 그만 피워요, 해리. 나는 그걸 당신한테 설명하려는 게 아니에요. 내가 제대로 이해했는지 확인하고 싶은 것뿐이라고요. 당신 스스로 자신이 내 공명판이라고 했으니 그렇게 되어 봐요. 교대로 하는 거예요, 공정하죠, 그렇죠?"

"교대로 하는 것까지는 괜찮은데 내가 한마디 했다고 거드름을 피운다는 비난까지 한다면……"

"됐으니까 조용히 해요! 당신은 나한테 최소한주의가 응용심리역사학에서 가장 중요하다고 말해 왔어요. 바람직하지 않은 변화를 바람직한 변화로 혹은 바람직하지 않은 정도가 적어지도록 만드는 과정에서 말이에요. 변화에 대한 자극을 최소치로 줄여야 한다고, 정말 극미하게, 가능한……"

"그렇소, 그 이유는……"

셀던이 열정적으로 말하는 걸 도스가 차단했다.

"아니에요, 해리. 내가 설명할 기예요. 당신이 그걸 알고 있다는 건 나도 알고 당신도 알아요. 당신이 최소한주의를 주장하는 건 모든 변화란 변화는 어떤 식으로든 예측 불가능한 부작용이 수없이 나타나기 때문이잖아요. 변화가 너무 크고 부작용이 너무 많다 보면 예정된 수순을 턱없이 벗어나서 전혀 예측할 수 없는 결과가 나타날 수 있으니까요."

"그렇소. 바로 그게 혼돈 효과(chaotic effect)의 본질이오. 문제는 그 변화가 결과를 충분히 예측할 정도로 작은 것인가 그리고 인간의 역사는 모든 측면에서 필연적으로 혼란스러울 수밖에 없는 것인가의 여부라고 할 수 있소. 바로 그것 때문에 나는 처음에 심리역사학을 불가능한……"

"나도 알아요. 하지만 당신은 내가 계속 설명할 틈을 안 주는군요. 내가 말하고자 하는 건 어떤 변화가 충분히 작은 것인가 여부가 아니에요. 내가 말하고 싶은 건 최소치보다 커다란 변화는 무엇이든 혼돈스러울 수밖에 없다는 사실이에요. 물론 바람직한 최소치는 영(zero)이겠지만 설사 영이 아니라도 아주 작은 수치일 거예요…… 그리고 충분히 작으면서도 영보다는 커다란 변화를 찾는 게 핵심 과제가 될 거예요. 내가 생각하기에 당신이 말한 최소한주의의 필요성이란 바로 그런 뜻이고요."

"대체적으로. 물론 수학적인 관점에서 볼 때 문제는 언제나 훨씬 간결하고 정밀하게 나타날 거요. 여길 보면……"

"잠깐만! 당신이 심리역사학에 그런 측면이 있다는 사실을 안다면, 셀던, 에토 데머즐한테도 그런 측면이 있다는 사실을 알아야 해요. 당신은 지식은 있지만 이해는 못하는군요. 그거야 아마도 그동안 심리역사학 규칙을 로봇 법칙에 적용할 일이 없었기 때문이겠지만요."

그러자 셀던이 희미하게 대답했다.

"당신이 무슨 말을 하는 건지 모르겠군."

"에토 데머즐도 최소한주의를 필요로 해요, 그렇지 않겠어요, 해리? 로봇 제1법칙에 의하면 로봇은 인간을 해칠 수 없어요. 그건 일반 로봇한테 가장 중요한 규칙이에요. 하지만 에토 데머즐은 아주 독특한 로봇이며 따라서 제1원칙보다 선행하는 제로원칙을 적용받아요. 제로원칙은 로봇은 인류 전체한테 해를 끼칠 수 없다고 규정하지요. 따라서 에토 데머즐 역시 당신이 심리역사학을 연구하면서 느끼는 것과 똑같은 규제를 받고 있는 셈이에요. 무슨 말인지 알겠어요?"

"이해가 가기 시작하오."

"다행이군요. 설사 에토 데머즐한테 마음을 바꾸는 능력이 있다고 해도 그는 쉽게 그럴 수가 없어요. 원치 않는 부작용이 없어야 하니까요. 그런데 황제가 임명한 총리기 때문에 사전에 검토해야 할 부작용 역시 엄청나게 많을 거예요."

"그걸 당면한 사례에 적용하면?"

"생각해 봐요! 당신은 에토 데머즐이 로봇이란 사실을 나를 제외한 누구한테도 말할 수 없고, 그 이유는 당신이 그럴 수밖에 없는 조건을 에토 데머즐이 충족시켰기 때문이에요. 그렇다면 그런 조건을 충족시키는 데 얼마나 많은 노력이 필요했었나요? 당신이라면 당신 자신을 지켜 주고 연구비를 지원하고 당신을 위해 은밀한 영향력까지 행사하는 그가 로봇이란 사실을 사람들한테 폭로하고 싶겠어요? 그가 행사하는 영향력을 무너뜨리고 싶겠어요? 당연히 아니었죠. 그러니 그때 에토 데머즐이 만들어야 했던 변화는 아주 작았죠, 그저 순간적인 흥분이나 부주의로 당신이 그 사실을 불쑥 털어놓는 상황이 생기지 않을 정도면 충분했으니까요. 그때 그가 모색했던 변화는 어떤 특별한 부작용도 없을 정도로 아주 작았어요. 바로 그게 에토 데머즐이 대체적으로 제국을 운영하려고 애쓰는 방식이죠."

"그렇다면 조라넘 사례는?"

"그 사례는 당신 사례랑 완전히 달라요. 그는 이유야 어찌 됐든 간에 에토 데머즐을 반대하고 있어요. 물론 데머즐은 그런 상황을 바꿀 수 있지만 그 일은 조라넘의 정신을 상당히 비트는 희생을 치르지 않고는 이뤄질 수 없을 테고, 그러다 보면 데머즐 자신이 예측할 수 없는 결과가 나올 수 있어요. 그래서 조라넘을 공격하고 부작용을 일으켜 다른 사람한테, 어쩌면 인류 전체한테 해를 끼칠 가능성이 생기는 편보다는 별다른 해를 끼치지 않고 상황을 해결할 수 있는 조그만 변화를, 정말 조그만 변화를 찾을 때까지 조라넘을 가만히 지켜보는 편을 선택할 수밖에 없는 거예요. 바로 그게 유고 애머릴의 말이 옳은 이유, 그리고 데머즐이 취약한 이유예요."

셀던은 가만히 들을 뿐 아무런 반응도 보이지 않았다. 깊은 명상에 빠진 것 같았다. 그렇게 몇 분이 지난 다음에 비로소 입을 열었다.

"데머즐이 그 문제에 아무런 조치도 취할 수 없다면 나라도 나서야 하겠소."

"데머즐도 할 수 있는 게 없는데 당신이 무얼 할 수 있겠어요?"

"사례가 다르니까. 나는 로봇 법칙의 규제를 받지 않소. 나는 최소한 주의에 과도하게 빠져들 필요가 없소. ……일단 일을 시작하려면, 데머즐부터 만나야 하겠소."

도스가 약간 불안한 표정으로 쳐다보며 물었다.

"꼭 그래야겠어요? 둘 사이의 관계를 주변에 알리는 건 현명한 처사가 아니에요."

"이제 아무런 관계도 없는 척 애쓸 필요가 없는 수준은 되지 않았소? 게다가 내가 나팔을 요란하게 불고 홀로비전으로 사방에 알리면서 만나겠다는 것도 아니고. 어쨌든 만나기는 꼭 만나야겠소."

5

해리 셀던은 자신이 빡빡한 스케줄에 얽매여 있다는 걸 새삼 깨달았다. 트랜터에 처음 도착한 8년 전만 해도 그는 무엇이든 즉각 행동에 옮길 수 있었다. 꼭 해야 할 중요한 업무 자체가 없었으니 호텔방만 확보할 수 있다면 트랜터 전역을 마음대로 돌아다닐 수 있었다.

하지만 지금은 학과 모임도 다양하고 결정할 사항도 많고 할 일도 많았다. 마음대로 시간을 빼서 데머즐을 만날 수가 없었다. 설사 간신히 시간을 낸다 해도 에토 데머즐 또한 빡빡한 스케줄에 얽매여 있었다. 둘이서 만날 수 있는 시간을 찾기가 쉽지 않았다.

도스는 옆에서 머리를 절레절레 흔들며 이렇게 말했다.

"당신이 어떤 의도로 이러는지 이해할 수가 없어요, 해리."

그래서 해리 셀던은 조바심을 내며 이렇게 대답했다.

"나도 내가 어떤 의도로 이러는지 모르겠소, 도스. 에토 데머즐을 만나서 그걸 찾아내면 좋겠소."

"당신한테 제일 중요한 임무는 심리역사학이에요. 데머즐도 그렇게 말할 거예요."

"그럴 수도 있겠지. 그것도 알아보겠소."

그렇게 총리와 만날 시간을 찾으며 여드레가 지난 다음에, 학과 사무실 벽면 스크린에 약간 고풍스러운 문자 메시지가 떠올랐다. 메시지 내용 자체도 거기에 걸맞은 고풍스러운 내용이었다.

'본인은 해리 셀던 교수님을 배알하기를 갈망하오.'

셀던은 깜짝 놀란 표정으로 메시지를 물끄러미 쳐다보았다. 황제조차 사용하지 않는 아주 오래된 표현이었다.

게다가 거기에 적힌 서명도 일반적으로 사용하는 또렷한 글씨체가 아니었다. 한눈에 알아볼 순 있지만 명필이 단숨에 갈겨쓴 느낌이 감도는 화려한 글씨체였다. '라스킨 조라넘'이란 서명. 배알을 갈망하는 사람은 조-조 조라넘이었다.

셀던은 자신도 모르게 껄껄 웃었다. 그렇게 고풍스러운 내용이랑 서명을 선택한 이유는 분명했다. 호기심을 자극해서 꼭 만나고 싶도록 하기 위한 조치의 일환이었다. 사실 셀던은 그 사람을 만나고픈 욕구가 별로 없었고, 어쩌면 보통 때라면 그런 마음이 전혀 들지도 않았을 터였다. 하지만 고풍스러운 어투와 명필 서명까지 사용하다니? 그 이유를 알아보고 싶었다.

셀던은 비서에게 약속 시간과 장소를 잡으라고 지시했다. 물론 집이 아닌, 자신의 학과 사무실에서 볼 예정이었다. 업무상 만남이지 사교적인 것은 절대 아니었다.

그 만남은 에토 데머즐과의 영상 회담 이전으로 잡혔다.

도스는 이렇게 말했다.

"그 사람이 당신을 만나려는 목적은 너무나 뻔해요, 해리. 우선, 당신이 그 사람 부하를 두 명이나 공격했는데, 그 가운데 한 명은 그 사람 오른팔이에요. 그리고 당신은 오른팔이 주동하는 조그만 집회를 망가뜨려서 그 사람을 바보처럼 만들었어요. 그래서 만나려는 거겠죠. 나도 함께 참석하는 게 좋겠어요."

셀던은 고개를 저으며 대답했다.

"레이치를 데려가겠소. 그 아이는 내 마음을 잘 알고 있을 뿐 아니라 이제 강인하고 활발한 스무 살 청년이니까. 하지만 조라넘이 폭력을 행사하는 일은 없을 거라고 나는 확신하오."

"어떻게 확신할 수 있죠?"

"조라넘은 대학 구내에서 나를 만나기로 했소. 대학은 젊은 학생이 많은 곳이오. 나는 확실히 학생들한테 인기가 없는 편도 아니고 조라넘은 사전에 충분한 조사를 통해 대학 구내에서 나를 해치는 게 쉽지 않다는 사실을 파악했을 것이오. 나는 확신하오, 조라넘이 아주 점잖게, 완벽하게 우호적으로 나올 거라고."

"으으음."

도스가 한숨을 내쉬며 입술 한쪽을 가볍게 찡그리는 사이에 셸던이 덧붙였다.

"그리고 아주 치명적이기도 하겠지."

6

해리 셸던은 무표정한 얼굴을 유지하며 머리를 충분히 숙여서 적당한 예의를 표시했다. 일부러 조라넘의 홀로그램을 다양하게 찾아보는 수고를 감수했지만 언제나 그렇듯이 주변 상황에 따라 계속적으로 변하는 실물은 아무리 신경을 쓴다고 해도 홀로그램과 완전히 달랐다. '실물'을 쳐다보는 시각이 달라서 그런 것 같다는 생각이 들었다.

조라넘은 셸던만큼이나 커다란 키에 덩치까지 좋았다. 부드러운 느낌이 드는 걸 보면 근육질은 아닌 것 같지만 그렇다고 뚱뚱한 편도 아니었다. 동그란 얼굴, 노란색보다는 연한 갈색에 가까운 풍성한 머리숱, 그리고 옅은 파란색 눈동자. 부드러운 작업복 차림에 살짝 웃는 얼굴 덕분에 우호적인 인물로 착각할 만했는데, 자세히 살펴보면 그것은 말 그대로 착각에 불과했다.

조라넘이 웅변가 특유의 엄격하게 절제된 그윽한 목소리로 말했다.
"해리 셀던 교수님, 이렇게 만나서 정말 반갑습니다. 시간을 내주셔서 정말 고맙습니다. 사전에 알리지 않고 제 오른팔을 동행으로 데려오는 무례를 저지르고 말았습니다. 갬볼 딘 나마티라고, 이름이 세 개나 되지요. 교수님께서 예전에 만난 적이 있다고 들었습니다."
"네, 그렇습니다. 그 사건을 생생하게 기억하고 있습니다."
셀던은 냉소가 담긴 눈으로 나마티를 쳐다보았다. 처음 만났을 때에 나마티는 대학 운동장에서 연설하고 있었다. 편안한 분위기에서 자세히 쳐다보는 건 이번이 처음이었다. 나마티는 적당한 키에 가느다란 얼굴, 창백한 피부, 까만 머리칼을 가졌고 입이 컸다. 조라넘처럼 살짝 웃는 얼굴이기는커녕 아무런 표정도 없었다. 조심스럽고 신중한 느낌이었다.
"우리 친구 나마티 박사는 (고대 문학을 전공했는데) 자원해서 이 자리에 참석했습니다."
조라넘이 말하더니 살짝 깊어진 미소를 띠며 덧붙였다.
"사과를 하려고 말이죠."
조라넘이 슬쩍 쳐다보자, 나마티가 처음에는 입술을 꽉 다물더니 퉁명스러운 목소리로 이렇게 말했다.
"운동장에서 있었던 일에 대해 사과드립니다, 교수님. 대학에서 집회를 규제하는 엄격한 규칙이 있다는 사실을 모르고 혼자 열정에 취해서 그런 실수를 저질렀습니다."
그러자 조라넘이 끼어들었다.
"충분히 그럴 수 있어요. 교수님 신분도 전혀 몰랐으니까요. 우리 모두 이제 그 문제는 잊어버리는 게 좋을 것 같군요."

셀던이 대답했다.

"그 문제를 일부러 기억할 이유 같은 건 나에게도 역시 없다는 말씀을 두 분한테 드리는 바입니다. 이쪽은 내 아들, 레이치 셀던입니다. 나 역시 동행을 데려온 셈이지요."

레이치는 까맣고 두터운 콧수염을 기르고 있었다. 다알 구역 출신 남성 특유의 용맹을 상징하는 표시였다. 셀던이 8년 전에 처음 만날 때만 해도 누더기 차림에 굶주린, 거리의 소년에 불과하던 레이치였다. 그는 키가 작지만 근육이 툭툭 불거진 유연한 몸매였으며 얼굴에는 작은 키를 조금이라도 만회하기 위해 거만한 표정을 띠고 있었다.

"좋은 아침이군, 젊은이."

조라넘이 말하자 레이치가 대답했다.

"좋은 아침입니다, 선생님."

"그럼 자리에 앉으시지요, 신사 여러분. 먹을 거나 마실 거라도 드릴까요?"

셀던이 물었다.

"아닙니다, 교수님. 사교적인 방문이 아니니까요."

조라넘이 두 손을 들어서 점잖게 사양하더니 지정받은 의자에 앉으며 덧붙였다.

"하지만 앞으로 이런 만남이 자주 있기를 바라는 바입니다."

"업무상 찾아오신 거라면 이제 말씀을 꺼내시지요."

"조금 전에 교수님께서 잊어버리기로 동의하신 조그만 사건에 대한 소식을 처음 들었을 때에 나는 교수님께서 굳이 그렇게 하신 이유가 궁금했습니다. 위험을 무릅쓰고 말입니다."

"그렇게 위험하다고 생각하지 않았습니다, 실제로."

"하지만 나는 그렇게 생각했습니다. 그래서 교수님에 대한 자료를 찾아보는 실례를 저질렀습니다, 셀던 교수님. 그리고 많은 흥미를 느꼈습니다. 헬리콘 행성에서 오셨더군요."

"네. 그곳에서 태어났습니다. 기록에 그대로 담겨 있지요."

"그리고 트랜터에서 8년을 지내셨더군요."

"그것 역시 기록 내용 그대로입니다."

"그리고 처음에 수학 논문 한 편을 발표해서 아주 유명 인사가 되셨더군요······. 그걸 뭐라고 하지요? ······심리역사학?"

셀던은 머리를 아주 살짝 흔들었다. 당시의 경솔한 행동을 자신이 그 동안 얼마나 후회했던가! 물론 당시에는 그게 경솔한 행동이라는 사실 자체를 몰랐지만 말이다. 그래서 이렇게 대답했다.

"젊은 시절의 호기였지요. 결국 아무런 성과도 없었답니다."

"그래요?"

조라넘이 기분 좋게 놀라는 표정으로 주변을 둘러보며 덧붙였다.

"그런데도 이 자리에 오르셨군요, 트랜터 최고 명문대학의 수학과 학과장이란 자리, 불과 마흔 살이란 나이에. 마흔두 살인 내 눈으로 볼 때 그렇게 많은 나이도 아닌데 말입니다. 이런 자리에 오르신 걸 보면 교수님은 아주 능력이 뛰어난 수학자이신 게 분명한 것 같습니다."

셀던은 어깨를 으쓱하며 이렇게 대답했다.

"그런 판단에 대해 내가 특별히 드릴 말씀은 없군요."

"아니면 주변에 권력자 친구들이 있거나."

"누구나 권력자랑 친구가 되길 바라지요, 조라넘 선생. 하지만 이 주변에는 그런 친구가 하나도 없답니다. 대학 교수들은 권력자 친구가 거의 없을 뿐 아니라 내가 보기에는 친구를 잘 사귀는 편도 아닌 것 같습니다."

셀던이 말하며 빙그레 웃었다.

조라넘도 똑같이 웃으며 물었다.

"그렇다면 교수님이 보시기에 황제는 권력자 친구 축에 끼지 않는다는 건가요, 셀던 교수님?"

"당연히 권력자 친구로 칠 수도 있겠죠. 하지만 그게 나랑 무슨 상관이 있겠습니까?"

"나는 황제가 교수님 친구라는 느낌이 들거든요."

"내가 황제 폐하를 알현한 건 8년 전이란 사실이 기록에 있을 텐데요, 조라넘 선생? 약 한 시간 정도 걸렸는데 당시에 황제 폐하는 나한테 어떤 호감도 보이지 않으셨답니다. 그리고 홀로비전에서 본 걸 제외하면 두 번 다시 만나거나 통화를 한 적이 없답니다."

"하지만 교수님, 황제를 직접 만나거나 통화하지 않아도 황제라는 권력자 친구를 사귈 순 있답니다. 황제가 총리로 임명한 에토 데머즐을 만나거나 통화하는 것으로 충분하니까요. 에토 데머즐은 교수님의 보호자입니다. 그렇다면 황제 역시 교수님의 보호자라고 볼 수 있는 거 아닌가요?"

"에토 데머즐 총리가 나를 보호한다는 기록을 어디에서 찾으셨습니까? 아니면 그런 결론을 내릴 만한 기록이라도 있던가요?"

"두 사람 사이에 깊은 연관이 있다는 건 모두가 알고 있는 사실인데 굳이 기록을 뒤져야 할 이유가 뭐겠습니까? 그건 교수님도 알고 나도 압니다. 그걸 당연한 사실로 인정하고 다음 이야기로 넘어갑시다. 그리고 부탁인데……."

조라넘이 두 손을 들어 올리며 덧붙였다.

"나한테 그 사실을 억지로 부인하는 수고까지 하실 필요는 없습니다. 시간 낭비에 불과하니까요."

그러자 셸던이 대답했다.

"실제로 나는 선생께서 그 사람이 나를 보호할 거라고 생각하시는 이유가 무언지 물어보려고 했습니다. 대체 왜죠?"

"교수님! 나를 아무것도 모르는 멍청이로 여겨서 나한테 상처를 주려고 그러시는 겁니까? 내 입에서 심리역사학이란 말이 나왔잖습니까, 에토 데머즐이 원하는 게 바로 그거잖아요!"

"그리고 나는 그게 젊은 시절의 호기에 불과했다고 말씀드렸지요."

"그런 말씀을 하셔도 나를 설득시킬 순 없을걸요. 좋습니다, 솔직히 말씀드리지요. 나는 교수님이 발표하신 논문을 읽었고 주변의 수학자들한테 도움을 받아 그 내용을 이해하려고 했습니다. 그들은 그걸 황당무계하다고, 실현 불가능하다고 주장하더군요."

"나도 그 의견에 동의합니다."

"하지만 나는 그게 실제로 개발되어서 실용적으로 사용할 수 있기만을 에토 데머즐이 기다린다는 느낌이 듭니다. 에토 데머즐이 기다릴 수 있다면 나도 기다릴 수 있죠. 교수님으로서도 내가 기다리는 편이 훨씬 유리하실 겁니다, 셸던 교수님."

"왜 그렇죠?"

"에토 데머즐은 그 자리에서 오랫동안 버틸 수 없을 터이기 때문입니다. 모든 여론이 데머즐한테 불리한 쪽으로 돌아가고 있습니다. 인기 없는 총리 때문에 옥좌가 위험한 상황에 빠진다면 황제는 총리를 교체할 수밖에 없습니다. 그렇게 되면 황제의 은총은 못난 나에게까지 미칠 수도 있고요. 교수님은 여전히 보호자가 필요하실 테죠. 풍부한 자금은 물론 필요한 장비와 인력을 충분히 공급받으며 교수님이 평화롭게 연구에 몰두할 수 있는 환경을 책임지고 만들어 줄 보호자 말입니다."

"그럼 선생께서 그런 보호자가 되시겠다는 건가요?"

"물론입니다. 그 이유는 데머즐과 동일합니다. 나는 심리역사학이라는 훌륭한 장치를 가지고 제국을 훨씬 효율적으로 통치할 수 있길 원합니다."

셀던은 깊이 생각하는 표정으로 잠시 고개를 끄덕이다가 이렇게 말했다.

"그렇다면, 조라넘 선생, 내가 그 문제에 신경 써야 할 이유가 무언가요? 나는 가난한 학자입니다. 현실과 동떨어진 수학이랑 교육에 종사하며 조용히 살지요. 선생께서는 현재는 데머즐이 나를 보호하고 나중에는 선생이 나를 보호할 거라고 하시는데, 그렇다면 나는 조용히 할 일만 하면 되는 거 아닌가요? 선생이랑 총리가 자웅을 겨루어서 어느 쪽이 이기든 나한테 보호자가 있는 건 똑같으니 말입니다……. 선생 말씀에 의하면."

조라넘의 얼굴에 감돌던 미소가 약간 사라지는 것 같았다. 옆에 있는 나마티가 음침한 얼굴을 조라넘한테 돌리며 무슨 말을 하려고 했다. 그러나 조라넘이 한 손을 가볍게 흔들자 나마티가 헛기침을 하며 입을 다물었다.

이윽고 조라넘이 말했다.

"해리 셀던 박사. 귀하는 애국자인가요?"

"물론이지요. 가끔씩 분쟁이 일어나긴 했지만 제국은 인류에게 1000년에 걸친 평화를 보장하면서 지속적인 발전을 이끌어 왔습니다."

"맞습니다……. 하지만 한두 세기 전부터 그 속도가 느려지고 있지요."

셀던은 어깨를 으쓱했다.

"그런 문제까지 연구한 적은 없습니다."

"일부러 연구까지 할 필요는 없습니다. 한두 세기 전부터 정치적인 분쟁이 자주 일어난다는 사실은 교수님도 잘 아시니까요. 황제의 통치 기간이 계속 짧아지고 가끔은 암살로 인해 그 기간이 더욱 짧아지는……."

"그런 말을 하는 것만으로도 반역으로 간주될 수 있습니다. 그런 말은 자제하는 편이……"

셀던이 반발하자, 조라넘이 등을 의자 깊숙이 기대면서 대답했다.

"그것 보세요. 교수님 자신도 불안감에 시달리고 있지 않습니까. 제국은 썩어 가고 있습니다. 나는 그런 말을 기꺼이 공개적으로 합니다. 나를 따르는 사람 모두가 그렇게 합니다. 모두가 그 사실을 너무 잘 알고 있기 때문이지요. 우리는 제국 전체를 통제할 수 있는 사람을 황제의 오른팔로 만들어야 합니다. 그래서 군대에게 적절한 권한을 부여해서 사방에 만연한 민역의 충동을 억누르고 경제 개발을 이끌어……."

셀던이 한 팔을 들어서 조급하게 그만하라는 동작을 하며 물었다.

"그런데 그렇게 할 사람이 바로 선생이라는 건가요?"

"그런 사람이 되려고 노력하고 있습니다. 물론 쉬운 일은 아니겠지요, 선의의 경쟁자가 많을 터이니 말입니다. 하지만 확실한 건 에토 데머즐은 그럴 수 없다는 사실입니다. 그가 통치하면 제국의 쇠퇴가 가속화되어 완전히 붕괴하고 말 것입니다."

"그렇다면 선생께서는 그걸 막을 수 있나요?"

"그렇습니다, 셀던 박사님. 박사님이 도와주신다면, 심리역사학이 있다면."

"심리역사학이 존재한다면 데머즐 역시 그것으로 붕괴를 막을 수 있을 겁니다."

그러자 조라넘이 차분하게 말했다.

"그건 존재하잖아요. 없는 척은 그만합시다. 하지만 그 존재 자체가 에토 데머즐을 도울 순 없습니다. 심리역사학은 하나의 도구에 불과하니까요. 그걸 이해할 두뇌와 그걸 휘두를 힘이 필요합니다."

"그럼 선생은 그걸 다 지니고 있다는 뜻인가요?"

"그렇습니다. 나는 내가 지닌 장점을 알고 있습니다. 나는 심리역사학을 원해요."

셀던이 머리를 흔들며 대답했다.

"선생 마음대로 하십시오. 하지만 나한테는 그게 없습니다."

"박사님에게 있다는 걸 압니다. 그 문제에 대해선 논쟁의 여지가 없어요."

조라넘이 얼굴을 셀던의 귀에 집어넣기라도 할 것처럼 가까이 대고 속삭였다.

"박사님은 자신이 애국자라고 생각하죠. 나는 에토 데머즐을 대체해서 제국이 멸망하는 걸 막아야 합니다. 하지만 그를 대체하는 방식 자체가 제국을 심각하게 약화시킬 수 있어요. 나는 그걸 원치 않습니다. 박사님은 아무런 해도 끼치지 않고 그 목적을 부드럽고 정교하게 달성하는 방법을 나한테 알려 줄 수 있습니다……. 제국의 안전을 위해서."

셀던이 대답했다.

"불가능합니다. 선생은 나한테 없는 지식을 내가 지니고 있다고 주장합니다. 나도 도움이 되고 싶지만 애초에 불가능한 이야기입니다."

조라넘이 갑자기 일어났다.

"으음, 박사님은 내 마음을, 내가 박사님한테 무엇을 원하는지를 알고 있어요. 곰곰이 생각해 보시죠. 내가 박사님한테 부탁드리고 싶은 건 제국을 생각하라는 겁니다. 박사님은 에토 데머즐한테(수백만 행성에 사는 인류 전체를 망가뜨리는 자한테) 우정을 지켜야 한다고 느끼는지도 모르죠. 하지만 조심하십시오. 그건 제국의 토대 자체를 흔드는 행위가 될 수도 있습니다. 은하계 전역에 퍼져 있는 수천 조에 달하는 인류 전체의 이름으로 박사님한테 부탁드리는 겁니다. 제국을 생각하세요."

조라넘의 목소리가 갑자기 속삭이는 어투로 줄어들었다. 긴박감 넘치는 강력한 속삭임이었다. 셀던은 몸이 부르르 떨리는 느낌을 받으며 이렇게 대답했다.

"나는 언제나 제국을 생각할 겁니다."

그러자 조라넘이 다시 말했다.

"지금 당장은 그 정도 부탁만 하겠습니다. 이렇게 만나 주셔서 다시 한 번 감사드립니다."

셀던은 소용히 열리는 문 사이로 뚜벅뚜벅 걸어 나가는 조라넘과 그 동행을 쳐다보았다. 그리고 눈살을 찡그렸다. 뭔가 께름칙한 느낌이 들었다. 하지만 그게 뭔지 확실하지 않았다.

7

나마티의 까만 눈동자가 조라넘한테 고정되었다. 두 사람은 스트릴링 구역에 있는 은신처 사무실에 앉아 있었다. 훌륭한 본부는 아니었다. 스트릴링에서는 아직 규모가 약하지만 그 세력은 계속 늘어나는 중이었다.

그들이 주도하는 운동은 정말 놀라운 속도로 발전하고 있었다. 불과 3년 전에 시작한 운동이 지금은 트랜터 전역으로(물론 일부 지역에서는 훨씬 강하게) 뻗어 나가고 있었다. 외부 행성은 아직 거의 손대지 못한 상태였다. 에토 데머즐은 그들 모두를 만족시키려고 무한히 노력하지만 그건 잘못이었다. 반역의 불씨가 힘을 발휘하는 곳은 바로 이곳 트랜터였다. 다른 곳은 쉽게 억누를 수 있지만 이곳에서만큼은 에토 데머즐이 쉽게 무너질 수 있었다. 데머즐이 그런 사실을 모른다는 게 이상하지만 조라넘은 데머즐이 과대평가되었기 때문에 누가 용기를 내서 반발한다면 텅 빈 껍질에 불과한 능력이 드러날 것이며 황제는 자신의 안위가 위험하게 여겨지는 순간에 데머즐을 재빨리 제거할 거라는 생각을 항상 품고 있었다.

최소한 지금까지는 그런 생각이 모두 맞는 것 같았다. 최근에 셀던이란 작자가 끼어드는 바람에 스트릴링 대학의 집회가 망가지는 등의 사소한 문제 외에는 실수를 저지른 적도 없었다.

바로 그것 때문에 해리 셀던을 직접 만나겠다는 고집까지 부리기도 했다. 발가락에 난 조그만 종기조차도 관심을 기울여야 했다. 조라넘은 모든 게 완벽하다는 느낌을 만끽하고 나마티는 줄줄이 엮여 나오는 성공은 항상적인 성공을 보장하는 가장 확실한 방법이란 생각을 품고 있었다. 일반 대중은 실패의 굴욕을 겪는 게 싫어서 설사 견해가 다르더라도 승리하는 편에 가담하는 경향이 있었다.

하지만 셀던이란 작자를 만난 게 잘한 짓인지 아니면 발가락에 또 다른 종기가 덧난 건 아닌지 판단할 수가 없었다. 나마티는 함께 가서 겸손하게 사과한다는 생각 자체를 처음부터 좋아하지 않았다. 그는 그 일이 별다른 도움이 안 된다고 생각했다.

이제 조라넘은 의자에 가만히 앉아서 정신적인 영양소라도 빨아들이려는 듯 엄지손톱을 질근질근 씹고 있었다. 표정이 마치 깊은 명상에 잠긴 것처럼 보였다.

"조-조."

나마티가 부드럽게 불렀다. 나마티는 군중이 모여서 끝없이 외쳐 대는 애칭으로 조라넘을 부를 수 있는 극소수 인물 가운데 하나였다. 조라넘은 그런 애칭으로 군중의 사랑을 끌어 모았지만 사적인 자리에서는 정중한 표현을 요구했다. 처음부터 운동을 함께 시작한 특별한 친구 몇 명이 유일한 예외였다.

"조-조."

나마티가 다시 불렀다.

"왜, 나마티, 무슨 일이야?"

조라넘이 고개를 들며 물었다. 약간 퉁명스러운 어투였다.

"셀던이란 작자한테 어떤 조치를 하는 게 좋을까요, 조-조?"

"조치? 지금은 그냥 놔둬. 결국 우리 편이 될 테니까."

"시간을 끌 이유가 없지 않은가요? 압력을 가할 수 있잖아요. 대학 당국을 조종해서 그를 괴롭히는 방식으로."

"아니야, 아니야. 지금까지는 에토 데머즐이 우리를 건들지 않고 있어. 멍청한 놈이 우릴 만만하게 본 거지. 하지만 충분한 준비를 갖추기 전까지는 에토 데머즐이 움직일 빌미를 주지 않도록 조심해야 돼. 따라서 해리 셀던을 압박하는 건 좋지 않아. 데머즐이 해리 셀던을 굉장히 중요하게 여기는 게 분명하니까 말이야."

"아까 얘기하던 그 심리역사학이라는 것 때문에요?"

"당연하지."

"처음 듣는데, 그게 뭔가요?"

"들어 본 사람이 거의 없을 거야. 인간 사회를 수학적으로 분석해서 미래를 예견하는 학문이지."

나마티는 눈살을 찡그렸다. 그리고 조라넘한테 향하던 몸뚱이를 살짝 떨어뜨렸다. 지금 조라넘이 농담을 하는 건가? 그래서 자신을 웃기려는 건가? 나마티는 대화 도중에 웃어야 하는 시점을 제대로 파악한 적이 한 번도 없었다. 아니, 웃고 싶은 충동 자체를 느낀 적이 없었다.

나마타가 물었다.

"미래를 예견해요? 어떻게요?"

"하! 내가 그걸 알면 셀던한테 매달릴 이유가 뭐겠어?"

"솔직히 나는 믿을 수가 없어요, 조-조. 미래를 어떻게 예견할 수 있겠어요? 그런 건 점쟁이나 하는 거잖아요."

"나도 알아. 하지만 자네의 조그만 집회가 셀던이란 작자 때문에 무산되고 나서 나는 그자에 대해 조사했어. 처음부터 끝까지. 그자는 8년 전에 트랜터에 왔어. 그리고 수학자 총회에서 심리역사학이란 논문을 발표했는데, 그 직후에 그 내용이 완전히 사라졌어. 누구도 그걸 다시 언급하지 않았어. 심지어 셀던 자신도."

"그건 그만큼 가치가 없다는 말로 들리는데요?"

"아니야, 그 반대야. 그 주장이 웃음거리가 되면서 천천히 사그라졌다면, 나도 별다른 가치가 없다고 생각했을 거야. 하지만 한순간에 완벽하게 사라졌다는 건 그 내용 전체를 철저하게 감추며 은밀하게 연구하고 있다는 의미야. 바로 그것 때문에 에토 데머즐이 우리를 막지 않고 가만둔 것일 수도 있어. 어쩌면 멍청한 자만심 때문이 아니라 심리역사학에 근거해서 그럴 수도 있다는 뜻이야. 미래를 예견해서 최선의 계획을 세우고 실천하도록 도와주는 심리역사학 말이야. 그렇다면 그 심리역사학을 우리 것으로 만들어야 해. 그렇지 않으면 우리가 실패할 수도 있어."

"셀던은 그런 게 없다고 주장하잖아요."

"자네라도 그렇게 말하지 않겠나?"

"그래도 나는 그자한테 압박을 가하는 게 좋을 것 같아요."

"그런 건 아무런 소용이 없을 거야, 나마티. 혹시 '벤의 도끼'란 이야기를 들어 본 적이 있나?"

"아니요."

"니샤야 출신은 모두가 아는 이야기야. 그곳에서 아주 유명한 민담이지. 핵심만 요약한다면, 벤은 마법의 도끼를 가지고 있는 나무꾼이야. 한 번만 살짝 찍으면 어떤 나무도 단번에 쓰러지는 도끼. 당연히 아주 귀한 도끼이지. 하지만 벤은 그 도끼를 숨기거나 지키려는 노력을 한 적이 없어. 그래도 훔쳐 가는 사람이 없거든. 벤을 제외한 그 누구도 도끼를 들어 올리거나 휘두를 수 없기 때문이야.

으음, 현재로선 셀던 자신을 제외한 그 누구도 심리역사학을 다룰 수 없어. 설사 압박을 가해서 그자를 우리 편으로 끌어들인다 해도 그자의 충성심을 믿을 수 없어. 우리한테 바람직한 행위를 반대하고 해로운 방향을 제시해서 결국엔 완전히 무너지도록 만들 수도 있으니 말이야. 그럴 순 없어, 우리가 승리하길 바라는 마음으로 그자 스스로 우리 편에 가담해서 우리를 위해 노력하도록 만들어야 해."

"하지만 어떻게 끌어들일 수 있죠?"

"그자한텐 아들이 있어. 레이치라고 했지? 자네는 아들이란 청년을 자세히 살펴보았나?"

"아니요."

"나마티, 나마티. 모든 걸 관찰하지 않으면 중요한 걸 놓치는 법이야. 그 젊은이는 열정이 가득한 눈으로 내 말에 귀를 기울였어. 감동을 받은 거야. 나는 그걸 알 수 있어. 나한테 한 가지 확실한 게 있다면 그건 다른 사람이 나한테 감동하는 걸 정확히 파악할 수 있다는 거야. 나는 상대의 마음이 언제 흔들리고 그래서 언제 대화에 끌어들여야 하는지를 알아."

조라넘이 빙그레 웃었다. 남한테 호감을 사기 위해 억지로 웃는 미소가 아니었다. 이번에는 마음속에서 우러나오는 미소…… 차갑고 잔인한 미소였다. 그리고 이렇게 말했다.

"레이치를 어떻게 요리하는 게 좋을까 생각해 보자고. 그러면 셀던한테 접근할 방법이 나올 거야."

8

레이치는 두 정치인이 떠난 다음에 해리 셀던을 쳐다보며 콧수염을 쓰다듬었다. 콧수염을 쓰다듬다 보면 마음이 편안했다. 여기 스트릴링 구역에도 기르는 사람이 가끔씩 보이긴 하지만 대체적으로 너무 얇은 데다 가늘어서 간사해 보이는 수염이었다. 설사 까만색이라 해도 너무 얇은 건 마찬가지였다. 게다가 대부분은 콧수염을 전혀 기르지 않고 윗입술을 그대로 드러내는 고통을 감수했다. 콧수염이 없는 건 해리 셀던도 마찬가지였는데, 그나마 다행스러운 것은 머리칼 색깔로 보건대 콧수염을 기르면 아주 이상하게 보일 거란 사실이었다.

레이치는 셀던을 가만히 쳐다보며 깊은 명상에서 깨어나기만 기다렸다. 그러다가 더 이상 기다릴 수 없다는 생각에 입을 열었다.

"아버지!"

셀던이 고개를 들고 물었다.

"왜?"

깊은 명상을 방해당해 약간 짜증스러운 어투였다.

레이치가 대답했다.

"그 두 사람을 만난 건 옳은 생각이 아니었던 것 같아요."

"그래? 왜?"

"으음, 그 깡마른 사내는, 이름이 뭔지 기억도 안 나는데, 아버지가 운동장에서 방해를 한 사람이잖아요. 아버지랑 만나는 걸 좋아하지 않았을 거예요."

"하지만 나한테 사과까지 했잖아."

"그건 진심이 아니에요. 하지만 다른 사내 조라넘은…… 위험한 인물이에요. 만일 그들이 무기를 지니고 있었다면 어쩔 뻔했어요?"

"뭐? 여기 대학에서? 내 사무실에서? 그럴 순 없어. 이곳은 빌리보턴이 아니야. 그리고 행여나 그들이 무슨 짓을 저지른다 해도 내가 깨끗하게 처리할 수 있어. 손쉽게."

"모르겠어요, 아버지. 아버지는 점점……"

레이치가 의심스러운 어투로 말하자, 셀던이 손가락을 들어서 경고하며 소리쳤다.

"그 얘기라면 그만해, 이 은혜도 모르는 녀석. 지금 넌 꼭 네 엄마처럼 말하는구나. 그 소리는 지겹도록 들었어. 나는 늙지 않았어…… 최소한 그 정도는 해치울 수 있다고. 게다가 나만큼이나 훌륭한 체술 기술을 갖춘 네가 옆에 있었잖아."

레이치는 코끝을 찡그렸다.

"체술은 그다지 좋지 않아요."

(특별히 소용이 없었다. 레이치는 자신이 말하는 걸 들으며 다알의 빈곤한 생활에서 벗어난 게 벌써 8년이나 되는데도 자신을 하층 계급으로 특징짓는 다알 구역의 말투가 아직도 불쑥 튀어나오는 것을 깨달았다. 게다가 그는 발육 장애라고 느껴질 정도로 키가 작았다……. 하지만 멋진 콧수염까지 기른 지금은 누구도 그를 더 이상 아랫사람 대하듯 하지 않았다.)

레이치가 다시 말했다.

"조라넘을 어떻게 하실 생각인가요?"

"당장은 두고 봐야지."

"저어, 아버지, 트랜터 방송에서 조라넘을 두세 번 본 적이 있어요. 심지어 그가 연설하는 장면을 홀로테이프에 담아 두기도 했어요. 모두가 그 사람에 대한 이야기를 하고 있어서 그가 하는 말을 자세히 들어 보고 싶었어요. 그런데, 아버지도 알다시피 그 사람 말이 일리가 있더라고요. 나는 그 사람이 싫고 믿지도 않지만 그 사람 말은 나름대로 일리가 있어요. 모든 구역이 동등한 권리와 동등한 기회를 누려야 한다고 주장하는데…… 그건 나쁜 게 아니잖아요, 그렇지 않은가요?"

"당연히 그렇지. 양식이 있는 시민이라면 모두가 그렇게 생각할 거야."

"그런데 그렇게 하지 않는 이유가 무언가요? 황제도 그렇게 생각하나요? 에토 데머즐도?"

"황제랑 총리는 제국 전체를 신경 써야 해. 모든 관심을 트랜터에 집중시킬 수가 없어. 조라넘이 평등을 말하는 건 쉬워. 아무런 책임도 없으니까. 하지만 통치하는 자리에 오르면 그자 역시 2500만 개 행성에 달하는 제국 전체로 관심을 분산시키지 않을 수가 없어. 그것만이 아니야. 각 구역에서 일어나는 반발에 발목을 잡힐 수밖에 없어. 어떤 구역이든 자신한테 가장 유리하고 다른 구역에 불리한 평등 정책을 원하니 말이야. 말해 보렴, 레이치, 네가 볼 때에는 조라넘한테 권력을 넘겨서 그 능력을 검증할 기회를 주어야 할 것 같니?"

레이치는 어깨를 으쓱했다.

"모르겠어요. 궁금하긴 해요. 하지만 아버지한테 무슨 짓을 저지르려고 한다면 내가 순식간에 그 목을 비틀어 버리고 말겠어요."

"그렇다면 나에 대한 효심이 제국에 대한 관심보다 커다랗구나."

"물론이죠. 내 아버지잖아요."

셀던은 다정한 눈길로 레이치를 쳐다보았다. 하지만 애매한 느낌이 들어 있는 눈길이었다. 사람을 홀리는 조라넘의 능력이 얼마나 깊은 영향을 미칠 수 있을 것인가?

9

해리 셀던은 의자에 등을 기댔다. 수직으로 올라온 등받이가 뒤로 넘어가면서 절반쯤 몸을 눕힌 자세가 되었다. 두 손은 머리 뒤로 하고 두 눈에는 초점이 없었다. 숨소리도 아주 부드러웠다.

건너편 끝에 있던 도스 베나빌리가 파인더를 끄면서 마이크로필름이 제자리로 돌아갔다. 지금까지 트랜터 초창기에 발생한 플로리나 사건에 대한 자신의 의견을 정리하는 데 집중하고 있었는데, 잠시 작업을 접고 휴식을 취하며 셀던이 곰곰이 생각하는 내용을 살피는 편이 좋겠다고 생각한 것이다.

역시 심리역사학뿐이란 생각이 들었다. 심리역사학은 아직까지 혼돈에 휩싸인 다양한 측면을 정리하며 해리 셀던이 남은 평생을 보내야 할, 그러다가 삶을 마감할 때에는 미완의 과제를 다른 사람에게(유고 애머릴에게, 그때까지 심리역사학에 대한 그의 정열이 완전히 사라지지 않았다면) 넘겨야 할, 그럴 수밖에 없는 현실을 심장이 찢어지는 심정으로 감수해야 할 대상이었다.

하지만 그건 셀던이 살아갈 이유이기도 했다. 머리끝에서 발끝까지 그 문제에 빠져든 만큼 오랫동안 살 수도 있다는 생각이 그나마 도스에게는 위로가 되었다. 언젠가는 셀던을 잃을 수밖에 없다는 사실은 도스도 잘 알고 있었다. 도스는 그 사실에 괴로워했다. 처음에는 그럴 것 같지 않았다, 셀던의 지식을 지키기 위해 그를 보호하는 단순한 임무를 맡을 때만 해도.

그런데 그게 언제부터 개인적인 문제로 변했을까? 그런 임무에 개인적인 정이 어떻게 끼어들 수 있을까? 도대체 셀던의 어떤 부분이 도스로 하여금 그가 안 보일 때마다 불안하게 만드는 것일까? 셀던이 안전하다는 사실을 잘 알고 있을 때조차, 머릿속에 깊이 각인된 명령을 실행에 옮길 필요가 없다는 사실을 잘 알고 있을 때조차 말이다. 그녀가 받은 명령은 셀던의 안전을 지키는 게 전부였다. 그런데 그 이상으로 걱정하는 이유가 뭐란 말인가?

도스는 그런 감정이 너무나 뚜렷하게 느껴질 때에 에토 데머즐한테 그 감정을 고백한 적이 있었다. 아주 오래전이었다.

데머즐은 도스를 진지하게 바라보며 이렇게 대답했다.

"그건 아주 복잡한 감정이고 거기에 대한 단순명쾌한 해답은 어디에도 없어요, 도스. 지금까지 살아오는 동안 내게도 옆에 있으면 마음이 편안하고 생각하면 마음이 기쁜 사람이 몇 명 있었죠. 그들이 있으면 마음이 편안하다가 마침내 그들이 이 세상을 떠나고 나서 마음이 불편한 것에 대해 곰곰이 생각해 봤습니다. 행여나 내가 정신병자나 패배자는 아닌가 하는 생각까지 들었습니다. 그러다가 한 가지 사실을 깨달았어요. 그들과 함께 지낸 즐거움이 그들을 떠나보낸 슬픔보다 커다랗다는 사실입니다. 전체적으로 볼 때에는 지금 그대가 그런 걸 겪는 편이 그렇지 않은 편보다 바람직해요."

도스는 이런 결론을 내렸다.

'해리는 언젠가 이 세상을 떠날 터이고 그날은 매일 가까워지고 있지만 그 생각을 하면 안 돼.'

도스는 이런 생각을 물리치기 위해 마침내 해리 셀던의 명상을 방해하고 말았다.

"지금 무슨 생각을 해요, 해리?"

"응?"

셀던이 두 눈의 초점을 찾으려고 애쓰며 물었다.

"물론 심리역사학이겠지요. 앞이 깜깜한 또 다른 경로를 곰곰이 떠올리면서."

도스의 말에 셀던이 갑자기 웃으며 대답했다.

"하하, 지금은 그런 생각을 하는 중이 아니오. 내가 지금 무슨 생각을 하는지 알고 싶소? ……바로 머리털이오!"

"머리털? 누구 머리털?"

"지금 이 순간엔 당신 머리털."

셀던이 도스를 다정하게 바라보며 대답했다.

"내 머리가 이상해 보여요? 다른 색깔로 염색할까요? 하기야 오랜 세월이 지났으니 머리칼도 회색으로 변해야 할 거예요."

"아니, 아니야! 당신 머리칼이 회색으로 변하길 바라는 사람이 어디에 있겠소? 내가 그 말을 한 건 니샤야 생각이 떠올랐기 때문이오."

"니샤야? 그게 뭔데요?"

"제국 이전의 트랜터 왕국에 속한 적이 없으니 아마 당신도 그 이름을 처음 들을 것이오. 니샤야는 조그만 행성이오. 변두리에 있고 별로 중요하지 않은. 모두가 무시하는 곳이지. 나 역시 일부러 시간을 내서 조사했기 때문에 알게 된 행성이오. 2500만 개 행성 가운데 모두의 관심을 끄는 행성도 별로 없지만 니샤야처럼 중요하지 않은 행성도 거의 없을 거요. 중요한 건 그 점이오."

도스가 자료를 한쪽으로 밀치며 물었다.

"중요하지 않아서 중요하다니? 당신이 그렇게 경멸하던 역설을 이제 당신 입으로 말하는 새로운 취미라도 생기신 건가요?"

"역설이라고 해도 상관없소, 그 본질을 꿰뚫었으니까. 당신은 모르겠지만 조라넘은 니샤야 출신이오."

"아, 당신이 고민하던 게 조라넘이었군요."

"그렇소. 레이치가 고집을 부려서 그가 연설한 내용을 살펴보았소. 대체적으로 말이 안 되는 주장이지만 사람을 끌어들이는 효과는 대단하더군. 레이치도 그 사람한테 깊은 감동을 받았소."

"다알 구역 출신이라면 누구나 그럴 수밖에 없을 거예요, 해리. 열을 식히는 고된 노동과 어려운 살림에 시달리는 노동자가 평등한 정책을 요구하는 조라넘의 주장에 빠져드는 건 너무나 당연해요. 다알에 방문했던 거 기억나요?"

"생생하게 기억하오. 그래서 레이치를 나무랄 생각이 없소. 나를 괴롭히는 건 조라넘이 니샤야 출신이란 사실이오."

도스가 어깨를 으쓱하며 물었다.

"아니, 조라넘이 어느 행성 출신이든, 그게 왜 중요하죠? 니샤야 역시 다른 모든 행성과 마찬가지로 가끔씩 사람들을 밖으로 보내야 하잖아요, 물론 일부는 트랜터로."

"그렇소. 하지만 아까 말했듯이, 나는 일부러 시간을 내서 니샤야를 조사했소. 심지어 하급 관리 몇 사람이랑 초공간 접촉까지 했소, 양심상 대학 당국에 비용을 청구할 수 없을 정도로 상당한 비용까지 써 가면서."

"그래서 그만한 비용을 들인 가치가 있는 정보를 파악했나요?"

"그런 것 같소. 당신도 알다시피, 조라넘은 자신의 주장을 관철하기 위해 약간의 민담을 늘어놓지. 고향 니샤야 행성에서 전설처럼 내려오는 민담. 그 민담은 이곳 트랜터에서 상당한 효과를 올리고 있소. 서민적인 철학과 분위기에 적합하다는 이미지를 주니 말이오. 그런 민담이 연설 곳곳에 깔려 있소. 그래서 조라넘이 조그만 행성 출신으로, 열악한 생태계에 둘러싸인 변두리 농장에서 자랐다는 이미지를 주고 있소. 사람들은 그런 이미지를 좋아하지. 열악한 생태계에 갇히느니 차라리 죽는 걸 선택하겠다고 하면서도 동시에 그런 곳을 갈망하는 트랜터 출신은 특히 더."

"하지만 그게 어떻다는 거예요?"

"이상한 건 내가 통화한 니샤야 사람 그 누구도 그런 민담을 전혀 모른단 사실이오."

"그건 중요하지 않아요, 해리. 조그만 행성이라고 해도 그곳에 사는 사람은 많아요. 조라넘이 태어난 구역에서 유명한 이야기도 그 관리가 태어난 구역에서는 전혀 유명하지 않을 수 있으니까요."

"아니, 그렇지 않소. 민담은 어떤 식으로든 행성 전역에 공동으로 퍼지는 법이오. 하지만 그게 전부가 아니오. 나는 그 관리가 하는 말을 알아듣는 것 자체가 힘들었소. 그는 은하계 표준어를 강한 억양으로 구사했소. 그걸 확인하려고 일부러 그곳에 사는 다른 사람이랑 통화도 했지만 모두가 똑같은 어투였소."

"그게 어떻다는 건가요?"

"조라넘은 그런 어투를 사용하지 않소. 그는 아주 훌륭한 트랜터 어투를 사용하오. 실제로 나보다 훨씬 훌륭할 정도로 말이오. 나는 아직도 'ㄹ'을 발음할 때 헬리콘 억양이 들어가는데, 그는 그렇지 않소. 공식 기록에 의하면 그는 열아홉 살에 트랜터에 들어왔소. 은하계 표준어에다 니샤야 억양이 가득 섞인 어투를 19년 동안 사용하며 어린 시절을 보낸 사람이 트랜터에 와서 그 흔적을 완전히 씻어 내기란 내가 보기에 불가능하오. 여기에서 아무리 오랜 세월을 살았다 해도 어릴 때의 억양이 일정하게 남을 수밖에 없소. 가끔씩 레이치 입에서 자신도 모르게 불쑥 튀어나오는 다알 억양을 보시오."

"그 사실에서 무엇을 추론할 수 있는 거죠?"

"내가 추론한 내용은(저녁 내내 여기에 앉아서 곰곰이 생각한 결과는) 그자가 니샤야 출신은 절대 아니란 사실이오. 그가 고향 행성으로 니샤야를 선택한 이유는 그곳이 너무나 궁벽한 곳이라서, 너무나 멀리 떨어진 변두리라서, 그 누구도 사실 여부를 확인할 수 없기 때문이라고 생각하오. 거짓말이 드러날 가능성이 가장 적은 행성을 찾기 위해 컴퓨터를 철저하게 검색했을 게 분명하오."

"하지만 말도 안 돼요, 해리. 고향 행성까지 속여야 하는 이유가 뭐겠어요? 기록을 위조하는 자체가 엄청나게 어려울 텐데."

"하지만 그 사람한테는 그렇게 어렵지 않았을 것이오. 그 정도는 충분히 바꿀 수 있는 추종자가 공무원 가운데에 있을 테니까. 그 역할을 조금씩 나누면 한 사람이 조금만 바꾸는 식으로 충분히 가능하고 그들 모두가 광적인 추종자라면 그 사실이 알려질 염려도 없지 않겠소?"
"하지만…… 왜 그래야 하죠?"
"조라넘이 자신이 태어난 진짜 지역을 사람들한테 알리고 싶지 않기 때문이라고 생각하오."
"왜요? 제국의 모든 행성은 동등하잖아요, 법적으로도 관습적으로도."
"나도 그 이유는 모르겠소. 고도의 이상적인 이론이 머리에만 맴돌 뿐 현실로 나오지 않는구려."
"그럼 그 사람은 어디 출신인가요? 그건 파악했나요?"
"그렇소. 아까 머리칼 이야기를 꺼낸 이유가 바로 그것 때문이오."
"머리칼이 왜요?"
"조라넘이랑 마주 보고 앉아서 가만히 살피는 동안 왠지 불안한 느낌이 들었는데, 도무지 그 이유를 알 수가 없었소. 그러다가 결국엔 그 사람 머리칼 때문이란 사실을 깨달았소. 머리칼에서 뭔가 이상한 느낌이랄까, 활력과, 윤기가 넘쳤소……. 생전 처음 보는 완벽한 느낌이었소. 그리고 깨달았소. 머리칼이 하나도 없어야 하는 두피에서 인위적으로 조심스럽게 기른 머리칼이란 사실을."
"머리칼이 없어야 하는 두피? 그렇다면 당신 말은……"
도스가 두 눈을 가늘게 떴다. 갑자기 떠오르는 기억이 있었기 때문이다.
"그렇소. 그자는 예전의 트랜터 중심지, 신화가 지배하는 마이코겐 지역 출신이오. 그자가 숨기려고 애쓴 게 바로 그것이오."

10

도스 베나빌리는 그 문제를 차분하게 생각했다. 차분함, 도스가 명상에 잠기는 유일한 방식이었다. 흥분하는 경우는 없었다.

도스는 두 눈을 감고 집중했다. 셀던과 함께 마이코겐을 방문한 게 벌써 8년 전이었다. 오래 머문 것도 아니었다. 음식 외에는 칭찬할 게 거의 없었다.

몇 가지 영상이 떠올랐다. 거칠고 엄격한 남성 중심 사회. 과거를 강조하는 분위기. 인체에서 모든 털을 제거하기, 다른 지역과 다른 모습으로 만들어서 '자신들의 정체성'을 강조하기 위해 자발적으로 참여하는 고통스러운 과정. 그들만의 다양한 전설. 자신들이 은하계를 지배하고 스스로 생명을 연장시키고 로봇을 만들어서 부려 먹던 시절에 대한 그들만의 기억(혹은 공상).

도스가 두 눈을 뜨며 말했다.

"이유가 뭐죠, 해리?"

"무슨 이유 말이오, 여보?"

"그 사람이 마이코겐 출신이 아닌 척해야 하는 이유."

도스는 셀던이 마이코겐에 대해 자신보다 많은 걸 기억한다고 생각하지 않았다. 아니, 셀던이 그렇지 않다는 사실을 알고 있었다. 하지만 셀던에게는 독특한 상상력이 있었다. 정말 탁월했다. 도스 자신은 사실을 기억하고 수학적 방식으로 몇 가지 추론을 이끌어내는 정도에 불과한데 셀던한테는 순식간에 핵심을 집어내는 무언가가 있었다. 셀던은 직관력에 관한 건 주로 조수 유고 애머릴이 맡는다고 했지만 도스는 그 말을 곧이곧대로 믿지 않았다. 셀던은 세속에 물들지 않은 수학자로

서 세상을 호기심 어린 눈으로 바라보는 척 하는 걸 좋아하지만 도스는 그것 역시 곧이곧대로 안 믿었다.

"그 사람이 마이코젠 출신이 아닌 척해야 하는 이유가 뭐죠?"

도스가 다시 물었을 때 셀던은 가만히 앉아서 자신 내면의 생각에 푹 빠져 있었다. 그런 모습을 볼 때마다 도스는 심리역사학의 다양한 개념에서 바람직한 내용을 한 방울이라도 더 짜내려고 애쓰는 자세가 떠올랐다.

셀던이 마침내 입을 열었다.

"그곳은 거친 사회, 제약이 강한 사회요. 사람들의 행위는 물론 생각까지 일일이 간섭하고 싶어서 안달을 부리는 사람이 사방에 가득한 사회. 그런 사회에는 억압에 완전히 익숙해질 수 없는 사람들이, 세속적인 바깥세상에서 더 많은 자유를 누리길 바라는 사람이 항상 존재하는 법이오. 상식적으로 충분히 그럴 수 있지."

"그래서 그들이 인위적인 머리칼을 기르게 된다는 건가요?"

"아니, 일반적으로는 그렇지 않소. 일반적인 이탈자는(마이코젠에서는 그런 사람을 이탈자라고 부르면서 경멸하지, 당연하게도 말이오.) 가발을 쓰니까. 이건 아주 간단하지만 효율성이 많이 떨어지지. 그래서 진짜로 진지한 이탈자는 가짜 머리칼을 기른다고 들었소. 절차가 어렵고 비용이 많이 들지만 겉으로 보기엔 가짜 같지 않으니까. 한 번도 직접 마주친 적은 없지만 그렇다고 들었소. 나는 몇 년에 걸쳐 트랜터에 있는 800개 구역을 모두 조사하면서 심리역사학의 기본적인 규칙과 수학 방정식을 찾아내려고 노력했소. 자랑할 만한 결과가 없어서 안타깝지만 그래도 그 덕에 몇 가지 사실은 배웠지."

"설사 그렇다 해도 자신이 마이코젠 출신이란 사실을 이탈자가 굳이 숨겨야 할 이유가 뭐죠? 내가 알기로 그들은 아무런 처벌도 안 받는데 말이에요."

"그렇소, 아무런 처벌도 안 받소. 사실, 마이코겐 출신을 열등한 인종으로 보는 시각도 없소. 하지만 훨씬 심각한 문제가 있소. 마이코겐 출신을 그 누구도 진지하게 받아들이지 않는다는 거요. 그들은 지능이 뛰어나고(이 사실은 모두가 인정하지.) 교육 수준이 높으며 고상하고 문화적이며 요리 분야에서 탁월하며 자신이 사는 구역을 발전시키는 능력은 무서울 정도요. 그러나 그 누구도 그들을 진지하게 받아들이지 않소. 그들의 신념은 마이코겐 외부인들의 눈에 우스꽝스럽고 엉뚱하고 어이가 없을 정도로 멍청하게 보일 뿐이오. 그리고 그런 시각이 마이코겐 출신 이탈자들에게도 적용되는 거요. 마이코겐 출신이 정부 권력을 장악하려고 한다는 건 일종의 코미디로 끝나고 말겠지. 두려움의 대상이 되는 건 아무것도 아니오. 경멸의 대상이 된다 해도 그럭저럭 살아갈 순 있소. 하지만 웃음거리만 된다는 건…… 치명적이오. 그래서 조라넘이 총리의 지위에 오르기 위해서는 우선 머리칼이 있어야 하고 그다음엔 마이코겐에서 최대한 멀리 떨어진 벽지 출신으로 위장해야 하오."

"하지만 사람들 가운데에는 머리칼이 안 나는 대머리도 있잖아요."

"스스로 머리칼을 완벽하게 뽑은 마이코겐 사람처럼 완벽한 대머리는 없소. 외부 행성에서 대머리는 특별한 문제가 안 되겠지. 마이코겐 자체가 외부 행성과 교류가 거의 없으니 말이오. 마이코겐 사람은 자기네끼리 똘똘 뭉치느라 트랜터 밖으로 나가는 경우가 거의 없소. 그러나 이곳 트랜터에서는 상황이 다르오. 물론 머리털 자체가 없는 사람도 있지만 마이코겐 출신이 아니라는 사실을 알리기 위해 얼마 안 남은 머리숱이나마 열심히 기르거든…… 수염이라도 기르거나. 그런 점에서 병리적인 현상 때문에 털이 하나도 없는 극소수는 운이 정말 없는 사람들이라고 말할 수 있지. 그런 사람은 마이코젠 출신이 아니란 사실을 증명하기 위해 의사가 발행한 증명서를 지니고 다닐 가능성이 많소."

도스가 눈살을 살짝 찡그리며 물었다.

"그 사실이 우리한테 무슨 도움이 되나요?"

"나도 모르겠소."

"그 사람이 마이코젠 출신이란 사실을 널리 알릴 순 없나요?"

"그게 가능할지 모르겠소. 그자가 그런 흔적을 철저하게 숨겼을 터이고 설사 그런 사실이 밝혀진다 해도……."

"그런다 해도?"

셀던이 어깨를 으쓱하며 계속 설명했다.

"그런 비열한 방법까지 동원하고 싶은 생각이 없소. 트랜터는 지금 상황이 아주 안 좋소. 나를 비롯한 그 누구도 통제할 수 없는 위험한 상황을 감수할 순 없소. 마지막 상황까지 몰리지 않는 한 마이코젠 문제에 의지할 순 없소."

"그렇다면 지금 당신이 원하는 것 역시 최소한주의로군요."

"물론이오."

"그렇다면 어떻게 할 건가요?"

"데머즐이랑 약속을 잡았소. 아마 총리라면 좋은 방법을 알고 있을 것이오."

도스가 날카로운 눈으로 해리 셀던을 쳐다보며 반박했다.

"해리, 그건 데머즐이 모든 문제를 해결해 주기를 기대하는 함정에 빠져드는 거 아닌가요?"

"아니. 하지만 데머즐이라면 이 문제를 해결할 수 있을 것이오."
"하지만 그러지 못한다면?"
"그렇다면 내가 다른 방법을 생각해야 하겠지, 그렇지 않겠소?"
"가령 어떤 방법요?"
셀던의 얼굴에 고통스러운 표정이 스쳤다.
"도스, 나도 모르오. 당신 역시 내가 모든 문제를 해결할 거란 기대는 하지 마시오."

11

에토 데머즐은 모습을 자주 드러내지 않았다. 클레온 황제를 배알하는 정도가 거의 전부였다. 그가 모습을 드러내지 않는 이유는 다양한데, 오랜 시간이 지나는 동안 거의 변하지 않는 외모가 그 가운데 하나였다.

해리 셀던도 그를 몇 년 동안 못 보았을 뿐 아니라 단둘이 만나서 깊은 대화를 나누는 건 트랜터에 도착한 초창기 이후로 처음이었다.

최근에 라스킨 조라넘을 만난 불안감으로 인해 해리 셀던과 에토 데머즐은 둘 사이의 관계를 남한테 알리지 않는 게 최선이라고 판단했다. 셀던이 황궁에 있는 총리 집무실로 찾아가는 건 남의 눈에 띌 수밖에 없는 데다가 안전 문제도 중요하기 때문에 그들은 황궁 인근에 있는 돔 모서리 호텔의 작지만 화려한 공간에서 만나기로 결정한 상태였다.

에토 데머즐을 만나는 순간 셀던에게는 옛날 기억이 아프게 떠올랐다. 데머즐이 아직도 예전 모습 그대로 보인다는 단순한 사실에 셀던은 그만큼 더 커다란 아픔을 느꼈다. 얼굴은 강인한 인상 그대로였고 여전히 커다란 키에 건장한 체구였다. 살짝 금발 느낌이 감도는 갈색 머리칼도 마찬가지였다. 잘생긴 얼굴은 아니지만 근엄한 모습이 눈에 띄었다. 과거 역사에 등장한 총리들과 달리, 사람들이 상상하는 이상적인 제국 총리의 모습 그대로였다. 셀던이 생각하기에 황제의 총애를 산 절반, 그래서 황궁을 장악한 능력 절반, 그리하여 제국을 장악한 능력 절반이 바로 그 외모에서 나오는 것 같았다.

에토 데머즐이 다가오며 입술을 비틀어서 점잖게 웃었다. 하지만 근엄한 표정은 조금도 바뀌지 않았다. 그리고 이렇게 말했다.

"셀던, 이렇게 만나서 정말 반갑군요. 당신이 행여나 마음을 바꿔서 약속을 취소하는 건 아닐까 은근히 걱정했답니다."

"나야말로 총리 각하가 그러지나 않을까 은근히 많은 걱정을 했답니다."

"에토라고 부르세요······. 내 진짜 이름을 사용해도 좋고."

"그럴 순 없습니다. 내 입에서 그 이름이 나오려고 하질 않습니다. 총리 각하도 잘 아시지 않습니까?"

"단둘이 있을 때는 괜찮아요. 그냥 말하세요. 그렇게 부르는 소리를 듣고 싶어요."

셀던은 잠시 망설였다. 입술이 그런 모양을 만들고 성대로 그런 소리를 내는 것 자체가 불가능할 것 같았다. 하지만 마침내 그 이름을 불렀다.

"다닐."

그러자 데머즐이 입을 열었다.

"R. 다닐 올리바. 그래요. 나랑 저녁식사를 먹을 건가요, 셀던? 당신이랑 식사하면 내가 음식을 먹을 필요가 없어서 마음이 놓여요."

"기꺼이 그러겠습니다, 혼자 먹는 건 내 취향이 아니지만요. 분명 한

두 술잔 정도는……."

"선생을 위해서라면 그러죠."

"그런데 우리 둘이서 많은 시간을 보내도 괜찮을까 하는 걱정이 드는 건 어쩔 수가 없네요."

"괜찮습니다. 황제 폐하의 명령이니까요. 황제 폐하께서 그러라고 하셨습니다."

"그 이유가 뭐죠, 다닐?"

"앞으로 2년이 지나면 10년 총회가 다시 열릴 테니까요. 깜짝 놀라시는군요. 잊어버렸나 보죠?"

"그런 건 아닙니다. 그 생각을 안 한 것뿐입니다."

"선생은 참석하지 않으실 예정이셨나요? 지난번에는 대 히트를 쳤잖습니까."

"그래요. 내 심리역사학 덕분에요. 대단한 히트였죠."

"선생은 황제 폐하의 관심을 끌었어요. 어떤 수학자도 그런 적이 없었지요."

"처음에 관심을 보인 건 황제 폐하가 아니라 총리 각하였지요. 그리고 나는 황궁의 관심에서 벗어나기 위해 재빨리 도망쳐서 심리역사학 연구를 시작할 수 있다는 확신을 다지기 시작하고, 그런 다음에 총리 각하는 나를 평범한 일반인으로 돌아가서 연구에 몰두하도록 해 주셨지요."

"최고 명문 대학의 수학과를 통솔하시는 분이 평범한 일반인은 아니지요."

"네, 그건 그래요. 심리역사학까지 숨겨 줄 정도니까요."

"아, 음식이 나오고 있군. 우선은 우정에 걸맞은 대화를 좀 나눕시다.

도스는 어떤가요?"

"훌륭해요. 진정한 내조자입니다. 안전하게 보호하겠다는 일념 하나로 나를 끝없이 닦아세우지요."

"그게 도스의 임무니까요."

"도스도 툭하면 그런 말을 한답니다. 진심인데, 다닐, 우리 둘이 맺어지도록 도와주어서 얼마나 고마운지 모르겠어요."

"고맙습니다, 셀던. 하지만 솔직히 말해서, 나는 두 사람이 결혼을 모두 행복하게 여길 줄은 몰랐답니다, 특히 도스 쪽에서……"

"그래도 정말 고마운 선물이에요, 그 결과가 총리 각하의 기대에는 못 미치겠지만."

"나도 기뻐요. 하지만 그건, 선생도 아시겠지만, 앞으로 어떤 결과가 나올지 모르는 선물이에요……. 나의 우정이 그런 것처럼."

이 말에 해리 셀던은 아무 대답도 할 수 없어서 에토 데머즐의 몸짓에 따라 음식으로 관심을 돌렸다. 그러다가 잠시 후에 자신이 포크로 찍은 생선 한 점을 고개로 가리키며 이렇게 말했다.

"어떤 생선인지 모르겠지만 마이코겐 요리로군요."

"네, 맞아요. 선생께서 좋아하시는 거죠."

"요리는 마이코겐의 유일한 자랑거리죠. 유일한 자랑거리. 하지만 마이코겐이 총리 각하한테 특별한 의미가 있다는 사실을 내가 잊을 순 없지요."

"특별한 의미는 이제 완전히 끝났습니다. 그들의 조상은 오래전, 아주 오래전에 오로라 행성에서 살았습니다. 그들은 은하계 행성 50개를 통치하며 300년 이상을 살았지요. 나를 최초로 설계하고 제작한 게 바로 오로라 행성 사람입니다. 나는 그걸 잊지 않습니다. 그 사실을 그들의 마이코겐 후손들보다 훨씬 정확하게(조금도 왜곡시키지 않고) 기억하고 있지요. 하지만 오래전, 아주 오래전에 나는 그들을 떠났습니다. 인류에게 바람직한 것이 무언지 선택해서 지금까지 그 길을 따라 최선을 다하며 걸어 왔답니다."

셀던이 갑자기 경계하는 눈초리로 물었다.

"누가 엿듣지 않을까요?"

데머즐이 재미있다는 표정으로 대답했다.

"이제 비로소 그 생각을 한 거라면 이미 늦었습니다. 하지만 걱정하지 마세요, 내가 적절한 조치를 취해 놓았으니까요. 선생이 여기로 들어오는 장면을 목격한 사람도 그리 많지 않고 그건 나중에 떠날 때에도 마찬가지일 겁니다. 그리고 선생을 목격한 사람들 또한 조금도 놀라지 않을 겁니다. 나는 자부심만 강하고 능력은 거의 없는 아마추어 수학자로 널리 알려져 있답니다. 황궁에서 나를 그다지 좋아하지 않는 사람들한테는 재미있는 놀림감 가운데 하나이니, 이곳 사람들은 내가 다가오는 10년 총회에 대비해서 초석을 간다는 의미로 가볍게 받아들일 겁니다. 사실, 선생이랑 총회에 대해 상의하고 싶은 생각도 있고요."

"내가 도움이 될지 모르겠습니다. 총회에 대해서 내가 할 수 있는 말은 딱 하나인데…… 나는 그 말을 할 수 없습니다. 만일 내가 참석한다면 그건 청중의 일부로 참석하는 것에 불과할 겁니다. 나는 어떤 논문도 발표할 생각이 없으니까요."

"이해합니다. 하지만 혹시 궁금해하실 것 같아서 말씀드리는데, 황제 폐하께서는 선생을 기억하고 계신답니다."

"그건 총리 각하께서 나에 대한 기억을 계속 상기시키기 때문이겠지요."

"아닙니다. 내가 일부러 노력한 건 없습니다. 하지만 황제 폐하께서는 가끔씩 나를 놀라게 하지요. 다가오는 총회도 알고 계시고 예전 총회에서 선생이 한 연설도 기억하십니다. 심리역사학 문제에 계속적인 관심을 보이시니, 미리 말씀드리는데, 앞으로 더할 가능성이 많습니다. 선생을 부를 가능성도 배제할 수 없지요. 한 사람이 황제 폐하의 부르심을 두 번이나 받는다는 건 굉장한 영광이 아닐 수 없습니다."

"농담이시겠죠. 내가 황제 폐하를 배알하는 게 무슨 도움이 있겠습니까?"

"어쨌든 부르심을 받는다면 선생은 거절할 수가 없습니다……. 그래, 선생의 젊은 친구 유고랑 레이치는 어떻게 지내나요?"

"확실히 알고 계시는군요. 나를 계속 지켜보신다는 짐작은 하고 있습니다."

"당연하지요. 선생의 안전에 한해서. 하지만 모든 생활을 지켜보는 건 아닙니다. 업무에 쫓겨서 안타깝게도 충분히 지켜볼 순 없답니다."

"도스가 보고하지 않나요?"

"그건 위험한 순간에 한정됩니다. 나머지는 아닙니다. 도스는 비본질적인 것까지 보고하는 스파이 역할을 싫어하거든요."

데머즐은 다시 살짝 웃었다. 셀던이 툴툴거렸다.

"두 청년은 잘 지내고 있습니다. 유고는 다루기가 점차 어려워지고 있어요. 심리역사학에 나보다 깊이 빠진 나머지 내가 자신을 방해한다는 느낌까지 받는 것 같아요. 그리고 레이치는 정말 귀여운 악당이랍니다……. 항상 그런 것처럼. 그 아이는 거리의 끔찍한 개구쟁이일 때부터 내 마음을 사로잡았는데 정말 놀라운 사실은 그 아이가 도스의 마음까지 사로잡았단 겁니다. 솔직히 고백하는데, 다닐, 설사 도스가 나한테 염증이 나서 내 곁을 떠나고 싶다 해도 레이치에 대한 사랑 때문에 그냥 눌러앉을 거란 생각이 들 정도입니다."

에토 데머즐이 고개를 끄덕이자 셸던은 진지한 어투로 계속 말했다.

"와이의 라쉘르가 사랑스러운 그 아이를 발견하지 않았더라면 나는 오늘날 이 자리에 없었을 겁니다. 오래전에 총에 맞아서……."

해리 셸던이 섬뜩한 표정으로 꿈틀거리며 뒷말을 이어 나갔다.

"생각하기도 싫어요, 다닐. 그건 아무도 예상 못한 상황에서 너무나 우연히 일어난 일이었어요. 그런 일에 심리역사학이 어떤 도움을 줄 수 있겠어요?"

"선생께서 말씀하셨듯이, 심리역사학은 대규모 집단을 대상으로 일정한 가능성을 산출하는 학문이지 한 개인을 대상으로 하는 건 아니니까요."

"하지만 만일 그 개인이 아주 중요한 인물이라서……."

"어떤 개인도 그렇게 중요할 순 없습니다. 나는 물론이고 선생 자신도."

"그 말이 맞는 것 같군요. 내가 그런 가정 아래서 아무리 열심히 연구한다 해도 나 자신을 절대적으로 중요한 존재라고 생각할 순 없어요. 그런 건 모든 감각을 초월하는 자기중심주의에 불과하니까요. 하지만 총리 각하는 아주 중요한 존재입니다. 그것 때문에 상의하고 싶은 게 있어서 이렇게 만나자고 한 겁니다. 최대한 솔직한 견해를 들어야 하겠습니다."

"그게 뭔가요?"

남은 음식은 웨이터가 이미 깨끗하게 치웠고 실내의 불빛이 약간 어두워지면서 사방 벽이 꼭꼭 닫힌 느낌과 동시에 아주 은밀한 느낌을 주었다.

"조라넘."

해리 셀던이 그 이름만 언급하는 자체로 충분하다는 듯이, 물어 끊는 어투로 대답했다.

"아, 네."

"그자를 아십니까?"

"물론이죠. 내가 어떻게 모를 수 있겠습니까?"

"으음, 나도 그자에 대해서 알고 싶습니다."

"어떤 걸 알고 싶으신가요?"

"다닐, 대충 넘기지 마세요. 위험한 사람인가요?"

"당연히 위험하지요. 선생의 눈에는 그렇게 보이지 않나요?"

"그러니까 당신한테요? 총리라는 위치에?"

"내 대답도 바로 그런 의미입니다. 그자가 위험한 건 바로 그것 때문입니다."

"그런데 가만두는 건가요?"

해리 셀던이 묻자, 에토 데머즐이 왼쪽 팔꿈치를 탁자에 기대며 상체를 앞으로 기울였다.

"개중에는 내 허락을 기다리지 않는 일도 있는 법입니다, 셀던. 이 문제를 철학적으로 검토해 봅시다. 클레온 1세 황제 폐하는 그 자리에 오른 지 벌써 18년이 되었고 그 기간 동안 나는 수석보좌관으로 일하다가 총리가 되어 선황이 통치하던 말년 이상으로 많은 노력을 했습니다. 정말 오랜 시간이지요. 총리 자리에 그렇게 오랫동안 머무는 건 아주 드뭅니다."

"당신은 평범한 총리가 아니에요, 다닐. 그건 당신도 잘 알잖아요. 심리역사학을 완성할 때까지 당신은 그 자리를 지켜야 해요. 그렇게 웃지 마세요. 사실이니까. 8년 전 우리가 처음 만났을 때에 당신은 나한테 제국이 부패해서 쇠퇴하는 상태라고 말했어요. 그 생각이 혹시 변하기라도 한 겁니까?"

"아니요, 당연히 아닙니다."

"그래요. 그런 쇠퇴 현상은 지금 훨씬 더 또렷하게 일어나고 있어요, 그렇지 않은가요?"

"그래요, 맞습니다. 하지만 나는 그걸 막기 위해 열심히 노력하고 있습니다."

"그런데 당신이 사라지면 무슨 일이 일어날까요? 지금 조라넘은 제국의 여론을 당신한테 안 좋은 쪽으로 몰아가고 있어요."

"제국이 아니라 트랜터에서죠, 셀던. 트랜터. 외부 행성은 흔들리지 않습니다. 비록 경제가 후퇴하고 무역이 줄어들긴 하지만 아직까지는 내 정책에 상당히 만족하는 편이지요."

"하지만 중요한 건 트랜터예요. 당신을 전복시킬 힘이 있는 곳은 트랜터예요. 우리가 살고 있는 행성, 제국의 수도이자 심장부, 행정의 중심지 말입니다. 트랜터가 거부하면 총리의 지위를 지킬 수 없어요."

"인정합니다."

"당신이 물러나면 외부 행성은 누가 돌볼 것이며 곤두박질치는 쇠퇴 현상은, 제국 전체가 무정부주의로 급속히 전락하는 건 어떻게 막아 내겠습니까?"

"그래요, 충분히 일어날 수 있는 사태입니다."

"따라서 당신이 무슨 조치를 내려야 합니다. 유고는 당신이 아주 커다란 위험에 처했다고, 그 자리를 지킬 수 없다고 확신합니다. 직관적으로 그런 느낌이 든다고 합니다. 도스 역시 똑같은 말을 하면서 그 이유를 세 개인지 네 개인지 되는 그……"
"로봇이 지켜야 할 원칙."
데머즐이 끼어들었다.
"철없는 레이치는 조라넘의 교리에 매력을 느끼는 것 같습니다. 다알 출신이니까요. 그리고 나는…… 나는 확신이 없습니다. 그것 때문에 직접 만나서 확인하고 싶었던 것 같습니다. 총리 각하께서 그 상황을 제대로 처리하는 중이라고 말해 주세요."
"나도 그렇게 말할 수 있으면 좋겠습니다. 하지만 현재의 나는 그런 말을 할 수 없습니다. 위험한 게 사실이니까요."
"아무런 조치도 취하지 않는 건가요?"
"아닙니다. 조라넘이 주장하는 문제를 해결하기 위해 엄청나게 애쓰고 있습니다. 그렇게 하지 않았다면 아마 벌써 쫓겨났을 겁니다. 하지만 내가 할 수 있는 일은 한계가 있습니다."
셀던이 잠시 망설이다가 마침내 입을 열었다.
"나는 조라넘이 사실은 마이코젠 출신이라고 생각합니다."
"그래요?"
"내 의견입니다. 그 사실을 이용하는 건 어떨까 하는 생각도 했지만 비열한 방법 같아서 망설이는 중입니다."
"잘하신 겁니다. 우리가 원치 않는 부작용이 일어날 수 있으니까요. 당신도 알다시피, 셀던, 나는 이 자리에서 떠나는 게 두렵지 않습니다……. 제국의 몰락을 최대한 늦추기 위해 내가 추진하는 정책을 후임자가 계속 추진할 수만 있다면. 하지만 내가 볼 때 조라넘이 후임자가 된다면 그건 치명적입니다."

"그렇다면 모든 방법을 동원해서 그자를 막아야 하는 거 아닌가요?"

"아닙니다. 제국 해체가 빨라질 수 있습니다. 설사 조라넘을 물리치고 내가 이 자리에 남는다 해도 말입니다. 그런 조치 때문에 제국의 몰락이 가속화될 가능성이 있다면 나는 조치를 취할 수 없어요. 조라넘을 물리칠 방법이 없는 겁니다. 조라넘을 확실하게 물리침과 동시에 제국의 몰락을 확실하게 피할 수 있는 방법을 아직까지 찾아내지 못했습니다."

"최소한주의."

셀던이 속삭이듯 말했다.

"뭐라고요?"

"도스는 당신이 최소한주의의 굴레에 묶여 있을 거라고 설명하더군요."

"그래요, 사실입니다."

"그렇다면 내가 당신을 만난 목적은 실패로군요, 다닐."

"나한테 확신을 얻으려고 했는데 그런 확신이 안 생겼다는 뜻인가요?"

"그런 것 같습니다."

"하지만 나 역시 확신을 얻고 싶어서 선생을 만난 겁니다."

"나에게서요?"

"심리역사학에서요. 심리역사학이라면 내가 떠올릴 수 없는 안전한 방법을 찾아낼 수 있을 테니까요."

셀던은 무거운 한숨을 내쉬며 대답했다.

"다닐, 심리역사학은 아직까지 그 정도 수준까지 개발되지 않았어요."

그러자 총리가 심각한 표정으로 해리 셀던을 쳐다보며 말했다.

"벌써 8년이 흘렀어요, 셀던."

"8년이 아니라 800년이 지나도 그 정도까지 개발되지 않을 수 있어요. 그건 쉽게 정리할 수 있는 대상이 아니에요."

데머즐이 말했다.

"내가 원하는 건 완벽한 심리역사학이 아니에요. 일종의 지침으로 활용할 수 있는 일정한 개요나 골격, 일정한 원칙 정도면 충분해요. 완벽하진 않겠지만 뜬구름 잡는 식보다는 좋을 테니까요."

셀던이 슬픈 표정으로 대답했다.

"8년 전이나 지금이나 똑같은 수준이에요. 그렇다면 이런 결론을 내릴 수 있겠군요. 내가 심리역사학을 상당한 수준까지 끌어올릴 수 있으려면 당신은 제국을 최대한 오랫동안 안전하게 유지하는 방식으로 조라넘을 물리치면서 현재의 직위를 유지해야 한다. 하지만 내가 심리역사학을 상당 수준으로 끌어올리지 않는 한 그렇게 할 방법은 없다. 맞나요?"

"그런 것 같군요, 셀던."

"그렇다면 우리는 지금까지 탁상공론만 하면서 맴돈 셈이고 제국은 멸망할 수밖에 없겠군요."

"예상 밖의 반전이 일어나지 않는다면 그렇게 되겠지요. 당신이 뜻밖의 상황을 만들어내지 않는다면 말입니다."

"내가? 다닐, 심리역사학 없이 내가 어떻게 그럴 수 있단 말입니까?"

"나도 몰라요, 셀던."

그 말을 듣고 셀던은 자리에서 일어났다…… 절망감에 휩싸인 채.

12

그러고 나서 며칠 동안 해리 셀던은 학과 업무조차 외면하며 컴퓨터를 뉴스 취재 시스템으로 전환시켰다.

2500만 개 행성에서 일어나는 사건 전체를 일상적으로 처리할 수 있는 컴퓨터는 그리 많지 않았다. 제국 본부에서나 그런 컴퓨터를 몇 대 설치해 아주 요긴하게 사용하는 정도였다. 물론 그런 컴퓨터를 사용하는 대규모 외부 행성 수도가 몇 군데 있긴 했지만 거의 모든 행성은 트랜터에 있는 중앙 뉴스 본부와 초공간 연결을 확보한 정도로 만족하는 수준이었다.

하지만 최고 명문 대학 수학과 사무실에 있는 컴퓨터는 적절한 장치를 설치하면 독자적인 뉴스 확보 시스템으로 변신할 수 있었고, 해리 셀던은 자신의 컴퓨터를 그런 식으로 조심스럽게 변신시켰다. 어차피 그것 역시 심리역사학 연구에 필요한 조치 가운데 하나였다. 하지만 컴퓨터의 능력을 제한하는 요인은 현실적으로 다양하게 존재했다.

이상적으로 볼 때, 컴퓨터는 제국 전체 행성에서 일어나는 커다란 사건을 모두 알려 주어야 했다. 그래서 프로그램과 연결된 조그만 경고등이 작동하면 셀던은 그 내용을 쉽게 추적할 수 있었다. 그런데 경고등 불빛이 들어오는 경우가 아주 드물었다. '커다란 사건'의 정의를 아주 엄격하고 까다롭게 규정한 탓에 말 그대로 아주 드물게 일어나는 대규모 사건이어야 했다.

그래서 경고등이 안 들어올 때에는 다양한 행성에(물론 2500만 개 행성 전체가 아니라 수십 군데를 골라서) 무작위로 연락을 취하는 작업을 했다. 그건 정말 힘들고 어려운 작업이 아닐 수 없었다. 비교적 사소한 재난을 일상적으로 겪지 않는 행성은 하나도 없기 때문이었다. 여기에선 화산이 폭발하고, 저기에선 홍수가 일어나고, 이런저런 경제 사태가 터지면 곧바로 폭동으로 이어졌다. 1000년이란 세월이 지나는 동안 이런저런 문제 때문에 100개 아니 그 이상의 다양한 행성에서 폭동이 안 일어난 적은 단 하루도 없었다.

이런 사건은 논리적 결과로 당연히 제외해야 했다. 사람이 사는 행성에서 폭동과 화산 폭발이 둘 다 상수(常數)로 존재하는 동안은 화산 폭발에 신경을 쓰지 않아도 되는 만큼이나 폭동 역시 신경을 쓸 필요가 없었다. 그보다는 어디에서도 폭동이 일어나지 않는 날이 생긴다면 그것이야말로 정말 심각한 걱정거리를 경고하는 아주 심각한 징후일 수 있었다.

셀던은 걱정을 느끼려야 느낄 수가 없었다. 온갖 재난과 무질서에도 불구하고 외부 행성은 화창한 날에 잔잔한 파도가 치다가 가끔씩 큰 파도가 몰아치는 거대한 바다, 그 이상은 아니었다. 지난 8년은 물론 지난 80년 동안에도 제국이 쇠퇴하는 뚜렷한 징후는 어디에도 없었다. 그럼에도 에토 데머즐은(셀던은 에토 데머즐이 없는 자리에서 다닐이란 이름을 차마 사용할 수 없었다.) 제국이 계속 쇠퇴하는 중이라고, 셀던이 모방할 수 없는 방법으로 제국의 맥박에 손을 올려놓고 매일매일 확인하는 중이라고, 심리역사학으로 방향을 모색할 수 있기만 기다린다고 말했다.

물론 쇠퇴 현상 자체가 너무 작아서 결정적인 상황이 발생할 때까지 (임계점에 도달할 때까지) 눈에 띄지 않을 수도 있었다. 또렷한 징후 없이 천천히 닳으며 망가지다가 어느 날 밤에 갑자기 지붕이 무너지는 주택처럼 말이다.

그렇다면 지붕이 언제 무너질까? 바로 그게 문제인데 셀던은 그 답을 알 수가 없었다.

물론 셀던은 가끔씩 트랜터 자체도 살피곤 했다. 상당히 실질적인 뉴스가 항상 넘치는 곳이었다. 그럴 수밖에 없는 이유로 첫째, 트랜터는 인구가 400억에 달하는 가장 거대한 행성이었다. 둘째, 800개나 되는 구역 모두가 각자 소제국을 형성하고 있었다. 셋째, 정부 각 부처가 모여 있고 모두의 관심을 끄는 황족이 있었다.

하지만 셀던의 시선을 끄는 건 다알 구역이었다. 다알 구역 평의회 선거에서 조라넘주의자가 무려 다섯 명이나 선출된 것이다. 논평에 따르면 조라넘주의자가 구역 평의회를 장악한 건 이번이 처음이었다.

하기야 놀랄 일도 아니었다. 다알은 조라넘 세력이 어떤 구역보다 강한 본거지였다. 셀던이 보기에 그것은 거짓 선동이 만들어 낼 수 있는 부정적인 지표의 하나일 뿐이었다. 셀던은 기사 내용을 마이크로칩에 담아서 그날 저녁에 집으로 가져갔다.

레이치는 컴퓨터를 하다가 셀던이 오는 걸 발견하고 변명할 필요를 느꼈는지 이렇게 말했다.

"어머니가 필요하다고 해서 참고 자료를 찾는 중이었어요."

"과제는 안 하고?"

"했어요, 아버지. 전부."

"잘했다. ······이걸 보렴."

셀던이 손에 들고 있는 칩을 레이치한테 보여 준 다음 마이크로 프로젝터에 넣었다.

레이치는 눈앞에 나타나는 뉴스 내용을 대충 살피다가 이렇게 대답했다.

"네, 알고 있어요."

"그래?"

"물론이죠. 나는 다알에 관심이 많아요. 고향이잖아요."

"그래, 너는 저 결과를 어떻게 생각하니?"

"전혀 이상하지 않은데, 아버지는 이상하세요? 트랜터 전체가 다알을 쓰레기처럼 취급해요. 그런 곳에서 조라넘주의를 지지하는 건 너무나 당연한 거 아니에요?"

"그럼 너도 조라넘주의를 지지하니?"

셀던이 묻자 레이치가 깊이 생각하는 표정으로 미간을 찡그리며 대답했다.

"으음…… 나한테도 어느 정도 매력적으로 보인다는 사실을 인정해야 할 것 같아요. 그는 자기가 원하는 건 그저 모든 민중의 평등이라고 주장하는걸요. 그걸 나쁘다고 할 순 없지 않나요?"

"그야 물론이지……. 그게 진심이라면. 그게 그의 본심이고, 표를 얻기 위한 책략에 불과한 게 아니라면 말이다."

"그 말은 공감하지만, 아버지, 다알 주민은 아마 이렇게 생각할 거예요. 어차피 손해 볼 것도 없는 거 아닌가? 법에서는 우리가 평등하다고 하지만 지금 우리에겐 평등이란 없는데 하고."

"법률 제정이라는 게 그래서 어려운 거야."

"온몸에서 죽을 정도로 땀이 나는 사람을 그런 식으로 진정시킬 순 없어요."

레이치의 말에 셀던은 머리를 빠르게 굴리기 시작했다. 사실 이 뉴스를 접한 순간부터 떠오르던 생각이 있었다. 그리고 이렇게 물었다.

"레이치, 우리랑 다알을 떠난 이후로 그곳에 가 본 적이 없지, 그렇지 않니?"

"아니에요, 5년 전에 아버지가 그곳을 방문할 때 따라간 적이 있잖아요."

그러자 셀던이 손을 내저으며 대답했다.

"그래, 그래. 하지만 그건 다알에 간 거라고 볼 수 없어. 당시에 우리는 다알 인근 지역 호텔에 묵었으니까. 게다가 네 어머니가 너 혼자 거리에 내보낸 적이 없잖아. 네 나이가 열다섯에 불과했으니 말이야. 이번 기회에 다알을 가 보는 건 어떻겠니? 너 혼자 자유롭게…… 이제 스무 살 청년이 되었으니까."

레이치가 깔깔 웃으며 대답했다.

"어머닌 절대로 허락하지 않으실 거예요."

"그 문제를 네 어머니랑 논의해야 한다는 사실이 즐거울 거란 거짓말은 하지 않으마. 어쨌든 나는 굳이 네 어머니한테 허락까지 받을 생각이 없어. 문제는 네가 나 대신 그곳에 갈 마음이 있느냐는 거야."

"호기심 때문에요? 그럼요. 태어난 고향에서 일어나는 일을 나 역시 내 눈으로 직접 확인하고 싶으니까요."

"수업을 빠질 순 있겠니?"

"물론이죠. 일주일 정도에 불과하잖아요. 아버지가 강의를 녹화하실 수 있다면 내가 돌아와서 따라잡을 수도 있고요. 허락을 받는 건 어렵지 않을 거예요. 어쨌든 우리 아버지께선 교수진에 속해 계시니까요, 뭐, 아직 해고 당하지 않으셨다면 말이지만."

"아직은 아니지. 하지만 지금 내 얘긴 너한테 휴가나 즐기고 오라는 뜻이 아니야."

"당연한 거 아닌가요? 아버지가 휴가라는 게 뭔지 알고 계시다고는 생각도 못했는데요. 그런 단어를 알고 계셔서 놀랐어요."
"버릇없게 굴지 말고. 그곳에 가면 라스킨 조라넘을 만나야 해."
레이치가 깜짝 놀란 표정으로 물었다.
"내가 어떻게요? 그 사람이 어디로 갈지도 모르는데요?"
"그 사람이 다알을 방문할 거야. 이번에 당선된 조라넘주의자인 의원들이 그 사람한테 다알 협의회에서 연설을 해 달라고 부탁했거든. 그 날짜를 확인하고 나서 네가 사나흘 일찍 출발하는 거야."
"하지만 그 사람을 어떻게 만나죠, 아버지? 경계가 철저할 텐데요."
"나도 몰라. 그건 네게 맡기마. 넌 이미 열두 살 때에도 그렇게 하는 방법을 알고 있었지 않니. 그런 장점이 여기에서 지내는 동안 아주 둔하게 망가지지 않았기를 바랄 뿐이야."
레이치가 빙그레 웃었다.
"나도 그러길 바라요. 그래서 그 사람을 만났다 치고, 그 다음엔 어떻게 하죠?"
"으음, 네가 할 수 있는 걸 찾아봐. 그 사람의 진정한 계획이 무엇인지. 진짜 생각은 어떤지."
"그 사람이 나한테 그런 걸 말할 거라고 생각하세요?"
"충분히 그럴 수 있어. 너는 상대편을 부추겨서 속마음을 털어놓게 만드는 탁월한 악당이니까. 함께 방법을 찾아보자."
그리고 두 사람은 그렇게 했다. 몇 차례나.
셀던은 생각이 복잡했다. 이번 일로 어떤 결과가 나타날지 애매했지만 유고 애머릴이나 에토 데머즐이나 아니면 (다른 누구보다) 도스와 상의할 용기가 없었다. 모두가 만류할 게 분명했다. 좋지 않은 방법이란 근거까지 제시할 게 분명했다. 하지만 셀던한테 필요한 건 그런 근거가 아니었다. 자신이 세운 계획이 문제를 해결할 유일한 통로 같았다. 그 통로를 차단당하고 싶지 않았다.
하지만 과연 그런 통로가 정말 있긴 할까? 셀던이 볼 때에 조라넘의 환심을 살 수 있는 사람은 레이치가 유일했다. 하지만 레이치가 과연 자기 역할을 제대로 해낼 수 있을까? 레이치는 다알 출신이며 조라넘한테 호감을 지니고 있다. 그런 레이치를 과연 얼마나 믿을 수 있을까? 모골이 송연했다! 레이치는 아들이 아닌가……. 지금까지 셀던은 레이치를 의심한 적이 한 번도 없었다.

13

자신의 계획이 과연 효과가 있을까, 행여나 자신이 다양한 문제만 일으키거나 그걸 가속화시키는 건 아닐까, 레이치가 과연 제 몫을 충실히 해낼 거라고 한 치의 근심도 없이 믿어도 될까 하는 이런저런 의심도 들 수 있었다. 그러나 레이치를 먼저 그곳으로 보낸 다음에 그 사실을 통보받은 도스가 보일 반응에 대해서 셀던은 조금도, 정말 조금도 의심하지 않았다.
그리고 셀던은 그 예측에 대해서라면 실망스러울(만약 '실망'이 그의 감정을 표현할 바로 그 단어라면) 일은 없었다.
하지만 도스의 태도는 (실망스러울 정도로) 셀던의 예측을 완전히 벗어났다. 사실 셀던은 도스가 말도 안 된다는 표정으로 목소리를 높일 거라 예상하고 거기에 대한 마음의 준비를 갖추고 있었는데 실제는 완전히 뜻밖이었다.
하기야 셀던이 그걸 어떻게 알 수 있겠는가? 도스는 애초에 다른 여자들이랑 달랐다. 진짜로 화난 모습을 보인 적이 지금까지 한 번도 없었다. 어쩌면 도스는 진짜 화낼 줄을 모르는 사람이거나, 셀던이 '진짜 화를 낸다'고 판단할 만한 감정이 없는지도 몰랐다.

도스는 그저 차가운 눈으로 쳐다보며 불만 가득한 목소리로 나지막하게 말했을 뿐이었다. 그것도 아주 부드럽게. 질문하는 어투로.

"그 애를 다알로 보냈다는 거예요? 그 애 혼자만?"

너무나 차분한 목소리에 셀던은 순간적으로 움찔했다. 그러다가 단호한 어조로 대답했다.

"어쩔 수 없었소. 꼭 필요한 일이라서."

"설명을 해 봐요. 당신이 그 애를 도적 소굴로, 살인범이 가득한 곳으로, 온갖 범죄자가 득시글거리는 곳으로 보냈다는 거예요?"

"도스! 알 만한 사람이 그런 식으로 말하니 화가 나지 않을 수가 없구려. 편견이 심한 사람들이나 그런 고정 관념을 가진 줄 알았더니!"

"그럼 다알이 내가 설명한 것과 다르단 말인가요?"

"당연하지. 물론 다알에는 범죄자도 있고 빈민가도 있소. 나도 그 사실은 잘 알고. 당신도 알고 나도 알지. 하지만 다알 전체가 그런 건 아니오. 범죄자가 있고 빈민가가 있는 건 다른 구역도, 심지어 황궁 구역이나 스트릴링 구역도 마찬가지지."

"하지만 정도의 차이가 있는 거 아닌가요? 하나는 열이 아니에요. 모든 행성에 범죄가 가득한들, 모든 구역에 범죄가 가득한들, 다알이 그 중에서도 최악이에요. 그렇지 않나요? 컴퓨터가 있으니까 통계를 확인해 보세요."

"그럴 필요 없소. 다알은 트랜터에서 가장 가난한 구역이고 가난과 절망과 범죄 사이에는 상당한 연관성이 있으니까 그 부분은 인정하오."

"'그 부분은 인정한다'고요! 그런데도 그 아이 혼자 보냈다는 거예요? 당신이 함께 갈 수도 있고 나한테 함께 가라고 할 수도 있고 학교 친구를 다섯 명 정도 모아서 함께 보낼 수도 있었잖아요. 그러면 공부를 잠시 쉴 수 있다는 사실에 모두가 기뻐했을 거예요."

"내가 시킨 일은 그 애 혼자 가야 하는 일이오."

"도대체 어떤 일을 시켰는데요?"

도스의 질문에도 셀던은 입을 꾹 다물고 아무 대답도 안 했다. 도스가 다시 물었다.

"그 정도예요? 이제 나도 못 믿는 거예요?"

"그건 도박이오. 그 위험은 나 혼자 감당해야 하지. 당신을 비롯한 그 누구도 개입시킬 수 없소."

"하지만 위험을 감수하는 건 당신이 아니에요. 불쌍한 레이치라고요."

그 말에 셀던이 다급히 대답했다.

"그 애한테는 아무런 위험도 없소. 그 애는 스무 살이오. 혈기 왕성한 젊은이라고. 몸뚱이도 나무처럼 단단하지. 그것도 트랜터 온실에서 자란 묘목이 아니라 헬리콘 숲에서 자라난 튼튼한 나무. 게다가 그 애는 체술 고수인 반면에 다알 주민은 그렇지 않다고."

"그놈의 체술…… 당신은 체술이 모든 걸 해결한다고 생각해요. 하지만 다알 주민은 칼을 지니고 다녀요. 누구나 할 것 없이요. 아마 권총도 지니고 있을 게 분명해요."

도스가 말했다. 차가운 느낌이 조금도 줄어들지 않은 말투였다.

"권총 같은 건 모르겠소, 법으로 엄격하게 다루고 있으니까. 하지만 칼 같은 건 레이치도 하나쯤 가지고 다닐 게 분명하오. 그 앤 법으로 엄격하게 규제하는 이곳 대학 구내에서도 칼을 지니고 다니니까. 그렇다면 다알에서도 하나쯤은 지니고 있지 않겠소?"

도스는 침묵을 유지했다.

셀던도 몇 분 동안 침묵했다. 그러다가 이제 부인을 달래 줄 때가 되었다는 판단이 들어서 이렇게 말했다.

"좋소, 이 정도까지는 알려 줄 수 있지. 레이치한테 조라넘을 만나라고 했소, 그 사람이 다알을 방문할 예정이거든."

"그래요? 그래서 레이치가 어떻게 하길 기대해요? 그자한테 본때를 톡톡히 보여 줘서 사악한 정치놀음을 중단하고 마이코젠으로 돌아가게 하는 거?"

"그러지 마시오. 진심이오. 그렇게 빈정거리는 태도로 나온다면 나도 더 이상 말하지 않겠소."

셀던이 창문 밖으로 시선을 돌려서 돔에 둘러싸인 파란색과 회색 하늘을 쳐다보다가 다시 말했다. 순간적으로 떨리는 목소리였다.

"내가 레이치한테 기대하는 건 제국을 구하는 거요."

"어련하시겠어요. 그건 아주 쉬운 일이니까요."

도스의 빈정거림에 셀던이 단호한 목소리로 말했다.

"그게 내가 기대하는 거요. 당신한테는 해결책이 없소. 에토 데머즐한테도 해결책이 없고. 나한테 해결책을 기대한다는 말이 전부였지. 그래서 나는 해결책을 찾기 위해 고민했고 그래서 레이치를 다알에 보낼 수밖에 없었소. 그 애가 다른 사람한테 호감을 사는 능력이 탁월하다는 건 당신도 알잖소. 우리한테 그랬으니까 조라넘한테도 그럴 거라고 나는 확신하오. 내 판단이 맞는다면 모든 게 잘 해결될 거요."

도스가 세 배는 커진 눈으로 물었다.

"지금 나한테 심리역사학으로 찾아낸 방법이 그거란 말을 하려는 거예요?"

"아니. 당신한테 거짓말하진 않겠소. 아직까지는 어떤 방법을 찾아낼 정도로 심리역사학을 발전시키지 못했다오. 하지만 유고는 직관에 대한 말을 끊임없이 하지…… 나 역시 그런 게 있고."

"직관이라니! 그게 뭔데요? 정의를 내려 보세요!"

"쉬운 일이오. 직관은 불충분할 뿐 아니라 엉뚱하기조차 한 자료에서 정확한 해답을 도출할 수 있는, 인간만이 지니고 있는 독특한 정신력이라고 할 수 있소."

"그래서 당신이 그렇게 했다?"

이 말에 셀던은 확신이 가득한 단호한 어조로 대답했다.

"그렇소, 그렇게 했소."

하지만 마음속에서는 도스한테 감히 밝힐 수 없는 생각이 떠올랐다. 레이치 특유의 매력이 효과가 없다면? 행여나 다알 출신 특유의 의식이 레이치에게 너무 강하게 나타나는 최악의 사태가 일어나면 어떻게 될까?

14

빌리보턴은 빌리보턴이었다. 정말 지저분했다. 난잡하고 어둡고 꾸불꾸불한 빌리보턴. 악취가 배어 있지만 레이치가 보기에는 트랜터 어디에서도 찾을 수 없는 활력이 가득한 곳. 아니, (레이치는 트랜터 이외의 행성을 방문한 적이 없지만) 그런 활력은 제국 어디도 없을 것 같았다.

레이치는 열두 살 이후에 빌리보턴을 본 적이 없지만 사람들은 예전과 똑같은 것 같았다. 비굴하면서도 예의를 모르는 모습, 인위적인 자부심과 불평불만에 가득한 모습, 콧수염이 까맣고 풍성한 남자와 견식을 넓힌 레이치의 성숙한 눈으로 보기에 마대 같은 드레스 차림이 너무나 헤프게 보이는 여자들.

저런 드레스를 입은 여자들이 사내를 어떻게 유혹할 수 있을까? 하지만 그건 멍청한 질문이었다. 열두 살 당시에도 레이치는 그들이 드레스를 아주 편하고 빠르게 벗을 수 있다는 사실을 너무나 분명하게 알고 있었다.

레이치는 오랜 추억과 깊은 생각에 잠긴 채 상점 간판이 늘어선 거리를 따라 걸어가며 예전의 기억을 더듬었다. 그러다가 행여나 8년 전에 알던 사람이라도 만나는 건 아닌가 하는 궁금증까지 일어났다. 어린 시절을 함께 보낸 친구들…… 하지만 서로를 부르던 별명만 기억날 뿐 진짜 이름은 하나도 기억나지 않는다는 아쉬운 사실도 떠올랐다.

사실, 기억과 현실의 차이는 엄청났다. 8년이란 세월이 너무 길어서가 아니었다. 스무 살이란 나이의 5분의 2를 떠나 있었다는 사실 그리고 빌리부터을 떠난 이후의 생활이 너무 달랐다는 사실이 예전의 모든 기억을 흐릿한 꿈처럼 만들어 버린 거였다.

하지만 냄새는 여전했다. 레이치는 나지막하고 지저분한 빵집 앞에서 멈춰 섰다. 그리고 거기에서 흘러나오는 코코넛 케이크 냄새를 맡았다. 다른 곳에서는 결코 맡을 수 없는 냄새였다. '다알 방식'이라고 홍보하는 코코넛 케이크를 몇 번 사서 먹어 보기도 했지만 살짝 흉내만 낸 그 이상이 아니었다.

레이치는 강력한 유혹을 느꼈다. 그래, 안 될 이유도 없잖은가? 코끝을 찡그리며 가게가 얼마나 깨끗하겠느냐고(아주 지저분할 거라고) 걱정하며 만류하는 어머니는 옆에 없고 수중에는 돈이 있다! 게다가 예전엔 깨끗한지 여부를 누가 신경이나 썼단 말인가!

제과점 내부가 어두워서 두 눈이 적응하는 데 시간이 걸렸다. 나지막한 식탁 서너 개가 놓여 있고 그 옆에는 약하게 보이는 의자가 두 개씩 딸려 있었다. 사람들이 모카나 파이 같은 걸로 간단하게 식사하는 자리가 분명했다. 그 식탁 하나에 텅 빈 컵이 한 개 놓여 있고 앞에 젊은 사내 한 명이 앉아 있었다. 하얀색이 변색된 티셔츠를 입고 있는데 빛이 환하면 훨씬 더럽게 보일 것 같았다.

제과점 주인인지 점원인지가 뒷방에서 나와 퉁명스러운 어투로 물었다.

"뭘 먹을라우?"

"코코넛 케이크."

레이치도 퉁명스러운 어투로 대답했다(예의가 있다는 건 빌리보턴 출신이 아니란 의미였다.). 예전부터 잘 알고 있던 표현이었다.

아직도 그 표현을 사용하는 게 분명했다. 점원이 맨손으로 케이크를 집어 준 걸 보면. 소년 레이치는 그걸 당연하게 받아들였겠지만 청년이 된 지금은 자신도 모르게 움찔하는 걸 느꼈다.

"봉지에 담아 드릴까?"

점원의 말에 레이치는 이렇게 대답했다.

"아니 여기에서 먹겠소."

그리고 점원한테 돈을 지불하고 코코넛 케이크를 받아 한 입 가득 깨물었다. 그러면서 눈을 반쯤 감았다. 코코넛 케이크는 소년 시절에 드물게 먹던 아주 귀한 음식이었다. 어쩌다 이걸 사먹기 충분한 돈을 우려냈을 때에 사먹거나 또 어쩌다 갑자기 돈이 생긴 친구한테 한 입 얻어먹기도 했지만 대체로는 아무도 안 보는 사이에 몰래 훔쳐 먹는 식이었다. 하지만 지금은 마음껏 사 먹을 수 있었다.
"야."
어떤 목소리가 불렀다.
레이치는 두 눈을 떴다. 식탁에 앉아 있던 젊은 남자가 매섭게 노려보고 있었다.
레이치가 부드러운 어투로 물었다.
"지금 나한테 한 말이야?"
"그래. 지금 뭐하냐?"
"코코넛 케이크를 먹고 있는데. 넌 뭔데?"
레이치의 입에서 빌리보턴 어투가 자동적으로 흘러나왔다. 조금도 이상하지 않았다.
"빌리보턴에서 뭘 하는 거냐고?"
"여기에서 태어나고 여기에서 자랐어. 침대에서. 너처럼 길거리에서가 아니라."
상대에 대한 모욕이 자연스럽게 흘러나왔다, 애초에 이곳을 떠난 적이 없는 것처럼.
"그래? 빌리보턴 사람치곤 옷이 아주 좋은데. 기름기가 잘잘 흘러. 몸에서 향수 냄새도 나고."
사내가 말하면서 여자 같다는 뜻으로 새끼손가락을 들어 올렸다.
"네놈 몸에서 나는 코를 찌르는 냄새에 대해서는 굳이 말하지 않겠어. 나는 출세한 몸이시거든."
"출세한 몸? 웃기지도 않네."
다른 사내 두 명이 제과점으로 들어왔다. 레이치는 눈살을 살짝 찡그렸다. 한 패인지 아닌지 애매했기 때문이었다. 식탁에 앉아 있던 사내가 새로 온 사내들한테 말했다.

"저놈이 자긴 출세한 몸이시래. 자기가 빌리보턴 출신이라면서."

새로 들어온 사내 가운데 한 명이 엉거주춤 경례하는 척하면서 빙그레 웃었다. 우호적인 느낌은 조금도 없었다. 그가 누런 이빨을 드러내며 말했다.

"정말 대단한데? 출세한 빌리보턴 출신을 만나면 언제나 기분이 좋아. 가난하고 불쌍한 동포한테 도움을 베풀 수가 있거든. 돈 같은 거로 말이야. 가난한 동포한테 한두 푼 적선하는 게 무슨 문제가 되겠어?"

"얼마나 가지고 있지, 형씨?"

다른 사내가 웃는 얼굴을 지우며 물었다.

계산대 뒤에 있던 점원이 소리쳤다.

"이봐. 너희 모두 여기에서 나가. 여기에서 문제가 생기는 걸 원치 않으니까."

"그런 문제는 없을 거요. 내가 떠날 거니까."

레이치가 대답하며 나가려고 했지만 식탁에 앉아 있던 사내가 다리를 뻗어서 길을 막으며 말했다.

"가지 마, 친구. 그러면 우리가 서운하잖아."

(계산대 뒤에 있던 점원이 뒷방으로 사라졌다. 최악의 사태를 우려하는 게 분명했다.)

레이치가 빙그레 웃었다. 그리고 말했다.

"예전에 내가 빌리보턴에 왔을 때에, 친구들, 부모님이랑 함께 왔는데, 당시에 열 명이 우리 앞을 가로막았어. 열 명. 내가 그 숫자를 셌거든. 우리가 처리해야 할 것 같아서."

"그래? 너희 꼰대가 다 처리했나?"

조금 전에 말한 사내가 물었다.

"우리 아버지? 아니. 아버지는 신경도 쓰지 않았어. 우리 어머니가 처리했거든. 그런데 지금 나는 우리 어머니보다 더 멋있게 처리할 수 있어. 게다가 너희는 세 명밖에 안 되잖아. 그러니까 다리를 치우는 편이 좋을 거야."

"물론이지. 가진 돈을 모두 꺼내 놓는다면. 옷도 벗고."

식탁에 앉아 있던 사내가 벌떡 일어났다. 한 손에 칼을 들고 있었다. 하지만 레이치는 침착하게 말했다.

"본색을 드러내는군. 바쁜 사람한테 말이야."

코코넛 케이크를 다 먹은 레이치가 몸을 반쯤 돌렸다. 그러더니 식탁에 몸을 기댄 채 전광석화처럼 빠르게 오른발을 뻗어서 발가락 끝으로 칼을 든 사내의 넓적다리 안쪽을 정확하게 찔렀다.

그가 비명을 내지르며 바닥에 나뒹구는 순간, 레이치는 식탁 위로 몸을 날리며 두 번째 사내를 벽으로 밀어붙여서 꼼짝도 못하게 만들었다. 동시에 오른팔을 날려서 세 번째 사내의 후두를 손으로 가격했고, 그자는 기침을 해 대며 바닥에 쓰러졌다.

불과 2초에 불과한 짧은 순간이었다. 어느새 두 손에 칼을 하나씩 움켜쥔 레이치가 이렇게 물었다.

"또 덤벼들고 싶은 사람 있어?"

세 사내는 무섭게 노려볼 뿐 그 자리에 얼어붙어서 꼼짝도 안 했다. 레이치가 다시 말했다.

"그렇다면 이만 떠나야 하겠군."

하지만 뒷방으로 사라진 점원이 도와줄 사람을 부른 것 같았다. 사내 셋이 제과점으로 들어오고 점원이 뒤에서 날카롭게 소리치고 있었기 때문이다.

"말썽꾼들! 계속 말썽만 부리는 놈들!"

새로 나타난 사내들은 일종의 유니폼 차림이었는데 레이치가 생전 처음 보는 유니폼이었다. 장화 속에 집어넣은 바짓단, 허리춤에 넣고 벨트로 묶은 티셔츠 차림에, 머리 꼭대기에는 만화에나 나올 것처럼 보이는 공을 반으로 접은 모양의 이상한 모자가 얹혀져 있었다. 티셔츠 왼쪽 어깨 앞에는 JG라는 글씨가 새겨져 있었다.

외모는 다알 출신으로 보이지만 다알 출신 특유의 콧수염은 아니었다. 콧수염이 까맣고 짙었지만 입술 높이로 세심하게 잘라서 마구 뻗어 나가지 않도록 다듬은 모습이었다. 레이치는 속으로 냉소를 날렸다. 마구 자란 다알 식 콧수염 특유의 활력이 보이지 않았다. 하지만 훨씬 말끔하고 깨끗해 보인다는 사실은 인정할 수밖에 없었다.

세 사람 가운데 우두머리가 먼저 입을 열었다.

"나는 퀸버 하사다. 여기에서 무슨 일이 일어난 건가?"

바닥에 쓰러진 사내들이 몸을 꾸무럭거리며 힘없이 일어났다. 한 명은 아직도 고통으로 몸이 구부정했고 한 명은 목을 문질렀으며 한 명은 어깨 한쪽이 겹질린 것처럼 행동했다.

하사가 냉정한 눈으로 그들을 훑어보는 동안 다른 두 명은 입구를 차단했다 하사가 아무렇지 않은 표정으로 서 있는 레이치한테 시선을 돌리며 물었다.

"자네는 빌리보턴에 사는가, 꼬마?"

"여기에서 태어나고 자랐지만 8년 전부터 다른 곳에서 살았습니다."

빌리보턴 특유의 억양이 많이 줄어들긴 했지만 하사의 어투에 들어 있는 정도는 여전히 남아 있었다. 다알에는 빌리보턴 이외의 지역이 있고 그 가운데에는 점잖은 걸 상당히 중시하는 지역도 있었다.
 레이치가 물었다.
 "당신은 보안 요원입니까? 그런 유니폼은 본 적이 없는 것 같은……"
 "우리는 보안 요원이 아니다. 빌리보턴에서는 보안 요원을 찾을 수 없을 것이다. 우리는 조라넘 경비대원으로 이곳의 평화를 지키고 있다. 우리는 저 세 사람을 안다. 저들은 예전에 우리한테 경고를 받았다. 우리가 저들은 처리할 것이다. 네놈은 문제를 일으켰다. 이름. 신분증 번호."
 레이치는 차례대로 대답했다.
 "그래, 여기에서 무슨 일이 일어났나?"
 레이치는 그 대답도 했다.
 "여기에 무슨 일로 왔나?"
 하사의 계속적인 심문에 레이치가 반발했다.
 "이것 보세요. 당신한테 나를 심문할 권리가 있나요? 당신 말대로 보안 요원이 아니라면……"
 그러자 하사가 딱딱한 목소리로 중간에 끼어들었다.
 "잘 들어, 꼬마. 네놈을 심문할 권리에 대해서라면 이의 제기를 하지 마. 빌리보턴에서 제정신이 박힌 놈들은 우리밖에 없어. 그리고 그 권리라는 걸 가진 게 우리고, 그건 우리 스스로 그 권리를 확보했기 때문이야. 네가 저 세 명을 쓰러뜨렸다고 하는데 나는 그 말을 믿어. 하지만 우리까지 쓰러뜨릴 순 없을 거다. 물론 우리 역시 권총을 지니고 다니는 건 안 되지만……"
 이 말과 함께 하사가 권총을 천천히 꺼내며 다시 물었다.

"자, 그러니 이제 여기에 무슨 일로 왔는지 말하도록."

레이치는 한숨을 쉬었다. 애초에 계획한 것처럼 구역 관공소에 곧장 찾아갔더라면…… 빌리보턴이랑 코코넛 케이크의 향수에 젖어들지 않았더라면…….

"나는 중요한 일 때문에 조라넘 선생을 만나러 왔습니다. 당신이 그 사람 경비대 소속이라면……"

"지도자를 만나러 왔다고?"

"그렇습니다, 하사."

"칼 두 자루를 품고?"

"이건 방어용이에요. 조라넘 선생을 만날 때에까지 이걸 지니고 갈 생각이 아니었어요."

"말이야 그렇게 하겠지. 자네는 우리랑 가야겠어, 젊은이. 우리가 사실 여부를 알아봐야 하니까. 시간은 걸리겠지만 그렇게 할 것이다."

"하지만 당신은 그럴 권리가 없습니다. 당신은 법에서 정한 공무원이 아니……"

"으음, 그렇다면 합법적인 공무원을 찾아서 항의를 하도록. 그때까진 자네를 잡아 둘 수밖에 없다."

그 말과 함께 레이치는 그들한테 끌려가고 칼 두 자루는 압수당했다.

15

클레온은 더 이상 홀로그램에 담겨 있는 젊고 잘생긴 군주가 아니었다. 홀로그램으로 나타난 모습은 여전히 젊고 잘생긴 군주라고 할 수 있지만 실제는 그렇지 않았다. 가장 최근 생일 역시 평상시처럼 화려한 행사를 곁들인 축하를 받긴 했지만 그게 벌써 마흔 번째 생일이었다.

마흔 살이 되었다 해서 특별히 문제가 될 건 없었다. 건강은 완벽했고 체중이 약간 늘었지만 심한 건 아니었다. 얼굴은 나이가 들어 보이겠지만 정기적으로 미세한 시술을 통해 약간 광택을 내는 방법으로 숨길 수 있었다.

클레온이 황제에 오른 지가 벌써 18년으로 100년 사이에 가장 오랜 통치기간이었다. 앞으로 40년을 더 통치해서 제국 역사상 가장 오랜 통치 기간을 기록하는 데 아무런 문제가 없을 것 같았다.

클레온은 거울을 다시 쳐다보았다. 입체 영상이 아니면 약간 더 좋아 보일 거란 생각이 들었다.

에토 데머즐. 믿고 의지할 수 있으며, 꼭 필요하고, 타의 추종을 불허하는 에토 데머즐이 좋은 사례였다. 데머즐은 지금까지 하나도 변하지 않았다. 자신의 외모를 그대로 유지했다. 하지만 클레온이 아는 한 그는 어떤 미세한 시술도 받은 적이 없었다. 물론 에토 데머즐은 언제나 어떤 것에도 입이 아주 무거웠다. 그리고 젊게 보인 적이 한 번도 없었다. 그는 선황 밑에서 일할 때에도, 클레온이 어린 황태자일 때에도 젊게 보이지 않았다. 그리고 지금도 젊게 보이지 않았다. 처음에 늦게 보여서 나중에 변화를 피하는 편이 좋은 걸까?

변화!

이 생각을 하는 순간, 클레온은 자신이 용건이 있어서 에토 데머즐을 불렀다는 생각을 떠올렸다. 혼자 깊은 생각에 잠긴 채 데머즐을 옆에 가만히 서서 기다리게 할 순 없었다. 그래서 입을 열었다.

"데머즐."

"네, 폐하?"

"조라넘이란 작자. 그자의 이름을 더 이상 듣고 싶지 않아."
"폐하께서는 그자의 이름을 들으셔야 할 어떤 이유도 없습니다. 한동안 뉴스거리로 떠오르다가 사라지는 그런 현상 가운데 하나일 뿐입니다."
"하지만 사라지질 않잖소."
"가끔 시간이 걸릴 때도 있습니다, 폐하."
"그대는 그자를 어떻게 생각하시오, 데머즐?"
"위험하지만 인기가 있는 자입니다. 인기가 높은 만큼 위험성도 늘어납니다."
"그대는 그자를 위험하다 생각하고 나는 그자가 귀찮은데, 그렇다면 계속 지켜보아야 할 이유가 무엇이오? 감옥에 가두거나 처형하는 식으로 처리할 수 없는 것이오?"
"트랜터의 정치 상황이란 것이, 폐하, 미묘해서……"
"그건 항상 미묘하오. 언제 미묘하지 않을 때가 있었소?"
"지금 우리는 미묘한 시기에 살고 있습니다, 폐하. 그자에게 강하게 나가서 위험을 증가시킬 필요는 없습니다."
"나는 그런 자세가 마음에 들지 않소. 내가 광범위하게 책을 읽는 건 아니지만(황제한테는 광범위한 독서를 할 시간이 없으니까.) 제국의 역사는 어느 정도 알고 있소. 대중을 선동해서 권력을 휘어잡은 사늘이 가늠 나타났지. 그들은 누구나 할 것 없이 황제의 권력을 축소시켜서 꼭두각시로 만들었소. 나는 그런 꼭두각시가 되고 싶은 생각이 없소, 데머즐."
"그렇게 된다는 건 생각할 수도 없습니다, 폐하."
"그대가 아무런 조치도 취하지 않는다면 그렇게 될 수도 있소."
"지금 조심스럽게 일정한 조치를 준비하고 있습니다."

"하지만 그렇게 조심스럽지 않은 신하도 있소. 한두 달 전에 대학 교수가(교수가 말이오.) 조라넘주의자들이 일으키려는 폭동을 혼자서 가볍게 해결했소. 그 자리에 뛰어들어서 그걸 막았단 말이오."

"사실입니다, 폐하. 폐하께서는 그 사실을 어떻게 들으셨는지요?"

"내가 관심을 가진 바로 그 교수거든. 그대는 그런 사실을 어떻게 나한테 보고하지 않을 수 있단 말이오?"

데머즐이 아첨하는 어투로 이렇게 대답했다.

"중요하지 않은 내용까지 일일이 보고해서 폐하를 귀찮게 하는 건 도리가 아니라고 생각했습니다."

"중요하지 않은 내용? 그 교수는 바로 해리 셸던이란 말이오."

"네, 폐하, 그 이름이 맞습니다."

"그리고 그 이름을 예전에 들은 기억이 있소. 그 교수가 몇 년 전에, 지난 번 10년 총회에서 우리 관심을 끈 논문을 발표하지 않았소?"

"맞습니다, 폐하."

클레온이 기쁜 표정을 떠올렸다.

"그대도 알다시피 나는 기억력이 좋소. 모든 걸 신하한테 의지할 필요가 없을 정도로. 나는 그 논문 때문에 그 셸던이란 교수랑 만나기도 했소, 그렇지 않소?"

"폐하의 기억은 완벽하십니다, 폐하."

"그자가 논문에서 밝힌 내용은 어떻게 되었소? 미래를 점치는 도구 말이오. 내 완벽한 기억력에도 불구하고 그자가 말한 학문의 이름은 떠오르지 않는구려."

"심리역사학입니다, 폐하. 정확히 말해서 그건 미래를 점치는 도구가 아니라 인류의 미래에 나타날 일반적인 경향성을 예측하는 방식에 대한 이론입니다."

"그래서 그 이론은 어떻게 되었소?"

"실패입니다, 폐하. 제가 당시에 설명드렸듯이, 그 이론은 완전히 비현실적이란 사실이 드러났습니다. 발상은 탁월하지만 실용성이 없는 이론이었습니다."

"그렇다 해도 그 교수한테는 잠재적인 폭동을 잠재우기 위한 조치를 행동으로 옮길 능력이 있소. 그 방법이 성공할 거라는 사실을 미리 알지 않았다면 그 교수가 감히 그렇게 할 수 있겠소? 그건, 뭐라고 했지? 그래, 심리역사학. 심리역사학이 힘을 발휘한다는 구체적인 증거가 아니겠소?"

"그건 해리 셀던이 무모하다는 증거일 뿐입니다, 폐하. 설사 심리역사학 이론이 실제로 존재한다고 하더라도 그걸로 한 인간이나 단일한 행동의 결과를 예측할 순 없을 겁니다."

"그대는 수학자가 아니오, 데머즐. 수학자는 해리 셀던이오. 이제 그를 다시 만날 시기가 된 것 같소. 어차피 10년 총회도 조금만 지나면 열릴 터이니 말이오."

"만나 보셔야 시간 낭비가 될······"

"데머즐, 내가 그러고 싶소. 그렇게 하시오."

"네, 폐하."

16

레이치는 억지로 참는 표정을 겉으로 드러내지 않으려고 애쓰며 상대의 말에 귀를 기울이는 중이었다. 지금 그는 복잡한 빌리보턴 골목

깊숙이 설치한 임시 유치장 안에 앉아 있었다. 예전 같으면 바로 그 골목을 누비며 도망쳐서 추적자를 따돌릴 수 있었지만 지금은 골목 지리가 더 이상 기억나지 않아서 도망칠 수도 없었다.

레이치를 지키는 남자는 조라넘 경비대의 녹색 유니폼을 입고 있었는데, 그는 선교사도 세뇌 공작 담당도, 그것도 아니면 일종의 신학생 지원자도 아니었다. 좌우간 그자는 자신의 이름을 샌더 니라고 큰 소리로 알리고 난 다음 아기 때부터 뼛속 깊숙이 녹아든 다알 특유의 어투로 장광설을 늘어놓고 있었다.

"다알 주민이 평등한 권리를 누리고 싶다면 우선 그럴 자격이 있다는 사실부터 증명해야 돼. 바람직한 규칙이랑 차분한 행동이랑 유쾌한 태도 같은 게 모두 필요해. 호전적인 자세나 칼을 지니고 다니는 건 다른 구역 사람들이 우리에 대한 자신들의 편협함을 정당화 하기 위해 우리에게 맞서게 만드는 핑계로 이용될 수밖에 없어. 우리는 말투도 순화시키고……"

바로 그 순간에 레이치가 끼어들었다.

"나도 당신 생각에 동의해, 경비대원 니, 모두 다. ……하지만 나는 조라넘 선생을 만나야 한다고."

경비대원이 머리를 천천히 흔들며 대답했다.

"약속이나 허락이 없으면 그럴 수가 없어."

"이봐, 나는 스트릴링 대학에서 중요한 역할을 담당하는 교수, 수학과 교수의 아들이야."

"나는 아무 교수도 몰라…… 그런데 다알 출신이라고 하지 않았어?"

"물론 다알 출신이지. 내 말투 보면 몰라?"

"그런데 최고 명문 대학에서 교수로 근무하는 꼰대가 있다고? 말도 안 되는 소리 그만해."

"그게, 그분은 내 양아버지시라고."

경비대원이 곰곰이 생각하더니 고개를 저으며 물었다.

"잘 아는 다알 사람이라도 있어?"

"리타 어머니가 계셔. 그분이라면 나를 알 거야."

레이치가 예전에 만났을 때 리타 어머니는 이미 나이가 아주 많았다. 지금은 아주 노쇠했거나 돌아가셨을 가능성도 있었다.

"그런 이름은 들어 본 적이 없어."

(또 누가 있을까? 바로 앞에 있는 상대의 무식함을 뛰어넘을 정도로 유명한 사람은 없을 것 같았다. 제일 친한 친구는 스무지라는 또 다른 악동이었다. 하지만 그것도 본명은 아닐 터였다. 아무리 절박하다 해도 "나랑 나이가 같은 스무지라고 하는 사람은 알아?" 하는 식으로 상대한테 물을 순 없었다.)

그래서 레이치는 결국 이렇게 말했다.

"유고 애머릴도 있어."

상대의 눈빛이 살짝 밝아지는 것 같았다.

"누구?"

레이치는 열심히 대답했다.

"유고 애머릴. 대학에서 우리 양아버지 밑에서 일해."

"그 사람도 다알 출신이야? 대학에 있는 사람 모두가 디알 출신이야?"

"그 사람이랑 나만. 원래 그 사람은 열 저장실 노동자였어."

"대학에서 무슨 일을 하는데?"

"우리 아버지가 8년 전에 그 사람을 열 저장실에서 빼내셨어."

"으음...... 내가 사람을 불러오지."

레이치는 기다릴 수밖에 없었다. 도망친다 해도 얽히고설킨 골목을 헤매다가 금방 잡히고 말 게 분명했다.

20분이 지난 후에 레이치를 체포한 하사와 함께 니가 돌아왔다. 레이치는 약간의 희망을 느꼈다. 최소한 하사는 머리가 약간씩 돌아가는 것 같았기 때문이다.

하사가 물었다.

"네가 아는 다알 출신이 누구라고?"

"유고 애머릴입니다, 하사. 우리 아버지가 8년 전에 이곳 다알에서 발견하신 후 스트릴링 대학으로 데려간 노동자죠."

"그렇게 한 이유가 뭐지?"

"우리 아버지는 유고 애머릴이 열을 식히는 이상으로 중요한 일을 할 수 있다고 생각하셨으니까요, 하사."

"어떤 분야에서?"

"수학요. 그 사람은……"

하사가 손을 들어 올리며 다시 물었다.

"그 사람이 어디에서 일했지?"

레이치는 잠시 생각하다가 이렇게 대답했다.

"당시에 나는 어린 나이여서 잘 기억은 안 나지만 C-2였던 것 같아요."

"비슷해. C-3."

"그럼 그 사람을 압니까, 하사?"

"개인적으로는 아니지만 열 저장실에서 아주 유명한 이야기야. 나도 그곳에서 일했거든. 어쩌면 자네도 그래서 들은 이야기일 수 있어. 자네가 유고 애머릴을 진짜로 안다는 무슨 증거라도 있나?"

"좋아요. 이런 식으로 해 보는 게 좋을 것 같군요. 내가 종이에다 내 이름이랑 우리 아버지의 이름을 적는 겁니다. 그런 다음에 단어 하나를 적어 놓을 테니 그길 조라넘 선생 일행한테 어떤 식으로든 전달해 줘요. 그래서 내일 다알에 방문하는 조라넘 선생한테 그 종이를 보여 주라고요. 그래도 아무런 소용이 없다면 나는 썩어문드러질 때까지 여기에 잡혀 있겠지만 아마 그런 일은 없을 겁니다. 조라넘 선생이 그 쪽지를 읽는 순간 나를 여기에서 꺼내 주고 그 사실을 알려 준 공으로 당신을 승진시켜 줄 게 분명해요. 하지만 만일 당신이 그렇게 하길 거부해서 내가 여기에 잡혀 있다는 사실을 조라넘 선생이 나중에 알게 된다면(아마 분명히 그럴 터인데) 당신은 정말 커다란 곤욕을 치르게 될 거예요. 유고 애머릴을 데려간 사람이 거물 수학자란 사실은 당신도 잘 알잖아요. 그런 거물 수학자가 우리 아버지란 사실을 생각해 봐요. 그분 이름은 해리 셀던이랍니다."

하사의 얼굴에는 그 이름을 모른다는 표정이 선명하게 떠올랐다. 그가 이렇게 물었다.

"종이에 쓰겠다는 단어가 뭐지?"

"심리역사학."

하사가 눈살을 찡그리며 물었다.

"그게 뭐지?"

"그건 중요하지 않아요. 종이를 전해 주면 확실히 드리닐 테니까요."

하사는 공책에서 찢어낸 종이를 레이치한테 건네주며 말했다.

"좋아. 네가 말한 대로 적어. 어떻게 되는지 보자고."

레이치는 자신이 덜덜 떨고 있다는 사실을 깨달았다. 과연 어떤 일이 일어날까 자신도 궁금했다. 하사가 쪽지를 건네줄 사람과 그에게 심리역사학이란 단어가 발휘할 마법에 모든 게 달려 있었다.

17

해리 셀던은 황궁의 지상차 창문으로 떨어지는 빗방울을 바라보았다. 견딜 수 없을 정도로 강렬한 향수병이 온몸에서 일어나고 있었다.

트랜터에서 유일하게 돔으로 가리지 않은 황궁으로 황제를 알현하러 오라는 명령을 받은 건 트랜터에 정착한 지난 8년 동안 이번이 두 번째였다. 그런데 두 번 다 날씨가 아주 나빴다. 트랜터에 도착한 직후 처음 방문할 때에는 나쁜 날씨가 짜증스럽게 여겨지기만 했다. 고향 행성 헬리콘은 폭풍이 심한 곳인데 그 가운데에서도 자신은 특히 심한 지역에서 성장했다. 그래서 신기할 게 하나도 없었다.

하지만 지금은 컴퓨터에서 정기적으로 만들어 낸 구름으로 태풍을 묘사하고 사람들이 잠자는 동안 가벼운 비를 정기적으로 뿌리는 등, 인공적으로 조작한 날씨에서 8년이나 살아온 상태였다. 미친 듯이 울부짖던 바람은 가벼운 미풍으로 대체되고 견딜 수 없을 정도로 뜨거운 열기나 차가운 냉기도 없었다. 가끔씩 셔츠 앞단추를 풀거나 가벼운 웃옷을 껴입어야 할 정도로 미세한 온도 변화가 전부였다. 그런데도 온도 편차가 심하다고 불평하는 소리가 일어날 정도였다.

하지만 지금 셀던의 눈앞에는 차가운 하늘에서 처량한 빗방울이 진짜로 내리고 있었다. 도대체 몇 년 만에 보는 진짜 빗방울이란 말인가! 셀던은 그 느낌이 너무나 좋았다. 정말로 살아 있는 느낌이었다. 헬리콘 생각이, 자신의 젊은 시절이, 비교적 자유롭던 시절이 그대로 떠올랐다. 운전사한테 황궁을 일부러 길게 돌아서 가라고 부탁하고 싶을 정도였다.

하지만 불가능했다! 황제가 자신을 만나고자 했다면 지상차로 가는 것 자체도 충분히 머나먼 길이었다. 중간에 방해하는 차량 없이 직선으로 달려도 말이다. 황제를 기다리게 할 순 없기 때문이었다.

황제는 셀던이 8년 전에 본 황제와 많이 달랐다. 약 5킬로그램 정도나 늘어난 체중과 얼굴에 배어 있는 약간 찡그린 표정이 그랬다. 하지만 두 눈 주변과 두 볼에 감도는 혈색은 예전과 똑같았다. 너무 빈번한 미세 시술의 결과인 것 같았다. 절대적인 권력과 영향력을 지닌 황제조차도 시간에 맞서 싸울 순 없다는 사실에 셀던은 마음이 씁쓸했다.

이번에도 클레온은 셀던을 독대했다. 처음에 만났던 화려한 가구가 잔뜩 늘어선 바로 그 공간에서. 전통에 따라 셀던은 황제가 입을 열기만 기다렸다.

황제는 셀던을 대충 살핀 다음에 아주 평이한 목소리로 말했다.

"만나서 반갑소, 교수. 형식 같은 건 모두 무시합시다, 내가 그대를 처음 만났을 때 그런 것처럼."

"네, 폐하."

셀던이 뻣뻣하게 대답했다.

황제가 반가운 마음에 순간적으로 명령했다는 이유 하나로 형식을 무시하는 건 커다란 문제를 일으킬 수 있었다.

클레온이 미세한 손짓을 하자 갑자기 자동화 시설이 활력을 띠며 식탁을 펼치고 그릇을 배치했다. 해리 셀던은 당황한 나머지 그 과정 전체를 일일이 파악할 수가 없었다.

황제가 편한 어투로 물었다.

"나와 함께 식사를 하겠소, 해리 셀던?"

평범하게 묻는 어투지만 셀던은 명령하는 어투로 받아들이지 않을 수가 없었다. 그래서 이렇게 대답했다.

"정말 영광입니다, 폐하."

그리고 주변을 조심스럽게 둘러보았다. 황제한테 질문할 수 없다는 사실은(어떤 식으로든 그러지 말아야 한다는 사실은) 셀던도 잘 알고 있었다. 하지만 다른 방법이 없었다. 그래서 질문하는 어투로 들리지 않도록 조심하며 아주 차분하게 물었다.

"총리 각하는 함께 식사하지 않나요?"

"그렇소. 총리한테는 지금 다른 일이 있고 나는 그대와 단둘이 만나길 원하오."

두 사람은 한동안 말없이 식사했는데, 그러는 동안에도 클레온은 애매한 미소를 머금은 채 셀던을 계속 쳐다보았다. 현 황제에게는 잔인하다거나 무책임하다는 평판은 없었지만 그럼에도 불구하고 황제는 아주 사소한 핑계로 셀던을 그 자리에서 체포할 수 있는, 필요하다면 재판조차 생략할 수 있는 절대 권력자였다. 따라서 애초에 황제의 시선을 끌지 않는 편이 최선이었다. 하지만 셀던으로선 당장 어쩔 도리가 없었다.

무장 경호대의 감시를 받으며 황궁으로 끌려온 8년 전에는 더 심했을 거란 생각이 들었지만 그렇다고 해서 당장의 부담이 조금이나마 줄어드는 건 아니었다.

마침내 클레온이 입을 열었다.

"셀던. 총리는 나한테 아주 많은 도움이 된다오. 나 역시 그 점은 인정하지만, 덕분에 나는 가끔씩 사람들이 내게는 스스로 판단할 능력이 없다고 생각한다는 느낌을 받소. 당신도 그렇게 생각하오?"

"절대 아닙니다, 폐하."

셀던이 차분하게 대답했다. 너무 강한 부정은 소용이 없었다.

"나는 그 말을 믿지 않소. 하지만 나한테도 스스로 판단할 능력이 있고 그대가 심리역사학이란 걸 가지고 트랜터에 처음 온 당시의 모습도 기억하오."

"그렇다면 당시에 제가 그건 현실에 적용할 수 없는 수학적인 이론에 불과하다고 설명한 내용도 분명히 기억하실 겁니다, 폐하."

"그래, 그렇게 말했지. 아직도 그렇게 말하고 있소?"

"네, 폐하."

"그때 이후 계속 거기에 대한 연구를 하는 중이오?"

"가끔씩 장난삼아 손을 대긴 하지만 결과는 똑같습니다. 예측 불가능한 변수가 너무 많아서 미래를 예견한다는 게……"

황제가 갑자기 끼어들었다.

"내가 그대한테 처리하길 바라는 구체적인 문제 하나가 있소……. 후식을 들구려, 셸던. 아주 맛있다오."

"그 문제가 무언가요, 폐하?"

"조라넘이라는 작자. 데머즐은 나한테 그자를 체포하면 안 된다고, 군대를 풀어서 그 추종자를 짓밟으면 안 된다고 말했소. 아주 정중하게. 그러는 건 상황을 악화시킬 뿐이라면서 말이오."

"총리 각하가 그렇게 말씀하셨다면 그 말이 맞을 것입니다."

"하지만 나는 조라넘이라는 작자가 싫소……. 나는 결코 그자의 꼭두각시가 되지 않을 것이오. 그런데도 데머즐은 아무 조치도 취하지 않고 있소."

"총리 각하께서 뭔가 적절한 방법을 찾고 있을 게 분명합니다, 폐하."

"총리가 문제를 해결할 방법을 찾는 중이라면 아직까지 나한테 아무런 보고도 하지 않은 게 분명하군."

"그럴 수도 있습니다, 폐하, 골치 아픈 일에 폐하를 끌어들이지 않으려는 자연스러운 충심 때문에 말입니다, 폐하. 총리 각하가 생각하기에 조라넘이라는 작자가…… 만일 그자가……"

"권력을 장악한다면."

클레온이 아주 혐오스러운 어투로 말했다.

"그렇습니다, 폐하. 폐하께서 그자를 개인적으로 반대했다는 인상을 주시는 건 바람직하지 않을 겁니다. 제국의 안정을 위해 폐하께서는 모르는 척하셔야 합니다."

"나는 조라넘을 없애는 편이 제국의 안전에 훨씬 바람직할 거라고 확신하오. 그대의 생각은 어떻소, 셀던?"

"제 생각 말씀이십니까, 폐하?"

해리 셀던의 반문에 클레온이 조급하게 대답했다.

"그렇소, 셀던. 분명히 말하는데, 나는 심리역사학이 장난감에 불과하다는 그대의 말을 믿지 않소. 데머즐이 그대와 계속 연락을 취하고 있으니 말이오. 그대는 내가 그런 것도 모르는 멍청이라고 생각하오? 데머즐은 그대한테 무언가를 바라고 있소. 그가 그대한테 바라는 건 바로 심리역사학이오. 나 역시 바보가 아니기 때문에 그것을 바라고 있소…… 셀던, 그대는 조라넘을 지지하오? 사실대로 말하도록!"

"아닙니다, 지지하지 않습니다. 저는 그자가 제국을 위험에 빠뜨린다고 생각합니다."

"좋소, 그대의 말을 믿소. 그대는 대학 구내에서 조라넘주의자들의 잠재적인 폭동을 혼자서 제압했다고 들었소."

"그건 순전히 충동적으로 일어난 일이었습니다, 폐하."

"그런 말은 멍청이들한테나 하도록, 내가 아니라. 그대는 심리역사학에 근거해서 그렇게 행동한 것이오."

"폐하!"

"부인하지 마시오. 그대는 조라넘을 어떻게 할 생각이오? 만일 그대가 제국을 위한다면 무언가 조치를 취해야 하오."

셀던은 황제가 아는 정도를 확신할 수 없었다. 그래서 조심스럽게 대답했다.

"폐하, 제 아들한테 다알 구역으로 가서 조라넘을 만나라고 지시했습니다."

"왜 그렇게 했소?"

"제 아들은 다알 출신입니다. 그리고 재치가 있지요. 우리한테 유익한 무언가를 찾아낼 가능성이 있습니다."

"가능성?"

"네, 폐하, 가능성."

"그럼 나한테 계속 보고하겠소?"

"네, 폐하."

"그리고, 셀던, 나한테는 심리역사학이 장난거리에 불과하다고, 실제로 존재하지 않는다고 말하지 마시오. 그런 말은 듣고 싶지 않소. 나는 그대가 조라넘을 처리하길 기대하오. 어떤 방법이 좋을지는 내가 말할 수 없지만 그대가 어떤 조치를 취해야 하오. 그렇지 않으면 내가 받아들이지 않겠소. 이제 가도 좋소."

셀던은 출발할 때보다 훨씬 어두운 마음으로 스트릴링 대학에 돌아왔다. 클레온이 실패는 용납하지 않겠다는 어투로 말했기 때문이었다.

이제 모든 건 레이치한테 달렸다.

18

레이치는 누더기를 걸친 초라한 애송이 시절에는 결코 들어간 적 없었던(감히 시도조차 할 수 없었던) 다알의 공공 건물 대기실에 앉아 있었다. 무단 침입이라도 한 사람처럼, 진정으로 마음이 약간 불편했다.
레이치는 차분하고 믿음직하고 사랑스러운 모습으로 보이기 위해 노력했다.
아버지는 레이치에게 그런 매력이 그가 지닌 자질이라고 말해 왔다. 하지만 레이치 자신은 그런 걸 의식한 적이 한 번도 없었다. 자연스럽게 나오는 매력이라면 그렇게 보이기 위해 너무 심하게 억지로 노력하다가 오히려 망칠 것만 같았다.
레이치는 책상에 앉아서 컴퓨터를 조작하는 관리를 한 눈으로 계속 살피며 느긋한 마음을 가지려고 애썼다. 그 관리는 다알 출신이 아니었다. 레이치가 아버지와 함께 참석했던 그 자리에 조라넘과 함께 찾아왔던 갬볼 딘 나마티였다.
가끔씩 나마티가 고개를 들어서 호전적인 눈빛으로 레이치를 쳐다보곤 했다. 이 나마티란 작자는 레이치의 사랑스러운 매력을 인정하지 않았다. 레이치도 그걸 눈치 챌 수 있었다.
레이치는 나마티의 호전적인 눈빛에 우호적인 미소로 대응하려고 애쓰지 않았다. 너무 인위적으로 보일 것 같았다. 그래서 마냥 기다리기만 했다. 온갖 고생 끝에 도달한 자리였다. 이제 얼마 후에 조라넘이 도착하면 레이치에게 충분한 기회가 생길 터였다.
드디어 조라넘이 도착해 힘차게 들어왔다. 따뜻하고 자신만만한, 그의 공식적인 미소가 얼굴에 가득했다. 나마티가 손을 올리고 조라넘이 걸음을 멈췄다. 두 사람이 나지막한 목소리로 대화를 나누는 동안 레이치는 그러지 않는 척하면서 열심히 귀를 기울였다. 나마티가 레이치와 만나는 자체를 노골적으로 반대하는 것 같아서 레이치는 약간 짜증이 났다.

그러다가 조라넘이 레이치를 쳐다보고 빙그레 웃더니 나마티를 한쪽으로 밀쳤다. 나마티가 브레인 역할을 담당하긴 하지만 카리스마를 지닌 당사자는 조라넘이 분명했다.

조라넘이 뚜벅뚜벅 걸어와서 약간 축축하고 통통한 손을 내밀며 말했다.

"야, 이게 누군가! 셀던 교수님의 아들이 아닌가! 그동안 잘 지냈나?"

"네, 잘 지냈습니다, 선생님."

"여기까지 오는 중에 고생이 많았다고 들었네."

"심하진 않았습니다, 선생님."

"그래, 자네 부친의 전갈을 가지고 왔다고 들었는데, 나로선 자네 부친이 생각을 다시 해서 내가 벌이는 위대한 전쟁에 합류하기로 결정했다는 내용이길 바랄 뿐이네."

"그런 일은 없을 겁니다, 선생님."

그 말에 조라넘이 살짝 눈살을 찡그리며 물었다.

"자네 혹시 부친 몰래 여기에 와 있는 건가?"

"아니요, 아버지가 보내셨습니다."

"그렇군……. 시장하지 않나, 젊은이?"

"지금 당장은 아닙니다, 선생님."

"그렇다면 나 혼자 식사해도 괜찮겠나? 나한테는 편하게 쉴 수 있는 시간이 별로 없다네."

조라넘이 환하게 웃으며 말했다.

"저는 괜찮습니다, 선생님."

그들은 식탁으로 다가가서 함께 의자에 앉았다. 조라넘이 샌드위치 비닐을 벗겨서 한 입을 깨물었다. 그래서 약간 어눌한 목소리로 이렇게 물었다.

"그래, 자네 부친이 자네를 보낸 이유가 무엇인가, 젊은이?"

레이치는 어깨를 으쓱하며 대답했다.

"제가 선생님한테 뭔가 불리한 내용을 찾아낼 수 있을 거라고 생각하신 것 같습니다. 에토 데머즐을 열렬하게 지지하시거든요."

"그런데 자네는 그렇지 않나?"

"그렇습니다, 선생님. 저는 다알 출신이거든요."

"그건 나도 알고 있네, 젊은이, 하지만 그 의미가 무엇인가?"

"저 역시 억압을 받았으며 그래서 선생님 편에 서서 선생님을 돕고 싶다는 의미입니다. 물론 우리 아버지께는 알리지 않고."

"자네 부친이 알아야 할 이유는 없겠지. 그럼 나를 어떻게 도울 생각인가?"

조라넘이 찡그린 표정으로 책상에 등을 기대고 팔짱을 낀 채 열심히 듣고 있는 나마티를 힐끗 쳐다보며 다시 물었다.

"그대는 심리역사학에 대해서 아는 게 있나?"

"없습니다, 선생님. 우리 아버지께선 제게 그것에 대한 말씀은 안 하십니다. 하지만 설사 그런 말씀을 하신다 해도 제가 알아듣지 못할걸요. 하지만 아직 별다른 진전이 없다고 알고 있습니다."

"확실한가?"

"당연히 확실합니다. 유고 애머릴이란 연구원이, 그분 역시 다알 출신인데, 가끔 그런 말을 하곤 합니다. 아직 아무런 진척이 없다고요."

"아! 그렇다면 내가 유고 애머릴을 가끔 만날 수 있을 것 같은가?"

"불가능할걸요. 그분은 데머즐을 지지하지 않지만 우리 아버지를 전적으로 따릅니다. 우리 아버지를 절대 배신하지 않을 거예요."

"하지만 자네는 다르고?"

레이치는 약간 불쾌한 표정으로 고집스럽게 중얼거렸다.

"저는 다알 출신입니다."

그러자 조라넘이 목청을 가다듬으며 말했다.

"그렇다면 내가 다시 물어보지. 나를 어떤 식으로 도울 수 있겠나, 젊은이?"

"선생님이 믿지 않을 정도로 중요한 사실을 알려 드릴 수 있어요."

"그래? 한번 말해 보게. 내가 믿을 수 없다면 그렇게 말할 터이니."

"에토 데머즐 총리에 관한 내용입니다."

"그래?"

레이치가 불안한 눈으로 주변을 둘러보며 물었다.

"엿듣는 사람이 없을까요?"

"나랑 나마티밖에 없어."

"좋아요, 그렇다면 잘 들으세요. 에토 데머즐이란 인물은 인간이 아닙니다. 로봇이에요."

"뭐?"

조라넘이 깜짝 놀라며 물었다.

레이치는 충분한 설명이 필요하다고 느꼈다.

"로봇은 기계 인간입니다. 인간이 아니라 기계."

나마티가 재빨리 끼어들었다.

"조-조, 저 말을 믿지 마세요. 말도 안 되는 소리입니다."

하지만 조라넘은 경고하는 의미로 손을 들어 올리고 반짝거리는 눈빛으로 물었다.

"그런 말을 하는 이유가 뭔가?"

"아버지는 예전에 마이코젠에 가신 적이 있는데, 그 얘기를 저한테 모두 해 주셨습니다. 마이코젠에는 로봇에 대한 말이 아주 많다고."

"그래, 나도 알아. 그러니까, 나도 그런 말을 들은 적이 있네."

"예전에 자기들 조상은 로봇을 아주 당연하게 받아들였는데 로봇들이 한순간에 모두 사라졌다고 마이코젠 사람들은 믿는다더군요."

나마티가 눈을 가늘게 뜨며 반박했다.

"에토 데머즐을 로봇이라고 생각하는 근거가 무엇인가? 거의 아는 바는 없지만 내가 들은 얼토당토않은 환상에 의하면 로봇은 쇠로 만든 거라고 하는데, 그 말이 맞는가?"

레이치는 솔직하게 대답했다.

"그렇습니다. 하지만 제가 들은 바에 의하면 인간이랑 똑같이 보이는 로봇이 일부 있는데 그늘은 영원히 살며……"

나마티가 머리를 격렬하게 흔들었다.

"그건 전설이야! 말도 안 되는 전설이라고! 조-조, 우리가 이런 말까지 들어야 할 이유는……"

하지만 조라넘은 그 말을 재빨리 끊었다.

"아니야, 나마티. 자세히 듣고 싶어. 나 역시 그런 전설을 들었거든."

"하지만 그건 말도 안 되는 전설이에요, 조-조."

"'말도 안 된다'는 말은 그렇게 성급하게 하는 게 아니야. 그리고 설사 그렇다 해도 사람들은 말도 안 되는 소리에 살고 죽어. 중요한 건 사람들이 어떻게 생각하느냐가 아니야. ……그래, 젊은이, 전설은 그렇다 치고, 자네가 에토 데머즐이 로봇이라고 생각하는 이유는 뭔가? 로봇이 실제로 존재한다면, 에토 데머즐의 어떤 점 때문에 자네는 그자가 로봇이라고 생각하는가? 그자가 그렇게 말했나?"

"아닙니다, 선생님."

레이치가 대답하자, 조라넘이 다시 물었다.

"그렇다면 자네 부친이 그렇게 말했나?"

"아닙니다, 선생님. 그건 저 혼자 한 생각이에요. 하지만 확실합니다."

"왜? 무엇 때문에 확실하다는 거지?"

"에토 데머즐의 독특한 특징 때문입니다. 데머즐은 변하질 않습니다. 나이를 먹지 않습니다. 어떤 감정도 보이질 않습니다. 그를 보면 쇳덩이로 만든 것처럼 보이는 특징이 많습니다."

조라넘이 의자에 등을 기대며 레이치를 오랫동안 쳐다보았다. 머리가 윙윙거리며 돌아가는 소리가 밖으로 흘러나오는 것 같았다.

마침내 조라넘이 다시 물었다.

"좋아, 그자가 로봇이라고 하지, 젊은이. 하지만 그게 자네랑 무슨 상관인가? 그게 자네에게 중요한 문제인가?"

그래서 레이치가 대답했다.

"당연히 중요하지요. 저는 인간입니다. 저는 로봇에게 제국의 운명을 맡기고 싶지 않습니다."

조라넘이 바로 그거라는 표정으로 나마티를 쳐다보며 소리쳤다.

"자네도 들었나, 나마티? '나는 인간이다. 나는 로봇한테 제국의 운명을 맡기고 싶지 않다.' 이 젊은이를 홀로비전에 띄워서 그렇게 말하도록 만들게. 그 말을 계속 반복해서 방송하도록, 트랜터 시민 전체의 귀에 못이 박힐 때까지……"

그러자 레이치가 갑자기 정신을 차리며 반박했다.

"그럴 순 없어요. 저는 홀로비전에 나갈 수 없어요. 아버지가 그 사실을 아시면……"

이번에는 조라넘이 재빨리 끼어들었다.

"아니야, 걱정할 필요 없어. 그런 일은 없을 테니까. 우리는 그 표현만 사용할 거야. 다른 다알 출신을 찾을 거야. 각 구역 출신을 뽑아서 그 구역 특유의 사투리로 똑같은 방송을 하도록 만드는 거야. '저는 인간입니다. 저는 로봇에게 제국의 운명을 맡기고 싶지 않습니다.'"

"그러다가 데머즐이 그렇지 않다는 사실을 증명하면 어떻게 합니까?"

나마티가 끼어들자, 조라넘이 대답했다.

"말도 안 돼. 그자가 어떻게 그러겠나? 그자는 그렇게 할 수가 없어. 심리적으로 불가능해. 왜? 위대한 에토 데머즐, 황제 뒤에 숨어 있는 권력자, 오래전부터 클레온 1세는 물론 클레온 1세의 부황까지 꼭두각시처럼 조종하던 자가 말인가? 그런 자가 밑으로 내려와 대중 앞에서 자신은 인간이라고 징얼거릴 수 있겠나? 그 자체는 진짜 로봇으로 밝혀지는 것만큼이나 치명적이야. 나마티, 우리한테 데머즐을 꼼짝없이 옭아맬 수 있는 함정이 생긴 거야, 여기에 있는 멋진 젊은이 덕분에."

레이치는 얼굴을 붉혔고, 조라넘은 이렇게 말했다.

"이름이 레이치라고 했던가? 우리가 권력을 장악하면 자네의 공을 결코 잊지 않겠네. 다알한테 유리한 정책을 펴고 자네는 우리와 함께 좋은 자리에 오르는 거야. 언젠가는 자네가 다알 구역의 지도자가 되는 거야, 레이치, 자네가 오늘 한 말을 후회하는 일은 결코 없을 거야. 그렇지 않은가?"

"그렇습니다, 선생님."

레이치가 열정적으로 대답했다.

"그렇다면 이제 자네는 자네 부친한테 돌아가게. 그래서 우리가 자네 부친을 해칠 생각이 전혀 없다는 걸, 우리가 자네 부친을 높이 평가한다는 걸 알려 주도록. 필요할 때마다 자네가 스스로 판단해서 어떤 식으로든 그렇게 말하는 거야. 그리고 우리한테 도움이 될 만한 정보가 있으면 무엇이든, 특히 심리역사학에 대해서 우리한테 알려 주게나."

"알겠습니다. 하지만 그렇게 되면 다알이 확실히 좋아지는 건가요?"

"당연하지. 모든 구역이 평등한 권리를, 젊은이. 모든 행성이 동등한 권리를. 새로운 제국에서는 불평등한 특권을 누리는 자가 생겨날 수 없어."

그러자 레이치는 고개를 열심히 끄덕이며 대답했다.

"바로 그게 제가 원하는 겁니다."

19

은하제국의 황제 클레온은 숙소가 있는 황궁의 심장부에서 정부 기관으로 이어진 아치를 따라 급하게 걸어갔다. 황궁에 달린 다양한 부속 건물에서 다양한 신하들이 일하며 제국의 수뇌부를 이루는 곳이었다.

수행원 몇 명이 걱정스러운 얼굴로 뒤에서 열심히 쫓아오고 있었다. 황제는 다른 사람에게 걸어가는 법이 없었다. 필요하면 소환하는 것으로 충분했다. 설사 걷는다 해도 급하게 서두르는 흔적이나 기분이 상한 흔적을 드러내지 말아야 했다. 황제라면, 단순한 인간이 아니라 행성 전체를 상징하는 이상이라면 그건 너무나 당연하지 않겠는가!

그럼에도 불구하고 지금의 황제는 단순한 인간의 모습에 불과했다.

오른손을 조급하게 흔들며 모두 옆으로 비키라는 신호를 보냈고, 왼손에는 반짝이는 홀로그램을 들고 있었다.

황제는 옥좌를 물려받은 이래 공들여 가장해 온 신중하고 세련된 어투 대신 목멘 어투로 이렇게 물었다.

"총리…… 총리는 어디에 있나?"

황제가 마주친 고위 관료들 모두가 깜짝 놀란 채 어쩔 줄을 모르며 더듬거렸다. 황제는 벌컥 화를 내서 그들 모두를 자신들이 악몽을 꾸고 있다는 공포에 떨도록 만든 채 재빨리 지나갔다.

마침내 황제는 총리 집무실로 불쑥 들어가서 약간 숨을 헐떡이는 어투로 소리쳤다(문자 그대로 소리쳤다.).

"데머즐!"

데머즐은 약간 놀란 표정으로 고개를 들다가 부드럽게 일어났다. 황제 앞에서는 특별한 경우를 제외하고 그 누구도 의자에 앉아 있을 수 없기 때문이었다.

"황제 폐하?"

그러자 황제가 홀로그램을 데머즐의 책상에 쿵 내려놓으며 물었다.

"이게 무언가? 나한테 설명을 해 주겠소?"

데머즐은 황제가 내려놓은 홀로그램을 쳐다보았다. 생생하게 살아 있는 것처럼 보이는 아름다운 홀로그램이었다. 약 열 살 정도로 보이는 어린 소년이 말하는 장면 밑에는 이런 글씨도 달려 있었다.

'저는 로봇에게 제국의 운명을 맡기고 싶지 않아요.'

데머즐이 차분하게 대답했다.

"폐하, 저도 이것을 보았습니다."

"또 누가 이걸 보았소?"

"제가 보기엔 트랜터 전역에 이런 광고가 나가고 있는 것 같습니다, 폐하."

"그렇소, 그리고 저 녀석이 보고 있는 사람이 누군지 알겠소?"

황제가 집게손가락으로 그 부분을 톡톡 치며 덧붙였다.

"저거 당신 아니오?"

"놀라울 정도로 똑같은 모습입니다, 폐하."

"이런 광고를 하는 의도는 그대가 로봇이라고 비난하자는 것 같은데 내 판단이 틀렸소?"

"저도 바로 그게 이 광고의 의도라고 생각합니다, 폐하."

"그런데 로봇이라면 스릴러나 어린이 책에나 등장하는 인간 모양의 전설적인 기계가 아니오? 내 말이 틀렸다면 지적해 보시오."

"마이코겐 사람들의 신조에 의하면 로봇은……"

"나는 마이코겐 사람들이나 그 신조에 아무런 관심도 없소. 저들이 무엇 때문에 그대를 로봇이라고 비난하느냔 말이오?"

"저는 그게 일종의 은유라고 생각합니다, 폐하. 제 몸에는 뜨거운 피가 흐르지 않고 머리에는 따뜻한 인정 대신 기계처럼 냉혹한 생각만 가득하다는 인상을 심어 주려는 것 같습니다."

"정말 난해한 표현이군, 데머즐. 나는 바보가 아니오."

황제가 홀로그램을 다시 톡톡 치며 덧붙였다.

"지금 저들은 사람들한테 그대가 정말로 로봇이라고 믿도록 만들려는 것이오."

"사람들이 그렇게 믿는 쪽을 선택한다면 우리로서는 그것을 막을 방법이 없습니다, 폐하."

"그럴 순 없소. 그렇게 되면 정부의 권위가 떨어질 것이오. 그와 함께 황제의 권위도 떨어질 것이오. 내가, 내가 기계 인간을 총리로 뽑았다는 의미이니 말이오. 그런 사태는 견딜 수 없소. 내 말 잘 들으시오, 데머즐. 제국의 공공 관리를 비난하는 걸 금지하는 법이 있지 않소?"

"있습니다……. 아주 가혹한 형벌을 가하는 법입니다, 폐하, 아부라미스 대법전으로 거슬러 올라가는."

"그리고 황제를 비난한 죄는 사형이 맞소, 안 맞소?"

"사형이 맞습니다, 폐하."

"으음, 이건 그대만 비난하는 게 아니오, 이건 나까지 비난하는 거요. 이런 짓을 하는 자는 지금 당장 사형시켜야 하오. 뒤에서 조종하는 자가 조라넘이라면 더더욱."

"조라넘이 확실합니다, 폐하. 하지만 그걸 증명하기가 어려울 것 같습니다."

"말도 안 돼! 나에겐 충분한 증거가 있소! 나는 사형을 원하오."

"문제는, 폐하, 비난에 대한 법을 실행한 적이 사실상 한 번도 없다는 사실입니다, 금세기 들어서는 그렇습니다."

"바로 그것 때문에 사회가 불안하게 변하고 제국은 그 뿌리가 흔들리고 있소. 그 법은 법전에 그대로 있으니 그렇게 시행하시오."

황제의 명령에 데머즐이 대답했다.

"과연 그게 좋은 방법인지 생각해 보십시오, 폐하. 그렇게 되면 폐하가 폭군이자 독재자로 보일 수 있습니다. 지금까지 폐하는 친절하고 온화한 정책으로 커다란 성공을……"

"그래서 지금 내가 어떤 곤경에 처했는지 보시오. 이제 변화를 모색할 때가 되었소. 그래서 나를 이런 식으로 사랑하기보다 나를 두려워하게 만들어야 하오."

"그러지 않는 편을 강력하게 권하는 바입니다, 폐하. 그게 불씨가 되어서 반란이 일어날 수도 있습니다."

"그럼 어떻게 하겠다는 것이오? 사람들 앞에 나가서 '보시오, 나는 로봇이 아니오.'라고 말하기라도 하겠다는 것이오?"

"아닙니다, 폐하, 그렇게 하는 건 폐하가 말씀하셨듯이 본인의 권위는 물론 폐하의 권위까지 흐트러질 터이기 때문입니다."

"그럼?"

"확실한 건 없습니다, 폐하. 아직 충분히 생각하지 않았습니다."

"아직 충분히 생각하지 않았다고? 그럼 셀던을 부르시오."

"폐하?"

"내가 내린 명령이 너무 어려워서 알아들을 수 없는 것이오? 셀던을 부르시오!"

"셀던을 황궁으로 소환하길 바라시는 겁니까, 폐하?"

"아니, 그럴 시간이 없소. 아마 그대는 도청 불가능한 통신선으로 연결할 수 있을 것이오."

"그렇습니다, 폐하."

"그럼 그렇게 하시오. 지금 당장!"

20

해리 셀던은 피와 살로 이루어진 인간이었다. 에토 데머즐에게 있는 침착성이 없었다. 갑작스러운 사무실 소환과 이글거리는 희미한 빛 그리고 윙윙거리는 주파수대는 뭔가 아주 독특한 현상이 일어나는 중이란 사실을 파악하기에 충분했다. 보안 통신선을 이용한 적은 있었지만 황궁 특유의 완벽한 보안을 적용한 통신선은 처음이었다.

셀던은 데머즐과 연결된 통신선을 정부 관리들이 나와서 점검하는 것이라고 예상했다. 로봇 광고로 인한 소동이 조금씩 늘어나는 걸 감안하면 충분히 그럴 수 있다는 생각이 들었다.

하지만 그 이상을 예상하진 않았다. 그래서 이글거리는 통신선 주변에 황제의 영상이 나타나서는 그의 사무실로 들어서는 순간(말하자면 그랬다는 얘기다.), 셀던은 입을 쩌억 벌리며 의자 뒤로 벌러덩 나뒹군 채 벌떡 일어서려는 헛된 시도를 할 수밖에 없었다.

클레온은 그냥 앉아 있으라는 초조한 신호를 보내며 이렇게 말했다.

"지금 무슨 일이 벌어지는지 그대도 알 것이오, 셀던."

"로봇 광고 말씀이십니까, 폐하?"

"그렇소, 바로 그것이오. 어떻게 하면 좋겠소?"

셀던은 그냥 앉아 있으라는 허락에도 불구하고 가까스로 일어서며 대답했다.

"그 정도가 아닙니다, 폐하. 조라넘은 지금 로봇 문제로 트랜터 전역에서 집회를 열고 있습니다. 바로 그게 제가 들은 최신 뉴스입니다."

"그 소식은 아직 나한테 도착하지 않았소. 하기야 그럴 수밖에 없겠지. 황제가 모든 걸 세세하게 알아야 할 이유는 없을 테니까."

"그건 황제 폐하께서 신경 쓰실 문제가 아닙니다, 폐하. 그 정도는 총리 각하께서……"

"총리는 특별한 조치를 취하기는커녕 나에게 보고조차 안 할 것이오. 그래서 나는 그대에게, 그대의 심리역사학에게 의존하고 싶소. 어떻게 하면 좋을지 알려 주시오."

"폐하?"

"나는 그대의 장단에 넘어가지 않소, 셸던, 그대는 8년 동안 심리역사학을 연구하고 있소. 총리는 조라넘을 법적으로 처리하면 안 된다고 나한테 주장하오. 그렇다면 내가 할 일은 무엇이오?"

셸던은 더듬거리며 대답했다.

"폐, 폐하! 없습니다."

"나한테 할 말이 없다고?"

"아닙니다, 폐하. 그런 뜻이 아닙니다. 제 말은 폐하께서 아무런 조치도 취하시지 말아야 한다는 뜻입니다. 단 하나도! 폐하께서 법적인 조치를 취하시면 안 된다는 총리 각하의 말씀이 옳습니다. 그런 건 상황만 악화시킬 뿐입니다."

"좋소. 그럼 어떻게 해야 하겠소?"

"폐하께서 가만히 계시는 게 좋습니다. 총리 각하도 가만히 계시는 게 좋습니다. 정부는 조라넘이 마음대로 하도록 허용해야 합니다."

"그러는 게 무슨 효과가 있겠소?"

셸던은 목소리에 가득한 좌절감을 억누르려고 애쓰며 이렇게 대답했다.

"조금만 기다리면 드러날 겁니다."

이 말과 동시에 황제는 온몸에 가득하던 분노가 갑자기 사라지는 어투로 이렇게 말하며 감탄했다.

"아하! 알겠소! 그대가 상황을 바람직하게 처리하는 중이군!"

"폐하! 제 말은 그런 뜻이……"

"더 이상 말할 필요 없소. 그 정도로 충분하오. 그대는 상황을 바람직하게 처리하는 중이오. 하지만 내가 원하는 건 결과요. 나한테는 아직 제국 경비대와 군대가 있소. 모두가 충성을 다할 것이오. 만일 구체적인 난동이 일어난다면 나는 조금도 망설이지 않을 것이오. 하지만 우선 그대에게 기회를 주겠소."

황제의 영상이 스르륵 사라지고 난 뒤 셀던은 그 자리에 가만히 앉아서 영상이 사라진 텅 빈 공간만 물끄러미 쳐다보고 있었다.

8년 전의 10년 총회에서 심리역사학에 대해 발표하는 실수를 처음 저지른 이후 셀던은 자신이 부주의하게 언급한 학문의 내용성을 확보하지 못한 현실과 계속해서 직면하는 중이었다.

셀던이 가진 거라고는 몇 가지 단편적인 생각들로 이루어진 거친 잔상과…… 유고 애머릴이 직관이라고 부르는 바로 그것뿐이었다.

21

조라넘은 이틀 동안 트랜터 전역에서 집회를 개최했다. 일부는 직접 참석했지만 대부분은 참모들이 참석하는 형식이었다. 셀던이 도스에게 언급한 것처럼 군대식 효율성이 돋보이는 전국적인 집회였다. 셀던은 이렇게 말할 정도였다.

"예전 같으면 조라넘은 전쟁 제독으로 놀라운 능력을 발휘했을 거요. 정치가 그 사람을 망쳤지."

그러자 도스는 이렇게 반문했다.

"망쳐요? 이런 기세라면 일주일 안에 총리 자리에 오르고 마음만 먹는다면 2주일 안에 황제가 될 거예요. 군대 일부도 그를 지지한다는 보도가 있어요."

셀던은 머리를 흔들며 대답했다.

"금방 무너질 거요, 도스."

"어느 쪽이 말이에요? 조라넘요, 제국요?"

"조라넘이. 로봇 이야기가 효율적인 광고를 통해 즉각적인 반응을 불러일으켰지만 조금만 생각하면, 열기가 조그만 가라앉으면 사람들은 그 자체가 말도 안 되는 비난이란 사실을 깨닫기 시작할 것이오."

그러자 도스가 강하게 반발했다.

"셸던, 나한테까지 그런 척할 필요는 없어요. 그건 말도 안 되는 비난이 아니에요. 도대체 데머즐이 로봇이란 사실을 조라넘이 어떻게 알아냈을까요?"

"아, 그거! 레이치가 그렇게 알려 주었소."

"레이치가!"

"그렇소. 레이치는 자신의 역할을 완벽하게 수행한 뒤 나중에 다알 구역의 지도자가 될 거란 약속까지 받으면서 무사히 돌아왔소. 물론 레이치는 그 약속을 믿고 있겠지. 분명히 그럴 것이오."

"당신 말은 데머즐이 로봇이란 사실을 당신이 레이치에게 알려 주어서 그 애가 그 말을 조라넘한테 전하도록 했다는 거예요?"

도스가 정말 끔찍하단 표정으로 물었다.

"아니, 내가 어떻게 그럴 수 있겠소? 내가 데머즐이 로봇이란 말을 레이치를 비롯한 그 누구한테도 말할 수 없다는 건 당신도 잘 알거 아니오. 나는 데머즐이 로봇이 아니라고 레이치한테 최대한 단호하게 말한 것뿐이오. 그렇게 말하는 것도 아주 힘들었지. 하지만 나는 레이치에게 데머즐이 로봇이라는 말을 조라넘에게 하라고 부탁했소. 지금 레이치는 자신이 조라넘에게 거짓말을 했다는 강한 인상을 받고 있소."

"그 이유가 뭔가요, 해리? 도대체 왜?"

"확실한 건 심리역사학이랑 아무런 상관이 없다는 사실이오. 당신까지 황제처럼 나를 마법사로 취급하지 마시오. 내가 원한 건 조라넘이 데머즐을 로봇이라고 확신하는 것이오. 그자는 마이코겐 출신이니 어린 시절에 로봇 이야기를 많이 들으면서 자랐을 것이오. 따라서 그자는 그 말을 그대로 받아들이고 일반 대중 역시 자신의 주장을 믿을 거라고 확신할 가능성이 많소."

"으음, 사실이 그렇지 않은가요?"

"그렇지 않소. 최초의 충격파가 지나가면 군중은 경솔한 행동이었단 사실을 깨닫거나 그런 생각을 하게 될 것이오. 그래서 나는 데머즐에게 홀로비전 방송에 나가서 제국의 핵심 행성과 트랜터 전역을 대상으로 한 발표를 하라고 설득했소. 모든 정책에 대해서 발표하되 로봇 문제에 대해서는 한 마디도 언급하지 말라고. 당연히 다양한 문제가 거론될 것이고 사람들은 귀를 기울이며 많은 내용을 들을 것이오, 로봇 문제만 제외하고. 발표가 끝난 다음에 광고에 대한 질문이 나올 텐데 데머즐은 그 대답을 한 마디도 않는 것이오. 빙그레 웃기만 할 뿐."

"웃어요? 데머즐이 웃는다는 얘기는 처음 들어요. 그는 웃은 적이 없어요."

"도스, 이번에는 웃을 것이오. 사람들은 로봇이 못하는 것 가운데 하나가 웃음이라고 생각하고 있소. 당신도 홀로그램 판타지에서 로봇을 많이 보았지 않소? 거기에 나오는 로봇은 모두가 딱딱하게 움직이고 인간의 따듯한 감성은 조금도 보이지 않지……. 사람들은 바로 그런 모습을 기대할 게 분명하오. 그래서 데머즐이 웃기만 하면 되는 것이오. 거기에 덧붙여서…… 마이코겐의 종교 지도자 '태양정복자14'를 기억하오?"

"당연하지요. 그 사람이야말로 딱딱한 동작에 인간의 따듯한 감성은 보이지 않았죠. 그 사람 역시 전혀 웃지 않잖아요."

"그 사람은 이번에도 안 웃을 것이오. 보안 통신을 한 이후로 나는 조라넘 문제를 해결하기 위해 많은 조치를 취해 놓았소. 나는 조라넘의 진짜 이름을 알고 있소. 그자가 태어난 곳과 부모, 초기에 교육을 받은 학교 등 모든 걸 파악했소. 그 모든 내용이 증명 서류와 함께 태양정복자14한테 발송되었소. 태양정복자는 이탈자를 좋아하지 않을 것이오."

"하지만 당신은 치사한 수단에 의지하기 싫다고 했잖아요."

"그렇소. 내가 홀로비전에 출연해서 발표하는 거라면 그랬을 것이오. 하지만 나는 그런 사실을 알 만한 자격이 있는 태양정복자한테 그 내용을 보낸 것뿐이오."

"그래서 그 사람이 그런 논쟁을 불러일으킨다?"

"아마 그러긴 힘들 것이오. 트랜터에 사는 누구도 태양정복자한테 관심을 기울이지 않을 터이니 말이오······. 그가 무슨 말을 하든."

"그럼 그렇게 한 이유가 무언가요?"

"으음, 그건 두고 보아야 하오, 도스. 나한테는 이번 상황을 심리역사학적으로 분석할 틈이 없소. 그런 분석틀을 만들 수 있을지조차 모르겠소. 내 판단이 정확하기만 바랄 뿐이오."

22

에토 데머즐이 웃었다.

이번이 처음은 아니었다. 해리 셸던이 도스 베나빌리와 함께 도청 방지가 된 실내에 앉아서 가끔씩 신호를 보낼 때마다 데머즐은 웃었다. 가끔은 허리를 뒤로 젖히며 커다랗게 웃었지만 셸던은 고개를 저으며 이렇게 말했다.

"그런 웃음은 설득력이 없어요."

그래서 데머즐은 방긋 웃다가 점잖게 웃음소리를 터트렸다. 셀던은 얼굴을 찡그리며 이렇게 지적했다.

"정말 어렵군요. 당신에게 재미난 이야기를 하는 건 소용이 없어요. 당신은 지적인 부분만 받아들이니까요. 웃는 느낌을 그냥 암기하는 게 좋겠어요."

도스가 끼어들었다.

"홀로그램에 녹음된 웃음소리를 이용해요."

"안 돼! 그러면 데머즐답지 않을 거요. 그건 멍청이들이 돈을 받고 웃는 소리에 불과하오. 내가 원하는 건 그런 웃음이 아니오. 다시 해 보세요, 데머즐."

데머즐은 다시 끊임없이 반복했고 마침내 셀던은 이렇게 말했다.

"좋아요, 이제 그 소리를 암기하고 있다가 질문이 나올 때에 그 소리를 그대로 만들어 내는 거예요. 재미있다는 표정이어야 해요. 엄숙한 얼굴로는 아무리 연습해도 웃는 소리를 만들어 낼 수 없어요. 약간 웃어요, 아주 조금만. 입술 끝을 살짝 끌어당겨요."

데머즐이 천천히 입을 벌리며 웃었다.

"좋아요. 두 눈을 반짝일 수 있나요?"

셀던이 묻자, 도스가 화난 어조로 끼어들었다.

"'반짝인다'니, 뭘 의미하는 거예요? 두 눈을 실제로 반짝이는 사람은 없어요. 그건 은유적인 표현일 뿐이에요."

"아니, 그렇지 않소. 그건 두 눈에 눈물이 어렸다는 의미요. 슬픔, 기쁨, 놀람 등등. 그런 눈물에 빛이 반사되면서 반짝이는 거요."

"그럼 데머즐이 정말로 눈물을 만들어 낼 수 있다고 생각하세요?"
바로 그 순간에 데머즐이 자신만만한 어조로 끼어들었다.
"내 눈은 이물질을 닦기 위해 눈물을 만들어 냅니다, 적당하게. 눈이 살짝 따끔거린다는 상상을 한다면 어쩌면……"
"해 보세요. 손해 볼 건 없으니까."
해리 셸던이 말했다.
그래서 실제로 그렇게 했다. 데머즐은 홀로비전 방송에 출연해서 모든 정책을 발표하고 그 내용은 빛보다 몇 천 배 빠른 속도로 수백만 행성으로 송출되었다. 진지하고 단호하고 유익한 반면에 화려한 수식은 배제한 내용들이었다. 하지만 로봇에 대한 말은 한 마디도 없었다. 그러고 나서 데머즐은 궁금한 내용을 질문하라고 선언했다.
오래 기다릴 필요는 없었다. 첫 번째 질문은 바로 이랬다.
"총리 각하, 각하는 로봇인가요?"
데머즐은 차분하게 쳐다보기만 해서 긴장감을 고조시켰다. 그러다가 빙그레 미소를 머금었다. 그러다가 온몸을 살짝 흔들며 웃었다. 커다란 웃음은 아니었지만 깊은 웃음, 정말 재미있는 얘기를 들었다는 웃음이었다. 그 웃음은 전염성이 있었다. 청중은 킥킥거리더니 함께 웃음을 터트리기 시작했다.
데머즐은 웃음이 가라앉길 기다린 다음에 반짝거리는 눈빛으로 이렇게 말했다.
"제가 그런 질문까지 대답해야 합니까? 꼭 그래야 할 필요가 있습니까?"
화면이 사라지는 동안에도 데머즐은 여전히 웃고 있었다.

23

해리 셀던이 말했다.

"그 방법이 성공할 줄 알았소. 물론 한순간에 완벽한 반전을 만들어 낼 순 없소. 시간이 필요하지. 하지만 이제 모든 상황이 바람직한 방향으로 나아가고 있소. 나는 대학 운동장에서 나마티의 연설을 중단시킬 때에 그걸 느꼈소. 청중은 처음에 나마티 편을 들었지만 내가 용감하게 맞서는 모습을 보고 그 즉시 입장을 바꾸기 시작했소."

"이번에도 비슷한 상황이라고 생각해요?"

도스가 의심스러운 어투로 물었다.

"물론이오. 아직 나에게 심리역사학이 없다 해도 비슷한 상황을 파악하는 능력은 있소. 그런 두뇌를 타고난 모양이오. 온갖 비난에 시달리는 총리가 미소와 웃음으로 그 비난에 정면으로 맞섰소. 그것이야말로 그가 보일 수 있는 가장 큰 로봇이 아니란 증거이고, 그 자체로 질문에 대한 대답이 된 거요. 당연하게도 그를 안타깝게 여기는 동정적 분위기가 일어나기 시작했소. 그건 그 무엇도 막을 수 없소. 하지만 그건 단지 시작일 뿐이오. 태양정복자14가 무슨 말을 하는지 기다려야 하오."

"그 부분도 자신만만한가요?"

"그렇소."

24

테니스는 해리 셀던이 가장 좋아하는 운동 가운데 하나였지만 그는 남이 하는 걸 구경하는 것보다 직접 경기하는 편을 선호했다. 그래서 클레온 황제가 스포츠 복장으로 코트를 가로지르며 달려가서 공을 때리는 광경을 꾹 참으며 지켜보았다. 황궁 테니스란 명칭이 붙은 경기인데, 황제가 테니스를 너무 좋아한 나머지 컴퓨터 라켓을 만들어서 손잡이에 일정한 압력을 주는 식으로 각도를 살짝 바꿀 수 있도록 한 독특한 방식이었다. 셀던도 그런 기술을 습득하려고 몇 차례 시도는 했지만 컴퓨터 라켓을 조작하는 자체가 상당한 연습을 필요로 했으며 셀던한테는 그런 사소한 일에 자신의 너무나 소중한 시간을 낭비할 여유가 없었다.

클레온은 결국 상대가 도저히 받을 수 없는 위치로 공을 보내서 경기를 이겼다. 경기를 지켜보던 신하들이 조심스럽게 환호성을 올리는 가운데 황제는 코트에서 뚜벅뚜벅 걸어 나왔다. 셀던은 황제에게 이렇게 말했다.

"경축드리옵니다, 폐하. 정말 대단한 경기였습니다."

하지만 클레온은 관심 없다는 어투로 대답했다.

"그렇게 생각하오, 셀던? 내가 이기게 하려고 모두가 노심초사한다오. 그래서 나는 특별한 재미를 느끼지 못한다오."

해리 셀던이 대답했다.

"그렇다면, 폐하, 상대한테 최선을 다해서 경기에 임하라고 명령하십시오."

"그래도 마찬가지일 것이오. 모두가 조심스럽게 경기에 지는 건 똑같을 터이니. 게다가 만일 내가 지기라도 한다면 경기에 진 탓으로 무의미하게 이겼을 때보다 더 적은 기쁨을 얻게 될 것이오. 황제로 지내는 것도 나름대로 고통이 있는 법이오, 셀던. 조라넘도 그런 사실을 느낄 수밖에 없을 것이오······. 이 자리를 꿰차는 데 성공했다면 말이오."

황제는 개인 샤워실에 들어가더니 일정한 시간이 지난 다음에 나와서 물기를 닦고 말린 후에 훨씬 격식이 있는 의상을 입었다. 그리고 손을 흔들어서 다른 모든 사람을 멀리 보낸 다음에 이렇게 말했다.

"자, 이제, 셸던, 테니스장에는 우리 둘밖에 없고 날씨는 근사하니, 안으로 들어가지 말도록 합시다. 태양정복자14라는 마이코겐 사람이 발표한 성명을 읽었는데, 그게 효과가 있겠소?"

"그렇습니다, 폐하. 그 내용에 나왔듯이 조라넘은 마이코겐 이탈자라는 비난과 동시에 신성을 모독한 불경스러운 자라는 이상한 비난까지 받고 있습니다."

"그럼 그자는 끝난 것이오?"

"그자의 영향력은 결정적으로 위축될 수밖에 없습니다, 폐하. 총리가 로봇이라는 엉뚱한 이야기를 믿는 사람은 이제 거의 없습니다. 그와 동시에 조라넘은 거짓말쟁이이자 이중인격자라는 사실이 만천하에 드러났습니다."

셸던의 말에 클레온이 깊이 생각하는 어투로 대답했다.

"만천하에 드러났다, 맞아. 그대의 말은 비밀스러운 행동은 교활하단 의미로 보이고 존경스럽던 모습은 멍청한 모습에 불과할 뿐 애초에 전혀 존경스럽지 않다는 사실이 만천하에 드러났다는 뜻이겠군."

"아주 정확히 지적하셨습니다, 폐하."

"그렇다면 조라넘은 더 이상 위험하지 않겠군."

"그건 아직 장담할 수 없습니다, 폐하. 아직도 회복 가능성은 남아 있습니다. 조직이 그대로 있고 추종자 일부는 여전히 충성심을 지니고 있을 테니까요. 역사를 보면 이번처럼 커다란, 혹은 더 커다란 재난을 딛고 일어선 남자나 여자의 사례가 있답니다."

"그렇다면 그자를 처형시킵시다, 셸던."

셸던은 머리를 저으며 대답했다.

"그건 바람직하지 않습니다, 폐하. 그자는 순교자가 되고 폐하는 독재자로 비춰질 수 있습니다."

클레온은 눈살을 찡그렸다.

"이제 그대도 데머즐처럼 말하는군. 내가 강력한 수단을 동원하자고 할 때마다 데머즐은 '독재자'란 표현을 사용하지. 강력한 수단을 취한 결과 아주 강력하고 결단성이 뛰어난 황제라는 숭배를 받은 황제는 예전에도 많았소."

"물론입니다, 폐하. 하지만 지금 우리는 어려운 시기이자 처형이 불필요한 시대를 살고 있습니다. 사리에 밝고 자비로운 것처럼 보이면서 목적을 달성하는 편이 바람직합니다."

"자비로운 것처럼?"

"자비로운 자세입니다, 폐하. 제가 말을 잘못했습니다. 조라넘을 처단하는 건 비열한 복수로 여겨질 가능성이 많습니다. 하지만 폐하는 황제로서 아버지처럼 자애로운 자세로 모든 사람을 대하셔야 합니다. 폐하는 누구도 차별하지 말아야 합니다. 모두의 황제이시기 때문입니다."

"그래서 어떻게 하는 게 좋겠다는 것이오?"

"폐하, 지금 조라넘은 마이코겐 사람의 민감한 정서에 상처를 입혔을 뿐 아니라 신성모독까지 저질렀습니다. 그렇다면 조라넘을 마이코겐 사람들한테 넘겨서 처리하도록 하는 편이 어떻겠습니까? 그러면 황제 폐하의 적절한 처리에 모두가 환호할 것입니다."

"그럼 마이코겐 사람들이 그자를 처단할까?"

"그럴 것입니다, 폐하. 신성모독에 대한 그들의 법률은 아주 가혹합니다. 아무리 가벼워도 평생 감옥에서 중노동을 하며 살아야 할 것입니다."

클레온은 빙그레 웃었다.

"좋아. 나는 인간적이고 다정하다는 평판을 얻고 그들은 더러운 일을 처리하고."

"그렇게 될 것입니다, 폐하, 조라넘을 그들한테 넘겨준다면. 하지만 그래도 순교자가 될 가능성은 여전히 남아 있습니다."

"정말 혼란스럽군. 그럼 도대체 어떻게 하라는 것이오?"

"조라넘한테 선택권을 주십시오. 제국 신민 모두의 행복을 고려한 결과 마이코겐에 넘겨서 재판을 받게 하는 게 타당하지만 마이코겐에서 너무 가혹한 벌을 줄까 걱정스럽다고, 따라서 그에 대한 대안으로 그자가 원한다면 자신이 태어났다고 주장하는 니샤야(모든 게 고립된 변두리의 조그만 행성입니다.)로 가서 평생을 조용하고 평화롭게 살도록 만들어 주겠다고, 물론 감시가 딸린 채 평생을 살아야 할 것이라고 제안하는 것입니다."

"그럼 그자가 그것을 받아들일까?"

"확실합니다. 마이코겐으로 돌아간다는 건 사실상 조라넘한테 자살하는 것과 마찬가지입니다. 하지만 그자는 자살을 할 타입이 아닙니다. 니샤야를 선택할 가능성이 많습니다. 그건 이성적인 선택이긴 하지만 영웅적인 선택은 아닙니다. 니샤야에 피난을 간 사람이 제국을 장악할 만한 운동을 전개한다는 건 현실적으로 불가능합니다. 그러면 그 추종자들도 흩어질 게 분명합니다. 신성한 열정을 지닌 순교자라면 따르겠지만 누가 보더라도 확실한 겁쟁이를 따를 순 없을 테니까요."

"놀랍군! 어떻게 그런 생각까지 했소, 셀던?"

클레온의 목소리에는 존경스럽다는 기색이 가득했다. 셀던은 이렇게 대답했다.

"으음, 합리적으로 보이는 선택을······"

그러자 클레온이 갑자기 끼어들었다.

"됐소, 됐어. 그대가 진실을 말하진 않을 터이고 설사 그런다 해도 내가 알아듣지 못할 터이니 나는 이 말만 하겠소. 데머즐이 사임했소. 이번 위기는 데머즐한테 견디기 힘든 부담이란 사실이 입증되었고 그래서 나는 이제 물러날 때가 되었다는 그의 청원을 받아들였소. 하지만 나한테는 총리가 반드시 필요하고, 따라서 지금 이 순간부터 그대가 나의 총리요."

"폐하!"

셀던이 놀라움과 공포가 뒤섞인 어투로 소리쳤지만 클레온은 차분하게 대답했다.

"해리 셀던 총리, 황제가 바라는 바이오."

25

데머즐이 말했다.

"놀라지 마세요. 그건 내가 제안한 겁니다. 나는 이 자리에 너무 오랫동안 있었고 계속적인 위기는 세 가지 법칙의 규제를 받는 나 자신을 마비시킬 정도에 이르렀어요. 선생이 가장 이상적인 후임자입니다."

하지만 셀던은 열심히 반박했다.

"나는 이상적인 후임자가 아닙니다. 내가 제국 경영에 대해 무얼 알겠습니까? 황제는 멍청하게도 내가 이번 위기를 심리역사학으로 풀었다고 믿는데, 그건 절대로 아닙니다."

"그건 중요하지 않아요, 셸던. 황제가 그렇게 믿는다는 건 앞으로 황제가 그대의 제안을 적극적으로 따라 준다는, 따라서 그대는 좋은 총리가 될 수 있다는 의미예요."

"내 말대로 했다가는 모든 게 엉망으로 변하고 말 거예요."

"나는 당신의 훌륭한 감각, 혹은 직관력이 당신의 목표를 또렷이 해 줄 거라고 믿어요……. 심리역사학이 있든 없든."

"하지만 당신 없이 내가 무슨 일을 할 수 있겠습니까, 다닐?"

"나를 그렇게 불러 주어서 고마워요. 나는 이제 에토 데머즐이 아니라 다닐이에요. 나 없이 당신이 할 수 있는 것에 대해선…… 조라넘이 주장한 평등과 사회 정의를 일부 실시하는 건 어떨까요? 그자는 진정성이라곤 없이 그것들을 사람의 마음을 사로잡는 수단으로 사용하는 데 불과했지만 그 주장 자체는 그리 나쁜 생각이 아니에요. 그리고 그 부분에서 레이치가 도울 수 있는 방법을 찾아보세요. 레이치는 조라넘의 주장에 끌리는 본능을 물리친 채 당신을 선택했어요. 그것 때문에 고향을 배반했다는 뼈아픈 고통에 시달리고 있을 거예요. 레이치한테 그렇지 않다는 사실을 보여 주세요. 게다가 당신은 심리역사학을 더 열심히 연구할 수도 있어요, 황제께서 열성껏 도와주실 테니까요."

"그럼 당신은 어떻게 지낼 생각인가요, 다닐?"

"은하계에는 내가 해야 할 다른 일이 많아요. '제로원칙'은 여전히 남아 있으니 나는 인류의 평안을 위해 열심히 노력해야 합니다. 지금까지 그 방법을 찾고 있는 중이랍니다. 그리고 셸던……."

"네, 다닐."

"당신한테는 아직 도스가 있어요."

"네, 나한테는 아직 도스가 있죠."

해리 셀던이 고개를 끄덕이며 대답하다가 잠시 입을 다물더니, 다닐의 손을 단단히 잡으며 덧붙였다.

"잘 가요, 다닐."

"잘 있어요, 셀던."

다닐이 대답했다. 로봇은 그 말과 함께 돌아서서 머리를 똑바로 들고 허리를 똑바로 편 채 총리의 육중한 의상을 부스럭거리며 황궁 복도를 걸어갔다.

셀던은 잠시 가만히 서서 다닐이 떠나는 모습을 물끄러미 쳐다보며 깊은 생각에 잠겼다. 그러다가 총리 관저를 향해 갑자기 걸어가기 시작했다. 다닐한테 할 말이 하나 더, 무엇보다 중요한 말이 있었다.

셀던은 불빛이 부드러운 복도에서 잠시 망설이다가 안으로 들어갔다. 하지만 실내는 텅 비어 있었다. 짙은 의상은 의자에 예쁘게 걸려 있었다. 에토 데머즐은 사라졌다. R. 다닐 올리버가 사라진 것이다. 하지만 총리 관저에는 셀던이 로봇한테 전하는 마지막 말이 울려 퍼졌다.

"잘 가요, 내 친구."

제2부

클레온 1세

클레온 1세

……마지막 황제로서 최초의 은하제국을 비교적 단결시키며 상당히 번영시켰다는 찬사를 받고 있으나 4반 세기에 걸친 클레온 1세의 통치 기간은 제국이 계속적으로 쇠락하는 기간이기도 했다. 물론 이것은 클레온 1세의 직접적인 책임으로 볼 수 없다. 제국의 쇠락은 정치적·경제적으로 아주 강력한 다양한 변수에 근거하고 있어서 당시로선 그 누구도 해결할 수 없었기 때문이다. 그나마 다행스러운 건 클레온 1세가 에토 데머즐과 해리 셀던을 총리로 선택했다는 사실인데, 클레온 1세는 해리 셀던이 심리역사학을 개발할 거란 믿음을 단 한 번도 잃지 않았다. 클레온과 셀던은 독특한 방식으로 세력을 긁어모은 조라넘주의자의 마지막 음모의 대상이 되어……

— 『은하대백과사전』

1

멘델 그루버는 행복한 사내였다. 해리 셀던의 눈에는 확실히 그렇게 보였다. 해리 셀던은 아침 운동을 멈추고 멘델 그루버를 쳐다보았다.

셀던보다 서너 살 어린 40대 후반으로 보이는 그루버는 황궁 정원을 오랫동안 가꾸는 사이에 손에 약간 옹이가 배겼지만 말끔하게 면도한 얼굴은 명랑했고, 숱이 적은 연한 갈색 머리칼은 꼭대기에 있는 분홍색 대머리를 그대로 보여 주었다. 그는 행여나 벌레에 감염된 징표라도 있나 확인하기 위해 덤불 잎사귀를 검사하며 조그맣게 휘파람을 불고 있었다.

물론 그는 대표 정원사가 아니었다. 황궁 정원의 대표 정원사는 고위 관료로서 제국 정부가 들어가 있는 복잡한 건물 한가운데에 화려한 사무실도 있고 그 밑에는 무장한 남녀 부하들도 있었다. 대표 정원사가 황궁 정원을 검사하는 건 일 년에 한 번 정도였다.

멘델 그루버는 그런 대표 정원사의 부하 직원 가운데 한 명이었다. 셀던이 알기로 그의 직함은 일급 정원사였는데 그건 30년이란 세월을 성실하게 정원을 돌본 대가였다.

셀던은 완벽하게 평탄한 자갈길에서 동작을 멈추고 이렇게 소리쳤다.

"오늘도 정말 환상적인 날씨군, 그루버."

그루버가 고개를 들고 눈빛을 반짝이며 대답했다.

"네, 정말입니다, 총리 각하. 이런 날씨에 실내에 갇혀 있어야 하는 사람들이 불쌍해요."

"조금 후에 안으로 들어갈 나를 두고 하는 말 같소."

"총리 각하한테는 사람들이 불쌍하게 여길 만한 게 없습니다. 하지만 이렇게 훌륭한 날에 저 건물 안으로 들어가신다면 저희 같은 소수의 행운아 입장에서 총리 각하가 약간 불쌍하게 여겨질 수밖에요."

"나를 동정해 줘서 고맙소, 그루버. 하지만 이곳 트랜터에는 돔 밑에서 사는 400억 인구가 있는데, 당신은 그들 모두가 불쌍하게 보이는 거요?"

"그렇습니다. 트랜터 출신이 아니라서 이렇게 정원사로 일할 능력을 지닐 수 있다는 사실이 얼마나 고마운지 모릅니다. 이 행성에는 하늘이 열린 공간에서 일할 수 있는 사람이 얼마 없으니 여기에 있는 저는 얼마 안 되는 행운아라고 할 수 있지요."

"하지만 날씨가 항상 오늘처럼 좋은 건 아니잖소."

"그렇습니다. 비가 콸콸 쏟아지고 바람이 무섭게 몰아쳐도 전 여기에 나와야 합니다. 하지만 복장만 제대로 갖춘다면, 보세요······."

그루버가 환하게 웃으며 황궁 정원 전체를 껴안기라도 할 것처럼 두 팔을 활짝 펼치며 덧붙였다.

"사방에 친구들이 가득합니다. 나무, 잔디, 다양한 형태의 동물들. 이들은 겨울에도 용기를 잃지 않고 계속 쑥쑥 자라나지요. 혹시 정원 전체를 기하학적인 관점에서 바라본 적이 있으신가요, 총리 각하?"

"지금 내가 보고 있는 이런 풍경이랑 다른 거요?"

"제가 말하는 건 모두가 충분히 감탄할 수 있는 정원의 배치 형태입니다. 정말 훌륭한 정원이 아닐 수 없습니다. 태퍼 사반드란 사람이 약 100년 전에 설계했는데, 그 이후로 거의 아무런 변화도 주지 않았습니다. 태퍼는 정말 위대한 원예가입니다. 우리 행성 출신이지요."

"아나크레온 행성이라고 했소?"

"그렇습니다. 은하계 모서리에 있는 머나먼 행성으로 아직까지 사람들이 자연 그대로 살아가지요. 저는 아주 어린 나이에 여기에 왔답니다. 현재의 대표 정원사가 선황 밑에서 일하실 때였죠. 그런데 지금 정원을 재배치하는 얘기가 나오고 있답니다."

그루버가 깊은 한숨을 내쉬고 고개를 절레절레 흔들며 덧붙였다.

"그런 건 옳지 않아요. 현재의 배치 상태가 가장 적절해요. 적절한 균형이 보는 사람의 눈과 영혼을 기쁘게 하지요. 하지만 역사적으로 볼 때 정원을 가끔씩 재배치하는 건 맞아요. 황제 폐하께서 지루하시면 새로운 모양으로 꾸밀 수밖에 없으니까요. 새로운 게 항상 좋기라도 한 것처럼. 현재의 황제 폐하께서(만수무강 하소서!) 대표 정원사와 재배치를 계획하고 계십니다. 정원사 사이에 도는 소문에 의하면 그렇습니다."

황궁에 도는 소문을 말해서 겸연쩍다는 듯 그루버가 마지막 말을 재빨리 덧붙이자, 해리 셀던이 말했다.

"금방 그렇게 되진 않겠지."

"저도 그러길 바랍니다, 총리 각하. 심장이 멈출 정도로 중요한 업무에서 잠시 짬을 내실 기회가 있다면 정원 배치를 살펴보시길 바랍니다. 이렇게 아름다운 곳은 어디에도 없습니다. 제가 마음대로 할 수 있다면 저는 수백 제곱킬로미터에 달하는 정원 전역에서 단 하나의 잎사귀나 꽃이나 토끼 하나도 다른 곳으로 옮기지 않을 겁니다."

셀던이 빙그레 웃었다.

"당신은 아주 헌신적인 성격이군, 그루버. 당신이 나중에 대표 정원사가 된다 해도 나는 전혀 놀라지 않을 거요."

"제발 부탁인데 그런 일은 결코 없도록 해 주십시오. 대표 정원사가 되면 신선한 공기도 못 마시고 자연 풍경도 못 보고 자연에서 배운 모든 걸 잊어버려요. 저기에서 살아야 하니까요."

그루버가 정말 싫다는 표정으로 건물을 가리키며 덧붙였다.

"제가 보기엔 덤불과 개울조차 구분할 수 없을 것 같아요. 부하 가운데 한 명이 억지로 밖으로 데리고 나와서 여기저기에 직접 손을 대도록 하기 전에는."

순간적으로 그루버가 경멸스럽다는 의미로 침이라도 뱉고 싶지만 침을 뱉을 만한 곳을 찾을 수 없다는 표정을 떠올렸다.

그래서 셀던은 조용히 웃으며 이렇게 말했다.

"그루버, 정말 재미있는 대화였소. 오늘 일을 마치고 잠시 짬을 내서 삶에 대한 당신의 철학을 들으면 재미있을 것 같군."

"어이쿠, 총리 각하, 저는 철학자가 아닙니다. 가방끈이 아주 짧답니다."

"가방끈이 길다고 해서 철학자가 되는 건 아니오. 적극적인 마음과 구체적인 체험이 중요하지. 잘 지내시오, 그루버. 내가 당신을 승진시킬 수도 있으니까."

"제발 저를 이대로 놔두신다면 정말 고맙겠습니다, 총리 각하."

셀던은 이동하면서 빙그레 웃었다. 하지만 그 웃음은 당면한 문제로 마음을 돌리는 순간에 사라지고 말았다. 총리가 된 지 벌써 10년이었다. 셀던이 그 자리를 얼마나 힘들어하는지 그루버가 안다면 불쌍하게 여기는 마음이 산처럼 높이 올라갈 것 같았다. 아, 다양하게 발전한 심리역사학 기법이 지금 셀던의 눈앞에 견디기 힘든 딜레마를 제시하고 있다는 사실을 과연 그루버가 이해할 수 있을까?

2

정원을 산책하며 깊은 명상에 잠기는 시간은 해리 셀던에게 있어서 가장 평화로운 시간이었다. 황제가 사는 황궁 한가운데에 있다 보면 셀던은 지금 자신이 이 지역을 제외한 전체가 돔으로 완전히 둘러싸인 행성에 있다는 사실을 믿기가 힘들었다. 여기 이 지역에 있으면 셀던 자신이 태어난 헬리콘 행성이나 그루버가 태어난 아나크레온 행성에 있는 것 같은 기분을 느낄 수 있었다.

물론 평화롭다는 느낌은 착각이었다. 정원 여기저기에서 경비병이 삼엄한 경계를 펼치고 있었다.

예전에는, 1000년 전만 하더라도, 황궁 정원은 구역별로 이제 막 돔을 세우기 시작한 행성 전역보다 특별나게 화려하거나 다르지 않았다. 모든 시민이 황궁 정원을 자유롭게 방문했으며 황제 자신도 경호원 없이 산책하다가 시민이랑 마주치면 머리를 끄덕이며 아는 척을 했다.

하지만 지금은 아니었다. 현재는 경비대가 곳곳에서 지키고 있어서 트랜터 시민 그 누구도 정원에 들어올 수 없었다. 하지만 그런다고 해서 위험을 막을 수 있는 건 아니었다. 불평불만에 가득한 신하나 돈에 매수당한 부패한 병사가 언제 나타나서 위험을 초래할지 몰랐다. 그래서 황궁 정원은 황제와 그 각료에게 가장 위험한 장소가 될 수 있었다. 거의 10년 전에 그런 일이 일어났을 때만 하더라도 바로 옆에 도스 베나빌리가 없었다면 그는 과연 어떻게 됐을까?

그 사건 이후 총리에 취임한 첫해, 뜻밖의 인물이 갑자기 나타나서 그 자리를 차지한 것에 대해 질투심으로 불타는 세력이 있는 건 셀던이 보기에도 너무나 당연하단 생각이 들기도 했다. 황궁에서 오랫동안 근무하며 (자신들이 보기에) 훨씬 많은 훈련과 경험을 쌓은 다양한 신하들에겐 새롭게 등장한 인물을 분노의 눈으로 바라볼 소지가 충분했다. 심리역사학에 대해서도 모르고 황제가 그걸 아주 중요하게 여긴다는 사실도 모르는 그들이 그런 상황을 해결하는 가장 쉬운 방법은 총리 경호를 책임진 경비대원 가운데 한 명을 매수하는 것이었다.

당시의 도스는 셀던 자신보다 조심성이 훨씬 많았던 게 분명했다. 그녀는 데머즐이 현장에서 사라짐과 동시에 다양한 지시를 내려서 셀던에 대한 경호를 강화했다. 그리고 도스 자신도 처음 몇 년 동안은 그 어느 때보다 밀접하게 셀던을 따라다녔다.

그리고 햇살이 따사로운 어느 날 늦은 오후, 도스는 (트랜터의 거대한 돔 밑에서는 결코 볼 수 없는) 서쪽으로 떨어지는 햇살에 번뜩이는 금속성 총구를 목격했다.

"엎드려요, 해리!"

도스는 갑자기 소리치고서는 경비대원을 향해 풀밭을 가로지르며 질주했다. 그리고 잔뜩 긴장한 어투로 소리쳤다.

"권총을 내려놓도록, 하사."

암살자는 갑자기 달려드는 여자를 보고 순간적으로 몸이 굳었지만 재빨리 정신을 차리며 총구를 들어 올렸다.

하지만 이미 상대에게 달려든 도스가 한 손으로 상대의 오른팔을 단단히 움켜쥐며 공중으로 들어 올렸다. 그리고 앙다문 이빨 사이로 다그쳤다.

"총을 내려놔."

하사가 일그러진 얼굴로 팔을 잡아 빼려고 몸부림치자 도스는 이렇게 다그쳤다.

"가만히 있어, 하사. 내 무릎이 자네의 사타구니 10센티미터 거리에 있어. 계속 저항하면 사타구니가 박살날 수밖에 없어. 그러니까 꼼짝 마. 그래, 좋아. 이제 손을 펴도록. 지금 당장 권총을 떨어뜨리지 않으면 이 팔을 부숴 버리겠어."

바로 그 순간에 정원사 한 명이 갈퀴를 들고 달려들었다. 도스는 정원사한테 물러나라는 신호를 보내고 하사는 권총을 땅바닥에 떨어뜨렸다.

이윽고 셸던이 다가오며 말했다.

"내가 처리하겠소, 도스."

"그러지 말아요. 권총을 들고 저 나무 사이로 들어가요. 다른 일당이 공격할 수도 있으니까."

도스는 하사를 움켜잡은 손을 풀지 않은 채 이렇게 물었다.

"자, 하사, 자네에게 총리 암살을 지시한 자의 이름을 말하도록. 자네와 함께 이번 일에 가담한 자들의 이름도."

하지만 하사는 입을 열지 않았다.

"멍청하게 굴지 마. 어서 말해!"

도스가 소리치며 그의 팔을 비틀어서 하사가 풀썩 쓰러지며 무릎을 꿇게 만들었다. 그녀는 하사의 목에 신발을 갖다 대며 위협했다.

"입을 열지 않겠다면 내가 자네 후두를 박살내서 평생 말을 못하게 만들 거야. 그런 다음에 온몸을 산산이 부서뜨리겠어, 뼈마디 하나하나를 남기지 않고. 어서 말하는 게 좋아."

그래서 결국엔 하사의 자백을 받아내고 말았다.

나중에 셸던은 도스한테 이렇게 물었다.

"어떻게 그렇게 할 수 있었소, 도스? 나는 당신이 그렇게…… 폭력적일 수 있다는 생각을 한 번도 못했소."

그러자 도스는 시원하게 이렇게 대답했다.

"내가 그자한테 실제로 가한 고통은 많지 않아요. 협박으로 충분했으니까요. 어떤 경우든 가장 중요한 건 당신의 안전이에요."

"내 몸은 내가 알아서 지키고 싶소."

"왜요? 남성의 자부심을 지키려고요? 하지만 그럴 순 없어요. 우선 당신은 충분히 빠르지 않아요. 둘째, 설사 당신이 성공했다 하더라도 당신은 남자니까 그 자체가 당연하게 여겨질 거예요. 하지만 나는 여자예요. 일반적으로 사람들은 여자는 남자처럼 가혹하지 않다고, 힘도 세지 않다고 생각해요. 하지만 나는 그 두 가지를 다 보여 주었어요. 소문이 번져 나가다 보면 살이 붙는 법이고 그러다 보면 모두가 나를 두려워하게 될 거예요. 그러면 당신을 해치려는 자도 그만큼 줄어들겠죠."

"당신도 두렵고 처형도 두렵고. 예상했겠지만, 그 하사랑 일당 모두가 사형당할 것이오."

이 말과 동시에 평소에 차분하던 도스의 얼굴에 분노의 먹구름이 어렸다. 반역자 하사를 사형시키는 건 옳지 않다고, 그자가 순간적으로 망설인 덕분에 사랑하는 셀던을 구할 수 있었다는 생각이 들었다. 그래서 이렇게 소리쳤다.

"하지만 공모자들을 처형할 필요까진 없어요. 추방시키는 정도로 충분할 거예요."

"아니, 그렇지 않소. 너무 늦었소. 클레온 황제가 사형 이외에는 받아들이진 않을 거요. 황제가 한 말을 내가 그대로 인용할 수도 있소……. 당신이 원한다면."

"그럼 황제가 이미 마음을 정했다는 거예요?"

"그 자리에서. 나는 추방이나 투옥 정도로 충분할 거라고 제안했지만 황제는 거절했소. 이렇게 말하면서. '내가 구체적이고 직접적인 방식으로 문제를 해결하려고 할 때마다 데머즐이 독재니 전제군주니 하는 말을 하더니, 이제 그대가 그런 말을 하는군. 하지만 이곳은 내가 있는 황궁이오. 그곳은 내가 거니는 정원이고. 그들은 내 경비대원이오. 황궁 경호가 무너지고 경비대원의 충성심이 사라지면 나도 무사하지 못할 것이오. 그대는 절대적인 충성심에서 약간만 벗어나도 죽음이란 벌을 내려야 한다고 생각하지 않소? 그렇게 하지 않으면 그대의 안전을 어떻게 보장할 수 있겠소? 그렇게 하지 않으면 내가 어떻게 안전할 수 있겠소?' 그래서 내가 재판을 해야 한다고 주장하니까 이렇게 대답하더군. '당연하지, 단기 군사 재판. 처형 이외의 주장은 단 한 마디도 안 나올 거요. 내가 확실히 명령할 테니까.'"

도스는 오싹 소름이 끼치는 표정이었다.

"당신은 그 모든 걸 아주 차분하게 받아들이고 있군요. 당신도 황제랑 의견이 같은가요?"

셀던은 잠시 망설이다가 고개를 끄덕이며 대답했다.

"그렇소."

"당신의 목숨을 앗아 가려고 했기 때문이군요. 단순한 복수심 때문에 자신의 원칙을 포기한 건가요?"

"아니, 도스, 나는 복수를 좋아하지 않소. 하지만 위험한 건 나 혼자나 황제 한 명이 아니오. 최근의 제국 역사가 우리한테 보여 준 게 있다면 그건 제국 전체가 위험에 처할 수도 있다는 사실이오. 심리역사학은 무슨 일이 있어도 보호해야 하오. 설사 나한테 무슨 일이 일어난다고 해도 심리역사학은 언젠가 개발되긴 하겠지만 제국 붕괴가 빨라지면 그런 가능성 자체도 사라질 수 있소. 내가 살아남아서 적절한 수준까지 끌어올려야 하오."

"당신이 아는 내용을 다른 사람한테 가르쳐 주면 되잖아요."

도스가 진지하게 말했다.

"계속 그러는 중이오. 유고 애머릴은 좋은 후계자이며 나중에 유익하게 쓰일 학자 그룹도 계속 모으고 있소. 하지만 그들은……."

셀던이 말을 멈추자, 도스가 뒷말을 이어 나갔다.

"그들은 당신만큼 뛰어나지도 똑똑하지도 훌륭하지도 않을 것이다, 그런 건가요?"

"그렇소, 그런 생각이 드오. 그리고 나도 인간이오. 심리역사학은 내가 만들었으니 가능하다면 그 공도 누리고 싶소."

"인간이란……."

도스가 한숨을 내쉬며 슬픈 표정으로 머리를 흔들었다.

사형이 집행되었다. 지난 한 세기 동안 그렇게 대대적인 숙청은 없었다. 장관 두 명, 하급 관리 다섯 명, 불행한 하사를 포함한 병사 네 명이 죽음을 맞았다. 너무나 가혹한 조사를 견디지 못한 경비대원은 모두 해고되어 머나먼 외부 행성으로 추방당했다.

그때 이후로 누구도 반역을 꿈꾸지 않았다. 총리에 대한 경호가 아주 철저하다는 소문이 퍼지고 '여자 호랑이'라는 별명까지 붙은 무서운 여자가 총리를 계속 경호한다는 소문까지 퍼지면서 도스가 셀던을 항상 따라다닐 필요성도 그만큼 줄어들기 시작했다. 하지만 도스라는 존재는 주변에 없을 때에도 항상 믿음직한 방패가 되었고 클레온 황제는 완벽한 보안과 고요함을 거의 10년 동안 즐길 수 있었다.

하지만 셀던이 총리 집무실에서 심리역사학 연구실로 이어진 정원을 꾸준히 오가는 사이에 드디어 심리역사학이 미래를 예측하는 경지까지 오른 지금 해리 셀던은 평화로운 시기가 끝날 수도 있다는 불길한 가능성을 깨닫기 시작했다.

3

그럼에도 불구하고 해리 셀던은 연구실로 들어갈 때마다 몰려드는 만족감을 억누를 수가 없었다.

그동안 얼마나 많은 변화가 있었던가!

헬리콘에서 성능이 떨어지는 컴퓨터를 만지작거리며 말도 안 되는 생각을 시작한 지도 벌써 20년이었다. 나중에 준 혼돈 이론으로 발전한 아이디어가 처음으로 애매하게 떠오른 것도 바로 그즈음이었다.

그다음에 스트릴링 대학 시절이 펼쳐졌다. 셸던은 애머릴과 함께 연구를 했고 방정식을 재정립하고 불필요한 무한대를 제거해서 최악의 혼돈 효과를 우회할 수 있는 길을 찾아내려고 애썼다. 하지만 연구 진행이 정말 느릴 때였다.

하지만 총리로 10년을 보낸 지금은 한 층 전체를 최신 컴퓨터로 가득 채우고 다양한 문제 가운데 한 분야에 전문적으로 매달리는 연구원도 충분했다.

물론 연구원 각자는 (애머릴과 자신을 제외하곤) 각자가 연구하는 당장의 문제밖에 알 수 없었다. 그들은 심리역사학이라는 거대한 산맥에 붙어 있는 아주 협소한 계곡이나 그 수확물에 매달릴 뿐이었다. 산맥 전체를 볼 수 있는 사람은 셸던과 애머릴밖에 없었다. 하지만 두 사람의 눈앞에 나타난 건 희미한 산맥에 불과했다. 봉우리는 구름에 가려 있었고 비탈엔 안개가 가득했다.

도스의 말이 당연히 옳았다. 이제부터라도 산맥 전체를 모든 연구원한테 보여 주어야 할 것 같았다. 연구 내용 자체가 두 사람이 처리할 수 있는 수준을 완전히 넘어서고 있었다. 그리고 셸던은 나이를 먹고 있었다. 앞으로 수십 년을 더 살 수 있다 하더라도 가장 커다란 능력을 발휘하던 전성기는 지나간 게 확실했다.

심지어 애머릴도 앞으로 한 달이면 서른아홉 살이 될 터이고, 아직은 젊은 나이지만 수학자로서 그렇게 젊은 나이는 아니었다. 게다가 그 역시 셸던만큼이나 오랫동안 이 문제에 매달리고 있었다. 새롭고 혁신적인 사고를 받아들일 능력이 줄어들 가능성이 많았다.

애머릴은 셸던이 들어오는 걸 보고 옆으로 다가왔다. 셸던은 그를 따뜻한 눈길로 바라보았다. 애머릴은 셸던의 양아들 레이치만큼이나 다알 기질이 강한 데다가 근육질 육체와 단단한 몸매를 가지고 있었지만 조금도 다알 출신처럼 보이지 않았다. 다른 무엇보다 짙은 콧수염이 없었고 독특한 어투도 없었으며 다알 출신 특유의 의식도 없어 보였다. 심지어 다알 주민의 마음속으로 철저하게 파고들어간 조-조 조라눔의 유혹에도 넘어가지 않았다.

애머릴은 구역에 대한 애향심이나 행성에 대한 애국심은 물론 제국에 대한 애국심조차 모르는 것 같았다. 심리역사학에 전적으로 모든 걸 바칠 뿐이었다.

셸던은 가슴이 살짝 아렸다. 셸던 자신에게는 헬리콘에서 처음 20년을 보낸 추억이 남아 있었다. 그래서 아무리 노력해도 자신이 헬리콘 출신이란 사실을 잊어버릴 수가 없었다. 그 추억이 행여나 심리역사학에 대한 자신의 생각을 살짝 비트는 식으로 자신을 배신하는 건 아닌가 가끔씩 궁금했다. 심리역사학을 적절하게 사용하는 데에 가장 이상적인 자세는 모든 행성과 구역을 초월해서 얼굴도 모르는 인류 전체를 다루는 것이었다……. 바로 이것을 애머릴이 해내고 있었다.

하지만 셸던은 자신은 그럴 수 없을 것 같다는 현실을 인정하고 속으로 한숨을 쉬었다.

애머릴이 말했다.

"제가 추측하기에 많은 진척이 있는 것 같아요, 선생님."

"자네가 추측하기에, 유고? 그냥 추측만?"

"우주복 없이 우주공간으로 뛰어들고 싶진 않아요."

애머릴이 아주 진지한 어투로 이 말을 했다(그에게 유머 감각이 많지 않다는 사실은 해리 셀던도 잘 알고 있었다.). 그리고 두 사람은 두 사람만의 연구실로 들어갔다. 아주 조그맣지만 방음 시설이 잘된 곳이었다.

애머릴이 의자에 앉아서 발을 꼬더니 말했다.

"혼돈을 피하기 위해 선생님이 최근에 제시하신 방법에 부분적인 효과가 있는 것 같아요……. 물론 그만큼 정밀도가 떨어진다는 단점은 있지만."

"그렇겠지. 한쪽이 강화되면 다른 쪽이 약화되니까. 바로 그게 우주의 법칙이야. 우리가 바로 지금 막 거기에 손을 댄 거야."

"아주 살짝 손을 대서 그런지, 마치 뿌연 유리 너머로 보는 것 같아요."

"납덩이 너머로 보려고 오랫동안 애쓰던 시절에 비하면 많이 좋아진 거야."

셀던의 말에 애머릴이 뭐라고 혼자 중얼거리다가 이렇게 말했다.

"빛과 어둠은 어렴풋하게 잡아낼 수 있어요."

"자세히 설명해 보게!"

"그건 힘들지만 제가 제1발광체를 이리저리 살피면서 일을 마치…… 마치……"

"라멕 같다고 해. 짐을 운반하는 동물이야……. 헬리콘에 있어. 트랜터에는 없지."

"선생님 말씀대로 라멕이 열심히 일하는 동물이라면, 저 역시 제1발광체를 이리저리 살피며 라멕처럼 일하고 있었는데 말입니다."

애머릴이 책상에 있는 키패드를 누르자 자물쇠가 풀리고 서랍이 스르륵 열렸다. 애머릴은 거기에서 까만색의 불투명한 정육면체를 꺼냈고 셀던은 흥미진진한 눈으로 쳐다보았다. 셀던 자신도 제1발광체 회로 소자를 연구한 적이 있었지만 애머릴은 그걸 완벽하게 조립한 상태였다. 정말 손재주가 좋다는 생각이 절로 들었다.

실내가 어두워지면서 방정식과 관계식이 공중에서 반짝거렸다. 그 밑으로 다양한 숫자가 펼쳐지며 책상 바로 위까지 내려온 모습이 마치 안 보이는 줄로 조종하는 꼭두각시처럼 보였다.

"놀라워. 우리가 충분히 오랫동안 산다면 제1발광체에서 과거와 미래 역사를 기록한 수학 기호가 강물처럼 흘러나오도록 만들 수 있겠군. 거기에서 다양한 강이랑 개울을 찾아내 모든 강이랑 개울이 바람직한 방향으로 흘러가도록 자극하는 방법을 만들어 낼 수 있을 거야."

셀던이 말하자, 애머릴이 건조한 어투로 대답했다.

"맞아요, 최선이라고 생각하고 취한 행동이 결국엔 최악의 결과를 낳을 수도 있다는 사실을 우리가 인정할 수만 있다면."

"나를 믿어, 유고. 밤에 잠자리에 들 때마다 그 생각 때문에 골머리를 썩지 않는 날이 한 번도 없어. 그런데도 아직 또렷한 결론이 안 나와. 지금 당장 우리가 할 수 있는 건, 자네가 말했듯이 뿌연 유리 너머로 빛과 어둠을 어렴풋이 바라보는 정도에 불과해."

"맞아요."

"그래, 자네가 본 게 무엇인 것 같나, 유고?"

셀던이 물었다. 그리고 애머릴을 약간 우울한 눈으로 쳐다보았다. 애머릴은 체중이 늘어서 약간 뚱뚱해 보였다. 그동안 컴퓨터 앞에서(그리고 요새는 제1발광체 앞에서) 허리를 숙인 채 너무 많은 시간을 보내서 운동할 시간이 충분하지 않을 거라는 생각이 들었다. 그리고 가끔씩 여자는 만나는 모양이었지만 결혼은 아직 하지 않았다. 결혼을 실수라고 생각하는 것 같았다! 아무리 일중독자라고 해도 결혼한 다음에는 배우자와 지낼 시간이나 아이와 놀아 줄 시간을 낼 수밖에 없을 터였다.

셸던은 아직도 날씬한 자신의 몸매와 그렇게 유지하도록 애쓰는 도스를 떠올렸다.

"제가 본 거요? 제국이 혼란에 빠져드는 거요."

"제국은 항상 혼란에 빠져 있어."

"그렇죠, 하지만 이번엔 훨씬 구체적이에요. 중심부에서 혼란이 일어날 가능성이 있어요."

"트랜터에서?"

"아니면 주변부에서요. 여기에서 내전 같은 나쁜 상황이 일어나거나 주변부의 외부 행성이 이탈하기 시작할 거예요."

"그런 가능성은 심리역사학이 없어도 지적할 수 있어."

"재미있는 건 그 두 개가 서로 배타적으로 보인다는 사실이에요. 이것 아니면 저것이란 식으로. 두 가지 모두 일어날 가능성은 거의 없어요. 여기요! 보세요! 선생님이 만드신 방정식이잖아요. 자세히 보세요!"

두 사람은 제1발광체가 발산하는 영상을 오랫동안 바라보았다.

마침내 셸던이 입을 열었다.

"두 가지가 서로 배타적인 이유를 파악할 수가 없군."

"저도 마찬가지에요, 선생님. 하지만 우리가 충분히 알 수 있는 것만 보여 준다면 심리역사학이 무슨 가치가 있겠어요? 이것은 우리가 알 수 없는 무언가를 지금 우리한테 보여 주고 있어요. 이게 보여 주지 않는 건 첫째, 어느 쪽이 그나마 바람직한가, 둘째, 바람직한 쪽이 일어날 가능성은 키우고 그렇지 않은 쪽이 일어날 가능성은 줄일 방법이 무엇이냐, 이 두 가지죠."

셸던은 입술을 꼭 다물고 있다가 천천히 입을 열었다.

"어느 쪽이 바람직한지는 내가 말할 수 있어. 주변부를 보내고 트랜터를 지키는 거야."

"정말이세요?"

"의문의 여지가 없어. 우리한테 중요한 건 트랜터를 안전하게 지키는 거야, 우리가 여기에 있다는 이유 하나 때문이라도."

"우리를 지키자는 게 결정적인 이유가 될 순 없어요."

"당연히 그렇지, 하지만 심리역사학을 지키는 건 중요해. 주변부를 무사히 지키는 게 무슨 소용이 있겠나, 트랜터 상황이 나빠져서 우리가 심리역사학을 연구할 수 없다면? 우리가 죽는다는 의미가 아니야. 하지만 연구를 못하게 될 순 있어. 우리 운명은 심리역사학 개발에 달려 있어. 제국의 관점에서 본다면 주변부가 떨어져 나가는 건 제국 붕괴의 시작에 불과하고 중심부까지 영향을 미치려면 아주 오랜 시일이 필요할 거야."

"선생님 말씀이 옳다고 해도, 우리가 트랜터를 어떻게 안전하게 지킬 수 있죠?"

"이제부터 그 방법을 생각해야지."

두 사람 사이에 침묵이 깔렸다. 마침내 셀던이 입을 열었다.

"생각을 하다 보면 기분이 나빠져. 혹시 제국 전체가 엉뚱한 길을 걸어왔다면, 처음부터 지금까지 계속 그런 거라면 어떻게 되는 걸까? 그 루버랑 대화를 나눌 때마다 항상 이런 생각이 들어."

"그루버가 누군가요?"

"멘델 그루버라고, 정원사라네."

"아, 암살 시도가 있을 때에 선생님을 구하기 위해 갈퀴를 들고 쫓아온 그 사람요?"

"응. 그 일을 생각하면 항상 고마운 마음이 들어. 다른 공범이 권총을 쏠 수도 있는 상황에서 갈퀴만 들고 쫓아온 거야. 바로 그게 충성심이지. 어쨌든 그 사람이랑 얘기하는 건 신선한 공기를 마시는 것 같아. 황궁 관리랑 심리역사학 얘기만 하면서 모든 시간을 보낼 순 없는 거잖아."

"고마운 말씀이군요."

"허어! 자네도 무슨 말인지 알잖아. 그루버는 열린 하늘을 좋아해. 바람이랑 빗물이랑 매서운 추위 등 자연적인 날씨라면 무엇이든 좋아해. 나도 그런 게 가끔씩 그리워."

"저는 아니에요. 열린 하늘에 평생 안 나가도 상관없어요."

"자네는 돔으로 하늘을 가린 곳에서 성장했잖아. 하지만 제국 구성원 전체가 산업화 대신 목장이나 농장 생활을 하면서 인구 밀도가 적은 널찍한 공간에서 산다고 가정해 보게. 그러면 우리의 삶이 훨씬 바람직하지 않을까?"

"저한테는 끔찍하게 들리는군요."

"여유 시간이 생길 때마다 최선을 다해서 검토했는데, 그런 사회는 일종의 불안한 평형 상태인 것처럼 보인다네. 내가 앞에서 설명한 인구 밀도가 적은 사회는 정체에 빠져들어 빈곤에 허덕이다가 동물처럼 미개한 수준으로 전락하거나…… 아니면 산업화로 접어들겠지. 조그만 점 위에 서 있다가 어느 방향으로든 떨어지는 거지. 은하제국의 거의 모든 행성은 지금 그런 것처럼 산업화 쪽으로 떨어진 거야."

"그게 훨씬 좋으니까요."

"그럴 수도 있어. 하지만 그건 영원히 계속될 수 없어. 지금 우리는 한쪽으로 심하게 치우쳐진 결과를 보고 있어. 제국은 아주 오랫동안 존속될 수 없어, 너무 과열되었기 때문에. 다른 표현은 떠오르지 않아. 그 다음에 일어날 일은 우리도 몰라. 만일 우리가 심리역사학을 통해서 제국의 몰락을 막을 수 있다면 혹은 몰락한 다음에 빨리 회복하도록 만든다면 그건 또 다른 과열을 불러일으키는 것에 불과하지 않을까? 시시포스처럼 커다란 바위를 산꼭대기로 밀어 올리면 다시 밑으로 굴러 떨어질 수밖에 없는 게 인류 앞에 놓여 있는 유일한 미래일까?"

"시시포스가 누구예요?"

"원시 신화에 나오는 인물일세. 유고, 독서량을 늘려야겠군."

애머릴이 어깨를 으쓱하며 물었다.

"그럼 제가 시시포스한테 배워야 한다는 말씀이신가요? 그럴 필요는 없을 거예요. 심리역사학이 새로운 사회로(우리가 지금까지 겪은 거와는 완전히 다른 사회, 안전하고 바람직한 사회로) 가는 길 전체를 보여 줄 테니까요."

해리 셀던이 한숨을 내쉬며 대답했다.

"나도 그러면 좋겠어. 정말이야. 하지만 아직까지는 그런 징후가 없어. 그리고 가까운 장래에 우리는 주변부가 떨어져 나가도록 만들어야 해. 바로 그게 은하제국 몰락의 시초가 될 거야."

4

"그래서 내가 말했소. '바로 그게 은하제국 몰락의 시초가 될 거야.' 정말 그렇게 될 거요, 도스."

해리 셀던이 말했다.

도스는 입을 꼭 다문 채 가만히 들었다. 도스는 총리란 해리 셀던의 직위를 다른 모든 것과 마찬가지로 차분하게 받아들였다. 도스에게는 셀던과 심리역사학을 보호할 책임이 있었다. 하지만 총리란 직위로 인해 그 임무가 꽤 어려워졌다. 제일 좋은 방법은 무명인으로 지내는 것인데 제국의 상징인 우주선과 태양이 해리 셀던을 비추는 한 현존하는 물리적인 수단은 무엇이든 한계가 있을 수밖에 없었다.

물리적인 간섭이나 도청 전파를 차단하는 정교한 장치나 도스가 전공하는 역사 연구에 드는 자금을 거의 무한정으로 끌어댈 수 있다는 장점 등, 지금 그들이 누리는 사치도 도스를 만족시킬 수 없었다. 그 모든 것을 스트릴링 대학의 낡은 아파트 생활이랑 기꺼이 바꿀 수 있었다. 아니, 자신들을 아는 사람이 하나도 없는 어느 이름 모를 구역의 어느 이름 모를 아파트라도 상관이 없었다.

"다 좋아요. 하지만 충분하지 않아요."

"뭐가 충분하지 않다는 거요?"

"당신이 나한테 준 정보가요. 당신은 외부 행성이 이탈할 거라고 했어요. 하지만 그 이유는 뭐죠? 그 방식은요?"

해리 셀던이 살짝 웃었다.

"그걸 알면 얼마나 좋겠소, 도스. 하지만 심리역사학은 그 정도까지 밝힐 수 있는 단계가 아직은 아니라오."

"그렇다면 당신이 보기엔 어때요? 아주 먼 행성의 총독이 야심을 품고 독립을 선언하는 건가요?"

"그건 하나의 변수에 불과하오. 물론 당신이 훨씬 잘 알겠지만 과거 역사에도 그런 사례가 많았으나 오래가지 못했소. 하지만 이번에는 아주 오래갈 것이오."

"제국이 약해졌기 때문인가요?"

"그렇소, 무역 흐름이 예전처럼 자유롭지 않기 때문이기도 하고, 통신이 예전보다 힘들어졌기 때문이기도 하고, 사실상 외부 행성의 총독이 그 어느 때보다 독립에 가까운 형태로 존재하기 때문이기도 하오. 그런 총독 가운데 한 명이 특별한 야심을 품고 일어난다면……"

"그게 누군지 알아낼 수 있나요?"

"그건 불가능하오. 지금 단계에서 우리가 심리역사학으로 끌어낼 수 있는 정보는 탁월한 능력과 야심을 품은 총독이 들고일어날 경우에 자신의 목적에 적합한 조건을 과거 어느 때보다 많이 발견할 수 있다는 정도에 불과하오. 물론 다른 방식도 가능하오. 엄청난 천재지변이나 인접한 두 개의 외부 행성 연합 사이에서 갑작스러운 내전이 일어날 수도 있소. 지금으로선 그 무엇도 구체적으로 예측할 수 없지만 그런 유형의 사건이 일어나면 한 세기 전에 비해서 훨씬 심각한 결과를 낳을 거라는 사실은 예측할 수 있소."

"하지만 어떤 일이 일어날지도 정확히 모르는데 트랜터 내부가 아니라 주변부가 떨어져 나가도록 만드는 조치를 어떻게 취할 수 있죠?"

"양쪽 모두를 면밀히 감시해서 트랜터를 안정시키는 대신 주변부는 안정시키지 않도록 하는 방식으로. 심리역사학의 작동 원리를 아직 충분히 모르는 상태에서 심리역사학 스스로 모든 사건을 조정해 나가도록 만들 순 없소. 그러니 우리는, 말하자면, 항상 일정한 기준에 맞춰 직접 제어하고 조정해야만 하오. 앞으로 심리역사학의 기술이 좀 더 정교하게 발전하면 수동 제어의 필요성 역시 그만큼 줄어들 것이오."

"하지만 그건 현재가 아니라 미래잖아요, 그렇죠?"

"그렇소. 하지만 그것 역시 우리의 희망사항일 뿐이오."

"그럼 트랜터에서는 어떤 유형의 불안한 사태가 일어날까요? ……우리가 주변부를 포기하지 않는다면?"

"경제적 사회적 변수, 천재지변, 고위 관료들 사이의 야심만만한 라이벌 의식, 기타 등등, 모든 사태의 가능성은 동일하오. 내가 유고한테 설명한 건 제국 전체가 과도한 열기에 휩싸였다는 것, 그 가운데에서도 트랜터가 가장 과열되었다는 것이오. 트랜터는 지금 모든 게 무너지고 있는 것 같소. 수도 공급, 열기, 쓰레기 처리, 연료 공급 등 기간 시설이 모두 심각한 문제에 봉착하는 중인 것 같은데, 바로 그게 최근 들어서 내가 모든 신경을 곤두세우는 관심사요."

"황제가 서거할 가능성은 어떤가요?"

해리 셀던이 두 손을 폈다.

"그건 종국적으로 일어날 수밖에 없지만 클레온 황제의 건강은 아직 좋소. 나이도 나랑 같잖소. 물론 훨씬 젊으면 좋겠지만 아주 많은 나이도 아니오. 황태자는 후계자로 전혀 적합하지 않지만 다른 후계자가 나타날 가능성은 충분하오. 황제가 서거하는 불행한 사태는 안 일어나는 편이 물론 훨씬 바람직하지만 그런다고 해서 완전한 파국으로 치닫진 않을 것이오…… 역사적인 관점에서 볼 때 그렇소."

"그렇다면 황제가 암살당하는 건 어떤가요?"

그 말에 대해 해리 셀던이 불안한 표정으로 쳐다보며 말했다.

"그런 말은 하지 마시오. 방음 시설이 완벽하다 해도 그런 말은 안 하는 편이 좋소."

"여보, 멍청하게 굴지 마요. 그건 우리가 고려해야 할 돌발 사태 가운데 하나예요. 예전에 조라넘주의자들이 권력을 장악할 뻔한 적이 있었잖아요, 당시에 그들이 성공했다면 황제는 어떤 식으로든……"

"꼭 그렇지만도 않았을 거요. 황제는 꼭두각시로 그 효용 가치를 충분히 발휘할 수도 있으니까. 어쨌든 그건 잊어버리시오. 조라넘은 작년에 니샤야에서 죽었소, 아주 쓸쓸하게."

"추종자들이 있잖아요."

"물론이오. 누구나 추종자는 있소. 당신, 트랜터 왕국과 은하제국의 초기 역사를 연구할 때 내가 태어난 헬리콘 행성에서 열렸던 세계주의자 파티에 대한 부분을 이해하고 넘어갔소?"

"아니요, 그러지 못했어요. 해리, 당신 마음을 상하게 하고 싶은 마음은 없지만 헬리콘이 역사에서 어느 하나라도 중요한 역할을 했다고 여긴 기억은 전혀 떠오르지 않네요."

"나는 그런 일로 마음이 상하지 않소, 도스. 역사에 등장하지 않는 편이 오히려 다행스러우니까. 어쨌든 약 2400년 전에 우주 전체에서 사람이 사는 행성은 헬리콘밖에 없다고 절대적으로 확신하는 집단이 헬리콘에서 생겨났소. 그들한테 헬리콘이야말로 우주 그 자체이고 나머지는 조그만 별들이 점점이 박힌 하늘에 불과했소."

"어떻게 그런 걸 믿을 수 있죠? 그들도 제국의 일부였을 텐데요."

"그렇소. 하지만 세계주의자들은 제국이 존재한다는 걸 보여 주는 모든 증거는 환상이거나 의도적인 사기라고 주장했소. 제국 사절단이나 관리라는 사람도 모두가 헬리콘 사람인데 뭔가 이기적인 목적 때문에 연극을 하는 거라고 말이오. 이성적인 사고를 완벽하게 거부한 거요."

"그래서 어떻게 되었나요?"

"자신이 사는 세계가 유일한 세계라고 생각하는 건 언제나 즐거운 법이오. 그래서 그 인기가 최고에 달했을 때에 세계주의자들의 운동에는 헬리콘 행성 전체의 10퍼센트에 달하는 인구가 설득되어 동참했다오. 불과 10퍼센트였지만 열정적인 소수는 무관심한 다수를 밀어내고 권력을 향해 나아갔소."

"하지만 성공하지 못했군요, 그렇죠?"

"그렇소, 성공하지 못했소. 세계주의자들이 제국의 무역을 약화시킨 결과 헬리콘 경제가 침체기에 접어들었기 때문이오. 그래서 일반 대중의 주머니가 얄팍하게 줄어들자 그들의 인기 역시 빠르게 줄어들기 시작했소. 그들의 세력 확장과 위축은 당시에 많은 혼란을 일으켰지만 심리역사학이 있었다면 그 불가피성을 확실히 보여 주어서 크게 고민하지 않도록 만들어 주었을 것이오."

"알겠어요. 하지만 셀던, 그 이야기의 요점은 뭔가요? 우리가 토론하던 내용과 무슨 연관이 있을 것 같긴 한데요."

"내가 말하고자 하는 건 그런 운동은 결코 완벽하게 사라지지 않는다는 것이오. 평범한 사람의 눈에 그 주장이 아무리 우스꽝스럽게 보일지라도. 지금 이 순간에도 헬리콘에는 세계주의자들이 남아 있소. 많지는 않지만 70~80명이 정기적으로 소위 세계주의 총회라는 곳에 모여서 세계주의에 대해 토론하며 상당한 쾌감을 만끽하고 있소. 으음, 조라넘주의 운동이 이 행성에 끔찍한 위험으로 느껴진 게 불과 10년 전이오. 그렇다면 그 잔당이 남았다는 건 너무나 당연한 현상이라고 볼 수 있소. 앞으로 1000년이 지난다 해도 그 잔당은 여전히 남아 있을 것이오."

"그 잔당이 위험한 사태를 일으킬 가능성은 없나요?"

"없을 것이오. 그 운동을 위험하게 만든 건 조-조의 카리스마였는데, 지금 그자는 죽었소. 그렇다고 해서 영웅적으로 죽은 것도 아니고 의미 있게 죽은 것도 아니오. 추방된 곳에서 나이를 먹고 비탄에 잠긴 채 죽은 것뿐이오."

도스는 벌떡 일어나서 실내를 빠르게 거닐면서 두 팔을 흔들다가 주먹을 움켜쥐었다. 그리고 돌아와서 셀던이 앉은 의자 앞에 섰다. 그리고 말했다.

"해리, 내 생각을 말해 주죠. 심리역사학이 트랜터에서 끔찍한 사태가 일어날 가능성을 지적하고 조라넘주의자가 여전히 남아 있다면 말이죠, 그 끔찍한 사태라는 건 조라넘주의자들이 황제의 암살을 꾸미는 음모로 나타날 가능성이 많아요."

셀던은 불안하게 웃으며 대답했다.

"억측이 너무 심하군, 도스. 마음 놓으시오."

하지만 셀던은 도스가 한 말을 쉽게 지워 버릴 수 없었다.

5

와이 구역에는 2세기 넘게 제국을 통치해 온 클레온 1세의 엔턴 황조에 반대하는 전통이 있었다. 이런 전통은 와이 시장 혈통 가운데 하나가 황제에 오른 이후 죽 이어져 왔다. 와이안 황조는 오랫동안 계속되지도 않았고 눈에 띄는 공적도 없었다. 하지만 와이 주민과 통치자는 자신들이 최고로 군림하던 과거를(한순간의 불안한 군림이었음에도 불구하고) 쉽게 잊을 수 없었다. 자칭 와이의 시장이라던 라셀르는 18년 전에 잠시나마 제국의 황권에 도전하는 과정을 통해서 와이의 자존심과 좌절감을 동시에 최고로 끌어올리기도 했다.

이런 배경 때문에 와이는 일단의 음모가들에게 트랜터 어디보다 안전한 공간으로 여겨질 수밖에 없었다.

그런 음모가 다섯 명이 와이 구역의 황폐한 지역, 어느 조그만 실내의 식탁 주변에 앉아 있었다. 초라하지만 방음장치는 확실한 건물이었다.

다른 의자보다 약간 좋아 보이는 의자 하나에 우두머리로 보이는 사내 한 명이 앉아 있었다. 길쭉한 얼굴에 혈색이 창백했고, 입은 커다랗고 입술은 너무 창백해서 안 보일 정도였다. 머리칼에 은발이 듬성듬성했지만 두 눈에는 억누를 수 없는 분노가 타오르고 있었다.

그는 바로 건너편에 앉아 있는 사내를 노려보고 있었다. 나이가 훨씬 많고 부드러워 보이는 사내였는데, 머리칼은 거의 백발이었고 통통한 볼은 말할 때마다 떨리는 경향이 있었다.

"으음, 대체 당신이 한 게 뭐죠? 설명해 보세요!"

우두머리가 날카로운 어투로 말하자, 노인이 대답했다.

"나처럼 나이가 많은 조라넘주의자까지 모든 걸 일일이 설명해야 하는 이유가 뭐지, 나마티?"

그러자 라스킨 '조-조' 조라넘의 오른팔이었던 갬볼 딘 나마티가 반박했다.

"나이가 많은 조라넘주의자는 많아요. 일부는 무능하고 일부는 믿을 수가 없고 일부는 게을러 빠졌지요. 늙은 조라넘주의자라는 건 늙은 멍청이라는 말이랑 똑같습니다."

노인이 의자에 등을 기대고 앉으며 반박했다.

"지금 나더러 늙은 멍청이라고 하는 건가? 나, 카스팔 카스파로프한테? 나는 자네가 당에 가입하기 이전부터 조-조 옆에 있었어, 자네가 아무것도 모른 채 허둥지둥거릴 때부터 말이야."

그러자 나마티가 날카로운 어투로 대답했다.

"당신을 두고 멍청이라고 한 게 아니에요. 내 말은 일부 늙은 조라넘주의자들이 멍청이라는 뜻이에요. 기회를 드릴 테니까 자신이 그런 멍청이가 아니란 사실을 지금 여기에서 증명해 보세요."

"조-조랑 나는……"

"그런 건 잊어버리세요. 조-조는 죽었습니다!"

"그 정신은 계속 살아 있어."

"그런 생각이 우리 투쟁에 도움이 된다면 그 정신은 계속 살아 있을 거예요. 하지만 그런 말은 우리가 아닌 다른 사람한테나 하세요. 우리는 조-조가 저지른 실수를 너무나 잘 알고 있으니까요."

"나는 그렇게 생각하지 않아."

"실수나 저지른 단순한 사람을 영웅으로 만들려고 애쓸 필요 없어요. 그 사람은 웅변의 힘 하나로, 말 하나로 제국을 움직일 수 있다는 생각에……"

"역사를 보면 말 하나로 산맥을 움직인 사례가 많아."

"조라넘의 말은 아닌 게 분명해요, 실수를 저질렀으니까요. 조라넘은 마이코겐 출신이란 사실을 너무 어설프게 속였어요. 게다가 에토 데머즐 총리를 로봇이라고 비난하도록 만드는 함정에 스스로 빠져들었어요. 그러지 말라고 내가 처음부터 경고했지만 조라넘은 내 말을 안 들었어요……. 그리고 무너졌습니다. 그렇다면 이제 새롭게 시작하는 게 좋지 않을까요? 외부인을 끌어들이기 위해 조라넘에 대한 기억을 활용하는 건 좋지만 우리 자신이 거기에 빠져드는 건 옳지 않습니다."

카스파로프는 가만히 앉아서 침묵했다. 다른 세 사람은 나마티가 논쟁의 무게를 견인하는 데 만족하며 나마티와 카스파로프를 번갈아 가며 쳐다보고 있었다.

"조라넘이 니샤야로 추방되면서 조라넘주의 운동은 와해되서 사라질 것 같았습니다. 완전히 사라질 것 같았죠……. 하지만 나는 아니었어요. 나는 포기하지 않고 계속 노력해서 트랜터 전역으로 뻗어 나가는 조직을 조금씩 구축해 왔어요. 그건 당신도 잘 알 겁니다."

"나도 알아, 대장."

카스파로프가 중얼거렸다. 그런 호칭까지 사용한 걸 보면 카스파로프가 화해하길 바라는 게 분명했다.

나마티는 딱딱하게 웃었다. 그는 그런 호칭에 집착하지 않았다. 하지만 그런 호칭을 들을 때마다 기분이 좋은 건 어쩔 수 없었다. 그래서 이렇게 말했다.

"당신은 그 조직의 일부이며 따라서 그에 상응하는 의무를 져야 합니다."

카스파로프는 몸을 살짝 꿈틀거렸다. 그리고 속으로 무슨 생각을 하는 듯하다가 마침내 천천히 입을 열었다.

"예전 총리를 로봇이라고 공격하지 말라는 경고를 조라넘한테 했다고 자네는 나한테 말했어, 대장. 그런데 조라넘이 그 말을 안 들었다고 하지만 최소한 자네는 할 말을 한 거야. 그렇다면 내가 무엇을 실수라고 생각하는지 말해도 괜찮을까? 그래도 자네는 조라넘이 자네 말을 들은 것처럼 내 말을 들어 주겠나? 조라넘처럼 자네 역시 내 충고를 듣지 않을지언정 말이야."

"물론 당신은 의견을 말할 수 있어요, 카스파로프. 그럴 목적으로 여기에 왔잖아요. 그래, 어떤 말을 하고 싶습니까?"

"우리가 새로 나아갈 방향을 제시했는데, 대장, 그건 실수야. 사회가 혼란에 빠질 수밖에 없어."

"당연하지요! 내가 노리는 게 바로 그거예요."

나마티가 의자에서 몸을 살짝 꿈틀거려 억지로 분노를 삭이며 덧붙였다.

"조라넘은 대중을 설득하려고 했지만 실패했어요. 우리는 실력으로 트랜터를 무너뜨리는 거예요."

"얼마나 오랫동안? 얼마나 큰 대가를 치루면서?"

"필요한 만큼 오랫동안…… 그리고 최소한의 대가를 치르면서. 여기는 전력이 끊기고 저기는 수도가 끊기고 하수도가 막히고 에어컨이 멈추겠죠. 그래서 모두가 불평불만을 터트리게 하는 겁니다."

카스파로프는 머리를 절레절레 흔들었다.

"그런 불평불만은 계속 쌓이는 법이야."

"당연하지요, 카스파로프, 우리가 원하는 건 그런 불평불만이 계속 쌓이는 거예요. 잘 들어요, 카스파로프. 지금 제국은 붕괴되고 있습니다. 모두가 그 사실을 알아요. 생각할 줄 아는 사람이라면 모두가 그걸 알아요. 설사 우리가 가만히 있다고 해도 여기저기에서 기술적 한계가 드러날 겁니다. 우리는 거기에다 약간 손을 대는 것에 불과해요."

"그건 위험한 짓이야, 대장. 트랜터는 기간 시설이 믿을 수 없을 정도로 복잡해. 사소한 실수 때문에 결정적인 파국으로 치달을 수도 있어. 손을 잘못 댔다가는 트랜터 전체가 상자로 지은 집처럼 무너질 수 있다고."

"그런 일은 없어요."

"앞으로 그럴 가능성이 많아. 그리고 우리가 그랬다는 사실이 드러나면 어떻게 되겠나? 우리를 산 채로 찢어 죽이려고 할 거야. 보안 요원이나 군대까지 부를 필요도 없을 거라고. 성난 군중이 우리를 한순간에 박살내고 말 테니까."

"우리가 그랬다는 사실이 어떻게 드러나겠어요? 사람들은 모든 불평불만을 정부한테 돌릴 거예요. 황제의 각료들한테. 성난 군중은 그런 식으로 불평불만을 터트릴 수밖에 없어요."

"하지만 우리 자신이 견딜 수 없을 거야, 우리가 그렇게 만들었다는 사실을 너무나 잘 알고 있기 때문에."

마지막 말이 속삭이는 어투로 나왔다. 노인은 아주 슬퍼하는 게 분명했다. 카스파로프는 간청하는 눈빛으로 식탁 건너편에 있는 우두머리를 쳐다보았다. 자신이 충성을 맹세한 사내였다. 조-조 조라넘이 주장한 보편적인 자유를 나마티가 그대로 이어받을 거란 믿음 때문이었다. 카스파로프는 혹시 조-조 역시 이런 방법으로 꿈을 이루려고 한 건 아닐까 하는 의심까지 들기 시작했다.

나마티는 잘못한 아이한테 야단치는 부모처럼 혀를 쯧쯧 차며 이렇게 말했다.

"카스파로프, 행여나 우리한테 등을 돌리는 건 아니겠죠? 우리가 권력을 잡으면 모든 하자를 찾아내서 수리할 겁니다. 우리는 조라넘이 주장한 대로 공평하게 대표를 뽑아서 모든 민중이 정부에 참여하는 정치 시스템을 만들 거예요. 그래서 확고한 기반이 쌓이면 효율성이 뛰어난 강력한 정부를 만들 거예요. 그래서 훨씬 살기 좋은 트랜터랑 훨씬 강력한 제국을 건설하는 겁니다. 모든 행성의 대표자들이 참석해서 마음껏 토론할 수 있는, 하지만 우리가 확실히 통치하는 시스템을 만들 거라고요."

카스파로프는 애매한 표정으로 가만히 앉아 있었고 나마티는 씁쓸하게 웃었다.

"그렇게 되리라는 확신이 없습니까? 우리는 패할 수가 없어요. 지금까지 완벽하게 흘러왔고 앞으로도 완벽하게 흘러갈 거예요. 황제는 이런 내막을 몰라요. 전혀 눈치도 못 채고 있어요. 그리고 그가 임명한 총리는 수학자예요. 사실 바로 그자가 조라넘을 함정에 빠뜨렸지요. 하지만 그 이후로는 아무것도 안 하고 있어요."

"그자한테는 뭐라고 하더라…… 그러니까……"

"그 얘긴 그만 두죠. 조라넘은 그 수학자가 연구하는 걸 아주 중요하게 생각했지만 그건 조라넘이 로봇을 좋아하는 마이코겐 출신이기 때문이었어요. 그 수학자한테는 아무것도……"

"역사적 심리 분석인가 뭔가 하는 거. 예전에 조라넘이 하는 말을 들었는데……"

"잊어버리세요. 맡은 일이나 열심히 하세요. 당신은 아네모리아 구역의 환기장치를 손보는 겁니다, 알겠죠? 그러면 되는 거예요. 마음에 내키는 방법으로 오작동을 일으키라고요. 습도를 올리는 방식도 좋고 악취가 그대로 머무는 방식도 좋습니다. 그런다고 해서 죽는 사람은 하나도 없으니까 죄책감에 시달릴 필요도 없어요. 사람들을 불편하게 만들어서 불평불만을 끌어올리는 정도에 불과하니까요. 우리가 당신을 믿어도 되겠습니까?"

"하지만 젊고 건강한 사람은 불편한 정도로 끝나겠지만 어린 아기나 노인이나 환자들은……"

"희생자는 하나도 없어야 한다는 고집을 계속 부릴 거예요?"

나마티의 반박에 카스파로프는 속으로 뭐라고 중얼거렸다.

나마티가 다시 말했다.

"어떤 일이든 희생자는 나올 수밖에 없으니까 당신은 맡은 일이나 제대로 하세요. 굳이 양심에 걸린다면 희생자가 최대한 적게 나오는 방식도 좋습니다. 하지만 꼭 해내야 해요!"

카스파로프가 입을 열었다.

"좋아! 하지만 한 가지 더 말할 게 있네, 대장."

"말해 보세요."

나마티가 피곤한 투로 말했다.

"우리가 기간 시설을 망가뜨리다 보면 결국엔 대중의 불평불만을 이용해서 정부를 장악해야 할 시기가 올 거야. 그렇게 되면 정부를 어떻게 장악할 생각인가?"

"우리가 움직일 계획을 구체적으로 알고 싶으세요?"

"그래. 우리가 빨리 움직일수록 기간 시설 손상이 적을 것이고 그러면 그 수리도 그만큼 쉬울 테니까."

그러자 나마티가 천천히 대답했다.

"아직 그 방법까지 생각하진 않았어요. 하지만 좋은 방법이 떠오를 거예요. 그때까진 맡은 일을 열심히 하시겠어요?"

카스파로프가 포기했다는 표정으로 머리를 끄덕이며 대답했다.

"알았어, 대장."

"으음, 그렇다면 나가 보세요."

나마티가 말하며 손을 날카롭게 흔들자, 카스파로프가 일어나고 돌아서서 떠나갔다.

나마티는 그 뒷모습을 가만히 쳐다보았다. 그러다가 오른편에 있는 사내한테 이렇게 말했다.

"카스파로프는 믿을 수가 없어. 우리를 배신한 게 분명해. 미래의 계획을 파악해서 정부 측에다 팔아넘기려는 거야. 저자를 제거하도록."

그러자 세 사람이 고개를 끄덕이더니 나마티만 남겨 두고 모두 밖으로 나갔다. 나마티는 벽에서 번뜩이는 빛을 껐다. 그러자 천장에 남아 있는 패널이 외로운 불빛을 발산하며 나마티가 완벽한 어둠에 잠기는 걸 막아 주었다.

나마티는 머릿속으로 생각했다.

'어떤 사슬이든 약한 고리가 있는 법이야. 우리는 그걸 신속하게 제거해야 해. 과거에도 수없이 그랬기 때문에 지금 우리가 아주 강고한 조직을 구축하게 된 거야.'

어두침침한 공간에서 나마티는 얼굴을 비틀며 잔인한 미소를 머금었다. 이제 황궁 내부까지 조직이 침투했다. 아직은 강고하지도 믿음직하지도 않지만 씨앗을 뿌린 건 확실했다. 시간이 지나면 거기에서도 강한 뿌리를 내릴 게 분명했다.

6

돔을 설치하지 않은 황궁 정원의 날씨가 며칠째 좋았다. 햇살이 따사롭고 온화했다.

흔한 날씨는 아니었다. 해리 셀던은 겨울이면 춥고, 비 또한 지독히도 많이 내리는 이 지역이 황궁 구역으로 선정된 이유를 예전에 도스한테 들은 기억이 났다. 당시에 도스는 이렇게 말했다.

"사실은 선정된 게 아니에요. 이곳은 트랜터 왕국 초기에 모로비안 가문의 영지였어요. 왕국이 제국으로 팽창할 즈음에는 황제가 사는 곳이 다양했어요. 여름 별장, 겨울 별장, 스포츠를 즐기는 목장, 해안 시설 등등. 그러다가 행성 전체를 돔으로 천천히 덮기 시작했는데, 당시에 여기에 살며 통치하던 황제가 이곳을 너무나 좋아해서 돔으로 덮지 않은 거예요. 그런데 전체가 돔으로 덮이면서 유일하게 돔을 안 덮은 이 지역이 차별성을 지닌 아주 특별한 장소가 되고 그 독특함을 다음 황제……, 또 다음 황제……, 또 다음 황제가 높이 평가하다가……, 마침내 전통으로 이어져서 여기까지 오게 된 거예요."

항상 그렇듯이 셀던은 그 이야기를 들을 때에도 이런 생각을 떠올렸다.

'심리역사학에서는 이런 경우를 어떻게 다뤄야 할까? 그 지역의 위치까지 정확히 지적할 수 없을지언정 특정 지역 일부에 돔을 설치하지 않을 거란 사실은 예견할 수 있는 걸까? 정말 그 정도까지는 파악할 수 있을까? 몇몇 지역이 돔을 설치하지 않은 상태로 남아 있거나 애초에 돔 같은 건 전혀 설치되지 않을 거란 예측을 할 수 있을까……. 그런 예측이 빗나간다거나? 결정적인 순간에 우연히 옥좌를 차지한 황제 개인의 취향과 변덕스러운 결정까지 파악할 수 있을까? 그건 도저히 파악할 수 없을 것 같아.'

좋은 날씨가 즐거운지 클레온 1세가 명랑한 어투로 말했다.

"내가 나이를 먹긴 먹은 것 같소, 셀던. 하기야 그대도 잘 알고 있겠지. 우리는 나이가 같으니까, 그대와 나. 테니스를 칠 마음도, 호수에 물고기를 잔뜩 채워 넣었음에도 불구하고 낚시를 가고 싶은 마음도 안 들고 이렇게 느긋하게 산책로나 거닐고 싶은 것도 그 때문일 거야."

클레온 1세는 말을 하면서 견과류를 먹고 있었다. 셀던이 태어난 헬리콘 행성에서 호박씨라고 부르는 것과 비슷한 모양이지만 훨씬 기다란 반면에 미묘한 맛은 약간 떨어지는 견과류였다.

황제는 그걸 이빨 사이에 넣고 우지끈 깨뜨려서 얇은 껍질을 벗겨내고 알맹이를 입안에 쏙 집어넣었다.

셀던은 그 맛이 그다지 끌리지 않았지만 황제가 일부를 건네줄 때마다 당연히 받아서 몇 개를 입에 털어 넣었다.

황제는 껍질을 손에 들고 그걸 버릴 만한 쓰레기통이 있나 둘러보았다. 하지만 쓰레기통 대신 가까운 곳에서 차렷 자세로 머리를 숙인 채서 있는(황제가 나타나면 누구나 그래야 했다.) 정원사 한 명을 발견했다.

클레온이 그를 불렀다.

"정원사!"

정원사가 급히 다가오며 대답했다.

"폐하!"

"이걸 좀 치워 주게."

황제가 말하며 껍질을 톡톡 쳐서 정원사의 손바닥에 떨어뜨렸다.

"네, 폐하."

셀던도 끼어들었다.

"나도 있소, 그루버."

그루버가 자신의 손을 내밀며 수줍은 어투로 대답했다.

"네, 총리 각하."

멀찌감치 물러나는 그루버를 황제가 호기심 가득한 눈으로 살피다가 물었다.

"저 사람을 아시오, 셀던?"

"네, 폐하. 오랜 친구입니다."

"정원사가 그대의 오랜 친구라고? 어떤 자인데? 수학을 함께 공부하기라도 했나?"

"아닙니다, 폐하. 아마 폐하께서도 그 이야기를 아실 겁니다. 예전에 제가……."

셀던은 당시 사건을 언급하기에 가장 적합한 목청으로 가다듬으며 계속 말했다.

"황제 폐하의 은총으로 현 위치에 오른 직후 하사관이 제 목숨을 위협했던 그때 말입니다."

"암살 시도. 그 말을 모두가 그렇게 어려워하는 이유를 도무지 모르겠어."

클레온이 짜증스럽다는 표정으로 하늘을 올려다보며 말하자, 셀던은 느긋하게 아부를 늘어놓는 자신에게 약간의 경멸감을 느끼며 이렇게 대답했다.

"그 이유는 행여나 폐하에게 귀찮은 일이 생길 가능성에 대해 저희 신하들 모두가 폐하 자신보다 더 걱정하기 때문인 것 같습니다, 폐하."

클레온이 묘하게 웃으며 대답했다.

"그럴 수도 있겠군. 그런데 그 일이 저 정원사랑 어떤 관계가 있소? 그루버라고 했던가?"

"네, 폐하. 멘델 그루버입니다. 기억을 더듬으시면 폐하께서도 생각이 나실 겁니다. 저를 보호하기 위해 갈퀴를 들고 무장 병사에게 덤벼들었던 그 정원사입니다."

"아, 그래. 그 사람이 바로 저 정원사였소?"

"네, 폐하. 저 사람입니다. 그때 이후로 저는 저 사람을 친구로 생각하면서 정원에 나올 때마다 만나곤 합니다. 저 사람은 저를 각별하게 생각하며 지켜 주거든요. 물론 저 역시 저 사람한테 따뜻한 마음을 지니고 있고요."

"그렇겠군······. 말이 나왔으니 말인데, 그대의 무서운 부인 베나빌리 박사는 어떤가? 최근에 보질 못했어."

"제 아내는 역사학자입니다, 폐하. 과거에 묻혀서 살지요."

"그대는 부인이 무섭지 않소? 나는 그대의 부인이 무섭던데. 그 여인이 하사를 다룬 이야기를 들었거든. 다른 사람이 들으면 하사를 동정할 정도로 말이야."

"아내는 저를 대신하여 공격성을 키울 때가 있답니다, 폐하. 하지만 최근에는 그럴 일이 없었습니다. 아주 조용하니까요."

황제가 사라지는 정원사를 쳐다보며 다시 물었다.

"그래, 저자한테 상은 내렸소?"

"네, 그렇게 했습니다, 폐하. 부인과 두 딸이 있어서 각각의 딸에게 앞으로 낳을 자녀 모두를 충분한 교육시킬 수 있는 포상금을 내렸습니다."

"잘했소. 하지만 직급도 올려 주어야 할 것 같은데. ……실력이 좋은 정원사요?"

"그렇습니다, 폐하."

"대표 정원사, 말콤버인가……. 이름이 확실히 떠오르진 않는데……, 그 친구는 나이가 너무 많아서 이제 맡은 일을 제대로 못 하는 것 같소. 70대 후반은 족히 되었을 거야. 저 그루버란 정원사가 그 일을 제대로 해낼 수 있을 것 같소?"

"충분히 해낼 수 있다고 확신합니다, 폐하, 하지만 저 사람은 지금 하는 일을 좋아합니다. 온갖 날씨를 있는 그대로 만끽할 수 있으니까요."

"아주 독특한 추천이군. 그렇다면 행정 업무도 금방 익숙해질 수 있을 것이오. 정원을 새롭게 바꿀 적임자도 필요하고. 으으음. 곰곰이 생각해 보아야 하겠군. 그대 친구 그루버가 내가 생각하는 적임자일 수 있겠어……. 그건 그렇고, 셀던, 아주 조용하단 말은 무슨 뜻이오?"

"황궁 주변에서 아무런 불협화음도 일어나지 않는다는 뜻입니다, 폐하. 이런저런 음모는 일어날 수밖에 없지만 무시해도 좋을 정도로 미약해 보입니다."

"그대가 황제라면 그렇게 말할 수 없을 것이오, 셀던. 이런 신하 저런 신하의 불평을 모두 처리해야 하니 말이오. 게다가 한 주 길러서 한 번씩 올라오는 보고서를 보면 트랜터 전역에서 기간 시설이 심각한 문제를 일으키는 것 같던데, 어떻게 조용하다고 말할 수 있겠소?"

"그런 일은 늘상 일어날 수밖에 없습니다."

"예전에는 지금처럼 빈번하게 일어난 기억이 없소."

"그건 고장이 자주 일어나지 않았기 때문입니다, 폐하. 하지만 기간 시설은 세월이 지나면서 노후할 수밖에 없습니다. 제대로 수리하려면 그만한 시간과 노동력과 막대한 자원이 필요할 겁니다. 하지만 지금은 세금을 올리기에 적절한 시기가 아닙니다."

"그런 시기는 애초에 없소. 기간 시설 문제 때문에 사람들이 심각한 고통을 겪고 있는 것 같소. 그런 일은 없도록 그대가 조치를 취해야 하오, 셀던. 그래, 심리역사학에서는 뭐라고 하던가요?"

"상식적인 얘기만 합니다, 모든 게 노후화되고 있다는."

"으음, 날씨가 풀어 준 기분을 그런 문제가 망쳐 놓는군. 그 문제는 그대한테 맡기겠소, 셀던."

"네, 폐하."

셀던이 조용히 대답했다.

황제가 뚜벅뚜벅 걸어가자 셀던은 자신 역시 날씨가 풀어 준 자신의 기분을 그런 문제가 망쳐 놓는다고 생각했다. 중심부가 망가지는 건 자신이 바라는 대안이 아니었다. 하지만 그걸 어떻게 막아야 한단 말인가? 그래서 그 화살을 어떻게 주변부로 돌려야 한단 말인가?

심리역사학은 아무 말도 하지 않았다.

7

레이치 셀던은 자신이 아버지랑 어머니라고 생각하는 두 사람과 몇 개월 만에 처음으로 모여서 가족 식사를 한다는 사실이 아주 만족스러웠다. 물론 레이치는 두 사람이 생물학적 관점에서 부모가 아니란 사실을 완벽하게 알고 있었지만 그런 건 전혀 중요하지 않았다. 완벽한 사랑이 가득한 미소를 얼굴에 머금을 수 있었다.

주변 분위기는 예전에 스트릴링에서 지냈던 때처럼 온화하지는 않았다. 그들의 집이 조그맣고 훨씬 더 사적이던 시절, 그 집은 널찍한 대학 구내에서 사실상 보석이나 다름없었다. 하지만 불행하게도 지금은 총리 관저의 장엄한 자태를 그 무엇으로도 숨길 수 없었다.

레이치는 가끔씩 거울에 비친 자신을 쳐다보며 어떻게 저럴 수 있을까 생각했다. 우선 키가 너무나 작았다. 그의 키는 163센티미터에 불과했다. 부모보다 두드러지게 작은 키였다. 몸뚱이는 땅딸막하지만 근육질이었다. 뚱뚱한 몸은 아니었다. 검은 머리칼 그리고 다알 출신 특유의 짙은 콧수염도 보였다. 최대한 빽빽하게 기르는 콧수염이었다.

거울에 비친 모습에는 현재의 아버지와 어머니를 만나는 너무나 엄청난 행운을 누릴 때까지 거리에서 살아가던 모습이 여전히 깃들어 있었다. 당시의 아버지는 현재보다 훨씬 젊었다. 현재의 아버지를 보면 레이치 자신이 당시의 아버지만큼이나 나이를 먹었단 사실이 너무나 당연하게 느껴질 정도였다. 그런데 놀랍게도 어머니는 전혀 변하지 않았다. 레이치가 빌리보턴에서 리타 어머니에게 가는 길을 알려 주면서 처음 만날 당시의 모습 그대로 날씬하고 아름다웠다. 그리고 가난하고 비천하게 태어난 레이치 자신은 지금 인구를 통제하는 정부의 조그만 부서에서 공무원으로 근무하고 있었다.

셀던이 말했다.

"그래, 부서 일은 잘 되고 있니, 레이치? 진척이 있어?"

"약간요, 아버지. 법안이 통과됐고 황궁에서도 결정을 내렸어요. 또 다양한 연설을 진행했고요. 그래도 사람들을 움직이는 건 어려워요. 형제애는 마음껏 설교할 수 있겠지만 아무도 서로를 형제처럼 느끼지 않아요. 제가 괴로운 건 다알 주민 역시 다른 구역 주민처럼 천박하다는 사실이에요. 그들은 평등한 대우를 원하지만 정작 자신들이 그래야 할 때에는 다른 구역 주민을 평등하게 대하지 않아요."

도스가 끼어들었다.

"사람들의 정신과 마음을 완전히 바꾸는 건 불가능해, 레이치. 최악의 불의를 물리치고 제거하려고 애쓰는 정도로 충분해."

이번에는 셀던이 끼어들었다.

"문제는 역사 전반을 통해 그 문제를 해결하려고 애쓴 사람이 아주 적다는 사실이야. 인간은 '나는 너보다 낫다'는 흥미진진한 게임에 너무나 쉽게 빠져들기 때문에 그 문제를 해결하기가 쉽지 않아. 수천 년을 그런 식으로 삐뚤어지게 살아오면서 상황을 악화시켰다면 그걸 해결하는 데 100년이나 걸린다고 불평할 순 없는 거야."

레이치가 대답했다.

"아버지, 가끔은 아버지께서 저한테 벌을 주려고 이 일을 시키셨다는 생각이 들어요."

셀던이 눈썹을 추켜세우며 물었다.

"내가 너한테 벌을 줘야 할 이유가 뭔데?"

"조라넘의 구역 평등주의에 매력을 느낀 것, 민중이 정치와 정부에 직접 참여해야 한다고 생각한 것."

"난 그 일로 너를 전혀 탓하지 않는다, 아들아. 그건 정말 매력적인 주장이잖니. 하지만 너도 알다시피 조라넘과 그 일당은 권력 쟁탈 도구로 그걸 이용했을 뿐이야. 그래서……"

"하지만 제가 그런 견해에 동조한다는 사실을 알면서도 제가 조라넘을 함정에 빠뜨리도록 하셨잖아요."

"너한테 그런 부탁을 하기가 나로서도 쉽진 않았단다."

"그런데 지금은 조라넘 정책을 실시하는 부서에 저를 배치하셨고요. 그 일이 실질적으로 얼마나 힘든지를 저한테 보여 주려고 그러신 거죠."

레이치가 말하자, 셀던이 도스한테 물었다.

"당신 생각은 어떻소, 도스? 지금 저 애가 나를 은밀하게 복수하는 사람으로 묘사하는데, 나는 그런 성격이 아니지 않소?"

그러자 도스가 입가에 살짝 미소를 머금으며 대답했다.

"그래, 너희 아버지는 그런 성격이 아니야."

"아니에요. 일상적인 차원에서 볼 때 아버지보다 깨끗한 사람은 없어요. 하지만 꼭 그래야 할 때에는 카드를 충분히 속일 수 있는 사람이 바로 아버지시라고요. 아버지가 심리역사학으로 하고 싶은 게 바로 그런 거 아닌가요?"

그러자 셀던이 슬픈 어조로 대답했다.

"아직까지는 심리역사학으로 할 수 있는 게 거의 없어."

"안타깝네요. 심리역사학으로 인간의 편협한 문제를 어느 정도는 해결할 수 있을 거라고 생각했는데요."

"그런 측면이 있겠지. 하지만 아직까지 찾아낸 건 없구나."

저녁 식사가 끝나자 셀던이 말했다.

"레이치, 우리 단둘이 약간의 대화를 나눠야 할 것 같구나."

도스가 끼어들었다.

"정말요? 날 빼놓겠다는 소리로 들리네요."

"정부 일이오, 도스."

"그러지 마요, 해리. 내가 싫어하는 일을 우리 불쌍한 아들한테 부탁하려는 거잖아요."

셀던이 단호한 어투로 대답했다.

"저 애가 원치 않는 일은 절대 부탁하지 않을 것이오."

레이치가 끼어들었다.

"괜찮아요, 어머니. 아버지랑 단둘이 얘기하고 나서 어머니한테 모조리 알려 드릴게요."

도스가 눈을 치켜뜨며 대답했다.

"'국가 기밀'을 둘이서만 논하시겠다. 알겠어."

그러자 셀던이 다시 단호한 어조로 말했다.

"우리가 대화할 내용은 실제로 그렇소. 그것도 극비 사항. 진담이오, 도스."

도스가 입술에 힘을 주며 일어났다. 그리고 실내를 벗어나다가 마지막 펀치를 날렸다.

"저 애를 늑대 굴에 내던지지 마요, 해리."

그리고 도스가 떠나자, 셀던이 차분하게 말했다.

"그래, 내가 해야 할 일이 너를 늑대 굴에 내던지는 일 같아서 걱정이구나, 레이치."

8

두 사람은 셀던의 서재에서 서로를 마주 보았다. 셀던이 '명상의 공간'이라고 부르는 곳이었다. 그가 제국과 트랜터 정부의 복잡한 문제를 해결하고 극복할 방법을 궁리하며 무수한 시간을 보내는 곳이기도 했다.

"최근 들어 트랜터 전역에서 기간 시설에 다양한 문제가 생기고 있다는 기사는 읽었니?"

"네. 하지만 아버지도 아시다시피 이곳은 낡은 행성이잖아요. 지금 우리한테 필요한 건 트랜터 인구 전체를 다른 곳으로 이주시키고 바닥을 완전히 파헤쳐서 모든 걸 교체하고 최신 컴퓨터 시설을 덧붙인 다음에 전체 인구를 복귀시키는 거예요. 절반이면 더 좋고. 인구가 200억으로 준다면 트랜터가 훨씬 좋아질 테니까요."

"어떤 200억?"

셀던이 물으며 빙그레 웃자, 레이치가 어두운 얼굴로 대답했다.

"저도 그걸 알면 좋겠어요. 문제는 우리가 트랜터 전체를 고칠 수 없는 탓에 부분적으로 땜질 처리만 한다는 사실이에요."

"내 생각도 그래, 레이치, 하지만 아주 특이한 현상이 있다. 네가 보고 확인해 보렴. 최근 들어서 난 계속 이 생각만 하고 있단다."

해리 셀던이 주머니에서 조그만 공 하나를 꺼냈다.

"그게 뭐예요?"

"상세히 입력시킨 트랜터 지도야. 좀 도와줄래, 레이치, 여기 이 탁자에 있는 것 좀 치워 주렴."

셀던이 공을 탁자 한가운데에 놓고 책상 의자 팔걸이에 내장된 키패드에 한 손을 올려놓았다. 그 다음 엄지로 조종하자 방의 불이 꺼지고 탁자 위로 약 1센티미터 두께의 부드러운 아이보리 불빛이 반짝거렸다. 동그란 공이 납작하게 변하면서 탁자 전체로 퍼져 나갔다.

여기저기에 까만 점이 어리면서 불빛이 조금씩 변하다가 일정한 모양을 나타내기 시작했다. 그렇게 약 30초 정도가 지난 후, 깜짝 놀란 레이치가 중얼거렸다.

"정말 트랜터 지도로군요."

"당연하지. 내가 그렇다고 했잖아. 하지만 쇼핑몰에서는 이런 걸 살 수 없을 거야. 이건 군대에서 사용하는 장비 가운데 하나거든. 트랜터 전역을 입체 영상으로 나타낼 수도 있지만 내가 보여 주고 싶은 장면은 2차원 영상으로 보는 게 훨씬 좋을 것 같아."

"보여 주고 싶은 게 뭔데요, 아버지?"

"으음, 지난 일이 년 사이에 다양한 기간 시설이 고장 났어. 네가 말한 것처럼 트랜터는 낡은 행성이고 따라서 기간 시설에 문제가 있을 수밖에 없어. 하지만 그 횟수가 훨씬 많아졌을 뿐 아니라 거의 대부분이 인재로 인한 것처럼 보여."

"당연한 거 아닌가요?"

"그래, 물론. 오차 범위 안에서. 모든 게 그래, 심지어 지진과 관련된 시설조차."

"지진요? 트랜터에요?"

"그래, 트랜터는 지진대가 비교적 작은 행성이라는 건 나도 인정해. 그나마 다행이지. 돔으로 전체를 덮은 행성이 매년 심각하게 흔들려서 돔 일부가 떨어져 나간다는 건 아주 커다란 문제일 테니까. 네 엄마는 트랜터가 다른 행성 대신 제국의 수도가 된 여러 가지 이유 가운데 하나는 바로 이곳이 (너희 엄마의 담백한 표현 그대로) 지리적으로 죽어 가는 땅이기 때문이라더군. 그래, 맞아, 이 땅은 죽어 가는 땅이야. 하지만 완전히 죽은 건 아니지. 사소한 지진이 가끔 일어나거든. 지난 2년 사이에 세 차례씩이나."

"전혀 모르고 있었어요, 아버지."

"누구나 마찬가지일 거야. 돔은 하나로 만든 게 아니야. 수백 개를 연결해서 지진이 일어나는 순간에 서로 유기적으로 움직이며 긴장과 압박을 분산시키도록 설계되었어. 지진이 일어난다 해도 10초에서 1분 정도로 끝나기 때문에 빈틈이 생겨도 순식간에 불과해. 너무나 순식간에 생겼다가 사라지기 때문에 그 밑에 있는 트랜터 주민은 느낄 수 없을 정도지. 머리 위에서 돔이 열렸다가 닫히면서 외부 날씨가 살짝 스며드는 건 거의 느낄 수가 없어. 그릇이 살짝 떨리는 느낌을 받는 정도에 불과할 거야."

"다행이군요, 그렇죠?"

"그래야 하니까. 당연히 컴퓨터 시설까지 갖추었거든. 어딘가에서 지진이 일어나는 순간 중앙 제어 장치가 돔을 열고 닫는 기능을 발휘해서 돔이 서로 부닥치며 심각한 손상을 받지 않도록 서로 틈새를 벌려 주는 식이야."

"그것도 다행이네요."

"하지만 지난 2년 사이에 세 차례 일어난 사소한 지진에서는 중앙 제어 장치가 제대로 작동하지 않았어. 돔이 조금도 열리지 않아서 수리할 수밖에 없었지. 정말 많은 시간이랑 경비가 드는 작업이야. 작업에 바람직하지 않은 기상 상태도 문제고. 그런데, 레이치, 세 차례 모두 장비가 우연히 고장 날 가능성은 얼마나 될까?"

"높지 않겠지요?"

"그래, 높지 않아. 1퍼센트도 안 되니까. 세 차례 모두 작동하지 않았다는 건 지진이 일어나기 전에 누군가 중앙 장치를 고장 낸 거라고 볼 수도 있지. 그런데 문제는 100년에 한 번씩 용암이 유출된다는 사실이야. 이건 통제하기가 훨씬 어려운 문제지. 이 사실을 너무 늦게 알아챘을 때에 일어날 결과는 생각하기도 싫어. 다행히도 아직까지 그런 일은 일어나지 않았고 앞으로도 가능성은 적지만 생각해 봐. 여기 이 지도를 보면 지난 2년 사이에 기간 시설이 고장 난 지점을 확인할 수 있어. 사람의 실수로 인해 고장 난 것처럼 보이는 지점 말이야, 비록 그게 누구인지 제대로 파악한 적은 단 한 번도 없었지만."

"그건 모두가 핑계를 대느라 급급하기 때문이에요."

"안타깝게도 네 말이 맞는 것 같아. 관료주의의 특징이지. 트랜터는 역사상 관료주의가 가장 심한 지역이고. 그런데 각각의 지점을 보면 무슨 생각이 드니?"

트랜터 전역을 나타낸 지도 여기저기에서 조그만 종기처럼 보이는 표시가 빨갛게 빛나고 있었다.

레이치는 그걸 자세히 살피며 중얼거렸다.

"으음, 골고루 퍼진 것처럼 보이네요."

"맞아……. 바로 그게 흥미진진한 부분이야. 특히 낡은 구역이나 돔이 가장 오래된 구역은 기간 시설이 가상 낡아서 급히 손봐야 할 시설이 그만큼 많고 인간이 실수할 가능성도 그만큼 많을 거라고 생각하는 건 너무나 당연해. 자, 내가 특히 낡은 구역에 파란색을 입혀 보마. 그러면 파란 지역이라고 해서 기간 시설이 특히 자주 고장 난 건 아니라는 사실을 알 수 있을 거야."

"그렇다면?"

"그렇다면 그것은 기간 시설이 자연적으로 고장 난 게 아니라는 거야. 최대한 많은 사람한테 최대한 많은 불평불만을 끌어내기 위해 누군가가 의도적으로 그렇게 만들었다는 뜻이지."

"그럴 가능성은 없어요."

"없어? 그렇다면 기간 시설이 고장 난 위치가 아니라 그 시간대를 보도록 하렴."

파란 지역과 빨간 종기가 사라지면서 트랜터 지도가 먹통으로 변하더니 표시가 여기저기에서 순차적으로 나타나기 시작하고, 셀던이 다시 입을 열었다.

"동시에 한 구역에서 일어난 경우가 없다는 사실에 주목해 보렴. 이쪽에서 한 번 일어나고 저쪽에서 한 번 일어나고 다음엔 또 다른 쪽에서 일어나는 식이야, 메트로놈이 또각또각 움직이는 것처럼."

"저것도 일부러 그런 거라고 생각하세요?"

"그럴 수밖에 없어. 이런 일을 계획한 세력은 최소한의 노력으로 최대한의 혼란이 일어나길 바라고 있어. 그래서 한 번에 두 개를 고장 낼 필요가 없는 거지. 각각의 사건을 통해 대중의 불만을 최대한 끌어올려야 하는데, 두 가지 사건이 동시에 터지면 뉴스와 여론의 관심 역시 그만큼 분산될 수밖에 없을 테니까."

지도가 사라지고 불빛이 들어왔다. 셀던은 원래 크기로 줄어든 동그란 공을 집어서 주머니에 넣었다.

레이치가 물었다.

"이런 일을 도대체 누가 꾸미는 걸까요?"

셀던이 깊이 생각하며 대답했다.

"삼사 일 전에 와이 구역에서 살인 사건이 일어났다는 보고를 받았어."

"그건 흔한 사건이잖아요. 비록 와이 구역이 무법 지대는 아닐지언정 그곳에서도 살인 사건은 매일 수없이 일어날 테니까요."

레이치가 반박하자, 셀던이 머리를 흔들면서 대답했다.

"수백 건이지. 트랜터 전역에서 살인 사건이 하루에 100만 건까지 치솟는 정말 힘든 시기도 있었지. 그래서 모든 범죄자, 모든 살인자를 찾을 가능성이 많지 않아. 살해된 사람을 통계 수치 명부에 넣는 정도로 끝나는 게 일반이야. 그런데 이번 사건은 독특해. 칼에 찔려서 죽었는데…… 아마추어 솜씨였단다. 발견될 때까지 살아 있었어, 잠시에 불과하지만. 그래서 사망하기 전에 한 마디를 뱉어 냈는데, 바로 '대장'이란 단어였어. 정말 재미있는 단어 아니니? 게다가 그 신분은 어떻고? 그자는 아네모리아에서 일하는 자야. 와이에 무얼 하러 갔는지 확인할 방법이 없어. 하지만 어느 뛰어난 장교 한 명이 그자가 조라넘주의자란 사실을 밝혀냈어. 이름은 카스팔 카스파로프인데, 라스킨 조라넘의 측근 가운데 한 명으로 유명한 자야. 그런데 이번에 그곳에서 살해된 거지…… 칼에 찔려서."

레이치는 눈살을 찡그리며 물었다.

"그렇다면 아버지는 지금 또 다른 조라넘주의 음모가 진행된다고 의심하시는 거예요? 이제 조라넘주의자는 어디에도 없어요."

"조라넘주의자가 아직도 활동하는 걸로 생각하느냐고 너희 엄마가 물어서 내가 아무리 엉뚱한 사상이라도 그 추종자는 일정하게(가끔은 몇 백 년까지도) 존재하는 법이라고 대답한 게 불과 얼마 전이야. 소규모인 데다 그다지 중요한 역할도 안 하기 때문에 눈길을 끌지 않을 뿐이지. 하지만 만일 조라넘주의자가 아직까지 조직을 유지하고 있다면 어떨까? 만일 그들이 일정한 세력을 회복했다면, 만일 그들이 배신자라고 여겨지는 사람을 살해할 만한 능력까지 갖췄다면, 만일 그들이 권력을 탈취하기 위한 노력의 일환으로 기간 시설을 파괴하는 거라면."

"만일이란 가정이 너무나 많아요, 아버지."

"나도 알아. 물론 내 생각이 완전히 틀릴 수도 있어. 살인 사건은 와이에서 일어났는데, 재미있는 건 와이 구역의 기간 기설은 한 번도 고장 나지 않았다는 거야."

"그게 어떤 의미인가요?"

"그건 음모의 중심지가 와이 구역이며, 음모자 자신은 불편을 겪고 싶지 않아서 다른 구역에만 문제를 일으키고 있다는 의미일 수 있어. 그리고 그 세력은 조라넘주의자가 아니라 제국을 다시 통치하겠다는 꿈을 아직까지 포기하지 않은 와이 가문 출신의 조직일 수 있다는 의미이기도 해."

"맙소사, 아버지. 비약이 너무 심한 것 같아요."

"나도 알아. 일단 이게 조라넘주의자의 또 다른 음모라고 가정해 보자. 조라넘한테는 갬볼 딘 나마티라는 오른팔이 있었어. 아직까지 우리한테는 나마티가 죽었다는 기록이나 트랜터를 떠났다는 기록이 없어. 지난 10년 동안 그자의 행적이 단 한 번도 드러나지 않았어. 하기야 그건 놀라운 일도 아니지. 400억 인구 사이에 한 명이 숨어드는 건 아주 쉬울 테니까. 나 역시 한때는 그렇게 하려고 시도한 적이 있었거든. 그래, 물론 나마티가 죽었을 가능성도 있어. 그게 가장 쉬운 해답이야. 하지만 아직까지 살아 있을 수도 있지."

"그럼 우리가 어떻게 해야 하나요?"

레이치의 질문에 셸던은 한숨을 지었다.

"제일 바람직한 방법은 이 문제를 정보 기관에 넘기는 것이겠지. 하지만 그럴 수가 없어. 나한테는 데머즐의 권위가 없어. 그는 사람들한테 겁을 줄 수 있었지만 나는 그게 안 돼. 그는 강한 성격의 소유자이지만 나는 평범한 수학자에 불과해. 애초에 총리가 될 만한 재목 자체가 아니었어. 권력 투쟁을 겪으며 이 자리에 올라온 게 아니잖아. 이 자리에 올라오고 싶은 마음도 없었고……. 황제가 실제보다 너무 부풀려서 심리역사학에 집착하지만 않았다면."

"스스로한테 채찍질을 가하시는 것 같아요. 그렇죠, 아버지?"

"그래. 그런 것 같구나. 하지만 내가 이 사건을 너한테 지금 막 보여 준 지도와 함께 정보국에게 넘겼다면 어땠을지 눈에 선하단다."

셀던이 텅 빈 책상 위를 가리키며 계속 말했다.

"내가 그들에게 지금 우리는 정체불명의 음모 때문에 커다란 위험에 봉착할 가능성이 있다고 주장했다면, 그들은 엄숙하게 듣다가 내가 떠난 직후에 폭소를 터트리고는 '정신 나간 수학자'라며 비웃었을 거야, 그리고 아무런 조사도 안 하겠지."

레이치가 본론으로 돌아오며 다시 물었다.

"그럼 우리가 어떻게 해야 하나요?"

"이제 네가 나설 차례란다, 레이치. 나한테는 확실한 증거가 필요해. 네가 그걸 찾아오면 좋겠어. 물론 너희 엄마를 보낼 수도 있지만 너희 엄마는 어떤 경우에도 내 곁을 떠나시 않으려고 할 거야. 하지만 나 자신은 이 시점에 황궁을 떠날 수가 없어. 너희 엄마와 나 다음으로 내가 믿는 사람은 바로 너야. 실제로는 너희 엄마랑 나 자신보다 더. 너는 아직 아주 젊고 튼튼한 데다 헬리콘 체술 실력이 예전의 나보다 뛰어나. 그리고 똑똑하지.

그렇다고 해서 네 목숨까지 위험에 빠뜨리고 싶진 않아. 영웅주의나

무모한 행동은 안 돼. 너한테 무슨 일이라도 일어난다면 너희 엄마를 볼 낯이 없을 거다. 네가 할 수 있는 정도만 찾아내. 어쩌면 나마티가 여전히 살아서 활동 중이란 사실…… 혹은 죽었다는 사실을 찾아낼 수도 있어. 조라넘주의 조직이 실제로 움직이고 있다는 사실…… 혹은 완전히 사라졌다는 사실을 찾아낼 수도 있고. 어쩌면 와이 최고의 가문이 여전히 활동한다거나 아니라는 사실을 찾아낼 수도 있겠지. 이런 내용 모두가 좋은 판단 근거로 작용할 거야. 하지만 결정적인 건 아니야. 내가 바라는 건 기간 시설 파괴가 내 생각처럼 의도적인가, 그렇다면 음모자들은 또 어떤 계획을 가지고 있는가 하는 거야. 내 생각에 누군가 대대적인 쿠데타를 계획하는 게 분명한데, 그렇다면 그 계획을 파악해야 해."

레이치가 조심스럽게 물었다.

"제가 어디부터 시작하면 좋을지 생각하신 게 있으세요?"

"당연하지, 레이치. 우선 카스파로프가 살해된 와이 구역으로 내려가는 게 좋겠어. 그래서 그자가 살해되기 직전까지 조라넘주의자로 활동하고 있었는지 확인하는 거야. 가능하다면 너 자신이 조라넘주의 조직에 가입하는 방법도 알아보고."

"그럴 수 있을 것 같아요. 원래 저는 조라넘주의자인 척하는 걸 좋아하잖아요. 조-조가 한창 명성을 날릴 때에 전 젊은 나이였지만 그 주장에 깊은 감동을 받았거든요. 나름대로 타당한 주장도 있었고요."

"으음, 그래. 하지만 한 가지 커다란 문제가 있어. 그들이 너를 알아볼 수 있다는 사실이야. 어차피 총리의 아들이니 홀로비전에 가끔씩 등장한 것도 있고 구역 평등에 대한 견해를 묻는 인터뷰에 출연한 적도 있으니 말이야."

"그럴 수도 있지만……"

"'그러나' 같은 건 없어, 레이치. 우선 신발 굽을 3센티미터 올려서 키를 높이고 전문가를 만나서 눈썹 모양을 바꾸는 방법이랑 얼굴이 낙낙하게 보이고 목소리 음색을 바꾸는 방법도 알아봐야 해."

레이치는 어깨를 으쓱했다.

"별일 아닌 것에 너무 신경 쓰시는 거 아니에요?"

하지만 셀던은 계속 말했다. 약간 떨리는 목소리였다.

"그리고 콧수염을 깎는 거야."

레이치는 두 눈을 동그랗게 뜬 채 순간적으로 넋을 잃고 가만히 앉아 있었다. 그러다가 거친 목소리를 간신히 뱉어 냈다.

"콧수염을 깎으라고요?"

"깨끗하게. 그러면 너를 아무도 못 알아볼 거야."

"하지만 그럴 순 없어요. 그건 거기를 잘라 내는 것과…… 거세하는 것과 같아요."

셀던은 머리를 흔들었다.

"그건 문화적 유품에 불과해. 유고 애머릴도 다알 출신이지만 콧수염을 기르지 않잖니."

"그건 그 아저씨가 괴팍해서 그런 거예요. 그 아저씨는 수학 빼면 시체나 다름없잖아요."

"유고가 훌륭한 수학자라는 사실은 콧수염이 없어도 변하지 않아. 게다가 그건 거세가 아니야. 콧수염은 2주일이면 자라니까."

"2주일요! 2년은 지나야 이렇게…… 이렇게……"

레이치는 콧수염을 보호하려는 듯 한 손을 들어 올렸지만 셀던은 냉정하게 말했다.

"레이치, 그렇게 해야 돼. 이건 네가 감내해야 할 희생이야. 콧수염을 달고 그곳에 가서 첩자 노릇을 하면…… 큰일을 당할 거야. 나는 그런 걸 운에 맡길 수 없어."

"차라리 죽고 말겠어요."

레이치가 격렬하게 반발했다. 하지만 셀던은 아주 단호했다.

"감상적으로 굴지 마. 죽지 않는 편이 당연히 좋고 이 일은 네가 꼭 해야 하는 일이야. 하지만……"

여기에서 셀던이 잠시 망설이다가 덧붙였다.

"엄마한테는 아무 말도 하지 마라. 그 일은 내가 알아서 할 테니까."

레이치는 심하게 좌절한 눈으로 아버지를 물끄러미 바라보다가 모든 걸 포기한 어투로 대답했다.

"알았어요, 아버지."

그러자 셀던이 다시 말했다.

"내가 사람을 소개할 테니, 완전히 변장하고 나서 에어제트기로 와이에 가는 거야. 기운 내, 레이치, 세상이 끝나는 것도 아니니까."

레이치는 희미한 미소를 머금으며 떠났다. 그 뒷모습을 가만히 쳐다보는 셀던의 얼굴에는 수심이 가득했다. 콧수염은 쉽게 살려 낼 수 있지만 아들은 그럴 수 없었다. 그런데도 불구하고 아들을 늑대 굴로 몰아넣을 수밖에 없는 자신의 처지가 너무나 안타까웠다.

9

인간은 누구나 일정한 환상을 지니고 있으며 그건 (은하제국의 황제이자 트랜터의 국왕으로 가끔씩 중요한 행사에서 낭랑하게 울려 퍼지는 다양한 직함의 소유자인) 클레온도 예외가 아니었다. 그는 자신을 아주 민주적인 성품의 소유자로 확신하고 있었다.

그래서 에토 데머즐이(그리고 최근에는 셀던이) 그런 행동은 '전제주의'나 '독재주의'로 보일 수 있다고 경고할 때마다 클레온은 화가 났다.

클레온이 볼 때에 자신은 전제주의나 독재를 좋아하는 성격이 결코 아니었다. 단호하고 확실한 조치를 좋아할 뿐이었다.

그는 황제가 백성들과 자유롭게 어울리던 시대를 동경하는 표현을 자주 했지만 오랜 쿠데타와 암살이라는 끔찍한 역사를 거치는 동안 황제는 실제 세상과 거의 완벽하게 차단될 수밖에 없었다.

아주 완벽하게 제한된 조건 이외에는 평생 동안 사람을 만난 적이 한 번도 없는 자신이 낯선 사람과 아무렇게나 만나는 형식을 편하게 받아들일 수 있을지 여부가 정말 의심스럽지만 그래도 클레온은 자신이 그러는 장면을 언제나 꿈꾸고 있었다. 그래서 황궁의 모든 관습과 형식을 잠시나마 벗어던진 채 정원을 가꾸는 하찮은 정원사를 만나서 편하게 웃으며 대화를 나눌 수 있다는 너무나 희귀한 기회에 흥분하지 않을 수 없었다. 자신이 대단히 민주적인 인물이 된 느낌까지 들 정도였다.

셀던이 말한 정원사 정도면 충분했다. 늦게나마 그자의 충성심과 용감한 행위를 칭찬하는 형식이 적절할 터인데…… 그것을 신하한테 맡기지 않고 자신이 직접 나선다면 아주 재미있을 것 같았다.

그래서 클레온은 장미꽃이 만개한 널찍한 장미 화원에서 정원사를 만나기로 약속했다. 정말 적절한 조치라고 생각했지만 물론 신하들이 정원사를 먼저 그곳에 데려다 놓아야 했다. 황제가 기다린다는 건 생각할 수도 없었다. 민주적인 성격과 불편한 것은 완전히 다른 문제였다.

정원사는 장미꽃 사이에서 두 눈을 동그랗게 뜬 채 입술을 덜덜 떨며 황제를 기다리고 있었다. 그 순간, 황제는 자신이 만나자고 한 이유를 정원사한테 아무도 알려 주지 않았을 수도 있겠다는 생각이 들었다. 그래서 다정한 말로 마음을 달래 주어야겠다고 생각하는 순간, 정원사의 이름을 떠올릴 수가 없었다.

클레온은 옆에 있는 신하한테 고개를 돌리고 물었다.

"저 정원사의 이름이 무엇인가?"

"폐하, 멘델 그루버입니다. 이곳에서 30년 동안 정원사로 일한 자입니다."

황제는 고개를 끄덕이며 이렇게 말했다.

"그래, 그루버. 이렇게 열심히 일하는 훌륭한 정원사를 만나서 얼마나 기쁜지 모르겠네."

"폐하. 저는 능력이 없지만 황제 폐하의 평안을 위해서 언제나 최선을 다하고 있습니다."

그루버는 이빨을 덜덜 떨며 간신히 대답했다.

"그래, 당연히 그렇겠지."

그런데 행여나 그 말이 정원사한테 빈정거리는 말로 들릴 수 있겠다는 생각이 들었다. 낮은 계급 출신은 세련되고 우아한 어투에서 나오는 고상한 느낌을 모르기 때문에 민주적인 방식을 받아들이는 데 언제나 어려움이 있지 않겠는가!

클레온이 다시 말했다.

"그대가 예전에 갈퀴를 들고 달려들며 도와주는 충성심이 있는 데다가 정원을 보살피는 솜씨도 아주 훌륭하다고 총리한테 들었다. 총리는 그대랑 아주 친하게 지낸다고 하더군."

"폐하, 총리 각하께서 아주 친절하시지만 저는 제 처지를 잘 알고 있습니다. 총리 각하께서 먼저 말씀하시기 전에 제가 말을 거는 경우는 절대로 없습니다."

"그래, 그래, 그루버. 자네가 처신을 아주 잘하고 있구먼. 하지만 총리는 나 자신과 마찬가지로 민주적인 성향이 강한 사람이고 나는 그런 총리의 인물평을 믿어."

그루버는 허리를 나직이 숙였다. 황제는 계속 말했다.

"자네도 알다시피, 그루버, 대표 정원사 말콤버는 나이가 아주 많아서 은퇴를 청하고 있어. 어깨에 짊어져야 할 책임이 그 어느 때보다 많아지고 있거든."

"폐하, 대표 정원사님은 모든 정원사의 존경을 받고 있습니다. 앞으로도 그 자리에 오랫동안 계셔서 경륜과 지혜가 밴 그분의 지도를 우리 모두 받을 수 있기를 갈망하옵니다."

그루버가 말했지만 하지만 황제는 아무렇지 않게 대답했다.

"좋은 말이야, 그루버. 하지만 그런 건 객적은 말에 불과하다는 사실을 그대도 아주 잘 알고 있어. 대표 정원사는 그 자리를 떠나야 해, 다른 무엇보다 그 자리에 필요한 체력과 재치가 없어. 그자 스스로 1년 안에 사직하겠다고 청했으며 나는 그 청을 허락했네. 그 자리를 대신할 사람만 찾으면 되는 거야."

"아, 폐하, 이 정원에는 대표 정원사가 될 자격이 있는 정원사가 50명이나 있습니다."

"그렇겠지. 하지만 나는 그대를 선택했네."

황제가 말하며 우아하게 웃었다. 지금은 잠시 말을 멈추고 기다려야 할 순간이었다. 너무나 관대한 조치에 그루버가 황홀경에 빠지며 무릎을 꿇을 거란 생각이 들었기 때문이다.

하지만 그루버는 그러지 않았고 황제는 눈살을 찡그렸다.

그루버가 말했다.

"폐하, 저는 그렇게 큰 영광을 받을 자격이 없습니다……. 조금도."

클레온은 순간적으로 움찔했다. 자신의 판단력에 반발하는 건 있을 수 없는 일이었다.

"말도 안 되는 소리. 그대의 덕목이 보상받을 때가 되었어. 이제 그대는 1년 내내 온갖 날씨를 견딜 이유가 없어. 대표 정원사 집무실을 내가 아주 멋있게 꾸며 주도록 하겠네. 그러면 자네 가족도 데려올 수 있어…… 그래, 가족이 있지, 그렇지, 그루버?"

"네, 폐하. 부인과 두 딸, 그리고 사위가 있습니다."

"아주 훌륭해. 앞으로 새로운 인생을 즐기며 아주 편하게 지낼 수 있을 거야, 그루버. 진정한 트랜터 주민처럼 실내에서 궂은 날씨를 피하며."

"폐하, 제가 아나크레온 출신이란 사실을 감안하시어……"

"충분히 생각했네, 그루버. 황제한테는 모든 행성이 똑같아. 결정된 거야. 자네는 그런 자리에 오를 자격이 충분해."

황제는 머리를 끄덕이고 뚜벅뚜벅 걸어갔다. 클레온은 지금 막 보여준 자신의 관대한 모습이 너무 만족스러웠다. 물론 상대가 약간 더 고마워하면서 약간 더 아부했더라면 훨씬 좋았겠지만 자신이 멋있게 일처리를 했다는 것만으로 충분히 만족할 수 있었다. 게다가 점차 늘어나는 기간 시설 문제에 신경을 쓰는 편보다는 이런 일에 몰두하는 편이 훨씬 쉬웠다.

지금까지 기간 시설에서 문제가 일어날 때마다 클레온은 순간적으로 화가 나서 그 책임자를 문책하고 당장 처형하라고 하면서 이렇게 선언했다.
"몇 명을 처형하면 나머지는 모두 조심하게 될 것이오."
그러면 셀던은 이렇게 반박했다.
"그런 독재적인 방식으로는 뜻하는 바를 이루지 못할까 걱정스럽사옵니다, 폐하. 그런 식으로 풀어 가면 노동자들이 파업을 하게 되고(그래서 군대를 풀게 되면 폭동이 일어날 터이고) 그래서 군인들한테 그 일을 맡기면 그들은 기계를 다루는 방법을 몰라서 기간 시설 문제는 훨씬 자주 일어나게 될 것입니다."
그런 클레온이 마침내 모든 문제를 잊고 대표 정원사를 임명한 일에 만족스러워하는 것도 전혀 이상하지 않았다.
하지만 그루버는 떠나가는 황제를 공포가 가득한 눈으로 물끄러미 쳐다보았다. 앞으로는 광활한 하늘을 마음껏 즐기는 자유 대신 사방이 벽으로 막힌 곳에 갇혀서 지내야 할 처지가 안타까울 뿐이었다. 하지만 황제의 명을 감히 누가 거부할 수 있단 말인가?

10

레이치는 와이 호텔 방에 걸려 있는 거울을 우울하게 쳐다보고 있었다(싸구려 호텔 방이었다. 하지만 레이치는 돈을 펑펑 쓸 수 있는 처지가 아니었다.). 거울에 비친 모습이 마음에 안 들었다. 콧수염은 사라지고 구레나룻은 짧아졌으며 머리칼은 옆면과 뒷면을 바싹 깎은 상태였다.
한마디로 털 뽑힌 수탉 같았다.
그보다 더 견딜 수 없는 건 윤곽을 바꾼 얼굴이 아기처럼 보인다는 사실이었다.

정말 구역질이 났다.

게다가 특별한 진척도 없었다. 아버지가 자신에게 준 건 카스팔 카스파로프 살인 사건에 대한 정보국 보고서가 전부였다. 보고서를 자세히 살폈지만 별다른 내용이 없었다. 카스파로프가 살해당했으며 현지 정보국은 살인 사건과 관련된 특별한 중요성을 하나도 발견하지 못했다는 내용이 전부였다. 애초에 정보국에서는 그 사건을 조금도 중요하게 여기지 않은 게 너무나 분명했다.

전혀 놀라운 현상은 아니었다. 지난 100년 사이에 범죄율은 모든 행성에서 놀라울 정도로 치솟았으며 사회 구조가 가장 복잡한 트랜터는 더할 나위가 없었다. 하지만 그런 일을 제대로 처리하려고 노력하는 현지의 정보국 요원은 어디에도 없었다. 아니, 정보 요원 숫자와 업무의 효율성은 계속 떨어지기만 하고 (증명하긴 어렵지만) 부패는 더욱 심화될 뿐이었다. 이것은 월급으로 생활비를 충당할 수 없는 환경이 되면 불가피하게 일어날 수밖에 없는 현상이었다. 어떤 사회든 공무원이 정직하게 살아가길 원한다면 충분한 월급을 보장해야 하는 법이었다. 그렇지 못하면 다른 방식으로 수입을 올리려고 애쓸 수밖에 없었다.

셀던은 오래전부터 이런 견해를 피력해 왔지만 소용이 없었다. 월급을 올리려면 세금을 올려야 하는데 늘어나는 세금을 가만히 앉아서 감내할 대중은 어디에도 없었다. 그것보다는 차라리 공무원의 부정부패로 열 배 이상의 손해를 감수하는 편을 선택할 모양이었다.

지난 200년 동안 제국이 계속 쇠락할 수밖에 없었던 원인이 (셀던이 주장한 것처럼) 바로 여기에 있었다.

으음, 그렇다면 이제 어떻게 해야 한단 말인가? 지금 레이치는 카스파로프가 살해되기 전에 며칠 동안 묵은 바로 그 호텔에 묵고 있었다. 호텔 어딘가에 그 사건과 관련된 사람, 혹은 그런 자를 알고 있는 사람이 있을 가능성이 많았다.

그렇다면 우선 사람들이 많이 모이는 곳에 가야 할 것 같았다. 그래서 카스파로프의 죽음에 흥미를 보이면 누군가가 관심을 보이고 다가올 게 분명했다. 위험하긴 하지만 자신이 의심을 살 만한 말만 안 한다면 당장 공격받을 가능성은 적었다.

그렇다면…….

레이치는 시계를 보았다. 저녁 식사 전에 사람들이 술집에서 술을 즐길 시간이었다. 그 사이에 끼어들어서 행여나 어떤 일이 일어나는지 살펴보아야 할 것 같았다.

11

몇 가지 측면에서 와이 구역은 청교도 기질이 풍부했다(이런 기질은 어느 구역이나 마찬가지였다. 하지만 엄격한 정도는 당연히 구역마다 상당한 차이가 있었다.). 우선 이곳에서 마시는 술은 진짜 술이 아니라 기분을 좋게 만들기 위해 다른 식으로 조합한 음료수였다. 레이치는 그 맛이 마음에 들지 않았다. 적응하는 것조차 힘들 것 같았다. 하지만 술잔을 천천히 기울이며 주변을 둘러보는 데에는 도움이 되었다.

레이치는 몇 탁자 건너편에 있는 여성의 시선을 눈치챘다. 그녀에게서 눈길을 돌리기가 어려웠다. 매혹적인 여성이었다. 와이의 모든 생활 방식이 청교도적인 건 아닌 게 분명했다.

짧은 시간이 지나자 젊은 여성이 살짝 미소를 머금으며 일어났다. 그녀가 천천히 다가오는 동안 레이치는 식탁에 가만히 앉아서 호기심 어린 눈으로 바라보았다. 안타깝게도 지금은 그런 부수적인 모험을 즐길 때가 아니란 생각이 들었다.

여인이 옆으로 다가와서 잠시 멈칫하더니 옆자리 의자에 미끄러지듯 앉았다. 그리고 말했다.

"안녕. 여기에 자주 오는 사람은 아닌 것 같군요."

레이치는 빙그레 웃으며 대답했다.

"그래요. 여기에 오는 사람을 모두 압니까?"

여인이 천연덕스럽게 대답했다.

"대충은. 나는 마넬라라고 해요. 당신 이름은?"

레이치로서는 그 순간이 너무나 아쉬웠다. 우선 마넬라는 키가 컸다. 굽을 높이지 않은 상태의 레이치보다 커다란 키였는데, 그는 커다란 여자가 너무나 좋았다. 피부는 뽀얗고 부드럽게 물결치는 기다란 머릿결에서는 짙은 빨간 색조가 묻어 나왔다. 의상은 아주 화려하지 않은 게 조금만 더 노력한다면 힘들게 일해야 먹고사는 노동 계급보다 고상한 여인으로 보일 수도 있을 것 같았다.

레이치가 말했다.

"내 이름은 중요하지 않을 거예요. 돈이 별로 없는 처지니까."

"아, 안타깝군요. 조금 얻을 데도 없어요?"

마넬라가 얼굴을 찡그리며 물었다.

"나도 그러고 싶군요. 하지만 일자리부터 구해야 해서. 혹시 소개할 데가 있습니까?"

"어떤 일요?"

레이치는 어깨를 으쓱했다.

"특별한 경력이 없으니 아무 일이나 괜찮아요."

마넬라가 곰곰이 생각하는 표정으로 바라보며 말했다.

"내가 한 가지 알려 줄게요, 무명 아저씨. 가끔은 돈이 하나도 안 들 때가 있답니다."

그 순간에 레이치는 얼어붙었다. 물론 지금까지 자신은 여자랑 무난하게 사귀는 편이었다. 하지만 그건 콧수염이…… 콧수염이 있을 때가 아닌가? 지금은 아기 얼굴에서 무얼 보고 그렇게 말한단 말인가?

레이치가 말했다.

"나도 한 가지 알려 드리죠. 여기에 2주 전에 찾아온 사람이 있는데 도무지 찾을 수가 없어요. 당신이 여기에 오는 사람을 모두 안다면 그 사람을 알 수도 있겠군요. 그 사람 이름은 카스파로프라고 합니다."

레이치는 목소리를 살짝 키우며 다시 말했다.

"카스팔 카스파로프."

그러자 마넬라는 멀뚱멀뚱 쳐다보며 머리를 흔들었다.

"그런 이름은 모르겠어요."

레이치는 이번에도 멍청한 눈으로 말했다.

"안타깝군요. 그 사람은 조라넘주의자이고 나도 그렇거든요. 혹시 조라넘주의가 무슨 뜻인지 아십니까?"

마넬라는 이번에도 머리를 흔들었다.

"모…… 몰라요. 그런 말을 들어 본 적은 있지만 무슨 뜻인지는 몰라요. 무슨 일자리인가요?"

레이치는 실망감을 느끼며 대답했다.

"설명하자면 너무 길 것 같군요."

그만 떠나라는 말투처럼 나오자, 마넬라는 잠시 애매한 표정으로 망설이다가 일어나서 다른 곳으로 갔다. 웃는 기색은 조금도 없었지만 레이치는 마넬라가 최대한 망설였다는 사실에 약간 놀랐다. 이런 생각이 들 정도였다.

'으음, 아버지는 내게는 사람을 끄는 매력이 있다고 언제나 주장하시긴 했지만 이런 직업여성까지 그럴 순 없잖아. 이런 여성은 돈이 목적일 테니 말이야.'

하지만 그의 두 눈이 자동적으로 그녀의 움직임을 좇아가는 가운데 마넬라는 다른 탁자 옆에서 멈추었다. 남자 혼자 앉아 있는 탁자였다. 버터처럼 노란 머리칼에 옷차림이 단정한 중년으로 보이는 사내였다. 면도를 말끔하게 했지만 앞으로 나온 턱이 약간 비대칭으로 보이는 게 원래 턱수염을 기르던 사람으로 보였다.

서로 몇 마디를 나누다가 다른 곳으로 이동한 걸 보면 이번에도 마넬라는 별다른 소득을 올리지 못한 게 분명했다. 안타깝긴 했지만 매번 실패하진 않을 터였다. 마넬라는 누가 보더라도 매력적인 여인이 분명했다.

레이치는 자신도 모르게 깊은 생각에 빠져들기 시작했다. 만일 자신이 마넬라를…… 그러다가 다른 사람이 다가온 사실을 깨달았다. 이번에는 사내였다. 마넬라가 조금 전에 말을 걸었던 사내. 레이치는 깊은 생각에 빠져서 옆에 누가 다가오는지도 몰랐다는 사실에 깜짝 놀랐다. 바람직한 현상이 아니었다.

중년 사내가 호기심이 살짝 깃든 눈으로 쳐다보며 물었다.

"당신이 조금 전에 내 친구랑 대화를 나누었더군."

레이치는 환한 미소를 머금지 않을 수가 없었다.

"아주 상냥한 여성이더군요."

"그래, 맞아. 그리고 아주 좋은 친구이기도 하지. 자네가 저 여인한테 한 말을 엿듣지 않을 수가 없었네."

"문제될 건 없겠지요."

"그래, 맞아. 하지만 자신을 조라넘주의자라고 표현하더군."

레이치는 심장이 쿵쾅거렸다. 마넬라에게 한 말이 목표물에 정확히 전달된 것이다. 마넬라에게는 아무런 의미도 없었지만 마넬라 '친구'에게는 특별한 의미가 있는 게 분명했다.

그렇다면 이제 본격적인 궤도에 들어섰다는 의미일까? 아니면 문제만 일으켰다는 의미일까?

12

레이치는 천진난만하고 다정한 표정을 잃지 않으면서 상대를 파악하려고 애쓰기 시작했다. 상대는 녹색 눈동자가 날카로운 데다가 탁자에 올려놓는 손은 위협적으로 주먹을 꼭 움켜쥐고 있었다.

레이치는 상대를 계속 천진난만하게 바라보며 기다렸다. 그러자 중년 사내가 다시 입을 열었다.

"나는 자네가 조라넘주의자라고 자칭하는 말을 들었네."

레이치는 불편한 표정을 떠올리려고 최선을 다했다. 그다지 어렵지 않았다. 그리고 물었다.

"그걸 묻는 이유가 뭔가요, 선생님?"

"그건 자네 나이가 그렇게 많지 않은 것 같기 때문이야."

"먹을 만큼 먹었어요. 홀로비전에서 조-조 조라넘이 연설하는 장면을 많이 보았다고요."

"그 가운데 기억나는 내용이 있나?"

레이치는 어깨를 으쓱했다.

"아니요. 하지만 그 사상은 알아요."

"조라넘주의자라고 노골적으로 말하는 걸 보면 자네는 아주 용감한 젊은이야. 개중에는 그런 걸 싫어하는 사람이 있거든."

"와이에는 조라넘주의자가 많다고 들었어요."

"그럴 수도 있겠지. 여기에 온 이유가 그것 때문인가?"

"일자리를 찾는 중인데, 조라넘주의자를 만나면 도움이 될 것 같았어요."

"조라넘주의자는 다알에도 있어. 어디에서 온 거지?"

상대가 레이치의 어투를 알아챈 게 분명했다. 그런 건 속일 수가 없었다. 그래서 대답했다.

"밀리마루에서 태어났지만 대체적으로 다알에서 자라났어요."

"무슨 일을 하면서?"

"특별한 선 없어요. 학교에 약간 다녔어요."

"그런데 조라넘주의자가 된 이유는 무언가?"

레이치는 약간 열을 받은 척했다. 다알 출신이라는 사실 하나 때문에 특별한 이유도 없이 차별받고 짓밟히면서 살다 보면 조라넘주의자가 될 수밖에 없다는 듯이 말이다.

"제국 정부에 민중의 대표가 더 많이 들어가야 한다고, 민중이 정치에 더 많이 참여해야 한다고, 그리고 각 구역과 행성이 더 평등하게 지내야 한다고 생각하기 때문이에요. 머리와 가슴이 있는 사람이라면 누구라도 그렇게 생각하지 않을까요?"

"그럼 자네는 황제 제도가 없어지길 바라는 건가?"

레이치는 멈칫했다. 혁명 비슷한 발언은 아무리 많이 해도 상관없지만 황제 제도를 없애는 발언은 아니었다.

"그런 말은 안 했어요. 나는 황제를 믿어요. 하지만 제국 전체를 한 사람이 통치하는 건 너무 심해요."

"한 사람이 아니야. 제국 전체를 지배하는 무수한 관료들이 있으니까. 자네는 해리 셸던 총리를 어떻게 생각하나?"

"그 사람에 대한 생각은 해 본 적이 없군요. 아는 게 없어서요."

"자네가 알고 있는 건 정부 정책에 민중의 대표가 더 많이 참여해야 한다는 게 전부야. 내 말이 맞는가?"

레이치는 당혹스러운 표정을 떠올리며 대답했다.

"바로 그게 조-조 조라넘이 주장한 거잖아요. 그걸 뭐라고 부르는지 모르겠지만 예전에 어떤 사람이 '민주주의'라고 부르는 걸 들은 적이 있어요. 하지만 그 의미까지는 잘 모르겠어요."

"민주주의를 시도한 세상은 많아. 지금도 그런 세상이 있고. 하지만 그런 세상이 다른 세상보다 효율적으로 굴러가는지 여부는 모르겠어. 그렇다면 자네는 민주주의자인가?"

"그걸 그렇게 부르나요?"

레이치는 머리를 숙이고 깊이 생각하는 척하다가 불쑥 대답했다.

"나는 조라넘주의자가 더 편해요."

"그렇겠지, 자네가 다알 출신이라면······"

"그곳에서 오래 산 건 아니에요."

"······민중의 평등 같은 걸 주장하겠지. 오랫동안 억압을 받은 다알 주민이라면 그런 식으로 생각하는 것도 당연할 거야."

"이곳 와이에도 조라넘 사상이 아주 강하다고 들었어요. 하지만 이곳 사람은 억압받지 않았잖아요."

"다른 이유가 있지. 와이 시장들은 예전부터 황제 자리에 오르길 원했거든. 자네도 그걸 알고 있나?"

레이치가 머리를 흔들자, 사내는 계속 말했다.

"18년 전에 라쉘르 시장이 쿠데타를 일으켜서 거의 성공할 뻔한 적이 있어. 그래서 와이 주민은 역도가 되었지, 조라넘주의보다는 클레온 반대파에 가까워."

"나는 그런 건 하나도 몰라요. 나는 황제를 반대하지 않아요."

"하지만 자네는 민중의 참여를 주장해, 그렇지 않은가? 그럼 자네는 민중이 선출한 의회라면 정쟁을 일삼으며 정치를 말아먹지 않고 은하제국을 제대로 운영할 수 있다고 생각하는가? 제국 전체가 마비될 거라고 생각하지 않는가?"

"네? 무슨 말인지 모르겠어요."

"자네는 긴급한 시기에 수많은 사람이 신속한 결정을 내릴 수 있다고 생각하는가? 서로 탁상공론만 벌이면서 싸우지 않겠는가?"

"모르겠어요. 하지만 극소수가 제국 전체를 좌지우지하는 건 옳지 않은 것 같아요."

"자네는 그런 신념을 위해 싸울 준비가 되었는가? 아니면 그냥 그런 말을 하는 것만 좋아하는가?"

"나한테 싸우라고 말한 사람은 아무도 없었어요."

"그런 사람이 있다면? 자네는 민주주의에 대한(혹은 조라넘주의 철학에 대한) 자네의 신념이 얼마나 중요한지 생각해 보았는가?"

"그럼 기꺼이 싸우겠어요……. 그게 옳다는 생각이 든다면."

"정말 용감한 젊은이로군. 그렇다면 그런 신념을 위해 싸우려고 와이에 온 거야."

그러자 레이치가 불편한 표정으로 대답했다.

"아니에요. 그렇게 말할 순 없어요. 내가 여기에 온 건 일자리 때문이에요. 요새는 일자리를 구하기가 쉽지 않거든요. 돈도 없고요. 그래도 살아야 하잖아요."

"그래, 나도 인정해. 이름이 뭔가?"

갑작스러운 질문이지만 레이치는 미리 준비한 게 있었다.

"플랜쳇입니다, 선생님."

"이름인가, 성인가?"

"이름이라고 알고 있습니다."

"돈도 없고 교육받은 것도 적고."

"안타깝지만 맞아요."

"게다가 특별한 경력도 없고?"

"많이 일하진 않았지만 열심히 할 거예요."

"좋아. 내가 한 가지 방법을 알려 주지, 플랜쳇."

중년 사내가 주머니에서 하얀색 조그만 삼각형을 꺼내더니 거기에서 프린트된 메시지를 만들려는 듯 꼭 눌렀다. 그러더니 엄지손가락으로 문질러서 열을 식혔다.

"내가 좋은 곳을 알려 줄 테니까 이걸 가지고 기면 일지리기 생길 거야."

레이치는 종이 쪽지를 받아서 물끄러미 쳐다보았다. 형광 글씨가 적혀 있는 것 같은데 읽을 수가 없었다. 그래서 상대를 조심스럽게 쳐다보며 물었다.

"그 사람들이 내가 이걸 훔쳤다고 생각하면 어떻게 하죠?"

"그건 훔칠 수 있는 게 아니야. 내가 거기에다 서명하고 네 이름을 적었어."

"그 사람들이 아저씨가 누구냐고 물어보면 어떻게 하죠?"

"그러지 않을 거야. 자네는 일자리가 필요하다고 했고 나는 자네한테 기회를 주었어. 보장할 순 없지만 아마 자네한테 좋은 기회가 될 거야."

중년 사내가 다른 종이도 건네주며 덧붙였다.

"이곳으로 가도록."

이번에는 레이치도 글씨를 읽을 수 있었다.

"고맙습니다."

레이치가 중얼거리자, 중년 사내는 한 손으로 그만 나가 보라는 신호를 보냈다.

레이치는 자리에서 일어나 그곳을 떠났다. 앞으로 일어날 일이 궁금했다.

13

왔다 갔다. 왔다 갔다. 왔다 갔다.

글렙 앤도린은 왔다 갔다 하며 거니는 갬볼 딘 나마티를 가만히 쳐다보았다. 계속 끓어오르는 폭력적인 열정 때문에 가만히 앉아 있을 수 없는 모양이었다. 이런 생각이 절로 들었다.

'나마티는 제국에서는 물론 조직 내에서도 가장 똑똑한 친구는 아니야. 통찰력이 아주 날카로운 것도 아니고 이성적인 사고 능력이 뛰어난 것도 아니지. 옆에서 끊임없이 만류해야 돼······. 하지만 저 친구한테는 우리 누구한테도 없는 추진력이 있어. 우리는 쉽게 포기하지만 저 친구는 아니야. 밀고 당기고 찌르고 발로 걷어차……. 으음, 우리한테 필요한 건 저런 사람이야. 저런 사람이 없으면 아무것도 할 수 없어.'

나마티가 등 뒤에 꽂히는 따가운 시선을 느끼기라도 한 것처럼 걸음을 멈췄다. 그리고 돌아서며 말했다.

"카스파로프 문제를 가지고 또 훈계를 늘어놓으려면 관두는 게 좋아."

앤도린이 어깨를 살짝 으쓱하며 대답했다.

"자네한테 훈계를 늘어놓을 이유가 뭐겠나? 어차피 다 끝난 일인데. 피해가 있다 해도 어쩔 수 없잖아."

"무슨 피해, 앤도린? 무슨 피해? 내가 그렇게 하지 않으면, 그러면 피해가 일어났을 거야. 그 인간은 배신하기 직전이었다고. 한 달도 안 돼서 정보 기관한테 달려가……"

"나도 알아. 나도 거기에 있었어. 그 사람이 하는 말을 들었다고."

"그렇다면 선택의 여지가 없었다는 걸 알잖아. 선택의 여지가 없었다는 걸. 설마 자네는 내가 오랜 동지를 죽이는 걸 좋아한다고 생각하는 건 아니겠지? 나로선 선택의 여지가 없었다고."

"그래, 알았어. 자네한텐 선택의 여지가 없었어."

나마티가 다시 이리저리 걷다가 또 고개를 돌렸다.

"앤도린, 자네는 신을 믿나?"

앤도린이 물끄러미 쳐다보며 반문했다.

"뭐?"

"신."

"그런 말은 처음 들어 봐. 그게 뭔가?"

"은하 표준어는 아니야. 초자연적인 존재. 자네 생각은 어떤가?"

"아, 초자연적인 존재. 애초에 그렇게 말하지 그랬나. 아니, 나는 그런 건 안 믿어. 원칙적으로 초자연적인 건 자연법칙 안에 존재하지 않는 것이고, 자연법칙 안에 존재하지 않는 것은 아무것도 없어. 요새는 신비주의에 관심이 가는가?"

앤도린은 재미있는 농담이라는 식으로 말하다가 갑자기 긴장하며 두 눈을 가늘게 떴다.

나마티가 빤히 쳐다보고 있었다. 누구라도 무안하게 만들 수 있는 이글거리는 눈빛이었다.

"멍청하게 굴지 마. 요새 나는 신에 대한 내용을 읽고 있어. 1조에 달하는 인구가 초자연적인 존재를 믿고 있어."

앤도린이 대답했다.

"나도 알아. 그런 사람은 언제나 있는 법이야."

"그런 사람은 역사가 생기기 이전부터 존재했어. '신'이란 단어는 그 출처를 아무도 몰라. 그 흔적이 완전히 사라진 원시 언어의 잔존물 가운데 하나가 분명해. 신을 믿는 방식이 얼마나 다양한 형태로 존재하는지 자네는 아는가?"

"은하계 전체에 퍼져 있는 멍청한 인간만큼이나 다양한 형태로 존재하겠지."

나마티는 이 말을 무시하며 계속 말했다.

"개중에는 모든 인류가 단 하나의 행성에 모여 살던 시기까지 그 단어의 기원이 거슬러 올라간다고 생각하는 사람도 있어."

"그건 신화에 불과해. 초자연적인 존재를 믿는 것만큼이나 미친 짓이라고. 인류 전체가 한 행성에 모여 있던 적은 없어."

그러자 나마티가 짜증스러운 어투로 반박했다.

"인류가 다른 행성에서 진화되었다면 궁극적으로 어떻게 같은 종이 될 수 있겠나? 인류는 애초에 한 행성에 모여 살고 있었어."

"그렇다 하더라도 실제로 그런 행성은 존재하지 않아. 아무리 노력해도 찾을 수가 없잖아. 그렇다면 그런 말은 성립할 수 없고 따라서 실질적으로 존재하지 않는 거야."

하지만 나마티는 자기 생각에 몰두하며 주장을 계속 펼쳐 나갔다.

"신이 인류를 안전하게 지켜 주고 보호한다는 거야. 신을 활용할 줄 아는 집단은 어떤 식으로든 보살펴 준다는 거야. 인간 행성이 단 하나만 존재할 때에는 신이 하나의 조그만 행성과 얼마 안 되는 인류에게 특별한 관심을 기울인다는 주장이 그럴싸하게 느껴졌을 거야. 신이 그들을 부모님처럼 보살펴 준다는 주장 말이야."

"정말 훌륭한 신이군. 제국 전체를 그렇게 보살펴 주는 신이 있으면 좋겠어."

"실제로 그렇게 된다면 어떨까? 무한한 힘을 발휘하면서?"

"태양이 얼어붙는다면 어떨까? 엉뚱한 가정은 아무 소용도 없어."

"그냥 생각해 보는 거야. 사색. 자네는 마음이 흘러가는 대로 자유롭게 사색을 한 적이 없나? 언제나 모든 걸 틀 속에 가둬 두려고 하나?"

"그러는 게 가장 안전한 방식이라면 그렇게 해야지. 그래, 자유롭게 흘러가는 대로 사색해서 내린 결론은 무언가, 대장?"

나마티는 상대편을 쏘아보았다. 자신을 조롱하는 소리 같았기 때문이었다. 하지만 앤도린의 얼굴에는 그런 기색이 없었다. 그래서 나마티가 계속 말했다.

"그래서 내린 결론은 이래…… 신이 있다면 우리 편이 분명하다."

"훌륭해……. 정말 그렇다면. 하지만 근거가 뭐지?"

"근거? 신이 없다면 그건 우연의 일치가 되겠지. 아주 대단한 우연의 일치."

갑자기 나마티가 하품을 하며 자리에 앉았다. 피곤한 표정이었다.

앤도린은 다행이란 생각이 들었다. 이리저리 날뛰던 마음이 마침내 저절로 가라앉았으니 이제부터라도 이성적인 말을 할 가능성이 많아졌기 때문이었다.

"기간 시설을 망가뜨리는 문제는……"

나마티가 목소리를 낮추며 말하는 순간에 앤도린이 끼어들었다.

"자네도 알겠지만 그 문제는 카스파로프가 완전히 틀렸다고 볼 수 없어, 대장. 오랫동안 그러다보면 꼬리를 잡힐 가능성도 그만큼 많아지는 거야. 그 작전이 결국엔 우리 모두를 멸망시킬 거라고."

"아직은 아니야. 지금까지는 제국 정부를 효과적으로 공격하고 있어. 트랜터 전역이 동요하는 걸 생생하게 느낄 수 있어."

나마티가 두 손을 들고 손가락을 문지르며 계속 말했다.

"생생하게 느껴져. 거의 끝나 가고 있어. 이제 다음 단계에 들어갈 준비를 히는 거야."

그러자 앤도린이 농담기라고는 없는 미소를 지으며 말했다.

"나는 구체적인 내용까지 묻는 건 아니야, 대장. 카스파로프가 그렇게 했다가 어떻게 되었는지를 아니까. 나는 카스파로프가 아니거든."

"내가 이렇게 말할 수 있는 이유는 자네가 카스파로프가 아니기 때문이기도 하지만 내가 새로운 사실을 깨달았다는 측면도 있어."

그러자 앤도린이 입을 열었다. 자신이 무슨 말을 하는지 모르겠다는 애매한 표정이었다.

"마치 황궁을 직접 공격하기라도 하겠다는 말처럼 들리는군."

나마티가 고개를 들고 쳐다보며 대답했다.

"맞아. 이제 또 뭐가 남았나? 하지만 문제는 황궁에 효과적으로 침투하는 방법이야. 그곳에 정보원은 있지만 그들은 말 그대로 정보원에 불과해. 지금 나한테 필요한 건 그곳에서 작전을 펼칠 인력이야."

"은하계 전역에서 가장 경비가 삼엄한 지역으로 그런 인력을 침투시키는 건 쉽지 않을 거야."

"당연히 그렇겠지. 그것 때문에 내가 지금까지 골머리를 앓았거든……. 그러던 참에 마침내 신이 개입한 거야."

앤도린은 (혐오감을 드러내지 않으려고 모든 자제력을 동원하며) 부드럽게 말했다.

"형이상학적인 토론을 계속 할 필요는 없을 것 같아. 도대체 무슨 일이 생긴 거지…… 신 같은 건 배제하고?"

"정보통에 의하면 인자하시고 영원히 사랑스러우신 클레온 1세 황제 폐하께서 대표 정원사를 새로 임명하겠다는 결정을 내렸어. 거의 사반세기 만에 처음으로 임명하는 거야."

"그래서?"

"이게 무슨 의미인지 모르겠나?"

앤도린은 잠시 생각하다 대답했다.

"자네의 신은 나를 좋아하지 않는 것 같군. 특별한 의미를 모르겠으니 말이야."

"대표 정원사를 새로 임명한다는 건, 앤도린, 행정 부서 장관을 새로 임명하는 것과 같아. 새로운 총리나 새로운 황제가 생겨난 것과 비슷한 상황이 펼쳐지는 거라고. 새로 임명된 대표 정원사가 주변을 자기 측근으로 채우려고 할 거야. 썩은 나무토막처럼 보이는 건 모두 잘라 내고 신임 정원사를 수백 명은 뽑을 게 분명하다고."

"충분히 그럴 수 있어."

"충분한 정도가 아니야. 확실해. 현재의 대표 정원사가 처음 임명받았을 때에도 그랬고 그 전임자가 임명받았을 때에도 그랬어. 외부 행성에서 이방인 수백 명을 들여와……"

"외부 행성에서 들여오는 이유가 뭐지?"

"머리 좀 쓰라고……. 그럴 머리가 있다면, 앤도린. 평생을 돔 밑에서 살며 화분이나 가꾸고 동물원 동물이나 키우고 프로그램이 완벽한 곡식이랑 과일만 키워 본 트랜터 출신이 정원 일에 대해 무얼 알겠나? 그런 사람들이 야생 상태의 자연에 대해 뭘 알겠어?"

"아하. 이제 알겠다."

"따라서 황궁 정원으로 이방인이 물밀듯 몰려들게 될 거야. 물론 철저하게 확인하겠지만 트랜터 출신한테 그러는 것처럼 엄격하게 조사하진 않을 거야. 그 말은 우리가 가짜 증명서를 만들어서 우리 쪽 사람 몇 명을 침투시킬 수 있다는 뜻이야. 그중에서 일부는 걸러질지언정 나머지는 들어갈 수 있겠지…… 아니, 꼭 그래야 해. 우리 쪽 사람이 꼭 들어갈 거야."

나마티는 항상 그런 것처럼 셀던이란 이름까지 일부러 언급해 가며 덧붙였다.

"셀던 총리 재임 초기의 쿠데타 시도 이후에 보안 검색이 특히 강해지긴 했지만 상관없어. 이제 드디어 우리한테 기회가 찾아온 거야."

이번에는 앤도린이 소용돌이에 떨어진 것처럼 머리가 빙글빙글 돌아갈 차례였다.

"내가 이렇게 말하면 이상하겠지만, 대장, '신'이라는 게 개입한 건 맞는 것 같아. 미처 자네한테 말하진 못했지만 내가 거기에 완벽하게 맞아떨어지는 조건을 찾아냈거든."

나마티는 앤도린을 의심스러운 눈으로 쳐다보다가 주변을 둘러보았다. 보안 상태가 갑자기 걱정스러운 표정이었다. 하지만 그럴 필요는 전혀 없었다. 그곳은 낡고 복잡한 주택 내부 깊숙한 공간으로 방음장치가 확실했다. 그 누구도 엿들을 수 없었다. 설사 구체적으로 그린 지도가 있다 해도 쉽게 찾을 수 없는 곳이었다. 게다가 충성스러운 조직원이 겹겹이 에워싼 경계망을 뚫는 건 더더욱 불가능했다.

나마티가 물었다.

"도대체 무슨 말을 하는 거야?"

"거기에 적합한 사내를 찾았어……. 아주 순진한 젊은이. 호감이 가는 친구야. 처음 보는 순간부터 믿음이 가는 유형이지. 정직한 얼굴, 커다란 눈. 다알 출신으로 평등주의를 열정적으로 주장하지. 다알 특유의 코코넛 케이크를 제외하면 조라넘을 가장 위대한 존재로 여기고 있어. 우리가 명분만 심어 주면 무슨 일이든 할 수 있는 친구야."

"명분? 우리 조직원인가?"

나마티가 물었다. 의심스러운 느낌이 조금도 줄어들지 않는 어투였다.

"사실 조직원은 아니야. 조라넘이 구역 평등주의를 원했다는 막연한 생각을 품고 있는 정도야."

"그건 조라넘이 내민 미끼에 불과해."

"그건 우리도 마찬가지야. 하지만 그 꼬마는 그걸 믿어. 평등주의와 민중의 정치 참여에 대한 주장을 계속 하지. 심지어 민주주의라는 표현까지 사용해."

나마티가 킥킥거리며 말했다.

"2만 년이란 세월이 흐르는 동안 민주주의가 등장해서 오래 버틴 적은 한 번도 없어."

"맞아. 하지만 우리한테 중요한 건 그게 아니야. 중요한 건 그 꼬마를 몰아붙일 명분으로 사용할 수 있다는 거지. 내가 분명히 말하는데, 대장, 그 애를 보는 순간 나는 우리한테 정말 좋은 물건이 생겼다는 걸 깨달았어. 어떻게 사용하는 게 좋을지 몰랐을 뿐이야. 그런데 이제 알겠어. 그 애를 황궁 정원에 정원사로 침투시키는 거야."

"어떻게? 그 애가 정원 일에 대한 걸 알고 있나?"

"아니. 모르고 있을 게 분명해. 특정 기술이 없어서 막노동만 했거든. 지금은 트럭을 움직이고 있으니까 정원 일을 가르쳐 주어야 할 거야. 그렇지만 정원사 보조로 침투시킬 수만 있다면, 전지가위를 제대로 잡는 정도만 알고 있으면, 다 되는 거야."

"뭐가 돼?"

"아무런 의심도 사지 않고 누구든 우리가 목표한 인물한테 접근해서 기습 공격을 가할 수 있게 되는 거야. 내가 장담하는데, 백치미가 은근히 배어 나오면서 순진무구한 매력이 돋보이는 아이거든."

"그렇다면 우리가 시키는 대로 할까?"

"당연하지."

"그런 사람을 어떻게 찾아냈지?"

"내가 찾아낸 건 아니야. 실제로 그 아이를 찾아낸 건 마넬라야."

"누구?"

"마넬라. 마넬라 두반궈."

"아. 자네 친구라는 여자."

나마티가 경멸스러운 표정으로 얼굴을 살짝 찡그리며 중얼거렸지만 앤도린은 꾹 참으며 대답했다.

"그 여자는 많은 사람의 친구야. 그래서 우리한테 이용 가치가 있지. 자신의 정체는 안 드러내면서 상대의 정체를 재빨리 파악하거든. 이번에도 마넬라가 그 아이한테 호감을 느끼고 다가가서 말을 걸었어. 내가 분명히 말하는데 마넬라는 상대한테 쉽게 호감을 느끼는 사람이 아니야. 자네도 보면 알겠지만 그 아이는 아주 독특해. 그래서 마넬라가 그 아이랑, 아, 이름이 플랜쳇인데, 대화를 나누고 나서 나한테 이렇게 말했어. '팔팔한 젊은이가 나타났네요, 앤도린.' 나는 사람을 보는 마넬라의 눈을 믿어."

그러자 나마티가 음흉한 어투로 물었다.

"그래서 자네의 그 훌륭한 도구가 황궁에 들어가면 무슨 일을 할 수 있을 것 같다고 생각하나, 앤도린?"

앤도린이 깊은 숨을 들이켰다.

"뭐겠어? 우리가 적절한 명분을 제시하며 제대로 설득한다면 그 아이가 우리의 친애하는 황제 클레온 1세를 멋있게 처리하는 거지."

순간적으로 나마티가 분노를 터뜨렸다.

"뭐라고? 미쳤어? 우리가 클레온을 죽여야 할 이유가 뭐지? 클레온은 우리가 정부를 장악하는 데 필요한 버팀목이야. 그를 앞에 세워 놓고 뒤에서 조종해야 한다고. 그는 우리가 정통성을 확보할 발판이야. 도대체 머리가 있는 거야, 뭐야! 우리한테는 클레온이라는 얼굴마담이 필요해. 우리가 뒤에서 마음대로 조종할 수 있는 얼굴마담."

앤도린의 고운 얼굴은 갑자기 빨갛게 달아올랐고 기분 좋던 마음은 폭발했다.

"그럼 자네 생각은 도대체 뭐야? 도대체 무슨 계획을 세우고 있냐고? 이제 나도 지레짐작해서 말하는 건 질렸어."

나마티가 한 손을 들어 올렸다.

"좋아. 좋아. 진정해. 나쁜 의도는 없으니까. 하지만 조금만 생각해 보지 않겠어? 조라넘을 누가 죽였지? 10년 전에 우리의 희망을 꺾은 게 누구지? 바로 그 수학자야. 지금 심리역사학이라는 엉뚱한 논리로 제국을 통치하는 바로 그자 말이야. 클레온은 아무것도 아니야. 우리가 없애야 할 상대는 해리 셀던이야. 우리가 지금까지 기간 시설을 망가뜨린 이유 역시 해리 셀던을 곤경에 몰아넣기 위한 거라고. 그로 인한 모든 불만이 지금 그자한테 몰리고 있어. 그자의 비효율성과 무능함 때문으로 모든 문제가 일어나는 중이라고 해석되고 있단 말이야."

나마티가 입에 거품을 물며 계속 말했다.

"이런 시점에 그자를 쓰러뜨리면 모든 홀로비전은 그 사건만 보도하고 제국 전체는 환호하겠지. 우리가 그랬다는 사실을 문제 삼을 사람은 하나도 없을 거야."

나마티가 손을 들더니, 누군가의 심장에 비수라도 꽂는 것처럼 갑자기 떨어뜨리며 다시 말했다.

"우리가 제국을 구한 영웅이자 구원자가 되는 거지……. 자네는 그 젊은이가 해리 셀던을 쓰러뜨릴 수 있을 거라고 생각하나?"

앤도린은 평상심을 되찾았다…… 최소한 겉으로는. 그리고 억지로 명랑하게 대답했다.

"분명히 그럴 수 있을 거야. 클레온에 대해선 상당한 존경심을 지니고 있는 것 같아. 황제를 신비로운 존재로 여길 정도로, 자네도 잘 아는 것처럼."

살짝 강조한 '자네'라는 표현에 나마티가 눈살을 찡그리는 가운데에 앤도린이 계속 말했다.

"하지만 셀던에 대해선 그런 감정이 없을 거야."

하지만 앤도린은 속으로 분노가 치밀었다. 앤도린이 원하는 건 이런 게 아니었다. 배신당한 기분이었다.

14

마넬라는 눈가에 흘러내린 머리칼을 쓸어 올리더니 레이치한테 미소를 지으며 말했다.

"돈이 하나도 안 들 때도 있다고 내가 말했잖아요."

레이치는 눈을 끔뻑이며 맨살이 드러난 어깨를 긁었다.

"하지만 이제는 돈을 내라고 할 거 아닙니까?"

마넬라는 어깨를 으쓱하며 아주 장난스럽게 웃었다.

"그래야 할 이유가 뭐죠?"

"그러면 안 되는 이유는 뭔데요?"

"나도 가끔은 쾌락을 추구해야 하니까요."

"나랑?"

"여기에 다른 사람은 없잖아요."

오랜 침묵이 흐르더니, 마넬라가 차분한 어투로 물었다.

"게다가 당신한테는 돈이 별로 없고요. 그래, 일자리는 어떤가요?"

그 말에 레이치는 이렇게 대답했다.

"그저 그렇지만 없는 것보단 좋아요. 훨씬 많이. 당신이 일자리를 구해 주라고 그 사람한테 말했나요?"

마넬라는 머리를 천천히 가로저으며 물었다.

"글쎄, 앤도린 말인가요? 그 사람한테 그런 말은 안 했어요. 좋은 사람이 나타났다는 말만 했지."

"행여나 내가 당신이랑 사귀면 그 사람이 싫어할 것 같나요?"

"그 사람이 왜요? 나랑은 아무 상관도 없는 사람이에요. 그건 당신도 마찬가지고요."

"그 사람은 무얼 하나요? 내 말은, 무슨 일을 하느냐는 겁니다."

"아마 아무 일도 안 할 거예요. 부자거든요. 옛날 시장의 친척."

"와이 시장?"

"그래요. 그 사람은 제국 정부를 싫어해요. 옛날 시장 가문 모두가 싫어하지요. 그 사람은 클레온이······."

마넬라가 갑자기 멈추더니 이렇게 말했다.

"내가 말을 너무 많이 하네요. 내가 한 말을 다른 사람한테 절대 하지 마세요."

"내가? 나는 당신한테 아무런 말도 듣지 않았는걸요. 물론 누구한테도 말하지 않을 거고."

"그래요."

"그런데 앤도린은 어떤 사람이죠? 조라넘주의 조직에서 높은 자리인가요? 중요한 역할을 맡고 있나요?"

"모르겠어요."

"그런 말을 한 적은 없습니까?"

"나한테는."

"아."

레이치가 아무렇지 않은 척 가벼운 탄식을 뱉어 내고 마넬라는 날카로운 눈으로 쳐다보며 물었다.

"그런 걸 왜 물어보세요?"

"그 조직에 들어가고 싶어서 그래요. 그러면 괜찮을 것 같아서. 일자리도 좋아지고 돈도 더 받고. 당신도 알잖아요."

"아마 앤도린이 도와줄 거예요. 그 사람은 당신을 좋아해요. 나도 그 정도 눈치는 있어요."

"그럼 나를 더 좋아하게 만들어 줄 수 있겠습니까?"

"노력하지요. 그 사람이 그러지 말아야 할 이유가 없으니까요. 나는 당신이 좋아요. 그 사람보다 훨씬 더."

"고맙소, 마넬라. 나도 당신이 좋아요…… 아주 많이."

레이치는 이렇게 말하면서 한 손으로 상대의 허리를 쓰다듬었다. 특수 임무보다 마넬라한테 더욱 집중할 수 있으면 좋겠다는 생각이 간절했다.

15

"글렙 앤도린."

셀던이 피곤한 표정으로 눈가를 문지르며 중얼거렸다.

"그 사람이 누군가요?"

도스가 물었다. 레이치가 떠난 이후 매일 이렇게 아주 차가운 어투였다. 셀던이 대답했다.

"나도 불과 며칠 전에 처음 들어 본 이름이오. 인구가 400억이나 되는 세상에서 당연히 겪을 수밖에 없는 문제라고 할 수 있지. 우리가 아는 사람은 자신의 삶 속으로 불쑥 뛰어든 극소수에 불과하오. 컴퓨터가 구석구석 연결되어 있는 트랜터조차 모든 인간이 익명으로 남아 있으니까. 물론 관련 주민번호나 통계 수치로 다양한 이름을 파악할 순 있지만 누가 그렇게 하겠소? 거기에다 2500만에 달하는 외부 행성까지 있으니 은하제국이 지난 수천 년 동안 현상 유지를 해 왔다는 사실이 놀라울 정도라오. 솔직히 말해서 나는 은하제국이 지금까지 자체 동력으로 스스로 굴러 왔다고 생각하오. 그런데 그게 지금 사라지고 있소."

"철학자 흉내는 그만하고, 해리. 앤도린이 누구죠?"

"내가 예전부터 관심을 기울였어야 마땅한 인물. 정보국을 꼬셔서 그 사람에 대한 파일을 간신히 전달받았소. 그는 와이 시장 가문의 일원, 그것도 가장 두드러진 일원이라서 정보국에서도 계속 감시하는 인물이오. 정보국에서는 그자가 야심은 지니고 있지만 플레이보이 기질이 너무 강해서 별다른 일은 못할 거라고 생각하고 있소."

"그런데 그자가 조라넘주의자랑 관계가 있나요?"

그 질문에 셸던은 애매한 몸짓을 하며 대답했다.

"내가 보기에 정보국에선 조라넘주의자에 대해 아무것도 모르는 것 같소. 그 말은 조라넘주의자가 더 이상 존재하지 않거나 존재한다 해도 그 세력이 아주 미미하다는 의미일 수 있소. 물론 정보국이 아무런 관심도 기울이지 않았다는 의미일 수도 있지만 말이오. 하지만 나한테는 그들에게 관심을 가지도록 만들 방법이 없소. 내가 총리인데도 말이오."

"혹시 당신이 총리 역할을 제대로 못해서 그런 건 아닌가요?"

도스가 비꼬는 어투로 물었다.

"그럴 가능성도 많소. 총리 역할이 나처럼 안 맞는 사람도 없을 테니 말이오. 하지만 그건 정보국과 아무런 관계가 없소. 그들은 정부 기관과 완전히 별개로 존재하오. 클레온 황제께서 알고 계시는지 모르겠지만 이론적으로 정보국은 정보국장을 통해 황제한테 직접 보고하도록 되어 있소. 정보국에 대해서 알아야 그 활동 내역을 심리역사학 방정식에 넣을 수 있는데, 현실적으로 어려움이 많소."

"그렇다면 정보국이 우리 편에 선 건 확실한가요?"

"그렇다고 믿지만 확신할 순 없소."

"그런데 그 사람한테 관심을 기울이는 이유가 뭔가요, 이름이 뭐라고 했죠?"

"글렙 앤도린. 레이치한테 보고서를 받았기 때문이오."

도스가 눈빛을 번뜩이며 물었다.

"그걸 왜 이제 말해요? 레이치는 괜찮은가요?"

"내가 아는 한 괜찮소. 하지만 보고서는 더 이상 안 보내길 바랄 뿐이오. 그러다가 발각나면 문제가 생길 터이니 말이오. 어쨌든 레이치는 지금 앤도린과 접촉하고 있소."

"조라넘주의자도 만나나요?"

"그런 것 같진 않소. 가능성이 많지 않을 것이오. 그 둘을 연결시킨 그림이 머리에 그려지질 않소. 조라넘주의 운동은 하층 계급, 말하자면 프롤레타리아 계급이 주도하는데 앤도린은 귀족 중에서도 귀족이니 말이오. 그런 자가 조라넘주의자랑 무슨 일을 하겠소?"

"그자가 와이 시장 가문이라면 황권을 갈망하고 있겠군요, 그렇지 않은가요?"

"그들은 몇 세대에 걸쳐서 그걸 갈망하고 있소. 당신도 라쉘르가 기억날 것이오. 그 사람 조카가 바로 앤도린이오."

"그렇다면 그자가 조라넘주의자를 발판으로 사용하려고 들 수도 있는 거 아닌가요?"

"조라넘주의자가 실제로 존재한다면 그럴 수도 있겠지. 하지만 앤도린은 그들을 이용하려고 들다가는 역으로 이용당하는 위험한 상황에 빠질 가능성이 많소. 만일 실제로 존재한다면 조라넘주의자는 목적 의식이 또렷하기 때문에 앤도린 같은 사람은 그레티 등에 올라탄 격이 될 수 있소."

"그레티가 뭔가요?"

"오래전에 멸종된 아주 사나운 맹수요. 헬리콘에서 예전에 잘 쓰던 표현인데, 그레티 등에 한번 올라타면 다시 내릴 수가 없소. 내리는 순간에 잡아먹히기 때문에."

셀던이 잠시 침묵하다가 다시 입을 열었다.

"한 가지 더. 레이치가 어떤 여자를 만나는 것 같소. 앤도린도 잘 아는 여자인 듯하여 중요한 정보를 구하려고 어울리는 것 같소. 지금 당신한테 분명히 알려 주었으니 나중에 내가 아무 말도 안 했다고 비난하지 마시오."

도스가 눈살을 찡그리며 물었다.

"여자요?"

"권력 있는 남자들에게서 쉽게 여러 정보를 얻고 때로 깊은 관계를 맺기도 하는 여자인 것 같소."

도스가 찡그린 눈살이 더욱 깊어졌다.

"그렇고 그런 여자군요. 레이치가 어떻게 그런 여자랑……"

"그만, 그만. 레이치도 벌써 서른 살이나 되었으니 그런 걸 충분히 경험했을 게 분명하오. 그런 여자든 어떤 여자든 레이치가 알아서 하게 놓아두시오."

셀던은 피곤한 시선으로 도스를 쳐다보며 덧붙였다.

"당신은 내가 이런 상황을 좋아하는 것 같소? 내가 이런 걸 조금이라도 좋아하는 것처럼 보이오?"

도스로서는 뭐라고 할 말이 없었다.

16

하지만 갬블 딘 나마티는 아니었다. 10년 동안 추진한 계획이 정점으로 치닫는 이 순간만큼은 점잖고 온화한 표정을 떠올리고 싶었지만 그럴 수가 없었다. 그래서 잔뜩 흥분한 표정으로 의자에서 벌떡 일어나며 소리쳤다.

"이렇게 늦게 오면 어떻게 하나, 앤도린."

앤도린은 어깨를 으쓱하며 대답했다.

"왔으면 됐지, 뭐."

"자네가 말하던 젊은이는…… 자네가 자랑하던 그 훌륭한 도구는 어디에 있나?"

"나중에 나타나겠지."

"지금 오지 않는 이유는 뭐지?"

앤도린이 잘생긴 머리를 앞으로 살짝 숙여서 깊은 명상에 잠겼다가 마침내 결정이라도 내린 것처럼 불쑥 이렇게 말했다.

"자네 입장을 분명히 파악하기 전에는 그 애를 데려오고 싶지 않아."

"그게 무슨 말인가?"

"은하 표준어야. 자네는 해리 셀던을 없애겠다는 목표를 얼마나 오랫동안 추구했나?"

"처음부터 지금까지 계속! 그걸 이해하는 게 그렇게 힘드나? 우리는 조-조를 대신해서 그자한테 복수할 자격이 있어. 설사 그자가 그런 짓을 안 했다 해도 우리는 총리를 제거해야 하고 현재의 총리는 바로 그

자야."

"하지만 끌어내려야 할 자는 클레온이야……. 클레온이라고. 그것으로 부족할 때에 셀던을 포함시키는 거라고."

"꼭두각시한테 그렇게 집착하는 이유가 뭔가?"

"몰라서 물어? 내가 지금까지 그 이유를 굳이 설명할 필요가 없었던 이유는 자네가 그걸 모를 정도로 멍청이가 아니기 때문이야. 황제를 갈아치우는 내용이 없다면 내가 자네 계획에 관심을 기울일 이유가 뭐겠는가?"

나마티가 웃었다.

"그래, 그래. 자네가 나를 발판으로 삼아서 황제 자리에 오르려고 한다는 건 오래전부터 알고 있었어."

"그럼 나한테 다른 걸 기대했나?"

"아니야, 전혀 아니야. 나는 계획을 세우고 기회를 만들고 그래서 모든 준비가 되면 자네가 그 자리에 오르는 상을 받는 거야. 괜찮은 방법 아닌가?"

"그래, 괜찮은 방법이야. 자네 역시 상을 받을 테니까. 총리 자리에 오르는 상. 새 황제를 꼭두각시로 만들어 놓고 모든 전권을 마음대로 휘두르는 상. 그렇지 않은가?"

"그게 자네 계획인가? 꼭두각시가 되는 거?"

"내 계획은 황제가 되는 거야. 나는 아무것도 없는 자네한테 자금을 댔어. 아무것도 없는 자네한테 인력을 제공했어. 여기 와이에 커다란 조직을 건설하는 데 필요한 배경을 제공했어. 마음만 먹는다면 나는 내가 지금까지 제공한 걸 모두 철회할 수 있어."

"과연 그게 가능할까?"

"한번 시험해 보고 싶나? 나를 카스파로프처럼 취급할 수 있다고 생각하지 마. 나한테 무슨 일이 일어나는 순간에 와이는 더 이상 자네의 근거지가 될 수 없어. 필요한 모든 게 있는 구역을 잃게 되는 거지. 이런 구역은 어디에도 없을 거야."

나마티가 한숨을 쉬었다.

"그럼 자네는 황제를 죽여야 한다는 거군."

"나는 죽여야 한다고 말하지 않았어. 갈아치워야 한다고 했지. 구체적인 방법은 자네한테 맡기겠네."

앤도린은 마지막 말과 함께 손목을 끄덕이며 가볍게 손을 흔들었다. 벌써 황제가 되기라도 한 것 같았다.

"그리고 자네는 황제가 되고?"

"그래."

"아니야, 그럴 수 없어. 그러면 죽을 수밖에 없어……. 물론 내가 그런다는 건 아니야. 앤도린, 인생의 진실 몇 가지를 알려 줌세. 클레온이 살해당하면 후계자 승계 문제가 당연히 떠오를 터이고 내전을 피하기 위해 제국 경비대는 와이 시장 가문을 모두 찾아서 학살할 거야……. 제일 먼저 자네부터. 하지만 총리만 죽인다면 자네는 안전하겠지."

"왜?"

"총리는 총리일 뿐이거든, 나타났다가 사라지는. 클레온 자신이 지켜서 총리를 살해할 가능성도 있고. 그건 우리가 그런 소문을 퍼트리기만 하면 되는 거야. 그러면 제국 경비대가 주저하다가 우리한테 새로운 정부를 장악할 기회를 주겠지. 실제로 제국 경비대 측에선 셸던의 죽음을 반길 가능성이 아주 많아."

"그래서 새 정부가 들어서면 나는 뭘 하지? 계속 기다리나? 영원히?"

"아니야. 내가 총리가 되면 클레온이랑 협상할 방법이 생길 거야. 제국 경비대나 정보 당국한테 손을 써서 그들을 내 충복으로 만들 수도 있고. 그런 다음에 클레온을 안전하게 제거해서 그 자리에 자네를 올리는 거야."

"자네가 아니고?"

앤도린이 폭발하자, 나마티가 반문했다.

"나라니, 그게 무슨 말인가?"

"자네는 셸던한테 개인적인 원한이 있어. 따라서 그자를 제거한 다음에 자네가 불필요한 모험을 감수할 이유가 뭐겠나? 자네는 클레온이랑 평화로운 관계를 유지하고 나는 폐허로 변한 영지로 물러나서 불가능한 꿈이나 꿔야 할 터인데 말이야. 어쩌면 안전장치의 일환으로 자네가 나를 제거할 수도 있겠지."

"아니야! 클레온은 적통 황제야. 황제를 오랫동안 배출한 자랑스러운 엔턴 황조의 적통을 물려받은 황제. 다루기 쉬운 상대가 결코 아니지. 반면에 자네가 황제기 된다는 건 정통성이 떨어지는 새로운 황조가 열린다는 의미야. 예전의 와이 황조는 (자네도 인정하듯이) 또렷한 실적과 전통이 없거든. 그렇다면 자네의 황권은 흔들릴 수밖에 없어서 누군가의 아주 강력한 지지를 받아야 해……. 그게 바로 나야. 물론 나는 내 말을 잘 들어주면서 나한테 의지할 황제가 필요하겠지……. 바로 자네. 그래, 앤도린, 우리는 1년 만에 사그라지고 마는 사랑 때문에 결혼한 사이가 아니야. 우리는 서로 조건을 맞춰서 결혼한 사이라고, 살아 있는 동안 서로가 끊임없이 필요한. 그러니 서로를 믿는 게 좋아."

"내가 황제가 될 거라고 맹세하게."

"자네가 내 말을 믿을 수 없다면 맹세 같은 게 무슨 소용이 있겠나?"

자네는 나한테 아주 많은 도움을 주는 황제가 될 터이고 따라서 나는 안전한 선에서 자네가 클레온의 자리에 최대한 빨리 오르도록 도와준다는 정도만 말하겠네. 자, 이제 자네가 말한 완벽한 도구라는 젊은이를 나한테 보여 주게."

"좋아. 그 애가 지닌 장점을 명심하도록. 내가 오랫동안 관찰한 바에 의하면 그 애는 그리 똑똑한 이상주의자가 아니야. 우리가 지시하면 아무리 위험해도 두 번 생각하지 않고 그대로 행동할 거야. 하지만 그보다 중요한 사실은 온몸에서 아주 믿음직한 품성이 배어 나오기 때문에 설사 손에 권총을 들고 있다 해도 상대편이 그자를 믿을 정도라는 거야."

"그 말은 믿기가 어렵군."

"직접 만나 보면 알 거야."

앤도린이 말했다.

17

레이치는 눈길을 내리깔았다. 나마티를 한 번 흘낏 쳐다본 다음이었다. 10년 전에 조-조 조라넘을 함정에 빠뜨리러 갔다가 마지막으로 본 사람이 분명했다. 10년 전에 본 모습이 거의 변하지 않았다. 분노와 증오심이 아직도 얼굴에 가득했다. 얼굴 피부까지 파고들어서 완전히 굳어 버린 것 같았다. 하지만 그건 레이치 자신의 선입견 때문일 수도 있었다. 얼굴은 많이 수척하고 회색 머리칼이 듬성듬성했으나 가느다란 입술에는 예전의 고집스러운 느낌이 그대로 들어 있고 까만 눈은 여전히 위험하게 반짝거렸다.

그걸로 충분해서 레이치는 눈길을 피했다. 나마티는 누가 똑바로 쳐다볼 수 있는 그런 사람이 아닌 것 같다는 생각이 들었다.

반면 나마티의 두 눈은 레이치를 집어삼킬 것 같았다. 그러나 그 얼굴에 항상 살짝 묻어 있는 것처럼 보이는 냉소는 그대로 남아 있었다.

나마티가 옆에서 불안한 표정으로 서 있는 앤도린한테 고개를 돌리며 말했다. 바로 앞에 당사자가 없는 것 같은 어투였다.

"이 친구가 그 친구로군."

앤도린이 고개를 끄덕이며 입술을 살짝 움직였다.

"그래, 대장."

나마티가 레이치한테 갑자기 물었다.

"이름."

"플랜쳇입니다, 선생님."

"우리가 주장하는 사상을 믿나?"

나마티의 질문에 레이치는 앤도린이 지시한 대로 조심스럽게 대답했다.

"네, 선생님. 나는 민주주의자로서 민중이 정부 정책에 훨씬 광범위하게 참여해야 한다고 생각합니다."

나마티가 앤도린한테 눈빛을 번뜩이며 말했다.

"연설가로군."

그리고 레이치를 다시 쳐다보며 물었다.

"그걸 위해서 위험을 감수할 수 있나?"

"어떤 위험이든, 선생님."

"시키는 대로 할 건가? 묻지 않고? 망설이지 않고?"

"명령에 따르겠습니다."

"정원 일에 대해서 알고 있나?"

레이치는 잠시 망설이다가 대답했다.

"모릅니다, 선생님."

"그럼 자네는 트랜터 출신인가? 돔 밑에서 태어났어?"

"밀리마루에서 태어나 다알에서 성장했습니다, 선생님."

"좋아."

나마티가 말하더니 앤도린을 쳐다보며 지시했다.

"저 친구를 데리고 나가 밖에서 기다리는 사람들한테 전달하도록. 그 사람들이 잘 돌봐줄 테니 말이야. 그러고 나서 돌아오도록, 앤도린. 자네한테 하고 싶은 말이 있으니까."

앤도린이 다시 돌아왔을 때에 나마티는 완전히 다른 인간으로 바뀌어 있었다. 두 눈은 반짝거리고 입에서는 잔인하게 일그러진 미소가 어렸다.

"앤도린, 우리가 며칠 전에 말한 신이 상상 이상으로 광범위하게 우리를 보살피고 있는 것 같아."

"우리 목적에 적합한 젊은이라고 내가 말했잖아."

"자네가 생각하는 이상으로 적합해. 우리의 존경스러운 총리 각하 해리 셸던이 아들(양자)을 보내서 조라넘을 함정에 빠뜨렸다는 사실은 자네도 물론 잘 알고 있을 거야."

"그래, 당연하지."

앤도린이 조심스럽게 고개를 끄덕이며 대답했다. 사건 내용을 너무나 잘 아는 사람한테서만 나올 수 있는 어투였다.

"나는 그때 그 아이를 두 번째로 보았지만 그 모습은 이 머리에 각인되었어. 10년이 지나고 뒷굽을 높이고 콧수염을 깎았다고 나를 속여 넘길 수 있을 것 같나? 자네가 데려온 플랜쳇은 레이치야, 해리 셸던의 양아들."

앤도린은 얼굴이 파랗게 질렸다. 숨도 제대로 쉴 수 없었다. 그러다가 물었다.

"확실한가, 대장?"

"자네가 지금 내 앞에 서 있고 조금 전에는 적을 우리 심장부까지 데려왔다는 사실만큼 확실해."

"어떻게 그런 일이……"

앤도린이 중얼거리는 소리를 나마티가 가로챘다.

"불안해할 필요 없어. 내가 보기에 지금까지 자네가 게으른 귀족으로 살아오면서 한 일 가운데 가장 잘한 일이 바로 이 일 같으니까. 내가 정체를 몰랐다면 그자는 자신의 계획을 완수할 수 있었겠지. 우리 심장부를 염탐해서 가장 은밀한 계획을 빼내는 것. 하지만 내가 그 정체를 파악했으니 그런 식으로 풀리지 않을 거야. 지금 우리한테 호박이 덩굴째 들어온 셈이야."

나마티가 아주 즐거운 표정으로 두 손을 문지르다가 자신한테 전혀 어울리지 않는 동작이란 사실을 깨달은 듯 갑자기 멈추더니, 빙그레 웃었다……. 그러다가 폭소를 터트렸다.

18

마넬라가 깊이 생각하는 어투로 말했다.

"이제 당신을 못 만날 것 같아, 플랜쳇."

샤워를 마치고 수건으로 닦던 레이치가 물었다.

"왜?"

"글렙 앤도린이 그렇게 시켰어."

"왜?"

마넬라는 조그만 어깨를 으쓱하며 대답했다.

"당신이 중요한 일을 해야 하기 때문에 앞으로 이렇게 낭비할 시간이 없대. 당신한테 좋은 일자리를 주려는 것 같아."

레이치는 바싹 긴장했다.

"어떤 일자리? 무슨 일이라고 알려 주었어?"

"아니. 하지만 황궁 구역에 다녀와야 한다는 말은 들었어."

"그 사람이? 그런 이야기를 당신한테 자주 하나 보지?"

"당신도 잘 알잖아, 플랜쳇. 사내는 잠자리에서 말이 많아진다는 걸."

레이치는 자신이 그러지 않으려고 항상 조심한다는 사실을 떠올리며 대답했다.

"그래. 또 무슨 말을 했지?"

그러자 마넬라가 살짝 찡그리며 물었다.

"왜 그렇게 묻는 거야? 그 사람도 언제나 당신에 대한 걸 물어. 사내란 동물은 상대에 대한 호기심이 아주 많은가 봐. 도대체 그러는 이유가 무얼까?"

"나에 대해서 무슨 말을 했는데?"

"많지 않아. 당신이 아주 점잖다는 정도. 내가 그 사람보다 당신을 더 좋아한다는 말은 당연히 안 했어. 그 사람이 상처를 받을 테니까……. 그러면 나도 상처를 받게 될 거고."

레이치는 옷을 거의 입으며 중얼거렸다.

"그렇다면 이제 작별이군."

"최소한 당분간은. 글렙이 마음을 바꿀 수도 있으니까. 아, 나도 황궁 구역에 가고 싶어. 그 사람만 괜찮다면. 그곳에 가 본 적이 한 번도 없거든."

레이치는 하마터면 엉뚱한 말이 나올 뻔한 걸 간신히 헛기침으로 바꾸며 이렇게 중얼거렸다.

"나도 가 본 적 없어."

"건물이 어마어마하고 아주 근사한 장소랑 멋들어진 식당이 가득할 거야. 돈 많은 사람들이 사는 곳이니까. 아주 돈 많은 사람을 만나면 얼마나 좋을까…… 글렙 말고."

"나 같은 사람은 아무리 많이 사귀어도 소용이 없을 거야."

"괜찮아. 돈 같은 건 생각하지 마. 하지만 나중엔 그런 생각도 해야 할 거야. 글렙이 나한테 질린 다음부터는."

"당신한테 질릴 사내는 어디에도 없어."

레이치는 자신도 모르게 이렇게 말했다. 그러고 나서 농담이 아니란 사실에 당혹감을 느꼈다.

하지만 마넬라는 이렇게 대답했다.

"당신은 모르겠지만 남자들은 언제나 그렇게 말해. 어쨌든 지금까지 즐거웠어. 당신과 나, 플랜쳇. 그럼 잘 지내, 나중에 다시 만날 수 있을지 모르잖아."

레이치는 고개만 끄덕였다. 뭐라고 할 말이 없었다. 속마음을 드러낼 처지가 아니었기 때문이다.

레이치는 마음속 생각을 다른 쪽으로 돌렸다. 나마티 쪽에서 무슨 계획을 세웠는지 알아내야 했다. 그들이 자신한테서 마넬라를 떼어 놓는다는 건 위기가 밀어닥치기 직전이라는 의미가 분명했다. 지금 자신이 해야 할 일은 정원 일에 대한 이상한 질문의 의도를 파악하는 것이었다.

아버지한테 정보를 전달할 방법은 더 이상 없었다. 나마티를 만난 이후부터 감시가 철저했으며 통신망은 완전히 차단되었다. 이것 역시 위기가 닥치고 있다는 또 다른 징후가 분명했다.

하지만 사건이 완료된 다음에 계획을 파악하는 건, 모든 게 밝혀진 다음에 정보를 전달하는 건, 그건 실패를 의미했다.

19

해리 셀던은 걱정스러운 하루를 보내는 중이었다. 최초의 보고 이후 레이치한테 아무런 소식도 못 들은 상태였다. 현재 어떤 일이 일어나는지 너무나 궁금했다.

레이치의 안전에 대한 너무나 당연한 걱정은 차치하더라도(정말 나쁜 일이 일어나면 무슨 소식이 들릴 게 분명했다.) 앞으로 일어날 뭔지 모를 일에 대한 불안감을 물리칠 수가 없었다.

모든 일이 은밀하게 진행될 게 분명했다. 황궁을 노골적으로 공격하는 건 상상할 수도 없었다. 황궁은 경비가 그 어느 곳보다 삼엄한 곳이었다. 이런 곳을 효과적으로 공격할 방법은 무엇일까?

이런 고민 때문에 셀던은 밤에는 잠을 이루지 못하고 낮에는 정신이 산만했다.

신호등이 깜빡거렸다.

"총리 각하. 2시 약속이, 각하······"

"2시 약속이 뭔가?"

"멘델 그루버, 정원사 말입니다. 그자가 필요한 증명서를 가지고 왔습니다."

셀던은 기억을 떠올리며 대답했다.

"그래, 들여보내도록."

지금은 그루버를 만날 기분이 아니었지만 상대가 너무 괴로워하는 것 같아 순간적으로 마음이 약해지면서 약속을 잡고 말았다. 총리는 항상 마음을 강하게 먹어야 하지만 셀던은 총리 이전에 한 명의 인간이었다.

"들어오시오, 그루버."

셀던이 다정하게 말했다. 그루버는 그 앞에서 기계적으로 고개를 숙이며 눈길을 이리저리 돌렸다. 셀던은 정원사가 이렇게 화려한 실내에는 처음 들어오는 것 같다는 생각과 동시에 이렇게 말하고 싶은 씁쓸한 충동을 느꼈다.

'마음에 드시오? 그럼 가지시오. 나는 이런 게 싫으니.'

하지만 이렇게 말한 게 전부였다.

"무슨 일이오, 그루버? 표정이 그렇게 어두운 이유가 무엇이오?"

즉각적인 대답이 없었다. 공허한 미소만 머금을 뿐이었다.

그래서 셀던이 말했다.

"자리에 앉으시오, 친구. 거기 그 의자."

"아, 아닙니다, 총리 각하. 그럴 수 없습니다. 몸이 더럽습니다."

"괜찮소, 쉽게 닦을 수 있으니까. 내 말대로 하시오……. 잘했소! 거기에 일이 분 가만히 앉아서 생각을 정리하시오. 그런 다음에 준비가 되면 무슨 일인지 말하시오."

그루버는 한동안 가만히 앉아 있더니 숨 가쁜 소리를 뱉어 내기 시작했다.

"총리 각하. 제가 대표 정원사가 되었습니다. 은총이 가득한 황제 폐하께서 직접 말씀하셨습니다."

"그래요, 나도 들었소. 하지만 그것 때문에 힘들어하는 건 아닐 것이오. 그 자리에 오른 건 축하를 받을 일이니까. 정말 축하하오. 나도 거기에 약간 기여했다오, 그루버. 하마터면 내가 암살당할 뻔할 때에 그대가 보여 준 용감한 모습을 나는 결코 잊지 않았다오. 그래서 황제 폐하에게 그런 말을 했으니 말이오. 그 포상으로 그 자리에 올랐지만, 그루버, 그런 일이 없었더라도 당신은 그 자리에 오를 자격이 충분하오. 서류를 보면 그 자리에 오를 자격이 충분하단 사실을 알 수 있으니 말이오. 그래, 그렇게 힘들어하는 이유가 무엇이오?"

"총리 각하, 제가 힘든 건 바로 그 자리 때문입니다. 저는 그 일을 맡을 수가 없습니다. 그만한 능력이 없습니다."

"우리는 그대한테 그만한 자격이 충분하다 확신하오."

하지만 그루버는 잔뜩 흥분한 어투로 이렇게 말했다.

"그럼 사무실에 하루 종일 앉아 있어야 하는 건가요? 저는 사무실에 가만히 앉아 있는 체질이 아니에요. 하늘이 뻥 뚫린 공간에서 내 손으로 동식물을 만지며 일하고 싶어요. 사무실은 저한테 감옥이에요, 총리 각하."

셀던이 두 눈을 커다랗게 떴다.

"그렇지 않소, 그루버. 꼭 필요한 이상으로 사무실에 앉아 있을 필요가 없소. 정원을 자유롭게 돌아다니면서 모든 걸 감독할 수도 있소. 야외 활동을 마음껏 할 수가 있소. 힘든 노동만 안 하면 되는 것이오."

"저는 힘든 노동을 하고 싶습니다, 총리 각하. 그리고 제가 사무실을 빠져나올 가능성은 거의 없을 겁니다. 저는 현임 대표 정원사를 오랫동안 지켜보았습니다. 그분 역시 아무리 그러고 싶어도 사무실을 조금도 떠날 수 없었습니다. 행정 업무랑 장부 기재 업무가 너무 많습니다. 그래서 정원 상태가 궁금할 때마다 저희가 사무실로 가서 보고할 수밖에 없었습니다. 필요하면 정원 풍경을 홀로비전으로 보아야 했습니다."

그루버가 아주 경멸스럽다는 어투로 계속 말을 이어나갔다.

"생생하게 살아 있는 생물을 영상으로 살펴보아야 하는 겁니다. 하지만 저는 그럴 수 없습니다, 총리 각하."

"그러지 마시오, 그루버, 어른답게 행동하시오. 그건 그렇게 나쁜 게 아니오. 시간이 지나다 보면 익숙해질 것이오. 천천히 풀어 나갈 수 있을 것이오."

"다른 무엇보다 새 정원사를 뽑는 일에 파묻히고 말 것입니다."

하지만 그루버는 이렇게 말하며 머리를 절레절레 흔들더니, 갑자기 힘을 내며 덧붙였다.

"그건 제가 바라지도 않고 감당할 수도 없는 업무입니다, 총리 각하."

"지금 당장은 그 일이 마음에 들지 않는 것 같은데, 그루버, 당신만 그런 게 아니오. 나 역시 총리란 자리를 떠나고 싶은 마음이 간절하오. 나한테는 너무 벅찬 업무이기 때문이오. 심지어 나는 황제 폐하께서도 황제의 의상을 거추장스럽게 여기실 때가 있다는 느낌까지 받고 있소. 은하계 전역에는 다양한 업무에 종사하는 사람이 수없이 많은데 모두가 맡은 일을 즐기는 건 아니오."

"저도 이해합니다, 총리 각하. 하지만 황제 폐하는 그렇게 태어났기 때문에 황제 폐하로 지내야 합니다. 그리고 총리 각하는 그 일을 할 만한 다른 사람이 없기 때문에 그 일을 해야 합니다. 하지만 저는 다릅니다. 황궁에는 대표 정원사를 기꺼이 해낼 수 있는 정원사가 무려 50명이나 있습니다. 총리 각하는 제가 각하를 도와 드리려고 했다는 사실을 황제 폐하에게 말씀하셨습니다. 그렇다면 황제 폐하께서 저에게 상을 주시고 싶다면 지금 하는 일을 계속 하도록, 지금 이 상태 그대로 놓아 두어 달라는 말씀도 하실 수 있지 않겠습니까?"

해리 셸던은 의자에 등을 기대고 엄숙하게 말했다.

"그루버, 내가 그럴 수 있다면 기꺼이 그렇게 하겠소. 하지만 그대한테 하고 싶은 말이 있으니 충분히 이해하길 바랄 뿐이오. 황제 폐하는 원칙적으로 제국을 절대적으로 통치하시오. 하지만 현실적으로 황제 폐하께서 하실 수 있는 일은 거의 없소. 지금 이 순간에 내가 황제 폐하보다 제국을 더 많이 운영하지만 내가 할 수 있는 일도 사실 거의 없소. 정부에서는 엄청난 수의 인물이 온갖 결정을 내리고 온갖 실수를 저지르며 일부는 지혜롭고 용감하게 행동하고 일부는 멍청한 도적질이나 일삼고 있소. 하지만 그들을 통제할 방법이 없소. 무슨 말인지 이해하시오, 그루버?"

"이해합니다. 하지만 그것이 이번 일이랑 무슨 상관이 있나요?"

"황제 폐하가 절대적인 통치자로 군림하는 공간은 딱 한 곳이고 그곳은 바로 황궁 구역이기 때문이오. 여기에서는 황제 폐하의 말씀이 법이고 그 밑에 겹겹이 쌓여 있는 신하는 황제 폐하의 말씀만 따라야 하오. 그런 분한테 황궁 정원에 관해서 내린 결정을 취소하라고 부탁드리는 건 그분이 신성하게 여기는 유일한 영역을 손상시키는 행위가 될 것이오. 만일 내가 '그루버에 대한 결정을 취소하십시오, 황제 폐하.' 하고 말씀드린다면 그분은 그 결정을 취소하느니 차라리 나를 면직시키실 것이오. 그렇게 되면 물론 나한테야 좋지만 그대한테는 아무런 도움도 안 될 것이오."

"그 말씀은 다른 방법이 없다는 뜻인가요?"

"그렇소, 바로 그런 뜻이오. 하지만 걱정하지 마시오, 그루버. 내가 모든 방법을 다 해서 도와주겠소. 미안하오. 하지만 이제 내가 그대를 위해 쓸 수 있는 시간은 다 된 것 같소."

그루버가 벌떡 일어났다. 손에는 정원사의 녹색 모자를 움켜쥐고 두 눈에는 당혹스러운 눈물이 가득했다.

"고맙습니다, 총리 각하. 총리 각하께서 도와주시려고 한다는 사실은 알고 있었습니다. 총리 각하께서는…… 정말로 좋으신 분이십니다."

그루버가 슬픈 표정으로 돌아서서 떠나갔다.

셀던은 그 모습을 가만히 쳐다보며 머리를 절레절레 흔들었다. 2500만 개에 달하는 제국 행성에 사는 모든 사람이 그루버처럼 비통한 심정을 겪으며 살아가고 있을 거란 생각이 들었다. 하지만 직접 찾아와서 도움을 청하는 사람의 문제도 풀어 줄 수 없는데 그런 수많은 사람의 비통한 심정을 어떻게 해결할 수 있단 말인가?

심리역사학이 한 사람 문제도 해결할 수 없는데, 과연 1000조에 달하는 사람의 문제는 해결할 수 있단 말인가?

셀던은 머리를 또다시 절레절레 흔들다가 다음 약속을 확인했다. 그러다가 갑자기 뻣뻣하게 경직된 몸으로 통신선에 대고 소리쳤다. 평소의 절제된 모습이 전혀 아니었다.

"지금 나간 정원사를 다시 데려오도록! 어서, 지금 당장 이곳으로!"

20

"새 정원사를 어떻게 한다고?"

셀던이 소리쳤다. 이번에는 그루버한테 자리에 앉으라는 말조차 안 했다.

그루버는 두 눈을 정신없이 끔뻑거렸다. 너무나 뜻밖으로 다시 불려 온 것 때문에 몸이 덜덜 떨릴 정도였다. 그래서 더듬거렸다.

"새, 새 정, 정원사요?"

"정원사를 새로 뽑는다는 말을 했잖소. 당신 입으로 말이오. 새 정원사라니 도대체 무슨 말이오?"

그루버는 깜짝 놀란 표정으로 대답했다.

"대표 정원사를 새로 임명하면 정원사도 당연히 새로 뽑아야 합니다. 전통입니다."

"그런 말은 들어 본 적이 없소."

"지난번에 대표 정원사가 바뀔 때에 총리 각하가 안 계셔서 그렇습니다. 당시에 총리 각하는 트랜터에 계시지도 않았을 겁니다."

"그래, 그게 도대체 무슨 말이오?"

"저어, 정원사는 해고되지 않습니다. 일부는 죽고 일부는 너무 늙어서 연금 퇴직 생활에 들어가면 그 자리만 보충하지요. 따라서 대표 정원사를 새로 임명할 즈음에는 최소한 정원사 절반이 나이를 먹어서 최고의 기량을 발휘할 수 없게 되는 겁니다. 그래서 그들 모두한테 후한 연금을 주고 퇴직시킨 다음에 정원사를 새로 들여오게 되지요."

"젊은 사람들로."

"그 이유도 있지만 그즈음에는 정원을 새롭게 꾸미는 계획까지 세울 때가 많아서 새로운 아이디어와 설계가 필요한 이유도 있습니다. 정원과 공원이 500제곱킬로미터에 달하는 규모라서 재편성하는 데 몇 년이 걸리는데 그 모든 걸 제가 감독해야 합니다. 제발, 총리 각하."

그루버가 사정하는 어투로 덧붙였다.

"총리 각하처럼 지혜로운 분이라면 은혜로운 황제 폐하의 마음을 바꿀 만한 좋은 방법을 충분히 찾아낼 수 있을 겁니다."

하지만 셀던은 그 말에 관심을 기울이지 않았다. 이맛살을 찡그리며 잔뜩 집중한 표정으로 이렇게 물을 뿐이었다.

"그럼 새 정원사는 어디서 오는 거요?"

"전 행성에서 선발 시험을 개최합니다, 여기에 올 기회만 기다리는 사람이 많으니까요. 수백 군데에서 열 명 단위로 오게 됩니다. 그것만 해도 최소한 1년은 걸릴 겁니다."

"어디에서 오는 거요? 어디에서?"

"수백만 행성 가운데 일부에서. 다양한 원예 기술이 필요하니까요. 제국 시민은 누구나 도전할 자격이 있습니다."

"그럼 트랜터에서도 오는 거요?"

셀던의 질문에 그루버가 깔보는 어투로 대답했다.

"아니요, 트랜터는 아닙니다. 트랜터에는 정원이 없어요. 트랜터에서는 정원사를 구할 수 없어요. 식물은 화분에 담아서 기르고 동물은 우리에 가둬 놓으니까요. 트랜터 사람은 불쌍하게도 광활한 자연과 공기, 자연수, 자연의 흐름 같은 걸 전혀 몰라요."

"좋소, 그루버. 내가 당신에게 할 일을 알려 주겠소. 앞으로 몇 주 동안 새로 도착할 정원사의 이름을 나한테 모두 보고하시오. 그들에 대한 모든 걸. 이름. 행성. 주민번호. 교육 수준. 경력. 모든 걸. 그 모든 내용이 내 책상으로 최대한 빨리 올라오게 하시오. 내가 그 일을 도와줄 사람을 파견하겠소. 기계를 다룰 줄 아는 사람. 그대는 어떤 컴퓨터를 사용하시오?"

"동식물의 다양한 종자를 파악하는 데 필요한 단순한 컴퓨터를 씁니다."

"좋소. 내가 파견할 사람들은 그대가 할 수 없는 일을 할 수 있을 것이오. 아주 중요한 일이니 명심하시오."

"제가 그 일을 해낸다면……"

"그루버, 지금은 타협을 할 시기가 아니오. 제대로 못하면 대표 정원사에서 해고되는 건 물론 연금까지 박탈될 것이오."

셀던은 이렇게 말하고 통신선에다 다시 소리쳤다.

"오후 약속을 모두 취소하도록."

그런 다음에 의자에다 등을 기댔다. 50년이란 세월이 한순간에 밀려드는 느낌이었다. 머리가 지끈거렸다. 1년이 지나고 10년이 지나는 동안 황궁 주변의 경호는 끊임없이 강화되었다. 매년 새로운 장비가 추가하면서 물샐틈없이 두텁게 경비했다.

그런데 가끔씩 이방인 무리가 황궁으로 밀려든다. 특별한 질문 없이 딱 하나, "정원 일을 할 수 있느냐?"는 여부만 묻고서. 어이가 없을 정도로 거대한 빈틈이 상존하고 있는 셈이었다.

바로 눈앞에 닥쳐서 간신히 그 사실을 파악한 것이었다. 그런데 정말 그럴까? 혹시 지금도 너무 늦은 건 아닐까?

21

글렙 앤도린은 반쯤 감은 눈으로 나마티를 쳐다보았다. 그는 나마티가 마음에 든 적이 한 번도 없었다. 하지만 평소보다 유난히 마음에 안 들 때가 있는데, 바로 지금이 그럴 때였다. 와이 최고의 명문 출신인 자신이 이런 천박한 (사이코 정신병자에 가까운) 자와 손잡고 일해야 할 이유가 도대체 뭐란 말인가?

물론 앤도린은 그 이유를 잘 알고 있었다. 그래서 현재의 조직까지 만들어 내기 위해 지난 10년 동안 고생한 과정을 또 다시 쭉 늘어놓는 나마티의 이야기를 꾹 참으며 들어야 했다. 저자가 다른 사람한테도 저런 말을 하고 또 할까? 아니면 황제로 선택된 앤도린 자신한테만 그런 말을 할까?

기계적으로 흘러나오는 이상한 노랫가락처럼 끊임없이 늘어놓는 나마티의 얼굴이 사악하게 반짝이는 것 같았다.

"1년, 또 1년, 나는 조직을 건설하기 위해 쉬지 않고 노력했어, 희망도 없고 성과도 없을 때조차, 정부의 자신감을 조금씩 갉아먹으면서, 대중의 불평불만을 끊임없이 만들어 나가면서. 금융 위기가 몰아치고 연이은 부도가 일어날 때에 나는……."

나마티가 갑자기 말을 멈추며 물었다.

"내가 이 이야기를 너무 많이 해서 지겨운 건 아니지?"

앤도린이 입술을 비틀며 마른 미소를 짤막하게 떠올렸다. 자신이 너무나 지겨워한다는 사실을 모를 정도로 나마티는 바보가 아니었다. 하지만 어쩔 수가 없었다. 그래서 이렇게 대답했다.

"자네가 나한테 그 이야기를 참 많이 한 건 사실이야."

하지만 나마티가 덧붙인 질문은 공중만 맴돌게 할 뿐 대답하지 않았다. 부정적인 대답이 너무나 분명한 상황에서 굳이 입 밖으로 뱉어 낼 필요는 없었다.

나마티는 엷은 얼굴을 살짝 빨갛게 물들이며 이렇게 말했다.

"내 손에 적절한 도구가 없으면 조직을 건설하고 정부를 조금씩 갉아먹는 그런 작업만 계속하다가 끝날 수도 있었어. 그런데 내가 특별히 애쓰지도 않았는데 그 도구가 저절로 나를 찾아온 거야."

"그래, 신이 자네한테 플랜쳇을 선물했지."

앤도린이 애매한 어투로 대답했다.

"그 말이 맞아. 이제 조금만 기다리면 정원사 그룹이 황궁에 들어가게 되겠지."

나마티가 그 사실을 깊이 음미하다가 다시 입을 열었다.

"남자와 여자. 우리 활동가 몇 명이 몰래 숨어들기에 적절한 규모. 그 가운데에 자네가 끼는 거야. 그리고 플랜쳇도. 자네랑 플랜쳇이 독특한 점은 몸에 우주총을 한 자루씩 지니고 들어간다는 사실이 되겠지."

"하지만 정문에서 다양한 검문검색을 받을 거야. 불법적으로 우주총을 지닌 채 황궁에 들어간다면······"

앤도린이 뿌리 깊은 악의를 숨긴 채 점잖은 표정으로 말하자, 나마티가 도중에 가로챘다. 그 속에 숨어 있는 악의는 눈치를 못 챈 게 분명했다.

"그런 일은 없어. 아무도 검문검색하지 않을 거야. 충분한 조치를 취해 놓았어. 도중에 황궁 관리가 자네들을 맞이할 테니까. 평상시에는 누가 그런 임무를 담당하는지 모르겠어. 내가 아는 건 풀과 잎사귀를 책임지는 3급 시종이리는 게 전부야. 하지만 이번에는 셀던 자신이 그렇게 할 거야. 그 위대한 수학자가 정원으로 헐레벌떡 뛰어나와서 새 정원사 그룹을 맞이할 수밖에 없을 테니까."

"확신할 수 있어?"

"당연히 확신할 수 있지. 그럴 수밖에 없도록 만들었거든. 자신의 양자가 새 정원사 명단에 포함되어 있다는 사실을 마지막 순간에 깨달을 터이니 셸던이 밖으로 뛰쳐나오지 않을 수 없을 거야. 그래서 셸던이 나타나는 순간에 플랜쳇이 우주총을 치켜들고, 우리 조직원들은 '반역이다!'라고 소리칠 거야. 그와 동시에 혼란이 일면서 우왕좌왕하는 가운데에서 플랜쳇은 셸던을 죽이고 자네는 플랜쳇을 죽이는 거야. 그런 다음에 우주총을 내버리고 현장에서 벗어나는 거야. 자네가 피신하도록 도와줄 사람이 있어. 다 준비해 놓았어."

"플랜쳇을 꼭 죽여야 하는가?"

앤도린의 질문에 나마티가 눈살을 찡그렸다.

"왜? 한 명 더 죽이는 건 안 되는 거야? 자네는 플랜쳇이 정신을 차린 다음에 우리에 대한 모든 내용을 정보국에 털어놓기를 바라나? 게다가 이번 사건은 부자간의 갈등처럼 보여야 해. 플랜쳇이 사실은 레이치 셸던이란 엄연한 사실을 잊지 말라고. 두 부자가 서로한테 동시에 총을 발사한 것처럼 보여야 해. 아니면 아들이 어떤 위험한 행동을 보일 경우에 즉시 발포해서 죽이라는 명령을 셸던이 내린 것처럼 보이는 것도 좋고. 모든 언론이 부자간의 갈등이 빚은 비극적인 살인이란 각도에서 바라보도록 만들어야 하는 거야. 잔인한 매노웰 황제 당시의 참혹한 기억이 떠오르도록 만들어야 한다고. 그러면 너무나 사악하고 잔인한 행위에 트랜터 주민 전체가 들고 일어날 거야. 그 모든 무능한 작태와 기간 시설 고장이 켜켜이 쌓여 온갖 고생을 겪어 오던 차에 그런 일까지 일어나면 새로운 정부에 대한 요구가 빗발치게 일어날 거야. 그러면 누구도 그런 요구를 거부할 수 없게 되겠지. 황제는 특히 더할 거고. 바로 그 순간에 우리가 등장하는 거야."

"그렇게 간단하게?"

"아니야, 간단하지 않아. 나는 꿈나라에서 사는 게 아니야. 처음에는 임시 정부가 들어설 가능성이 많아. 하지만 금방 실패하겠지. 우리가 그렇게 만들 테니까. 그런 다음에 우리가 대중 앞에 등장해서 트랜터 주민 모두가 결코 잊지 않고 있는 조라넘주의를 부활시키는 거야. 그러다 보면 얼마 안 가서 내가 총리에 임명되겠지."

"그러면 나는?"

"결국에 황제가 되는 거고."

"모든 계획이 완벽하게 맞아떨어질 가능성은 아주 적어. 이런 조치를 취해 놓았다가 저런 조치를 취해 놓았다가 또 다른 조치를 취해 놓아야지. 그 모든 조치가 톱니처럼 완벽하게 맞물리며 돌아가지 않으면 실패할 거야. 그런데 문제는 어느 부분에서 누군가는 실수를 할 수밖에 없다는 사실이야. 그런 위험은 감당할 수 없어."

"감당할 수 없어? 누가? 자네가?"

"당연하지. 자네는 내가 플랜쳇이 자기 아버지를 확실히 죽이도록 만들고, 그러고 나서 플랜쳇까지 죽이기를 기대하겠지. 그런데 하필이면 왜 나지? 나보다 비중이 적은 자를 골라서 그런 위험을 짊어지게 할 순 없는 건가?"

"없는 건 아니야. 하지만 다른 사람은 실패할 가능성이 아주 높아. 자네가 아니면 마지막 순간까지 침착하게 일을 마무리할 사람이 어디에 있겠나?"

"위험이 너무 커."

"하지만 그만한 가치가 있는 일 아닌가? 자네가 노리는 건 황제 자리이니 말이야."

"그럼 자네는 어떤 위험을 감수하는 거지, 대장? 여기에 편하게 앉아서 좋은 소식이 들려오기만 기다리겠다는 건가?"

나마티가 입술을 비틀었다.

"멍청한 소리 그만해, 앤도린! 그래서 황제 노릇이나 제대로 하겠어? 지금 자네는 내가 여기에 있기 때문에 아무런 위험도 없다고 생각하는 거야? 작전이 실패하거나 음모가 드러나거나 조직원이 한 명이라도 잡히면 그들이 아무것도 불지 않을 것 같아? 만일 자네가 잡히면 나에 대한 모든 걸 털어놓지 않도록 제국 경비대가 가만둘 것 같아?

암살 시도가 실패할 경우에 그들이 트랜터 전역을 샅샅이 뒤져서 나를 찾아내지 못할 것 같아? 결국엔 그들이 어떤 식으로든 나를 찾아내지 않겠어? 그래서 내가 잡히면 그들이 나를 어떻게 할 거라고 생각하나? 위험? 나는 그 누구보다 많은 위험을 감수하고 있어, 여기에 가만히 앉아서 말이야. 좋아. 단도직입적으로 물어보지, 앤도린. 자네는 황제가 되고 싶은 건가 아닌 건가?"

앤도린은 나지막한 목소리로 대답했다.

"당연히 되고 싶지."

이걸로 모든 게 결정되었다.

22

레이치는 자신이 특별 대우를 받고 있다는 사실을 금방 깨달았다. 미래의 정원사 그룹 전체가 지금 황궁 구역의 한 호텔에 묵고 있었다. 물론 일급 호텔은 아니었다.

50군데의 행성에서 온 다양한 정원사들이 우글거렸지만 레이치는 그들하고 말할 기회가 없었다. 앤도린이 신경을 곤두세운 채 레이치가 다른 사람이랑 어울리지 못하도록 했기 때문이다.

레이치는 그 이유가 궁금했다. 그것 때문에 기운이 하나도 없었다. 와이를 떠난 이후 왠지 계속 기분이 우울하던 참이었다. 생각조차 제대로 못할 정도였다. 그런 기분을 떨쳐 내려고 애썼지만 소용이 없었다.

앤도린 자신도 노동자처럼 보이기 위해 거친 작업복을 입고 있었다. '쇼'를 펼치기 위한 수단의 일환으로 정원사처럼 변장한 게 분명했다.

레이치는 어떤 '쇼'가 펼쳐질지 너무나 궁금했다. 그 '쇼'의 본질을 꿰뚫어 볼 수 없는 자신이 창피했다. 모든 정보가 차단된 상태였다. 통신 수단까지 차단되어서 아버지에게 경고할 기회조차 없었다. 레이치가 알고 있는 건 극도의 보안을 유지하기 위해 이 그룹에 침투한 트랜터 출신 모두에게 똑같이 하고 있다는 사실이 전부였다. 레이치가 추측하기에 이곳에 침투한 트랜터 출신은 남자와 여자로 구성된 열 명 정도인데, 물론 모두가 나마티의 부하였다.

이해가 안 되는 건 앤도린이 레이치 자신에게만 지극한 관심을 기울인다는 사실이었다. 식사 때마다 자신과 단둘이 식사를 하는 등 다른 조직원과 완전히 다른 대우를 하면서 레이치를 독점하고 있었다.

마넬라를 공유했다는 사실 때문에 이러는 걸까? 레이치는 와이 구역의 관습에 대해 모르는 게 많았다. 하지만 행여나 그곳에 일처다부제가 존재하는 건 아닌가 하는 생각이 들 정도였다. 혹시 두 남자가 한 여자를 공유하면 서로 형제처럼 되는 건가? 특별한 유대감이라도 생기는 건가?

레이치는 그런 말을 들은 적이 한 번도 없었다. 하지만 자신이 은하계 전체는커녕 트랜터 내부 사회의 미묘한 풍습조차 모두 파악한 건 아니란 사실을 충분히 알고 있었다.

하지만 그 생각을 하다 보니 마넬라에 대한 기억이 떠올라 한동안 그 생각에 몰두했다. 마넬라가 너무나 보고 싶었다. 그래서 우울한 느낌이 드는 것 같다는 생각이 들 정도였다. 하지만 앤도린과 점심 식사를 거의 마치고 있는 지금 이 시점에서 느끼는 건 사실 우울증이 아니라 좌절감에 가까웠다. 이런 느낌까지 일어나는 이유를 도무지 이해할 수가 없었다.

마넬라!

마넬라도 황궁 구역에 오고 싶다고, 아마 앤도린을 설득할 수 있을 거라고 말한 적이 있었다. 절박한 마음에 레이치는 멍청한 질문을 던지고 말았다.

"앤도린 선생님, 혹시 마넬라를 데려오셨는지 궁금합니다. 여기 황궁 구역에."

앤도린이 깜짝 놀란 표정으로 쳐다보았다. 그러더니 잔잔하게 웃으며 대답했다.

"마넬라? 그 여자가 정원 일을 할 수 있다고 생각해? 아니면 그런 척이라도 할 수 있다고? 아니야, 아니야. 마넬라는 우리가 조용한 순간을 지내는 데 필요한 여자 가운데 하나일 뿐이야. 다른 기능은 전혀 없어. 그건 왜 묻나, 플랜쳇?"

레이치는 어깨를 으쓱했다.

"모르겠어요. 왠지 이곳 주변이 우울하게 느껴져서요. 그래서 행여나……"

레이치가 말끝을 흐렸다.

앤도린이 그런 레이치를 가만히 바라보더니 마침내 입을 열었다.

"행여나 여자를 골라 가며 사귀어야 한다고 생각하는 건 아니겠지? 자네한테 분명히 말하는데 마넬라는 남자를 골라 가며 사귀어야 한다고 생각하는 여자가 아니야. 이번 일이 끝나면 다른 여자들이 나타날 거야. 세상에 여자는 널려 있으니까."

"이번 일은 언제 끝나나요?"

"금방. 자네가 아주 중요한 역할을 담당하게 될 거야."

앤도린이 대답하며 눈을 가늘게 뜨고 레이치를 살폈다.

레이치가 다시 물었다.

"얼마나 중요한 역할인가요? 제가 정원사 이외의 역할도 하게 되는 건가요?"

공허한 목소리였다. 하지만 레이치는 자기 목소리에 활력을 불어넣을 수가 없었다.

"당연히 그 이상의 역할을 하게 되겠지, 플랜쳇. 우주총을 몸에 지니고 들어갈 테니까 말이야."

"뭐를 지니고 들어간다고요?"

"우주총."

"저는 우주총을 만져 본 적이 없어요. 지금까지 단 한 번도."

"어려울 거 없어. 그걸 들어서 겨냥하고 방아쇠를 당기면 상대가 죽는 거야."

"저는 누구도 죽일 수 없어요."

"나는 자네가 우리랑 똑같다고 생각했는데. 명분을 위해 무슨 일이라도 할 거라고."

"사람을 죽인다는 의미는 아니었어요."

레이치는 머릿속 생각을 정리할 수가 없었다. 자신이 왜 사람을 죽여야 한단 말인가? 저들이 도대체 무슨 생각을 품고 있단 말인가? 살인 사건이 일어나기 전에 어떻게 해야 제국 경비대에게 그 사실을 알릴 수 있단 말인가?

앤도린의 얼굴이 갑자기 딱딱하게 굳었다. 다정한 관심이 단호한 결심으로 돌변한 것이다. 그리고 말했다.

"죽여야 해."

레이치는 젖 먹던 힘까지 끌어올리며 반발했다.

"싫어요. 저는 아무도 죽이지 않아요. 그런 말은 더 이상 마세요."

"플랜쳇, 자네는 우리가 시키는 대로 할 거야."

"살인은 아니에요."

"살인까지도."

"제가 그러도록 어떻게 만들 건데요?"

"간단하게 지시하는 방법으로."

레이치는 현기증이 일어났다. 앤도린이 저렇게 자신만만한 이유가 뭘까?

레이치는 머리를 흔들었다.

"불가능해요."

"우리는 지금까지 자네한테 음식을 먹여 왔어, 플랜쳇. 와이를 떠난 이후 계속해서. 매번 나랑 식사하도록 만들었지. 자네 식단을 철저하게 꾸며서. 지금 막 먹은 음식은 더더욱."

레이치는 갑작스러운 공포를 느꼈다. 무슨 말인지 알 것 같았다.

"좌절제!"

"맞아. 정말 똑똑하군, 플랜쳇!"

"그건 불법이에요."

"당연하지. 살인도 그렇고."

레이치는 좌절제를 잘 알고 있었다. 무해한 진정제를 화학적으로 개

량한 약품이었다. 하지만 이 약품은 진정 효과 대신 좌절감을 일으켰다. 사람의 정신을 통제할 수 있기 때문에 불법이지만 제국 경비대도 그걸 사용한다는 소문이 나돌 정도였다.

앤도린은 지금 레이치가 무슨 생각을 하는지 뻔히 안다는 어투로 말했다.

"그걸 좌절제라고 부르는 이유는 사람을 '무기력'하게 만들기 때문이야. 아마 지금 자네도 무기력감을 느낄 거야."

"전혀."

레이치가 속삭였다.

"정신력이 대단하군. 하지만 화학 반응이랑 맞서 싸울 순 없어. 무기력감이 심해지면 약물 효과도 늘어나지."

"그럴 순 없어요."

"생각해 보게, 플랜칫. 나마티는 자네를 한눈에 알아보았어, 콧수염까지 깎은 자네를. 그는 자네가 레이치 셀던이란 사실을 알아보고 내 지시에 따라 자네 손으로 아버지를 죽이도록 하자고 결정했어."

레이치가 중얼거렸다.

"그 전에 내가 당신을 죽일 겁니다."

레이치는 의자에서 벌떡 일어났다. 그 정도는 문제가 없었다. 앤도린은 키가 크지만 체격이 홀쭉하고 근력이 떨어졌다. 한 팔로 간단히 처치할 수 있었다. 하지만 몸이 흔들렸다. 머리를 흔들었지만 또렷하지 않았다.

앤도린도 일어나서 뒤로 물러나더니, 왼팔 소매에 넣고 있던 오른손을 꺼냈다. 그 손에는 무기가 들려 있었다. 그리고 유쾌한 어투로 말했다.

"미리 준비했지. 자네가 헬리콘 체술에 정통해서 맨손으로 상대할 수 없다는 정보를 들었거든."

앤도린이 무기를 내려다보며 계속 말했다.

"이것은 우주총이 아니야. 자네가 임무를 마치기 전에 자네를 죽이면 안 되거든. 이건 신경채찍이야. 훨씬 효과적인 무기. 내가 이걸로 자네 왼쪽 어깨를 때리면 아무리 위대한 금욕주의자도 견딜 수 없는 고통이 몰려들겠지."

앞으로 천천히 무섭게 나아가던 레이치가 갑자기 얼어붙었다. 열두 살 때에 신경채찍의 맛을 살짝 맛본 적이 있었다. 하지만 그 고통은 아무리 오래 살아도, 아무리 다양한 사건을 겪어도 평생 잊을 수 없을 터였다.

앤도린이 계속 말했다.

"그게 전부가 아니야. 내가 온 힘을 다할 테니 말이야. 그러면 자네 어깨에서 신경이 끓어오르며 견딜 수 없는 고통을 발산하다가 완전히 마비되고 말 거야. 병신이 되는 거지. 왼팔을 두 번 다시 못 쓰는 병신. 오른팔은 총을 들어야 하니까 그대로 두지. 어때, 이제 현실을 받아들이고 의자에 앉아서 두 팔을 얌전히 내려놓겠나? 물론 먹던 음식은 계속 먹어야 하겠지. 그래야 좌절제 투입량이 늘어나서 더욱 참담한 심정에 빠져들 테니까."

레이치는 약물로 인한 좌절감이 온몸으로 퍼져 나가는 걸, 그러면서 약물 효과가 훨씬 심해지는 걸 느꼈다. 눈앞이 흐릿하고 머릿속이 하얗게 변해서 대답할 말도 떠오르지 않았다.

레이치의 머릿속에 떠오르는 건 자신이 앤도린이 시키는 대로 할 수밖에 없게 될 거라는 사실 하나였다. 도박판에 뛰어들어서 참담한 패배를 겪은 것이다.

23

"안 돼! 당신까지 나오는 건 바람직하지 않소, 도스."
해리 셀던이 소리쳤다.
도스도 셀던만큼이나 단호한 표정으로 쳐다보며 반발했다.
"그렇다면 나도 당신을 보내 줄 수 없어요, 해리."
"나는 그 자리에 나가야 하오."
"그건 당신 일이 아니에요. 새로 들어오는 정원사를 맞이하는 건 일급 정원사가 할 일이에요."
"그건 맞소. 하지만 그루버가 심한 좌절감 때문에 그럴 수가 없소."
"옆에서 도와줄 사람도 많잖아요. 아니면 현재의 대표 정원사가 그 일을 맡을 수도 있고요. 연말까지는 그 자리를 유지할 거니까."
"그 사람은 나이가 많아서 중병에 걸렸소. 게다가……."
셀던이 잠시 망설이다가 다시 말했다.
"새로 들어오는 정원사 가운데에 가짜가 있소. 트랜터 출신 말이오. 모종의 임무를 띠고 여기에 온 것이오. 나는 그 명단 전체를 손에 넣었소."
"그럼 그들을 체포하라고 지시하세요. 한 명도 빠뜨리지 말고. 간단하잖아요. 그걸 굳이 복잡하게 만들 이유가 뭐예요?"
"그들이 여기에 온 이유를 모르기 때문이오. 무슨 음모가 있소. 정원사 열두 명이 무슨 일을 할 수 있을지 모르지만…… 아니, 이런 식으로 말하는 게 좋겠군. 그들이 할 수 있는 일은 열 개 정도가 있소. 하지만 그들이 그중에서 어떤 일을 할 계획인지를 모르겠소. 물론 우리는 그들을 모두 체포할 것이오. 하지만 그러기 전에 확인할 사항이 있소. 음모에 가담한 세력 전체를 제일 꼭대기부터 바닥까지 모두 끌어낼 정보가 필요하오. 범죄 행위를 입증할 증거가 필요하오. 남녀 열두 명을 경범죄로 처벌하고 싶진 않소. 아마 일자리가 필요해서 그랬다고 모두가 필사적으로 사정할 것이오. 트랜터 출신만 배제하는 건 옳지 않다고 청원할 것이오. 그러면 사방에서 동정심이 일어나고 우리만 멍청하게 군 걸로 끝나고 말 것이오. 우리는 그들이 그 이상의 범죄를 저지를 기회를 주어야 하오. 게다가……"

오랜 침묵이 흐르자 도스가 화난 어조로 물었다.

"게다가 또 뭐요?"

셀던이 나지막한 목소리로 대답했다.

"열두 명 가운데에 레이치가 끼어 있소, 플랜챗이란 가명으로."

"뭐라고요?"

"왜 그렇게 놀라시오? 나는 그 애를 와이에 보내서 조라넘주의 조직에 침투하라고 시켰고 그 애는 어떤 식으로든 침투에 성공했소. 나는 그 애를 믿고 있소. 그 애가 여기에 왔으니, 그 목적을 알 것이고 따라서 그 계획을 무산시킬 방법도 알고 있을 것이오. 하지만 나도 그 자리에 참석하고 싶소. 그 애를 보고 싶소. 가능하다면 그 자리에서 그 아이를 도와주고 싶소."

"그 애를 도와주고 싶다면 황궁 경비대 50명을 동원해서 새로운 정원사를 일대일로 감시하세요."

"안 되오. 그러면 우리 계획이 무산될 것이오. 제국 경비대가 개입하면 아무런 증거도 확보할 수 없을 것이오. 문제의 신임 정원사들은 음모 같은 건 없다고 주장할 게 분명하오. 하지만 그 의도가 확실히 드러난 다음에 체포하면 증거를 확보할 수 있소."

"너무 위험해요. 레이치도 위험하고요."

"위험은 우리가 감수할 수밖에 없는 것이오. 이번 일은 개인의 목숨보다 중요하오."

"너무 냉정하게 말하는군요."

"나한테는 감정이 없다고 생각하시오? 내 심장이 무너지는 일이 있더라도 내 관심사는 역사……"

"그만해요."

도스가 고통스러운 표정으로 고개를 돌렸다.

하지만 셀던은 계속 말했다.

"나도 이해하오. 하지만 당신은 오지 말아야 하오. 당신이 그 자리에 참석하는 건 적절하지 않소. 우리가 너무 많은 걸 알고 있다는 의심을 주면 음모자들이 계획을 취소할 수도 있소."

셀던이 잠시 입을 다물더니 부드럽게 말했다.

"도스, 당신은 나를 보호하는 게 당신 역할이라고 말하고 있소, 레이치를 지키는 건 그다음 문제고. 그건 당신도 알고 있소. 이 사실을 강조하고 싶진 않지만 나를 보호한다는 건 심리역사학 그리고 인류 전체를 보호한다는 뜻이오. 그걸 명심해야 하오. 내가 파악한 심리역사학에 의하면 나는 어떤 대가를 치르더라도 제국의 중심부를 지켜 내야 하오. 지금 내가 하려는 게 바로 그것이오……. 이해하겠소?"

"이해해요."

도스가 대답했다. 그리고 돌아섰다.

셀던은 이런 생각이 들었다.

'내 판단이 옳기를 바랄 뿐이야.'

그 판단이 틀리면 도스는 셀던을 결코 용서하지 않을 터였다. 아니, 셀던 자신이 용서할 수 없을 터였다……. 심리역사학이든 뭐든.

24

 모두가 두 발을 벌리고 두 손을 등 뒤로 돌린 채 나란히 줄 서 있었다. 하나같이 커다란 주머니에 헐렁해 보이는 산뜻한 녹색 유니폼 차림이었다. 성별 차이가 거의 없어서 작은 키를 보고 여자인 것 같다고 추측하는 정도였다. 두건이 머리털을 모두 덮었지만 어차피 정원사는 남녀 구분 없이 모두 짧게 깎아야 했으며 수염은 기를 수 없었다.
 그 이유가 뭐냐고 물으면 대답할 말이 없었다. '전통'이라는 말 한 마디로 모든 걸 덮을 뿐이었다. 하기야 전통으로 덮을 수 있는 건 아주 많은데 개중에는 좋은 것도 있고 나쁜 것도 있을 터였다.
 그들 앞에 나선 멘델 그루버의 양옆에는 조수가 붙어 있었다. 하지만 그루버의 몸은 덜덜 떨렸으며 커다란 두 눈은 흐리멍덩했다.
 셀던은 입술을 꽉 깨물었다. 그루버가 '황제 폐하의 정원사가 된 걸 축하한다'는 말 한 마디만 할 수 있으면 그걸로 충분했다. 그다음부터는 셀던이 나설 터였다.
 셀던은 앞에 쭉 늘어선 신임 정원사들을 훑어보다가 레이치를 발견했다.
 셀던은 심장이 쿵쾅거렸다. 제일 앞에 콧수염 없는 레이치가 다른 사람보다 뻣뻣하게 서서 앞만 쳐다보고 있었다. 두 눈이 꼼짝도 하지 않았다. 셀던과 시선을 마주치지도 않았다. 미세하게 알아보는 흔적조차 없었다.
 셀던은 레이치가 잘하고 있다는 생각이 들었다. 그러지 않으면 들킬 염려가 있었다.
 그루버가 조그만 목소리로 환영하는 말을 중얼거린 직후에 셀던이 곧장 뛰어들었다.

그는 편안하게 나아가서 그루버 앞에 서며 이렇게 말했다.

"고맙소, 일급 정원사. 황제 폐하의 정원사가 되기 위해 찾아오신 남성과 여성 여러분, 여러분은 앞으로 중요한 임무를 맡게 됩니다. 여러분은 은하제국의 수도인 거대한 트랜터 행성 전역에서 유일하게 하늘이 열려 있는 이 지역의 건강하고 아름다운 자연을 책임지게 될 것입니다. 트랜터는 광대한 우주가 그대로 펼쳐지는 행성이 아니지만 여러분은 지금 우리가 서 있는 이곳을 조그만 보석처럼 만들어 제국 전체에서 가장 환하게 빛나도록 해야 합니다.

앞으로 멘델 그루버가 대표 정원사에 취임할 터이고 그러면 여러분 모두는 그 밑에서 일하게 될 것입니다. 멘델 그루버는 필요한 경우에 본인에게 보고할 터이고 그러면 본인은 황제 폐하께 보고하게 됩니다. 여러분도 나중에 알겠지만, 이 말은 여러분과 황제 폐하 사이에는 불과 세 단계만 존재하며 따라서 여러분은 황제 폐하의 자비로운 눈길을 항상 받게 될 거란 뜻입니다. 확신하건대 여러분 오른편으로 젖빛 유리 지붕을 얹은 건물, 그러니까 황제 폐하께서 묵으시는 황궁 심장부에서는 지금 이 순간에도 폐하께서 우리를 쳐다보시며 기뻐하시는 중일 겁니다.

물론 여러분은 업무에 투입되기 전에 일정한 훈련을 받으며 정원 상태에 완벽하게 적응하는 과정이 필요합니다. 여러분은······."

조금씩 계속 움직이던 셀던은 이 말을 할 즈음에 레이치 바로 앞까지 왔지만 레이치는 여전히 눈조차 끔뻑이지 않은 채 부동의 자세로 서 있었다.

셀던은 일부러 온화한 표정을 떠올리지 않으려고 하다가 얼굴을 살짝 찡그렸다. 레이치 바로 뒤에 있는 사람이 눈에 익었다. 사전에 홀로 그램을 살피지 않았다면 알아보지 못했을 것 같았다.

'저 사람은 와이의 글렙 앤도린이 아닌가? 지금은 와이에서 레이치를 책임지고 있는? 저자가 여기까지 무슨 일로 왔을까?'

셸던의 갑작스러운 시선을 앤도린이 알아챈 게 분명했다. 앤도린이 입술을 살짝 열고 뭐라고 중얼거리는 순간 레이치가 등 뒤에서 오른팔을 앞으로 빼내 녹색 작업복 커다란 주머니에서 우주총을 꺼냈기 때문이다. 게다가 앤도린까지 우주총을 꺼냈다.

셸던은 너무나 놀라서 그 자리에 얼어붙었다. 우주총을 황궁까지 어떻게 들여올 수 있단 말인가? 혼란에 빠진 셸던은 "반역이다!"라는 외침과 동시에 사방에서 떠들썩하게 도망치는 소리조차 거의 들을 수 없었다.

셸던의 마음속을 지배하는 건 레이치가 우주총을 자신한테 겨눈 채 사람을 못 알아보는 눈빛으로 쳐다보고 있다는 사실이었다. 아들이 자신한테 총을 쏠 거라는, 이제 자신은 죽은 목숨이라는 깨달음과 동시에 공포가 밀려들었다.

25

우주총은 그 명칭에도 불구하고 총알을 발사하지 않았다. 하얀 연기를 내며 속에서 터지더니, 어찌 된 영문인지 망가지고 말았다. '우주총' 같은 물질에서 나온 건 조그만 한숨 소리가 전부였다.

셸던은 그런 소리가 들릴 거란 예상을 전혀 하지 못했다. 그가 예상한 건 죽음이었다. 그래서 김빠지는 소리가 조그맣지만 또렷하게 일어나는 순간에 깜짝 놀라서 입을 쩌억 벌린 채 자신을 살펴보았다.

'내가 살아 있어?'

레이치는 그 자리에 그대로 서서 우주총을 앞으로 겨냥한 채 흐리멍덩한 눈으로 쳐다보고 있었다. 조금도 움직이지 않았다, 몸속의 기운이 완전히 사라진 것처럼.

그 뒤에는 쭈글쭈글 오므라든 앤도린의 시신이 피 웅덩이 속에 쓰러져 있었고 그 옆에는 손에 우주총을 움켜쥔 정원사가 있었다. 두건을 뒤로 넘긴 걸 보면 정원사는 이제 막 머리를 깎은 여자가 분명했다.

여자가 셀던을 쳐다보며 이렇게 말했다.

"총리 각하, 아드님께서는 저를 마넬라라고 알고 있습니다. 저는 정보국 요원입니다. 필요하다면 제 신분 번호를 알려 드리겠습니다."

"필요 없소. 내 아들! 내 아들은 어떻게 된 것이오?"

셀던이 힘없이 물었다. 어느새 황궁 경비대가 현장을 에워싸고 있었다.

"좌절제를 먹은 것 같습니다. 시간이 지나면 효과가 사라질 겁니다."

마넬라가 대답하더니, 앞으로 다가가서 레이치의 손에 들려 있는 우주총을 빼앗으며 덧붙였다.

"신속하게 움직이지 않아서 죄송합니다. 공공연한 움직임이 나타날 때까지 기다려야 했습니다. 하지만 너무 갑작스러워서 하마터면 실수할 뻔했습니다."

"나도 마찬가지였소. 레이치를 황궁 병원에 데려가야 하오."

혼란스러운 소리가 갑자기 황궁 심장부에서 흘러나왔다. 셀던은 황제가 실제로 이곳을 지켜보다가 분노를 터트린 게 분명하다고 생각했다. 그래서 이렇게 말했다.

"내 아들을 책임지시오, 마넬라. 나는 황제 폐하를 뵈러 가야 하겠소."
셀던은 혼란에 빠진 황궁 정원을 품위 없이 달려서 특별한 절차도 거치지 않고 황궁 심장부로 돌진해 들어갔다. 그런 일로 클레온이 화를 내는 경우는 거의 없었다.

그런데 그곳에서, 소스라치게 놀란 신하들이 망연자실한 표정으로 쳐다보는 앞에, 반원형 계단 위에 알아볼 수 없을 정도로 뭉개진 클레온 1세 황제의 시신이 있었다. 황제의 화려한 의상은 완전히 산산조각이 난 상태였다. 주변을 에워싼 공포에 질린 얼굴을 멍청하게 둘러보며 한쪽 벽에 웅크리고 있는 사람은 멘델 그루버였다.

셀던은 더 이상 기다릴 수 없었다. 그래서 그루버의 발밑에 누워 있는 우주총을 집어 들었다. 앤도린이 들고 있던 우주총이 분명했다. 셀던이 부드럽게 물었다.

"그루버, 도대체 무슨 짓을 저지른 거요?"

그루버가 물끄러미 쳐다보다가 떠듬거리며 대답했다.

"모두가 비명을 질러 댔어요. 저는 아무도 모를 거라고 생각했어요. 다른 자가 황제를 암살했다고 사람들이 생각할 것 같았어요. 하지만 도망칠 수가 없었어요."

"도대체 왜, 그루버?"

"대표 정원사가 되는 걸 피하고 싶었어요."

그루버가 대답하고 그대로 기절했다.

셀던은 충격에 싸인 눈으로 바닥에 쓰러진 그루버를 멀뚱멀뚱 쳐다보았다.

모든 문제가 정말 아슬아슬하게 풀렸다. 셀던 자신은 살고 레이치도 살고 앤도린은 죽었으며, 조라넘주의의 음모는 끝까지 파헤쳐서 마지막 한 사람까지 잡아낼 터였다.
제국의 중심부는 심리역사학이 제시한 대로 그대로 유지될 수 있었다.
그런데 누구도 예측할 수 없는 너무나 사소한 이유 때문에 엉뚱한 사람이 나타나서 황제를 죽이고 말았다.
셀던은 깊은 좌절에 빠져들었다. 이제 어떻게 해야 한단 말인가? 앞으로 어떤 일이 일어날까?

제3부

도스 베나빌리

도스 베나빌리

……해리 셸던의 생애는 미확인 사실과 전설로 뒤덮여 있기 때문에 완벽한 사실에 근거한 생애사를 파악할 가능성은 거의 없다. 그중에서도 가장 파악하기 어려운 사실은 해리 셸던의 배우자 도스 베나빌리에 관한 부분이다. 실제로 도스 베나빌리에 대한 정보 자체가 거의 없다. 시너 행성에서 태어났으며 얼마 후에 스트릴링 대학교에 와서 역사학과 교수가 되었고 또 얼마 후에는 셸던을 만나 28년 동안 부부 생활을 했다는 사실 정도이다. 이 밖에는 모든 내용이 셸던의 생애 이상으로 전설 속에 묻혀 있다. 놀라운 체력과 운동 신경에 대한 믿을 수 없는 이야기가 있는데, 그것 때문에 '여자 호랑이'라는 별명이 암암리에 소문을 타고 널리 퍼졌다고 한다. 하지만 도스 베나빌리의 등장 이상으로 알려지지 않은 건 그녀가 퇴장한 과정이다. 도스 베나빌리에 대한 이야기가 소리 소문 없이 한순간에 완전히 끊겼기 때문이다.
도스 베나빌리가 역사학자로 활동했다는 근거는 그녀가 연구한……

—『은하대백과사전』

1

은하 표준 시간대로 볼 때에 완다는 여덟 살을 앞두고 있었다. 완다는 진지한 태도에 곧게 뻗은 연한 갈색 머리칼이 돋보이는 아주 어린 아가씨였다. 두 눈은 파랗지만 계속 짙어지는 걸 보면 나중에 아버지처럼 갈색 눈동자가 될 가능성이 많았다.

완다는 가만히 앉아서 깊은 생각에 잠겼다……. 60.

완다의 머릿속에는 60이라는 숫자가 가득 들어찼다. 할아버지 생일이 다가오고 있는데, 이번이 60번째 생신이었다. 그런데 60은 아주 커다란 숫자였다. 60이란 숫자가 완다를 괴롭히는 이유는 어제 꿈에서 본 내용 때문이었다.

완다는 엄마를 찾으러 안으로 들어갔다. 물어보고 싶었다.

엄마는 쉽게 찾을 수 있었다. 할아버지랑 대화를 나누는 중이었다. 생신 잔치에 대한 이야기가 분명했다. 완다는 잠시 망설였다. 할아버지 앞에서 그런 걸 묻는 건 옳지 않은 것 같았다.

엄마는 완다한테 무슨 문제가 있다는 사실을 한눈에 깨닫는 능력이 있었다. 그래서 이렇게 말했다.

"잠시만요, 아버님. 완다가 뭔가 할 말이 있는 것 같아요. 무슨 일이니, 아가?"

완다는 망설이며 대답했다.

"여기 말고요, 엄마. 비밀 얘기예요."

마넬라가 해리 셀던을 쳐다보며 말했다.

"저걸 보세요. 벌써 사생활을 찾네요. 그래, 완다. 네 방으로 갈까?"

"네, 엄마."

완다가 다행이라는 어투로 대답했다.

두 모녀는 손을 맞잡고 완다의 방으로 들어갔다. 그런 다음에 엄마가 물었다.

"무슨 문제가 있니, 완다?"

"할아버지 때문이에요, 엄마."

"할아버지? 할아버지가 너를 괴롭히는 일은 없을 텐데, 무슨 문제니?"

완다의 두 눈에 갑자기 눈물이 고였다.
"저어, 할아버지가…… 할아버지가 죽게 되나요?"
"할아버지가? 그런 생각을 하는 이유가 뭐니, 완다?"
"할아버지가 60세가 되잖아요. 그건 아주 많은 나이잖아요."
"아니야, 그렇지 않아. 젊은 나이는 아니지만 아주 많은 나이도 아니야. 사람들은 여든 살, 아흔 살, 심지어 백 살까지도 살아. 그리고 너희 할아버지는 체력이 좋고 건강하셔서. 아주 오랫동안 사실 거야."
"확실해요?"
완다가 훌쩍거리며 물었다.
마넬라는 딸의 어깨를 움켜잡고 두 눈을 똑바로 쳐다보며 대답했다.
"사람은 나중에 누구나 죽는 법이야, 완다. 예전에 너한테 설명한 적이 있잖아. 지금도 똑같아. 그날이 아주 가까이 다가오기 전까지는 그런 걱정을 할 필요가 없어."
마넬라는 완다의 눈물을 다정하게 닦아 주며 덧붙였다.
"할아버지는 네가 어른이 되어서 아기를 낳을 때까지 살아 계실 거야. 두고 보면 알아. 그럼 이제 나랑 돌아가자. 그래서 할아버지께 직접 말씀드리는 거야."
완다는 다시 훌쩍거렸다.
셀던은 다시 돌아오는 손녀를 동정 어린 눈으로 바라보며 물었다.
"무슨 일이니, 완다? 그렇게 슬퍼하는 이유가 뭐야?"
완다는 고개를 저었다.
셀던이 며느리 쪽으로 시선을 돌리며 물었다.
"무슨 일이니, 얘야?"
마넬라도 고개를 저으며 대답했다.

"완다가 자기 입으로 직접 말할 거예요."

셀던은 의자에 앉아서 자기 무릎을 톡톡 치며 말했다.

"이리 오렴, 완다. 여기에 앉아서 할아버지한테 말해 보렴."

완다는 그렇게 하고 약간 우물쭈물하다가 입을 열었다.

"무서워요."

셀던이 손녀를 껴안으며 말했다.

"늙은 할아버지 옆에 있으면 아무것도 무섭지 않아."

마넬라가 얼굴을 찡그리며 끼어들었다.

"단어를 잘못 고르셨어요."

셀던이 마넬라를 쳐다보며 물었다.

"할아버지란 말?"

"아니요. 늙은."

그와 동시에 둑이 무너진 것처럼 완다가 눈물을 펑펑 쏟으며 말했다.

"할아버지가 늙었어요."

셀던은 허리를 숙여서 완다한테 얼굴을 숙이며 속삭였다.

"그야 당연하지. 벌써 예순이니까. 나도 마음에 들진 않아, 완다. 그래서 네가 이제 여덟 살을 앞둔 일곱 살이라는 사실이 할아버지는 기뻐."

"머리칼이 하얘요, 할아버지."

"원래 그런 건 아니야. 최근에 갑자기 하얗게 변했어."

"머리칼이 하얗다는 건 죽는다는 뜻이에요, 할아버지."

셀던은 충격을 받은 표정으로 마넬라한테 물었다.

"이게 도대체 무슨 말이냐?"

"저도 몰라요, 아버님. 완다 혼자서 그런 생각을 한 거예요."

"나쁜 꿈을 꿨어요."

완다가 대답했다.

셀던이 목청을 가다듬으며 말했다.

"그래, 누구나 나쁜 꿈을 꿀 때가 있어, 완다. 정말 다행스러운 일이야. 나쁜 꿈은 나쁜 생각을 몰아내서 우리를 좋은 사람으로 만들어 주거든."

"할아버지가 죽는 꿈이었어요, 할아버지."

"그래, 그래. 죽는 꿈도 꿀 수 있어. 하지만 특별한 의미는 없는 거야. 나를 보렴. 생생하게 살아서 명랑하게 웃고 있는 할아버지가 보이지 않니? 내가 죽을 것처럼 보이니? 말해 보렴."

"아, 아니요."

"그럼 됐다. 이제 그런 건 모두 잊어버리고 나가서 재미있게 놀렴. 나는 생일잔치를 열어서 여러 사람과 즐거운 시간을 가지려는 것뿐이니까. 어서, 아가."

완다는 기쁜 마음으로 떠났지만 셀던은 마넬라한테 그냥 있으라는 신호를 보냈다.

2

셀던이 물었다.

"완다가 저런 생각을 하게 된 이유가 무엇인 것 같니?"

"생각해 보세요, 아버님. 완다한테 살바니아산 도마뱀이 있었는데 죽었잖아요, 기억나세요? 그리고 친구 아버지가 사고로 사망했고 홀로비전에서도 죽는 모습이 많이 나와요. 어린애가 죽음에 대한 생각을 안 하도록 보호하는 건 불가능해요. 그리고 저 또한 그런 식으로 완다를 보호할 생각은 없어요. 죽음은 삶의 본질 가운데 하나이니까요. 완다도 그 사실을 깨달을 거예요."

"지금 내가 일반적인 죽음을 말하는 게 아니라 내 죽음을 말하는 거 잖니. 누가 저 애한테 그런 생각을 넣어 주었을까?"

마넬라는 주저했다. 그녀는 셀던을 정말로 좋아했다. 누구나 그러리라. 그런데 그런 말을 어떻게 한단 말인가?

하지만 대답을 안 할 수도 없었다. 그래서 이렇게 말했다.

"아버님 본인이 저 애한테 그런 생각을 넣어 주셨어요."

"내가?"

"물론이죠. 아버님은 몇 개월 전부터 예순이 된다는 말씀을 하시면서 늙는 것에 대해 노골적인 불평을 늘어놓으셨잖아요. 이번에 사람들이 모여서 잔치를 여는 이유도 바로 아버님을 위로하기 위한 거예요."

"예순이 되는 건 재미가 없어. 두고 봐라! 너도 알게 될 테니까."

셀던이 불끈 화내며 말했다.

"그렇겠지요……. 행운이 따른다면. 예순까지 못 사는 사람도 많으니까요. 그럼에도 불구하고 예순이 되는 건 늙는 거라는 말씀만 계속하시면 감수성이 예민한 어린애한테 악몽이 될 수밖에 없어요."

셀던이 한숨을 내쉬었다. 걱정스러운 표정이었다.

"미안하구나. 하지만 쉽지가 않아. 내 손을 보렴. 여기저기에 반점이 생기고 있어. 이제 주름이 생기게 되겠지. 체술 같은 것도 더 이상 할 수가 없어. 어린애가 살짝 밀어도 무릎을 꿇을 판이라고."

"그건 다른 예순 살 노인도 똑같은 거 아닌가요? 하지만 최소한 아버님은 두뇌 기능이 예전처럼 왕성하잖아요. 아버님 입으로 중요한 건 바로 그거라고 얼마나 많이 말씀하셨어요?"

"나도 알아. 하지만 예전의 체력과 강한 몸이 그리워."

마넬라는 원한이 살짝 비추는 어투로 대답했다.

"어머님이 전혀 늙지 않는 것처럼 보이니까 특히 그러실 거예요."

"으음, 그래, 그런 것 같아······."

셸던이 불편한 어투로 말하며 시선을 돌렸다. 그런 얘기는 더 이상 하고 싶지 않은 기색이 또렷했다.

마넬라는 시아버지를 엄숙한 눈으로 쳐다보았다. 문제는 시아버지가 아이에 대해, 나아가 보통의 사람들에 대해 아무것도 모른다는 사실이었다. 구 황제 밑에서 10년이나 총리로 재직했음에도 불구하고 아직까지 일반적인 사람들이란 어떤지에 대해 아는 게 거의 없다는 사실이 신기할 뿐이었다.

물론 해리 셸던은 심리역사학에 완전히 빠져 있었으며, 심리역사학은 1000조에 달하는 인간을 다룰 뿐 궁극적으로 한 사람 한 사람 개인에 대한 건 전혀 다루지 않았다. 게다가 레이치를 열두 살이 된 다음에 비로소 기른 것 외에는 어린애와 전혀 아무런 접촉도 없었던 사람이 어린애의 심리를 어떻게 알 수 있겠는가? 지금은 완다라는 손녀가 있지만 시아버지한테 어린 손녀는 완벽한 미스터리일 가능성이 많았다.

마넬라의 이 모든 생각에는 애정이 가득 담겨 있었다. 마넬라에게는 시아버지가 이해를 못하는 세상에서 시아버지를 완벽하게 지켜 내고 싶은 놀라운 의지가 있었다. 바로 그 해리 셸던을 지키고 싶다는 의지가 시어머니 도스 베나빌리랑 갈등을 빚는 접점이기도 했다.

마넬라는 10년 전에 셸던의 목숨을 구했다. 그런데 이상하게도 도스는 그것을 자신의 특권에 대한 도전으로 받아들이고 마넬라를 결코 용서하지 않았다.

하지만 셀던 역시 나중에 마넬라의 목숨을 구해 주었다. 마넬라는 잠시 두 눈을 감고 당시를 떠올렸다. 마치 지금 눈앞에서 벌어지는 것처럼 생생한 기억이었다.

3

클레온 암살 사건이 일어나고 일주일이(너무나 끔찍했던 일주일이) 지난 다음이었다. 트랜터 전역이 혼란에 빠진 상태였다.

해리 셀던은 총리란 지위를 여전히 유지하고 있었지만 권력을 장악한 건 아니었다. 그런 해리 셀던이 마넬라를 불러서 이렇게 말했다.

"자네가 레이치의 목숨과 내 목숨을 구해 주었어. 정말 고마워. 지금까지 이런 말을 할 기회가 없었군."

그러더니 한숨을 내쉬며 덧붙였다.

"사실 지난 일주일 동안 어떤 일도 할 수가 없었어."

마넬라가 물었다.

"미친 정원사는 어떻게 되었나요?"

"처형! 즉석에서! 재판도 없이! 정신이 이상하다고 지적하며 내가 그 목숨을 구하려고 했지만 그건 알아보지도 않더군. 만일 그자가 다른 행위를 했다면, 다른 범죄를 저질렀다면 정신 이상을 인정받고 목숨은 건졌을 거야. 유죄 판결을 받고 갇힌 상태에서 치료를 받아야 하겠지만 목숨은 건졌겠지. 하지만 황제를 죽인 건······."

셀던이 슬픈 표정으로 고개를 절레절레 흔들었다.

마넬라가 다시 물었다.

"앞으로 어떻게 될 것 같습니까, 총리 각하?"

"내 생각을 알려 주지. 엔툰 황조는 끝났어. 클레온 선황제의 아들은 황위를 승계하지 않을 거야. 그 자리에 오를 생각이 없는 것 같아. 나중에 자신도 암살당할까 두려운 거지. 나는 그것을 조금도 탓하지 않아. 그 사람으로선 외부 행성에 있는 대대로 내려오는 가문의 영지로 은퇴해서 조용히 살아가는 편이 훨씬 좋을 테니까. 황실 가족의 일원이니까 그렇게 해도 된다는 허락을 받을 게 분명해. 하지만 자네와 나는 그런 운이 안 따를 수도 있네."

마넬라는 눈살을 찡그렸다.

"그게 무슨 뜻입니까, 총리 각하?"

셸던은 목청을 가다듬었다.

"자네가 글렙 앤도린을 죽였기 때문에 우주총이 바닥에 떨어진 거고 그래서 멘델 그루버가 그걸로 클레온을 죽일 수 있었다는 주장이 나올 수 있어. 그렇게 되면 자네는 암살 사건에 대해 상당한 책임을 떠안을 수밖에 없을 뿐 아니라 심지어 사전에 그렇게 하기로 모의했다는 혐의까지 받을 수도 있어."

"하지만 그건 말도 안 돼요. 저는 정보국 요원으로 제가 맡은 임무를 다한 겁니다. 명령받은 대로 한 거라고요."

셸던이 슬픈 미소를 띠웠다.

"자네는 이성적으로 주장하지만 한동안 비이성적인 분위기가 모든 걸 지배할 거야. 합법적인 황위 후계자가 현실적으로 존재하지 않는 지금으로선 군부 정권이 들어설 수밖에 없어."

(최근에 심리역사학의 원리를 이해하게 된 마넬라는 행여나 해리 셸던이 심리역사학 기법을 이용해서 그런 방향으로 나아가게 한 건 아닌가 의심스러웠다. 그가 말한 것처럼 실제로 군부 정권이 들어섰기 때문이었다. 하지만 당시의 해

리 셀던은 심리역사학이라는 어설픈 이론에 대해 한 마디도 언급하지 않았다.)

해리 셀던이 계속 말했다.

"만일 군부 정권이 들어선다면 그들은 조금이라도 반대하는 징후를 모조리 억누르기 위해서라도 폭력적이고 잔인한 정책을 펴는 단호한 통치 방식을 선호할 수밖에 없어, 이성과 정의를 부정하는 형식까지 감수하면서. 황제 암살 음모에 가담했다는 혐의로 그들이 자네를 기소한다면, 마넬라, 정의를 지키기 위해서가 아니라 트랜터 시민 전체한테 공포심을 심어 주기 위해서 자네를 처형시킬 거야.

물론 그들은 나 역시 음모에 가담했다고 주장할 수 있어. 새 정원사를 맞이하러 나갈 필요가 없는데도 내가 직접 나갔으니까. 내가 그러지 않았다면, 나를 죽이려는 시도가 없었다면, 그래서 자네가 그자를 죽이지 않았다면, 그랬다면 황제가 죽지 않을 수도 있었으니까……. 모든 게 제대로 맞아떨어지는 것 같지 않나?"

"그들이 그렇게 할 거란 말은 믿을 수가 없습니다."

"어쩌면 그렇게 안 할 수도 있어. 그들이 거부하기 싫은 제안을 내가 할 생각이니까."

"어떤 제안인가요?"

"총리 자리에서 물러나겠다는 제안. 그들은 나를 원치 않아. 나를 배제하길 원할 거야. 하지만 문제는 황궁 전역에 나를 지지하는 사람이 있고, 더욱 중요한 건, 외부 행성 주민들이 나를 괜찮게 여기고 있다는 사실이야. 그 말은 제국 경비대가 나를 처형시키지 않고 그냥 밀어내기만 해도 일정한 부담을 겪을 수밖에 없다는 뜻이지. 하지만 내가 스스로 사임하면서 트랜터와 제국 전체를 위해 군부 정권이 들어서야 한다는 성명을 발표한다면 내가 실제로 그들을 도와주는 셈이 되는 거야.

그렇지 않겠나?"

셀던은 잠시 생각하다가 이렇게 덧붙였다.

"게다가 심리역사학이라는 약간의 문제도 있고."

(마넬라가 그 단어를 들은 건 그때가 처음이었다.)

"그게 뭔가요?"

"내가 연구하는 것이네. 클레온 선황제는 그 효과를 강하게 믿었어……. 당시에는 나보다도 강하게. 황궁에는 심리역사학이라는 강력한 도구가, 당장은 아니더라도 앞으로 그렇게 될 수 있다는, 그래서 어떤 형식의 정부한테든 바람직한 도움을 줄 수 있다는 강력한 분위기가 남아 있어.

설사 그들이 심리역사학에 대한 걸 전혀 모른다 해도 문제될 건 없어. 나로선 그게 오히려 편하니까. 과학적 지식이 없으면 상황을 미신적으로 바라보는 경향이 늘어나는 법이거든. 어떤 경우든 그들은 내가 개인 자격으로 연구를 계속하도록 해 줄 거야. 내가 바라는 건 그거야. 그래서 자네를 부르게 됐네."

"제가 어때서요?"

"자네가 정보국에서 물러나는 걸 허락하는 대신 암살 사건과 관련해서 자네를 어떤 식으로도 처벌하지 않겠다는 조건을 그들한테 제시할 생각이네. 아마 충분히 관철시킬 수 있을 거야."

"하지만 그렇게 되면 제 경력이 사라지는 거잖아요."

"자네 경력은 어떤 식으로든 끝났어. 설사 제국 경비대가 자네를 처형시키지 않는다 해서 자네가 정보국 요원으로 계속 활동할 수 있을 거라고 생각하나?"

"다른 방법이 없잖아요. 그 일이 아니면 제가 무엇으로 밥벌이를 하겠어요?"

"그 문제는 내가 해결해 주겠네, 마넬라. 나는 스트릴링 대학으로 돌아갈 가능성이 많아, 심리역사학 조사에 필요한 상당한 규모의 연구 기금을 받고서. 그러면 자네한테 일자리를 마련해 줄 수 있을 거야."

"저를 도와주시는 이유가……."

마넬라가 눈을 동그랗게 뜨며 묻자 셀던은 이렇게 말했다.

"그런 걸 묻다니 믿을 수가 없군. 자네는 레이치의 목숨과 내 목숨을 구해 주었어. 그러니 내가 자네를 돕는 건 너무나 당연한 거 아닌가?"

이후의 모든 일은 셀던이 말한 것처럼 되었다. 셀던은 10년 동안 재직한 자리에서 우아하게 물러났으며, 이제 막 형성된 군부 정권(제국 경비대를 중심으로 구성된 내각)에서는 셀던의 오랜 공적을 치하하며 아부하는 성명을 발표했다. 그래서 셀던은 스트릴링 대학으로 돌아갔으며 정보국에서 물러난 마넬라는 셀던 및 그 가족과 동행했다.

4

레이치가 두 손에다 입김을 호호 불며 안으로 들어왔다.

"저는 다양한 인공 날씨가 좋아요. 돔으로 둘러쌌다고 해서 날씨가 항상 똑같아야 하는 건 아니니까요. 하지만 오늘은 날씨가 너무 춥고 바람까지 일어요. 날씨 통제국에다 불평하는 사람이 나올 것 같아요."

셀던이 대답했다.

"날씨 통제국이 잘못해서 그런 건 아닐 거야. 모든 분야가 계속 악화되고 있어."

"저도 알아요. 황폐화 말씀이시죠."

레이치가 말하면서 까맣고 무성한 콧수염을 손등으로 쓰다듬었다. 콧수염 없는 서너 달을 와이에서 어떻게 살았는지 궁금할 정도였다. 레이치는 복부 주변에 살이 약간 붙었고 작업복 차림이 아주 편안히 어울렸으며, 중산층처럼 보였다. 심지어 다알 악센트도 거의 들리지 않았다.

레이치가 가벼운 외투를 벗으며 물었다.

"그래, 영감님 생일 준비는 어떤가요?"

"짜증만 나는구나. 두고 봐라, 이 녀석아. 너도 나중에 알게 될 거다. 조금만 지나면 너도 마흔 살 생일을 맞아야 할 테니까. 그러면 네가 얼마나 즐길 수 있을지 보자고."

"예순 살 생일만큼 즐길 수 있기야 하려고요."

"장난 그만 쳐요."

마넬라가 레이치의 두 손을 툭 치며 경고했다.

셀던이 두 손을 벌리며 박자를 맞춰 주었다.

"우리가 잘못하는 거야, 레이치. 우리 며느리 생각에는, 우리가 예순 생일을 둘러싸고 이런 식으로 대화하는 것 때문에 어린 완다가 내가 죽을 거라며 슬퍼하게 되었다는구나."

"정말요? 그렇다면 이해가 되네요. 내가 다가가서 무슨 말을 하기도 전에 완다가 대뜸 나쁜 꿈을 꿨다고 말하더군요. 그게 아버지가 돌아가시는 꿈이었대요?"

"그런 것 같아."

"으음, 그 애도 곧 괜찮아질 거예요. 나쁜 꿈을 꾸는 건 어쩔 수 없죠."

그러자 마넬라가 끼어들었다.

"하지만 나는 그렇게 쉽게 이 일을 없던 일로 칠 수가 없어. 완다는 그 꿈을 곰곰이 생각할 터인데 그건 건강한 일이 못 돼. 내가 그 원인을 찾아보아야겠어."

레이치도 동의했다.

"그렇게 해, 마넬라. 당신은 내가 사랑하는 부인이니 무엇이든 마음 먹은 대로 해. 완다에 대해서."

그리고 콧수염을 다시 쓰다듬었다.

레이치가 사랑하는 부인! 마넬라가 레이치의 사랑하는 부인이 되는 데에는 많은 어려움이 있었다. 어머니인 도스 때문이었다. 악몽에 대한 말이 나와서 말인데, 사실 레이치 자신도 정기적으로 악몽을 꾸고는 했다. 잔뜩 화가 난 어머니와 마주치는 꿈이었다.

5

레이치가 좌절제에 매혹된 상태에서 벗어난 이후에 떠오른 가장 또렷한 기억은 면도를 하고 있다는 느낌이었다.

진동면도기가 뺨에서 움직이는 느낌에 레이치는 힘없는 목소리로 이렇게 말했다.

"윗입술 근처에 난 수염은 깎지 마요. 콧수염을 다시 기를 거니까."

셸던한테 이미 그런 지시를 받은 이발사는 거울을 보여 주어서 레이치를 안심시켰다.

침대 곁에 앉아 있던 도스는 이렇게 말했다.

"계속 면도하게 하렴, 레이치. 괜히 흥분하지 말고."

레이치는 잠시 그쪽을 쳐다보았으나 입을 열진 않았다. 이발사가 떠난 다음에 비로소 도스가 물었다.

"기분이 어떠니, 레이치?"

레이치가 웅얼거리며 대답했다.

"찝찝해 죽겠어요. 너무 우울해서 견딜 수가 없어요."

"그건 몸속에 남은 좌절제 때문이야. 조금만 참으면 깨끗하게 사라질 거야."

"말도 안 돼요. 얼마나 오래 참아야 하나요?"

"걱정하지 마. 시간이 걸릴 거야. 약 성분은 거의 모두 제거했어."

레이치가 불안한 표정으로 주변을 둘러보며 물었다.

"마넬라가 저를 보러 왔었나요?"

"그 여자? 아니. 아직 너는 면회를 받을 수 있는 상태가 아니야."

(이후에도 레이치는 도스가 마넬라를 지칭할 때마다 '그 여자'라고 말하는 소리를 자주 들어야 했다.)

도스는 레이치의 얼굴에 떠오른 표정을 파악하고 재빨리 이렇게 덧붙였다.

"엄마는 예외야, 레이치. 왜 그 여자를 만나고 싶다는 거니? 너는 아직 누구를 만날 수 있는 상태가 아니야."

"그래서 더 만나야 해요. 이런 최악의 모습까지 마넬라한테 보여 주고 싶어요."

레이치가 중얼거리더니, 한쪽으로 힘없이 돌아누우며 덧붙였다.

"자고 싶어요."

도스는 고개를 절레절레 저었다. 그리고 그날 나중에 셀던한테 이렇게 말했다.

"레이치를 어떻게 해야 좋을지 모르겠어요, 해리. 아이가 이상하게 변했어요."

"그건 아직 완쾌를 못해서 그렇소, 도스. 아이한테 시간을 줍시다."

"그 애가 그 여자에 대한 말을 계속 꺼내요. 그 여자 이름이 뭔지 알 게 뭐람."

"마넬라. 기억하기 힘든 이름도 아니잖소."

"레이치가 그 여자랑 살림을 차리고 싶은 것 같아요. 함께 살고 싶어 한다고요. 그 여자랑 결혼해서요."

셀던이 어깨를 으쓱했다.

"레이치는 서른 살이오……. 혼자 충분히 마음을 결정할 수 있는 나이지."

"우리는 그 아이 부모예요. 모른 척할 수 없어요."

셀던이 한숨을 쉬며 말했다.

"벌써 그런 말을 한 모양이구려, 도스. 당신이 그 말을 했으니, 아마 그 애도 분명 자기 뜻대로 할 거요."

"그게 당신 결론이에요? 그 애가 그런 여자랑 결혼할 생각까지 품는데 당신은 할 말이 하나도 없다는 건가요?"

"내가 어떻게 하면 좋겠소, 도스? 마넬라는 레이치의 목숨을 구했소. 당신은 내가 그걸 잊어버렸으면 좋겠소? 마넬라가 내 목숨까지 구했는데?"

이 말이 분노를 부채질했는지 도스가 이렇게 말했다.

"그리고 당신도 그 여자 목숨을 구했죠. 그걸로 비긴 거예요."

"꼭 내가 그랬다고 할 수는……"

"확실히 그렇게 했어요. 지금 제국을 통치하는 군부의 깡패들이 그 여자를 죽였을 거라고요. 당신이 끼어들어서 총리 자리를 사퇴하고 그들을 지지하겠다는 의사를 밝히지 않았다면."

"당신은 그렇게 생각할지 모르지만 나는 생각이 다르고 레이치도 다르오. 그리고, 여보, 도스, 현 정부를 불편하게 묘사하는 말은 듣기가 조심스럽소. 지금은 클레온 선황제가 통치할 때처럼 편한 시기가 아니오. 당신이 말하는 소리를 엿듣고 그대로 보고할 감시꾼이 사방에 널려 있을 것이오."

"아무려면 어때요. 어쨌든 나는 그 여자가 싫어요. 그 정도는 충분히 말할 자격이 있다고요."

"물론 그렇겠지. 하지만 그럴 필요가 있겠소."

셀던은 바닥을 내려다보며 깊은 생각에 잠겼다. 평소에 깊이를 헤아릴 수 없던 도스의 까만 눈에서 분노의 불꽃이 활활 타오르고 있었다. 셀던이 고개를 들었다.

"이유가 무언지 궁금하오, 도스. 마넬라를 그렇게 싫어하는 이유가 뭐요? 마넬라는 우리 목숨을 구했소. 마넬라가 재빨리 움직이지 않았다면 레이치와 나는 죽었을 거요."

도스가 날카롭게 반박했다.

"그래요, 해리. 그건 나도 누구보다 잘 알아요. 만일 그 여자가 거기에 없었다면 나도 당신이 살해되는 걸 막을 방법이 없었을 거예요. 내가 보기에 당신은 내가 그걸 고맙게 여겨야 한다고 생각하는 것 같군요. 하지만 그 여자를 볼 때마다 나는 내가 잘못한 게 떠올라서 견딜 수가 없어요. 그러는 게 이성적인 태도는 아니라는 것도 알아요······. 설명할 수 없다는 것도. 그러니까 나한테 그 여자를 좋아하라고 말하지 마요, 해리. 불가능하니까."

하지만 다음 날에는 도스도 뒤로 물러날 수밖에 없었다. 의사가 이렇게 말했기 때문이다.

"아드님이 마넬라라는 여자를 만나길 원합니다."

"그 애는 아직 면회를 할 수 있는 상태가 아니에요."

도스가 반박했다.

"그렇지 않아요. 면회를 하는 게 좋아요. 많이 좋아지고 있어요. 게다가 그걸 가장 강력하게 요구하고 있어요. 그 요청을 거부하는 건 환자한테 좋지 않아요."

그래서 그들은 마넬라를 데려왔으며 레이치는 너무나 반갑게 맞아주었다. 병원에 입원한 이후 처음으로 희미하게나마 행복감을 드러냈다.

레이치가 분명한 태도로 어머니더러 그만 나가 보라는 손짓까지 하는 바람에 도스는 입술을 앙다문 채 병실에서 나왔다.

그러다가 마침내 하루는 레이치가 이런 말을 꺼냈다.

"마넬라가 저를 사로잡았어요, 어머니."

도스가 물었다.

"내가 놀랄 줄 알았니, 이 멍청한 녀석아? 그 여자가 너를 사로잡은 건 너무나 당연해. 그 여자가 정보국에서 쫓겨나 갈 곳조차 사라진 지금으로선 네가 유일한 탈출구니까……"

레이치가 반박했다.

"어머니, 저랑 인연을 끊고 싶어 이러시는 거면 딱 지금 하시는 행동이 정답이신데요. 그런 식으로 말씀하시지 마세요."

"나는 그저 네 행복을 염려할 뿐이야."

"고맙습니다만 제 일은 제가 알아서 해요. 저는 그 누구의 탈출구도 아니에요. 어머니만 그렇게 생각하지 않으시면 돼요. 저는 미남이 아니에요. 키도 작아요. 아버지는 이제 총리도 아니고 제 말투는 확실히 천박해요. 그런 저를 마넬라가 탈출구로 여길 이유가 뭐겠어요? 마넬라는 혼자서 훨씬 잘나갈 수 있어요. 하지만 그녀는 저를 좋아해요. 분명히 말씀드리는데, 저도 마넬라가 좋아요."

"하지만 그 여자가 어떤 여잔지 너도 알잖아."

"당연히 어떤 여잔지 알지요. 마넬라는 저를 사랑해 주는 여자예요. 그리고 제가 사랑하는 여자이기도 해요. 그게 바로 마넬라예요."

"네가 사랑에 빠지기 전에 그 여자는 어떻게 살았지? 와이에서 첩보 활동을 하면서 무슨 짓을 했는지 너도 알잖아. 너는 그 여자가 할당받은 '몫' 가운데 한 명이었을 뿐이야. 그렇게 만난 사람이 얼마나 많겠니? 그런 과거가 있는 여자랑 살 수 있을 것 같니? 임무라는 명분 아래 그런 짓을 한 여자랑? 지금은 좋은 점만 눈에 보이겠지. 하지만 함께 살다가 처음으로, 혹은 두 번째나 그 이후에 언쟁이 일어나면 너는 이성을 잃고 이렇게 말할 거야. '이 매춘부……!'"

레이치가 버럭 고함을 지르며 화냈다.

"그런 식으로 말하지 마세요! 언쟁이 일어나면 상황에 따라서 할 말은 수없이 많겠죠. 합리적이지 않다거나, 비이성적이라거나 잔소리만 한다거나 찡얼거린다거나 생각이 없다거나. 물론 마넬라도 저한테 그런 말을 퍼붓겠지요. 하지만 언쟁이 끝나면 모두 갈무리할 수 있는 상식적인 말일 거라고요."

"그건 네 생각일 뿐이야……. 실제로 그런 일이 일어나면 어떻게 되는지 겪어 보라고."

레이치는 하얗게 질린 얼굴로 이렇게 말했다.

"어머니, 어머니가 아버지랑 지내신 지도 이제 거의 20년이에요. 아버지는 대화를 잘 풀어 나가는 성격이시지만 그럼에도 불구하고 두 분이 다투신 적도 많죠. 두 분이 서로 다투실 때면 하시는 말씀들, 저도 제 귀로 똑똑히 들었어요. 그런데 지난 20년 동안 아버지가 어머니의

인격을 훼손시키는 비난을 어떤 식으로든 하신 적이 있나요? 그리고 제가 그렇게 할 것 같나요? 지금 제가 그렇게 하고 있나요……? 이렇게 화가 나는데도 불구하고?"

도스는 꾹 참았다. 그녀의 얼굴은 레이치나 셀던처럼 감정을 겉으로 드러내지 않았다. 하지만 순간적으로 할 말을 잊은 건 확실했다.

레이치는 기회를 놓치지 않고 (자신이 그런다는 사실에 비참한 심정을 느끼며) 계속 몰아붙였다.

"진짜 문제는 마넬라가 아버지의 목숨을 구한 걸 어머니께선 질투하고 계신다는 거예요. 어머니는 어머니 자신만 그럴 수 있기를 원하시죠. 그런데 당시에는 그럴 기회가 없었어요. 그렇다면 마넬라가 앤도린을 쏘지 않았던 편이 더 좋으셨겠어요? 그래서 아버지가 돌아가시는 게? 그리고 저도 죽고요?"

도스는 목멘 소리로 간신히 말했다.

"그건 네 아버지가 혼자 정원사들을 만나러 가겠다고 고집을 부렸기 때문이야. 내가 따라가겠다는 걸 반대했어."

"하지만 그건 마넬라 잘못이 아니에요."

"그래서 그 여자랑 결혼하고 싶은 거니? 고마워서?"

"아니에요, 사랑해서예요."

그래서 그렇게 되었지만 마넬라는 결혼식이 끝난 다음에 레이치한테 이렇게 말했다.

"당신이 고집을 부려서 당신 어머니가 결혼식에 참석하시긴 했지만 가끔씩 돔 밑으로 먹구름이 흘러나온 날씨처럼 얼굴에 먹구름이 가득했어."

하지만 레이치는 웃으며 이렇게 대답했다.

"아니야, 그건 당신이 잘못 본 거야. 어머니는 먹구름이 낀 얼굴 표정이 아니었어."

"내 말이 맞아. 우리가 어떻게 해야 당신 어머니가 기분을 푸실까?"

"꾹 참고 기다리면 어머니도 풀어지실 거야."

하지만 도스 베나빌리는 풀어지지 않았다.

결혼하고 2년이 지난 다음에 완다가 태어났다. 도스는 레이치와 마넬라가 기대한 이상으로 손녀딸을 귀여워했지만 완다 엄마는 레이치 엄마한테 여전히 '그 여자'로 남아 있었다.

6

해리 셀던은 알 수 없는 우울과 싸우고 있었다. 도스, 레이치, 유고, 마넬라가 번갈아 가며 그를 설득하는 중이었다. 모두가 힘을 합쳐서 예순은 늙은 게 아니라는 주장을 펼쳤다.

하지만 그들이 모르는 게 있었다. 셀던은 서른 살 때에 심리역사학을 처음 생각했다. 서른두 살 때에는 10년 총회에서 그 유명한 연설을 했다. 그 다음부터는 수많은 일이 동시에 일어난 듯했다. 클레온을 짧게 접견한 이후 트랜터 전역을 날아다니며 마이코겐과 다알과 와이 사람들을 만났다. 데머즐과 도스와 유고와 레이치도 만났다.

마흔 살에는 총리가 되었으며 쉰 살에는 그 자리에서 물러났다. 그리고 이제 예순 살을 앞두고 있다.

셀던은 심리역사학에 30년이란 세월을 바쳤다. 하지만 앞으로 얼마나 많은 시간을 더 바쳐야 할까? 과연 얼마나 오랫동안 살 수 있을까? 심리역사학 프로젝트를 완성시키지 못한 상태에서 죽는 건 아닐까?

셀던은 자신이 힘들어하는 건 죽음 자체 때문이 아니라 심리역사학 프로젝트를 마치지 못하고 떠나는 거라고 스스로를 타일렀다.

셀던은 애머릴을 만나러 갔다. 최근 몇 년 동안 두 사람은 서로 겉돌았다. 그러는 동안에도 심리역사학 프로젝트는 규모가 꾸준히 늘어났다. 스트릴링에서 처음 몇 년 동안은 셀던과 애머릴 단둘이 연구했다. 다른 사람은 없었다. 하지만 지금은……

애머릴도 쉰 살을 앞두고 있었다. 젊은 나이가 아니었다. 그래서 예전의 총기도 많이 사라졌다. 그는 오랜 세월 동안 심리역사학을 제외한 그 무엇에도 관심을 기울이지 않았다. 여자도 없고 친구도 없고 취미도 없었다.

유고 애머릴이 눈을 끔뻑이며 쳐다보았다. 셀던은 눈에 띄게 변한 상대의 외모에 시선이 쏠릴 수밖에 없었다. 아마도 일부는 유고가 두 눈을 완전히 뜯어고친 것에 기인할 터였다. 덕택에 그의 시력은 완벽해졌지만 왠지 부자연스러워서 천천히 눈을 끔뻑이는 버릇이 생겼다. 그것 때문에 졸고 있다는 느낌을 주었다.

셀던이 물었다.

"어떻게 생각하나, 유고? 동굴 끝에서 빛이 보이는가?"

유고가 대답했다.

"빛 말이에요? 네, 실제로. 새로 들어온 연구원이 있어요, 탬와일 엘라르라고. 물론 선생님도 아실 거예요."

"그래. 그를 채용한 사람이 바로 나니까. 아주 열정적이고 도전적이지. 그 사람은 잘 하고 있나?"

"저한테 편한 사람은 아닌 것 같아요, 선생님. 웃음소리가 너무 커서 신경에 거슬리거든요. 하지만 아주 똑똑해요. 새로 구성한 방정식이 제

제1발광체에 딱 들어맞아서 혼돈에 빠지는 문제를 극복할 수 있을 것 같아요."

"그럴 것 같은 거야, 그렇게 되는 거야?"

"아직은 단정할 수 없지만 희망이 보여요. 제가 여러 가지를 실험했는데 문제가 있다면 모두 깨졌겠지만 새 방정식이 모두를 살려 냈어요. 그게 '혼돈 극복 방정식'이 될 수 있다고 생각합니다."

"아직은 그 방정식을 엄격하게 검증하진 않은 모양이지?"

"맞아요. 하지만 거기에 여섯 명을 투입했어요. 물론 엘라르도 거기에 들어갔고요."

애머릴이 모든 점에서 셀던이 만든 것만큼이나 진보적인 제1발광체를 켜고는 공중에 꽈리를 틀며 나타나는 방정식을 쳐다보았다. 너무나 작고 너무나 정교해서 배율 증폭기가 필요한 방정식이었다.

"새로운 방정식을 덧붙이면 미래를 볼 수 있을 거예요."

그러자 셀던이 깊이 생각하며 말했다.

"제1발광체를 살펴볼 때마다 느끼는 건데, 우리가 투입하는 자료를 전자 정제기가 미래의 직선과 곡선에 아주 세밀하게 접합시키는 장면이 정말 놀라워. 그것도 엘라르가 생각해 낸 아이디어 아닌가?"

"맞아요. 신다 모네이가 제작을 도와주었죠."

"프로젝트에 똑똑한 남녀가 새로 많이 들어와서 다행이야. 그나마 그 덕에 내가 미래를 받아들이고 있다네."

"선생님은 엘라르 같은 사람이 언젠가 프로젝트를 이끌 수도 있다고 생각하세요?"

유고가 물었다. 하지만 두 눈은 여전히 제1발광체를 살피고 있었다.

"어쩌면. 자네랑 내가 은퇴하거나…… 사망한 다음에."

애머릴은 마음이 놓인 표정으로 제1발광체를 끄며 이렇게 말했다.

"우리가 은퇴하거나 사망하기 전에 프로젝트를 완성시키고 싶어요."

"나도 마찬가지야, 유고. 나도 마찬가지일세."

"심리역사학은 지난 10년 동안 우리 앞길을 훌륭하게 인도했어요."

사실이었다. 하지만 셀던은 거기에 만족할 수 없다는 사실을 잘 알고 있었다. 커다란 사건 없이 무난하게 전개된 주변 정세가 커다란 도움을 주었다.

심리역사학은 클레온의 사망 이후 중심부가 유지될 거라고 예측했다(물론 아주 희미하고 애매한 방식이었다.). 그리고 그렇게 되었다. 트랜터는 비교적 조용했다. 암살 사건과 함께 황조가 끝났지만 중심부는 굳건했다.

물론 가혹한 군부 통치 덕분이었다. 군부 정권을 '깡패들'이라고 부른 도스의 표현은 정확했다. 아니, 그 이상의 비난을 받아야 마땅했다. 그럼에도 불구하고 그들은 지금까지 제국을 하나로 유지했으며 앞으로도 당분간 그럴 수 있을 것 같았다. 앞으로 전개될 사건에서 심리역사학이 주도적인 역할을 할 수 있을 때까지 충분히 유지될 것 같았다.

최근 들어서 애머릴은 파운데이션 설립 가능성에 대한 이야기를 하고 있었다. 제국과 동떨어진 곳에 독자적으로 고립시킨 파운데이션을 만들어서 다가오는 암흑기에 인류의 문명을 지켜 내 훨씬 바람직한 새로운 제국으로 발돋움할 씨앗을 뿌려 놓자는 것이었다. 그래서 셀던은 그럴 경우에 생길 다양한 결과를 직접 연구하는 중이었다.

하지만 셀던한테는 시간이 없었다. 젊음도 없었다. 비참했다. 마음은 아직도 청춘이지만 서른 살 때에 넘쳐흐르던 탄력성과 창조성은 없었다. 이건 시간이 지날수록 더욱 심해질 게 분명했다.

젊고 똑똑한 엘라르에게 다른 모든 일을 접고 그 일에 몰두하라고 시켜야 할 것 같았다. 하지만 셀던은 그러고 싶지 않은 자신이 너무나 창피했다. 지금까지 자신이 심리역사학을 개발했는데 나중에 들어온 신출내기한테 그 명성을 빼앗기고 싶지 않았다. 노골적으로 말해서 지금 셀던은 엘라르한테 질투심을 느끼고 있었다. 너무나 창피하고 부끄럽지 않을 수 없었다.

하지만 이런 비이성적인 감정에도 불구하고(아무리 창피하고 불편하더라도) 셀던은 젊은 연구원들한테 의존할 수밖에 없었다. 심리역사학은 이제 셀던 자신과 유고의 은밀한 영역이 아니었다. 총리로 재직한 10년 동안 심리역사학은 정부의 승인으로 엄청난 예산이 투입된 프로젝트로 변신했으며 그가 총리 자리에서 물러나 스트릴링 대학으로 돌아온 다음에도 놀랍게도 그 규모는 계속 늘어나기만 했다. 셀던은 '스트릴링 대학의 셀던 심리역사학 프로젝트'라는 너무나 형식적이고 묵직한 공식적인 명칭에 눈살을 찡그렸다. 거의 모든 사람이 그걸 '프로젝트'라는 간단한 호칭으로 부른다는 사실이 다행스러울 뿐이었다.

군부 정권은 프로젝트 자체를 정치적인 무기로 판단하는 게 분명했다. 그래서 예산 같은 건 문제될 게 없었다. 엄청난 자금을 쏟아 부었다. 그 대가는 아주 애매한 형식이나마 연례 보고서를 작성해서 제출하는 것이었다. 비교적 사소한 문제를 보고하는 것에 불과하지만 수학자들은 그것조차도 내켜 하지 않았다. 군부 정권의 일원으로 비춰지는 걸 싫어 했다.

셀던이 오랜 동지와 헤어질 때에 최소한 애머릴은 심리역사학이 가고 있는 길에 아주 만족스러워하는 게 분명했다. 하지만 셀던은 또다시 우울증에 휩싸이는 것을 느꼈다.

셀던은 그 이유가 앞으로 열릴 생일잔치 때문이라고 생각했다. 기뻐서 여는 잔치겠지만 셀던은 그런 게 조금도 반갑지 않았다. 늙었다는 사실을 확인시켜 줄 뿐이었다.

게다가 그것은 규칙적인 생활에 익숙한 셀던의 일상을 완전히 뒤바꿔 놓고 있었다. 셀던이 쓰는 연구실과 근처 연구실 몇 개를 깨끗이 비워 낸 바람에 며칠 동안 연구에 정상적으로 몰두할 수가 없었다. 연구실이 화려한 강당으로 탈바꿈하고 있는데, 작업에 다시 몰두할 수 있으려면 앞으로도 많은 나날이 지나야 할 것 같았다. 그런 양보를 철저하게 거부한 채 연구실에 처박혀 있는 사람은 유고 한 명밖에 없었다.

셀던은 도대체 그런 짜증스러운 아이디어를 낸 사람이 누군지 의아했다. 물론 도스는 아니었다. 도스는 셀던을 너무 잘 알고 있었다. 본인들 생일조차 기억을 못하는 유고나 레이치도 아니었다. 셀던은 마넬라를 의심했고, 결국 그녀와 그 문제로 다투기까지 했다.

마넬라는 자신이 그렇게 했다는 사실을, 연구실을 강당으로 변신시키라고 지시했다는 사실을 인정했다. 하지만 생일잔치를 열자는 아이디어는 탬와일 엘라르가 제안한 거라고 말했다.

'그 똑똑한 친구 말이지. 그 친구는 모든 점에서 똑똑해.'

셀던은 생각했다.

셀던은 한숨을 쉬었다. 생일이 빨리 지나기만 바랄 뿐이었다.

7

도스가 문틈으로 머리를 삐죽 집어넣으며 물었다.

"들어가도 돼요?"

"안 돼, 당연히 안 되지. 당신이 들어올 이유가 없잖소."
"당신만 쓰는 공간은 아니잖아요."
셸던이 한숨을 내쉬며 대답했다.
"나도 알고 있소. 하지만 멍청한 생일잔치 때문에 연구소에서 쫓겨났으니 어떻게 하겠소. 어서 끝나기만 바랄 뿐이오."
"그것 봐요. 그 여자가 머릿속으로 어떤 생각을 떠올리면 이렇게 걷잡을 수 없는 일이 벌어진다고요."
셸던은 재빨리 화제를 돌렸다.
"자, 자, 마넬라는 좋은 의도로 그런 거잖소, 도스."
"그 좋은 의도라는 거, 나한테는 베풀지 않았으면 좋겠네요, 해리. 그건 그렇고 당신이랑 상의할 게 있어서 왔어요. 어쩌면 아주 중요할 수도 있는 일이에요."
"말해 보시오. 그게 뭐요?"
"완다가 꾸었다는 꿈에 대해서 완다랑 얘기를 나누었는데……."
도스가 망설이며 말끝을 흐렸다.
셸던이 목 뒤로 꼬르륵 소리를 내며 물었다.
"믿을 수가 없군. 그 얘기는 그만합시다."
"안 돼요. 완다한테 꿈에 대해서 자세히 물어본 적 있어요?"
"내가 무엇 때문에 우리 손녀딸을 힘들게 하겠소?"
"레이치도 그런 적이 없고 마넬라도 마찬가지예요. 그래서 내가 나설 수밖에 없었어요."
"그런 걸 물어서 어린애를 힘들게 할 이유가 뭐란 말이오?"
셸던의 힐책에 도스가 단호하게 대답했다.
"그래야 할 것 같은 기분이 들었기 때문이에요. 중요한 건 완다가 그 꿈을 꾼 곳이 자기 집에 있는 자기 침대가 아니란 사실이에요."

"그럼 어디였소?"

"당신 연구실."

"그 애가 내 연구실에 들어간 이유가 무어란 말이오?"

"생일잔치가 열릴 곳이 구경하고 싶어서 당신 연구실에 들어갔는데 구경할 만한 게 당연히 하나도 없었대요. 모두 다 깨끗이 치운 상태였으니까요. 하지만 당신 의자는 그대로 있었다더군요. 등받이가 높고 팔걸이가 높은 그 고물, 당신이 그대로 두라고 고집을 부리는 그 의자 말이에요."

벌써 여러 해를 끌어온 논쟁이 떠오른 듯 셀던이 한숨을 내쉬며 말했다.

"그건 고물이 아니오. 새것으로 바꾸고 싶지 않소. 계속하시오."

"완다는 당신 의자에 올라가 앉아서 어쩌면 당신이 잔치를 열지 않을 수도 있다는 생각을 하며 슬퍼했어요. 그러다가 잠이 들었는지, 갑자기 아무 생각도 안 떠오르고 두 남자가(여자가 아닌 게 확실한데) 말하는 장면만 보이더래요."

"그래서 두 사람이 무슨 얘기를 했소?"

"완다도 정확히 몰라요. 그런 상황에서 정확히 기억하는 게 얼마나 어려운지 당신도 아시잖아요. 하지만 죽음에 대한 이야기였기에 완다는 나이가 많은 당신이 죽는 거라고 생각했대요. 하지만 완다가 확실히 기억하는 단어 두 개가 있어요. '레모네이드 죽음'이 바로 그거예요."

"뭐요?"

"레모네이드 죽음."

"그게 무슨 뜻이오?"

"나도 몰라요. 어쨌든 대화가 끝나자 두 남자는 떠났고 완다는 혼자 의자에 웅크리고 앉아서 추위와 두려움에 떨었어요. 그런 다음부터 계속 힘들어하는 거예요."

셀던은 도스가 한 말을 곰곰이 생각했다. 그리고 이렇게 물었다.

"어린애가 꾼 꿈을 우리가 중요하게 받아들여야 할 이유가 뭐겠소, 도스?"

"그건 꿈이 아닐 수도 있어요, 해리."

"그게 무슨 뜻이오?"

"완다는 그게 꿈이라고 분명히 얘기하지 않더군요. '잠에 빠져든 것 같다'는 식이에요. 완다가 한 말이에요. 완다는 자신이 잠에 빠졌다고 말하지 않았어요. 잠에 빠져든 것 같다고 말했죠."

"그게 무슨 차이가 있단 말이오?"

"완다가 비몽사몽한 상태에서 두 사내가, 꿈이 아니라 현실에서 진짜 사내 두 명이 말하는 소리를 들었을 가능성이 있다는 거죠."

"진짜 사내? 레모네이드 죽음? 나를 암살하는 얘기?"

"그래요, 비슷해요."

셀던은 단호한 어조로 말했다.

"도스, 당신이 나를 지키기 위해 끊임없이 노력한다는 사실은 알지만 이건 너무 심하오. 누군가 나를 죽이려고 할 이유가 무어겠소?"

"벌써 두 번이나 그랬잖아요."

"그렇지만 상황이 다르잖소. 첫 번째는 클레온이 나를 총리로 지명한 직후였소. 당연히 황궁에는 잘 조직된 기득권 세력이 있었고 나는 굴러온 돌이었소. 그래서 몇 명이 나를 제거하는 게 좋을 거라고 생각한 것이오. 두 번째는 조라넘주의자들이 권력을 장악하는 데 내가 걸림

돌이라고 생각했기 때문이오……. 거기다가 나마티의 개인적인 복수심도 있었고.

다행히도 두 번에 걸친 암살 시도가 모두 실패하긴 했지만, 이 시점에서 세 번째 시도를 걱정할 이유가 무어겠소? 이제 나는 총리도 아니오. 그 자리에서 물러난 게 벌써 10년 전이오. 나는 은퇴를 앞둔 늙은 수학자이니 누구도 나를 두려워할 필요가 없소. 조라넘주의자는 뿌리째 뽑혀서 제거되었고 나마티는 오래전에 처형당했소. 나를 죽이길 바랄 만한 사람이 있을 수가 없소.

그러니 제발, 도스, 마음을 편히 가지시오. 나를 걱정할수록 당신은 그만큼 불안하게 되고 그러면 더욱더 걱정할 수밖에 없는데, 그런 일이 없기를 바라오."

도스가 자리에서 일어나 셀던 쪽으로 허리를 숙이며 말했다.

"당신을 죽일 이유가 없다고 말하는 건 쉽지만 그런 이유가 꼭 필요한 건 아니에요. 현 정부는 이성을 완전히 잃었기 때문에 만일 그들이……."

"그만!"

셀던이 갑자기 소리치더니 아주 조용하게 덧붙였다.

"한 마디라도 안 되오, 도스. 정부를 비방하는 말은 단 한 마디라도 그만하시오. 그런 말 때문에 당신이 걱정하는 그런 일이 일어날 수도 있으니까."

"여기에는 우리 둘밖에 없어요, 해리."

"지금 당장은 그렇지만 그런 멍청한 말을 하는 게 습관이 되면 다른 사람이 있는 자리에서도 그런 말이 무심코 나오고……, 그 사람은 그 사실을 재빨리 고발할 수도 있잖소. 정치적인 발언을 자제하는 습관을 들일 필요가 있소."

"노력하지요, 해리."

도스가 그렇게 대답했지만 목소리에 담겨 있는 분노까지 지울 순 없었다. 그리고 휙 돌아서서 밖으로 나갔다.

셀던은 도스가 떠나는 모습을 지켜보았다. 도스는 우아하게 나이를 먹었다. 너무나 우아해서 마치 시간이 도스를 비껴가는 것 같았다. 나이는 셀던보다 두 살이 어리지만 28년이란 세월을 살아오는 동안 그 외모는 셀던에 비해 거의 변하지 않았다.

머리칼 여기저기에 하얀 서리가 내렸지만 은발 밑에서는 젊디젊은 윤기가 여전히 반짝거렸다. 얼굴 피부는 훨씬 창백하게 변하고 목소리는 약간 허스키하게 변했으며 의상은 당연히 중년 나이에 걸맞은 옷을 걸치고 있었다. 하지만 그 동작은 예전처럼 민첩하고 빨랐다. 위급한 순간에 셀던을 보호할 능력이 조금도 줄어들지 않은 것 같았다.

셀던은 한숨을 쉬었다. 자신의 의지와 상관없는 보호를 항상 받아야 하다는 자체가 가끔은 너무나 부담스럽게 다가왔다.

8

도스가 떠난 직후에 마넬라가 셀던을 찾아왔다.

"죄송해요, 아버님. 하지만 조금 전에 어머님이 무슨 말씀을 하셨나요?"

셀던이 다시 고개를 들었다. 귀찮았다.

"별거 아니야. 완다가 꿨다는 꿈 이야기였다."

마넬라가 입술을 오므렸다.

"그럴 줄 알았어요. 할머니가 꿈에 대해서 물었다는 말을 완다한테 들었어요. 어린애를 그냥 놔두시지 않는 이유가 뭐래요? 나쁜 꿈을 꾸는 게 죄는 아니잖아요."

그러자 셸던이 달래는 어투로 대답했다.

"완다가 꿈에서 보았다는 내용 일부가 문제가 되는 것 같구나. 완다가 너한테는 뭐라고 했는지 모르겠지만 꿈속에서 '레모네이드 죽음'이라는 말을 들은 건 확실해."

"으으음!"

마넬라가 헛기침을 하며 잠시 침묵하다가 입을 열었다.

"사실 그건 아무런 문제도 아니에요. 완다는 레모네이드를 굉장히 좋아하는데 생일잔치가 열리면 마음껏 먹을 수 있다는 기대감에 부풀어 있어요. 제가 레모네이드에다 마이코겐에서 만든 사탕을 넣어 주겠다고 약속해서 완다는 그것만 학수고대하는 거예요."

"그렇다면 레모네이드 비슷한 소리를 들으면 그렇게 알아들을 가능성이 많겠구나."

"그래요. 당연하지 않겠어요?"

"그렇다면 완다가 실제로 들은 말은 무엇일까? 잘못 알아들으려면 먼저 무슨 소리를 들어야 하는 거잖아."

"꼭 그렇다는 생각은 안 들어요. 게다가 어린애가 꾸었다는 꿈을 그렇게 중요하게 여길 이유가 뭐죠? 이제 누구든 그 얘기를 더 이상 안 했으면 좋겠어요. 너무 화가 나요."

"내 생각도 그래. 내가 네 시어머니한테 그 문제는 그만 잊어버리라고 말하마……. 최소한 완다한테는."

"좋아요. 어머님이 완다를 귀여워하시는 건 좋아요. 하지만 그 애 엄마는 저예요. 그렇다면 제 생각을 존중해 주셔야지요."

"당연하지."

셀던이 타이르는 어투로 말했다. 그리고 떠나가는 며느리의 뒷모습을 쳐다보았다. 시어머니와 며느리의 끝없는 갈등…… 이것 역시 또 다른 부담이었다.

9

탬와일 엘라르는 나이가 서른여섯으로, 셀던의 심리역사학 프로젝트에 들어온 지 벌써 4년이나 되는 중견 수학자였다. 커다란 키에 항상 반짝이는 눈빛과 자신감이 돋보이는 남자였다.

머리칼은 갈색에다 약간 곱슬인데 그걸 아주 길게 길러서 훨씬 인상적이었다. 갑자기 폭소를 터트린다는 문제가 있었지만 수학적 능력에는 아무런 문제가 없었다.

엘라르는 웨스트 맨다노브 대학에서 선발되었는데, 처음에 유고 애머릴이 그를 극히 심하게 의심했다는 사실을 떠올릴 때마다 셀던은 웃음이 나왔다. 하지만 당시 애머릴은 누구나 심하게 의심했다. 애머릴의 마음속 깊은 곳에는 심리역사학이 자신과 셀던 단 두 사람만의 사적인 영역으로 남아야 한다는 욕망이 숨어 있는 게 분명했다.

하지만 그런 애머릴조차도 지금은 엘라르가 들어와서 연구가 많이 진척되었다는 사실을 기꺼이 인정했다. 그는 이렇게 말했다.

"그 친구가 혼돈을 극복하는 기법은 정말 독특하고 놀라워요. 프로젝트에 참여한 그 누구도 그 문제를 그런 식으로 풀어 나가지 않았어요. 당연히 저도 그런 생각을 한 번도 못했고요. 선생님도 그런 생각을 못하셨지요."

"으음, 나는 나이가 많잖나."

셀던이 언짢은 표정으로 말하자, 애머릴이 덧붙였다.

"커다란 소리로 웃지만 않으면 좋겠어요."

"웃는 방식은 어쩔 수가 없어."

하지만 사실은 셀던조차도 엘라르를 받아들이기가 약간 어려웠다. 다른 무엇보다 자신이 소위 '혼돈 극복 방정식' 비슷한 걸 생각조차 못 했다는 사실이 너무나 굴욕적이었다. 전자 정제기에 숨어 있는 원리를 전혀 생각 못했다는 건 아무렇지 않았다. 그건 셀던의 전문 영역이 아니었다. 하지만 '혼돈 극복 방정식'은 어떤 식으로든 떠올려야 했다……. 최소한 비슷한 방정식이라도.

셀던은 속으로 곰곰이 생각했다. 다른 무엇보다 자신은 심리역사학의 토대 전체를 만들어 냈으며 '혼돈 극복 방정식'은 당연히 거기에 근거해서 나올 수 있었다. 과연 엘라르가 30년 전에 셀던이 한 작업을 해낼 수 있었을까? 셀던은 그럴 수 없다고 확신했다. 그렇다면 자신이 세운 토대 위에서 엘라르가 '혼돈 극복 방정식' 원리를 만든 게 뭐가 그리도 대단한 업적이란 말인가?

모두가 정확한 사실이었다. 그럼에도 불구하고 셀던은 엘라르를 마주하는 게 여전히 불편한 걸 느꼈다. 괜히 불안했다. 화려한 젊음이 부러워서 그러는 걸까?

물론 셀던이 그런 느낌을 받도록 엘라르가 행동한 적은 한 번도 없었다. 그는 언제나 셀던에게 극진한 존경심을 나타냈다. 노인네가 전성기를 넘겼다는 느낌을 준 적이 한 번도 없었다.

물론 엘라르는 다가오는 생일잔치에도 많은 관심을 보였다. 셀던이 나중에 확인한 바에 의하면 생일잔치를 열어서 축하하자는 제안을 제일 먼저 한 사람이 바로 엘라르였다(셀던이 늙었다는 사실을 강조하려고 그런 제안을 한 건 아닐까? 셀던은 그런 가능성을 배제했다. 그렇게 생각한다는 건 툭하면 의심하는 병이 도스에게서 자신에게로 옮았다는 걸 의미할 뿐이었다.).

"위대하신 선생님……."

엘라르가 뚜벅뚜벅 다가와서 이렇게 말하자 셀던은 항상 그런 것처럼 눈살을 찡그렸다. 셀던은 프로젝트 연구원들이 그냥 해리 선생님이라고 부르는 게 훨씬 좋았다. 하지만 왈가왈부하기에는 너무나 사소한 문제 같았다.

엘라르가 계속 말했다.

"위대하신 선생님, 테나르 장군이 선생님께 회담을 요청했다는 소문이 있습니다."

"그래. 테나르 장군이 군부 정권의 새로운 수장이 되었으니 나를 만나서 심리역사학이 도대체 어떤 건지 물어보고 싶은 것 같네. 클레온과 데머즐이 통치할 당시부터 항상 그랬으니까."

(새로운 수장! 군부 정권은 정말 변화무쌍했다. 수뇌부 일부가 일정 기간 버티다가 미끄러지고 새로운 수뇌부가 다시 등장하는 식이었다.)

"하지만 지금 만나자고 한 것이 이상합니다. 생일잔치가 한창일 때에요."

"상관없어. 내가 없어도 잔치는 열 수 있잖아."

"아닙니다. 그럴 수 없습니다, 위대하신 선생님. 우리 몇 사람이 모여서 회담을 일주일 연기해 달라는 청원을 황궁에 넣었으니 괘념치 마십시오."

엘라르의 말에 셀던은 화가 났다.

"뭐라고? 주제넘은 짓을 했구먼. 아주 위험하기도 하고."

"잘 해결되었습니다. 그쪽에서 청원을 받아들였습니다. 선생님한테 그만한 시간이 필요합니다."

"일주일이란 시간이 필요한 이유가 뭐지?"

엘라르가 잠시 망설이다가 반문했다.

"솔직히 말씀드려도 되겠습니까, 위대하신 선생님?"

"물론이지. 내가 누구든 솔직하게 말하라고 하지 않은 적이 있었나?"

엘라르의 얼굴이 살짝 빨갛게 달아올랐지만 목소리는 조금도 흔들리지 않았다.

"이런 말씀을 드리기가 쉽지 않습니다, 위대하신 선생님. 선생님은 수학의 천재이십니다. 프로젝트에 참여한 그 누구도 그 사실을 부정하지 않습니다. 제국에서 선생님을 알고 수학을 이해하는 사람이라면 그 누구도 그 사실을 부정하지 않을 겁니다. 하지만 모든 분야의 천재는 없습니다."

"나도 그 정도는 알고 있네, 엘라르."

"그러실 줄 알았습니다. 하지만 선생님은 평범한 사람, 말하자면 멍청한 사람을 다루는 능력이 특히 부족하십니다. 옆으로 빠져나가거나 돌아가는 능력이 부족하세요. 정부를 장악한 멍청이를 만나면 선생님은 너무나 솔직하게 말씀하시기 때문에 프로젝트 전체는 물론 선생님의 목숨까지 위험에 빠질 수 있습니다."

"도대체 무슨 말인가? 내가 갑자기 어린애가 된 건가? 나는 정치인을 오랫동안 상대해 왔어. 자네도 기억하겠지만, 나는 10년 동안 총리로 재직한 경험까지 있다고."

"용서하십시오, 위대하신 선생님. 하지만 아주 탁월한 총리는 아니셨습니다. 물론 데머즐 총리도 만나셨지만 그분은 모든 점에서 지적 수준이 높았고 클레온 황제는 아주 우호적이었습니다. 하지만 지금 선생님이 만나려는 사람은 지적이지도 우호적이지도 않은 군인입니다. 경우가 완전히 다릅니다."

"나는 지금까지 군부 인물도 수없이 만나서 살아남았어."

"두갈 테나르 장군은 아닙니다. 그는 완전히 새로운 유형입니다. 제가 잘 알고 있습니다."

"그 사람을 안다고? 만난 적이 있나?"

"개인적으로 아는 건 아니지만 그는 맨다노브 출신이고, 잘 아시다시피 그곳은 제가 태어난 구역이기도 합니다. 그자는 그곳에서 실력자로 군림하다가 군부 정권에 가담해서 수장까지 올랐습니다."

"그렇다면 그자에 대해서 자네가 아는 게 무언가?"

"무식하고 미신적이고 폭력적입니다. 그자는 선생님이 쉽게 만날 수 있는 그런 자가 아닙니다. 안전하지도 않겠죠. 그자를 상대할 방법을 일주일 동안 연구하셔야 합니다."

셀던은 아랫입술을 꼭 물었다. 엘라르의 말에도 일리가 있었다. 셀던 나름대로 계획이 있긴 하지만 그래도 멍청하고 자부심이 강하고 성질이 급한 절대 권력자를 상대하는 건 쉽지 않을 거란 사실을 인정했다. 그래서 불편한 어투로 이렇게 말했다.

"내가 알아서 하겠네. 군부 정권의 문제는 어떤 식으로든 현재의 트랜터를 불안하게 만들고 있네. 군부 정권이 예상 이상으로 오랫동안 지속되고 있어."

"그것도 시험해 보셨나요? 군부 정권의 지속 가능성에 대한 실험까지 했다는 사실은 몰랐습니다."

"유고 애머릴이 자네의 '혼돈 극복 방정식'을 이용해서 몇 가지 계산을 해 본 게 전부야."

셸던이 잠시 입을 다물고 있다가 다시 말했다.

"그건 그렇고, 그것을 '엘라르 방정식'이라고 부르는 소리를 몇 차례 들었네."

"제가 그런 적은 없습니다, 위대하신 선생님."

"지금부터 하는 말에 마음이 상하지 않았으면 좋겠는데, 나는 그런 표현을 원치 않네. 심리역사학적인 요소는 개인의 이름이 아니라 기능에 따라서 그 명칭을 정해야 하네. 개인적인 요소가 들어가면 나쁜 감정이 일어날 테니 말이야."

"충분히 이해하고 전적으로 공감합니다, 위대하신 선생님."

엘라르의 말에 셸던은 약간의 죄책감이 묻어 나오는 목소리로 이렇게 말했다.

"나 역시 '심리역사학 셸던 기초 방정식'이라는 표현이 잘못되었다고 항상 느끼고 있네. 문제는 그 표현을 너무 오랫동안 사용해서 다른 표현으로 바꾸는 게 실용적이지 않다는 사실이야."

"감히 한 말씀 드리자면, 위대하신 선생님, 선생님 사례는 예외입니다. 심리역사학이란 학문을 만들어 내신 게 순전히 선생님의 공적이란 사실에 대해서는 그 누구도 이의를 제기하지 않을 테니까요……. 하지만 괜찮으시다면 선생님이 테나르 장군을 만나는 것에 대해 다시 얘기하고 싶습니다."

"으음, 더 할 말이 있는가?"

"저는 선생님이 그자를 만나시지 않는 편이, 대화를 나누시지도 않고 상대하시지도 않는 편이 훨씬 좋을 거란 생각이 듭니다."

"그 사람이 회담을 열자고 하는데 내가 어떻게 피할 수 있겠는가?"
"병을 핑계로 대시고 다른 사람을 보내는 방법도 있습니다."
"누구?"
엘라르가 입을 다물었다. 하지만 의도가 분명한 침묵이었다.
"자네를 말하는 거군."
"그러는 편이 좋지 않겠습니까? 저는 장군과 같은 구역 출신이라서 훨씬 유리할 겁니다. 선생님은 바쁜 분이시고 나이도 드셨기 때문에 몸이 편찮다는 핑계가 쉽게 통할 겁니다. 선생님 대신 제가 만난다면(죄송합니다, 위대하신 선생님.) 선생님보다 훨씬 쉽게 이리저리 피하면서 작전을 펼칠 수 있습니다."
"거짓말을 하겠다는 뜻이군."
"필요하다면요."
"운명에 모든 걸 맡기겠다는 것이군."
"모든 건 아닙니다. 그 사람이 저를 처형할 가능성은 적습니다. 그 사람이 당연히 서한테 짜증이 나겠지만 저는 젊어서 경험이 없다는 핑계를 댈 수 있습니다. 선생님이 그렇게 간청하실 수도 있고요. 어쨌든 제가 곤욕을 치르는 편이 선생님이 그러시는 것보다 훨씬 덜 위험할 겁니다. 우리는 프로젝트를 생각해야 합니다. 선생님이 안 계신 편보다는 제가 없는 편이 프로젝트 유지에 훨씬 바람직합니다."
이 말에 셀던은 눈살을 찡그리며 대답했다.
"나는 자네 뒤에 숨지 않아, 엘라르. 상대가 나를 만나고 싶다면 내가 만나는 거야. 그게 무서워서 자네를 보낼 생각은 없어. 자네는 도대체 나를 어떻게 생각하는 건가?"
"솔직하고 정직한 분이죠…… 속임수가 필요할 때에도."

"속임수는 나도 할 줄 알아……. 그래야 한다면. 나를 과소평가하지 말게, 엘라르."

엘라르가 무기력하게 어깨를 으쓱하며 대답했다.

"알겠습니다. 걱정이 돼서 그렇게 말씀드린 겁니다."

"사실, 엘라르, 나는 자네가 회담을 연기하지 않았으면 더 좋았을 것 같네. 생일잔치를 빼고 장군을 만나는 편이 반대편보다 훨씬 좋거든. 이번 생일잔치는 내 생각이 아니었어."

셀던이 말했다. 불만스러운 어투였다.

"죄송합니다."

엘라르가 사과하자 셀던이 체념한 어투로 대답했다.

"으음, 두고 보면 알겠지."

엘라르가 돌아서서 밖으로 나갔다. 셀던은 빈틈없는 조직을 만들고 싶은 욕구가 가끔 강하게 일어났다. 그래서 모든 걸 자신이 바라는 대로 하고 싶었다. 부하 직원들이 스스로 판단해서 움직일 공간을 거의 완벽하게 배제하고 싶었다. 하지만 그렇게 하려면 막대한 시간과 노력이 필요할 터였다. 심리역사학에 몰두할 시간을 그만큼 앗아갈 터였다. 게다가 그런 걸 좋아하는 성질도 아니었다.

셀던은 한숨을 쉬었다. 애머릴을 만나야 할 것 같았다.

10

셀던은 애머릴의 연구실로 뚜벅뚜벅 들어갔다. 미리 통보하지도 않았다.

"유고, 테나르 장군과 만나는 게 연기되었네."

셀던은 이렇게 불쑥 말하고 토라진 표정으로 의자에 앉았다.

애머릴이 연구 과제에서 정신을 떼어 내는 데에는 몇 분이 걸렸다. 그래서 고개를 들고 쳐다보며 이렇게 물었다.

"이유가 뭐래요?"

"장군이 그런 게 아니야. 우리 연구원 몇 명이 생일잔치를 열어야 한다면서 일주일 연기시켰어. 생각할수록 화가 치밀어."

"그렇게 시키신 이유가 뭔가요?"

"시키지 않았어. 자기들끼리 판단해서 그렇게 한 거야."

셀던이 어깨를 으쓱하며 덧붙였다.

"어쨌든 내 잘못이야. 예순이 된다고 내가 너무 오랫동안 투덜거려서 사람들이 내 기분을 풀어 주려고 생일잔치를 생각한 거니까."

"당연히 그 일주일을 이용할 수 있겠군요."

셀던이 잔뜩 긴장하며 앞으로 앉았다.

"문제가 생겼나?"

"아니에요, 제가 아는 한에서는. 하지만 자세히 검증해서 나쁜 건 없을 테니까요. 심리역사학이 구체적으로 미래를 예견할 수 있는 단계에 도달한 건 거의 30년 만에 처음이에요, 선생님. 방대한 인류의 극히 일부분에 불과하니까 아주 대단한 건 아니지만 지금까지 나온 것 가운데에서는 가장 탁월해요. 잘됐어요. 일주일을 충분히 활용해서 작동 원리를 살펴보고 심리역사학이 우리가 생각하는 대로 미래를 예측하는 학문이 되었는지 확인하는 거예요. 우리가 빠뜨린 요소는 없는지 확인해서 나쁠 건 없어요. 이런 조그만 예측을 하는 것도 이렇게 복잡한데 일주일이 더 생겼으니 다행이에요."

"그렇다면 다행이군. 장군을 만나러 가기 전에 마지막으로 수정할 부분이 있는지 자네한테 물어보겠네. 유고, 그 전까지는 그것과 관련된 정보를 다른 사람한테 조금도 누설하지 말게. 누구한테도. 행여나 실패해서 연구원들이 의기소침한 걸 보고 싶지 않으니까. 실패는 자네랑 내가 모두 감수하면서 계속 나아가는 거야."

애머릴이 오랜만에 환한 미소를 떠올리며 대답했다.

"선생님과 저, 실질적으로 우리 둘이서만 연구할 때가 기억나세요?"

"물론이지. 또렷하게 기억나. 정말 그리운 시절이야. 작업 도구는 많지 않았지만……"

"제1발광체조차 없었지요, 전자 정제기는 둘째치고."

"하지만 그때가 행복했어."

"행복했죠."

애머릴이 고개를 끄덕이며 중얼거렸다.

11

대학 구내 전체에서 생일을 축하하는 행사가 벌어졌다. 해리 셀던은 기쁜 마음을 억누를 수가 없었다.

프로젝트 연구소 중앙 통제실에서 갑자기 다양한 색상과 빛이 일어나더니 다양한 공간, 다양한 시간대의 해리 셀던이 담긴 입체 영상 홀로그램이 공중에 들어찼다. 훨씬 젊어 보이는 모습으로 빙그레 웃고 있는 도스 베나빌리와 아직 세련미가 떨어지는 10대 청소년 레이치도 있었다. 믿을 수 없을 정도로 젊은 셀던과 애머릴이 컴퓨터를 들여다보는 장면도 있었다. 에토 데머즐의 영상이 순간적으로 지나가며 셀던의 가슴을 오랜 친구에 대한 그리움으로 가득 채우기도 했다. 데머즐이 떠나기 전에 느끼던 안정감도 떠올랐다.

클레온 황제는 홀로그램 어디에도 등장하지 않았다. 그런 홀로그램이 없기 때문이 아니라 군부 정권이 통치하는 지금 이 시점에서 사람들에게 황제에 대한 향수를 불러일으키는 건 바람직하지 않기 때문이었다.

이윽고 중앙 통제실에서 넘쳐흐른 영상이 대학 내부의 모든 공간과 건물을 가득 채웠다. 마치 대학 구내 전체가 셀던이 본 적도 없고 상상조차 못한 다양한 형상이 가득한 전시장으로 변한 것 같았다. 심지어 돔에서 비추는 불빛조차도 까맣게 변하며 인위적인 밤을 연출해서 앞으로 사흘 동안 환한 빛을 발산할 대학과 좋은 대비를 이루고 있었다.

"사흘이라니!"

셀던이 감탄했다. 놀랍기도 하고 두렵기도 한 어투였다.

도스 베나빌리가 머리를 끄덕이며 대답했다.

"네, 사흘이에요. 대학은 그보다 줄일 생각 없을 거예요."

"막대한 비용과 막대한 노동력은 어쩌고!"

"당신이 이 대학에 미친 공로에 비하면 그런 비용은 아무것도 아니에요. 그리고 노동력은 모두가 자원봉사예요. 학생들이 자발적으로 모든 걸 알아서 처리하고 있어요."

공중에서 바라본 대학 영상이 화려하게 펼쳐졌다. 셀던은 자신도 모르게 떠오르는 미소를 머금으며 바라보았다.

도스가 말했다.

"기분 좋지요? 생일잔치를 열어서 늙은 걸 자랑할 필요가 뭐냐고 지난 석 달 동안 계속 불평만 하더니……. 지금 당신 표정을 봐요."

"으음, 기분이 좋소. 이런 식이 될 거라곤 생각을 못했소."

"왜요? 당신은 우상이에요, 해리. 온 세상, 그러니까 제국 전체가 당신을 안다고요."

그러자 해리 셀던이 머리를 열심히 흔들며 반박했다.

"그렇지 않소. 나를 아는 사람은 10억 가운데 한 명도 안 될 것이오. 심리역사학을 아는 사람은 더더욱 적을 터이고. 프로젝트 외부 인물은 심리역사학이 있다는 자체를 거의 모르는 데다 내부 인물이라고 해서 모든 걸 아는 것도 아니오."

"그런 건 중요하지 않아요, 해리. 중요한 건 당신이에요. 1000조에 달하는 사람들이 당신에 대해서 그리고 당신이 하는 일에 대해서 모를 순 있지만 해리 셀던이 제국에서 가장 위대한 수학자란 사실은 알아요."

셀던이 주변을 둘러보며 대답했다.

"으음, 지금 벌어지는 장면을 보면 그 말이 사실인 것처럼 들리는군. 하지만 사흘 낮 사흘 밤이라니! 대학 전체가 난장판으로 변하겠소."

"아니에요, 그렇지 않아요. 모든 기록을 안전하게 저장하고 컴퓨터를 비롯한 기자재도 안전하게 지키고 있어요. 그런 일이 일어나는 걸 막기 위해 학생들이 보안대 비슷한 걸 조직했어요."

"당신이 그렇게 하도록 만들었겠구려. 그렇지 않소, 도스?"

셀던이 다정하게 웃으며 물었다.

"몇 사람이 그렇게 했어요. 나 혼자 한 건 절대 아니에요. 당신 부하 연구원 탬와일 엘라르가 너무나 헌신적으로 노력했어요."

도스의 말에 셀던은 눈살을 찡그렸다. 그러자 도스가 물었다.

"엘라르한테 무슨 문제가 있나요?"

"그 친구는 나를 '위대하신 선생님'이라고 부르고 있소."

도스가 머리를 흔들며 비꼬았다.

"거 참 끔찍한 범죄네요."

셀던은 그 말을 무시한 채 이렇게 덧붙였다.

"그리고 아직 젊지."

"더 큰 문제로군요. 셀던, 당신은 앞으로 우아하게 늙은 법을 배워야 해요. 이제부터라도 자신한테 만족하는 모습을 보여 주어야 한다고요. 그러면 모두가 즐거워하며 좋아할 거예요. 당신도 그런 걸 바라잖아요. 이리 와요. 주변을 돌아봐요, 우리. 여기에서 나랑 숨어 있지 말고. 사람들을 만나요. 웃는 얼굴로. 잘 지내느냐고 물어봐요. 그리고 잔치가 끝날 즈음에는 모든 사람 앞에서 연설해야 한다는 사실을 명심해요."

"나는 잔치가 싫고 연설은 더더욱 싫소!"

셀던은 극적인 한숨을 내쉬었다. 그다음 도스가 시키는 대로 했다. 그는 대강당으로 연결된 아치에 들어서자 아주 당당한 자세를 취했다. 총리 시절에 입던 풍성한 의상 대신 젊은 시절에 좋아하던 헬리콘 스타일로 날씬한 몸매에 딱 들어맞는 의상이었다. 주름을 잡아서 밑으로 곧장 내려간 바지, 약간 변형시킨 상의. 가슴 바로 위에서는 은빛으로 아름답게 수놓은 '스트릴링 대학의 셀던 심리역사학 프로젝트'라는 글씨가 위엄이 넘치는 회색 의상을 배경으로 횃불처럼 반짝거렸다. 하얀 백발만큼이나 세월의 흔적이 또렷한 얼굴에서도 두 눈이 반짝거렸다.

셀던은 아이들이 신나게 놀고 있는 공간으로 들어섰다. 음식을 올려놓은 탁자만 남긴 채 모든 걸 깨끗이 치운 실내였다. 아이들은 셀던을 보자마자 오늘의 주인공이란 사실을 알아채고 우르르 달려들었다. 셀던은 그들이 사방에서 움켜잡는 손을 피하려고 애쓰며 이렇게 말했다.

"잠깐, 잠깐, 얘들아. 뒤로 물러나렴."

셀던이 주머니에서 조그만 인공지능 로봇을 꺼내 바닥에 내려놓았다. 로봇은 제국 어디에도 없기 때문에 셸던은 아이들이 그걸 보면 아주 좋아할 거라고 생각했다. 조그만 털북숭이 동물 모양이지만 갑자기 그 모양을 바꾸는(그래서 아이들한테서 폭소를 자아내는) 능력이 탁월했는데, 그럴 때마다 로봇의 소리랑 동작도 함께 변했다.

"조심해서 가지고 놀렴. 부서뜨리지 말고. 나중에 하나씩 선물하마."

셸던이 말했다. 그리고 대강당이랑 이어진 복도로 다시 나가다가 완다가 따라온다는 사실을 깨달았다.

"할아버지."

완다가 불렀다.

완다 역시 당연히 다른 모습이었다. 셸던은 어린 손녀를 번쩍 들어서 공중 높이 올렸다가 한 바퀴 돌린 다음에 밑으로 내려 주었다. 그리고 물었다.

"재미있게 놀고 있니, 완다?"

"네. 하지만 저 방엔 들어가지 마세요."

"왜, 완다? 저건 내가 쓰는 방이란다. 할아버지가 일하는 연구실."

"내가 나쁜 꿈을 꾼 곳이 바로 저 방이에요."

"나도 알아, 완다. 하지만 그건 다 끝났어, 그렇지 않니?"

셸던은 잠시 망설이다가 완다를 데리고 복도에 늘어선 의자 하나로 다가갔다. 의자에 앉아 완다를 무릎에 앉힌 다음에 물었다.

"완다. 당시에 꿈을 꾼 게 확실하니?"

"그런 것 같아요."

"당시에 잠을 잔 게 확실하니?"

"그런 것 같아요."

그런 말을 하는 완다의 표정이 불편해 보여서 셸던은 그냥 넘어가기로 결정했다. 더 이상 파고들어도 별다른 소용이 없을 터였다. 그래서 이렇게 물었다.

"으음, 꿈이든 아니든 남자 두 명이 나타나서 '레모네이드 죽음'이란 말을 했어, 그렇지?"

완다가 마지못한 표정으로 고개를 끄덕였다.

셀던이 다시 물었다.

"레모네이드란 말을 한 건 확실하니?"

완다가 다시 고개를 끄덕였다.

"두 사람이 다른 말을 했는데 네가 그걸 레모네이드라고 들은 건 아닐까?"

"레모네이드가 확실해요."

셀던은 그 대답에 만족할 수밖에 없었다.

"으음, 이제 가서 재미있게 놀렴, 완다. 꿈 같은 건 잊어버리고."

"알았어요, 할아버지."

꿈 문제에서 벗어나자마자 환한 얼굴이 된 완다가 아이들이 한창 노는 곳으로 달려갔다.

셀던은 마넬라를 찾으러 갔다. 한 걸음을 내디딜 때마다 멈춰서 인사를 하고 대화를 나누느라 마넬라를 찾는 데 아주 많은 시간이 걸렸다.

마침내 셀던은 멀리서 마넬라를 발견하고 "미안합니다…… 미안합니다…… 볼 일이 있어서…… 미안합니다……."를 계속 중얼거리며 인파를 뚫고 마넬라한테 간신히 다가갔다.

"마넬라."

셀던이 기계처럼 웃는 얼굴로 사방에 미소를 던지며 마넬라를 한쪽으로 잡아당겼다.

"네, 아버님. 무슨 문제라도 있나요?"
"완다가 꾸었다는 꿈."
"설마 완다가 아직도 꿈 얘기를 하는 건 아니겠죠?"
"으음, 아직도 신경이 쓰이는구나. 혹시 여기에 레모네이드가 있니?"
"당연하죠. 아이들이 너무나 좋아해요. 다양한 모양의 아주 조그만 유리잔에 다양한 맛이 나는 마이코겐 사탕을 조금씩 넣어 놓았더니 아이들이 그걸 맛보며 가장 맛있는 것을 찾아내고 있어요. 어른들도 좋아하는 걸요. 아버님도 한번 맛보시지 그러세요? 정말 맛있어요."
"혼자 생각 중인데, 만일 그게 꿈이 아니라면, 두 남자가 레모네이드 죽음이라고 하는 말을 완다가 실제로 들은 거라면……."
셀던이 창피해서 더 이상 말할 수 없다는 듯 말을 멈추자, 마넬라가 그 뒤를 이었다.
"행여나 레모네이드에 누가 독이라도 탄 건 아닐까 의심하시는 거예요? 그건 말도 안 돼요. 그렇다면 지금쯤 여기에 있는 아이들 모두가 구역질을 하거나 죽어 가야 해요."
"나도 알아. 나도 알아."
셀던이 중얼거리며 다른 곳으로 걸어가다가 하마터면 도스를 모르고 그냥 지나칠 뻔했다. 하지만 도스가 팔꿈치를 잡으며 물었다.
"왜 인상을 쓰고 있어요? 걱정이 가득한 표정이에요."
"완다가 꿈에서 들었다는 레모네이드 죽음에 대한 생각을 하는 중이오."
"나도 마찬가지예요. 하지만 아직까지 아무것도 모르겠어요."
"나는 독극물 가능성이 계속 떠오르는구려."
"아니에요. 이곳에 들어온 음식은 철저하게 확인했어요. 내가 과대망상에 걸려서 그런다고 생각하시겠지만 당신을 지키는 게 내 임무이니 그렇게 할 수밖에 없었어요."

"그 말은 모든 음식에……"

"독은 없어요. 맹세해요."

셀던이 빙그레 웃었다.

"으음, 다행이군. 마음이 놓이는구려. 사실 내가 보기에도……"

셀던이 말하는 걸 도스가 건조한 어투로 가로채며 말했다.

"그런 일이 없길 바라자고요. 그런 독극물보다 내가 훨씬 걱정스러운 건 당신이 며칠 후에 괴물 테나르를 만나러 가야 한다는 말이 들린다는 사실이에요."

"괴물이라고 부르지 마시오, 도스. 조심해요. 수많은 귀와 입이 주변에 가득하오."

그 즉시 도스가 목소리를 낮추며 말했다.

"당신 말이 옳은 것 같아요. 주변을 보세요. 환하게 웃는 얼굴들…… 하지만 우리 '친구들' 가운데에서 누군가가 오늘 밤이 지난 다음에 자기 상사나 부하한테 무슨 말을 할지 어떻게 알겠어요? 아, 인간이란! 수천 세기가 흘렀는데도 은밀한 배신이 아직까지 그대로 존재하다니. 하지만 나는 그 일이 아주 위험하다는 걸 알아요. 그러니 나도 함께 가야 하겠어요, 셀던."

"그럴 순 없소, 도스. 그러면 문제만 복잡해질 뿐이오. 나 혼자 가면 아무 일도 없을 것이오."

"당신은 테나르 장군을 어떻게 다뤄야 좋을지 모를 거예요."

도스의 말에 셀던이 엄숙하게 쳐다보며 반박했다.

"그럼 당신은 알 것 같소? 엘라르랑 똑같은 말을 하는구려. 엘라르는 내가 무기력한 늙은이라고 확신하고 있소. 그래서 나랑 함께 가겠다고, 심지어 나 대신 가겠다고 말했소. 트랜터에서 내 자리를 차지하길 바라는 사람이 얼마나 될까 궁금하오."

셀던이 말하더니, 빈정거리는 어투로 덧붙였다.

"수십 명? 아니, 수백만 명일까?"

12

은하제국은 지난 10년 동안 황제가 없었지만 황궁을 운영하는 방식은 예전과 동일했다. 수백만 가지 전통이 여전히 살아 숨쉬는 덕택에 황제의 부재는 무의미한 지경이었다.

이 말은 화려한 의상을 입고 이런저런 행사를 주도할 인물이 당연히 없다는 의미였다. 명령을 내리는 권위 있는 목소리도 없고 사람들이 속닥거리는 황제의 소망도 없고 황제의 은총이나 불만도 없고 황궁 전체를 부드럽게 만드는 황제의 기쁨도 없고 황궁 전체를 우울하게 만드는 황제의 우울한 표정도 없었다. 황제가 살던 황궁 심장부는 텅 비었고 황실 가족도 없었다.

그럼에도 불구하고 수많은 정원사는 여전히 정원을 완벽하게 가꿨다. 수많은 시종은 건물 내부를 완벽하게 유지했다. 황제의 침실은 자는 사람이 아무도 없지만 시트는 매일 깨끗하게 바뀌었으며 수많은 방은 깨끗하게 청소되었다. 모든 작업이 예전 그대로 진행되었으며 황궁 관료는 꼭대기부터 밑바닥까지 예전과 똑같은 업무에 열중했다. 고위 관료들은 황제가 살아 있을 때에 그런 것과 똑같은 명령을 내렸다. 황제가 내렸음 직한 그런 명령이었다. 인물 자체도 고위 관료로 올라갈수록 클레온이 삶을 마친 날 그대로 유지되고 있었으며 새로 들어온 인물은 세세한 훈련을 받으며 전통 속으로 그대로 녹아들었다.

황제의 통치에 익숙한 제국 전체가 '유령의 통치'를 고집하며 현상을 그대로 유지하려고 애쓰는 것 같았다.

군부 정권도 그 사실을 알거나 막연하게 느끼고 있었다. 지난 10년 동안 제국을 통치한 군부 인물 가운데에서 황궁 심장부에 있는 황제의 숙소까지 들어간 사람은 지금까지 한 명도 없었다. 아무리 막강한 권력을 휘둘러도 그들은 황제가 아니며 따라서 그곳에 들어갈 권리가 없다는 걸 알고 있었다. 대중들 역시 줄어든 자유는 꾹 참고 견딜지언정 살아 있든 이미 죽었든 황제에 대한 불경스러운 태도는 결코 참지 않을 터였다.

물론 테나르 장군도 수십 개 황조가 오랫동안 살아온 우아한 구조물 안으로 들어가지 않았다. 황궁 변두리에 세운 눈에 거슬리는 구조물 가운데 하나를 관사와 집무실로 사용할 뿐이었다. 하지만 그 건물은 요새처럼 단단하게 지어서 포위 공격을 너끈히 견딜 수 있었으며 그 주변을 건물로 다시 에워싸서 방대한 규모의 강력한 군대를 주둔시킨 상태였다.

테나르는 땅딸막한 사내로 콧수염을 기르고 있었다. 다알 출신처럼 마구 기른 스타일 대신 콧수염과 윗입술 사이에 맨살이 보이도록 윗입술을 따라 가지런히 다듬은 콧수염이었다. 콧수염은 붉었고, 파란 눈은 차가웠다. 젊을 때에는 미남이란 소리를 들었음 직한 얼굴은 살이 통통하게 붙었으며 가느다란 두 눈에는 분노가 가득했다.

수백만 행성에 절대적인 권력을 행사하면서도 자신을 황제라고 칭할 수 없는 자가 그럴 수밖에 없는 것처럼 잔뜩 찡그린 얼굴로 주변을 둘러보며 부관 헨더 린한테 말하는 어투에도 화난 어조가 가득했다.

"나는 스스로 황조를 수립할 수 있어. 이곳은 제국을 통치하는 주인한테 어울리는 장소가 아니야."

부관 헨더 린이 부드럽게 대답했다.

"중요한 건 주인이란 사실입니다. 황궁에서 꼭두각시처럼 지내는 편보다 조그만 방에서 주인 노릇을 하는 게 훨씬 좋습니다."

"하지만 황궁에서 주인 노릇을 하면 더욱 좋겠지. 그렇지 않나?"

헨더 린은 대령 계급이지만 군사 작전에 참여한 경험은 한 번도 없었다. 헨더 린의 역할은 테나르가 듣고 싶어 하는 말을 해 주고 테나르가 내린 명령을 해당 인물한테 그대로 전달하는 것이었다. 물론 가끔은 (안전한 느낌이 들 때에) 테나르를 훨씬 신중한 방향으로 인도하려고 애쓸 때도 있었다.

헨더 린은 '테나르의 충견'으로 널리 알려졌으며 자신 역시 그 사실을 알고 있었다. 하지만 조금도 창피스럽게 여기지 않았다. 충견으로 지내는 동안만큼은 안전을 보장받을 수 있었다. 충견에 불과한 자가 교만을 떨다가 추락한 사례도 충분히 알고 있었다.

물론 끝없이 변하는 권력 구조 속에서 테나르가 몰락하는 순간이 올 수도 있었지만 헨더 린 자신은 정신을 바싹 차리고 있으면 그 순간을 예측해서 목숨을 구할 방법이 있을 거라고 생각했다. 물론 그러지 못할 가능성도 있지만 그 정도는 감수할 수밖에 없었다.

"장군님께서 황조를 만들지 못할 이유는 없습니다, 장군님. 오랜 제국 역사에서 그렇게 한 사람은 많으니까요. 하지만 시간이 걸립니다. 사람들이 느리게 적응합니다. 황제로 충분한 인정을 받으려면 일반적으로 이삼 대가 지나야 합니다."

"나는 그렇게 생각하지 않네. 나 스스로 황제가 되었다고 선언하면 되는 거야. 감히 누가 그걸 문제 삼겠나? 내가 모든 걸 완벽하게 장악했는데."

"그렇습니다, 장군님. 트랜터는 물론 중심부 행성 대부분은 장군님을 문제 삼을 수 없습니다. 하지만 훨씬 멀리 떨어진 주변부의 여러 외부 행성은 (아직까지) 새로운 황조를 받아들이지 않을 수도 있습니다."

"중심부 행성이든 외부 행성이든 군대가 모든 걸 통치하고 있어. 그게 제국의 근간이야."

"그렇습니다, 정말 바람직한 현상입니다. 하지만 오늘날 외부 행성 대부분은 독자적인 군대를 가지고 있어서 장군님 지시를 거부할 수도 있습니다. 지금은 아주 어려운 시기입니다."

"자네 말은 조심해야 한다는 뜻이군."

"저는 언제나 신중하게 움직이시기를 권해 드립니다, 장군님."

"그러다 보면 언젠가는 그런 권고를 너무 많이 할 수도 있겠군."

장군이 말하자, 헨더 린이 머리를 숙이며 대답했다.

"저는 장군님한테 바람직하다고 느껴지는 것만 권해 드릴 뿐입니다, 장군님."

"기회가 있을 때마다 해리 셀던에 대한 말을 되풀이 하는 것처럼 말인가?"

"그자는 아주 위험한 인물입니다, 장군님."

"자네는 계속 그렇게 말하지만 나는 그렇게 보지 않아. 그자는 대학 교수일 뿐이야."

헨더 린이 대답했다.

"그렇습니다. 하지만 예전에는 총리였습니다."

"나도 알아. 하지만 그때는 클레온이 있을 때였어. 그 이후 그자가 무슨 짓을 벌이기라도 했나? 말을 안 듣는 외부 행성 총독이 사방에 널려 있고 모든 게 어려운 시대에 일개 교수를 위험인물로 여겨야 하는 이유가 무언가?"

장군의 질문에 헨더 린이 조심스럽게 대답했다. 장군을 교육시킬 때에는 누구나 조심해야 했다.

"조용히 지내는 사람은 아무런 해가 안 될 거라고 판단하는 건 바람직하지 않을 때가 있습니다. 셀던은 반대파한테 결정적인 공격을 가한 사람입니다. 20년 전에 조라넘주의 운동이 클레온의 강력한 총리였던 에토 데머즐 정권을 거의 와해시킨 적이 있습니다."

테나르가 고개를 끄덕였지만 살짝 찡그린 얼굴은 당시 사건이 구체적으로 기억나지 않음을 의미했다.

"조라넘을 물리치고 데머즐의 뒤를 이어 총리 자리에 오른 자가 바로 셀던입니다. 하지만 조라넘주의 운동은 간신히 살아남았고 셀던은 그 뿌리까지 파헤치기 시작했습니다. 그 와중에 클레온 암살 사건이 일어난 것입니다."

"하지만 셀던은 별다른 제재를 받지 않았어, 그렇지 않은가?"

"정확합니다. 셀던은 아무런 제재도 안 받았습니다."

"정말 이상하군. 황제가 암살을 당했으면 총리가 처형당해도 이상한 일이 아닌데 말이야."

"그렇습니다. 그럼에도 불구하고 군부 정권은 그자를 살려 주었습니다. 그게 훨씬 바람직하게 보였습니다."

"왜지?"

헨더 린이 속으로 한숨을 쉬며 대답했다.

"심리역사학이라는 게 있기 때문입니다, 장군님."

"그게 뭔지 모르겠군."

테나르가 퉁명스럽게 말했다. 사실은 헨더 린이 그것에 대해서 여러 차례 설명하려고 애쓰던 어렴풋한 기억이 떠올랐다. 하지만 테나르는 들으려 하지 않았고 헨더 린은 장군한테 강하게 밀어붙이는 건 안 좋다는 사실을 잘 알고 있었다. 테나르는 지금도 듣고 싶은 마음이 없었다. 하지만 헨더 린의 목소리에 뭔지 모를 긴박감이 숨어 있는 것 같았다. 이번에는 귀를 기울이는 게 좋을 것 같았다.

헨더 린이 이렇게 말했다.

"그걸 아는 사람은 거의 없습니다. 하지만 일부 지식인들이 그걸 흥미진진하게 지켜보고 있습니다."

"도대체 어떤 건가?"

"복잡한 수학 시스템입니다."

테나르가 머리를 흔들었다.

"그렇다면 그만두게. 나는 사단의 숫자를 셀 수 있어. 나한테 필요한 수학 실력은 그 정도로 충분해."

"문제는 심리역사학이 미래를 예측할 수 있다는 사실입니다."

장군의 두 눈이 튀어나올 기세로 크게 뜨였다.

"그렇다면 셀던이란 작자가 점쟁이란 말인가?"

"흔한 점쟁이랑 다릅니다. 과학적으로 예측하는 겁니다."

"믿을 수 없어."

"그렇습니다, 믿기 어렵습니다. 하지만 셀던은 그것 때문에 이곳 트랜터, 그리고 외부 행성 일부에서 숭배를 받고 있습니다. 그리고 심리역사학은 실제로 미래를 예측하거나 사람들이 그렇다고 믿는 자체로 정권을 뒤집을 강력한 무기가 될 수 있습니다. 장군님도 비슷한 사례를 겪으셨습니다. 우리한테 중요한 건 현 정권이 튼튼하게 유지되면서 제국 전역의 평화와 번영을 가져올 거라는 확신 하나입니다. 사람들이 이 사실을 믿는다면 현 체제는 오랫동안 유지될 수 있습니다. 하지만 셀던이 정반대를 원한다면 내전과 파괴를 예언할 수 있습니다. 그래서 사람들이 그 말을 믿으면 정권은 흔들릴 수밖에 없습니다."

"그렇다면, 대령, 심리역사학에서 나온 예언을 우리가 원하는 내용으로 만들면 되겠군."

"그걸 만드는 사람은 바로 셀던인데, 그는 현 정부에게 우호적이지 않습니다. 심리역사학을 완성시키기 위해 스트릴링 대학에서 가동하는 프로젝트 자체와 해리 셀던을 분리시키는 작업이 아주 중요합니다, 장군님. 심리역사학은 우리한테 무한한 도움을 줄 수 있습니다. 하지만 그건 셀던 이외의 인물이 책임자 자리에 오를 때에 가능합니다."

"그럴 만한 인물이 있는가?"

"네, 그렇습니다. 셀던만 제거하면 됩니다."

"그렇게 하는 게 뭐가 어렵나? 처형하라는 명령만 내리면 되는데."

"그런 일에는 정부가 개입하지 않은 것처럼 보이는 편이 훨씬 바람직합니다."

"그럼 어떻게 해야 하나?"

"제가 장군님께서 셀던과 만나는 자리를 준비했으니, 그 사람의 성격이랑 취향을 자세히 살피십시오. 그러면 제가 마음속에 품고 있는 제안이 바람직한지 아닌지 판단하실 수 있을 겁니다."

"언제 만나는 건가?"

"원래는 곧바로 만날 계획이었지만 프로젝트 대변인이 예순 살 생일잔치를 치러야 한다며 며칠 미뤄 달라고 요청했습니다. 그 청을 들어주는 편이 좋을 것 같아서 일주일 연기를 허락했습니다."

"왜? 나는 어떤 식으로든 약한 모습을 보이고 싶지 않아."

테나르가 반발하자, 헨더 린이 동조했다.

"그러셔야죠, 장군님. 그게 맞습니다. 장군님의 본능은 항상 옳습니다. 하지만 현 상황으로 볼 때 지금 현재 열리고 있는 생일잔치가 진행되는 방식과 규모를 파악할 필요가 있을 것 같았습니다."

"왜?"

"정보는 많을수록 좋으니까요. 장군님께서는 생일잔치 현장을 보고 싶지 않으십니까?"

테나르 장군이 여전히 어두운 안색으로 물었다.

"그럴 필요까지 있겠나?"

"아주 재미있으실 겁니다, 장군님."

재생 영상과 소리가 훌륭하게 펼쳐지면서 즐거운 생일잔치 분위기가 장군이 앉아 있는 딱딱한 실내 공간을 오랫동안 가득 메웠다.

헨더 린의 나지막한 목소리가 설명을 덧붙였다.

"지금 잔치가 벌어지는 곳은, 장군님, 프로젝트 연구소이지만 대학 전체가 참여하고 있습니다. 잠시 후에 공중에서 조망한 영상이 펼쳐지면 생일잔치가 아주 광범위하게 벌어지고 있다는 사실을 알 수 있으실 겁니다. 비록 지금 당장 구체적으로 보여 드릴 증거가 있는 건 아니지만 트랜터 전역에 널려 있는 다양한 대학 여기저기에서 일종의 '위로 잔치'가 열리는 중입니다. 생일잔치는 지금도 진행 중이며 앞으로 최소한 하루는 더 갈 것 같습니다."

"자네 말은 이게 트랜터 전체 차원의 '잔치'란 뜻인가?"

"그렇습니다. 참석자는 대부분 지식인 계급이지만 그 규모가 놀라울 정도로 광범위합니다. 심지어 트랜터 이외의 행성도 일부가 떠들썩할 정도입니다."

"이런 영상은 어디에서 구했나?"

헨더 린이 빙그레 웃었다.

"프로젝트에 심어 놓은 정보원이 여러 명 있습니다. 무슨 일이 있을 때마다 즉각적으로 확실한 정보를 알려 주기 때문에 우리 눈을 피할 수 있는 건 아무것도 없습니다."

"음, 그렇다면 헨더 린, 이런 행사에 대한 자네의 결론은 무엇인가?"

"제가 보기에는, 아마 장군님 눈에도 그렇게 보일 것 같습니다만, 해리 셀던은 개인적인 숭배를 받고 있는 것 같습니다. 그자와 심리역사학이 하나처럼 여기지고 있기 때문에 우리가 노골적으로 제거할 경우에 심리역사학 자체에 대한 신뢰성이 완전히 무너질 수 있습니다. 우리한테 바람직하지 않은 결과가 나타나는 겁니다.

하지만, 장군님, 셀던은 나이가 많고 따라서 다른 사람으로 교체하는 건 충분히 있을 수 있는 일입니다. 우리의 위대한 목표와 제국의 희망에 우호적인 인물을 우리가 선발해서 말입니다. 셀던을 이렇게 자연스러운 방식으로 제거할 수 있다면 우리한테 최선입니다."

"그런데도 내가 그자를 만나야 한다고 생각하는가?"

"네, 장군님이 셀던의 품성을 파악하셔서 우리가 취할 방법을 결정하려면 그래야 합니다. 하지만 아주 조심하셔야 합니다. 그자는 대단한 유명 인사이기 때문입니다."

"나는 전에도 유명 인사를 만난 적이 있어."

테나르가 넌지시 말했다.

13

"그래, 대성공이야. 정말 즐거운 시간을 보냈어. 어서 일흔이 돼서 이런 생일잔치를 다시 벌이고 싶을 정도야. 하지만 몸이 아주 피곤하군."
"그러니까 한잠 푹 주무세요, 아버지. 그러면 피로가 싹 풀릴 거예요."
레이치가 빙그레 웃으며 말했다.
"앞으로 삼사 일 후에 위대한 지도자를 만나야 하는데 얼마나 편하게 쉴 수 있을지 모르겠군."
"혼자 만나러 갈 순 없어요."
도스 베나빌리가 단호한 어조로 끼어들자, 셀던이 눈살을 찡그렸다.
"그런 말은 그만하시오, 도스. 나로선 혼자 만나러 가는 게 아주 중요하니 말이오."
"혼자 가는 건 안전하지 않아요. 10년 전 새 정원사를 맞이하려 갈 때에 내가 따라가지 못하게 해서 어떤 일이 일어났는지 기억하세요?"
"당신이 일주일에 두 번씩 그 얘기를 하는데 내가 그걸 어떻게 잊어 버리겠소, 도스. 하지만 이번에는 나 혼자 갈 생각이오. 지도자가 바라는 내용을 듣기 위해 늙은이가 혼자 찾아가는데, 그쪽에서 아무 힘도 없는 늙은이한테 무슨 짓을 할 수 있겠소?"
"그 사람이 바라는 게 뭐 같으세요, 아버지?"
레이치가 물으며 손가락을 깨물었다.
"선황제가 원한 것과 똑같은 걸 바라겠지. 심리역사학이 독특한 방식으로 미래를 예견할 수 있다는 말을 누구한테 듣고서 자신의 목적에 합당하게 사용할 방법을 찾아보려고 할 거야. 나는 거의 30년 전에 클레온 선황제에게 아직 심리역사학이 그만큼 개발되지 않았다고 대답했고 총리로 재직하는 동안에도 계속 그런 식으로 대답했어. 이번에도 테나르 장군한테 똑같은 말을 할 수밖에 없어."

"그 사람이 아버지 말을 믿을까요?"

"합리적으로 설득할 방법을 생각해 놓아야 하겠지."

도스가 말했다.

"당신 혼자 보내고 싶지 않아요."

"그래도 달라질 건 없소, 도스."

바로 그 순간에 탬와일 엘라르가 끼어들었다.

"여기에서 가족이 아닌 사람은 저밖에 없는데, 제가 의견을 말해도 괜찮을지 모르겠네요."

셀던이 대답했다.

"어서 말하게. 어떤 의견이든 환영하니까."

"저는 절충안을 제시하고 싶습니다. 우리 몇 사람이 위대하신 선생님과 함께 가는 겁니다. 극히 일부만. 생일잔치를 성공리에 마친 다음에 선생님을 모시고 여행하는 일종의 대표단처럼 말이에요……. 아니, 잠깐만요, 장군 집무실로 우리 모두 우르르 몰려가잔 얘기가 아닙니다. 우리는 황궁 영내로 들어갈 필요조차 없습니다. 황궁 구역에 들어가서 황궁 옆에 있는 호텔 방을 잡고(돔 모서리 호텔이 적절할 것 같은데) 하루 동안 우리끼리 즐거운 시간을 가지는 겁니다."

"그런 건 나한테 필요할 것 같군. 하루를 즐겁게 보내는 거."

셀던이 콧방귀를 날리자, 엘라르가 즉시 대답했다.

"선생님은 아닙니다, 위대하신 선생님. 선생님은 테나르 장군을 만나시고 나머지는 황궁 구역 사람들한테 선생님이 유명 인사란 느낌을 주는 겁니다. 그러면 아마 장군도 눈여겨보게 될 것입니다. 그래서 우리가 선생님이 돌아오시기만 기다린다는 사실을 장군이 알게 되면 불편한 상황이 일어날 가능성도 그만큼 줄어들 겁니다."

무거운 침묵이 뒤를 잇더니 마침내 레이치가 입을 열었다.

"허세가 너무 심한 것 같아요. 세상 사람들이 생각하는 아버지 이미지랑 어울리지 않아요."

하지만 도스는 생각이 달랐다.

"내 관심사는 그런 게 아니야. 나한테 중요한 건 네 아버지의 안전이야. 우리가 장군 집무실이나 황궁 영내로 들어갈 수 없다면 최대한 가까운 지점에 여럿이 모여 있는 것도 좋을 것 같아. 고마워요, 엘라르 박사, 정말 좋은 제안이에요."

"나는 그러고 싶지 않소."

셀던이 반대하자, 도스가 반발했다.

"하지만 나는 그러고 싶어요. 내가 당신을 보호할 수 있는 방법이 그 정도 수준밖에 안 되는 게 아쉽지만 그 방법이라도 취해야 하겠어요."

그때까지 아무 말 없이 가만히 듣기만 하던 마넬라가 입을 열었다.

"돔 모서리 호텔에 묵는 것도 재미있을 것 같네요."

"내가 바라는 건 재미가 아니지만 너도 찬성한다는 의미로 받아들이마."

도스가 말했다.

그래서 그렇게 하기로 결정되었다. 다음 날 낮에는 심리역사학 프로젝트 간부 약 스무 명 정도가 돔 모서리 호텔에 들어가서 돔이 없는 황궁 영내가 굽어 보이는 객실을 잡았다.

그리고 초저녁 시간에는 장군의 무장 경호대가 와서 셀던을 회담 장소로 데려갔다.

거의 비슷한 시간에 도스도 사라졌지만 그 사실을 한동안 아무도 눈치채지 못했다. 그리고 그 사실을 깨달은 다음에는 도스 베나빌리에게 어떤 일이 생겼는지 아무도 몰라서 흥겨운 축제 분위기는 순식간에 걱정스러운 분위기로 돌변하고 말았다.

14

도스는 황궁 영내에서 10여 년을 살아 본 경험이 있었다. 총리의 부인으로 영내에 기록되어 있어서 지장만 찍고 돔 지역에서 열린 지역으로 자유롭게 들어갈 수 있었다.
클레온 암살 사건에 뒤이어 모든 게 혼란에 빠진 바람에 도스 베나빌리의 출입 자격은 취소되지 않고 아직까지 남아 있었다. 그 끔찍한 사건이 일어난 이후 처음으로 도스는 돔 지역에서 황궁 영내로 들어갈 생각을 품었고, 충분히 그렇게 할 수 있었다.
그러다가 들키면 비로소 출입 자격이 취소될 거란 사실을 도스는 너무나 잘 알고 있었다. 따라서 딱 한 번으로 끝나는 출입 자격인 셈이었다.
도스가 열린 지역으로 들어서는 순간 하늘이 갑자기 어두워지고 온도가 급격히 떨어지기 시작했다. 돔으로 뒤덮인 세상은 밤 시간이 다른 세상보다 약간 밝았으며 낮 시간은 약간 어두웠다. 그리고 돔이 덮인 곳은 그렇지 않은 곳보다 당연히 기온이 약간 따뜻했다.
트랜터 주민 대부분은 평생을 돔 밑에서 지내기 때문에 이런 사실을 모르고 있었다. 하지만 도스는 충분히 예상한 사실이었기에 특별히 문제될 건 없었다.
도스는 중앙 도로에 들어섰다. 돔 모서리 호텔 구역에서 하늘이 열린 지역으로 들어서는 도로였다. 물론 그 길은 불빛을 환하게 밝혀 놓았기 때문에 어두운 하늘은 아무런 문제도 되지 않았다.

도스는 약 100미터 정도를 나아가면 경비병이 막을 거라고, 피해망상에 시달리는 군부가 통치하는 지금은 그 거리가 훨씬 짧을 수도 있다고 생각했다. 도스의 독특한 모습은 단번에 눈에 띌 수밖에 없었다.

그 예상은 그대로 들어맞았다. 조그만 지상차가 조르륵 달려와서 경비병이 차창을 열고 소리쳤다.

"여기에서 뭘 하는 겁니까? 어디로 가는 겁니까?"

도스는 경비병이 묻는 소리를 무시한 채 계속 걸었다.

경비병이 다시 소리쳤다.

"멈추시오!"

그러더니 브레이크를 밟고 지상차 밖으로 내렸다. 도스가 바라던 그대로였다.

경비병은 한 손으로 우주총을 느슨하게 들었다. 겁을 주려는 게 아니라 그게 있다는 사실을 보여 주는 정도였다. 그리고 물었다.

"주민번호를 말하시오."

도스가 대답했다.

"난 당신 차가 필요해요."

경비병이 화를 내며 소리쳤다.

"뭐라고? 당신 주민번호를 말해. 지금 당장!"

그러면서 우주총을 추켜들었다.

"당신한테 필요한 건 주민번호가 아닐걸."

도스는 차분하게 말한 후, 경비병한테 다가갔다.

경비병이 뒤로 한 발짝 물러나며 소리쳤다.

"그 자리에 멈춰서 주민번호를 말하지 않으면 몸뚱이를 당장 날려 버리겠다."

"아니! 우주총을 내려놔."

경비병이 입을 꾹 닫았다. 손가락은 방아쇠로 움직이기 시작했다. 하지만 그러기도 전에 넋이 달아났다.

당시에 일어난 일을 경비병은 나중에도 정확히 설명할 수가 없었다. 경비병이 할 수 있는 말은 다음 말이 전부였다(심지어 그런 사람을 만나서 정말 자랑스럽다는 목소리였다.).

"그 여자가 바로 '여자 호랑이'란 사실을 내가 어떻게 알 수 있었겠어? 정말 순식간이었어. 움직이는 게 눈에 보이지도 않을 정도였다니까. 우주총을 쏘려고 생각했는데(내 눈에는 미친 여자로 보였거든.) 정신을 차리고 보니 내가 완전히 압도당하고 만 거야."

도스는 경비병을 단단히 붙잡아서 우주총이 들린 손을 공중으로 추켜올렸다. 그리고 이렇게 말했다.

"지금 당장 우주총을 떨어뜨리지 않으면 팔모가지를 분질러 버리겠어."

경비병은 가슴을 단단히 붙잡혀서 제대로 숨조차 쉴 수 없었다. 그는 선택의 여지가 없다는 사실을 알아채고 우주총을 떨어뜨렸다.

도스는 경비병을 놓아주었다. 하지만 경비병이 움직일 수 있을 만큼 정신을 차리기도 전에 도스는 경비병이 떨어뜨린 우주총을 그의 눈앞에 들이대며 위협했다.

도스가 말했다.

"무전기를 원래 자리에 그대로 두었다면 좋겠군. 지금 일어난 일을 너무 빨리 보고하려고 하지 마. 잠시 기다렸다가 상관한테 보고하는 게 좋을 거야. 비무장 여인에게 우주총이랑 지상차를 빼앗겼다는 사실이 알려지면 군부 정권이 자네를 가만 두지 않을 테니 말이야."

도스는 지상차에 올라타서 중앙 도로를 따라 빠르게 달리기 시작했다. 영내에서 10년을 머물렀기 때문에 자신이 가야 할 길은 정확히 알고 있었다. 도스가 올라탄 지상차는(영내에서 공식적으로 사용하는 지상차는) 낯선 침입자가 아니었기에 멈춰 세우는 경비병도 없었다. 하지만 속도를 올리는 위험을 감수해야 했다. 목적지에 조금이라도 빨리 도착하고 싶었기 때문이다. 도스는 지상차 속도를 시속 200킬로미터까지 끌어올렸다.

결국 그 속도는 관심을 끌고 말았다. 하지만 도스는 그렇게 빨리 모는 이유가 뭐냐고 묻는 무전기 소리를 무시했다. 그리고 얼마 후에는 지상차에 설치된 감지기에서 다른 지상차가 열심히 쫓고 있음을 알려 주었다.

뒤에는 경고 차원에서 지상차가 쫓아오고 앞에는 또 다른 지상차가 기다리고 있을 게 분명했다. 하지만 그들이 할 수 있는 건 거의 없었다. 우주총으로 도스를 날려 버려서 심각한 조사를 받으려는 사람은 아무도 없을 터였다.

도스가 목표로 한 건물에 다가가자 지상차 두 대가 기다리고 있었다. 도스는 자신이 몰고 온 지상차에서 조용히 내려 입구로 걸어갔다.

그 즉시 군인 두 명이 앞길을 막았다. 지상차를 빠르게 몬 운전자가 경비병이 아니라 민간인 복장의 여성이란 사실에 놀란 것 같았다.

"여기에 무슨 일로 왔습니까? 그렇게 서두른 이유가 뭡니까?"

도스는 차분하게 대답했다.

"헨더 린 대령한테 중요한 전갈이 있어요."

"정말입니까?"

경비병이 거칠게 말했다. 도스와 입구 사이를 막고 선 경비병은 이제 네 명이 되었다.

"주민번호를 대시죠."

"나를 막지 마세요."

"주민번호를 대라고 했습니다."

"시간 낭비에 불과해요."

경비병 한 명이 갑자기 입을 열었다.

"저 여자가 누구처럼 보이는지 알아? 전 총리의 부인 있잖아. 도스 베나빌리 박사. 여자 호랑이."

경비병 네 명 모두가 뒤로 한 발씩 엉거주춤 물러났다. 하지만 한 명이 이렇게 말했다.

"당신을 체포하겠소."

"나를? 내가 여자 호랑이란 사실을 안다면 내가 아주 강하고 운동신경도 빠르다는 사실도 알고 있을 텐데요? 여러분 모두가 나와 함께 조용히 안으로 들어가서 헨더 린 대령이 하는 말을 들어 보는 건 어떨까요?"

"당신을 체포하겠소."

이런 말이 다시 나오며 우주총 네 개가 도스를 겨냥했다.

"으음, 정 여러분 뜻이 그러시다면."

도스가 말하며 재빨리 움직이자 경비병 두 명이 갑자기 땅바닥에 나뒹굴며 신음 소리를 뱉어 냈다. 도스의 두 손에는 우주총이 한 자루씩 들려 있었다.

"나는 저들을 해치고 싶은 생각이 없었지만 팔목이 부러졌을 가능성이 많아요. 이제 여러분 두 사람만 남은 셈인데 나는 우주총을 누구보다 빨리 쏠 수 있어요. 여러분이 조금이라도(아주 조금이라도) 움직인다면 나는 평생 지켜온 맹세를 깨뜨리고 여러분을 죽일 수밖에 없어요. 그렇게 하고 싶은 마음은 하나도 없으니까 내가 그럴 수밖에 없도록 강요하지 마세요."

가만히 서 있는 경비병 두 명 사이로 절대적인 침묵이 흘렀다. 아무도 꼼짝하지 않았다.

도스가 다시 제안했다.

"두 분이 나를 대령한테 안내하고 나서 동료 두 분을 의사한테 데려가는 건 어떨까요?"

하지만 그 제안은 불필요했다. 헨더 린 대령이 집무실에서 나오며 물었기 때문이다.

"도대체 무슨 일이야? 여기에서······"

도스가 대령한테 고개를 돌리며 말했다.

"아! 내 소개를 드리지요. 나는 도스 베나빌리 박사라고 합니다, 해리 셀던 교수의 아내이고요. 중요한 업무 때문에 대령님을 만나러 왔습니다. 저 네 사람이 나를 막으려고 하다가 두 사람이 심하게 다쳤습니다. 네 사람을 보내고 내가 하는 말을 들어 보세요. 대령님을 해칠 의도는 없습니다."

헨더 린 대령이 경비병 네 명을 훑어보더니 도스한테 시선을 돌리고 차분하게 말했다.

"나를 해칠 의도는 없다고요? 경비병 네 명이 당신을 막는 건 실패했지만 나한테는 즉시 출동할 병력 4000명이 있습니다."

"그럼 그렇게 하세요. 그들이 아무리 빨리 출동하더라도 내가 대령을 죽이겠다는 마음만 먹으면 대령을 구할 순 없을 테니까. 경비병을 보내고 문화인답게 대화를 나누는 게 어때요."

헨더 린이 경비병을 보내고 이렇게 말했다.

"으음, 안으로 들어와서 대화를 나눕시다. 하지만 미리 경고하는데, 도스 베나빌리 박사, 나는 기억력이 좋답니다."

"나도 마찬가지예요."

도스가 대답했다. 그리고 헨더 린과 함께 집무실로 들어갔다.

15

헨더 린이 아주 정중하게 물었다.

"자, 여기에 오신 이유가 구체적으로 무언지 말씀하십시오, 베나빌리 박사."

도스는 빙그레 웃으며 대답했다. 원한도 없지만 좋을 것도 없다는 어투였다.

"다른 무엇보다, 내가 여기에 온 이유는 내가 여기에 올 수 있다는 사실을 당신한테 보여 주기 위한 거예요."

"그렇습니까?"

"그래요. 무장한 지상차가 와서 우리 남편을 장군한테 데려갔어요. 그와 동시에 나 역시 무기도 없이 맨손으로 호텔을 떠났죠. 그리고 보시다시피 난 지금 여기에 와 있는데, 아마 내가 남편보다 먼저 도착했을 거예요. 나는 당신을 만나기 위해 나한테 지상차를 빼앗긴 경비병을 포함해 모두 다섯 명을 제압했어요. 아마 50명은 충분히 뚫고 지나올 수 있었을 거예요."

헨더 린이 고개를 천천히 끄덕이며 대답했다.

"사람들이 당신을 여자 호랑이라고 부르는 이유를 알겠군요."

"그렇게들 부르더군요. 어쨌든 내가 당신한테 접근한 이유는 우리 남편한테 아무런 해도 가하지 못하도록 하기 위해서예요. 극적으로 표현한다면, 우리 남편은 위험을 무릅쓰고 장군의 우리에 자기 발로 들어왔고 나는 우리 남편이 다치지 않기를 원해요."

"내가 아는 한 이번 만남 때문에 당신 남편이 다칠 이유는 하나도 없습니다. 하지만 그렇게 걱정스럽다면 나한테 온 이유가 뭡니까? 장군한테 직접 가지 않고?"

"그 이유는 두 사람 가운데에 두뇌가 있는 사람은 바로 당신이기 때문이에요."

잠시 침묵이 흐르다가 헨더 린이 입을 열었다.

"그건 정말 위험한 발언이 될 수 있습니다, 누가 엿듣기라도 한다면."

"나보단 당신한테 훨씬 위험할 테니까 엿듣는 사람이 없도록 하세요. 지금 당신이 나를 달래서 이 자리를 용케 벗어난 다음에 우리 남편을 감옥에 가두거나 처형을 시킨다면 나로선 다른 방법이 없습니다, 당신의 어리석음을 깨우쳐 주는 수밖에."

도스가 탁자에 내려놓은 우주총 두 개를 가리키며 계속 말했다.

"나는 맨손으로 영내에 들어왔습니다. 그 뒤에 우주총 두 개를 확보한 채 당신 바로 앞까지 접근했습니다. 우주총이 없다면 칼도 괜찮겠지요, 나는 칼솜씨가 아주 좋으니까. 설사 우주총은 물론 칼조차 없다 하더라도 나는 무서운 힘을 지니고 있습니다. 여기에 있는 탁자는 쇳덩이로 단단하게 만든 것처럼 보이는군요."

"그렇소."

도스가 두 손을 들고 아무런 무기도 없다는 걸 보여 주려는 듯 손가락을 쭉 폈다. 그러더니 두 손 손바닥을 탁자에 내려놓고 표면을 어루만졌다.

갑자기 도스가 주먹을 들어서 탁자를 내려치며 쾅 소리를 냈다. 금속과 금속이 부닥치는 소리 같았다. 도스가 빙그레 웃으며 그 손을 들어 올렸다.

"다친 곳은 없어요. 통증도 없어요. 하지만 내가 내려친 부위가 살짝 굽은 건 보일 거예요. 이런 주먹이 인간의 머리를 강타한다면 두개골이 산산조각 나겠지요. 물론 아직은 그런 적이 없어요. 사실 지금까지 난 사람을 죽여 본 적은 없어요, 몇 사람을 다치게 만든 게 전부예요. 그럼에도 불구하고 셀던 교수가 해를 입는다면……"

"아직도 나를 협박하시는군요."

"맹세를 하는 거예요. 셀던 교수한테 아무 일도 안 일어난다면 나도 가만히 있을 거예요. 하지만 그렇지 않다면 헨더 린 대령, 나는(다시 한 번 맹세하는데) 당신을 반신불수로 만들거나 죽일 수밖에 없어요. 테나르 장군한테도 그렇게 할 거예요."

"당신이 아무리 호랑이처럼 무섭다 해도 군대 전체를 상대할 순 없습니다. 그건 어떻게 생각하십니까?"

"소문이란 건 살이 붙으면서 퍼지는 법이랍니다. 사실 내가 지금까지 호랑이처럼 무섭게 행동한 적이 없는데도 실제와 다른 소문이 무수히 퍼져 나간 걸 보세요. 당신 경비병들이 나를 알아보고 움찔하며 뒤로 물러났는데, 내가 당신한테 이렇게 접근했으니, 그 덕분에 그 사람들은 그 이야기를 부풀려 사방으로 퍼뜨리겠지요. 그러다 보면 군대조차도 나를 두려워하게 될 겁니다, 헨더 린 대령. 하지만 설사 그들이 나를 공격해서 죽인다 해도 민초들의 분노가 남아 있지 않겠어요. 군부 정권이 질서를 유지하고 있긴 하지만 아주 아슬아슬한 상태이니, 당신으로선 문제를 일으키고 싶은 생각이 조금도 없을 거예요. 그러니 생각해 보세요, 다른 방법이 얼마나 간편한지. 해리 셀던 교수만 해치지 않으면 되니까요."

"우리는 셀던 교수를 해칠 생각이 없습니다."

"그럼 무엇 때문에 만나자고 한 거죠?"

"당연한 거 아닙니까? 장군은 심리역사학이 뭔지 궁금하게 여기고 있어요. 우리에게는 다양한 정부 기록이 있습니다. 거기에 기록된 바에 의하면 예전 황제 클레온도 심리역사학에 관심을 기울였고 에토 데머즐 총리도 그랬습니다. 그러니 우리도 관심을 보이는 게 너무나 당연하지 않습니까? 사실, 오히려 그들보다 더 많은 관심을 갖고 있습니다."

"더 많은 관심?"

"많은 시간이 지났잖습니까. 내가 이해한 바에 의하면 심리역사학은 셀던 교수의 마음속 생각에서부터 시작됐어요. 셀던 교수는 그 연구를 계속했으며 그 열정과 함께 연구원 그룹 역시 계속 늘어났죠, 거의 30년에 걸쳐서. 셀던 교수가 그럴 수 있었던 건 막강한 정부 지원 때문이었습니다. 그렇다면 셀던 교수가 연구한 결과물은 정부 소유물이라고 할 수 있습니다. 우리는 셀던 교수한테 심리역사학에 대해서 물어볼 생각입니다, 에토 데머즐이나 클레온 시절보다 훨씬 발전한 게 분명한 심리역사학에 대해서. 그래서 우리가 알고 싶은 내용을 셀던 교수한테 들을 생각입니다. 우리가 원하는 건, 공중에서 꿈틀거리는 방정식 영상 이상의 실용적인 내용이에요. 무슨 말인지 아시겠습니까?"

"네."

도스가 대답하며 눈살을 찡그렸다.

"그리고 한 가지 더. 당신 남편이 해를 입는 건 정부 때문이라고, 그런 일이 생긴다면 모든 책임이 정부에 있다고, 따라서 우리를 당장 공격해야 한다고 판단하지 마십시오. 셀던 교수한테는 순전히 개인적인 적이 있을 수 있습니다. 그게 누군지 모르겠지만 가능성은 충분합니다."

"명심하지요. 지금 당장은 우리 남편이 장군을 만날 때에 나도 그 자리에 참석하도록 해 주세요. 우리 남편이 안전하단 사실을 확인하고 싶어요."

"그런 쉬운 일이 아닙니다. 상당한 시간이 필요해요. 회담에 끼어드는 건 불가능하겠지만 회담이 끝날 때까지 기다리는 건……"

"좋아요, 그렇게 해 주세요. 나를 감쪽같이 속이고도 살아남을 수 있다는 생각은 안 하는 게 좋아요."

16

테나르 장군은 해리 셀던을 휘둥그런 눈으로 쳐다보더니, 자신이 앉아 있는 책상을 손가락으로 가볍게 톡톡 치며 말했다.

"30년. 30년이 지났는데 아직도 보여 줄 게 하나도 없다는 말이오?"

"실제로는 28년입니다, 장군."

테나르는 그 말을 무시하며 계속 말했다.

"그동안 정부 자금을 계속 쓰면서. 당신 프로젝트에 얼마나 많은 돈이 들어갔는지 알고 있소, 교수?"

"계산은 안 했지만, 장군, 기록이 있으니까 원한다면 바로 답변을 드릴 수 있습니다."

"그런 기록은 우리도 있소. 교수, 정부는 자금이 무한정 쌓여 있는 곳이 아니오. 지금은 예전과 다르오. 우리는 클레온처럼 자금을 흥청망청 쓸 수 없소. 세금을 올리는 건 어려운 반면에 자금이 들어갈 곳은 아주 많소. 나는 심리역사학이 우리한테 일정한 이익이 되길 바라는 마음으로 교수를 여기까지 불렀소. 하지만 그게 불가능하다면 솔직한 얘기로 우리도 자금 지원을 중단할 수밖에 없소. 정부 자금 없이 연구를 계속할 수 있다면 그렇게 하시오. 자금을 지원할 필요가 있다는 사실을 증명할 때까지는 다른 방법이 없소."

"장군, 지금 장군은 내가 충족시킬 수 없는 요구를 하고 있습니다. 하지만 정부 지원을 멈추는 건 미래를 포기하는 거란 대답은 할 수 있습니다. 나한테 시간을 주신다면 결국에는……."

"지난 10년 동안 다양한 정부가 교수님한테 '결국에는'이란 대답을 들었소. 군부 정권은 불안하다고, 내 통치는 불안하다고, 얼마 안 가서 완전히 무너질 거라고 심리역사학이 예언했다는데 그 말이 사실이오, 교수?"

셀던이 눈살을 찡그렸다.

"분석 기법이 아직은 확실하지 않기 때문에 심리역사학이 그렇게 예언했다고 단정 지을 수 없습니다."

"심리역사학이 그런 예언을 한 건 맞고 프로젝트 내부에선 모두가 그걸 알고 있다는 의미로 받아들여도 되겠소?"

셀던이 온화한 어투로 대답했다.

"아닙니다. 그렇지 않습니다. 연구원 가운데 일부가 몇 개 방정식을 군부 정권은 불안한 정부 형태로 보일 수 있다는 의미로 해석할 순 있지만 군부 정권은 안전하다는 의미로 해석할 수 있는 방정식도 존재합니다. 바로 그것 때문에 계속적인 연구가 필요한 겁니다. 지금 당장은 불완전한 자료와 불완전한 논리에 빠져들어서 엉뚱한 결론에 도달할 가능성이 너무나 많습니다."

"하지만 당신이 정부가 불안하다는 결론을 내리기로 마음먹고 심리역사학이 그걸 보증한다고 말하면(실제로 그러지 않다 해도) 불안정성이 늘어나지 않겠소?"

"그럴 가능성이 아주 많습니다, 장군. 역으로 정부가 안전하다고 우리가 발표한다면 안정성이 늘어날 수도 있습니다. 똑같은 문제를 놓고 클레온 황제와 서너 차례 토론한 적이 있습니다. 심리역사학을 이용해서 대중의 감정을 조작하는 방식으로 단기적인 효과를 올릴 순 있습니다. 하지만 장기적인 관점에서 볼 때 그런 사태는 심리역사학의 불완전성이나 오류만 증명시키고 따라서 그 신뢰성을 잃어버린 채 완전히 외면당할 가능성이 농후합니다."

"됐소! 솔직히 털어놓으시오! 심리역사학이 우리 정부를 어떻게 평가하는 것 같소?"

"몇 가지 불안 요소를 보여 주긴 하는데, 우리한테는 그 요소가 어떤 식으로 좋아지거나 나빠질 거라는 확신도 없고…… 확신할 수도 없습니다."

"쉽게 말해서, 심리역사학은 심리역사학이 없어도 알 수 있는 내용을 알려 줄 뿐이고 정부는 그런 데다가 무수한 자금을 쏟아 붓는다는 이야기로군."

"시간이 흐르다 보면 심리역사학이 우리가 알 수 없는 내용을 알려 줄 때가 올 것이고 그렇게 되면 투자한 자금은 몇십 배의 커다란 보상으로 돌아올 겁니다."

"그렇게 되려면 얼마나 오랜 시간이 지나야 하겠소?"

"오래 걸리지 않기를 바랄 뿐입니다. 지난 삼사 년 사이에 특히 많이 발전하고 있으니까요."

테나르가 손가락으로 책상을 다시 톡톡 두드리며 말했다.

"그걸로 부족하오. 지금 당장 뭔가 바람직한 내용을 알려 주시오. 뭔가 도움이 될 만한 내용을."

셀던이 곰곰이 생각하다가 대답했다.

"상세한 보고서를 작성하겠습니다. 하지만 시간이 걸릴 겁니다."

"당연히 그렇겠지. 며칠, 몇 달, 몇 년…… 영원히 작성하지 않을 수도 있고. 당신은 내가 바보로 보이시오?"

"당연히 아닙니다, 장군. 하지만 나 역시 바보로 보이고 싶지 않습니다. 순전히 나 혼자 책임지는 것에 한해서 한 가지는 분명히 말할 수 있습니다. 심리역사학 탐색을 하다가 발견했는데, 내 해석이 틀렸을 가능성도 있습니다. 하지만 장군이 계속 주장하시니……"

"말하시오."

"장군은 조금 전에 세금을 언급하셨습니다. 세금을 올리는 게 어렵다고 하셨지요. 당연합니다. 언제나 어려운 문제이니까요. 어떤 정부든 이런저런 형태로 재화를 끌어 모으는 작업을 해야 합니다. 자금을 끌어 모으는 방법은 딱 두 개인데, 하나는 이웃이 가진 걸 빼앗는 방식이고 또 하나는 정부가 시민을 설득해서 평화적으로 기꺼이 세금을 내도록 하는 방식입니다.

우리는 은하제국을 건설해서 수천 년 동안 이성적인 방식으로 흘러 왔기 때문에 이웃이 가진 걸 빼앗을 필요는 없습니다, 가끔씩 일어나는 반란을 진압할 때를 제외하면. 하지만 이런 일은 자주 일어나지 않는 게 좋습니다. 어떤 식으로든 정부가 흔들릴 수밖에 없기 때문입니다."

셀던이 깊은 숨을 들이마시고 나서 계속 말했다.

"따라서 정부는 시민한테 적당한 세금을 내도록 설득해야 합니다. 그래서 정부가 그 돈을 효율적으로 사용한다면 시민은 그 돈을 숨겨 놓은 채 위험하고 혼란스러운 무정부 상태에서 사는 것보다 더 많은 이익을 누릴 수 있습니다.

하지만 안정적이고 효율적인 정부를 유지하기 위한 대가로 세금을 내는 게 좋다는 극히 정당한 명분에도 불구하고 시민은 세금을 내지 않으려고 합니다. 이런 사태를 해결하기 위해 정부는 세금을 너무 많이 걷지 않는다는 사실을, 정부는 시민 각자의 권리와 이익을 중요하게 여기고 있다는 사실을 증명해야 합니다. 쉽게 말해서, 수입이 적은 사람한테는 세금 비율을 낮춰야 하고 세금을 책정하기 전에는 다양한 유형으로 세금을 줄일 수 있는 정책 등을 실시해야 합니다.

하지만 시간이 흐르면서 각각의 행성이랑 행성 내부에 있는 각각의 구역, 각각의 경제 단위 전체가 특별 조치를 요구하면서 세금을 걷는 상황은 계속 복잡하게 변할 수밖에 없게 됩니다. 따라서 세금을 걷는 정부 기관 역시 규모가 복잡하게 커지면서 통제 불가능하게 변하는 경향이 있습니다. 일반 시민은 자신한테 세금을 매기는 이유와 방식을, 줄일 수 있는 세금이랑 줄일 수 없는 세금이 무언지를, 이해할 수 없게 됩니다. 정부와 세금 추징 기관 자체도 그렇게 변할 가능성이 많지요.

게다가 계속 늘어나는 세금 규모는 (기록을 보관하고 탈세를 추적하는) 복잡한 기관을 따로 설립할 수밖에 없고, 따라서 우리가 아무리 노력한다 해도 바람직하고 유익한 목적에 사용할 수 있는 자금의 비율은 계속 줄어들 수밖에 없습니다.

그러다 보면 세금에 대한 돌이킬 수 없는 문제가 발생하기 시작합니다. 불평불만은 물론 반란까지 일어나게 되는 것이지요. 역사책에서는 이런 사태를 탐욕스러운 사업가나 부패한 정치인이나 잔인한 정복자나 야심만만한 총독 때문이라고 묘사하는 경향이 있지만 이들은 복잡한 세금 구조를 이용한 세력에 불과합니다."

장군이 거칠게 물었다.

"우리 세금 시스템이 너무 복잡하다는 뜻으로 하는 말이오?"

셸던이 대답했다.

"그렇지 않다면 그건 내가 아는 한 역사상 유일한 사례가 될 것입니다. 심리역사학이 나한테 알려준 것 가운데 필연적인 요소가 있다면 그건 바로 너무 과도한 세금입니다."

"그럼 우리가 어떻게 하는 게 좋겠소?"

"당장은 말할 수 없습니다. 여기에 대해서 보고서를 작성하고 싶은데 (장군 말씀대로) 상당한 시간이 걸릴 가능성이 많습니다."

"보고서는 잊어버리시오. 세금 시스템이 너무 복잡하다. 바로 그게 당신이 말하고 싶은 요지가 아니오?"

"그럴 수 있습니다."

셸던이 조심스럽게 대답했다.

"그걸 고치려면 세금 시스템을 간단하게, 최대한 간단하게 만들어야 하오."

"그것은 연구를 해 봐야……"

"말도 안 되는 소리. 너무 복잡한 것의 반대는 아주 간단한 거요. 그런 사실을 파악하기 위해 보고서까지 작성할 필요는 없소."

"알겠습니다, 장군."

셸던이 대답했다.

이 시점에서 장군이 갑자기 고개를 들었다. 마치 누가 부르기라도 한 것처럼…… 사실이었다. 장군이 주먹을 불끈 쥔 가운데에서 헨더 린 대령과 도스 베나빌리의 홀로비전 영상이 갑자기 실내에 들어찼다.

셸던이 우레와 같은 소리를 내질렀다.

"도스! 지금 거기에서 뭐하는 거요?"

하지만 장군은 아무 말도 안 했다. 이마에 깊은 주름이 파일 뿐이었다.

17

장군은 걱정 때문에 지난밤에 잠을 제대로 이룰 수 없었고 그건 대령도 마찬가지였다. 그들은 지금 서로 얼굴을 마주보고 있었다. 모두 난처한 표정이었다.

장군이 말했다.

"그 여자가 어떻게 했는지 다시 말해 보도록."

헨더 린이 무거운 무게가 어깨를 짓누르는 표정으로 대답했다.

"그 여자는 '여자 호랑이'입니다. 사람들이 그렇게 부르죠. 왠지 평범한 인간 같지가 않습니다. 극도의 훈련을 받아서 자신감이 충분한 일종의 운동 선수 같은데, 장군님, 정말 무시운 여자입니다."

"자네를 협박했나? 여자 혼자서?"

"그 여자가 어떻게 했는지를 그 여자에 대한 소문 몇 개와 함께 자세히 알려 드리겠습니다. 소문이 어디까지 사실인지 모르겠지만 어제 초저녁에 일어난 일만큼은 사실이 확실합니다."

헨더 린이 그 이야기를 다시 하는 동안 장군은 두 볼을 볼록하게 만든 채 열심히 들었다.

"안 좋아. 이제 어떻게 하지?"

"우리가 가야 할 길은 분명한 것 같습니다. 우리는 심리역사학을 원하지만……"

장군이 중간에 가로채며 말했다.

"그래, 심리역사학을 원해. 셀던이 세금 시스템에 대한 말을 했는데…… 아니야, 신경 쓸 것 없어. 지금 중요한 건 그런 게 아니니까. 계속 말하도록."

마음이 불편한 헨더 린은 초조함이 살짝 드러난 얼굴로 다시 말했다.

"방금 말씀드렸듯이, 우리는 심리역사학을 원하지만 셀던은 제거하려고 했습니다. 어차피 그자는 쓸모가 없으니까요. 자세히 살펴보면 살펴볼수록 그자는 과거의 행적에 기대서 먹고 사는 늙은 학자에 불과합니다. 지난 30년 동안 심리역사학 하나에 매달렸지만 결국 실패했습니다. 셀던 대신 새로운 인물을 그 자리에 앉히면 심리역사학 개발이 훨씬 빨라질 가능성이 많습니다."

"그래, 내 생각도 같아. 그런데 그 여자를 어떻게 하지?"

"으음, 바로 그게 문제입니다. 지금까지 그 여자가 뒤에 숨어 있었기 때문에 우리가 미처 생각을 못했습니다. 하지만 그 여자가 살아 있는 한 정부가 개입한 흔적을 남기지 않고 셀던을 조용히 제거하는 건 현실적으로 불가능하다는 말씀을 드리고 싶습니다."

"자네는 그 여자가 정말로 자네와 나를 결딴낼 수 있다고 믿는가……? 우리가 자기 남편을 해쳤다고 생각할 경우에?"

장군이 화가 나서 입술을 비틀며 물었다.

"실제로 그럴 거라고, 반란을 일으킬 거라고 생각합니다. 그렇게 하겠다는 맹세까지 했습니다."

"자네는 겁쟁이로 변했구먼."

"장군님, 제발. 지금 저는 상식적으로 생각하려고 애쓰는 중입니다. 겁을 내는 게 아닙니다. 우리는 여자 호랑이를 조심해야 합니다."

헨더 린이 잠시 곰곰이 생각하다가 덧붙였다.

"사실, 그런 정보를 사전에 듣긴 했는데 제가 그 문제를 너무 가볍게 생각한 것 같습니다."

"그렇다면 우리가 그 여자를 어떻게 제거해야 한다고 생각하는가?"

"모르겠습니다."

헨더 린이 그렇게 대답하더니 훨씬 천천히 덧붙였다.

"하지만 그 방법을 아는 사람이 있을 겁니다."

18

셀던도 지난밤에 잠을 못 이룬 건 마찬가지였다. 그렇다고 밝아 오는 새날이 좋아질 거란 확신도 없었다. 도스에게 화가 나는 경우란 그리 많지 않았다. 하지만 이번에는 정말 화가 났다. 그래서 말했다.

"어쩜 그렇게 멍청한 짓을 저지를 수 있단 말이오! 우리가 돔 모서리 호텔에 잔뜩 몰려든 것으로 충분하지 않소? 그셋 하나로 편집증에 걸린 통치자한테 우리가 모종의 음모를 꾸민다는 의심을 충분히 줄 수 있단 말이오."

"어떻게요? 우리는 비무장 상태였어요, 셀던. 당신의 생일잔치를 성공리에 마친 휴가 여행이었다고요. 그걸 위험하게 여길 사람은 어디에도 없어요."

"하지만 당신이 황궁 영내에 침입했잖소. 그건 용서할 수 없는 행위요. 당신은 황궁에 침입해서 내가 장군과 만나는 걸 방해했소. 당신이 오는 걸 원치 않는다고 몇 번이나 노골적으로 밝혔는데 말이오. 당신도 알겠지만 나한테 계획이 있었단 말이오."

"당신의 희망과 당신의 명령, 당신의 계획은 당신의 안전보다 중요하지 않아요. 내가 관심을 기울인 건 바로 그 부분이었어요."

"나는 전혀 위험하지 않았소."

"내가 보는 눈은 당신이랑 달라요. 지금까지 당신을 죽이려는 시도가 두 번이나 있었어요. 그런데 세 번째는 없을 거라고 생각하는 이유가 뭔가요?"

"당시에는 내가 총리였소. 암살할 가치가 충분했을 것이오. 하지만 다 늙은 수학자를 누가 죽이려고 하겠소?"

"내가 찾아내서 막으려는 게 바로 그거예요. 이곳 프로젝트에 있는 사람부터 탐문하는 방식으로 시작해야 하겠어요."

"안 되오. 연구원들만 괴롭히게 될 거요. 그 사람들을 건드리지 마시오."

"그것만큼은 절대로 받아들일 수 없어요. 해리, 내 임무는 당신을 지키는 것이고 지난 28년 동안 그렇게 해 왔어요. 이제 와서 나를 막을 순 없어요."

도스의 두 눈에 광채가 번뜩거렸다. 셸던이 무슨 말을 해도 도스는 자신 생각대로 움직일 게 분명했다.

도스에게는 셸던의 안전이 무엇보다 중요했다.

19

"내가 방해 좀 해도 되겠어요, 유고?"

도스가 묻자 유고 애머릴이 환하게 웃으며 대답했다.

"물론이죠, 사모님. 언제든 환영합니다. 무슨 일로 찾아오셨나요?"

"유고, 몇 가지 알아보고 싶은 게 있는데 당신이 알려 줄 수 있는지 모르겠어요."

"그게 뭔데요?"

"당신은 프로젝트에서 '제1발광체'라고 부르는 기기를 지니고 있지요. 가끔 그런 얘기를 들었답니다. 해리가 거기에 대해 얘기해 줘서 그걸 켜면 어떤 영상이 나타날까 대충 상상해 봤지만 실제로 본 적은 한 번도 없어요. 그걸 보고 싶어요."

유고 애머릴이 부담스러운 표정으로 대답했다.

"제1발광체는 프로젝트 내부에서도 가장 엄중하게 지키는 시설인데 사모님은 거기에 접근할 수 있는 명단 목록에 없어요."

"나도 알아요. 하지만 우리는 28년이나 알던 사이인 데다……"

"셸던 선생님의 부인이기도 하시지요. 예외를 적용해도 될 것 같군요. 우리한테 완벽한 제1발광체는 두 개밖에 없답니다. 하나는 셸던 선생님 연구실에 있고 하나는 여기에 있지요. 바로 저기."

도스는 가운데 책상에 웅크리고 있는 까만 통을 바라보았다. 아주 평범해 보이는 통이었다.

"저건가요?"

"그렇습니다. 미래를 묘사하는 방정식이 들어있지요."

"그런 방정식에 어떻게 접근하나요?"

애머릴이 스위치를 움직이자 실내가 어두워지면서 얼룩덜룩한 빛이 나타나더니 이런저런 상징과 화살표, 직선, 수학 기호 등이 주변에 들어차기 시작했다. 모두가 이리저리 소용돌이치며 움직이는 것처럼 보였지만 도스가 한곳에다 초점을 맞추면 그게 두드러지게 커지는 것 같았다.

도스가 말했다.

"그럼 저게 미래인가요?"

"그럴 수 있습니다."

애머릴이 말하며 기계를 끈 다음에 덧붙였다.

"최대한 팽창시켜서 다양한 상징이 보였던 겁니다. 팽창시키지 않으면 빛과 어둠만 보이지요."

"그럼 저 방정식을 연구해서 미래를 파악하는 건가요?"

도스가 물었다. 실내는 예전 모습으로 돌아온 다음이었다.

"이론적으로는 그렇죠. 하지만 두 가지 어려움이 있어요."

"그래요? 그게 뭔가요?"

"다른 무엇보다, 인간적인 마음으로 저 방정식을 만들어 내면 안 된다는 거예요. 우리가 한 건 아주 강력한 컴퓨터에다 수십 년 동안 프로그램을 집어넣은 것뿐이에요. 그러면 컴퓨터 스스로 방정식을 만들어서 저장하는 식이지요. 하지만 거기에 얼마나 확실한 의미가 들어 있는지 여부를 우리는 알 수가 없어요. 애초에 얼마나 확실한 의미를 프로그램에 집어넣었는가에 하는 게 가장 중요해요."

"그럼 완벽하게 틀릴 수도 있나요?"

"그럴 수 있어요."

애머릴이 자기 눈을 문지르자 도스는 지난 이삼 년 사이에 그가 아주 늙고 지쳐 보인다는 생각을 억누를 수 없었다. 셀던보다 거의 10년은 젊은 나이지만 훨씬 늙어 보였다.

애머릴이 아주 피곤한 목소리로 계속 말했다.

"물론 우리는 오류가 없기를 희망하지만 바로 거기에 두 번째 어려움이 있어요. 비록 셀던 선생님과 내가 수십 년 동안 실험하면서 수정하곤 있지만 방정식에 담겨 있는 의미를 아직까지 확실하게 파악할 수가 없어요. 컴퓨터가 방정식을 만들었으니 어떤 의미가 담겨 있는 게 분명한데, 그게 뭐냐는 거예요. 우리가 해결했다고 생각하는 부분도 있어요. 사실, 지금 이 순간에 내가 연구하는 섹션 A-23이란 부분도 그래요. 가장 어려운 부분 가운데 하나인데, 아직까지는 그 내용을 현실 세계의 그 어떤 것과도 연결시킬 수 없답니다. 하지만 해를 거듭할수록 발전하는 게 보이고 그러다 보면 언젠가는 심리역사학이 미래를 확실하게 파악하는 유익한 도구가 될 거라고 확신합니다."

"지금까지 제1발광체에 접근한 사람은 얼마나 되나요?"

"프로젝트 내부의 모든 수학자가 접근했지만 일정한 절차를 밟아야 합니다. 신청서를 작성해서 시간을 할당받고 당사자가 원하는 방정식에 맞도록 제1발광체를 조정하는 식이지요. 따라서 모두가 동시에 제1발광체를 사용하려고 할 때에는 약간 복잡한 상황이 발생한답니다. 지금 당장은 비교적 여유로운데, 셀던 선생님의 생일잔치 여파가 아직 남아 있기 때문인 것 같습니다."

"추가로 제1발광체를 만들 계획은 없나요?"

도스의 물음에 애머릴이 입술을 삐죽 내밀었다.

"그렇기도 하고 아니기도 해요. 세 번째가 있으면 아주 유익하겠지만 그렇게 되면 한 사람을 책임자로 정해야 해요. 공동으로 소유할 수가 없거든요. 그래서 탬와일 엘라르를, 사모님도 그 사람을 아실 텐데……"

"네, 알아요."

"제가 세 번째 제1발광체 책임자로 바로 그 엘라르를 추천했어요. '혼돈 극복 방정식'과 전자 정제기를 만들어 낸 공로 때문에 프로젝트 내부에서 셀던 선생님과 제 뒤를 잇는 3인자로 여겨지고 있거든요. 하지만 셀던 선생님이 망설이세요."

"왜죠? 혹시 아세요?"

"제1발광체를 맡는다는 건 공식적으로 3인자 자리에 오른다는 의미인데, 문제는 프로젝트 내부에 나이나 경력이 엘라르보다 훨씬 많은 수학자가 다수라는 사실이에요. 따라서 상당한 문제가 생길 소지가 있어요. 저는 우리가 그런 문제를 걱정하며 낭비할 시간이 없다고 생각하지만 셀던 선생님은…… 으음, 사모님도 선생님을 잘 아시잖아요."

"네, 그래요. 그런데 내가 보기에 헨더 린이 제1발광체를 본 것 같아요."

"헨더 린이라뇨?"

"군부 정권의 헨더 린 대령. 테나르의 오른팔 말이에요."

"그건 현실적으로 불가능해요, 사모님."

"그자가 나선형 방정식에 대한 말을 했는데, 제1발광체에서 그런 게 나온다는 사실을 내 눈으로 지금 막 확인했어요. 나로선 그자가 여기에 와서 제1발광체가 작동하는 장면을 보았다고 생각할 수밖에 없어요."

애머릴이 머리를 가로저었다.

"우리 연구원 가운데 누군가가 군부 정권 인물을 셀던 선생님 연구실이나 제 연구실로 데려왔다는 건 상상할 수도 없군요."

"프로젝트 내부에서 군부 정권과 그런 식으로 관계를 맺을 만한 인물이 없을까요?"

"아무도 없어요. 그건 생각할 수도 없어요. 아마 헨더 린은 제1발광체를 실제로 본 게 아니라 그런 설명을 들은 정도일 거예요."

애머릴이 대답했다. 단호하지만 확신이 떨어지는 목소리였다.

"그렇다면 그런 설명을 할 만한 인물은 누구일까요?"

애머릴이 잠시 생각하다가 대답했다.

"아무도 없어요."

"으음, 당신은 조금 전에 엘라르가 세 번째 제1발광체를 보유할 가능성을 둘러싸고 내부 갈등이 있을 수 있다는 말을 했어요. 프로젝트 내에서 수백 명이 함께 일하고 있으니까 그런 식으로 다양한 문제가 일어나겠지요. 사소한 문제를 둘러싼 불화…… 반목…… 다툼이 끊임없이 일어날 거예요."

"네, 그래요. 불쌍한 셀던 선생님이 가끔 그런 얘기를 하시면서 힘들어 하시죠. 선생님이 어떤 식으로든 개입해서 해결하셔야 하는데 머리가 이만저만 아프지 않을 거예요."

"그런 반목이 심해져서 프로젝트 작업에 방해가 되기도 하나요?"

"그 정도는 아니에요."

"반목이 특히 심하거나 원한을 특히 많이 품은 사람은 없나요? 쉽게 말해서, 직원 가운데 5~6퍼센트를 해고하면 반목이 90퍼센트 이상 줄어들 만한 그런 인물 말이에요."

유고 애머릴이 눈썹을 추켜세웠다.

"아주 좋은 생각처럼 들리긴 하는데 특별히 해고시켜야 할 사람을 모르겠어요. 저는 사소한 내부 갈등에 전혀 개입하지 않거든요. 저로선 그걸 막을 방법이 없으니, 그냥 피할 수밖에요."

"정말 이상하군요. 그런 방식은 심리역사학의 진실성을 부정하는 거 아닌가요?"

"어떤 식으로요?"

"프로젝트 내부에 일어날 가능성이 아주 많은 갈등이나 반목을 분석해서 해결할 수도 없는데 어떻게 사회 전체의 미래를 예측하고 방향을 제시한다고 주장할 수 있겠어요?"

애머릴이 가볍게 껄껄 웃었다. 평소에 유머도 모르고 웃을 줄도 모르는 애머릴한테는 아주 특이한 현상이었다.

"죄송합니다, 사모님. 하지만 말하기에 따라 어떤 관점에서는 이미 우리가 푼 문제 중에 하나를 사모님께서 지금 막 지적하셨거든요. 개인적인 갈등의 정도를 나타내는 방정식을 셀던 선생님 자신이 몇 년 전에 만드셨고 작년에 제가 그걸 최종적으로 다듬었답니다.

당시에 전 갈등을 줄이는 방향으로 방정식을 바꾸는 방법을 찾아냈습니다. 하지만 어떤 경우든 한쪽의 갈등을 줄이게 되면 다른 쪽의 갈등이 늘어난다는 사실도 발견했습니다. 동일한 단체 내부에서(즉, 기존 구성원이 떠나거나 새 구성원이 들어오지 않는 상황에서) 갈등의 총량은 동일해요. 전체적으로 갈등을 줄이거나 늘릴 수가 없는 것이지요. 엘라르의 '혼돈 극복 방정식'을 이용해서 제가 증명한 바에 의하면 인간이 상상 가능한 그 어떤 행위를 취하더라도 이 원칙은 결코 변할 수 없습니다. 그래서 셀던 선생님은 '개인적인 문제 보존의 법칙'이란 명칭을 붙이셨지요.

그래서 우리는 사회적 역학 관계에도 물리학과 동일한 보존의 법칙이 있으며 그 법칙은 심리역사학에서 정말 골치 아픈 문제를 해결할 아주 훌륭한 도구가 될 수 있다는 사실을 깨달았지요."

"정말 인상적이에요. 하지만 바꿀 수 있는 건 하나도 없다는, 나쁜 건 모조리 보존된다는, 제국의 파괴를 막는 건 다른 유형의 파괴를 부추길 뿐이라는 결론에 도달하면 어떻게 되는 거죠?"

"실제로 그런 의견도 나왔지만 전 그렇게 생각하지 않습니다."

"좋아요. 현실로 돌아갑시다. 해리를 위험에 빠뜨릴 만한 갈등이 프로젝트 내부에 존재하나요? 물리적으로 해를 가할 수도 있는 갈등이?"

"셀던 선생님을 해칠 수 있는 갈등이요? 당연히 없지요. 어떻게 그런 생각을 하실 수가 있죠?"

"너무 교만하다거나 너무 밀어붙인다거나 너무 고집스럽다거나 혼자 모든 자금을 움켜쥐고 있다거나 하는 문제 때문에 해리에게 원한을 품는 사람도 있을 수 있는 거 아닌가요? 그런 게 아니라면 해리가 프로젝트를 너무 오랫동안 움켜쥐고 있다는 단순한 이유 때문에 원한을 품을 수도 있는 거 아닌가요?"

"셀던 선생님에 대해 누가 그렇게 말하는 소리는 한 번도 못 들었습니다."

애머릴의 대답에 도스가 불만스러운 표정으로 말했다.

"당신이 듣는 앞에서 그렇게 말할 사람은 당연히 없겠지요. 하지만 고마워요, 유고. 이렇게 귀중한 시간을 내주고 많은 도움까지 주어서."

애머릴은 도스가 떠나는 뒷모습을 물끄러미 쳐다보았다. 그의 내부에 막연한 갈등이 일어났지만 이내 모든 문제를 잊어버리고 조금 전까지 하던 작업에 다시 빠져들었다.

20

해리 셀던이 연구실에서 잠시나마 빠져나오는 (많지 않은) 방법 가운데 하나는 대학 캠퍼스 바로 바깥에 있는 레이치의 아파트를 찾아가는 것이었다. 그럴 때마다 셀던의 가슴은 양아들에 대한 사랑으로 가득했다. 물론 그럴 만한 이유도 충분했다. 레이치는 착할 뿐 아니라 능력이 뛰어난 효자였다. 하지만 그게 전부가 아니었다. 레이치에게는 다른 사람들로부터 믿음과 사랑을 불러일으키는 독특한 뭔가가 있었다.

셀던은 거리를 떠도는 열두 살 소년 레이치가 자신은 물론이고 도스의 마음까지 흔들어 놓았던 당시에 그 사실을 깨달았다. 예전의 와이 시장 라쉘르도 레이치에게 마음이 끌렸으며 조라넘은 레이치를 너무나 믿은 나머지 파멸의 구렁텅이로 떨어지고 말았다. 레이치는 심지어 아름다운 마넬라의 마음까지 빼앗지 않았던가! 셀던은 레이치가 지니고 있는 그런 독특한 품성을 완벽하게 이해할 순 없었지만 어떤 식으로든 그런 아들과 만나는 것 자체가 언제나 즐거웠다.

셀던은 평소처럼 "모두 잘 지내니?" 하고 소리치면서 아파트에 들어섰다.

레이치가 한창 작업하던 홀로그램 자료를 옆으로 밀치며 일어나서 인사했다.

"다 잘 지내요, 아버지."

"완다 소리가 안 들리네?"

"좋은 일이 있거든요. 자기 엄마랑 쇼핑하러 나갔어요."

셀던은 의자에 앉아서 어지럽게 널려 있는 자료를 기분 좋게 바라보며 물었다.

"책은 제대로 들어오니?"

"네, 아주 잘 들어와요. 제가 견딜 수 없을 지경이에요."

레이치가 한숨을 내쉬며 덧붙였다.

"하지만 다알에 대한 정보를 한 번은 정리해야 할 것 같아요. 지금까지 다알에 초점을 맞춘 책이 단 한 권도 없다는 거, 믿을 수 있으세요?"

고향에 대한 이야기를 할 때마다 레이치 입에서 언제나 다알 사투리가 나온다는 사실을 셀던은 익히 알고 있었다.

레이치가 물었다.

"그런데 아버지는 어떠세요? 잔치가 끝나서 기쁘세요?"

"엄청나게. 잔치 기간 1분 1분이 정말 싫었거든."

"다른 사람은 눈치도 못 채도록 말이죠?"

"당연하지, 그래서 다양한 가면을 쓸 수밖에 없었단다. 다른 사람들 기분까지 망칠 이유는 없으니까."

"어머니가 황궁 영내까지 쫓아가셔서 특히 싫으셨겠어요. 제가 아는 사람은 누구나 그 이야기를 하더라고요."

"당연히 싫었지. 네 엄마는, 레이치, 세상에서 가장 훌륭한 사람이지만 다루기가 너무나 어려워. 하마터면 네 엄마가 내 계획을 망가뜨릴 뻔했어."

"어떤 계획인데요, 아버지?"

셀던이 등을 의자에 파묻었다. 자신이 완벽하게 신뢰하면서도 심리역사학에 관해 하나도 모르는 사람이랑 얘기를 하는 건 언제나 즐거웠다. 레이치랑 얘기를 하다 보면 혼자서 속으로 끙끙 앓는 대신 머릿속 생각을 바람직한 방향으로 정리할 수도 있었다. 그래서 이렇게 물었다.

"방음장치는 확실하니?"

"물론이죠."

"다행이군. 내 계획은 테나르 장군의 머릿속에 호기심을 잔뜩 불어넣는 것이었어."

"어떤 호기심요?"

"으음, 세금 징수에 대한 호기심. 모두한테 세금을 공평하게 부과하려다 보니 결국에는 그 체계가 너무 복잡하고 방대하게 변해서 그 자체로 많은 비용이 들어갈 수밖에 없게 되었다는 사실을 내가 지적했단다. 그 속에는 세금 시스템 전체를 단순화시켜야 한다는 의도가 강하게 깔려 있었지."

"일리가 있는 것 같아요."

"일정한 정도는. 하지만 그 대화로 인해 테나르가 세금 시스템 전체를 너무 단순화시킬 가능성이 있어. 너도 알겠지만 세금 징수 방식은 양극단으로 흐르는 순간 효율성을 잃을 수밖에 없어. 너무 복잡하면 사람들이 이해할 수 없고 따라서 세금 징수 비용이 과도하게 늘어날 수밖에 없지. 반면에 너무 간단하면 사람들이 불공평하다고 생각하기 때문에 반발이 늘어나겠지. 가장 간단한 방식은 모든 사람한테 동일한 세금을 부과하는 인두세인데 그렇게 되면 부자나 빈자를 똑같이 취급하는 불공평한 처사가 노골적으로 드러날 수밖에 없어."

"그럼 장군한테 그런 부작용까지 설명했나요?"

"그럴 기회는 당연히 없었지."

"아버지는 장군이 인두세를 도입할 거라고 생각하세요?"

"계획은 세울 것 같아. 그렇게 되면 그 소식이 새어 나갈 터이고, 그 자체로 폭동이 일어나서 정부를 전복시킬 가능성이 많아."

"그렇다면 일부러 그렇게 하신 건가요, 아버지?"

"물론이지."

레이치가 머리를 가로저으며 말했다.

"정말 이해할 수가 없어요, 아버지. 일상생활에서 드러나는 아버지의 모습은 제국 시민 그 누구보다 다정하고 부드러워요. 하지만 실제로는 폭동과 탄압과 죽음이 일어날 수밖에 없는 상황을 의도적으로 만들어 내시잖아요. 그로 인해 아주 많은 게 파괴될 거예요, 아버지. 그런 생각을 해 보셨어요?"

셀던이 의자에 등을 기대고 슬픈 어조로 대답했다.

"당연하지, 레이치. 내가 심리역사학에 대한 연구를 처음 시작할 때만 하더라도 그건 순전히 학문적인 차원에 불과했어. 실용적인 측면이 전혀 없었지. 설사 그런 게 있다 하더라도 현실 세상에 적용할 수 있는 게 아니었어. 하지만 수십 년이 지나면서 우리는 더욱 많은 내용을 파악했고 이제는 그걸 현실에 적용하려는 끔찍한 충동을 느끼고 있어."

"그래서 사람들이 죽도록?"

"아니야, 훨씬 적은 사람이 죽도록. 우리의 심리역사학적 분석이 타당하다면 군부 정권은 삼사 년 이상을 견딜 수 없어. 그게 무너질 경로는 아주 다양해. 끔찍한 학살과 절망으로 나아갈 수도 있어. 이 방법은 (세금 징수 트릭은) 다른 어떤 방식보다 부드럽고 느슨한 결과로 이어질 수 있어, 다시 말하지만, 우리 분석이 정확할 경우에."

"정확하지 않다면 어떻게 하죠?"

"그럴 경우에는 어떤 일이 일어날지 몰라. 그럼에도 불구하고 심리역사학은 실용 가능한 수준에 도달했고 우리는 오랜 세월에 걸쳐서 다양한 결과를 비교적 구체적으로 연구하고 있기 때문에 다른 경로에 비해 그나마 무난한 결과가 나타나도록 만들 수 있어. 그렇게 볼 때, 이번의 세금 징수 트릭은 심리역사학 최초의 위대한 실험이 되는 셈이지."

"아주 단순한 것처럼 들리는군요."

"그렇지 않아. 너는 심리역사학이 얼마나 복잡한지 몰라. 단순한 건 하나도 없어. 역사적으로 볼 때 인두세를 실시한 적이 여러 번 있었어. 인기가 없어서 매번 이러저러한 형태의 저항을 불러일으켰지. 하지만 정부가 폭력적으로 전복된 사례는 거의 없어. 정부의 강력한 탄압 때문일 수도 있고 사람들이 평화적인 방식으로 반대해서 변화를 끌어냈기 때문일 수도 있어. 만일 인두세가 치명적인 결과를 낳은 사례가 많다면 그 어떤 정부도 그런 시도 자체를 하려 들지 않았을 거야. 그런 시도가 반복적으로 나타난 건 치명적인 결과가 없었기 때문이야. 하지만 현재의 트랜터 상황은 정상이 아니야. 심리역사학으로 분석하면 불안한 요소가 많아. 그런 것 때문에 인두세로 인한 반발은 특히 거세게 일어나고 탄압은 특히 약하게 나타날 거야."

레이치가 미심쩍은 어투로 말했다.

"저도 그러면 좋겠어요, 아버지. 하지만 장군이 심리역사학적 조언에 따라서 그렇게 한 거라고 말해서 아버지까지 물고 들어갈 가능성도 있지 않나요?"

"그래, 내가 한 말을 모두 녹음한 것 같아. 하지만 그 내용을 들어 보면 내가 현 상황을 정확히 분석해서 보고서를 작성할 때까지 기다려 달라고 촉구했지만 장군이 거절한 내용도 확실히 밝혀지겠지."

"그럼 어머니는 그 모든 내용에 대해서 뭐라고 말씀하세요?"

"아직까지 상의한 적이 없어. 너희 엄마는 다른 문제로 정신이 없거든."

"정말요?"

"그래. 프로젝트 내부 깊숙이 숨어 있는 (나를 목표로 삼은!) 음모를 파악하려고 애쓰는 중이야. 나를 제거하길 바라는 사람이 프로젝트 내부에 있다고 생각하는 것 같아."

셀던이 한숨을 내쉬며 덧붙였다.

"나도 그런 사람 가운데 하나인 것 같구나. 나 자신을 프로젝트 책임자 자리에서 내쫓아 심리역사학에 대한 모든 책임을 다른 사람한테 넘기고 싶어."

"어머니가 그러시는 건 완다의 꿈 때문이에요. 아버지를 보호하려고 어머니가 얼마나 애쓰시는지 아버지도 잘 아시잖아요. 아버지가 돌아가시는 꿈이라면 어머니로선 당연히 살인 음모를 떠올릴 수밖에 없을 거예요."

"그런 음모가 없기만 바랄 뿐이야."

그리고 그 생각에 두 남자는 동시에 폭소를 터트렸다.

21

조그만 전자 정제기 실험실은 뭔지 모를 이유 때문에 정상보다 상당히 낮은 온도를 유지하고 있어서 도스 베나빌리는 그 이유가 무엇인지 막연히 궁금했다. 도스는 가만히 앉아서 실험실 점유자가 지금 진행 중인 무언지 모를 작업을 끝마치기만 기다리고 있었다.

도스는 작업에 열중하는 여인을 조심스럽게 살폈다. 날씬한 몸매에 기다란 얼굴. 가느다란 입술이랑 우묵하게 들어간 턱 선 때문에 예쁜 얼굴은 아니지만 짙은 갈색 눈동자가 지적으로 반짝거렸다. 책상 위의 반짝이는 명패에는 '신다 모네이'란 이름이 적혀 있었다.

마침내 모네이가 도스한테 고개를 돌리며 말했다.

"죄송합니다, 베나빌리 박사님. 중간에 멈추면 안 되는 작업이었답니다."

"나 때문에 작업을 중단하는 실망스러운 사태가 일어나면 안 되겠지요. 당신에 대한 평가가 아주 좋다는 말을 들었습니다."

"그런 말은 언제나 기분이 좋아요. 누가 저를 칭찬하던가요?"

"상당수가요. 프로젝트에 참여한 비(非)수학자 가운데에서 가장 두드러지는 인물이라고 들었어요."

도스가 말하자, 모네이가 눈살을 살짝 찡그렸다.

"거들먹거리는 수학자들이랑 우리를 가르는 일정한 경향이 있어요. 하지만 정말 제가 두드러진다는 평가를 받는다면 프로젝트의 구성원으로서 그런 거라고 생각합니다. 제가 비수학자란 사실은 중요하지 않아요."

"당연히 그래야지요. 그런데 프로젝트에 들어와서 일한 지 얼마나 됐나요?"

"2년 반요. 그 전에는 스트릴링 대학원에서 방사선 물리학을 전공했어요. 그러면서 인턴 연구원으로 2년 동안 프로젝트에 참여했지요."

"프로젝트에서 맡은 일을 아주 잘해 온 것 같군요."

"벌써 두 번이나 승진을 했답니다. 도스 베나빌리 박사님."

"이곳에서 어떤 어려움을 겪은 적은 없나요, 모네이 박사? 당신이 하는 말은 비밀로 하겠습니다."

"당연히 업무가 힘들긴 하지만 동료와의 관계를 물으시는 거라면 아무렇지 않습니다. 결코 이런 규모의 복잡한 프로젝트에서 예상되는 어려움 이상은 아니거든요."

"그게 무슨 뜻인가요?"

"가끔씩 벌어지는 말다툼 말씀이에요. 우리 모두 인간이니까요."

"하지만 심각한 건 없다고요?"

모네이가 머리를 끄덕이며 대답했다.

"심각한 건 없어요."

"모네이 박사, 내가 듣기에 당신은 제1발광체 사용에 필요한 아주 중요한 장비를 개발하는 책임을 맡고 있다고 하더군요. 제1발광체에 아주 많은 정보를 집어넣는 데 필요한 장비."

모네이가 화사한 미소를 떠올렸다.

"박사님도 그걸 아세요? 네, 맞아요, 전자 정제기. 그게 개발된 이후 셀던 교수님이 이 조그만 실험실을 만들어서 저를 책임자로 임명하셨답니다."

"그런 놀라운 개발을 했는데도 프로젝트 고위직에 오르지 않았다는 사실이 놀랍군요."

도스가 말하자, 모네이가 아주 당혹스러운 표정으로 대답했다.

"아니에요. 제가 독자적으로 개발한 게 아니에요. 실제로 제가 한 일은 기술자(물론 저 혼자서는 아주 창조적이고 뛰어난 기술자라고 생각하고 싶지만요.) 역할에 불과하답니다."

"그럼 누가 함께 참여했나요?"

"모르셨어요? 탬와일 엘라르 박사님이에요. 박사님이 장비를 만드는 데 필요한 이론을 수립하셨고 저는 그걸 설계해서 장비로 구체화시킨 거예요."

"그렇다면 모든 공은 엘라르한테 돌아갔다는 건가요, 모네이 박사?"

"아니에요, 아니에요. 그렇게 생각하시면 안 돼요. 엘라르 박사님은 그런 분이 아니에요. 그분은 저한테 많은 공을 돌려 주셨어요. 실제로 장비에다 우리 두 사람 이름을 붙이자는 제안까지 하셨지만 그럴 수 없었지요."

"왜요?"

"으음, 그건 셸던 교수님이 세우신 규칙이에요. 모든 장비와 방정식에는 불만의 소지를 없애기 위해 개인의 이름이 아니라 그 기능에 합당한 이름을 붙인다. 그래서 그 장비에도 전자 정제기란 이름이 붙었지요. 하지만 우리가 함께 일할 때면 엘라르 박사님은 그 장비를 우리 이름을 붙인 별명으로 부르시는데, 베나빌리 박사님, 그 어감이 너무나 좋답니다. 언젠가는 프로젝트 연구원 모두가 그 별명을 사용해 그 기계를 부를 거예요. 저도 그러길 바라고요."

"나도 그러길 바라요. 당신 말을 들으면 엘라르는 아주 예의 바른 사람인 것 같군요."

도스가 정중하게 말하자, 모네이가 솔직하게 대답했다.

"맞아요, 맞아요. 함께 일하는 사람들 모두가 그분을 좋아해요. 지금 전 새로운 개념의 훨씬 강력한 전자 정제기를 만들고 있는데, 이해가 안 돼요. 제 말은, 그런 걸 어디에다 쓸 건지 말이에요. 하지만 엘라르 박사님이 계속 도와주신답니다."

"그래서 많이 진행됐나요?"

"물론이죠. 사실, 벌써 표본을 만들어서 제출했기 때문에 엘라르 박사님이 시험할 예정이랍니다. 성공적인 결과가 나오면 다음 단계로 나아갈 수 있지요."

"다행이군요. 셸던 교수가 프로젝트 대표 자리에서 사임한다면 어떻게 될 것 같으세요? 만일 그이가 은퇴한다면?"

모네이가 깜짝 놀란 표정으로 물었다.

"교수님이 은퇴하실 예정인가요?"

"아직은 아니에요. 만약의 경우를 말하는 거예요. 우리 남편이 은퇴한다면 누가 그 후임이 될 것 같으세요? 지금까지 한 말로 보면 당신은 엘라르 교수가 새로운 대표로 되길 바랄 것 같아요."

모네이가 살짝 망설이다가 대답했다.

"네, 그래요. 그분은 새로운 인물 가운데에서 가장 탁월하신 분이에요. 프로젝트를 최선의 방향으로 이끌 수 있을 거예요. 하지만 너무 젊으시죠. 층층이 누적된 화석처럼 늙은 연구원들이(으음, 무슨 말인지 아실 거예요.) 나이도 어린 꼬맹이한테 추월당하는 걸 싫어할 거예요."

"어떤 늙은 화석이 제일 그럴 것 같은가요? 비밀이니까 괜찮아요."

"몇 명이 있지만 유고 애머릴 박사가 제일 그럴 거예요. 후계자로 당연시되고 있으니까요."

"그래요, 무슨 뜻인지 알겠어요."

도스가 일어나며 덧붙였다.

"으음, 많은 도움을 주어서 고마워요. 제가 더 이상 방해하면 안 될 것 같아요."

도스는 전자 정제기에 대해서, 그리고 애머릴에 대해서 생각하며 그곳을 떠났다.

22

유고 애머릴이 말했다.

"또 오셨네요, 사모님."

"미안해요, 유고. 내가 이번 주에 벌써 두 번이나 귀찮게 하는군요. 당신은 사람을 거의 만나지 않는데 말이에요."

애머릴이 대답했다.

"그래요, 사람들에게 일부러 찾아오라고 하진 않지요. 사람들이 찾아오면 사고의 흐름이 깨져서 방해가 되는 경향이 있거든요. 하지만 사모님은 아니에요. 사모님이랑 셀던 선생님은 아주 특별하시니까요. 두 분이 저한테 베푸신 은혜를 단 하루도 떠올리지 않는 날이 없답니다."

도스가 손사래를 치며 말했다.

"그만하세요, 유고. 지금까지 해리를 위해서 열심히 일했잖아요. 우리가 당신에게 얼마나 도움이 됐는지는 모르겠지만 그건 이미 오래전에 충분한 보상을 받았어요. 프로젝트는 어떤가요? 해리는 아무 얘기도 안 하거든요…… 나한테는."

애머릴의 얼굴 표정이 갑자기 환해졌다. 온몸에 활력이 넘치는 것 같았다.

"아주 좋아요. 아주 좋아요. 구체적인 자료도 없이 말하는 건 그렇지만 지난 2년 동안 이룩한 발전은 정말 놀라워요……. 그 전에 이룬 발전을 모두 합친 이상으로요. 계속 망치질을 하고 또 하다 보니 이제 드디어 그 결과물이 나오기 시작하는 것 같아요."

"엘라르 박사가 만든 새로운 방정식 때문에 많은 도움이 되었다고 들었어요."

"혼돈 극복 방정식요? 네, 엄청나게."

"그리고 전자 정제기도 많은 도움이 되었고요. 그걸 제작한 여성을 만났거든요."

"신다 모네이요?"

"네. 바로 그 사람."

"아주 똑똑한 여자예요. 그런 사람이 들어와서 정말 다행이에요."

"유고, 당신은 실질적으로 언제나 제1발광체 작업을 하고 있어요, 그렇지 않나요?"

"네, 그런 셈이에요."

"그럴 때마다 전자 정제기를 사용하고요."

"물론이죠."

"휴가를 다녀올 생각은 한 적이 없나요, 유고?"

애머릴이 두 눈을 동그랗게 뜬 채 천천히 끔뻑이며 물었다.

"휴가요?"

"네. 당신도 듣기야 들어 본 말이잖아요. 휴가가 무언지는 알고 있겠지요."

"제가 왜 휴가를 다녀와야 하지요?"

"내 눈에 끔찍하게 지친 것처럼 보여서요."

"약간 그럴 때가 가끔씩 있어요. 하지만 저는 연구실을 떠나고 싶지 않아요."

"예전보다 지금 훨씬 더 피곤한 느낌이 들지요?"

"약간. 나이를 먹고 있으니까요, 사모님."

"당신은 이제 불과 마흔아홉 살이에요."

"그래도 예전보다는 훨씬 많은 나이랍니다."

"으음, 이 문제는 넘어갑시다. 유고, 화제를 바꾸기 위해 묻는 건데, 헤리가 맡은 일을 잘하고 있나요? 헤리와 함께 오랫동안 일했으니까 당신이 누구보다 잘 알고 있을 거예요, 나보다도. 업무에 관한 부분에서는 최소한."

"아주 잘하고 계세요, 사모님. 변한 게 하나도 없어요. 셸던 선생님은 아직도 이곳에서 두뇌가 가장 빠르게 돌아가는 분이세요. 나이 때문에 영향을 받는 게 하나도 없어요…… 최소한 지금까지는."

"정말 다행이네요. 하지만 안타깝게도 해리는 그렇게 생각하지 않아요. 나이가 드는 걸 좋게 받아들이지 않아요. 최근에 생일잔치를 여는 것도 아주 힘들었답니다. 그런데, 당신도 생일잔치에 참석했나요? 내가 못 봤거든요."

"조금 참석했어요. 잘 아시다시피, 그런 자리에 있으면 괜히 어색한 느낌이 들어서요."

"해리가 많이 지친 것 같다고 생각하지 않으세요? 정신적인 기능을 묻는 게 아니에요. 내 말은 육체적인 기능을 묻는 거예요. 당신이 볼 때에 해리가 힘들어서(너무 힘들어서) 맡은 책임을 더 이상 견딜 수 없을 것처럼 보이지 않으세요?"

애머릴이 깜짝 놀란 표정으로 대답했다.

"그런 생각은 한 번도 안 했어요. 셸던 선생님이 힘들어하신다는 건 상상할 수도 없어요."

"하지만 충분히 그럴 수 있어요. 젊은 사람에게 모든 책임을 넘기고 자신은 그 자리에서 물러나겠다는 충동을 가끔씩 느끼는 것 같아요."

애머릴이 의자에 등을 기댔다. 도스가 들어온 이후 계속 만지작거리던 연필까지 내려놓았다.

"뭐라고요? 그건 말도 안 돼요! 불가능해요!"

"확실한가요?"

"절대요. 그게 정말이라면 셸던 선생님이 저랑 분명히 상의하셨을 거예요. 그런데 아직까지 그러신 적이 없어요."

"이성적으로 생각하세요, 유고. 해리는 지쳤어요. 그걸 드러내지 않으려고 하지만 사실이에요. 해리가 은퇴하기로 결정하면 어떻게 되는 거죠? 프로젝트는 어떻게 될까요? 심리역사학은 어떻게 될까요?"

애머릴이 두 눈을 가늘게 뜨며 물었다.

"지금 농담하시는 거예요, 사모님?"

"아니에요. 앞일을 예상하려고 애쓰는 것뿐이에요."

"셀던 선생님이 은퇴하시면 당연히 제가 그 자리를 승계하지요. 그분과 전 누가 합류하기 오래전부터 프로젝트를 이끌어왔어요. 그분과 저 단둘이서. 아무도 없이. 셀던 선생님을 제외하면 프로젝트를 저만큼 아는 사람이 없어요. 제가 승계하는 걸 당연하게 여기지 않는다니, 정말 놀랍군요, 사모님."

"당신이 합당한 승계자란 사실은 나나 다른 사람한테 의문의 여지가 없어요. 하지만 문제는 당신이 그걸 바라느냐는 거예요. 물론 당신은 심리역사학에 대한 모든 걸 알고 있겠지요. 하지만 거대한 프로젝트의 다양하고 복잡한 갈등에 모든 걸 바치고 싶어요? 그것 때문에 지금까지 해 오던 연구를 모두 포기하고 싶어요? 사실 해리 자신을 지치게 만든 건 그 모든 갈등을 부드럽게 풀어야 한다는 부담 때문이거든요. 그런데 당신이 그런 역할을 맡을 수 있겠어요?"

"네, 맡을 수 있어요. 이런 얘기는 더 이상 하고 싶지 않아요. 혹시, 셀던 선생님이 저를 제거할 수도 있다는 소식을 전하러 오신 건가요?"

"당연히 아니에요! 해리를 어떻게 그렇게 생각할 수 있어요! 지금까지 그 사람이 친구를 배신한 적이 한 번이라도 있나요?"

"그렇다면 됐습니다. 이 문제는 그만 덮어 두지요. 괜찮으시다면, 사모님, 지금 제가 해야 할 일이 많답니다."

애머릴이 퉁명스럽게 말하며 고개를 돌린 채 하던 작업에 몰두했다.
"그렇겠지요. 애초에 이렇게 많은 시간을 빼앗을 의도는 없었답니다."
도스가 그렇게 말하고는 떠났다. 눈살을 찡그린 채.

23

레이치가 말했다.
"들어오세요, 어머니. 아무도 없으니까요. 마넬라랑 완다를 다른 곳으로 보냈어요."
도스가 들어서며 습관적으로 왼쪽과 오른쪽을 살피더니 제일 가까운 의자에 앉았다.
"고마워."
도스가 말했다. 그리고 한동안 가만히 앉아 있었다. 마치 제국 전체의 무게를 자신의 어깨에 짊어진 것 같았다.
레이치가 가만히 기다리다가 입을 열었다.
"어머니가 황궁 영내로 불쑥 뛰어드신 것에 대해서 아직까지 여쭤볼 기회가 없었네요. 누구에게나 그렇게 할 수 있는 어머니가 있는 것도 아닌데요."
"그 이야기를 하려고 온 게 아니야, 레이치."
"그렇다면 어떤 일인가요? 어머니는 속마음을 얼굴 표정으로 드러내는 사람이 아니시잖아요. 그런데도 많이 지친 표정이세요. 무슨 일이 있나요?"
"네 말대로 많이 지쳤기 때문이야. 사실, 그다지 기분이 좋은 상태가 아니야. 굉장히 커다란 문제가 있는데 네 아버지한테 아무리 말해도 소용이 없어. 네 아버지는 세상에서 가장 훌륭한 사람이지만 다루기가 너무나 어려워. 극적인 요소에 도무지 관심을 기울이질 않아. 내가 네 아버지를 보호하기 위해 아무리 애써도 그는 내가 쓸데없이 걱정하는 거라면서 가볍게 무시해."

"어머니, 제 눈에도 어머니가 아버지의 안전에 대해 쓸데없이 걱정하시는 것처럼 보여요. 어머니가 생각하는 극적인 요소 대부분이 실제로 엉뚱한 내용일 것 같아요."

"고맙구나, 네 아버지랑 똑같은 말을 해서 나한테 좌절감을 심어 주니 말이다. 완벽한 좌절감."

"그렇다면 부담을 덜어 내세요, 속마음을 나한테 모두 털어놓으시고. 첫 부분부터."

"완다의 꿈으로 시작한단다."

"완다의 꿈! 어머니! 그런 식이라면 당장 멈추시는 게 좋아요. 그런 식으로 시작한다면 아버지도 더 이상 듣지 않으시려고 할 테니까요. 그러지 마세요, 어머니. 어린애가 꿈꾼 걸 엄마가 너무 커다란 문제로 만들고 있잖아요. 그건 말도 안 돼요."

"나는 그게 꿈이라고 생각하지 않아, 레이치. 완다가 꿈이라고 생각한 건 실제로 두 사람이 할아버지의 죽음에 관한 대화를 나눈 거야."

"너무 심한 억측이에요. 그게 진짜일 가능성이 얼마나 되겠어요?"

"진짜라고 가정해 보자꾸나. 완다가 들은 걸로 기억하는 구절은 딱 하나, '레모네이드 죽음'이야. 완다가 그런 꿈을 꾸어야 할 이유가 뭘까? 무언가 비슷한 말을 해서 완다가 잘못 들었을 가능성이 아주 많아. 그렇다면 실제로 나온 말은 무엇일까?"

"그걸 내가 어떻게 알겠어요?"

레이치가 반문했다. 의심쩍은 어투였다.

도스가 그런 어투를 놓칠 리 없었다.

"너는 내가 지금 억지를 부리는 거라고 생각하지. 그렇지만 만일 내 판단이 옳다면 그건 바로 이곳 프로젝트에서 네 아버지를 대상으로 진행되고 있는 음모를 파헤칠 단서가 될 수 있어."

"프로젝트 내부에서 음모가 진행되고 있다고요? 저한테는 꿈에다 의미를 부여하는 이상으로 불가능한 소리처럼 들려요."

"프로젝트가 크면 원한이나 갈등이나 질투심 같은 복잡한 감정이 생기는 법이야."

"그래요. 그래요. 흉을 보거나 얼굴을 찡그리거나 상대를 놀리거나 이상한 소문을 퍼트릴 순 있겠지요. 하지만 그런 건 음모와 차원이 달라요. 아버지를 죽이겠다는 말이랑 다르다고요."

"정도의 차이에 불과해. 약간의 차이."

"그런 식의 논리로는 아버지를 절대로 설득시킬 수 없어요. 저조차도 그 말을 믿을 수 없으니 말이에요."

레이치가 실내를 급히 가로지르며 걷다가 다시 돌아오며 물었다.

"하여간 어머닌 그 음모라는 걸 찾아내려고 계속 애쓰는 중이시군요, 그렇죠?"

도스는 고개를 끄덕였다.

"그리고 지금까지 실패하셨고요."

도스는 이번에도 고개를 끄덕였다.

"애초에 그런 음모가 없어서 실패한 거란 생각은 안 드세요, 어머니?"

이번에는 도스가 머리를 가로저었다.

"지금까지 실패했지만 그렇다고 해서 음모가 있다는 믿음까지 흔들리는 건 아니야. 느낌이 확실해."

레이치가 웃었다.

"너무 평범하네요, 어머니. 제가 기대한 건 '느낌이 확실하다'는 말 이상이었는데요."

"내 생각에 '레모네이드'로 잘못 들릴 만한 구절 하나가 있어. '레이맨에이디드.'"

"레이맨에이디드? 그게 뭐예요?"

"레이맨에이디드(layman-aided, 일반인이 돕는다 — 옮긴이). 두 단어야. 레이멘(일반인)은 프로젝트에서 수학자들이 비수학자들을 부르는 명칭이야."

"그런데요?"

레이치의 질문에 도스가 단호한 어조로 불쑥 말했다.

"생각해 봐, 누군가가 '레이맨에이디드 죽음'이라고 말했다는 건 네 아버지를 죽이는 모종의 음모에 비수학자 한두 명이 중요한 역할을 한다는 의미일 수 있어. 그 말을 완다가 '레모네이드 죽음'으로 잘못 들었을 가능성이 없을까? 완다가 너랑 마찬가지로 '레이맨에이디드'란 말을 들어 본 적은 없지만 레모네이드를 아주 좋아한단 사실을 감안한다면?"

"그럼 다른 사람이 다른 많은 장소를 놔두고 하필이면 아버지가 혼자 쓰시는 연구실에 들어왔다는 말인가요? 그게 도대체 몇 사람인데요?"

"완다가 꿈 얘기를 하면서 두 사람이라고 했어. 내 느낌에는 그 가운데 한 명이 바로 군부 정권의 헨더 린 대령인 것 같아. 제1발광체를 보러 왔다가 네 아버지를 제거하는 논의를 한 게 분명해."

"억측이 너무 심하세요, 어머니. 헨더 린 대령이랑 다른 사람이 아버지 연구실에 들어와서 살인 얘기를 했는데 의자 안에 조그만 여자애가 숨어서 엿듣고 있다는 사실은 몰랐다는 거예요? 그런 거예요?"

"대충 비슷해."

"그럼, 일반인이란 말이 나왔다면, 헨더 린 이외의 한 명은 수학자가 분명하겠군요."

"그럴 가능성이 많아."

"정말 불가능한 얘기 같아요. 하지만 설사 그 말이 사실이라고 해도 그 수학자를 어떻게 찾을 수 있겠어요? 프로젝트 내부에 있는 수학자가 최소한 50명은 넘을 텐데요."

"그래서 그들을 한 명씩 만나려고 노력하는 중이야. 수학자 몇 명을 만났어. 일반인도 만나고. 하지만 아직까지 아무런 실마리도 찾아내지 못했어. 그렇다고 해서 아주 노골적으로 물어볼 수 있는 것도 아니고."

"한마디로 말해서 어머니가 만나 보신 사람 가운데에서는 위험한 음모를 꾸민 흔적이 아직은 없다는 거네요."

"그래."

"당연하네요. 누가 그런 흔적을 드러내겠어요, 어머니가……"

"나도 무슨 말인지 알아, 레이치. 가벼운 질문에 그런 음모를 털어놓을 사람이 어디에 있겠느냐는 거 아니야? 하지만 나는 누구를 압박해서 정보를 파악할 수 있는 위치가 아니야. 네 아버지가 소중하게 여기는 수학자를 내가 한 명이라도 건드리면 네 아버지가 뭐라고 하실지 아니?"

그러더니 갑자기 도스가 어투를 바꾸며 말했다.

"레이치, 최근에 유고랑 얘기를 나눈 적 있니?"

"아니요, 최근에는 없어요. 아저씨는 사람 만나는 걸 좋아하지 않잖아요. 어머니도 아시겠지만, 심리역사학을 뺀다면 그분은 그 자리에서 쓰러지고 말 거예요."

도스가 그 장면을 연상하고 얼굴을 찡그리며 말했다.

"최근에 그 사람이랑 두 번을 만났는데 약간 위축된 것 같아. 그냥 피곤해서 그러는 정도가 아니야. 내 눈에는 세상이랑 거의 담을 쌓은 사람처럼 보여."

"네, 아저씨는 그런 사람이에요."

"최근에 훨씬 심해지지 않았니?"

레이치가 잠시 생각하다가 대답했다.

"그럴 수도 있어요. 나이를 먹으니까요. 누구나 마찬가지잖아요……. 어머니만 빼고."

"유고가 넘지 말아야 할 선을 넘어서 약간 불안해하는 건 아닐까, 레이치?"

"누가요? 그 아저씨가요? 아저씨한테는 불안한 것도, 불안해할 것도 없어요. 가만히 두면 심리역사학만 중얼거리면서 여생을 조용히 사실 거예요."

"내 생각은 달라. 유고가 원하는 게 있어……. 그것도 아주 강렬하게. 바로 후계자 자리야."

"무슨 후계자요?"

"언젠가는 네 아버지가 은퇴할 수도 있다는 말을 했더니 유고 애머릴은 후계자가 되겠다는 의지를, 아주 강력한 의지를 보여 주었어."

"당연한 거 아니에요? 그 아저씨가 당연히 그 자리에 올라야 한다는 건 모두가 인정하잖아요. 아버지도 그렇게 생각하실 거고요."

"하지만 나한테는 그런 모습이 아주 당연하게 보이지 않았어. 네 아버지가 자기를 물리치고 다른 사람을 후계자로 삼겠다는 소식을 알려 주기 위해 내가 찾아온 거라고 생각하더구나. 다른 사람이 네 아버지를 그렇게 생각한다는 걸 상상할 수 있니?"

"이상하군요……."

레이치가 중얼거리며 자기 엄마를 오랫동안 쳐다보다가 다시 입을 열었다.

"어머니, 그럼 어머니는 어머니가 말씀하시는 음모의 중심에 어쩌면 아저씨가 있을지 모른다는 말을 하고 싶은 거예요? 아저씨가 그 자리에 오르기 위해 아버지를 제거하려고 한다는 말을?"

"불가능한 얘기일까?"

"당연하지요, 어머니. 완전히. 유고 아저씨한테 문제가 있다면 그건 연구를 제외한 그 무엇에도 관심을 기울이지 않는다는 거예요. 그 복잡한 방정식을 온종일, 심지어 밤까지 보고 있노라면 누구라도 머리가 돌아 버릴 거예요."

도스가 벌떡 일어나며 말했다.

"네 말이 맞아!"

레이치가 깜짝 놀라며 물었다.

"갑자기 왜 그러세요?"

"네 말을 들으니까 새로운 생각이 떠올랐어. 아주 중요한 생각."

그러더니 도스는 아무 말 없이 돌아서서 밖으로 나섰다.

24

도스 베나빌리는 못마땅한 얼굴로 해리 셀던에게 이렇게 말했다.

"당신은 은하도서관에서 나흘을 보냈어요. 나를 또다시 완전히 빼놓고, 아무런 연락도 안 한 채."

부부는 홀로그램으로 나타난 서로의 영상을 물끄러미 쳐다보았다. 셀던은 황궁 구역에 있는 은하도서관에서 자료 조사를 하고 지금 막 돌아온 상태였다. 그래서 프로젝트 연구실에서 부인을 연결해 자신이 스트릴링으로 이제 막 돌아왔다는 사실을 알리는 중이었다. 화가 잔뜩 난 얼굴이지만 여전히 아름답다는 생각이 들었다. 손을 내밀어서 그런 부인의 얼굴을 매만지고 싶을 정도였다. 그래서 셀던은 달래는 어투로 이렇게 설명했다.

"도스, 나 혼자 간 게 아니오. 여러 사람이 함께 갔을 뿐 아니라 지금처럼 혼란스러운 시기에도 은하도서관은 학자가 가장 안전하게 머물 수 있는 곳이오. 앞으로는 그 도서관에 좀 더 자주 가야 할 것 같소."

"나한테 계속 아무 말도 안 하면서 그렇게 할 건가요?"

"도스, 나는 죽음만 생각하는 당신 견해에 맞추며 살아갈 수 없소. 당신이 나를 쫓아와서 도서관 직원을 깜짝 놀라게 하는 사태도 바라지 않소. 그들은 군부 정권 사람들이 아니오. 나는 그들이 필요하고 따라서 그들을 자극하고 싶지 않소. 하지만 내가(우리가) 근처 아파트로 옮기는 게 좋을 것 같다는 생각은 하고 있소."

도스가 엄숙한 표정으로 쳐다보며 고개를 가로젓다가 화제를 바꿨다.

"최근에 내가 유고를 두 번 찾아간 건 아세요?"

"잘했소. 그렇게 했다니 정말 기쁘오. 그 친구는 바깥세상을 접할 필요가 있소."

"네, 맞아요. 그 사람한테 뭔가 문제가 있는 게 분명해요. 우리가 오랫동안 알고 지내던 유고 애머릴이 아니에요. 흐리멍덩하고 막연해요. 내가 보기에 단 한 가지에만 집착을 보이는 것 같아요……. 당신이 물러난 자리에 오르는 것."

"그건 당연하지 않소……. 만일 그 친구가 나보다 오래 산다면?"
"유고가 당신보다 오래 살 거라고 생각하지 않으세요?"
"으음, 그 친구가 나보다 열한 살 어리긴 하지만 주변 환경이 너무 심하게 변해서……"
"그 말은 유고가 아주 나쁜 상태라는 걸 당신도 알고 있다는 뜻이군요. 그 사람은 당신보다 늙은 사람처럼 굴어요, 훨씬 젊은데도 말이에요. 최근 들어서 특히 심한 것 같아요. 어디 아픈가요?"
"육체적으로? 그렇진 않을 것이오. 정기적인 검사를 받고 있으니 말이오. 하지만 기운이 완전히 고갈된 것처럼 보인다는 건 나도 인정하오. 몇 개월 휴가를 다녀오라고 설득하는 중이오. 1년 동안 안식년을 취하는 것도 좋고, 본인만 바란다면. 프로젝트에 대한 고민을 완전히 떨쳐 내기 위해 트랜터에서 아주 멀리 떠나라는 제안까지 하는 정도요. 몇 광년 거리에 있는 관광지 행성 게토린에서 지내도 재정적으로 아무런 문제가 없을 테니 말이오."
도스가 머리를 조급하게 가로저으며 말했다.
"하지만 유고는 당연히 그러지 않을 거예요. 내가 휴가를 제안했더니 그 사람은 마치 그 말뜻 자체를 모르는 것처럼 행동하더군요. 완벽하게 거절한 거죠."
"그러니 우리가 무얼 어떻게 하겠소?"
셀던이 체념하는 어투로 말하자, 도스가 대답했다.
"이런 생각은 할 수 있어요. 유고는 사반세기 동안 프로젝트에 참여했는데 그동안 육체적으로 별다른 문제가 없는 것처럼 보였어요. 그러다가 갑자기 약해진 거예요. 나이 때문에 그런 건 아니에요. 아직 50세도 안 됐으니까요."

"그럼 다른 원인이 있다는 거요?"

"네. 당신이랑 유고가 제1발광체 때문에 전자 정제기를 얼마나 오랫동안 사용했죠?"

"약 2년…… 어쩌면 약간 더."

"제1발광체를 사용하려면 누구나 전자 정제기를 써야 하는 거죠?"

"그렇소."

"그런 사람은 대체적으로 유고랑 당신이겠지요?"

"그렇소."

"그런데 유고가 당신보다 더 많이 사용하겠지요?"

"그렇소. 유고는 주로 제1발광체랑 그 방정식에 집중하는 반면, 불행히도 나는 행정적인 업무에 많은 시간을 할당할 수밖에 없으니까."

"그럼 전자 정제기는 인체에 어떤 영향을 미치나요?"

셀던이 깜짝 놀란 표정으로 대답했다.

"내가 아는 한 심각한 영향은 전혀 없소."

"그렇다면 나한테 설명해 봐요, 해리. 2년 남짓 전자 정제기를 사용한 기간에 당신은 눈에 띌 정도로 많은 피로감에 시달리며 심한 변덕을 부렸어요. 사람을 만나는 것도 약간 줄었고요. 그 이유가 뭐죠?"

"나이를 먹었잖소, 도스."

"말도 안 돼요. 나이 예순에 그런 노쇠 현상이 나타난다는 소리를 누가 해요? 당신은 나이를 버팀목 삼아서 계속 변명하는데 이제 더 이상 그러지 마요. 유고는 당신보다 어리지만 전자 정제기에 훨씬 많이 노출됐고 따라서 당신보다 훨씬 심한 피로감에 시달리고 변덕도 심하고 사람을 만나는 건 엄청나게 줄었어요. 그리고 당신 뒤를 잇는 것에 대해 유치할 정도로 집착하고 있어요. 뭔가 심각한 문제가 있는 것 같지 않아요?"

"나이랑 과로. 그게 문제겠지."

"아니에요, 그건 전자 정제기 때문이에요. 두 사람이 거기에 오랫동안 노출된 결과예요."

잠시 침묵한 후에 셀던이 말했다.

"도스, 그 말을 부정할 순 없지만, 그렇다고 인정할 수도 없소. 전자 정제기에서 과도한 전자파가 발생하긴 하지만 인체에 장기적으로 노출돼도 괜찮은 유형의 전자파에 불과하오. 인체에 해를 끼칠 가능성은 없소……. 하지만 그렇다 해도 우리는 그 장비를 포기할 수 없소. 그게 아니면 프로젝트를 계속 발전시킬 방법이 없소."

"해리, 어쨌든 당신한테 부탁할 게 있는데, 꼭 협조해 줘야겠어요. 앞으로 나한테 말하지 않은 상태에서는 프로젝트 밖으로 절대 나가지 말고 일상에서 벗어나는 그 어떤 행동도 하지 마요. 알아듣겠어요?"

"도스, 내가 그 말에 어떻게 동의할 수 있겠소? 정신병자한테나 입히는 구속복을 지금 당신이 나한테 입히려고 하는데 말이오."

"잠시만이에요. 사나흘에서 일주일."

"사나흘에서 일주일 사이에 무슨 일이 일어난다는 거요?"

"나를 믿어요. 모든 걸 밝혀낼 테니까."

25

셀던이 옛날식으로 부드럽게 노크를 하자 애머릴이 고개를 들고 쳐다보며 말했다.

"셀던 선생님, 이렇게 찾아 주셔서 정말 고맙습니다."

"자주 찾아와야 하는데. 예전에는 우리 둘이 항상 붙어 다녔지. 지금은 신경을 써야 할 연구원 수백 명이 여기저기 사방에 널려 있어서 우리 두 사람 사이를 가로막는군. 소식은 들었는가?"

"어떤 소식요?"

"군부 정권이 인두세를 본격적으로 실시하기로 한 거. 내일 트랜터 방송국에서 발표할 거야. 약간 실망스러운 건, 이번에 트랜터만 실시하고 외부 행성은 나중으로 미뤘다는 사실이야. 나는 제국 전체에 동시에 실시하길 희망했는데. 내가 장군한테 충분한 경고를 못한 것 같아."

"트랜터 하나로 충분할 거예요. 외부 행성도 얼마 안 가서 자기네 차례가 될 거란 사실을 알 테니까요."

"이제 어떤 결과가 나타나는지 두고 보면 알겠군."

"인두세 선포와 동시에 항의가 일어나고 결국에는 폭동이 일어날 거예요, 새로운 세금 제도가 효과를 발휘하기도 전에."

"확신할 수 있나?"

애머릴이 그 즉시 제1발광체를 켜서 관련 분야를 확대시키며 말했다.

"선생님 눈으로 직접 보세요. 저렇게 확실한 걸 어떻게 잘못 볼 수 있겠어요? 저건 현존하는 구체적인 조건을 배경으로 보여 주는 예언이에요. 저런 결과가 나타나지 않는다면 그건 우리가 지금까지 연구한 심리역사학 전체가 잘못 되었다는 의미인데, 저는 도저히 받아들일 수 없습니다."

"나도 희망을 품어 보도록 함세."

셀던이 빙그레 웃으며 말하더니 이렇게 덧붙였다.

"그래, 최근에는 기분이 어떤가?"

"괜찮아요. 비교적 좋은 편이에요……. 그런데 선생님은 어떠세요?

선생님이 은퇴하실 생각이라는 소문을 들었어요. 심지어 사모님도 그런 비슷한 말씀을 하시더군요."

"우리 집사람이 말한 건 신경 쓸 것 없어. 요새 들어서 계속 이상한 말을 하고 있으니까. 프로젝트 내부에 위험 요소가 숨어들었다는 생각에 흠뻑 빠져들었거든."

"어떤 유형의 위험 요소요?"

"생각하지 않는 게 좋아. 항상 그런 것처럼 예전 습관이 다시 도져서 스스로 통제를 못하는 거니까."

셀던이 그렇게 말하자, 애머릴이 놀랐다.

"제가 독신으로 지내는 게 얼마나 좋은지 알겠죠?"

그러더니 나지막한 목소리로 물었다.

"선생님이 사임하시면 그다음엔 어떻게 되는 건가요?"

"당연히 자네가 그 자리에 오르는 거지. 다른 건 생각할 수도 없는 거 아닌가?"

그러자 애머릴이 환하게 웃었다.

26

본관 건물 조그만 회의실에서 탬와일 엘라르는 도스 베나빌리가 하는 말을 분노와 당혹감이 가득한 표정으로 듣고 있었다. 그러다가 마침내 폭발했다.

"말도 안 돼요!"

탬와일 엘라르는 턱을 문지르다가 조심스럽게 덧붙였다.

"박사님께 무례를 범할 의도는 조금도 없지만, 베나빌리 박사님, 지금 박사님께서 하신 말씀은 정말 웃기…… 옳지 않습니다. 이곳 심리역사학 프로젝트 내부에는 박사님께서 의심하실 만큼 깊은 원한을 지닌 사람이 있을 수 없습니다. 그런 사람이 있다면 제가 분명히 알고 있을 터인데 그런 사람은 하나도 없다고 장담할 수 있습니다. 그런 생각은 하지 마십시오."

하지만 도스는 고집스럽게 말했다.

"그런 생각을 해야 하겠어요. 거기에 합당한 증거도 찾을 수 있어요."

탬와일 엘라르가 말했다.

"무례를 범하지 않고 어떻게 말할 수 있을지 모르지만, 베나빌리 박사님, 똑똑한 사람이 무언가를 증명할 생각이 있다면 거기에 합당한 증거, 혹은 증거라고 여겨지는 내용을 어떤 식으로든 충분히 찾을 수 있겠지요."

"내가 과대망상증이라고 생각하나요?"

"위대하신 선생님을 걱정하시는 모습을 보면 가끔은 너무 심하단 생각이 들 때가 있습니다."

도스는 그 말을 가만히 생각하며 침묵하다가 다시 입을 열었다.

"똑똑한 사람이라면 어떤 식으로든 충분한 증거를 찾을 수 있다는 말은 맞는 것 같군요. 그렇다면 내가 당신을 상대로 그 증거를 제시하죠."

탬와일 엘라르가 깜짝 놀란 표정으로 두 눈을 커다랗게 뜨고 가만히 쳐다보며 반박했다.

"저를 상대로요? 저를 상대로 무슨 증거를 제시하실 수 있는지 들어보고 싶군요."

"좋아요. 그렇게 하죠. 생일잔치는 당신이 제시한 아이디어예요, 그렇죠?"

"네, 그런 생각을 한 건 맞지만 저만 그런 건 아닙니다. 위대하신 선생님께서 나이를 먹는다고 걱정하셔서 기분을 북돋아 드릴 필요가 있었으니까요."

"물론 다른 사람도 그런 생각을 했겠지만 그 문제를 꺼내서 우리 며느리가 열심히 달려들게 만든 건 바로 당신이에요. 우리 며느리는 거기에 동조했고 당신은 사방에서 대대적인 잔치를 벌이는 것도 가능하다는 생각을 하도록 유도했어요. 아닌가요?"

"제가 며느님한테 영향을 미쳤는지 여부는 모르겠지만 설사 그랬다고 해서 문제될 게 뭔가요?"

"그 기간을 늘이고 대규모로 광범위하게 열어서 그렇지 않아도 불안하고 의심이 많은 군부 정권 측으로 하여금 해리 셀던이 너무 유명해서 위험할 수 있다는 사실을 일부러 광고할 의도가 아니었다면 그 자체로 문제될 게 없겠지요."

"제가 그런 생각을 품었다는 걸 믿을 사람은 어디에도 없습니다."

"나는 하나의 가능성을 제시한 것뿐이에요. 어쨌든, 생일잔치 계획을 짤 때에 당신은 중앙 통제실까지 완전히 비워야 한다는 주장을 해서……"

"잠시 동안에 불과했고 그 이유도 확실했어요."

"한동안 아무도 들어가지 못하게 했어요. 그동안 유고 애머릴을 제외한 그 누구도 연구에 몰두할 수 없었지요."

"생일잔치가 열리기 전에 위대하신 선생님께서 잠시 휴식을 취해서 나쁠 건 없다고 생각했습니다. 그런 걸 가지고 문제 삼을 순 없습니다."

"하지만 그건 당신이 다른 사람과 텅 빈 연구실에서 은밀한 대화를 나눌 수 있게 되었다는 의미였지요. 물론 그곳은 방음장치까지 확실하니 말이에요."

"제가 그곳에서 요리사와 공급업자를 비롯한 외주업체에 대한 얘기를 며느님이랑 나눈 건 맞습니다. 모두 필요한 일이었으니까요, 안 그렇습니까?"

"당신이 거기에서 만난 사람 가운데 한 명이 군부 정권 간부라면 어떨까요?"

엘라르가 도스에게 한 방 맞은 것 같은 표정으로 반박했다.

"정말 화가 나네요, 베나빌리 박사님. 도대체 저를 어떻게 생각하시는 겁니까?"

도스는 그 말에 대답하지 않은 채 계속 말했다.

"그리고 당신은 앞으로 다가온 장군과의 회담에 대해 셀던 박사에게 얘기할 때에 자신이 대신 참석해서 모든 위험을 감수하겠다고 (강하게 밀어붙이며) 주장했어요. 물론 그 결과는 당신이 원하는 그대로 셀던 박사가 직접 장군을 만나겠다는 강력한 고집으로 정확하게 이어졌어요."

엘라르가 불안한 웃음을 살짝 뱉어내며 반박했다.

"아무리 좋게 보려고 해도 과대망상증이 너무 심하신 것 같네요, 박사님."

하지만 도스는 압박을 늦추지 않았다.

"그리고 잔치가 끝난 다음에는 우리가 여럿이 몰려가서 돔 모서리 호텔에 묵자고 제안한 것도 당신이에요, 그렇죠?"

"네. 박사님도 정말 좋은 생각이라고 말씀하셨잖아요."

"셀던이 유명하단 사실을 그런 식으로 강조해서 군부 정권을 더욱 불안하게 만들기 위한 조치가 아니었다면……, 그리고 내가 황궁 영내에 뛰어들도록 자극할 의도가 없었다면 그럴 수도 있었겠죠."

그러자 엘라르가 너무 답답해서 화가 난다는 어투로 이렇게 반박했다.

"제가 박사님을 어떻게 막을 수 있겠어요? 그건 박사님 혼자서 내린 결정이잖아요."

하지만 도스는 계속 못 들은 척하면서 말했다.

"그리고 당신은 내가 황궁에 들어가서 당연히 충분한 문제를 일으킴으로 인해 셀던에 대한 군부 정권의 불만이 늘어나게 되기만 기원했어요."

"도대체 무엇 때문에요, 베나빌리 박사님? 제가 무엇 때문에 그렇게 하겠어요?"

"셀던 박사를 제거하고 프로젝트 대표가 되기 위해서 그런다고 할 수도 있겠지요."

"도대체 저를 뭘로 보시는 겁니까? 진심으로 하시는 말이라고 믿을 수 없어요. 이건 아까 처음에 말한 내용을 그대로 드러내는 행위에 불과해요. 똑똑한 사람이 무언가를 증명하기 위해 어떤 행동까지 할 수 있는지 보여 주는 것에 불과하다고요."

"그럼 아까 한 말은 어때요? 내가 당신이 텅 빈 공간에서 은밀한 대화를 나눌 수 있는 위치에 있고 그래서 군부 정권의 일원과 그곳에 있었다는 말."

"그건 부정할 가치도 없어요."

"하지만 엿들은 사람이 있어요. 조그만 여자애가 그 방에 들어가서 의자에 쪼그리고 앉아 있다가 당신네가 하는 말을 엿들었어요."

엘라르가 눈살을 찡그렸다.

"그래서 무슨 말을 들었답니까?"

"남자 둘이서 죽음에 대해 말하는 걸 들었다고 했어요. 아직 어린애라서 구체적인 내용을 기억할 순 없지만 두 마디는 분명히 들었는데 그건 바로 '레모네이드 죽음'이었어요."

"환상에서 이제 (이런 말을 용서하세요.) 광기로 옮겨 가는 것 같군요. '레모네이드 죽음'이 도대체 무슨 뜻이며 그게 저랑 무슨 상관이 있다는 겁니까?"

"처음에 나는 그 말을 곧이곧대로 받아들였어요. 하지만 그 여자애는 레모네이드를 아주 많이 좋아하고 잔치 석상에 레모네이드가 많았지만 중독된 사람은 아무도 없었지요."

"이제 제정신으로 돌아오신 것 같아서 고맙군요."

"그러다가 여자애가 들은 게 그 말이 아니란 사실을 깨달았어요. 불완전한 언어 능력과 레모네이드에 대한 관심 때문에 그 말을 '레모네이드'라고 잘못 들은 거지요."

"그래서 다른 새로운 단어를 만들어 내셨나요?"

엘라르가 콧방귀를 뀌며 물었다.

"나는 그 애가 들은 말이 '레이멘에이디드 죽음'일 거라고 한동안 생각했어요."

"그게 무슨 뜻인가요?"

"암살은 레이멘(비수학자)이 저지른다."

도스가 말을 멈추고 눈살을 찡그렸다. 그리고 두 손으로 가슴을 움켜잡았다.

엘라르가 갑자기 관심을 보이며 물었다.

"어디 안 좋으십니까, 베나빌리 박사님?"

"아니요."

도스가 대답하며 몸을 덜덜 떨었다. 한동안 도스가 아무 말도 없자 엘라르가 목청을 가다듬었다. 이렇게 말하는 얼굴에는 재미있다는 표정이 더 이상 없었다.

"베나빌리 박사님, 시간이 갈수록 어이없는 말을 하셔, 으음, 실례가 될지 모르겠지만, 저로선 더 이상 듣고 싶지 않군요. 이제 그 얘기는 그만할까요?"

"이제 거의 끝났어요, 엘라르 박사. 당신 말대로 레이멘에이디드는 정말 아이가 없었어요. 나도 그런 결론을 내렸으니까……. 당신은 부분적으로 전자 정제기 개발에 대한 책임을 지고 있어요, 그렇지 않나요?"

"전적인 책임을 지고 있죠."

엘라르가 자랑스럽게 대답했다. 어깨에 힘이 들어가는 것 같았다.

"전적인 책임은 아닐 거예요. 신다 모네이가 설계와 제작을 책임지는 걸로 알고 있으니까."

"제작자에 불과해요. 그녀는 제 지시를 따르지요."

"레이멘. 전자 정제기는 비수학자가 협조하는 '레이멘에이디드' 장비지요."

탬와일 엘라르가 솟구치는 짜증을 억누르며 말했다.

"그런 표현은 더 이상 듣고 싶지 않군요. 다시 말씀드리지만 이제 그 이야기는 그만두시죠?"

하지만 도스는 계속 말했다. 탬와일 엘라르가 부탁하는 말을 못 들은 것처럼.

"비록 지금은 모네이의 공을 크게 생각하지 않지만 그녀가 있는 앞에서는 그 공을 크게 치하했죠……. 앞으로도 열심히 일하도록 만들기 위해서 그런 거겠지요. 그녀는 당신이 자신을 칭찬했으며 그래서 정말 기쁘다고 말했고요. 심지어 당신이 장비에다 자신과 그녀의 이름을 붙였다는 말까지 했어요. 공식적인 명칭은 아니지만."

"당연히 아니지요. 전자 정제기란 이름이 있으니까."

"그리고 기능이 강화된 전자 정제기를 새로 만들어서 당신한테 시험해 보라고 건네주었다는 말도 했지요."

"그건 또 이번 일이랑 어떤 상관이 있습니까?"

"셸던 박사와 애머릴 박사가 전자 정제기를 가지고 계속 작업한 이후부터 체력이 많이 떨어졌어요. 전자 정제기를 훨씬 많이 사용하는 유고 애머릴은 그만큼 더."

"전자 정제기는 인체에 전혀 아무런 해도 끼칠 수 없어요."

도스가 손으로 이마를 짚으며 순간적으로 눈살을 찡그렸다. 그리고 말했다.

"그런데 지금 당신은 기능이 강화된 전자 정제기를 확보해서 더 많은 해를 끼칠 수 있게, 그래서 사람을 더 빨리 죽일 수 있게 되었어요."

"완전히 말도 안 돼요."

"그 장비 이름을, 그걸 제작한 여자에 따르면 당신 혼자서 사용한다는 그 이름을 생각해 봅시다. 당신은 그걸 '엘라르-모네이 정제기'라고 부를 거예요."

"그런 표현을 사용한 기억이 없습니다."

엘라르가 불안하게 대답했다.

"아니에요, 그런 표현을 사용했어요. 그리고 기능이 강화된 '엘라르-모네이 정제기'는 아무런 흔적도 남기지 않고 사람을 죽일 수 있어요. 새로 사용한 기계가 부작용을 일으킨 슬픈 사례로 여겨지겠지요. 바로 그게 '엘라르-모네이 죽음'이고 어린애는 그걸 '레모네이드 죽음'으로 들은 거예요."

도스는 한 손으로 옆구리를 움켜잡고 탬와일 엘라르는 부드러운 어조로 물었다.

"몸이 좋지 않으신가 보군요, 베나빌리 박사님."

"나는 완벽하게 괜찮아요. 어쨌든 내 말이 맞지 않나요?"

"이것 보세요, 박사님께서 레모네이드에서 어떤 단어를 만들어 내시든 상관없어요. 어린애가 어떤 말을 들었는지 누가 알겠어요? 하지만 결국엔 전자 정제기가 치명적이란 주장으로 이어지는 것 같군요. 그렇다면 저를 고소하거나 과학 조사위원회에 회부해서 최대한 많은 전문가한테 전자 정제기가, 그리고 기능을 강화시킨 장비가 인체에 끼치는 효과를 확인하도록 하세요. 특별한 부작용은 없다는 사실이 드러날 테니까요."

"나는 그 말을 믿지 않아요."

도스가 중얼거렸다. 이제 두 손이 이마에 올라가고 두 눈은 감겼다. 몸이 살짝 흔들렸다.

"몸이 안 좋으신 게 분명해요, 베나빌리 박사님. 그렇다면 이제 제가 말할 차례인 것 같군요. 그렇죠?"

도스는 두 눈을 뜨고 물끄러미 쳐다보았다.

"당신의 침묵을 동의로 받아들이겠어요, 박사님. 대표 자리를 차지하기 위해 셀던 박사님과 애머릴 박사님을 제거하는 게 저한테 무슨 도움이 되겠어요? 제가 세운 암살 계획을 베나빌리 박사님께서 모두 막으실 텐데, 지금 당신께서 그러는 중이라고 생각하시는 것처럼. 설사 제가 암살 계획에 간신히 성공해서 위대한 두 인물을 제거한다 해도 박사님께선 제 몸을 갈기갈기 찢어발기실 터이고. 박사님은 아주 독특한 여성이세요······. 믿을 수 없을 정도로 강인하고 빠르시죠······. 박사님께서 살아 계시는 한 위대하신 선생님은 안전합니다."

"그래요."

도스가 무섭게 노려보며 대답했다.

"저는 그 사실을 군부 정권 측 인물한테 말했지요······. 그 사람들이 프로젝트에 관한 문제를 저한테 물어보는 건 너무나 당연한 일 아니겠습니까? 그들은 심리역사학에 지대한 관심을 지니고 있죠······. 그것 역시 너무나 당연한 현상이고. 하지만 그들은 제가 박사님에 대해 한 말을 믿지 않았어요······. 박사님께서 황궁 영내로 침입할 때까지는. 하지만 그 사건이 있고 나서 그들은 제 계획에 당연히 동의하고 말았죠."

"아하. 이제 비로소 고백을 하시는군."

도스가 가느다란 목소리로 중얼거렸다.

"전자 정제기가 인간한테 아무런 해도 끼치지 않는다는 사실은 이미 말씀드렸죠. 이 말은 사실이에요. 애머릴 박사님과 당신의 소중한 셸던 박사님은 나이를 먹어서 그런 것뿐이고요. 비록 당신은 그걸 부인하고 싶으시겠지만. 하지만 무슨 소용이 있겠어요? 두 분은 괜찮아요······ 완벽한 인간은. 전자기장은 인체에 특별한 부작용을 끼치지 않아요. 하지만 민감한 전자기 기계류한테는 정반대 효과가 있겠지요, 만약에 금속이랑 전자장치로 만든 인간이 있다면 전자 정제기가 상당한 부작용을 미칠 테니 말이에요. 전설에 나오는 그런 인조인간 말입니다. 마이코겐 사람들이 추종하는 종교 역시 거기에 근거하는데, 그들은 그것을 '로봇'이라고 부르지요. 이 세상에 로봇이란 존재가 있다면 그 어떤 인간보다 강인하고 빠를 거란 사실을, 박사님과 비슷한 특징이 있을 거란 사실을 쉽게 상상할 수 있을 것입니다, 베나빌리 박사님. 그리고 그런 로봇은 (여기에 있는 장비와 같은) 강력한 전자 정제기에 의해, 우리가 대화를 시작할 때부터 낮은 에너지로 계속 가동시킨 전자 정제기에 의해 금방 망가지고 파괴될 거란 사실도. 바로 그것 때문에 지금 박사님 몸이 이상한 것입니다, 박사님······. 박사님의 생애를 통틀어서 이렇게 아픈 느낌은 이번이 처음이시겠죠."

도스는 아무 말도 하지 않았다. 상대를 가만히 노려볼 뿐이었다. 그러다가 의자에 천천히 쓰러졌다.

엘라르가 빙그레 웃으며 계속 말했다.

"물론, 박사님께서 지키시는 한 위대하신 선생님과 애머릴 박사님한테는 아무 문제가 없을 것입니다. 하지만 박사님께서 사라지시는 순간, 위대하신 선생님께서도 그 즉시 사그라지며 비탄에 젖은 채 사임하실 테죠. 애머릴 박사님은 어린애 수준에 불과하지요. 어떤 경우든 굳이 살해할 필요는 없을 것입니다. 그래, 기분이 어떠신가요, 베나빌리 박사님. 그렇게 오랜 세월을 보냈는데 이제 와서 본인의 정체가 드러났으니 말입니다. 그동안 정체를 훌륭하게 숨겼다는 사실은 저도 인정하지 않을 수 없군요. 지금까지 박사님의 정체를 파악한 사람이 하나도 없었다는 사실이 정말 놀라울 뿐입니다. 하지만 저는 똑똑한 수학자죠. 관찰하고 사색하고 추론하는 능력이 탁월하죠. 그럼에도 불구하고 위대하신 선생님에 대한 박사님의 광적인 헌신, 그리고 그런 선생님이 위험에 빠지는 순간에 박사님께서 발휘하셨던 초인적인 힘이 아니었다면 저 역시 당신의 정체를 짐작할 수 없었을 겁니다.

이제 작별인사를 하시죠, 베나빌리 박사님. 이제 출력을 최대한 키울 터이고 그와 동시에 박사님은 역사 속으로 사라질 테니까."

도스는 마음을 가라앉히는 것 같더니, 의자에서 천천히 일어나며 중얼거렸다.
"내 방어 능력이 당신 생각 이상으로 뛰어난 것 같군."
그리고 기합 소리와 함께 탬와일 엘라르한테 몸을 날렸다.
엘라르는 두 눈을 크게 뜬 채 비명을 지르며 비틀거렸다. 하지만 도스는 벌써 달려들며 손을 날렸고 그 손은 엘라르의 목을 강타하며 목뼈와 신경계를 으스러뜨렸다. 엘라르는 즉사하며 바닥에 쓰러지고 말았다.
도스는 가까스로 일어서서 비틀거리며 문으로 걸어갔다. 셀던을 찾아야 했다. 셀던에게 자초지종을 모두 알려야 했다.

27

해리 셀던이 깜짝 놀란 표정으로 의자에서 일어났다. 일그러진 얼굴과 뒤틀린 몸으로 술 취한 사람처럼 비틀거리며 걸어오는 도스를 지금까지 본 적이 없었다.
"도스! 무슨 일이오! 왜 이러는 것이오!"
셀던이 달려가서 허리춤을 붙잡는 순간에 도스가 풀썩 쓰러지며 그 품에 안겼다. 셀던은 도스를 들어서(체구가 비슷한 다른 여성보다 체중이 훨씬 무거웠지만 셀던은 그런 사실조차 느낄 수 없었다.) 소파에 올려놓았다. 그리고 다시 물었다.
"어떻게 된 거요?"
도스는 가끔씩 끊어지는 목소리로 가쁜 숨을 몰아쉬며 자초지종을 말했다. 셀던은 그녀의 머리를 받쳐 준 채 믿을 수 없는 내용을 억지로 믿으려고 애썼다.

마침내 도스가 말했다.

"탬와일 엘라르가 죽었어요. 결국에는 내가 인간을 죽인 거예요……. 처음으로…… 그래서 더 안타까워요."

"얼마나 심하게 다쳤소, 도스?"

"심하게. 내가 들어가니까 탬와일 엘라르가 장비를 켜 놓았어요, 최대 출력으로."

"고치면 될 것 아니오."

"어떻게요? 그 방법을 아는 사람은, 트랜터에 한 명도 없어요. 다닐이 필요해요."

다닐. 데머즐. 셀던이 항상 마음 깊이 담아 두고 있는 이름. 심리역사학과 파운데이션의 싹이 뿌리내릴 수 있도록 자신의 보호자로서 로봇을 지정한, 그 자신도 로봇인 친구. 이제 비로소 이해할 것 같았다. 계속 떠오르던 의심과 궁금증이 이제 비로소 풀리는 것 같았다. 하지만 지금 이 순간 그 모든 건 전혀 중요한 문제가 아니었다. 중요한 건 도스였다.

"당신을 이런 상태로 죽게 둘 순 없소."

셀던이 말하자, 도스가 눈을 힘겹게 뜨며 쳐다보았다.

"어쩔 수 없어요. 어쩔 수가. 당신을 구하려다가 실수를, 그것도 치명적인 실수…… 이제 누가 당신을 지켜 주나요?"

셀던은 도스를 또렷이 쳐다볼 수 없었다. 두 눈에 뭔가 문제가 있는 것 같았다.

"내 걱정은 말아요, 도스. 지금은 당신이…… 당신이……."

"아니에요, 해리. 마넬라, 마넬라에게 이제 내가 용서한다고 전해 줘요. 마넬라가 나보다 잘했어요. 완다에게도 설명해 주고요. 당신과 레이치는…… 서로 돌보도록 해요."

"안 돼, 안 돼, 안 돼. 이럴 순 없어. 내 곁을 떠나지 마. 제발. 제발. 내 사랑."

셸던이 몸을 앞뒤로 흔들며 절규하자, 도스가 머리를 힘없이 흔들며 더 힘없이 웃었다.

"잘 있어요, 해리, 내 사랑. 항상 기억할게요……. 당신이 나한테 해 준 걸."

"나는 당신에게 해 준 게 없소."

"당신은 나를 사랑했고 당신의 사랑은 나를…… 인간으로 만들었어요."

도스는 그렇게 말했다. 두 눈은 여전히 뜨고 있지만 기능은 완전히 멈췄다.

애머릴이 셸던의 연구실로 급히 뛰어들며 소리쳤다.

"선생님, 폭동이 일어났어요. 이제……."

그러다가 셸던이랑 도스를 물끄러미 쳐다보며 조그맣게 속삭였다.

"무슨 일이에요?"

셸던이 비탄에 잠긴 표정으로 쳐다보며 대답했다.

"폭동! 그런 게 나랑 무슨 상관이야? 그런 게 도대체 나랑 무슨 상관이냐고?"

제4부

완다 셸던

완다 셸던

······해리 셸던은 말년에 손녀딸 완다에게 가장 많이 집착하고 의존했다. 10대라는 어린 나이에 고아가 된 완다 셸던은 할아버지의 심리역사학 프로젝트에 모든 걸 바치며 유고 애머릴이 만든 빈 공간을 메우고······ 완다 셸던은 완전히 고립된 상태에서 모든 작업을 수행했으며 따라서 그 내용 역시 대부분 미스터리로 남아 있다. 완다 셸던 연구실에 들어갈 수 있었던 인물은 해리 셸던과 스테틴 팔버(이 사람의 후손 프림이 400년 후에 놀라운 능력을 발휘하고 그래서 트랜터는 '대 암흑시대'의 잿더미에서 다시 일어서게 된다.)라는 이름의 젊은이밖에 없었는데······
파운데이션 설립에 완다 셸던이 기여한 정도는 밝혀지지 않았지만 아주 중요한 역할을 했다는 사실만큼은 의심의 여지가 없다······

—『은하대백과사전』

1

해리 셸던은 (최근에 자주 그런 것처럼 다리를 약간 절뚝거리며) 은하도서관으로 들어가서, 끝없이 기다란 통로를 미끄러지듯 나아가는 조그만 차량인 스키터 승강장으로 다가갔다.
그때 은하 지도를 살피는 공간에 앉아 있는 세 남자가 그의 시선을 끝었다. 은하 지도가 당연히 3차원으로 펼쳐진 은하계를 보여 주는 가운데, 수많은 행성이 오른편으로 천천히 돌아가고 있었다.

셀던은 자신이 선 자리에서 빨갛게 반짝거리는 아나크레온 구역 경계선을 볼 수 있었다. 은하계 가장자리를 따라 빙 둘러 가는 아나크레온은 꽤 거대한 부피를 차지하고 있었지만, 인근 별의 밀도는 희박한 편이었다. 아나크레온은 물자나 문화가 아니라 트랜터랑 1만 파섹이나 멀리 떨어져 있다는 사실 하나 때문에 유명한 행성이었다.

셀던은 세 사람 근처의 컴퓨터 부스에 충동적으로 앉아서 무작정 시간이 얼마 걸릴지도 모를 랜덤 검색을 컴퓨터에 설정했다. 아나크레온 행성에 보이는 그런 강한 관심은 사실상 정치적일 수밖에 없다는 본능적인 느낌이 들었다. 너무나 멀다는 지리적인 특징으로 아나크레온은 제국을 지배하는 현 정권하에서 가장 지배력이 약한 지역 중 하나였다. 셀던의 두 눈은 컴퓨터 화면을 쳐다보고 있었지만 두 귀는 세 사람이 나누는 대화를 엿듣고 있었다. 도서관에서 정치적인 대화를 듣는 건 자주 있는 일은 아니었다. 아니, 그런 대화 자체를 할 수가 없었다.

세 사람 가운데 셀던이 아는 사람은 하나도 없었다. 하기야 놀랄 일도 아니었다. 도서관에 자주 찾아오는 사람은 꽤 많았다. 셀던은 그들 대부분의 얼굴을 알고 있었고 일부와는 인사를 나누기도 했지만 도서관은 모든 시민에게 열린 곳이었다. 입장에 특별한 자격 조건은 없었다. 누구나 들어와서 시설을 이용할 수 있었다. (물론 시간 제한은 있었다. 셀던과 같은 선택된 소수만이 도서관에 '틀어박혀 지낼 수' 있었다. 셀넌 자신은 자물쇠가 있는 개인 열람실을 사용할 뿐 아니라 도서관 내부의 모든 자료를 완벽하게 열람할 수 있는 권한까지 부여받았다.)

세 남자 가운데 한 명이 (셀던은 그 얼굴을 쳐다보고 '매부리코'란 별명을 붙였는데) 아주 나지막한 어투로 긴박하게 속삭였다.

"맘대로 하라고 그래, 맘대로 하라고. 괜히 붙잡으려다가는 막대한 비용만 들어갈 테니까. 설사 성공한다 해도 한순간에 불과해. 저들을 영원히 붙잡아 둘 순 없어. 저들은 다시 벗어나려 할 거고 그러면 모든 게 다시 원상태로 돌아오고 말 거야."

셀던은 그들이 하는 말을 알아들었다. 제국 정부가 마음대로 날뛰는 아나크레온 총독을 무력으로 제압하기로 결정했다는 뉴스를 트랜터 방송국에서 보도한 게 불과 사흘 전이었다. 셀던의 심리역사학적 분석에 따르면 그런 결정은 아무런 효과도 없었지만 감정에 북받친 정부는 제대로 귀를 기울이지 않았다. 셀던은 자신이 한 말을 그대로 반복하는 매부리코의 말에 열심히 귀를 기울이며 살짝 웃었다. 젊은이가 심리역사학적인 지식 없이 그런 말을 한다는 자체가 놀라웠다.

매부리코가 계속 말했다.

"아나크레온을 내버려 둔다고 해서 우리가 아쉬울 게 뭐야? 예전과 똑같은 자리에, 제국의 변방에 있는 건 똑같잖아. 거기에서 벗어나 안드로메다로 도망갈 순 없는 거잖아, 그렇지 않아? 여전히 우리랑 무역을 하면서 살아갈 수밖에 없을 터이고 말이야. 그들이 황제한테 경의를 나타내든 아니든 도대체 무슨 차이가 있겠어?"

두 번째 사내, 셀던이 훨씬 또렷한 특징 때문에 대머리라고 별명지은 사내가 훨씬 구체적인 근거를 제시했다.

"그런 결정 자체가 전혀 쓸모없는 건 아니야. 아나크레온이 독립하면 다른 변방 지역도 독립하려고 할 거야. 제국이 분해되는 거라고."

매부리코가 날카롭게 반박했다.

"그러면 어때서? 제국은 이제 더 이상 효율적이지 않아. 너무 거대해. 변방 지역은 독립해서 자기네끼리 잘 살라고 해…… 그럴 수 있다면. 중심부 행성한테는 그게 훨씬 좋으니까. 변방 지역을 정치적으로 장악할 필요는 없어. 그래도 경제적으로는 여전히 우리랑 맞물려 돌아갈 수밖에 없으니까."

이번에는 세 번째 사내(빨간 얼굴)가 말했다.

"나도 자네 말이 맞으면 좋겠어. 하지만 세상일은 그런 식으로 돌아가지 않아. 변방 지역이 독립하게 되면 각자 주변 지역부터 압박해서 그 힘을 늘려 나가려고 할 거야. 당연히 갈등이 일어나고 전쟁으로 발전하겠지. 총독이란 총독은 모두가 황제가 되는 꿈을 꾸기 시작할 거고. 그러면 트랜터 왕국 이전에 수천 년 동안 계속된 암흑시대로 돌아가게 되는 거야."

대머리가 반박했다.

"그렇게까지 나빠지진 않을 거야. 제국이 붕괴될 순 있겠지만 그 결과는 전쟁과 빈곤을 의미할 뿐이란 사실을 사람들이 깨닫는 순간, 스스로 치유의 길에 들어설 테니까. 온전한 제국의 황금기를 돌아보는 순간에 모든 게 잘 풀려 나갈 거야. 알다시피 우리는 야만인이 아니잖아. 좋은 방법을 찾아낼 거야."

매부리코가 대답했다.

"맞아. 우리는 역사적으로 제국이 수많은 위기에 봉착해 왔다는 사실을 떠올리면서 이런 난국을 헤쳐 나가고 또 헤쳐 나가야 해."

하지만 빨간 얼굴은 머리를 가로저으며 이렇게 말했다.

"이번은 그런 위기 정도가 아니야. 이번에는 훨씬 심각해. 제국은 오랜 세대에 걸쳐서 약화되어 왔어. 군부 정권 10년 동안 경제가 파괴되었어. 그리고 군부 정권이 몰락하고 현재의 황제가 새로 등극한 이후,

제국은 너무나 약해진 나머지 변방 지역의 총독이 일부러 나설 필요도 없는 지경이 되었어. 제국 스스로 자신의 무게를 못 견디고 무너질 테니까."

"하지만 황제한테 충성하는 사람들이······"

빨간 얼굴이 매부리코의 말을 막았다.

"웬 놈의 충성? 우리는 클레온이 암살당한 이후 황제 없이 오랫동안 살았지만 크게 신경 쓰는 사람은 하나도 없었다고. 그리고 현재의 황제는 얼굴마담에 불과해. 황제가 할 수 있는 건 하나도 없어. 역사의 흐름은 아무도 막을 수 없어. 이건 단순한 위기가 아니야. 끝장나는 거야."

다른 두 사람이 빨간 얼굴을 물끄러미 쳐다보며 눈살을 찡그렸다. 이윽고 대머리가 입을 열었다.

"너 진짜로 그렇게 믿는구나! 하지만 제국 정부가 가만히 앉아서 구경만 할 것 같아?"

"그래! 너희 두 사람처럼 그들도 그런 일이 일어난다고 믿지 않을 거란 말이야. 말하자면, 너무 늦을 때까지."

"좋아, 그들이 그걸 믿는다고 쳐. 그러면 어떻게 해야 하는 건데?"

대머리가 묻자, 빨간 얼굴은 은하 지도에 해답이라도 있는 것처럼 물끄러미 쳐다보다가 대답했다.

"나도 몰라. 일정한 시간이 지나면 나는 죽겠지. 그때까지 상황이 그렇게 나빠지진 않을 거야. 그런 다음에 상황이 나빠지는 건 다른 사람이 걱정하겠지. 나는 사라지고 없을 테니까. 그 좋던 시절은 사라지고. 어쩌면 영원히. 하지만 나 혼자 이런 생각을 하는 건 아니야. 해리 셀던이란 이름을 들어본 적 있어?"

매부리코가 그 즉시 대답했다.

"당연하지. 클레온 시절에 총리를 하지 않았어?"

빨간 얼굴이 말했다.

"그래. 그 사람은 말하자면 과학자야. 몇 개월 전에 그 사람이 방송에서 말하는 걸 들었어. 제국이 무너진다고 믿는 사람이 나 혼자가 아닌 걸 알고 정말 기뻤어. 그 사람 말이……"

"그 사람이 모든 게 멸망하고 영원한 암흑시대로 접어들 거래?"

대머리가 끼어들자, 빨간 얼굴이 반박했다.

"아니, 아니야. 그 사람은 정말 신중한 유형이야. 그렇게 '될 수도' 있다고 했어. 하지만 내 생각은 달라. 그렇게 '될 수밖에' 없어."

해리 셀던은 충분히 들었다. 그리고 세 남자가 앉아 있는 탁자로 절뚝거리며 걸어가서 빨간 얼굴의 어깨를 잡으며 말했다.

"젊은이, 잠시 대화 좀 나눌 수 있을까?"

빨간 얼굴이 깜짝 놀라며 쳐다보더니, 이렇게 물었다.

"아니, 셀던 교수님 아니십니까?"

"그래, 사람들이 그렇게 부르더군."

셀던이 대답하고 자신의 사진이 들어 있는 명함을 건네주며 덧붙였다.

"이곳 도서관에 있는 내 개인 열람실에서 내일모레 오후 4시에 자네를 만나고 싶네. 나올 수 있겠나?"

"직장에 나가야 하는데요."

"필요하다면 아프다고 핑계를 대 아주 중요하니까."

"으음, 확실히 모르겠군요, 교수님."

셀던이 말했다.

"그렇게 해. 그것 때문에 어떤 식으로든 곤란을 겪게 된다면 내가 해결하겠네. 그리고 젊은이 여러분, 은하계 시뮬레이션을 잠시 살펴볼 수 있을까? 이걸 본 지도 아주 오래 되어서 말이야."

세 사람은 말없이 고개를 끄덕였다. 총리 자리까지 올랐던 사람이 갑자기 나타나서 당황한 게 분명했다. 세 사람은 한 명씩 뒤로 물러나서 셀던이 은하 지도 조종간에 접근하도록 만들어 주었다.

셀던이 조종간에 손가락을 대자, 아나크레온 구역을 나타내는 빨간 표시가 사라졌다. 모든 표시가 사라진 은하계 전체가 한가운데에서 동그랗게 반짝였고 그 주변에서 안개가 팔랑개비처럼 돌아가는 뒤로 은하계 블랙홀이 있었다.

어느 행성 하나를 특별히 확대시키지 않는 한 당연히 어떤 별도 뚜렷하게 드러나지 않지만 셀던이 보고 싶은 건 화면에 국부적으로만 드러나는 은하계 전체의 모습이었다. 얼마 후에 사라질 제국 전체를 보고 싶었던 것이다.

해리 셀던이 스위치를 누르자 은하계 영상에 노란 점이 계속해서 나타났다. 사람이 거주하는 행성으로 모두 2500만 개였다. 은하계 외곽에 해당하는 엷은 안개 쪽에서는 노란 점들 하나하나가 구별이 가능했다. 하지만 중심부에 가까워질수록 점의 밀도가 높아졌다. 중심부의 빛 둘레로 순수한 노란색으로 보이는 (그러나 확대시킨 점 하나하나와 구별되는) 띠가 있었다. 중심핵에서 반짝이는 빛 자체는 하얀색으로 아무런 표시가 없었다. 당연한 일이었다. 중심부의 에너지가 몰아치는 가운데에는 어떤 거주 가능 행성도 존재할 수 없었다.

그토록 노란색의 밀도가 높음에도 불구하고, 셀던이 아는 한 자기 둘레를 도는 거주 가능한 행성을 가진 항성은 만 개 중 하나도 되지 않았다. 행성 전체를 흙으로 덮어 테라포밍하는 인류의 탁월한 능력에도 불구하고 이것만큼은 어쩔 도리가 없었다. 인류가 아무리 노력해도 은하계 전체를 사람이 우주복 없이 편하게 걸을 수 있는 행성으로 뒤바꿀 순 없었다.

셀던은 다른 스위치를 눌렀다. 노란 점들이 사라지고 일부 작은 지역이 파랗게 빛났다. 트랜터와 트랜터에 직접적으로 종속된 다양한 행성이었다. 중심핵이랑 가깝긴 하지만 치명적인 피해를 입지 않을 정도로 떨어진 곳이기 때문에 사람들 일반은 이곳을 '은하계 중심부'라고 생각하지만 사실은 그렇지 않았다. 거기에 있는 행성 트랜터를 보는 순간에 너무나 조그맣다는 사실에, 광대한 은하계의 아주 조그만 일부에 불과하다는 사실에 누구나 감탄하지만 그곳에는 인류가 겪은 적이 없을 정도로 엄청난 재화와 문화유산과 정부 권력이 집적되어 있었다.

하지만 이제 그것도 몰락할 운명을 앞두고 있었다.

세 남자가 셀던의 마음속을 읽거나 슬픈 얼굴 표정을 알아차린 것 같았다. 대머리가 조그맣게 물었다.

"제국이 정말로 몰락하나요?"

셀던도 조그맣게 대답했다.

"그럴 수도 있어. 그럴 수도 있어. 무엇이든 가능성은 항상 있는 법이니까."

셀던이 일어나서 세 남자한테 방긋이 웃어 준 다음에 떠났다. 하지만 마음속에서는 이렇게 고함을 지르고 있었다.

'그래, 그럴 수밖에 없어!'

2

셀던은 움푹 들어간 널찍한 공간에 나란히 서 있는 스키터 한 대에 올라타며 한숨을 쉬었다. 삼사 년 전만 하더라도 끝없이 기다란 도서관 통로를 따라 경쾌하게 걸어가는 걸 즐기면서 비록 예순을 훨씬 넘겼지만 아직은 무난하다고 스스로 자위하던 시절이 있었다.

하지만 일흔이 된 지금은 다리가 너무 빨리 지쳐서 스키터를 탈 수밖에 없었다. 젊은 사람들은 편하다는 이유로 스키터를 타지만 셀던은 그럴 수밖에 없어서 스키터를 탔다. 정말 커다란 차이였다.

셀던이 목적지를 입력하고 나서 스위치를 누르자 스키터가 바닥에서 아주 살짝 떠오르더니 아주 쾌적한 속도로 아주 부드럽게 아주 조용하게 달리기 시작했다. 셀던은 등을 뒤로 기댄 채 통로 벽과 다른 스키터를, 그리고 드물게 나타나는 보행자를 쳐다보았다.

셀던은 도서관원 몇 명을 지나쳤다. 그렇게 오랜 세월을 겪었지만 셀던은 그들이 보일 때면 아직도 미소를 지었다. 그들은 제국에서 가장 오래된 조합으로 전통을 중시하며 오랜 옛날, 아마 수천 년 전에 통용되었음 직한 방식에 집착했다.

복장은 회색을 띤 흰색 비단으로 가운처럼 느슨하게 만든 유니폼으로 목에서 모이다가 밑으로 굽이치는 모양이었다.

다른 모든 행성과 마찬가지로 트랜터 역시 유행에 민감했다. 남성들이 수염을 기르던 시기도 있었고 말끔하게 면도할 때도 있었다. 현재는 일부 구역을 제외한 트랜터 남성 전체가 말끔하게 면도하는 게 유행이었다. 셀던이 기억하기에 양아들 레이치 같은 다알 출신이 콧수염을 기른 것을 제외하고 모두가 그런 것 같았다.

하지만 도서관원은 옛날 방식의 턱수염에 집착했다. 모든 도서관원이 귀에서 귀까지 이어지도록 말끔하게 단장한 비교적 짧은 턱수염을 기른 반면에 콧수염은 말끔하게 깎았다. 그것 하나로 그들의 정체가 확연히 드러났으며 사방에 그런 사람이 가득할 때에는 수염을 모두 말끔하게 깎은 셀던 자신이 이상하게 여겨질 정도였다.

하지만 그 무엇보다 독특한 전통은 각자가 쓰고 있는 (셀던이 보기에 잠자리에 들 때 써도 괜찮을 것 같은) 모자였다. 벨벳처럼 부드러운 천으로 정사각형을 만들어서 사면을 꼭대기에 있는 단추로 모았다. 색상은 다양한데 각각의 색상에 의미가 있는 게 분명했다. 도서관원의 전통에 익숙한 사람이라면 그 모자 색깔을 보고 그가 담당하는 업무와 전공과 교양 수준 등 다양한 특징을 파악할 수 있었다. 그래서 각자의 서열을 파악하는 데 도움이 되었다. 모든 도서관원이 다른 사람의 모자를 흘낏 바라보는 하나로 (얼마만큼) 예의 바르게 행동해야 할지 혹은 (얼마만큼) 목에 힘을 주어도 되는지 알 수 있었다.

은하도서관은 트랜터 전역에서 (어쩌면 은하계 전체에서) 가장 방대한 규모의 조직이었다. 황궁의 규모를 뛰어넘을 정도였다. 그래서 한때는 그 방대한 규모를 맘껏 뽐내며 자랑할 때도 있었다. 하지만 제국과 함께 그 영광도 쇠락하고 말았다. 젊은 시절에 걸치던 보석을 그대로 걸치고 있지만 몸뚱이는 주름살이 축축 늘어진 늙은 미망인 같았다.

문양이 화려한 도서관장 집무실 입구에서 스키터가 멈추자 셀던은 밖으로 내렸다.

라스 제노가 환하게 웃는 얼굴로 셀던을 맞아 주었다.

"어서 오세요, 교수님."

목청이 아주 높았다. (그래서 셀던은 라스 제노가 젊었을 때에 테너 가수로 활동했을지도 모르겠다는 생각을 했지만 실례를 무릅쓰고 물어본 적은 한 번도 없었다. 항상 근엄한 표정을 하고 있는 도서관장이 모욕적으로 받아들일 것 같았기 때문이었다.)

"잘 있었습니까."

셀던이 대답했다. 제노는 하얗게 보이는 회색 턱수염에 순백의 하얀 모자를 쓰고 있었다. 셀던은 그 이유를 굳이 듣지 않아도 알 것 같았다. 그건 허영의 극치였다. 색깔을 완벽히 배제했다는 건 이미 그 차원을 완전히 넘어선 최고의 지위라는 의미였다.

제노가 속으로 아주 기뻐하는 것 같은 표정으로 두 손을 비비면서 말했다.

"제가 연락을 드린 건, 교수님, 아주 좋은 소식이 있기 때문입니다……. 드디어 우리가 찾아냈습니다!"

"찾아내다니, 제노, 그렇다면……?"

셀던이 묻자 제노가 더 커다란 미소를 지으며 대답했다.

"적절한 행성 말입니다. 교수님은 가장 멀리 떨어진 행성을 원하셨지요. 우리가 거기에 딱 맞는 이상적인 행성을 찾아낸 것 같아요. 부탁만 하시면 우리는 무엇이든 찾아낼 수 있답니다, 교수님."

"당연히 그렇겠죠, 제노. 어떤 행성입니까?"

"으음, 우선 그 위치부터 보여 드리지요."

벽면 일부가 옆으로 밀리면서 실내 조명이 줄어들고 입체 영상의 은하계가 나타나서 천천히 돌아가기 시작했다. 아나크레온 구역에 표시된 빨간 선이 다시 보이는 순간, 셀던에게는 이런 일이 있으려고 세 남자를 만난 것 같다는 확신이 순간적으로 떠올랐다.

그러더니 아나크레온 구역 제일 끝에서 파랗게 반짝이는 점 하나가 나타나자 제노가 입을 열었다.

"저겁니다. 이상적인 행성이지요. 크기도 적절하고 좋은 물이 풍부하고 대기권 산소도 충분하고 물론 식물도 자랍니다. 해양 생물도 아주 많아요. 그냥 가면 돼요. 행성 전체를 뜯어고칠 필요는 물론이고 저 행성을 점령하기 위해 특별한 행동을 취할 필요도 없답니다."

셀던이 물었다.

"그럼 아무도 안 산단 말입니까, 제노?"

"그렇습니다. 단 한 명도 안 삽니다."

"하지만 그 이유가 뭐죠? 그렇게 완벽한 행성이라면? 관장님께서 자세한 내용을 아시는 걸 보니 인간이 탐색을 한 게 분명한데, 아무도 안 사는 이유가 무엇입니까?"

"탐색한 건 맞지만 무인 탐색이었습니다. 그리고 사는 사람이 하나도 없는 이유는 너무 멀리 떨어져서 그런 것 같습니다. 저 행성은 사람이 사는 그 어떤 행성보다 중앙 블랙홀에서 멀리 떨어진 별 주변을 돌고 있거든요. 가장 멀리 떨어진 곳이지요. 사람이 찾아가기엔 너무나 멀지만 교수님이 그런 곳을 찾으신 것 같아서요. '멀수록 좋다'고 하셨으니까요."

셀던이 고개를 끄덕이며 대답했다.

"그래요. 그 입장은 지금도 동일하답니다. 저 행성에 이름이 있습니까, 숫자 같은 거라도?"

"믿기 어렵겠지만 이름이 있습니다. 무인탐사기를 보낸 사람이 터미너스라는 이름을 붙였습니다. '세상의 끝'이란 의미의 고대어인데, 아주 적절한 이름 같습니다."

"저 행성은 아나크레온 지방의 일부인 겁니까?"

"그렇진 않습니다. 빨간 선을 자세히 보신다면 빨간색이 얇어지고 터미너스를 나타내는 파란 점은 거기에서 살짝 벗어났다는 사실을 알 수 있을 겁니다. 실제로 50광년 떨어진 거리이지요. 터미너스는 누구한테도 속하지 않습니다. 사실상 저곳은 제국의 일부라고 볼 수도 없습니다."

"그렇군요, 제노. 내가 찾던 이상적인 행성처럼 보입니다."

제노가 깊이 생각하는 표정으로 덧붙였다.

"물론 교수님이 터미너스를 점령하시면 아나크레온 총독이 자신의 통치를 받으라고 요구할 가능성이 있습니다."

셀던이 대답했다.

"그럴 가능성도 있겠지만 그런 문제는 그때 가서 해결하면 될 겁니다."

제노가 다시 두 손을 비비며 말했다.

"정말 대단한 구상이십니다. 완벽하게 고립된 완전히 새로운 행성에다 거대한 프로젝트를 세워 놓고 지금까지 인류가 쌓아 온 모든 지식을 수십 년에 걸쳐서 정리해 거대한 백과사전을 제작하신다니 말입니다. 우리 도서관의 축소판이 되겠군요. 제가 조금이라도 젊다면 그 프로젝트에 합류했을 겁니다."

셀던이 슬픈 어조로 대답했다.

"관장님은 나보다 20년은 젊지 않습니까."

거의 모든 사람이 자신보다 젊다는 생각에 셀던은 기분이 우울했다.

제노가 말했다.

"아, 네. 교수님이 이제 막 일흔 생신을 맞았다고 들었습니다. 즐거운 생신 잔치였길 바랍니다."

셀던은 몸을 살짝 떨며 대답했다.

"나는 생일잔치를 하지 않아요."

"하지만 예전에 하셨잖아요. 그 유명한 예순 생일잔치가 기억납니다."

셀던은 고통을 느꼈다. 세상에서 가장 사랑하는 사람을 바로 하루 전에 잃은 것처럼 깊은 슬픔이었다. 그래서 이렇게 말했다.

"이제 그런 얘기는 그만하죠."

제노가 겸연쩍은 표정으로 대답했다.

"죄송합니다. 화제를 돌리지요……. 만일 터미너스가 정말로 교수님이 원하는 행성이라면 백과사전 프로젝트 준비 작업이 훨씬 빨라지겠군요. 잘 아시겠지만 저희 도서관 측에서도 물심양면으로 도움을 아끼지 않겠습니다."

"나도 잘 알고 있습니다, 제노. 정말 고마울 뿐입니다. 우리도 열심히 노력할 거예요."

셀던이 말하면서 일어났다. 10년 전의 생일잔치에 대한 기억이 일으킨 날카로운 통증 때문에 아직도 미소를 떠올릴 수 없었다. 그래서 이렇게 덧붙였다.

"이제 가서 작업을 계속해야 하겠군요."

그곳을 떠나면서 셀던은 자신이 거짓말을 했다는 양심의 가책을 또다시 받았다. 자신의 진정한 의도를 라스 제노한테 밝힌 적이 한 번도 없었기 때문이었다.

3

해리 셀던은 지난 몇 년 동안 은하도서관에서 개인 연구실로 사용하던 편안한 공간을 둘러보았다. 이곳 역시 도서관에 퍼져 있는 막연한 곰팡이 냄새가 났다. 한곳에 너무 오래 있을 때 나타나는 일종의 권태감이랑 비슷했다. 그럼에도 불구하고 셸던은 이런 느낌이 이곳에, 바로 이 건물에 (적절한 수리를 거치며) 앞으로 몇 세기 동안, 어쩌면 1000년이란 세월을, 그대로 버티고 있을 거란 사실을 잘 알고 있었다.

자신이 어떻게 여기까지 오게 되었는가?

셸던은 머리에서 뻗어 나온 촉수가 지금까지 살아온 인생을 따라 흘러가며 지난 과거를 마음속으로 짚고 또 짚는 걸 느꼈다. 예전에는 이런 적이 적었지만 앞으로는 더욱 빈번하게 나타날 터였다. 회한이 밀려들었다. 나이를 먹었다는 증거였다.

하지만 셸던의 경우에는 커다란 변화가 있었다. 지난 30년 동안 심리역사학은 앞으로 곧장 걸어 나오며 발전했다. 속도는 느렸지만 옆길로 샌 적은 한 번도 없었다. 그러다가 6년 전에 뜻밖의 사건이 발생해 갑자기 큰 도약을 했다.

물론 셸던은 그렇게 된 과정을, 다양한 우연이 겹치며 필연으로 전환된 과정을 정확히 알고 있었다.

그 주역은 셸던의 손녀딸 완다였다. 셸던은 두 눈을 감고 의자에 몸을 파묻었다. 그리고 6년 전에 일어난 사건을 떠올렸다.

열두 살이 된 완다는 소외감에 시달렸다. 엄마 마넬라가 여동생 벨리스를 낳으면서 모든 사람의 관심을 독차지하게 된 것이다.

아빠 레이치는 자신이 태어난 고향 다알에 대한 책을 출간해서 약간의 성공을 거두고 명성도 조금 쌓았다. 그래서 강연 요청이 들어올 때마다 선뜻 받아들였다. 아빠는 강연을 그만큼 즐기고 있었다. 한번은 할아버지 셸던한테 이렇게 말할 정도였다.

"다알에 대한 강연을 할 때마다 다알 말투가 나오는 걸 숨길 필요가 없어요. 청중들이 그걸 원하거든요."

하지만 그로 인해 아빠가 집을 비우는 시간이 아주 많아졌으며 간혹 집에 머물 때에는 아기한테 집중적인 관심을 기울였다.

반면에 해리 셀던 자신은 부인을 잃은 상처가 너무나 생생하고 고통스럽게 일어날 때가 많았다. 그럴 때마다 셀던은 부정적인 방식으로 반응했다. 도스를 죽음으로 몰아간 일련의 사건이 일어나게 된 계기는 완다의 꿈이라는 결론이 바로 그것이었다.

물론 완다는 도스의 죽음과 아무런 관련이 없었다. 셀던도 그 사실을 너무나 잘 알고 있었다. 하지만 자신이 완다를 회피한다는 사실을 깨달았다. 그래서 아기의 탄생으로 인해 완다가 느끼는 소외감을 셀던 역시 알아차릴 수 없었다.

하지만 완다에게는 쓸쓸한 마음이 들 때마다 찾아가는 사람이 있었다. 자신을 항상 반기는 것처럼 보이는, 언제든 마음을 터놓을 수 있는 사람이었다. 심리역사학 개발에서 해리 셀던 다음의 2인자이자 하루 24시간 내내 헌신적으로 연구하는 데에는 1인자로 손꼽히는 유고 애머릴이 바로 그 사람이었다. 셀던한테는 도스와 레이치가 있었지만 애머릴한테는 심리역사학이 전부였다. 부인도 없고 자식도 없었다. 그러나 완다가 찾아올 때마다 애머릴은 아이가 상실감에 시달린다는 사실을 찰나의 순간에 막연하게 느꼈다. 아이한테 관심을 보이는 방법으로만 그걸 진정시킬 수 있을 것 같았다. 만약의 경우에 대비해서 유고 애머릴은 완다를 체구가 조그만 어른처럼 대하는 경향이 있었지만 완다는 오히려 그걸 좋아하는 것 같았다.

6년 전의 그날도 완다는 이리저리 배회하다가 애머릴의 연구실에 찾아갔다. 애머릴은 완벽한 수술을 통해 커다랗게 변한 눈으로 쳐다보다가, 항상 그런 것처럼 일이 초가 지난 다음에야 비로소 완다를 알아차릴 수 있었다. 그래서 이렇게 말했다.

"야, 우리 친구 완다로구나. 그런데 그렇게 슬픈 표정을 하는 이유가 뭐니? 너처럼 예쁜 아가씨가 슬퍼하면 어떻게 해."

그러자 완다는 아랫입술을 덜덜 떨며 이렇게 대답했다.

"아무도 나를 좋아하지 않아요."

"아니야, 그렇지 않아."

"모두가 아기만 좋아해요. 나는 거들떠보지도 않아요."

"나는 너를 좋아해, 완다."

"그렇다면 유고 아저씨 한 명만 나를 좋아해요."

완다가 말하더니, 아주 어릴 때처럼 무릎에 올라가는 대신 그 어깨에 머리를 파묻고 흐느끼기 시작했다.

애머릴은 어떻게 하면 좋을지 몰랐다. 그래서 여자애를 껴안으며 이렇게 달랠 수밖에 없었다.

"울지 마. 울지 마."

그러다가 순수한 동정심으로, 그리고 자신은 지금까지 살아오는 동안 그렇게 슬프게 운 적이 없었다는 사실에 마음이 아파서 함께 눈물을 흘리기 시작했다. 그러더기 갑자기 기운을 내서 이렇게 제안했다.

"완다, 예쁜 게 있는데 보여 줄까?"

"뭔데요?"

완다가 훌쩍이며 물었다.

애머릴이 평생에 걸쳐 예쁘다고 생각하는 건 딱 하나, 바로 우주였다. 그래서 이렇게 되물었다.

"제1발광체를 본 적이 있니?"

"아니요. 그게 뭔데요?"

"그건 너희 할아버지랑 내가 연구할 때에 사용하는 장비야. 한번 볼래? 바로 이거야."

애머릴이 책상에 있는 까만 통을 가리키자, 완다는 슬픈 표정으로 쳐다보며 대답했다.

"저건 예쁘지 않아요."

애머릴도 인정했다.

"지금은 그렇지. 하지만 내가 스위치를 켜면 어떻게 되는지 잘 보렴."

애머릴이 스위치를 켜자 실내가 어두워지면서 다양한 색상의 광선과 점이 가득 들어찼다.

"보이니? 저걸 확대시키면 점이 수학 기호로 변하는 거야."

이윽고 수학 기호가 나타났다. 온갖 유형의 기호가, 완다가 처음 보는 글자랑 숫자랑 화살표랑 다양한 형상이 공중에 들어차며 사방에서 달려드는 것 같았다.

"예쁘지 않니?"

"네, 예뻐요."

완다가 대답하며 일정한 미래를 나타내는 방정식을 (뭔지도 모른 채) 물끄러미 쳐다보았다. 그리고 왼쪽에 있는 화려한 방정식을 가리키며 말했다.

"하지만 저 부분은 마음에 들지 않아요. 틀린 것 같아요."

"틀려? 틀렸다고 말하는 이유가 뭐니?"

유고 애머릴이 눈살을 찡그리며 물었다.

"그 이유는…… 예쁘지 않기 때문이에요. 나라면 다른 식으로 하겠어요."

"으음, 그럼 내가 바꿔 볼게."

유고 애머릴은 헛기침을 하며 말하더니, 문제의 방정식에 다가가서 올빼미 같은 눈으로 열심히 들여다보았다. 완다는 이렇게 말했다.

"정말 고맙습니다, 유고 아저씨, 예쁜 빛을 보여 주셔서. 나도 크면 저 내용을 이해할 수 있을 거예요."

"그럼 당연하지. 이제 기분이 풀리면 좋겠구나."

"약간요, 고마워요."

완다가 말하며 짧은 미소를 흘린 다음에 밖으로 나갔다.

하지만 유고 애머릴은 그 자리에 가만히 서 있었다. 기분이 약간 나빴다. 그는 제1발광체가 만들어 낸 영상을 누가 비판하는 게 싫었다. 아무것도 모르는 열두 살 여자애도 예외는 아니었다.

그렇게 가만히 서 있는 동안만 하더라도 유고 애머릴은 심리역사학의 혁명이 시작되었다는 사실을 모르고 있었다.

4

그날 오후에 유고 애머릴은 스트릴링 대학에 있는 해리 셀던의 연구실로 찾아갔다. 그것 자체가 흔치 않은 일이었다. 애머릴은 사실상 자기 연구실을 떠나는 법이 거의 없었다. 바로 아래층에 있는 동료를 만나러 간 적도 없을 정도였다.

"셀던 선생님, 아주 이상한 일이 일어났습니다. 아주 독특한 일."

애머릴이 말했다. 찡그린 눈에는 당혹스럽다는 표정이 가득했다.

셀던은 연민이 가득한 눈으로 유고 애머릴을 쳐다보았다. 이제 불과 쉰세 살임에도 불구하고 초췌한 얼굴은 훨씬 늙어 보였으며 허리까지 굽어 있었다. 강제로 건강 검진을 받은 다음에는 모든 의사가 유고 애머릴한테 일정 기간 (일부 의사는 영원히) 연구소를 떠나서 휴식을 취해야 한다는 진단을 내렸다. 그래야 건강을 회복할 수 있다는 것이었다. 그렇지 않으면……. 하지만 셀던은 머리를 가로저으며 이렇게 대답했다.

"연구소를 떠나면 훨씬 빨리 죽을 겁니다……. 그것도 아주 불행하게. 우리로선 어쩔 도리가 없습니다."

이런 생각을 하느라 셀던은 애머릴이 한 말을 미처 못 들었다는 사실을 깨닫고 이렇게 말했다.

"미안하네, 유고. 약간 다른 생각 중이었네. 다시 말해 보게."

애머릴이 다시 말했다.

"아주 이상한 일이 일어나고 있습니다. 아주 독특한 일."

"어떤 일인데, 유고?"

"완다예요. 완다가 저를 찾아왔어요……. 아주 슬픈 얼굴로."

"왜?"

"분명 새로 태어난 아기 때문이에요."

"아, 그래."

셀던의 목소리에서 죄책감이 묻어나왔다.

"그래서 완다가 제 어깨에 얼굴을 묻고 엉엉 울지 뭡니까. 저도 살짝 눈물을 흘렸어요, 선생님. 그러다가 제1발광체를 보여 줘서 완다의 기분을 북돋아 주어야 하겠다는 생각을 했어요."

여기에서 애머릴이 잠시 망설였다. 다음에 할 말을 조심스럽게 찾는 것 같았다.

"계속하게, 유고. 그래서 어떻게 됐나?"

"저어, 완다가 다양한 빛을 응시하기에 저는 그 일부를 확대시켰어요, 42R254 부분을. 선생님도 그 부분을 아시죠?"

셀던이 빙그레 웃으며 대답했다.

"아니야, 유고. 나는 모든 방정식을 자네만큼 기억하지 않아."

그러자 애머릴이 심각한 어조로 말했다.

"기억하셔야죠. 연구를 제대로 하려면…… 아니에요, 아니에요. 제가 말하려고 하는 건 완다가 그 일부를 가리키며 틀렸다고 말했다는 사실이에요. 예쁘지 않다고."

"당연한 거 아닌가? 사람이 좋아하는 것과 싫어하는 건 각자가 다른 법이니까."

"그야 당연하죠. 하지만 그 말을 곰곰이 생각하며 그 부분을 오랫동안 살피고 또 살폈는데, 셀던 선생님, 실제로 거기에 뭔가 문제가 있었어요. 프로그램이 부정확해서 그 부분에, 완다가 지적한 바로 그 부분에 문제가 있었어요. 그래서 실제로 예쁘지 않았어요."

셀던이 앉은 자세에서 경직되며 눈살을 찡그렸다.

"내가 제대로 이해했는지 말해 봄세, 유고. 완다가 무언가를 아무렇게나 지적하며 틀렸다고 말했는데 그 말이 맞았다는 건가?"

"네. 하지만 아무렇게나 지적한 건 아니에요. 아주 진지한 표정이었어요."

"말도 안 돼."

"하지만 실제로 그랬어요. 제 눈으로 똑똑히 봤다고요."

"그런 일이 없었다는 게 아니네. 내 말은 우연의 일치에 불과하다는 뜻이야."

"그래요? 선생님은 지금까지 연구하신 심리역사학 지식에 근거해서 새로운 방정식 일체를 한번 바라보고 특정 부분에 문제가 있다는 사실을 지적할 수 있다고 생각하세요?"

"그렇다면, 유고, 자네가 하필이면 그 부분을 확대한 이유는 무언가? 무엇이 자네로 하여금 바로 그 부분을 확대하게 만들었나?"

애머릴은 어깨를 으쓱했다.

"바로 그거야말로 우연의 일치였어요. 제어기를 만지작거리다가 우연히 나온."

"그건 우연의 일치일 수가 없어."

셀던이 중얼거리며 한동안 깊은 생각에 빠져들더니, 완다가 첫발을 내디딘 심리역사학 혁명이 본격적으로 꽃을 피우게 되는 질문을 던지기 시작했다.

"유고, 혹시 예전부터 그 방정식에 어떤 의심을 품지 않았나? 거기에 뭔가 문제가 있다고 생각할 만한 이유가 없었나?"

애머릴은 당혹스러운 표정으로 작업복 허리띠를 만지작거리며 중얼거렸다.

"네, 그런 것 같아요. 선생님도 아시다시피……"

"그런 것 같다고?"

"그런 게 분명해요. 제가 방정식을 만들 때에 (새로운 방정식이었는데) 프로그램 조작을 잘못한 것 같다는 생각이 떠오른 것 같습니다. 겉으로는 괜찮게 보였지만 마음속으로는 계속 걱정하고 있었던 것 같아요. 문제가 있다고 생각했지만 다른 일 때문에 그냥 넘어간 기억이 납니다. 그러다가 제가 걱정하던 부분을 완다가 정확히 지적했기 때문에 다시 꼼꼼히 살펴야겠다는 결심을 한 거예요. 그렇지 않았다면 어린애가 한 말 정도로 여기면서 가볍게 무시했을 거예요."

"그래서 자네는 완다한테 보여 주려고 바로 그 방정식을 확대시켰던 거야. 그 부분이 무의식적으로 계속 마음에 걸려서."

애머릴은 어깨를 으쓱했다.

"그랬을지도 모르죠."

"그리고 그 직전에 두 사람은 서로를 껴안고 함께 울었어."

애머릴이 다시 어깨를 으쓱했다. 훨씬 당황한 표정이었다.

셀던이 다시 말했다.

"자초지종을 알 것 같네, 유고. 완다가 자네 마음을 읽은 거야."

애머릴이 한 방 맞은 표정으로 펄쩍 뛰었다.

"말도 안 돼요!"

하지만 셀던은 차분한 어투로 설명했다.

"그런 독특한 능력을 지닌 사람은 예전에도 있었어."

셀던은 에토 데머즐(마음속에 담겨 있는 친근한 이름 다닐)을 떠올리며 슬픔에 잠겼다.

"아주 인간적이었지. 그 사람은 마음을 읽는, 다른 사람의 생각을 파악해서 상대를 정확하게 설득하는 능력이 있었어. 내 생각에는 완다한테도 그런 능력이 있는 것 같아."

"믿을 수 없어요."

애미릴의 고집스러운 말에 셀던은 이렇게 대답했다.

"충분히 가능한 일이야. 하지만 그 능력을 어떻게 활용해야 좋을지 모르겠군."

셀던은 심리역사학 연구에서 혁명이 꿈틀대는 걸 막연하게 느꼈다……. 하지만 정말 막연했다.

5

"아버지. 피곤하신 것 같아요."

레이치가 걱정스러운 표정으로 묻자, 셀던은 이렇게 대답했다.

"그래, 정말 힘들구나. 그런데 너는 잘 지내니?"

레이치도 벌써 마흔네 살로 머리칼에 하얀색이 감돌기 시작했지만 다알 출신 특유의 콧수염은 여전히 까맣고 짙었다. 혹시 염색이라도 한 건 아닌가 궁금할 정도였다. 하지만 그런 것까지 물어볼 순 없었다. 셀던이 다시 물었다.

"강연은 당분간 없는 거니?"

"잠시 동안요. 오래는 아니에요. 집에 돌아와서 아기랑 마넬라랑 완다를, 그리고 아버지를 보니까 정말 반가워요."

"고맙구나. 하지만 너한테 할 말이 있다, 레이치. 이제 강연은 그만두렴. 여기에서 할 일이 있어."

레이치는 눈살을 찡그리며 물었다.

"왜요?"

지금까지 레이치는 아주 어려운 임무를 맡은 적이 두 차례 있었다. 하지만 그건 조라넘주의자들이 문제를 일으킬 때였다. 레이치가 아는 한 지금은 모든 게 조용했다. 군부 정권이 무너지고 힘없는 황제나마 다시 생겨난 이후에는 더더욱.

"완다 때문이야."

셀던이 대답하자, 레이치가 물었다.

"완다요? 완다한테 무슨 문제가 있나요?"

"아무 문제도 없어. 하지만 완다의 게놈을 완벽하게 파악해 봐야 할 것 같구나. 너랑 마넬라도…… 그리고 새로 태어난 아기까지."

"벨리스까지요? 왜죠?"

셀던이 주저하는 어투로 설명했다.

"레이치, 너도 알다시피, 너희 엄마나 나는 너를 볼 때마다 왠지 사람을 끄는 매력이, 관심과 믿음을 불러일으키는 무언가가 너에게 있다고 늘 생각했어."

"두 분이 그렇게 생각한다는 건 저도 알아요. 저한테 뭔가 어려운 일을 시키려고 하실 때마다 아버지는 항상 그런 말씀을 하셨지요. 하지만 솔직히 대답해서 저는 그런 걸 한 번도 못 느꼈어요."

"아니야, 너는 내 관심을 끌었어…… 도스도 그렇고."

(도스가 파괴된 지 벌써 4년이나 지났는데도 셀던은 그 이름을 말하는 게 여전히 어려웠다.)

"와이의 라쉘르도 너한테 관심을 보였어. 너는 조-조 조라넘의 관심도 끌었고 마넬라의 관심도 끌었어. 너는 그 모든 걸 어떻게 설명할래?"

"지성과 매력?"

레이치가 대답하며 빙그레 웃었다.

"혹시 네가 그들의, 혹은 우리의 마음속으로 파고든 것일 수도 있다는 생각은 해봤니?"

"아니요, 그런 생각은 한 번도 안 했어요. 아버지가 갑자기 그런 말씀을 하시니까 정말 어이가 없네요……. 물론 아버지를 충분히 존경하지만 말이에요."

"완다가 슬픈 와중에 유고 애머릴의 마음을 읽은 것 같다면 너는 뭐라고 대답하겠니?"

"우연의 일치나 착각이라고 대답하겠지요."

"레이치, 나는 너나 내가 대화를 나누는 것처럼 편하게 다른 사람의 마음을 다룰 수 있는 사람을 예전에 알고 지냈어."

"그 사람이 누군데요?"

"그건 말할 수 없어. 하지만 내 말을 믿으렴."

"으음……."

레이치가 의심스러운 표정으로 한숨을 쉬었다.

"나는 지금까지 은하도서관에서 비슷한 사례를 찾아보았어. 아주 재미난 사례가 있더구나. 약 2만 년 전, 그러니까 초공간 여행이란 개념 자체가 애매하던 때였지. 나이가 완다랑 비슷한 여자애였는데 네메시스라는 태양 주변을 도는 행성 자체랑 대화를 나눌 수 있었어."

"동화 얘기군요."

"그래. 게다가 불완전하지. 하지만 완다가 보여 준 사례는 정말 놀라워."

"아버지, 그럼 어떻게 하실 생각인데요?"

"나도 잘 모르겠다, 레이치. 게놈 정보를 파악해서 완다랑 비슷한 사람들을 찾아야 할 것 같아. 어린애는 많지는 않지만 가끔씩 그런 능력을 타고나는데 그것 때문에 곤란한 문제만 일으키다가 그걸 숨기는 방법을 배운다는 생각이 들어……. 일종의 자기 방어인 셈이지. 그렇게 세월이 흘러가는 사이에 그런 능력 자체가 마음속 깊은 곳에 파묻히는 것 같아. 제국은 물론이고 제국에 있는 400억 인구 가운데에는 완다 같은 유형이 틀림없이 있을 거야. 그러니 정확한 게놈만 파악하면 사람들을 손쉽게 테스트할 수 있을 것 같아."

"그래서 그런 사람을 찾으면 어떻게 하시려고요, 아버지?"

"심리역사학 개발에 필요하다는 생각이 들어."

"그래서 완다는 아버지가 처음으로 찾은 유형이고 따라서 심리역사학자로 만들고 싶다는 건가요?"

"그럴 수도 있지."

"유고 아저씨처럼……. 아버지, 안 돼요!"

"왜?"

"저는 완다가 다른 아이처럼 평범하게 자라서 평범하게 살아가길 원해요. 제1발광체 앞에 앉아서 심리역사학 수학의 기념비처럼 살아가도록 만드는 데 동의할 수 없어요."

셸던이 타일렀다.

"그건 나중 문제야, 레이치. 하지만 지금 우리한테는 완다의 게놈이 필요해. 모든 인간의 게놈을 파악해서 정리하는 작업을 해야 한다는 말이 수천 년 전부터 나온 건 너도 알 거야. 하지만 그렇게 할 수 없었던 건 오로지 비용 문제 하나 때문이었어. 게놈 정보가 필요하다는 사실 자체는 누구도 의심하지 않았어. 물론 너도 그게 좋다는 사실을 알 거야. 다른 무엇보다 우리는 완다가 앞으로 살아가면서 겪을 수 있는 다양한 질병과 나쁜 습관을 파악할 수도 있어. 만일 우리가 유고의 게놈을 파악해 놓았더라면 지금처럼 죽어 가는 일도 없었을 게 분명해. 그 정도는 확신할 수 있어."

"으음. 그럴 수도 있겠지요, 아버지. 하지만 그 말은 그만하세요. 이런 문제에 대해서 마넬라가 저 이상으로 확실하게 반대할 게 분명하니까요."

"알겠다. 하지만 명심하렴, 순회 강연은 그만두는 거. 나를 도와주어야 해."

"생각해 볼게요."

레이치가 대답하고 떠나갔다.

셀던은 곤혹스러운 표정으로 가만히 앉아 있었다. 에토 데머즐이라면 상대를 정확하게 설득할 수 있을 거란 생각이 들었다. 인간 이상의 능력을 지닌 도스도 적절한 방법을 찾아낼 게 분명했다.

하지만 셀던의 머릿속에서는 심리역사학이 새롭게 발전하는 막연한 가능성을 제외한 그 어떤 생각도 떠오르지 않았다.

6

완다의 완벽한 게놈을 파악하는 건 쉬운 작업이 아니었다. 다른 무엇보다 게놈에 대한 전문 지식을 갖춘 생물학자의 숫자가 적은 데다가 그만한 능력을 갖춘 사람은 항상 바빴다.

그렇다고 해서 생물학자의 관심을 끌기 위해 셀던이 그 목적을 노골적으로 밝힐 수 있는 것도 아니었다. 자신이 완다의 독특한 능력에 관심을 보이는 진정한 이유를 은하계 전체에 비밀로 부치는 건 아주 중요하다고 셀던은 느꼈다.

그리고 또 다른 어려움이 있다면 그 비용이 놀랄 정도로 많이 든다는 사실이었다.

셀던은 지금 상담을 진행 중인 생물학자 미안 엔델레키한테 이렇게 말하며 머리를 가로저었다.

"그렇게 비싼 이유가 무엇인가요, 엔델레키 박사? 비록 내가 이 분야의 전문가는 아니지만 모든 절차를 컴퓨터로 완벽하게 처리하기 때문에 피부 조직만 떼어 내면 며칠 사이에 게놈 정보가 완벽하게 나온다고 알고 있습니다만."

"그렇습니다. 어쨌든 DNA 분자를 채취해서 퓨어링이랑 피리미딘이 그대로 담겨 있는 상태로 수십억에 달하는 핵산을 뽑아내는 과정은 아무것도 아닙니다. 그게 겨우 시작이지요, 셸던 교수님. 그 다음은 각각의 DNA를 연구해서 표준형이랑 일일이 비교해야 합니다.

그런데 문제는 비록 우리가 완벽한 게놈 기록을 가지고 있긴 하지만 그건 현존하는 게놈의 극히 일부에 불과하며, 따라서 표준형을 파악하는 것 자체가 쉽지 않다는 사실입니다."

"그렇게 적은 이유가 무엇인가요?"

"몇 가지 이유가 있지요. 첫째는 비용입니다. 자신의 게놈에 뭔가 문제가 있다는 강력한 생각이 들지 않는 한 거기에다 돈을 쓰려는 사람이 거의 없습니다. 충분한 이유가 없는 경우에는 행여나 이상한 문제가 나타나는 건 아닐까 하는 두려움에 게놈 조사 자체를 꺼리는 경향도 있습니다. 어떠세요. 그래도 손녀딸의 게놈을 조사하고 싶으십니까?"

"네, 그렇습니다. 아주 중요한 일이거든요."

"왜요? 몸에서 이상 징후가 나타나나요?"

"아닙니다, 그렇지 않습니다. 오히려 정반대입니다……. 이상 징후의 반대말이 뭔지 모르겠지만, 나는 손녀딸이 아주 뛰어나다고 생각합니다. 그래서 그 이유를 알고 싶을 뿐입니다."

"어떤 점에서 그렇게 뛰어난가요?"

"정신적으로요. 하지만 그 이유를 확실히 파악할 수가 없어서 구체적으로 파고 들어갈 수 없습니다. 게놈 조사 결과가 나오면 그럴 수 있겠지요."

"손녀딸이 몇 살인가요?"

"열두 살. 조금 있으면 열세 살이 될 겁니다."

"그렇다면 부모님의 허락이 필요합니다."

생물학자의 말에 셀던이 헛기침을 하며 대답했다.

"그건 쉽지 않을 겁니다. 나는 그 아이 할아버지입니다. 내 허락으로는 안 되는 겁니까?"

"저는 괜찮습니다. 하지만 교수님도 잘 아시다시피 법에서 그렇게 요구하고 있습니다. 이런 일 때문에 자격증을 잃고 싶진 않습니다."

그래서 셀던은 레이치한테 다시 접근할 수밖에 없었다. 하지만 쉽지 않았다. 자신과 부인 마넬라는 완다가 평범한 아이로 살아가길 원한다고 하면서 이렇게 강력하게 주장을 펼쳤기 때문이다. 행여나 게놈이 비정상으로 나온다면 어떻게 한단 말인가? 강제로 끌려가서 실험실 생쥐처럼 고통스러운 조사를 받을 수도 있지 않은가? 심리역사학 프로젝트에 깊이 빠져 있는 할아버지가 손녀딸을 공부만 하는 환경으로 밀어붙여서 같은 또래 아이들과 완전히 격리될 수도 있지 않은가?

하지만 셀던은 집요했다.

"나를 믿어, 레이치. 완다한테 해가 되는 일은 결코 없을 거야. 하지만 이번 일은 꼭 해야 돼. 완다의 게놈을 알아야 해. 내 생각이 맞는다면 심리역사학 전체가 그래서 은하계 전체의 미래가 완전히 뒤바뀔 수도 있어!"

그래서 마침내 레이치는 설득되었으며 어찌어찌 마넬라의 동의까지 받아 냈다. 그래서 어른 셋이 완다를 엔델레키 박사 연구실로 데려갔다.

미안 엔델레키는 문까지 나와서 그들을 맞아 주었다. 머리칼은 하얗게 빛났지만 얼굴에는 늙은 흔적이 없었다.

완다는 호기심이 가득할 뿐 걱정이나 두려운 흔적이 조금도 없는 얼굴로 들어갔다. 엔델레키 박사는 그런 완다를 쳐다보다가 환하게 웃으며 이렇게 물었다.

"어머니와 아버지, 그리고 할아버지……. 맞으십니까?"

셀던이 대답했다.

"완벽하게 맞습니다."

레이치는 걱정스러운 분위기였고 마넬라는 얼굴이 약간 붓고 두 눈이 빨간 게 피곤해 보였다.

"완다, 그게 네 이름이지, 그렇지?"

"네, 박사님."

완다가 또렷한 목소리로 대답했다.

"내가 앞으로 어떻게 할지 정확히 알려 주마. 오른손잡이인 모양이구나."

"네, 박사님."

"좋아, 그렇다면 내가 왼팔에다 마취제를 살짝 뿌릴 거야. 그러면 시원한 느낌만 들 거야. 그다음에는 그 팔에서 피부 조직을 살짝 긁어낼 거야…… 아주 살짝. 통증도 없고 피도 안 나고 흉터도 안 생겨. 그 작업이 끝나면 거기에다 소독약을 살짝 뿌릴 거야. 몇 분이면 모든 과정이 끝나. 어때, 괜찮은 것 같지 않니?"

"물론이죠."

완다가 대답하며 팔을 앞으로 내밀었다.

모든 작업이 끝난 다음에 엔델레키 박사가 말했다.

"피부 조직을 현미경으로 살펴서 온전한 세포를 선택해 컴퓨터 장치가 달려 있는 게놈 분석기에 넣어서 작업을 하게 됩니다. 그러면 DNA가 모두 밝혀질 텐데 그 숫자가 수십억에 달합니다. 그래서 작업을 시작하는 데에만 하루는 족히 걸릴 겁니다. 물론 모든 절차가 자동으로 진행되기 때문에 나는 물론 여러분이 여기에 앉아서 지킬 필요는 없습니다.

그래서 게놈이 준비되면 그걸 분석하는 기나긴 작업에 들어갑니다. 완벽한 결과가 나오려면 2주일이 걸릴 겁니다. 많은 비용이 들어가는 이유가 바로 그 때문이죠. 작업이 힘들고 많은 시간이 들어가니까요. 분석이 끝나면 바로 연락을 드리겠습니다."

할 말은 모두 끝났다는 듯이 엔델레키 박사가 고개를 돌려 책상에서 희미하게 반짝이는 장비를 조작하기 시작했다. 셀던은 이렇게 부탁했다.

"뭐든 독특한 내용이 나오면 그 즉시 나한테 연락을 주시겠습니까? 처음 한 시간 사이에 뭔가 특별한 게 나타나면 완벽한 분석을 기다리지 말고 나한테 곧바로 연락하라는 뜻입니다. 한시바삐 알고 싶으니까요."

"처음 한 시간 사이에 그런 게 나타날 가능성은 극히 희박하지만 필요하단 생각이 들면 즉시 연락하겠다는 약속은 드리겠습니다, 셀던 교수님."

마넬라가 완다의 팔을 낚아채서 의기양양하게 걸어갔고 레이치는 발을 질질 끌며 쫓아나갔다. 하지만 셀던은 그 자리에 남아서 이렇게 말했다.

"이건 귀하가 생각하는 이상으로 중요한 일입니다, 엔델레키 박사."

엔델레키 박사가 고개를 끄덕이며 대답했다.

"뭔지는 모르지만 최선을 다하겠습니다, 교수님."

셀던은 그곳을 떠나면서 입술을 꼭 다물었다. 게놈을 분석하는 작업이 5분 정도면 충분할 거라고, 그래서 그 결과를 5분 정도만 쳐다보면 해답이 나올 거라고 자신이 생각한 이유를 도무지 알 수가 없었다. 이제 어떤 결과가 나올지도 모른 채 몇 주일을 기다릴 수밖에 없었다.

셀던은 이빨을 꼭 깨물었다. 과연 자신이 최근에 세운 계획, 새로운 파운데이션을 설립할 수 있을 것인가 아니면 불가능한 환상으로 끝나고 말 것인가?

7

해리 셸던은 엔델레키 박사의 연구실에 들어가서 불안한 미소를 머금으며 말했다.
"박사, 2주일이면 될 거라고 하시더니 벌써 한 달이 지났습니다."
엔델레키 박사가 고개를 끄덕였다.
"죄송합니다, 셸던 교수님. 하지만 교수님이 정확한 자료를 원하셔서 그렇게 하려고 노력했습니다."
"그래요? 결과는 어떤가요?"
이렇게 묻는 셸던의 얼굴에 초조한 표정이 그대로 묻어 있었다.
"하자가 있는 유전자 100개 정도가 나왔습니다."
"네? 하자가 있는 유전자라니. 사실입니까, 박사?"
"사실입니다. 하지만 괜찮습니다. 어떤 게놈이나 최소한 100개 정도의 하자는 있으니까요. 다른 건 훨씬 많은 게 일반이지요. 교수님도 아시다시피, 이 정도는 아주 좋은 편입니다."
"아니, 나는 사실 아무것도 모릅니다. 전문가는 박사님이지 내가 아니니까요."
엔델레키 박사가 의자에서 꿈틀거리더니 한숨을 내쉬며 물었다.
"유전학에 대해 아무것도 모른다는 말씀이신가요, 교수님?"
"그래요, 모릅니다. 인간이 모든 걸 알 순 없겠지요."
"네, 그 말씀이 맞습니다. 저 역시 교수님이 연구하시는 것에 대해선 전혀 모르니까요. 그걸 뭐라고 하지요, 심리역사학?"

엔델레키 박사가 어깨를 으쓱하며 계속 말했다.

"교수님이 그 내용을 설명하실 생각이라면 기초부터 하셔야 할 텐데, 그래도 저는 제대로 이해하지 못할 겁니다. 아무튼 유전학으로 돌아가서……"

"어떤가요?"

"불완전한 유전자는 일반적으로 아무런 의미가 없습니다. 물론 너무나 불안하고 치명적이라서 심각한 문제를 일으키는 유전자도 있지만 그건 아주 드물게 나타납니다. 불완전한 유전자 대부분은 정확하게 움직이지 않습니다. 살짝 균형을 잃은 바퀴처럼 말입니다. 자동차가 움직일 때에 살짝 떨리긴 하겠지만 그래도 움직이긴 움직이니까요."

"완다가 그렇다는 말씀인가요?"

"그렇습니다. 어느 정도는. 하지만 모든 유전자가 완벽하다면 인간은 모두가 똑같이 보이고 똑같이 행동할 겁니다. 다양한 유전자가 다양한 사람을 만들어 내지요."

"하지만 나이를 먹으면서 나빠질 가능성은 없나요?"

"물론 나빠집니다. 나이를 먹으면 누구나 나빠지니까요. 교수님이 들어오실 때에 보니 다리를 저시던데, 이유가 뭔가요?"

"좌골 신경통."

"처음부터 그러셨습니까?"

"당연히 아니지요."

"그래요, 나이를 먹으면서 교수님의 유전자 일부가 나빠져서 지금 다리를 저는 겁니다."

"그럼 나중에 완다는 어떻게 되는 건가요?"

"그건 저도 모릅니다. 저는 미래를 예측할 수 없습니다, 교수님. 그걸 예측하는 건 교수님 전공으로 알고 있습니다. 하지만 대충 추측하건대, 최소한 유전학적으로 볼 때 완다가 나중에 나이를 먹는 이외의 고생을 할 가능성은 없을 것 같습니다."

"확실한가요?"

"제 말을 믿으셔야 합니다. 교수님은 완다의 게놈을 파악하길 원하셨고 따라서 모르는 게 좋은 내용이 드러날 위험까지 감수하셨습니다. 하지만 제가 볼 때 나중에 완다가 끔찍한 병에 걸릴 가능성은 없다고 말할 수 있습니다."

"불완전한 유전자는…… 고쳐야 하나요? 우리가 고칠 순 있나요?"

"아닙니다. 다른 무엇보다, 비용이 굉장히 많이 들어갈 겁니다. 둘째, 그래도 고치지 못할 가능성이 많습니다. 마지막으로, 사람들이 반대합니다."

"왜요?"

"사람들이 일반적으로 과학 자체를 반대하기 때문입니다. 교수님도 그 정도는 알고 계실 겁니다. 저는 클레온이 암살된 이후로 신비주의가 늘어난다는 점이 걱정됩니다. 사람들은 유전자를 과학적으로 고치는 걸 믿지 않습니다. 그보다는 손을 올려놓기니 우상 같은 것에 빌어서 병을 고치려고 합니다. 솔직히 말씀드려서 이제는 이런 작업도 중단해야 할 것 같습니다. 들어오는 돈이 거의 없거든요."

셀던은 고개를 끄덕였다.

"그런 상황은 나 역시 너무나 잘 알고 있습니다. 심리역사학도 그런 상황을 설명하니까요. 하지만 솔직히 말해서 상황이 이렇게 빠르게 나빠지는 줄은 몰랐습니다. 내 일에 몰두하느라 주변을 둘러볼 여유가 없었거든요."

셀던이 한숨을 내쉬며 계속 말했다.

"지난 30년 동안 나는 은하제국이 천천히 붕괴되는 모습을 지켜보았습니다. 그런데 지금 그 속도가 훨씬 빨라지는 것 같은데, 그걸 어떻게 막아야 좋을지 모르겠습니다."

"그렇게 하시고 싶으세요?"

엔델레키 박사가 재미있다는 표정으로 묻자, 해리 셀던이 대답했다.

"네, 그렇습니다."

"많은 행운이 따라야 할 텐데…… 교수님, 좌골 신경통은 50년 전만 하더라도 고칠 수 있었습니다. 하지만 지금은."

"그 이유가 뭐죠?"

"으음, 필요한 장비가 모두 사라졌습니다. 그걸 조작할 수 있는 사람들이 모두 다른 곳으로 떠났습니다. 의료계가 위축되고 있습니다."

셀던이 깊이 생각하는 표정으로 대답했다.

"다른 분야도 마찬가지겠지요……. 어쨌든 완다 문제로 돌아갑시다. 나는 완다가 다른 사람의 두뇌와 달리 아주 탁월한 능력을 지녔다고 생각합니다. 유전자를 살펴보신 결과는 어떤가요?"

엔델레키 박사가 의자에 등을 기대며 물었다.

"셀던 교수님, 두뇌 기능에 관여하는 유전자가 얼마나 많은지 아십니까?"

"모릅니다."

"제가 알려 드리지요. 인체에서 가장 복잡한 게 바로 두뇌 기능입니다. 우리가 아는 한, 우주 전체에서 인간의 두뇌처럼 복잡한 건 없습니다. 수천 개의 유전자가 두뇌에 모여서 각자 독특한 기능을 수행하고 있으니까요."

"수천 개요?"

"그렇습니다. 따라서 그 유전자를 일일이 추적해서 독특한 기능을 찾아내는 건 불가능합니다. 물론 완다에 관한 한 저는 교수님 말씀을 그대로 받아들일 수 있습니다. 완다는 두뇌가 탁월한 여자애입니다. 하지만 내가 유전자에서 그런 두뇌 기능을 찾아낼 수 있는 건 하나도 없습니다. 물론 그것 역시 아주 정상적인 결과입니다."

"그럼 두뇌 기능이 완다와 동일한 사람을 찾아낼 순 있나요, 두뇌 패턴이 동일한 사람?"

"극히 희박합니다. 설사 아주 유사한 두뇌를 찾아냈다 해도 유전자가 엄청나게 다를 겁니다. 비슷한 걸 찾은 건 소용이 없습니다. 완다의 두뇌가 어떤 점에서 특별나다고 생각하시는 거죠, 교수님?"

셀던이 머리를 가로저었다.

"미안합니다. 그건 말할 수 없군요."

"그렇다면 제가 도와 드릴 수 있는 건 없겠군요. 완다의 두뇌가 특별하단 사실은 어떻게 발견하셨나요? 이건 역시 말할 수 없는 건가요?"

"우연한 사건. 아주 우연히 일어난 사건이죠."

셀던이 중얼거리자, 엔델레키 박사가 내답했나.

"그렇다면 비슷한 두뇌 역시 우연히 찾아내야 하겠군요. 다른 방법은 없습니다."

두 사람 사이에 침묵이 깔렸다. 마침내 셀던이 입을 열었다.

"나한테 해 줄 말이 더 있습니까?"

"없는 것 같습니다. 청구서를 보내겠다는 말씀 이외로는."

셀던이 의자에서 힘들게 일어났다. 좌골 신경통이 심해졌다.

"으음, 그렇다면 고맙습니다, 박사. 청구서를 보내면 비용을 지불하리다."

셀던은 엔델레키 박사 연구실에서 나왔다, 이제 어떻게 해야 하나 궁리하며.

8

여느 지식인과 마찬가지로 셀던 역시 지금까지 은하도서관을 자유롭게 이용했다. 대부분 장거리에서 컴퓨터를 통해 이용하다가 가끔씩 직접 방문하기도 했는데, 다른 특별한 목적이 있어서라기보다 심리역사학 프로젝트로 인한 압박에서 벗어나기 위해서였다. 그리고 완다와 같은 초능력자를 찾겠다는 계획을 처음 수립한 이후 약 2년 동안은 도서관에 있는 방대한 자료를 쉽게 찾기 위해 도서관 측에서 마련해 준 개인 연구실에 주로 머물렀다. 심지어 자료를 오랫동안 찾다가 스트릴링 구역으로 돌아갈 수 없을 때에 대비해 도서관에서 걸어 다니는 거리에다 조그만 아파트를 빌릴 정도였다. 돔이 하늘을 덮은 곳이었다.

그러나 이제 그 계획은 새로운 차원에 접어들었으며 그래서 해리 셀던은 라스 제노를 만나야 하겠다고 생각했다. 라스 제노와 직접 만난 건 그때가 처음이었다.

은하도서관 관장을 직접 만날 약속을 잡는 건 쉬운 일이 아니었다. 도서관장은 자신의 직위와 가치를 높이 평가했다. 황제 자신도 도서관장한테 상의할 게 있으면 도서관에 직접 찾아와서 순서를 기다려야 한다는 말이 있을 정도였다.

하지만 셀던은 그런 어려움이 없었다. 제노는 셀던을 만난 적이 없지만 소문을 통해서 잘 알고 있었다. 그래서 셀던을 맞이하며 이렇게 말했다.

"영광입니다, 총리 각하."

셀던은 빙그레 웃으며 대답했다.

"16년 전에 그 자리에서 내려왔다는 사실은 관장님께서도 알고 계실 텐데요."

"그 자리에 오른 영광은 영원합니다. 게다가 잔인한 군부 정권을 몰아내는 데 커다란 역할까지 하셨잖습니까. 군부 정권은 도서관의 독립성 원칙을 여러 차례 훼손시켰답니다."

('아, 그것 때문에 이렇게 쉽게 만나 준 거로구나.' 하고 셀던은 생각했다.)

"소문일 뿐입니다."

셀던이 크게 말하자, 제노는 손목에 찬 시계를 흘깃 쳐다보며 급히 물었다.

"어떤 일로 만나자고 하셨는지 말씀해 보시지요."

그래서 셀던은 이렇게 말했다.

"도서관장님, 쉬운 부탁이라면 이렇게 찾아오지도 않았을 겁니다. 내가 원하는 건 좀 더 널찍한 연구 공간입니다. 직원들을 몇 명 데려와서 함께 작업할 공간을 허락해 주십시오. 아주 많은 시간이 걸리는 중요한 작업을 하고 싶습니다."

제노의 얼굴에 고민스러운 표정이 떠올랐다.

"정말 어려운 부탁이군요. 그 이유를 설명하실 수 있겠습니까?"

"네. 지금 제국은 붕괴되고 있습니다."

오랜 침묵이 흘렀다. 그러더니 제노가 입을 열었다.

"교수님이 연구하시는 심리역사학에 대한 소문은 들었습니다. 미래를 예견하는 새로운 학문이라고 하더군요. 지금 하신 말씀도 심리역사학적 예견에 의한 건가요?"

"아닙니다. 아직은 심리역사학이 미래를 선명하게 예견할 수 있는 경지까지 이르지 않았습니다. 하지만 제국이 붕괴된다는 건 심리역사학이 없어도 알 수 있습니다. 사방에 그 증거가 가득하니까요."

제노가 한숨을 쉬며 대답했다.

"이곳에는 할 일이 정말 많답니다, 셀던 교수님. 그래서 전 정치사회 문제에 대해 아는 게 없답니다."

"도서관에 비치된 자료에도 그런 내용은 충분합니다. 주변을 둘러보세요. 여기에는 은하제국 전역에서 보낸 온간 유형의 정보가 가득합니다."

그러자 제노가 슬프게 웃으며 대답했다.

"하지만 안타깝게도 제게는 그럴만한 시간이 없군요. 신발 만드는 집 아이는 신발이 없다는 속담이 있지요. 하지만 제가 보기에 제국은 복구될 게 분명합니다. 새로운 황제가 나타났으니까요."

"명칭만 그렇습니다, 도서관장님. 외곽 지역에서 가끔씩 황제의 이름을 형식적으로 거론하지만 특별한 의미는 없습니다. 외부 행성은 독자적인 정책을 펼치고 있으며 더더욱 중요한 사실은 독자적인 군대까지 확보했다는 겁니다. 황제의 지배를 받지 않지요. 중심부 행성 이외의 지역에서는 황제의 권위가 통하지 않습니다. 앞으로 20년이 안 돼서 외부 행성이 독립을 선언하기 시작할 겁니다."

라스 제노가 다시 한숨을 쉬었다.

"교수님 말씀이 맞는다면 우리가 살아가는 제국은 그 어느 때보다 힘든 시기라는 뜻인데, 이런 시점에 직원들까지 도서관에 데려와서 작업할 공간이 필요한 이유가 무언가요?"

"제국이 붕괴된다면 은하도서관 역시 파괴될 가능성이 많습니다."
"아닙니다, 절대 그렇지 않습니다. 예전에도 힘든 시기가 있었지만 트랜터의 은하도서관은 인류의 모든 지혜가 쌓여 있는 보고로 계속 보존되어 왔습니다. 그건 앞으로도 그럴 것입니다."
"안 그럴 수도 있습니다. 군부 정권도 도서관 규칙을 훼손시켰다고 아까 말씀하시지 않았습니까?"
"심각한 건 아니었습니다."
"다음에는 훨씬 심각할 수 있습니다. 인류의 지혜가 담겨 있는 보고가 파괴되는 걸 막아야 합니다."
"여기에 직원 몇 명이 더 온다고 해서 그걸 막을 수 있겠습니까?"
"불가능하겠지요. 하지만 내가 생각한 프로젝트는 가능할 겁니다. 최악의 경우에 인류가 다시 일어서는 데 필요한 인류의 지혜를 모두 담아서 대백과사전을 만드는 거니까요……. 은하대백과사전이 되는 셈이지요. 도서관에 있는 모든 내용을 담을 필요는 없습니다. 대부분은 사소한 내용이니까요. 은하계 전역에 퍼져 있는 지방 도서관도 파괴되겠지만 그렇게 되기 전에 은하도서관 컴퓨터로 필요한 정보를 모두 빼낼 수 있을 겁니다. 그래서 인류에게 가장 필요한 정보만 압축해서 최대한 간결하게 만들 계획입니다."
"하지만 그것 역시 파괴된다면?"
"그러지 않기를 바랄 뿐입니다. 은하계 외곽으로 아주 멀리 떨어진 행성을 찾아서 백과사전 편찬 위원을 그곳으로 이동시켜 평화롭게 작업할 수 있도록 만들 생각입니다. 하지만 그런 행성을 찾기 전까지는 핵심 그룹이 여기에서 도서관 자료를 조사하며 작업하면 좋겠습니다."
제노가 얼굴을 찡그렸다.

"무슨 말씀인지 알겠습니다, 셸던 교수님, 하지만 과연 그게 가능할지 모르겠습니다."

"왜요, 도서관장님?"

"도서관장이라고 해서 혼자 모든 걸 결정할 순 없기 때문입니다. 이 사회에서 모든 걸 결정하는데 제가 백과사전 프로젝트를 관철시킬 수 있다고 생각하지는 않으시겠지요."

"정말 놀랍군요."

"놀라실 거 없습니다. 저는 인기가 없는 도서관장입니다. 이사회에서는 몇 년 전부터 도서관 접근을 제한시키는 주장을 펼치고 있습니다. 지금까지는 제가 반대했지요. 교수님께 조그만 연구 공간을 제공한 것 때문에 그들이 난리를 피우고 있습니다."

"접근 제한요?"

"그렇습니다. 정보가 필요한 사람이 도서관 사서한테 요청하면 도서관 사서는 그 정보를 찾아서 주는 방식이지요. 이사진은 사람들이 도서관에 자유롭게 출입해서 컴퓨터를 마음대로 만지는 방식을 좋아하지 않습니다. 컴퓨터를 비롯한 장비 유지비가 너무 많이 들어가기 때문이지요."

"하지만 그럴 순 없어요. 은하도서관은 모든 걸 1000년간 개방해 온 전통이 있어요."

"그렇습니다. 하지만 최근 들어서 도서관 예산이 연속적으로 깎이고 있기 때문에 모든 걸 예전처럼 운영할 순 없습니다. 장비를 수선하는 것조차 힘에 겨울 정도입니다."

셸던은 손으로 턱을 문지르며 말했다.

"하지만 예산이 줄어든다면 월급을 삭감하고 직원을 해고해야 하겠군요……. 물론 신규 고용은 생각도 못할 터이고."

"그렇습니다."

"그렇다면 작업 인력이 절대적으로 부족할 텐데 일반인이 요구하는 정보를 어떻게 찾아줄 수 있단 말입니까?"

"일반인이 요구하는 정보를 모두 찾아 주는 게 아니라 우리가 중요하다고 판단한 정보만 찾아 주자는 겁니다."

"그렇다면 도서관 공개만 포기하는 게 아니라 도서관의 기능 자체를 완벽하게 포기하는 거 아닌가요?"

"그렇다고 볼 수 있겠죠."

"도서관 사서가 그러길 바란다니 믿을 수가 없습니다."

"교수님은 제나로 무메리란 사람을 모르십니다."

셀던이 멍한 눈으로 쳐다보자 라스 제노가 계속 말했다.

"누군지 궁금하시겠지요. 도서관 폐쇄를 바라는 이사진 파벌의 우두머리랍니다. 그쪽 편을 드는 이사들이 갈수록 많아지고 있어요. 만일 제가 교수님과 직원들 일부에게 독자적인 공간을 제공한다면 무메리 편에 서지 않지만 외부 세력의 개입을 단호하게 반대하던 이사들까지 그쪽 편으로 돌아설 가능성이 많아요. 그렇게 될 경우에 전 도서관장직에서 물러나야 합니다."

셀던이 갑자기 힘을 내며 반박했다.

"그것 보세요. 도서관 접근을 제한하고 정보 제공을 거부하다가 급기야 도서관을 닫을 가능성까지 열어 놓는 자체가, 예산 삭감 문제 자체가 제국의 붕괴를 나타내는 징후입니다. 동의하지 않으세요?"

"그런 식으로 말씀하신다면 그럴 수도 있겠지요."

"그럼 내가 이사회한테 직접 부탁하도록 해 주세요. 미래에 벌어질 일과 내가 하려는 일을 설명하도록 해 주세요. 내가 이사진을 직접 설득해 보겠습니다, 내가 관장님을 설득하려고 한 것처럼."

라스 제노가 잠시 생각하다 대답했다.

"기꺼이 그렇게 해 드리겠습니다. 하지만 교수님 계획에 어긋날 수도 있다는 사실을 염두에 두시는 게 좋을 겁니다."

"운명에 맡기겠습니다. 약속을 잡으셔서 내가 이사회에 출석할 장소와 시간을 알려 주세요."

셸던은 그렇게 말하고 불편한 마음으로 라스 제노와 헤어졌다. 그가 도서관장한테 말한 건 모두가 사실이었다. 하지만 속마음까지 털어놓은 건 아니었다. 그한테 도서관 공간이 필요한 진짜 목적은 다른 데 있었다.

여러 가지 이유가 있겠지만 그 가운데에는 아직 셸던 자신이 그 목적을 또렷하게 파악한 건 아니라는 사실도 들어 있었다.

9

해리 셸던은 유고 애머릴의 침대 옆에 앉아 있었다······. 줄기차게, 슬픈 마음으로. 물론 애머릴 본인이 거부하긴 했지만, 의료진의 도움을 받더라도 지금은 치료할 수 있는 수준을 넘어서고 말았다.

애머릴은 이제 불과 쉰다섯 살이었다. 셸던 자신은 예순여섯인데도 아직 건강했다. 가끔 다리를 절게 만드는 관절염인지 좌골 신경통인지가 유일한 문제였다.

애머릴이 두 눈을 떴다.

"아직도 여기에 계신 거예요, 선생님?"

셀던은 고개를 끄덕였다.

"그래, 끝까지 여기에 있을 거야."

"제가 죽을 때까지요?"

"그래."

셀던이 대답하더니, 갑자기 북받치는 서러움에 이렇게 말했다.

"어떻게 이런 지경까지 되었나, 유고? 지혜롭게 살았다면 앞으로 이삼십 년은 더 살 수 있었잖아."

유고 애머릴이 희미한 미소를 띠우며 물었다.

"지혜롭게 살아요? 휴가를 즐기면서? 휴양지에 머물면서? 쓸데없는 일을 즐기면서?"

"그래. 그래."

"그렇게 했다면 연구실로 돌아가고 싶은 마음만 굴뚝같거나 시간을 낭비하는 데 재미를 들이거나 둘 중 하나일 터인데, 그런 식으로는 선생님이 말씀하신 이삼십 년을 더 산다고 해도 더 많은 작업은 못했을 거예요. 선생님을 보세요."

"내가 어때서?"

"선생님은 클레온 밑에서 10년 동안 총리로 있으셨어요. 당시에 심리역사학을 얼마나 연구하셨죠?"

"내 시간 4분의 1은 연구에 투여했어."

셀던이 점잖게 대답했다.

"과장하시는군요. 제가 열심히 노력하지 않았다면 심리역사학 연구가 삐걱거리다가 멈추고 말았을 거예요."

셀던이 고개를 끄덕였다.

"자네 말이 맞아, 유고. 그 부분은 내가 정말 고맙게 생각하네."

"그리고 그 전이나 후에 선생님이 행정적인 업무에 절반 이상의 시간을 낭비할 때에 진짜 연구를 한 사람이 누구죠? 네?"

"자네였지, 유고."

"맞아요."

애머릴이 다시 눈을 감고 셀던은 이렇게 말했다.

"하지만 내가 먼저 죽을 경우에 자네가 후계자가 되어서 바로 그 행정적인 업무를 넘겨받길 원했어."

"아니에요! 저는 그저 프로젝트가 지금까지 이어져 온 방향대로 계속 나아가도록 만들기 위해서 후계자 자리를 이어받고 싶었어요. 행정적인 업무는 모두 다른 사람한테 맡겼을 거예요."

유고 애머릴의 호흡이 거칠어지기 시작했다. 그러다 갑자기 부르르 떨면서 두 눈을 뜨더니 셀던을 정면으로 쳐다보다가 이렇게 물었다.

"제가 떠나면 심리역사학은 어떻게 될까요? 생각해 보셨어요?"

"그래, 생각해 보았어. 그래서 자네한테 그 얘기를 하고 싶어. 마음이 놓일 거야. 유고, 나는 심리역사학이 눈부신 도약을 하게 될 거라고 믿네."

애머릴이 살짝 눈살을 찡그리며 물었다.

"어떤 식으로요? 어감이 마음에 안 들어요."

"잘 듣게. 그건 자네 아이디어였어. 몇 년 전에 자네는 두 개의 파운데이션을 만들어야 한다고 주장했어. 서로를 모르도록 안전하고 멀리 떨어진 곳에 말이네. 그들이 발전해서 먼 훗날에 은하제국을 다시 건설하는 싹으로 작용하도록 하자고. 기억나나? 그건 자네 아이디어였어."

"심리역사학 방정식이……"

"나도 알아. 심리역사학 방정식이 그런 제안을 했겠지. 그래서 지금 나는 그 작업에 몰두하고 있어, 유고. 은하도서관에다 작업실을 만들어서……"

"은하도서관. 전 그쪽 사람들이 싫어요. 자기밖에 모르는 멍청이들."

"도서관장 라스 제노는 그렇게 나쁘지 않아, 유고."

"무메리라는 도서관원을 만난 적이 있으세요, 제나로 무메리?"

"아니, 하지만 들은 적은 있어."

"야비한 인간이에요. 그자가 저더러 어떤 물건을 엉뚱한 자리에 놓았다고 해서 다툰 적이 있어요. 전 그런 적이 없었기에 그래서 정말 화가 났어요, 선생님. 한순간에 다알 출신으로 돌아가고 말았죠. 다알의 대표적인 문화 가운데 하나가, 바로 험한 욕설 아니겠어요. 그 가운데 일부를 그자한테 퍼부은 다음에 지금 당신은 심리역사학 연구를 방해한 거라고 당신 이름이 역사에 악당으로 기록될 거라고 말했지요. 물론 '악당'이란 말만 한 건 아니에요."

애머릴이 희미하게 껄껄 웃으며 덧붙였다.

"그놈을 꼼짝도 못하게 만들었으니까요."

그 순간 셀던은 제나로 무메리가 외부인, 특히 심리역사학 연구원들을 싫어하는 이유를 알 것 같았지만 아무 말도 하지 않았다.

"유고, 중요한 건 사네가 두 개의 파운데이션을 설치해서 하나가 실패하더라도 다른 하나는 계속 발전하도록 만들자고 제안했다는 사실이야. 하지만 나는 그 이상을 준비하고 있어."

"어떤 식으로요?"

"2년 전에 완다가 자네 마음을 읽고 제1발광체에서 나온 방정식 일부의 문제를 지적한 게 기억하나?"

"네, 물론이지요."

"으음, 우리는 완다랑 비슷한 사람을 찾을 거야. 그래서 파운데이션 하나는 물리학자 중심으로 구성해서 인류가 쌓아 온 모든 지혜를 보존해 나중에 건설한 제국의 싹이 되도록 만들고, 두 번째 파운데이션은 심리역사학자 중심으로, 그러니까 사람의 마음을 읽는 초능력자나 심리역사학자 중심으로 만들어서 심리역사학을 그 누구보다 빠르게 집중적으로 발전시키도록 하는 거야. 그래서 세월이 흐르는 동안 훌륭한 조정자 역할을 하도록 만드는 거야. 영원히 뒤에 숨어서 지켜보며. 제국의 수호자가 되는 거지."

애머릴이 힘없는 목소리로 감탄했다.

"놀라워요! 제가 적절한 시기를 선택해서 죽는다는 걸 이제 선생님도 아시겠죠? 이제 제가 할 일은 하나도 없어요."

"그렇게 말하지 말게, 유고."

"안타까워하실 필요 없어요, 선생님. 저는 완전히 녹초가 돼서 할 수 있는 게 하나도 없으니까요. 고마워요……, 고마워요……. 심리역사학이 놀라운 도약을 할 거란 말씀을 해 주셔서…… 너무나…… 기뻐서…… 기뻐서…… 기뻐……."

목소리가 점차 가늘어지고 있었다.

셀던은 얼굴을 숙였다. 눈물이 그렁그렁 맺히며 볼을 타고 흘러내렸다.

오랜 친구 하나가 또 이렇게 떠났다. 데머즐, 클레온, 도스, 이번엔 유고…… 모두가 떠나고 셀던 혼자만 텅 빈 가슴을 달래며 외롭게 늙어 가고 있었다.

애머릴이 기쁜 마음으로 죽어 갈 수 있도록 해 준 놀라운 비약은 결코 실현되지 않을 수도 있었다. 과연 셀던 자신이 은하도서관을 사용할 수 있게 될 것인가? 완다 같은 사람을 더 찾아낼 수 있을 것인가? 모든 준비를 마치는데 과연 얼마나 많은 시간이 걸릴 것인가?

셀던은 예순여섯 살이었다. 트랜터에 처음 온 서른두 살에 이런 놀라운 비약이 일어났더라면······.

지금은 너무 늦은 것 같다는 생각이 들었다.

10

제나로 무메리는 일부러 셀던을 기다리게 했다. 무례하고 오만한 행위였지만 해리 셀던은 평상심을 유지했다.

제나로 무메리의 협조가 절실하게 필요한 셀던으로선 화를 낼 수가 없었다. 역효과만 날 게 너무나 분명했다. 아니, 셀던이 화를 내면 무메리가 오히려 좋아할 것 같았다.

그래서 셀던이 성질을 누르며 계속 기다리는 가운데 마침내 무메리가 나타났다. 셀던은 전에 그 사람을 본 적이 있었다. 하지만 먼발치에서 본 게 전부였다. 단둘이 얼굴을 맞대는 건 이번이 처음이었.

제나로 무메리는 키가 작고 통통했으며 동그란 얼굴에는 약간 짙은 턱수염이 있었다. 그 얼굴에 미소가 어리자 실쩍 드리닌 노란 이빨이 머리에 써야 하는 모자의 노란색, 갈색 선이 꿈틀거리며 돌아가는 노란 색깔이랑 너무나 비슷했다. 하지만 극히 형식적인 미소란 사실을 셀던은 잘 알고 있었다.

셀던은 속이 이글거렸다. 주는 것 없이 미운 사람 같았다.

"그래, 무슨 일로 찾아오셨나요?"

무메리가 특별한 인사말 없이 노골적으로 말하더니, 벽시계를 흘낏 쳐다보았다. 하지만 늦은 것에 대한 사과는 없었다.

"내가 이곳 도서관에 머무는 걸 반대하지 말아 달라는 부탁을 드리러 왔습니다, 선생."

무메리가 두 손을 펼쳤다.

"귀하가 이곳을 이용한 게 벌써 2년입니다. 그런데 반대라니, 무슨 말씀이신지요?"

"지금까지 선생을 믿고 따르는 이사진 일부는 도서관장을 투표로 이긴 적이 없습니다. 하지만 다음 달에 이사회가 있는데 라스 제노는 그 결과를 자신할 수 없다고 하더군요."

무메리가 어깨를 으쓱하며 말했다.

"그건 나도 마찬가지입니다. 하지만 이런 말이 성립될지 모르겠지만, 귀하의 임차는 갱신될 가능성이 많습니다."

"하지만 내가 필요한 건 그 이상입니다, 무메리 씨. 동료 일부를 데려오고 싶습니다. 내가 계획한 프로젝트는 (아주 특별한 백과사전을 만드는 데 필요한 자료를 조사하는 작업인데) 나 혼자 할 수 있는 게 아닙니다."

"귀하의 동료들 역시 어디든 마음에 드는 장소를 골라서 그런 작업을 할 수 있을 겁니다."

"모두가 여기 도서관에 모여서 작업해야 합니다. 나는 늙은이라서 마음이 급합니다, 선생."

"시간을 앞당겨 쓸 수 있는 사람은 아무도 없겠지요. 이사회는 귀하가 동료들을 데리고 오는 걸 허락하지 않을 겁니다. 충분히 이해가 되셨습니까, 교수님?"

(그래, 충분히 이해했다고 셀던은 생각했지만 입을 열진 않았다.)

무메리가 계속 말했다.

"지금까지 나는 교수님을 쫓아낼 수 없었습니다. 하지만 교수님 동료가 오는 건 막을 수 있을 것 같습니다."

셀던은 아무런 효과도 없다는 사실을 깨달았다. 그래서 솔직히 말하기 시작했다.

"도서관원 무메리 씨, 나에 대한 선생의 반감은 개인적인 게 아님이 분명합니다. 내가 하려는 작업이 아주 중요하단 사실을 선생은 분명히 이해하고 있으니까요."

"심리역사학을 말씀하시는군요. 그래요, 교수님은 30년 넘게 그 일을 하셨지요. 그래서 어떤 소득이 있었나요?"

"바로 그게 핵심입니다. 언제 중요한 결과가 나올지 모르는 단계에 들어섰으니까요."

"그럼 스트릴링 대학에서 그런 결과가 나오도록 하세요. 은하도서관에서 그런 게 나와야 하는 이유는 없지 않나요?"

"도서관원 무메리 씨. 내 말을 잘 들으세요. 선생이 원하는 건 도서관 이용을 제한하는 겁니다. 선생은 오랜 전통을 깨뜨리길 바랍니다. 그렇게 하려는 이유가 도대체 뭡니까?"

"우리도 그걸 원하지 않습니다. 하지만 문제는 예산입니다. 도서관장 역시 우리의 고통을 얘기하면서 교수님 어깨에 얼굴을 파묻고 눈물을 흘렸을 겁니다. 예산이 삭감되고 월급이 줄어들고 시설 유지에 필요한 자금은 부족합니다. 그런 상황에서 우리가 무얼 어떻게 하겠습니까? 우리로선 대민 봉사를 줄이는 방법밖에 없습니다. 그래서 교수님 동료들한테 작업실과 장비를 지원할 수 없는 겁니다."

"이런 상황을 황제한테 건의한 적이 있나요?"

"지금 꿈을 꾸시고 계시는군요, 교수님. 교수님의 심리역사학이 지금 제국은 붕괴하고 있다고 한다던데, 그 말이 사실 아닌가요? 사람들이 교수님한테 까마귀 셀던이라고 말하는 소리를 들었습니다. 불행을 예고하는 전설적인 새를 빗대서 말입니다."

"지금 우리 사회가 나쁜 상황으로 접어드는 건 사실입니다."

"그런데 도서관은 그런 상황에서 예외라고 생각하십니까? 교수님, 나한테 도서관은 삶 자체입니다. 나 역시 도서관이 계속 열리길 바랍니다. 하지만 계속 줄어드는 예산을 충당할 방법을 찾기 전에는 우리로서도 어쩔 도리가 없습니다. 그런데 교수님은 지금 도서관을 개방하라는, 그래서 충분한 이익을 누리겠다는 마음으로 나를 찾아왔습니다. 그럴 순 없습니다, 교수님. 결코 그럴 순 없어요."

셀던이 절망적인 어투로 물었다.

"내가 예산을 만들어 내면 어떨까요?"

"설마. 어떻게요?"

"내가 황제를 만나면 어떨까요? 나는 예전에 총리로 재직했습니다. 만나서 내 말을 들어줄 겁니다."

"그래서 황제한테 예산을 타 내겠다고요?"

무메리가 말하며 웃었다.

"그렇게 된다면, 내가 예산을 늘린다면, 동료들을 데려와도 되겠소?"

"먼저 예산부터 끌어오세요. 그러고 나서 다시 얘기합시다. 하지만 성공하기 힘들 겁니다."

무메리가 말했다. 확신이 가득한 어투였다. 은하도서관 측에서 황제한테 얼마나 많이 얼마나 무익한 호소를 했기에 저런 말이 나오는지 셀던은 궁금했다.

자신의 호소 역시 행여나 아무런 소득도 없는 건 아닌지도.

11

아지스 14세 황제는 사실 그 이름을 물려받을 권리가 없었다. 황제에 오르면서 그 이름을 선택한 건 아지스 황조와 자신을 연결시키려는 의도가 분명했다. 아지스 황조는 제국을 2000년 동안 통치했을 뿐 아니라 거의 모든 황제가 뛰어난 능력을 발휘했는데 그중에서도 아지스 6세는 42년을 통치하면서 단호하지만 독재가 아닌 방식으로 제국을 번영시켰다. 아지스 14세는 아지스 황조 당시의 황제랑 많이 달랐다. 홀로그램에 남아 있는 다양한 기록이 사실이라면. 하지만 그런 기록 자체가 의심스러웠다. 아지스 14세가 공식적으로 배포한 홀로그램 자체도 실물이랑 너무나 달랐다.

해리 셀던은 순간적으로 가슴을 후비는 향수에 빠져들었다. 클레온 황제가 비록 여러 가지 결점과 약점이 있긴 하지만 그래도 진짜 황제다운 풍모가 있었다는 생각이 들었다.

하지만 아지스 14세에게는 그런 모습이 전혀 없었다. 셀던이 아지스 14세를 가까운 거리에서 본 건 이번이 처음인데 예전에 몇 차례 본 홀로그램이랑 터무니없게 달랐다. 황실의 홀로그램 촬영 기사가 맡은 역할을 제대로 수행한 증거라는 씁쓸한 생각이 늘었다.

아지스 14세는 키가 작고 얼굴은 못생겼으며 살짝 튀어나온 눈에는 지적인 느낌이라곤 없는 것 같았다. 그가 황제 자리에 오른 건 클레온의 친척이라는 자격 하나 때문이었다.

그럼에도 불구하고 다행스러운 건 아지스 14세가 전지전능한 황제 역할에 목매지 않으려고 애쓴다는 사실이었다. 자신을 '시민 황제'로 부르길 좋아한다는 소문이, 트랜터 거리로 나가서 자유롭게 거닐지 못하는 건 황궁의 전례와 황궁 경비대의 강력한 항의 때문이란 소문이 이해될 것 같았다. 일반 시민과 악수하고 불편 사항을 직접 듣기를 좋아한다는 소문도 사실인 것 같았다.

실제로 실현되긴 어렵겠지만 그나마 호감이 가는 부분이라고 셸던은 생각했다. 그리고 허리를 숙이며 인사했다.

"이렇게 만나 주셔서 정말 고맙습니다, 폐하."

아지스 14세는 외모와 전혀 어울리지 않는 아주 또렷하고 매력적인 목소리를 가지고 있었다.

"총리로 재직한 경력이 있으신 분이니 이런 특권은 누리셔야 하오. 하지만 나로선 선생을 만나는데 상당한 용기가 필요했다오."

장난기가 배어 있는 목소리에 셸던은 외모가 지적으로 생기지 않은 사람도 충분히 지적일 수 있다는 사실을 갑자기 깨달았다.

"용기라뇨, 폐하?"

"당연하지. 사람들이 선생을 까마귀 셸던이라고 부르니 말이오."

"저도 그 표현을 들었습니다, 폐하. 며칠 전에 처음으로."

"선생의 심리역사학이 제국의 몰락을 예견한다고 해서 그럴 거요."

"그런 가능성을 지적한 것뿐입니다, 폐하……"

"그래서 나쁜 소식을 전달하는 전설의 새에다 비유한 것이오. 하지만 나 역시 선생은 흉조가 확실하다고 생각한다오."

"그렇지 않습니다, 폐하."

"그러지 마시오. 기록에 선명하게 담겨 있소. 클레온의 옛날 총리 에토 데머즐은 선생의 연구에 깊은 인상을 받은 결과 어떻게 되었소? 그 자리에서 쫓겨나 망명길에 오르고 말았소. 클레온 황제 자신도 선생의 연구에 깊은 인상을 받더니, 결국엔 어떻게 되었소? 암살당하고 말았소. 군부 정권 역시 선생의 연구에 깊은 관심을 보인 결과 어떻게 되었소? 완전히 붕괴되었소. 소문에 의하면 심지어 조라눔주의자까지 선생의 연구에 깊은 관심을 보인 결과, 오호통재라, 그들도 무너지고 말았다고 하더군. 그런데 지금, 아, 까마귀 셸던 선생, 당신이 나를 보러 온 것이오. 그러니 내가 얼마나 두렵겠소?"

"나쁜 의도는 전혀 없습니다, 폐하."

"물론 그럴 거요. 앞에서 언급한 사람들과 달리 나는 선생의 연구에 전혀 관심이 없으니까. 그래, 나를 찾아온 용건을 말해보시오."

아지스 14세는 중간에 끼어들지 않고 열심히 들었으며 해리 셸던은 최악의 사태가 일어나더라도 인류의 지적 자산을 모두 보존할 백과사전을 준비하는 프로젝트 추진의 필요성을 설명했다.

마침내 아지스 14세는 설명을 다 듣고 이렇게 말했다.

"그래, 그래. 그러니까 선생은 제국이 몰락한다는 확신을 지니고 있는 게 확실하군."

"그렇게 될 가능성이 많습니다, 폐하. 그런 가능성을 염두에 두지 않는 건 옳지 않습니다. 물론 저도 가능하다면 그걸 막고 싶습니다. 하지만 그럴 수 없다면 그 충격을 조금이라도 줄이고 싶습니다."

"까마귀 셸던 선생, 그런 식으로 계속 말씀하신다면 나로선 제국은 결국 붕괴할 수밖에 없다는 생각을 하게 될 것이오."

"그렇지 않습니다, 폐하. 저는 작업해도 된다는 허락을 구하는 것뿐입니다."

"아, 그렇지. 하지만 선생이 나한테 무엇을 바라는지 모르겠소. 백과사전에 대한 이야기를 자세히 늘어놓은 이유가 무엇이오?"

"은하도서관에서 작업을 하고 싶기 때문입니다, 폐하. 정확히 말하면 그곳에서 동료들과 함께 작업하고 싶습니다."

"나는 그걸 반대할 생각이 없소."

"그걸로 부족합니다, 폐하. 폐하의 도움이 필요합니다."

"어떤 식으로 말이오, 전 총리?"

"예산입니다. 예산이 없으면 도서관이 문을 닫아야 하고 그러면 일반인은 물론 저도 그곳을 이용할 수 없게 될 겁니다."

"예산! 예산 때문에 나를 만나러 왔소?"

깜짝 놀란 어투가 가득한 목소리였다.

"그렇습니다, 폐하."

아지스 14세는 약간 흥분한 표정으로 벌떡 일어났다. 그래서 셀던도 즉시 일어났지만 아지스 14세가 손을 흔들며 만류했다.

"그냥 앉으시오. 나를 황제로 취급하지 마시오. 나는 황제가 아니오. 나는 이 자리를 원한 적이 없소. 사람들이 이렇게 만든 것뿐이오. 내가 황실 가족과 가장 가까운 친척이라서 사람들이 제국에 황제가 필요하다며 밀어붙였소. 내가 이 자리에 있는 게 모두한테 좋다고 하면서 말이오.

예산! 나한테 예산을 기대하다니! 선생은 제국이 붕괴된다고 말하오. 제국이 어떻게 붕괴된다는 것이오? 혹시 반란이라도 일으킬 생각이오? 아니면 내전? 여기저기에 혼란을 부추겨서?

아니, 예산 문제를 생각해 봅시다. 선생은 제국 절반이 그 어떤 세금도 납부하지 않는다는 사실을 알고 있소? 그들은 아직도 제국의 일부로 남아 있소. '제국 만세!' '황제에게 모든 영광을!' 하고 외치면서 말이오. 하지만 그들은 세금을 전혀 안 내고 나한테는 그걸 모으는 데 필요한 힘이 없소. 그런데 세금을 안 내고 걷을 수도 없다면 그들은 실제로 제국에서 떨어져 나간 게 아니겠소?

예산! 제국은 지금 모든 분야에서 만성적인 적자에 시달리고 있소. 나는 그걸 메울 방법이 없소. 선생은 황궁 영내를 제대로 유지할 예산이 충분하다고 생각하시오? 극히 일부에 불과하오. 그래서 일부 시설을 차단시켰소. 황궁이 무너지는 걸 구경만 하고 있소. 모든 비용을 줄여야 하기 때문이오. 일꾼을 죽도록 부려 먹어서 그 숫자를 줄여야 하오.

셀던 교수. 원하는 게 예산이라면 나는 아무것도 줄 수 없소. 내가 도서관에 필요한 예산을 어디에서 끌어 모으겠소? 그나마 매년 예산을 조금이라도 짜낼 수 있다는 사실에 그들 모두가 고맙게 여겨야 할 것이오."

아지스 14세는 마침내 연설을 마치면서 손바닥을 든 채 두 손을 들었다. 국고가 완전히 바닥났다는 표시 같았다.

해리 셀던은 깜짝 놀란 표정으로 이렇게 말했다.

"하지만 폐하, 예산이 없다 하더라도 폐하한테는 아직 황제의 지위가 있습니다. 제가 동료들과 함께 작업할 공간을 내주라는 명령을 도서관 측에다 내릴 순 있지 않겠습니까?"

화제가 바뀌자 아지스 14세는 이제 더 이상 흥분할 이유가 없다는 듯 다시 의자에 앉으며 말했다.

"그대는 은하도서관이 내부 문제를 스스로 판단해서 결정하는 오랜 전통을 누리고 있다는 사실을 알고 있소. 일종의 자치 정부처럼 말이오. 나와 이름이 같은……"

황제가 빙그레 웃으며 계속 말했다.

"아지스 6세도 도서관 측의 뉴스 기능을 통제하려고 했지만 결국 실패하고 말았소. 위대한 아지스 6세가 실패했는데 선생은 과연 내가 성공할 수 있을 거라고 생각하오?"

"저는 물리적인 힘을 사용하라는 부탁을 드린 게 아닙니다, 폐하. 정중한 희망 사항을 말씀드린 것뿐입니다. 오랜 전통과 원칙에 어긋나지 않는다면 도서관 측에서는 폐하의 희망 사항에 기꺼이 따를 가능성이 많습니다."

"셀던 교수, 그대는 도서관에 대해 아는 게 없구려. 내가 아무리 조심스럽고 정중하게 희망 사항을 전한다 해도 그들은 화가 나서 정반대 결정을 내릴 것이오. 그들은 정부가 관여하는 징후가 조금만 보여도 아주 민감하게 반응하오."

"그럼 어떻게 해야 합니까?"

"내가 한 가지 방법을 알려 드리리다. 좋은 생각이 떠올랐소. 나 역시 시민이니까 원한다면 은하도서관을 방문할 수 있소. 황궁 구역에 있으니 내가 그곳을 찾아가는 것 자체는 규칙을 어기는 게 아니오. 으음, 내가 선생이랑 함께 그곳에 가서 친하게 지내는 모습을 보여 주는 것이오. 나는 그들한테 아무것도 부탁하지 않지만 우리가 팔짱을 끼고 함께 다니는 모습을 본다면 이사진에서도 선생한테 우호적인 관심을 가질 것이오……. 하지만 그게 내가 해 줄 수 있는 전부요."

깊이 실망한 셀던은 과연 그 방법이 충분한 효과를 발휘할 수 있을까 의아했다.

12

라스 제노는 경이로움이 가득한 목소리로 이렇게 말했다.

"황제 폐하와 그렇게 친하신 줄 미처 몰랐습니다, 셀던 교수님."

"왜요? 그분은 아주 민주적인 황제이시며 내가 클레온 시절에 총리로 재직한 사실에 많은 관심을 가지고 계십니다."

"덕분에 우리 모두 깊은 인상을 받았습니다. 황제께서 우리 도서관에 나타나신 건 정말 오랜만이거든요. 일반적으로는 황제께서 필요하신 게 있다고 연락을 주시면 우리가 직접……"

"나도 알고 있어요. 황제께서 필요한 자료를 알려 주시면 도서관원이 직접 찾아가서 바치는 게 예의겠지요."

"한번은 황궁에 컴퓨터 시설을 완벽하게 갖추고 도서관 시스템에 연결해서 황제께서 도서관원을 기다릴 필요 없이 직접 자료를 볼 수 있도록 하자는 제안이 있었지요. 재원이 충분하던 시절이었습니다. 하지만 투표에서 거부되었지요."

"그래요?"

"네. 그렇게 되면 황제께서 도서관 시스템에 너무 깊이 개입하시게 될 테니 따라서 도서관의 독립성이 훼손될 우려가 있다는 쪽에 거의 모든 이사진이 표를 던졌지요."

"그렇다면 황제의 권위에도 허리를 숙이지 않는 그런 이사진이 내가 도서관에 계속 머무는 데 동의하겠습니까?"

"현재의 시스템에서는 가능합니다. 황제랑 친한 사람을 정중하게 대하지 않으면 예산을 증액할 가능성이 완전히 사라질 거라는 분위기가 있거든요. 물론 나 자신도 그렇게 주장할 거고요. 그래서……"

"언제나 예산이 문제로군요, 예산이 늘어날 가능성이 희박한 상태에서도."

"안타깝지만 그렇습니다."

"그럼 동료들을 데려와도 되겠습니까?"

셸던이 묻자 라스 제노가 당혹스러운 표정으로 대답했다.

"그렇진 않습니다. 황제가 함께 친하게 거닌 사람은 교수님이지 동료 분들이 아니니까요. 죄송합니다, 교수님."

셸던은 어깨를 으쓱하며 다시 깊은 고독감에 빠져들었다. 하기야 데려올 동료도 없었다. 완다랑 비슷한 사람을 찾을 수 있다는 희망을 한동안 품고 있었지만 그것 역시 불가능했다. 그런 사람을 찾으려면 상당한 자금이 필요할 터였다. 하지만 셸던 자신도 예산이 하나도 없었다.

13

은하제국의 수도 행성 도시 트랜터는 38년 전 해리 셸던이 고향 행성 헬리콘에서 초공간 우주선을 타고 첫발을 내디딘 이후로 엄청나게 변했다. 마음의 눈으로 바라본 당시의 트랜터가 눈부시게 화려한 건 늙은 노인네의 희미한 장밋빛 추억 때문인가, 아니면 혈기가 넘치는 젊은 시절에 대한 그리움 때문인가 하는 의심이 셸던의 뇌리에 언뜻 스칠 정도였다. 하기야 헬리콘 같은 외부 행성에서 이제 막 도착한 젊은이가 눈부신 고층 건물과 번쩍이는 돔, 낮이든 밤이든 트랜터 전역에 넘쳐 흐르는 것처럼 보이는 형형색색의 다양한 인파를 보고 놀라지 않을 수 있겠는가.

하지만 슬프게도 지금은 거리 전체가 황량했다. 환한 대낮에도 마찬가지였다. 배회하는 깡패 무리가 도시 곳곳을 장악한 채 서로 영역 다툼을 벌이고 있었다. 경찰력은 완전히 위축되었다. 아직 남아 있는 경찰도 중앙 관서에 불만을 접수하느라 바빴다. 물론 급한 연락이 오면 경찰력을 파견하긴 했지만 범죄 행위는 이미 끝난 다음에 도착하는 식이었다. 그들은 이제 트랜터 시민을 보호하는 흉내조차 내지 않았다. 거리에 나서는 시민은 스스로 위험을 감수해야 했으며 그 부담은 정말 대단했다. 그런데도 셀던이 그런 위험을 감수하며 매일 산책을 즐기는 모습은 마치 자신이 그렇게 사랑하는 제국과 함께 자신까지 파괴하는 세력을 비웃기라도 하는 것 같았다.

그날도 해리 셀던은 쩔뚝쩔뚝 걸으며 명상에 잠겼다.

제대로 되는 일이 하나도 없었다. 전혀 없었다. 완다의 특징을 규정하는 유전자 패턴을 찾는 건 불가능했다. 하지만 그게 없으면 완다랑 비슷한 사람을 찾을 수가 없었다.

완다가 유고 애머릴의 제1발광체 오류를 처음 지적한 지도 벌써 6년이 지났으며 그동안 사람의 마음을 읽는 능력은 놀랍게 발전했다. 완다는 다양한 방면에서 탁월했다. 자신에게 다른 사람과 다른 능력이 있다는 사실을 깨달은 이후 그 원리를 파악하고 그 능력을 활용하고 초점을 정확히 맞추기 위해 엄청나게 노력했다. 그래서 청소년기에 접어들고 성장하면서, 셀던이 너무나 좋아하던 어린애처럼 낄낄거리는 웃음소리가 사라졌지만 그와 동시에 자신의 독특한 능력으로 할아버지를 도와주려고 애쓰는 모습이 해리 셀던에게는 더욱 소중하게 다가오기도 했다. 해리 셀던은 제2파운데이션에 대한 계획을 설명했고 완다는 그 목표를 달성하기 위해 헌신적으로 노력하고 있었다.

하지만 오늘 셀던의 마음은 어두웠다. 완다의 초능력조차 제대로 활용할 수 없다는 생각까지 들 정도였다. 작업을 계속하는 데 필요한 자금 자체가, 완다 같은 사람을 찾을 자금 자체가, 스트릴링에서 심리역사학 프로젝트 연구원들에게 임금을 지급할 자금 자체가, 은하도서관에서 너무나 중요한 백과사전 프로젝트를 시작할 자금 자체가 없었기 때문이다.

이제 어떻게 해야 하는가?

해리 셀던은 은하도서관을 향해 계속 걸었다. 무중력자동차를 타는 게 좋을 것 같았지만 셀던은 절뚝거리든 말든 계속 걸었다. 생각할 시간이 필요했다.

"저기에 있다!"

어떤 소리가 들렸지만 셀던은 아무런 관심도 기울이지 않았다.

그 소리가 다시 들렸다.

"그자가 저기에 있다! 심리역사학!"

심리역사학, 이 단어가 해리 셀던으로 하여금 그쪽을 바라보게 만들었다.

일단의 젊은이들이 사방에서 다가오고 있었다.

셀던은 자동적으로 벽에 등을 기대면서 지팡이를 추켜올렸다.

"원하는 게 뭔가?"

젊은 건달들이 웃었다.

"돈, 늙은이. 혹시 돈 같은 거 있어?"

"있겠지. 하지만 하필이면 나한테 접근하는 이유가 뭐지? '심리역사학!'이라고 말하던데, 내가 누구인지 아는가?"

"물론이지, 까마귀 셀던."

제일 앞에 있는 젊은이가 말했다. 느긋하게 즐기는 표정이었다.

"당신은 기분이 나빠."

다른 건달이 소리쳤다.

"내가 돈을 안 주면 어떻게 할 생각인가?"

"당신을 흠뻑 때리고 나서 돈을 빼앗을 거야."

"그럼 돈을 준다면?"

"그래도 흠뻑 때려 줄 거야!"

건달들이 폭소를 터트렸다.

셀던은 지팡이를 더 높이 추켜들며 소리쳤다.

"저리 꺼져. 너희들 모두."

해리 셀던은 이제 그 숫자를 셀 수 있었다. 모두 여덟 명이었다.

살짝 숨이 막히는 걸 느꼈다. 예전에 도스와 레이치가 함께 있을 때 열 명에게 공격받은 적이 있는데 아무런 문제가 없었다. 당시만 하더라도 셀던은 서른두 살이었던 데다가 그녀, 도스도 있었다.

하지만 지금은 상황이 달랐다. 셀던은 지팡이를 흔들었다.

건달 우두머리가 말했다.

"얘들아, 저 늙은이가 우리를 공격하려고 하는데, 이제 어떻게 하면 좋을까?"

셀던은 주변을 재빨리 둘러보았다. 주변에 경찰관이 없었다. 사회가 붕괴되는 또 다른 징표였다. 가끔 한두 사람이 지나갔지만 도와 달라고 소리치는 건 아무런 소용이 없었다. 멀리 돌아서 급히 걸어가는 기색이 뚜렷했기 때문이다. 급히 달려와서 싸움에 휘말릴 위험을 감수할 사람은 아무도 없었다.

셀던이 말했다.

"제일 먼저 달려드는 놈은 머리를 박살내겠어."

"그래?"

그와 동시에 우두머리가 재빨리 앞으로 달려들며 셀던의 지팡이를 잡고 확 잡아채며 빼앗았다. 그리고 그걸 한쪽 옆으로 던졌다.

"이제 어쩔 거야, 늙은이?"

해리 셀던은 뒤로 움츠렸다. 이제 남은 건 맞는 일밖에 없었다. 건달들이 주먹이나 발길질을 날릴 태세로 포위망을 좁혀왔다. 셀던은 아직까지 체술을 그럭저럭 할 수 있었다. 한두 명 정도라면 실력을 발휘해서 상대의 공격을 피하며 반격할 수 있을 것 같았다. 하지만 여덟 명은…… 여덟 명은 아니었다.

어쨌든 셀던은 상대의 공격을 피하기 위해 한쪽으로 재빨리 피하려고 했다. 하지만 좌골 신경통이 있는 오른 다리가 겹질리고 말았다. 해리 셀던은 바닥에 쓰러졌다. 이제 어쩔 도리가 없었다.

바로 그 순간에 커다란 목소리가 울려 퍼졌다.

"거기서 뭐하는 거야? 물러나, 깡패자식들아! 당장 물러나지 않으면 모두 죽여 버리겠어!"

우두머리가 말했다.

"어이쿠, 새로운 늙은이가 나타나셨군."

"그렇게 늙진 않았어."

이제 막 나타난 자가 대답하더니, 손등으로 우두머리의 얼굴을 강타해서 빨갛게 물들였다.

해리 셀던이 깜짝 놀라며 소리쳤다.

"레이치, 너로구나."

레이치가 손을 거두며 대답했다.

"어서 피하세요, 아버지. 어서 일어나서 뒤로 물러나세요."

우두머리가 얼굴을 문지르며 소리쳤다

"가만두지 않겠어!"

"쉽지 않을 거야."

레이치가 말하며 다알에서 제조한 칼을 꺼내들었다. 반짝거리는 기다란 칼이었다. 그리고 두 번째 칼까지 꺼내서 두 손에 하나씩 들었다.

해리 셀던이 힘없이 말했다.

"아직까지 칼을 지니고 다니는 거니, 레이치?"

"당연하죠. 그 누구도 이걸 막을 순 없을 거예요."

"내가 막아 주지."

우두머리가 우주총을 꺼내들었다.

그 순간에 레이치의 칼 하나가 번쩍이며 날아서 우두머리의 목덜미에 꽂혔다. 우두머리가 헉 소리에 뒤이어 꾸르륵 소리를 내다가 쓰러지자 다른 일곱 명은 당황한 눈으로 쳐다보았다.

"내 칼을 회수해야 하겠군."

레이치가 다가가며 말하더니, 건달의 목에 꽂힌 칼을 꺼내서 상대의 겉옷에 피를 닦았다. 그러면서 상대의 손을 발로 밟은 채 허리를 숙여서 우주총을 집어 들었다.

레이치는 그 총을 널찍한 주머니에 집어넣고 이렇게 소리쳤다.

"나는 우주총을 사용하고 싶지 않아, 이 쓰레기 같은 놈들아, 가끔씩 빗나가거든. 하지만 칼은 빗나가는 법이 없어. 절대로! 이놈은 죽었어. 이제 일곱 명이 남았군. 그렇게 멀뚱멀뚱 서 있을 거야? 아니면 도망칠 건가?"

"공격해!"

건달 하나가 소리치자 일곱 명이 동시에 달려들었다.

레이치는 뒷걸음질을 쳤다. 칼이 차례대로 번쩍이더니 건달 두 명이 복부에 칼을 품은 채 꼼짝도 하지 않게 되었다.

"내 칼을 돌려줘."

레이치가 소리치며 복부를 가르는 동작으로 그으며 칼을 잡아 뺐다.

"두 명은 아직 살아 있어. 하지만 오래가지 못할 거야. 이제 서 있는 놈은 너희 다섯만 남았군. 다시 공격할 거야 아니면 그만 떠날 거야?"

그들이 등을 돌리자 레이치가 소리쳤다.

"죽은 놈이랑 죽어 가는 놈까지 데려가. 나는 필요가 없으니까."

젊은이들은 몸뚱이 세 개를 급히 어깨에 걸치고 꽁지가 빠지도록 달려갔다.

레이치가 허리를 숙여서 셀던의 지팡이를 집어 들며 물었다.

"걸을 수 있으세요, 아버지?"

"힘들 것 같아. 다리를 겹질렸거든."

"으음, 그렇다면 제 차에 올라타세요. 그런데 혼자 이렇게 걸어 다니시면 어떻게 해요?"

"왜? 지금까지는 아무렇지 않았잖아."

"그래서 무슨 일이 일어날 때까지 기다리신 거예요? 차에 타세요. 제가 스트릴링까지 태워다 드릴 테니까요."

레이치는 지상차에 프로그램을 입력시키고 나서 이렇게 말했다.

"어머니가 안 계셔서 정말 안타까워요. 어머니라면 맨손으로 공격해서 순식간에 여덟 명 모두를 죽였을 거예요."

셀던은 눈꺼풀로 눈물이 스며 나오는 것을 느꼈다.

"나도 알아, 레이치, 나도 알아. 내가 너희 엄마를 단 하루도 그리워하지 않는 날이 있을 것 같니?"

"죄송해요."

레이치가 나지막한 목소리로 대답했다.

셀던이 물었다.

"그런데 내가 이렇게 된 걸 어떻게 알았니?"

"완다가 알려 줬어요. 나쁜 사람들이 할아버지를 기다리고 있다면서 장소를 알려 줘서 재빨리 달려왔어요."

"완다가 하는 말을 의심하진 않았니?"

"아니요. 이제 우리도 완다의 능력을 충분히 아니까요, 완다가 아버지의 마음과 아버지가 하는 모든 일에 밀접하게 연결되어 있다는 사실을요."

"나를 기다리는 사람이 몇 명인지도 알려 주던?"

"아니요. '아주 많다'는 말만 했어요."

"그래서 혼자 달려온 거니, 레이치?"

"사람을 불러 모을 시간이 없었어요, 아버지. 게다가 저 하나면 충분하잖아요."

"그래, 맞아. 고맙구나, 레이치."

14

두 사람은 이제 스트릴링으로 돌아왔다. 셀던은 겹질린 다리를 방석에 대고 쭉 뻗었다.

레이치가 진지한 표정으로 아버지를 쳐다보며 말했다.

"아버지. 앞으로는 혼자서 트랜터를 걸어 다니지 마세요."

해리 셀던이 눈살을 찡그리며 물었다.

"왜, 이번 사건 하나 때문에?"

"이번 한 번으로 충분해요. 아버지는 이제 스스로를 챙기실 수 없어요. 이제 일흔 살이시고 오른 다리는 비상사태를 견딜 수 없어요. 그리고 아버지한테는 적이……"

"적이라니?"

"그래요, 적. 아버지도 잘 아시잖아요. 그 시궁창 생쥐 같은 놈들은 그냥 나타난 게 아니에요. 아무나 기다렸다가 돈을 뜯어내려고 한 게 아니라고요. '심리역사학!'이라고 소리쳤다는 건 아버지를 알고 있다는 뜻이에요. 게다가 아버지한테 '기분이 나쁘다'는 말까지 했어요. 그게 무슨 뜻인지 아시겠어요?"

"모르겠구나."

"그건 아버지가 우물 안에서 혼자 사시기 때문에 지금 트랜터에서 무슨 일이 일어나는지 잘 모르신다는 뜻이에요. 사회 전체가 급하게 곤두박질치고 있다는 사실을 트랜터 주민이 모를 거라고 생각하세요? 아버지의 심리역사학이 그걸 오래전부터 예고했다는 사실을 그들이 모를 거라고 생각하세요? 그들이 그 사실을 알린 사람한테 모든 책임을 물을 수도 있다는 생각이 안 드세요? 상황이 나빠지면, 안 그래도 실제로 나빠지고 있는데 아버지가 책임져야 한다고 생각하는 사람은 더욱 많아질 거예요."

"믿을 수가 없구나."

"은하도서관 사람들 일부가 아버지가 안 오길 바라는 이유가 뭐라고 생각하세요? 아버지가 폭도한테 공격당할 때에 어떤 식으로도 개입하고 싶지 않기 때문이에요. 그러니까…… 조심하셔야 했어요. 앞으로는 혼자 나가지 마세요. 제가 함께 다니거나 보디가드를 구해야 하겠어요. 앞으로는 어쩔 도리가 없어요. 아버지."

셀던이 너무나도 불행한 표정을 떠올리자, 레이치가 부드러운 목소리로 이렇게 말했다.

"하지만 오래가진 않을 거예요, 아버지. 제가 새 직장을 구했거든요."

셀던이 고개를 들며 물었다.

"새 직장? 어떤 직장?"

"가르치는 거예요. 대학에서."

"어떤 대학?"

"산태니."

해리 셀던이 입술을 덜덜 떨었다.

"산태니! 그곳은 트랜터에서 9000파섹 거리야. 은하계 건너편에 있는 변방 행성이라고."

"맞아요. 그래서 그곳으로 가려는 거예요. 아버지, 저는 평생을 트랜터에서 살아서 이제 이곳이 지겨워요. 다른 어떤 행성도 트랜터처럼 급격하게 몰락하지 않아요. 이곳은 우리를 지킬 시스템이 하나도 없는 범죄 소굴이 되었어요. 경제는 몰락하고 기술은 퇴보하고 있어요. 반면에 산태니는 여전히 번창하는 훌륭한 행성이고 저는 그곳에서 새로운 인생을 건설하고 싶어요, 마넬라랑 완다랑 벨리스랑. 앞으로 두 달만 있으면 우리 모두 떠나는 거예요."

"너희 모두!"

"그리고 아버지도요. 우리랑 함께. 아버지 혼자 트랜터에 남겨 둘 순 없어요. 아버지도 우리랑 산태니에 가는 거예요."

해리 셀던은 머리를 가로저었다.

"그럴 순 없어, 레이치. 그 이유는 너도 잘 알잖아."

"왜요?"

"그 이유는 너도 잘 알아. 프로젝트. 내 심리역사학. 내가 평생을 바친 과제를 포기하라는 거니?"

"안 될 것도 없지 않나요? 심리역사학이 아버지를 포기했잖아요."

"미쳤구나."

"아니에요, 그렇지 않아요. 아버지가 심리역사학으로 하실 수 있는 게 뭐죠? 이제 자금도 없어요. 그 무엇도 할 수 없다고요. 아버지를 도와줄 사람은 트랜터에 단 한 명도 없어요."

"지난 40년 동안……"

"그래도 저도 그건 인정해요. 하지만 결과는 실패예요, 아버지. 실패 자체가 범죄는 아니에요. 아버지는 열심히 노력하셨고 그래서 이만큼 발전시켰지만 지금 경제가 무너지고 있어요. 제국이 무너지고 있어요. 아버지가 오래전부터 예견하신 상황이 지금 아버지를 가로막고 있어요. 그래서……"

"아니야. 여기에서 멈출 순 없어. 어떤 식으로는 계속 나아갈 거야."

"제가 좋은 방법을 알려 드릴게요, 아버지. 계속 그 일을 하실 거라면 심리역사학을 가져가는 거예요. 산태니에서 다시 시작하는 거예요. 그곳에는 아빠를 지원할 자금, 그리고 열정이 있을 거예요."

"그럼 지금까지 나를 믿고 따라온 수많은 사람들은?"

"아, 맙소사, 아버지. 그 사람들도 임금이 안 나오니까 아버지를 떠나고 있어요. 여기에 남아 있어도 아버지는 결국 혼자가 되실 거예요……. 아, 제발, 아버지. 저도 좋아서 아버지한테 이런 식으로 말씀드리는 것 같으세요? 아버지가 지금 어려움을 겪는 이유는 이런 말을 하길 원하거나 이런 말을 할 용기를 가진 사람이 지금까지 한 명도 없었기 때문이에요. 이제 서로 솔직해지자고요. 아버지가 트랜터 거리를 걷다가 해리 셀던이라는 이유 하나 때문에 공격을 당한 지금이 진실을 있는 그대로 봐야 할 때라고 생각하지 않으세요?"

"진실 같은 건 상관없어. 나는 트랜터를 떠날 생각이 전혀 없으니까."

레이치가 머리를 가로저었다.

"저도 아버지가 고집을 부릴 거라고 생각했어요. 하지만 앞으로 두 달이란 시간이 있으니까 천천히 생각해 보세요, 아셨죠?"

15

해리 셀던은 정말 오랫동안 웃어 본 적이 없었다. 항상 그랬던 방식으로 프로젝트를 운영하며 심리역사학을 끊임없이 연구하고 파운데이션에 대한 계획을 세우고 제1발광체를 연구했다.

하지만 웃지는 않았다. 온 힘을 다해서 작업에 열중할 뿐이었다. 하지만 성공이 임박했다는 느낌은 없었다. 오히려 모든 게 실패할 것 같다는 느낌만 몰려들었다.

그런데 지금 스트릴링 대학 연구실에 앉아 있는데 완다가 들어왔다. 셀던은 고개를 들어서 쳐다보았다. 심장이 울렁거렸다. 완다는 항상 특별한 존재였다. 완다가 견해를 밝힐 때마다 셀던 자신이나 동료들이 뜨거운 열정을 느낀 적이 수없이 많았다. 항상 그런 것 같다는 생각까지 들었다. 완다는 아주 어린 나이에 '레모네이드 죽음'이라는 신비스러운 말로 셀던의 목숨을 구했으며 이후 어떤 식으로든 많은 내용을 깨우쳐 주었다.

미안 엔델레키 박사는 완다의 게놈이 모든 점에서 정상이라는 연구 결과를 내놓았지만 손녀딸이 일반인보다 훨씬 뛰어난 정신 능력을 지니고 있다는 해리 셀던의 확신은 아직도 그대로였다. 은하계든 트랜터든 완다와 비슷한 사람이 분명히 있을 거라는 확신도 마찬가지였다. 그런 사람만 찾을 수 있다면 그 능력으로 파운데이션을 만드는 데 엄청난 기여를 할 터였다. 그런 거대한 청사진을 실현시킬 가능성 전체를 아름다운 손녀딸이 쥐고 있었다. 해리 셀던은 연구실 문가에 서 있는 완다를 쳐다보았다. 심장이 터질 것 같은 느낌이었다. 앞으로 며칠이 지나면 완다가 멀리 떠날 터였다.

자신이 그 말을 어떻게 들을 수 있겠는가? 완다는 열여덟 살의 아름다운 여인으로 성장한 상태였다. 기다란 금발 머리칼, 약간 널찍하지만 미소가 떠나지 않는 얼굴. 지금도 완다는 그런 미소를 머금고 있었다. 새로운 삶을 찾아 산태니로 떠나게 되었으니 웃음이 절로 나오는 건 너무나 당연하단 생각이 들었다.

해리 셀던이 말했다.

"그래, 완다, 이제 며칠밖에 안 남았구나."

"아니에요. 제 생각은 달라요, 할아버지."

해리 셀던이 완다를 물끄러미 쳐다보며 물었다.

"왜?"

완다가 다가와서 할아버지를 두 팔로 껴안으며 말했다.

"저는 산태니에 가지 않아요."

"너희 아빠와 엄마가 마음을 바꾸기라도 한 거니?"

"아니에요, 두 분은 떠나세요."

"그런데 너는 거기에 안 가? 왜? 다른 데 가니?"

"저는 여기에 남을 거예요, 할아버지. 할아버지랑."

완다가 해리 셀던을 껴안으며 덧붙였다.

"불쌍하신 할아버지!"

"하지만 이해가 안 되는구나. 왜? 두 사람이 허락할까?"

"엄마 아빠 말씀이군요. 그렇진 않아요. 이 문제 때문에 몇 주일 동안

다퉜으니까요. 하지만 결국에는 내가 이겼어요. 당연하지 않아요, 할아버지? 산태니에 가셔도 두 분한테는 서로가 있잖아요……. 게다가 어린 벨리스도 있고. 하지만 내가 떠나면 여기에는 할아버지 혼자만 남잖아요. 그걸 내가 견딜 수 있겠어요?"

"하지만 두 사람의 동의를 어떻게 받았니?"

"저어, 할아버지도 아시다시피…… 제가 밀어붙였어요."

"그게 무슨 뜻이니?"

"제 마음요. 저는 할아버지나 두 분의 마음을 읽을 수 있어요. 시간이 지날수록 더 선명하게 읽을 수 있어요. 그래서 제가 원하는 대로 따르도록 부모님을 밀어붙였어요."

"그런 능력은 어떻게 생겨났니?"

"저도 몰라요. 하지만 그렇게 계속 밀어붙이니까 부모님이 힘들어서 제 뜻에 기꺼이 따르기로 했어요. 그래서 할아버지 곁에 남기로 했어요."

셀던은 사랑이 가득 담긴 눈으로 완다를 쳐다보았다.

"정말 놀랍구나, 완다. 하지만 벨리스는……."

"벨리스는 걱정하지 마세요. 저랑 똑같은 능력이 없으니까요."

"확실하니?"

셀던이 물으며 아랫입술을 깨물었다.

"아주 확실해요. 게다가 엄마랑 아빠한테도 누군가 있어야 하잖아요."

셀던은 덩실덩실 춤이라도 추고 싶었지만 노골적으로 그런 티를 낼 순 없었다. 레이치와 마넬라 때문이었다. 두 사람이 얼마나 아쉬워할까?

해리 셀던이 다시 물었다.

"완다, 부모님은 어떠시니? 부모님한테 정말 그렇게 냉정할 수 있니?"

"저는 냉정하게 굴지 않았어요. 두 분도 이해하세요. 제가 할아버지랑 지내야 한다는 사실을 깨달으셨어요."

"그건 또 어떻게 한 거니?"

해리 셀던이 묻자 완다는 이번에도 간단하게 대답했다.

"제가 밀어붙여서 결국 두 분도 나와 똑같은 생각을 하게 되었어요."

"그런 것도 할 수 있니?"

"쉽진 않았어요."

"네가 그렇게 한 이유는······."

셀던이 입을 닫자, 완다가 대신 말했다.

"물론 할아버지를 사랑하기 때문이에요. 그리고 또 다른 이유는······"

"또 다른 이유?"

"저는 심리역사학을 배워야 해요. 벌써 아주 많은 내용을 파악했어요."

"어떻게?"

"할아버지 마음을 통해서. 프로젝트에서 일하는 다른 사람들 마음을 통해서, 돌아가시기 전의 유고 아저씨에게서 특히 많이. 하지만 아직은 모든 게 단편적이에요. 그걸 체계적으로 배우고 싶어요. 할아버지, 저에게도 제1발광체가 하나 있으면 좋겠어요."

완다의 얼굴이 밝게 빛나고 목소리에는 열정이 가득했다.

"심리역사학의 모든 걸 상세히 배우고 싶어요. 할아버지는 아주 연로하시고 많이 지치셨어요. 저는 젊고 기운이 넘쳐요. 최대한 많은 내용을 배워서 할아버지 뒤를 이어······"

완다가 말끝을 흐리자 셀던이 말했다.

"그래, 정말 멋있을 거야. (네가 그럴 수만 있다면.) 하지만 이제 자금이 없어. 내가 아는 건 모두 가르쳐 주겠지만……, 우리는 아무것도 할 수 없단다."

"두고 보세요, 할아버지. 두고 보세요."

16

레이치, 마넬라, 그리고 어린 벨리스가 우주 공항에서 기다리고 있었다. 초공간 우주선이 이륙 준비를 하는 중이고 세 사람은 이미 화물을 부친 상태였다.

레이치가 말했다.

"아버지, 우리랑 함께 가요."

해리 셀던이 머리를 가로저었다.

"그럴 수 없어."

"마음이 바뀌시면 연락하세요, 우리가 항상 기다릴 테니까."

"그래, 레이치. 우리는 거의 40년이란 세월을 함께 지냈어. 그동안 정말 즐거웠단다. 너를 만난 게 도스랑 나한테는 정말 행운이었어."

"제가 행운이었지요. 저 역시 어머니를 매일 그리워하지 않는다고 생각지 마세요."

레이치의 두 눈에 눈물이 글썽했다.

"그래."

셀던은 씁쓸한 마음으로 시선을 돌렸다. 완다가 벨리스랑 놀고 있을 때에 모든 승객은 초공간 우주선에 탑승하라는 방송이 나왔다.

레이치와 마넬라는 완다랑 눈물겨운 마지막 포옹을 나누고 그곳으로 걸어갔다. 레이치가 뒤돌아보고 셀던한테 손을 흔들면서 굳은 얼굴로 미소를 떠올렸다.

셀던도 손을 흔들면서 한 손으로 자신도 모르게 완다의 어깨를 감쌌다.

이제 완다 하나만 남았다. 오랜 세월을 사는 동안 그리운 사람이 한 명씩 떠나갔다. 데머즐도 떠나서 결코 돌아오지 않았다. 클레온 황제도 떠났다. 사랑하는 도스도 떠났다. 충실한 친구 유고 애머릴도 떠났다. 그리고 이번에는 하나밖에 없는 아들 레이치가 떠났다.

남은 사람은 완다 하나였다.

17

셀던이 말했다.

"바깥이 정말 아름답구나……. 황홀한 초저녁이야. 돔 아래서 살고 있다는 사실을 감안하면 매일 초저녁이 이렇게 아름다워야 할 것 같은데 말이야."

완다가 무관심한 어투로 대답했다.

"그러다 보면 그것도 지겨울 거예요, 할아버지. 날씨가 항상 아름다우면. 밤마다 조금씩 다른 게 우리한테 좋아요."

"그건 네가 젊어서 그러는 거야, 완다. 너는 앞으로 살날이 많지만 나는 아니야. 예쁜 풍경을 더 많이 보고 싶어."

"아니에요, 할아버지는 늙지 않았어요. 두 다리는 잘 움직이고 정신은 예전처럼 예리해요. 저는 알아요."

"그래, 그래. 계속하렴. 나를 기쁘게 해 주렴."

셀던이 말하더니, 뭔가 불편한 분위기로 덧붙였다.

"산책을 나가고 싶구나. 이 조그만 아파트에서 나가 도서관까지 걸어가며 이 아름다운 초저녁을 즐기고 싶어."

"도서관에 볼일이 있으세요?"

"지금 당장은 없어. 산책을 하고 싶은 것뿐이야. 하지만……"

"하지만 뭐요?"

"보디가드 없이는 절대 혼자 밖으로 나가지 않겠다고 네 아빠와 약속했단다."

"아빠는 여기에 안 계시잖아요."

"나도 알아. 하지만 약속은 약속이야."

셀던이 중얼거렸다.

"어떤 보디가드여야 한다는 약속은 안 하셨죠, 그죠? 그럼 산책을 나가요, 제가 보디가드를 해 드릴 테니까."

"네가?"

셀던이 빙그레 웃었다.

"네, 제가요. 서비스를 해 드리죠. 어서 준비하시고 저랑 산책을 나가는 거예요."

셀던은 기분이 좋았다. 최근에는 다리가 아프지 않았기 때문에 지팡이 없이도 될 것 같았다. 하지만 끝부분에다 납을 채운 지팡이를 새로 준비한 상태였다. 예전 지팡이보다 무겁고 강했다. 보디가드가 완다 한 명이라면 새 지팡이를 가지고 나가는 게 좋을 것 같았다.

산책은 즐거웠고 셀던은 그런 유혹에 넘어간 게 너무나 기뻤다……. 어느 지점에 도달할 때까지는.

셀던이 분노와 체념이 뒤섞인 표정으로 지팡이를 추켜들며 한탄했다.

"저걸 보렴!"

완다가 그쪽을 쳐다보았다. 초저녁에 항상 그런 것처럼 돔이 반짝거리며 석양빛 같은 분위기를 내비쳤다. 물론 밤이 깊어지면서 점차 어두워질 터였다.

하지만 해리 셀던이 가리킨 건 돔을 따라 기다랗게 자리한 어둠이었다. 불빛 일부가 나간 것이다.

"내가 트랜터에 처음 올 때만 해도 저런 건 생각조차 할 수 없었단다. 하루 종일 불빛을 돌보는 사람이 있었지. 도시 전체가 제대로 돌아갔어. 하지만 지금은 여기저기가 고장 나고 있는데 문제는 아무도 신경을 안 쓴다는 사실이야. 황궁에 청원하지 않는 이유가 무얼까? 화를 내며 따지지 않는 이유가 무얼까? 트랜터 사람들도 도시 전체가 망가질 거라고 예상하는 것 같아. 그리고 그 화풀이를 나한테 하는 거야, 이런 일이 일어날 거란 사실을 사전에 예측했다는 이유 하나 때문에."

완다가 조그맣게 속삭였다.

"할아버지, 우리 뒤에 남자 두 명이 있어요."

두 사람이 돔에 불빛이 꺼진 어둠을 이용해서 다가온 게 분명했다. 그래서 해리 셀던이 물었다.

"그냥 지나가는 사람이니?"

하지만 완다는 그쪽을 쳐다보지도 않았다. 그럴 필요가 없었다.

"아니에요. 우리를 쫓아오는 거예요."

"그들을 막을 수 있니…… 마음을 밀어붙여서?"

"노력하고 있지만 두 명이나 되는 데다가 결심이 단호해요. 마치…… 마치 벽을 밀어붙이는 것 같아요."

"거리가 얼마나 되니?"

"약 3미터."

"계속 가까워지니?"

"네, 할아버지."

"바로 뒤 1미터까지 다가오면 나한테 말하렴."

해리 셀던은 손을 밑으로 내려서 지팡이를 단단히 붙잡아 납이 들어간 부분을 자유롭게 휘두를 준비를 갖췄다.

"지금이에요, 할아버지!"

완다가 날카롭게 속삭였다.

그와 동시에 셀던이 몸을 돌리며 지팡이를 휘둘렀다. 지팡이가 어깨를 강타하자, 바로 뒤에 있던 사내 한 명이 비명을 내지르며 바닥에 쓰러져서 꿈틀거렸다.

"또 한 명은 어디에 있니?"

"도망쳤어요."

셀던은 바닥에 쓰러진 사내를 내려다보며 발로 가슴을 누른 채 말했다.

"이자의 주머니를 뒤져 보렴, 완다. 누군가가 돈을 준 게 분명해. 이자의 신분을 알고 싶어. 어디 출신인지 알 수 있을 거야."

그러더니 깊이 생각하며 덧붙였다.

"머리를 때릴 생각이었어."

"그러다가 사람이 죽을 수도 있어요, 할아버지."

셀던이 고개를 끄덕였다.

"원래는 그럴 생각이었어. 창피하구나. 헛맞아서 정말 다행이야."

"도대체 무슨 일입니까?"

갑자기 거친 목소리와 함께 제복을 입은 경찰관 한 명이 숨을 헐떡이며 달려왔다.

"당신, 그 지팡이를 압수하겠소."

"경찰관."

셸던이 온순한 어투로 입을 열자, 경찰관이 만류하며 말했다.

"자세한 이야기는 나중에 하시오. 응급차부터 불러서 이 불쌍한 사내를 치료해야 하겠소."

셸던이 화를 냈다.

"불쌍한 사내라니. 이자가 나를 공격하려고 했단 말이오. 나는 정당방위였소."

"내 눈으로 똑똑히 보았소. 이자는 당신 몸에 손가락조차 대지 않았소. 당신이 아무런 경고도 없이 갑자기 돌아서며 강타했소. 그건 정당방위가 아니오. 그건 폭행이오."

"경찰관, 내가 자세한 사정을 말해 보리다……."

"아무 말도 하지 마시오. 법정에서 말하면 되니까."

완다가 달콤한 목소리로 조그맣게 말했다.

"경찰관 아저씨, 우리말을 들어 보시면……"

경찰관이 그 말도 끊었다.

"젊은 아가씨는 집으로 가도록."

완다가 꼿꼿이 서며 반박했다.

"그럴 순 없어요, 아저씨. 할아버지가 가는 곳이라면 저도 따라가요."

완다가 눈빛을 번뜩이자 경찰관이 중얼거렸다.

"으음, 그렇다면 함께 갑시다."

18

해리 셀던은 분노가 치밀었다.

"나는 지금까지 사는 동안 경찰서까지 끌려온 적이 한 번도 없소. 약 두 달 전에 사내 여덟 명이 나를 공격했소. 다행히 아들이 달려와서 그들을 물리쳤지만 그런 일이 벌어지는 동안 경찰관이 나타나기나 했소? 사람들이 다가와서 나를 도와주었소? 그렇지 않았소. 그래서 이번에는 미리 준비했다가 상대가 공격하기 직전에 때려눕히는 편이 좋다고 생각했소. 현장에 경찰관이 있었냐고요? 그렇소. 그래서 나를 체포했소. 물론 지켜보는 사람도 있었는데, 그들은 늙은이가 폭행당하는 걸 재미있게 구경할 생각만 했소. 도대체 이런 세상이 어디에 있단 말이오?"

셀던의 변호사 시브 노브커가 한숨을 쉬며 차분하게 말했다.

"망조가 들어서 그래요. 하지만 걱정하지 마세요. 아무 일도 없을 거예요. 일단은 보석으로 나오시고 나중에 배심원들 앞에서 재판을 받는 거예요. 그럼 판사한테 따끔한 말 몇 마디만 듣는 거로 끝날 가능성이 많아요. 확실해요. 교수님 연배랑 평판에 견주어 볼 때……"

하지만 셀던은 여전히 화가 가득한 어투로 말했다.

"평판 같은 건 잊어버리시오. 나는 심리역사학자인데, 지금은 그걸 좋은 의미로 받아들이는 사람이 없소. 내가 감옥에 갇히길 바라는 사람이 많을 거요."

시브 노브커가 반박했다.

"아니에요, 그렇지 않아요. 물론 교수님 편을 안 드는 괴팍한 사람도 있겠지만 그런 사람은 배심원에 선임이 안 되도록 내가 손을 쓸게요."

완다가 물었다.

"우리 할아버지가 정말 재판까지 받아야 하는 거예요? 할아버지는 젊은 나이가 아니에요. 배심원 재판에 시달리기보단 치안판사 앞에 출두할 순 없나요?"

변호사가 완다를 쳐다보며 대답했다.

"그럴 순 있어. 정신이 없는 사람이라면. 치안판사는 성급하게 권력을 휘두르는 사람들이야. 진술을 듣자마자 1년형을 판결하고 말 거야. 치안판사 앞으로 출두하길 바라는 사람은 아무도 없어."

"우리는 그렇게 하고 싶어요."

완다가 말하자, 셸던이 끼어들었다.

"그만하렴, 완다, 내 생각에는 우리가 시브 노브커 씨 의견에 따르는 편이……."

바로 그 순간에 배 속에서 강하게 휘몰아치는 기운이 일어났다. 완다가 '밀어붙이기'를 하는 게 분명했다. 그래서 셸던은 이렇게 말했다.

"그래…… 네가 그러길 바란다면."

변호사가 반박했다.

"그럴 순 없어요. 내가 허락하지 않을 거예요."

완다가 다시 끼어들었다.

"우리 할아버지는 선생님 고객이에요. 고객이 마음을 정하면 선생님은 그렇게 따라야 해요."

"내가 변호를 거절할 순 있어."

"그렇다면 그렇게 하세요. 우리가 직접 치안판사한테 말할 테니까요."

완다가 날카롭게 말하자, 시브 노브커가 잠시 생각하다가 대답했다.

"그럼 좋아, 그렇게 고집을 부린다면. 나는 교수님을 오랫동안 대변했어. 이제 와서 모른 척하진 않을 거야. 하지만 다시 경고하는데, 교수님이 징역형을 받을 가능성이 많아. 그걸 막으려면 내가 미친 듯이 노력해야 할 거야……. 그럴 수 있을지 모르겠지만."
"저는 두렵지 않아요."
완다가 그렇게 대답하자 셀던은 입술을 깨물었다. 변호사가 셀던을 쳐다보며 물었다.
"교수님은 어떠세요? 손녀딸이 하자는 대로 하실 거예요?"
셀던은 잠시 생각하더니, 늙은 변호사를 깜짝 놀라게 하며 대답했다.
"그렇소. 그렇게 하겠소."

19

치안판사는 해리 셀던이 설명하는 동안 찌무룩한 눈으로 쳐다보더니, 이렇게 물었다.
"당신이 폭행한 상대가 당신을 공격할 의도로 다가온다고 생각한 이유가 뭡니까? 상대가 당신을 때렸습니까? 뭐라고 협박했습니까? 상대가 어떤 식으로든 당신을 두렵게 만들었습니까?"
"우리 손녀딸이 그자가 나를 공격할 생각으로 다가온다는 걸 알려주었습니다."
"그런 건 충분한 이유가 될 수 없습니다, 선생. 내가 판결을 내리기 전에 특별히 하실 말씀이라도 있나요?"
판사가 묻자 셀던이 화난 어조로 말했다.
"으음, 잠시만요. 급하게 판결하지 마세요. 나는 몇 주 전에 여덟 명한테 공격을 받았는데 아들이 달려와서 물리친 적이 있습니다. 따라서 나로선 다시 공격을 받을 거라고 생각할 개연성이 충분합니다."

치안판사가 서류를 이리저리 넘기며 중얼거렸다.

"여덟 명한테 공격을 받았다. 그 사실을 신고했나요?"

"주변에 경찰관이 없었습니다. 단 한 명도."

"내가 질문한 건 그게 아닙니다. 신고를 했나요?"

"아닙니다, 판사님."

"왜요?"

"우선, 나는 지루한 법 절차에 끌려들고 싶지 않았습니다. 우리가 여덟 명을 무사히 물리쳤기 때문에 더 이상 시끄러운 일에 말려들 이유가 없을 것 같았습니다."

"여덟 명을 어떻게 물리쳤습니까……, 선생과 아들 단둘이서?"

셀던이 잠시 망설이다가 대답했다.

"어차피 지금 우리 아들은 트랜터 법률이 적용되지 않는 산태니에 있으니까 솔직하게 말씀드리겠습니다. 우리 아들은 다알 구역에서 만든 칼을 두 자루 가지고 다니는데 칼솜씨가 뛰어납니다. 그래서 한 명을 죽이고 두 명한테 중상을 입혔습니다. 나머지는 죽은 자와 부상당한 자를 데리고 급히 도망쳤습니다."

"그런데도 한 사람이 죽고 두 사람이 다친 걸 신고하지 않았다는 겁니까?"

"그렇습니다, 판사님. 앞에서 말한 것과 똑같은 이유 때문입니다. 그리고 우리는 정당방위였습니다. 판사님이 당시에 죽고 부상당한 사람을 찾아낸다면 우리가 먼저 공격당했다는 증거도 찾을 수 있을 겁니다."

"트랜터에서 죽고 부상당한 사람을 찾아낸다, 얼굴도 모르고 이름도 모르는 상태로? 트랜터에서 칼로 살해되는 사람이 매일 2000명이나 된다는 사실을 알고 계십니까? 그런 사건을 우리한테 즉시 보고하지 않는 한 우리도 어쩔 도리가 없습니다. 당신이 전에 공격을 당한 적이 있다는 진술은 인정할 수 없습니다. 우리는 현장을 목격한 경찰관의 보고서와 진술에 근거해서 이번 사건을 판단할 수밖에 없습니다.

따라서 이제부터 당시 상황을 살펴보도록 합시다. 남자 둘이 당신을 공격할 거라고 생각한 이유가 무엇입니까? 우연히 그곳을 지나치게 되었기 때문입니까? 당신이 나이가 많고 힘이 없는 것 같았기 때문입니까? 당신이 상당한 액수의 돈을 지니고 있는 것처럼 보였기 때문입니까? 당신 생각은 어떻습니까?"

"내 생각에, 판사님, 그건 바로 내 신분 때문입니다."

치안판사가 서류를 다시 뒤지며 말했다.

"이름은 해리 셸던, 대학교수이자 학자. 이런 신분 때문에 공격을 받을 이유가 무언가요?"

"내 견해 때문입니다."

"견해라…… 으음……."

치안판사가 형식적으로 서류 몇 장을 넘기더니 갑자기 동작을 멈추며 고개를 들고 해리 셸던을 쳐다보았다. 이제 비로소 알겠다는 표정이 얼굴에 가득했다.

"심리역사학을 만든 바로 그 사람입니까?"

"그렇습니다, 판사님."

"죄송합니다. 심리역사학에 대한 거라곤 선생님이 제국이 멸망할 거라고 주장한다는 사실과 선생님 이름밖에 모릅니다."

"괜찮습니다, 판사님. 하지만 그런 주장이 사실로 드러나면서 내 견해를 나쁘게 받아들이는 사람이 많아졌습니다. 그래서 나는 나를 공격하려는 사람이, 심지어 돈을 받고 나를 공격하려는 사람까지 있다고 믿고 있습니다."

치안판사가 해리 셀던을 물끄러미 쳐다보더니 경찰관한테 물었다.

"부상당한 사람의 신원을 확인했습니까? 전과가 있던가요?"

경찰관이 헛기침을 하며 대답했다.

"네, 판사님. 일곱 번 체포된 경력이 있습니다. 폭력, 강도."

"아, 상습범이로군요, 그렇죠? 그렇다면 교수님도 전과가 있나요?"

"없습니다, 판사님."

"그렇다면 노인께서 상습범을 물리친 게 맞군요……. 그런데도 당신은 죄 없는 노인을 체포했군요. 맞습니까?"

경찰관이 침묵한 가운데 치안판사가 다시 말했다.

"그만 가셔도 좋습니다, 교수님."

"고맙습니다, 판사님. 지팡이를 가져가도 되겠습니까?"

치안판사가 경찰관한테 손가락을 튕기자 경찰관이 지팡이를 넘겨주었다.

"하지만 한 가지가 남았습니다, 교수님. 그 지팡이를 다시 사용하시려면 정당방위라는 사실을 완벽하게 입증하실 수 있어야 할 겁니다. 그렇지 않으면……."

치안판사가 마지막으로 말했다.

"알겠습니다, 판사님."

셀던이 대답하고 치안판사실에서 나왔다. 무거운 몸을 지팡이에 실었지만 머리는 똑바로 추켜세웠다.

20

완다는 엉엉 울고 있었다. 얼굴에 눈물이 흥건하고 두 눈은 빨갛고 두 뺨은 부어올랐다.

셀던은 어떻게 달래야 할지 몰라 그 곁을 맴돌며 등만 두드려주었다.

"할아버지, 저는 정말 실패자예요. 사람들을 밀어붙일 수 있다고 생각했어요. 밀어붙이는 걸 크게 신경 쓰지 않는 사람한테는 실제로 그렇게 할 수 있었어요, 엄마랑 아빠처럼. 당시에는 아주 느긋했어요. 그래서 일종의 점수까지 만들어 놓기도 했어요. 1점부터 10점까지, 밀어붙이는 강도를 나타내는 점수요. 하지만 내가 너무 교만했어요. 저는 제가 10점이라고, 최소한 9점은 될 거라고 생각했어요. 하지만 7점도 안 된다는 사실을 깨달았어요."

완다는 눈물을 멈추고 셀던이 손을 쓰다듬는 가운데 훌쩍거리며 말했다.

"평상시에는…… 평상시에는…… 괜찮았어요. 정신을 집중하면 사람들 생각을 들을 수 있고 필요하면 상대를 밀어붙였어요. 하지만 그 강도들! 그들 생각을 듣는 건 괜찮았지만 그 마음까지 밀어붙일 순 없었어요."

"나는 네가 아주 잘했다고 생각해, 완다."

"아니에요. 제가 환…… 환상을 가지고 있었어요. 강도들이 할아버지 뒤에서 다가온다 하더라도 제가 전력을 다해서 밀어붙이면 물리칠 수 있을 거라고 생각했어요. 그래서 할아버지를 지킬 수 있다고 생각했어요. 그래서 할아버지 보디…… 보디가드가 되겠다고 제안했어요. 하지만 아니었어요. 정작 강도 두 명이 다가올 때에 저는 아무것도 할 수 없었어요!"

"아니야, 잘했어. 너는 첫 번째 강도가 망설이도록 만들었어. 그래서 내가 돌아서며 지팡이로 후려칠 수 있었던 거야."

"아니에요, 아니에요. 그건 제 덕이 아니에요. 제가 할 수 있었던 건 그자가 바로 뒤에 있다고 알려 준 게 전부예요. 나머지는 할아버지가 한 거예요."

"두 번째 강도는 도망쳤잖아."

"그건 할아버지가 한 명을 때려눕혔기 때문이에요. 제가 한 건 아무것도 없어요."

완다가 좌절감에 빠져들며 다시 눈물을 터트렸다.

"그리고 그 치안판사. 제가 치안판사한테 가자고 고집을 부렸잖아요. 판사를 밀어붙일 수 있을 거라고, 그러면 치안판사가 할아버지를 즉시 풀어 줄 거라고 생각했어요."

"그래서 이렇게 풀려나왔잖니, 그것도 즉시."

"아니에요. 치안판사는 할아버지를 끔찍하게 심문했어요. 할아버지가 누군지를 파악한 다음에 비로소 깨달은 거예요. 그건 저랑 아무런 상관도 없어요. 제가 너무 교만했어요. 그래서 할아버지를 커다란 곤경에 빠뜨릴 뻔했어요."

"아니야, 할아버지는 그 말을 인정할 수 없단다, 완다. 네가 바란 것만큼 밀어붙이기가 멋들어지게 작용하지 않았다면 그건 너무 급박한 상황에서 그렇게 했기 때문이야. 그런 상황은 네 탓이 아니야. 하지만 완다, 나한테 좋은 생각이 하나 났단다."

해리 셀던의 목소리에 담긴 활기를 느끼고 완다가 쳐다보며 물었다.

"어떤 생각요, 할아버지?"

"으음, 이렇게 하는 거야, 완다. 내가 자금을 구해야 한다는 사실은 너도 잘 알고 있을 거야. 자금이 없으면 심리역사학을 계속 연구할 수가 없는데, 나는 이렇게 오랫동안 열심히 노력한 작업이 결국 수포로 돌아갈 수밖에 없다는 사실을 견딜 수가 없어."

"그건 저도 마찬가지예요. 하지만 어떻게 해야 자금을 구할 수 있을까요?"

"으음, 내가 황제한테 다시 알현을 청하는 거야. 벌써 한 번 만나 보았는데 아주 좋은 사람이야. 마음에 들어. 하지만 황제 역시 자금이 충분하지 않아. 하지만 이번에는 너도 함께 가는 거야. 그래서 '부드럽게' 밀어 붙인다면 황제가 어떤 식으로든 자금원을 찾아서 내가 다른 좋은 방법을 떠올릴 때까지 한동안 작업을 계속하도록 도와줄 수도 있어."

"그 방법이 정말 통할 거라고 생각하세요, 할아버지?"

"네가 없으면 안 되겠지. 하지만 네가 있으니까…… 어쩌면. 어쨌든 시도할 가치는 있지 않니?"

완다가 빙그레 웃었다.

"뭐든 할아버지가 하자는 대로 할 거예요. 그게 유일한 희망이라면 더더욱."

21

황제를 만나는 건 어렵지 않았다. 아지스 14세는 해리 셸던을 반갑게 맞이하며 이렇게 말했다.

"어서 오시오, 친구. 이번에도 나쁜 소식을 가지고 왔소?"

"아니기를 바랍니다, 폐하."

해리 셸던이 대답했다.

아지스 14세는 걸치고 있던 화려한 망토가 귀찮다는 표정으로 벗어서 귀퉁이에 던지며 말했다.

"나에게 거짓말을 하는구려."

그리고 해리 셸던을 쳐다보고 머리를 가로저으며 덧붙였다.

"나는 저 망토가 정말 싫소. 저건 죄악처럼 무겁고 지옥의 불길처럼 뜨겁다오. 항상 저걸 걸치고 조각상처럼 똑바로 서서 아무런 의미도 없는 말을 열심히 들어야 한다오. 정말 끔찍한 일이오. 클레온은 황제로 태어났을 뿐 아니라 겉모습도 그럴싸했소. 하지만 나는 그렇게 태어나지도 않았고 그런 외모도 없소. 외가 쪽 사촌이 클레온이고 그래서 나한테 황제가 될 자격이 있다는 자체가 비극일 뿐이오. 누가 돈을 조금만 준다면 이 자리를 기꺼이 팔아넘기고 싶소. 혹시 황제가 되고 싶은 생각은 없소, 해리 셸던?"

"아닙니다, 아닙니다. 그럴 생각은 조금도 없으니까 꿈조차 꾸지 마십시오."

셸던이 대답하며 웃었다.

"그런데 오늘 선생이 함께 데려온 놀랍도록 아름다운 저 아가씨는 누구요?"

완다가 얼굴을 붉히자 황제는 다정하게 말을 이었다.

"그대는 나를 당혹스럽게 만들지 마시오, 아가씨. 황제가 지니고 있는 얼마 안 되는 특권 가운데 하나는 어떤 말이나 할 수 있다는 것이오. 그 누구도 반발하거나 반박할 수 없소. 내가 무슨 말을 하든 '네, 폐하.'라고 대답해야 하오. 하지만 그대한테 '폐하'라는 말을 듣고 싶진 않소. 나는 그 표현 자체를 싫어하오. 나를 '아지스'라고 부르시오. 물론 이것도 원래 이름이 아니오. 황제가 되면서 선택한 이름인데 이제 많이 익숙해졌소. 그래…… 어떻게 지내셨소, 셸던. 지난번에 만난 이후 어떤 일이 있었소?"

해리 셸던이 짧게 대답했다.

"두 번 공격을 받았습니다."

황제는 그 말이 농담인지 진담인지 구분할 수 없다는 표정으로 물었다.

"두 번? 정말로?"

황제가 어두운 표정을 떠올리는 가운데 해리 셸던은 당시 상황에 대해 설명했다.

"여덟 명이 저를 협박할 당시에는 주변에 경찰관이 없었던 것 같아요."

"단 한 명도."

황제가 의자에서 일어나면서 두 사람한테 그냥 앉아 있으라는 신호를 보냈다. 그리고 이리저리 걷는 모습이 분노를 다스리려고 애쓰는 것 같았다. 그러더니 몸을 돌려서 해리 셸던을 똑바로 쳐다보며 말했다.

"지난 수천 년 동안 그런 일이 일어날 때마다 사람들은 이렇게 말했지요. '황제한테 청원합시다.' 혹은 '황제가 아무런 조치도 취하지 않는 이유가 뭡니까?' 그러다 보면 결국엔 황제가 일정한 조치를 취하지요, 물론 항상 옳은 결정은 아니었겠지만. 그러나 나는…… 셸던, 나는 힘이 하나도 없소. 말 그대로요.

아, 그래, 소위 공공 안전 위원회라는 게 있긴 하지만 그들은 공공 안전보다 내 안전에 더 많은 관심을 기울이는 것 같소. 우리가 이렇게 만나고 있다는 자체가 신기할 정도요. 위원회 사람들은 그대를 좋아하지 않으니 말이오.

어쨌든 내가 할 수 있는 건 하나도 없소. 군부 정권이 무너지고 황권이 복구된 이후 어떻게 변한 줄 아시오? 하! 황제의 지위가?"

"안다고 생각합니다."

"아니, 모를 것이오…… 완벽하게는. 이제 우리는 민주주의가 되었소. 그대는 민주주의가 뭔지 아시오?"

"물론이죠."

아지스 14세가 눈살을 찡그렸다. 그리고 말했다.

"물론 그대는 그게 좋은 거라고 생각할 것이오."

"좋은 게 될 수 있다고 생각합니다."

"으음, 그럴 수도 있겠지. 하지만 그렇지 않소. 민주주의는 제국을 완벽하게 뒤집어 놓고 있소.

내가 경찰관에게 트랜터 거리를 자주 순찰하라는 명령을 내리고 싶다고 가정해 봅시다. 예전에는 황궁 장관한테 서류를 준비하라고 지시해서 멋들어지게 서명만 하면 거리에 경찰관을 더 많이 파견할 수 있었소.

하지만 지금은 그렇게 할 수가 없소. 먼저 의회에 요청해야 하오. 그런데 그런 요청을 하는 즉시 게거품을 물며 덤벼들 의원이 무려 7500명이나 있소. 그럴 자금이 어디에 있느냐는 반박부터 나오겠지. 경찰관 1만 명을 증원하려면 1만 구좌의 월급이 나가야 한다고 주장하면서 말이오. 어쨌든 우여곡절 끝에 그 문제가 해결된다면 이번에는 신임 경찰관 선발은 누가 담당하느냐, 그들을 누가 지휘하느냐 하는 문제로 떠들썩할 것이오.

의원들 서로가 고함을 지르고 다투면서 천둥 번개가 몰아치다가 결국에는…… 아무것도 이루어지지 않소. 셀던, 나는 그대가 보았다는 고장 난 돔 불빛을 고치는 사소한 일조차 할 수가 없소. 비용이 얼마나 들어갈까? 누가 그 일을 맡을까? 그렇소, 결국엔 고장 난 불빛을 고치겠지, 앞으로 삼사 개월이 지난 다음에. 바로 그게 민주주의요."

"제가 기억하기에, 클레온 황제 역시 당신이 바라는 사업을 할 수 없다는 불평을 입에 달고 살았습니다."

아지스 14세가 조급한 어투로 반박했다.

"클레온 황제에게는 훌륭한 총리가 두 명이나 있었소. 데머즐과 그대. 그리고 그대들은 클레온이 멍청한 짓을 못하게 하려고 노력했소. 나는 7500명이나 되는 총리가 있는 셈인데 모두가 처음부터 끝까지 멍청하오. 셀던, 그런데 그 공격에 대한 불평이나 하려고 나를 찾아온 건 아닐 텐데?"

"네, 그렇습니다. 그보다 심각한 일 때문입니다. 폐하…… 아니, 아지스. 저한테 자금이 필요합니다."

황제가 셀던을 물끄러미 쳐다보았다.

"나한테 구구절절한 설명까지 듣고 나서도 말이오, 셀던? 나는 돈이 없소…… 아, 그래, 이 시설을 운영할 자금은 물론 있지만 그 돈을 쓰려면 7500명이나 되는 의원에게 다시 부탁저나 하오. 그대는 내가 그들에게 가서 '내 친구 해리 셀던을 위해 돈을 쓰고 싶소.'라고 말할 수 있다고 생각한다면, 그래서 내가 제시한 금액의 4분의 1이라도 앞으로 2년 안에 받아낼 수 있다고 생각한다면, 그대는 정신이 나간 것이오. 그런 일은 일어날 수 없소."

아지스 14세가 어깨를 으쓱하더니, 훨씬 다정한 목소리로 말했다.

"나를 오해하지 마시오, 셀던. 나 역시 그대를 최대한 도와주고 싶소. 그대의 손녀딸을 봐서라도 도와주고 싶소. 그대의 손녀딸을 보고 있으면 그대가 원하는 자금을 모두 지원해야 한다는 느낌이 드니 말이오……. 하지만 그건 불가능하오."

"아지스, 자금 지원이 없으면 심리역사학은 수포로 돌아갈 겁니다……. 거의 40년 동안 연구한 결과가……"

"거의 40년이나 연구해도 아무런 결과가 나오지 않은 건데 걱정할 이유가 무엇이오?"

"아지스, 이제 내가 할 수 있는 건 하나도 없습니다. 나를 공격한 이유는 내가 심리역사학자라는 사실 하나 때문입니다. 사람들은 나를 파멸의 예언자라고 생각합니다."

황제가 고개를 끄덕였다.

"그대는 불행을 예고하오, 까마귀 셀던. 전에 내가 말했잖소."

셀던이 비참한 표정으로 일어나며 말했다.

"그럼 가 보겠습니다."

완도 일어나서 바로 옆에 섰다. 머리끝이 할아버지 어깨에 닿았다. 하지만 두 눈은 황제만 응시하고 있었다.

셀던이 돌아서서 나가려고 할 때에 황제가 말했다.

"잠깐, 잠깐. 예전에 암송하던 시가 있소.

'죄악은 사방에 창궐하며
희생자를 찾아다니니
재물이 가득한 곳에는
사람이 썩어 가리라.'"

"무슨 뜻인가요?"

해리 셀던이 힘없이 물었다.

"제국은 끊임없이 붕괴하며 몰락하지만 그걸 틈타서 돈 버는 사람도 있다는 뜻이오. 돈 많은 기업가한테 시선을 돌려 보지 그러시오? 그들에게는 의원이 없으니 마음만 먹으면 자금 지원 서류에 당장 서명할 수 있을 것이오."

셀던이 물끄러미 쳐다보다가 대답했다.

"그렇게 해 보겠습니다."

22

해리 셀던이 상대편과 악수하며 말했다.

"빈드리스 선생. 선생을 만날 수 있어서 다행입니다. 이렇게 시간을 내주시다니 정말 친절하시군요."

테렙 빈드리스가 흥겹게 대답했다.

"당연하지 않나요? 나는 교수님을 잘 알고 있습니다. 아니, 교수님에 대해서 잘 안다는 말이 정확하겠군요."

"다행입니다. 그렇다면 심리역사학에 대해서도 들으셨나요?"

"아, 그럼요. 지적인 사람 가운데 그걸 모르는 사람이 어디에 있겠습니까? 물론 내가 그 내용까지 알고 있다는 뜻은 아닙니다. 그런데 함께 오신 이 젊은 여성분은 누구신가요?"

"손녀딸입니다, 완다라고 하죠."

셀던이 대답하자, 빈드리스가 환하게 웃으며 말했다.

"아주 아름다운 분이군요. 황홀한 느낌이 들 정도입니다."

완다가 대답했다.

"괜히 과장하시네요, 선생님."

"아니, 사실입니다. 자, 자리에 앉으셔서 무슨 일로 찾아오셨는지 말씀해 보시지요."

두 사람은 빈드리스가 팔을 느긋하게 휘저으며 가리킨 자리에 앉았다. 빈드리스가 앉은 책상 앞에 있는 아름다운 조각품 같은 화려한 의자였다. 조각을 새겨 넣은 화려한 책상과 그들이 들어선 다음에 스르륵 닫힌 인상적인 문짝 그리고 새까맣게 반짝이는 널찍한 사무실 바닥과 마찬가지로 의자 역시 최상품이었다. 주변의 모든 게 인상적이고 당당한 풍모를 자랑했지만 빈드리스 자신은 아니었다. 첫눈에 약간 천박해 보이는 모습이 트랜터 최고의 부자 가운데 하나같지 않았다.

"우리가 여기에 온 건 황제께서 추천하셨기 때문입니다."

"황제께서?"

"네, 황제께서는 직접 우리를 도울 수 없지만 선생 같은 분이라면 도울 수 있을 거라고 생각하셨습니다. 문제는 물론 자금입니다."

빈드리스의 얼굴이 축 늘어졌다.

"자금요? 무슨 뜻인가요?"

"으음, 지난 40년 동안 심리역사학은 정부의 지원을 받았습니다. 하지만 시대가 변했고 제국은 더 이상 예전의 모습이 아닙니다."

"네, 나도 알고 있습니다."

"황제께는 우리를 지원할 자금이 없습니다. 설사 있다 해도 자금 사용에 대한 의회의 결의를 받아 낼 수가 없습니다. 그래서 황제께서는 자금도 충분할 뿐더러 지원 서류에 손쉽게 서명할 수 있는 선생 같은 사업가를 만나 보라고 추천하셨습니다."

오랜 침묵이 흐르더니 마침내 빈드리스가 입을 열었다.

"황제께서는 사업이라는 걸 모르는 것 같군요. 그래 얼마나 필요하십니까?"

"빈드리스 선생, 우리는 거대한 프로젝트를 시작할 예정입니다. 수백만 크레디트가 필요할 겁니다."

"수백만 크레디트!"

"네, 선생."

빈드리스가 눈살을 찡그리며 말했다.

"그 돈을 빌려 달라는 겁니까? 그럼 언제 갚을 수 있는지요?"

"으음, 빈드리스 선생, 솔직히 말해서 그걸 돌려 드릴 가능성은 없습니다. 내가 바라는 건 무상 기부입니다."

"설사 그런 돈을 드리고 싶다 해도, 솔직히 말해서 뭔지 모를 이유 때문에 그렇게 하고 싶은 마음은 강하지만 그럴 수 없습니다. 황제께 의회가 있다면 나에겐 이사회가 있습니다. 이사회의 승인 없이 그만한 돈을 기부할 순 없는데, 그들이 그걸 승인할 가능성 역시 없습니다."

"왜요? 선생의 회사는 굉장히 부자입니다. 수백만 정도는 선생에겐 아무것도 아닐 겁니다."

"듣기 좋은 말이군요. 하지만 안타깝게도 우리 회사는 지금 내리막 상태입니다. 아주 심각한 상태는 아니지만 충분히 걱정스러운 상태입니다. 제국이 망가지면 그 속에서 벌어지는 다양한 사업도 망가질 수밖에 없겠지요. 우리는 수백만을 기부할 상황이 아닙니다. 정말 미안합니다."

셀던은 말없이 앉아 있었다. 빈드리스는 기분이 나쁜 것 같았다. 마침내 빈드리스는 다시 악수를 하면서 이렇게 말했다.

"셀던 교수님, 교수님을 정말로 도와드리고 싶습니다, 교수님이 데려온 저 젊은 아가씨를 위해서 특히. 하지만 그럴 수가 없네요. 하지만 트랜터에 우리 회사만 있는 건 아닙니다. 다른 회사를 알아보시죠, 교수님. 좋은 결과가 나올 수도 있으니까요."

"으음, 그렇게 하리다."

셀던은 그렇게 대답하고 의자에서 힘겹게 일어났다.

23

완다의 두 눈에 눈물이 가득했다. 하지만 그건 슬픔이 아니라 분노였다.

"할아버지, 이해할 수가 없어요. 정말 이해가 안 돼요. 벌써 회사를 네 군데나 찾아다녔는데, 무례하고 비열한 정도가 매번 늘어나기만 해요. 마지막 회사는 우리를 그냥 내쫓았어요. 다음부터는 아예 우리를 들여보내지도 않을 거예요."

셀던이 다정한 어투로 설명했다.

"그건 당연한 거야, 완다. 빈드리스를 처음 만났을 때 그는 우리가 찾아온 이유를 몰라서 아주 친절하게 대한 거야. 하지만 내가 수백만 크레디트를 기부하라고 부탁하는 순간 친절한 마음이 싹 가신 거지. 우리가 찾아다닌다는 소문이 돌아서 매번 친절한 정도가 줄어들었으니, 이제는 우리를 만나려는 사람조차 없을 거야. 그럴 이유가 뭐겠니? 어차피 우리한테 필요한 자금을 지원하지 않을 터인데, 쓸데없이 시간만 낭비할 이유가 없지 않겠니?"

완다의 분노가 자신한테 향했다.

"그런데 저는 도대체 뭘 한 거죠? 거기에 가만히 앉아 있기만 하고."

"그렇진 않아. 빈드리스는 너한테 영향을 받았어. 그 사람은 실제로 나한테 기부하고 싶은 마음이 있는 것 같았는데, 그건 바로 너 때문이야. 네가 밀어붙인 성과는 분명히 있었어."

"하지만 결과가 똑같잖아요. 게다가 그 사람이 관심을 보인 건 내가 예쁘다는 것밖에 없었어요."

"예쁜 게 아니야, 아름답지. 너는 정말 아름다워."

셀던이 중얼거리자, 완다가 물었다.

"그럼 이제 어떻게 하나요, 할아버지? 그렇게 오랫동안 노력한 심리역사학이 무너질 거예요."

"그럴 수도 있겠지만 나도 어쩔 수 없구나. 나는 거의 40년 동안 제국의 붕괴를 예고했는데, 마침내 그렇게 되니까 심리역사학도 함께 무너지고 있어."

"하지만 심리역사학이 제국을 구할 거예요, 최소한 일부는."

"그렇겠지. 하지만 저절로 그렇게 되는 건 아니야."

"그럼 심리역사학을 그냥 포기하시겠다는 거예요?"

해리 셀던이 고개를 가로저었다.

"물론 그렇게 되는 걸 막으려고 애쓰겠지만 그 방법을 모르겠다는 사실은 인정하지 않을 수 없구나."

"제가 연습할 거예요. 밀어붙이기를 강화시켜서 원하는 대로 상대가 움직이도록 만들 방법이 분명히 있을 거예요."

"그렇게 될 수 있다면 좋겠구나."

"할아버지는 무얼 하실 거예요?"

"으음, 별로 없어. 이틀 전에 도서관장을 만나러 갔다가 도서관에서 젊은 사내 세 명이 심리역사학에 대해 논쟁하는 소리를 들었어. 왠지 모르지만 그 가운데 한 명에게서 깊은 인상을 받았단다. 그래서 한 번

나를 찾아오라 말했고, 그 사내도 그렇겠다고 대답했어. 오늘 오후에 연구실에서 만날 거야."

"그 사람도 할아버지 밑에서 일하게 되나요?"

"그러면 좋겠어……. 월급을 충분히 지불할 돈이 없다는 게 문제지. 하지만 만나서 제안하는 자체는 괜찮겠지. 그런다고 손해볼 건 없지 않겠어?"

24

젊은 사내는 트랜터 표준시간으로 정확히 오후 4시에 찾아왔고 해리 셀던은 빙그레 웃었다. 그는 시간이 정확한 사람을 좋아했다. 그래서 책상에 두 손을 올려놓고 억지로 일어날 준비를 했지만 젊은 사내가 만류하며 말했다.

"괜찮습니다, 교수님, 다리가 안 좋다는 사실을 알고 있습니다. 일어나실 필요가 없습니다."

"고맙네, 젊은이. 하지만 그렇다고 해서 자네가 서 있어야 하는 건 아니야. 어서 앉도록."

젊은이는 상의를 벗고 의자에 앉았다.

"용서하게…… 우리가 처음 만나 약속을 잡으면서도 자네한테 이름조차 묻지 못했네……. 이름이……"

"스테틴 팔버입니다."

"아, 팔버! 팔버! 익숙한 이름이군."

"그러실 겁니다, 교수님. 저희 할아버지께서 툭하면 교수님을 안다고 자랑했으니까요."

"자네 할아버지. 그래. 조라미스 팔버. 내 기억에 나보다 두 살이 어렸어. 내가 그 사람을 심리역사학에 끌어들이려고 했지만 거절하더군. 거기에 필요한 수학을 다시 배울 가능성 자체가 없다면서. 정말 안타까워! 그래, 조라미스는 어떤가?"

팔버가 엄숙하게 대답했다.

"안타깝게도 할아버지는 노인 분들이 가시는 길을 떠나셨습니다. 돌아가셨지요."

셀던은 움찔했다. 자신보다 두 살이나 어린데…… 죽었다. 죽은 사실조차 모를 정도로 오랫동안 연락이 끊긴 친구.

셀던은 한동안 가만히 앉아 있다가 마침내 중얼거렸다.

"안됐군."

젊은이가 어깨를 으쓱했다.

"하지만 행복하게 사셨습니다."

"그럼 자네는, 젊은이, 어떤 학교를 다녔나?"

"랑가노 대학입니다."

해리 셀던이 눈살을 찡그렸다.

"랑가노? 내가 틀릴 수도 있지만 그건 트랜터에 있는 대학이 아니지 않은가?"

"그렇습니다. 다른 행성에서 살아 보고 싶었습니다. 트랜터에 있는 대학은 교수님도 잘 아시겠지만 사람이 너무 많아요. 조용한 곳에서 공부하고 싶었습니다."

"그래서 무슨 공부를 했나?"

"많이 한 건 아니지만, 역사입니다. 좋은 직장에 취직할 수 있는 전공은 아니지요."

(이번에는 해리 셀던이 처음보다 심하게 눈살을 찡그렸다. 도스 베나빌리도 역사를 전공했다.)

해리 셀던이 물었다.

"그렇다면 트랜터에 다시 돌아온 이유는 무언가?"

"돈 때문이죠. 일자리도요."

"역사학자로서?"

팔버가 웃었다.

"기회가 없었습니다. 저는 물건을 끌고 들어 올리는 장치를 운전합니다. 전문적인 지식이 필요한 직업은 아니지요."

해리 셀던은 살짝 부러운 눈으로 팔버를 쳐다보았다. 얇은 셔츠를 걸친 팔버의 두 팔과 가슴에 또렷한 윤곽이 어렸다. 근육이 정말 좋았다. 셀던은 그런 근육을 가져 본 적이 한 번도 없었다.

해리 셀던이 말했다.

"대학을 다닐 때에 혹시 권투를 하지 않았나?"

"누가요, 저요? 전혀. 저는 체술을 익혔습니다."

"체술! 그럼 헬리콘 출신인가?"

셀던이 너무나 반가운 마음에 불쑥 묻자, 팔버가 모욕을 받은 어투로 대답했다.

"헬리콘 출신만 체술을 하는 건 아니지요."

그건 맞지만 체술은 헬리콘 출신이 최고라고 셀던은 생각했다.

하지만 입 밖으로 말하진 않았다.

그래서 이렇게 물었다.

"으음, 자네 할아버지는 나랑 함께 일하지 않았네만, 자네는 어떤가?"

"심리역사학요?"

"처음 봤을 때 자네가 친구들한테 하는 말을 들었는데 심리역사학에 대해 아주 많은 걸 아는 것 같더군. 어때, 나랑 함께 일하고 싶은가?"
"아까 말씀드렸듯이, 교수님, 저는 직업이 있습니다."
"물건을 끌고 들어 올리는 거 말인가? 여보게."
"전 돈벌이가 좋습니다."
"돈이 전부는 아니야."
"하지만 아주 중요하지요. 반면에 교수님은 저한테 충분한 돈을 주실 수 없잖아요. 자금이 많이 부족할 테니까요."
"그렇게 말하는 이유가 뭔가?"
"그냥 추측이에요. 그런 것 같아서…… 제 추측이 틀렸나요?"
해리 셀던은 입술을 꽉 깨물다가 입을 열었다.
"아니, 자네 말이 맞아. 나는 충분한 돈을 지불할 수 없어. 미안하군. 우리 만남을 이걸로 끝내야 할 것 같아."
팔버가 두 손을 들어 올리며 성급하게 말했다.
"잠깐, 잠깐, 잠깐. 너무 서두르지 마세요. 우린 심리역사학 얘기를 하는 중이었잖아요. 만일 제가 함께 일한다면 심리역사학을 가르쳐 주실 건가요?"
"물론이지."
"그렇다면 돈이 전부는 아니니까 그렇게 하겠습니다. 교수님은 저한테 심리역사학에 대한 모든 걸 가르쳐 주시면서 힘이 닿는 만큼 임금을 주시고 저는 그걸 받아들이는 겁니다. 어떠세요?"
해리 셀던이 기뻐하며 소리쳤다.
"훌륭해. 정말 좋아. 그런데, 한 가지 더."
"네?"

"그래. 나는 최근 몇 주 사이에 두 번이나 공격을 받았네. 처음에는 아들이 달려와서 지켜주었지만 지금 그 애는 산태니에 가고 없네. 두 번째는 납을 가득 채운 지팡이를 휘둘렀지. 그래서 성공했지만 치안판사한테 끌려가서 폭행 혐의로 재판을 받고……"

"공격을 당한 이유가 뭔가요?"

팔버가 끼어들었다.

"인기가 없어서 그래. 나는 오래전부터 제국이 붕괴한다는 설교를 했는데, 정말 그렇게 되니까 모두가 내 탓을 하는 거야."

"그렇군요. 그렇다면 아까 한 가지 더라고 말씀하신 건 어떤 건가요?"

"자네가 내 보디가드를 해 주길 바라네. 자네는 젊고 강해, 게다가 체술까지 할 줄 알고. 내가 필요한 보디가드로 제격이야."

"그렇다면 그렇게 하지요."

팔버가 빙그레 웃으며 대답했다.

25

"저길 보게, 팔버."

해리 셸던이 초저녁에 스테틴 팔버와 함께 스트릴링 근처 주택가를 산책하다가 말했다. 노인이 가리킨 건 도로변에 쭉 늘어선 쓰레기였다. 길을 달리던 지상차에서 내던지거나 길을 걷던 부주의한 보행자가 버린 게 분명했다.

셸던이 계속 말했다.

"예전에는 저런 쓰레기가 없었지. 경찰이 순찰을 돌고 시청에서 공공 지역을 24시간 관리했으니까. 하지만 무엇보다 중요한 건 저런 식으로 쓰레기를 버릴 생각 자체를 아무도 안 했다는 거야. 트랜터는 우리가 사는 세계야. 우리는 트랜터를 자랑스럽게 여겼지. 하지만 지금은…….."

셀던이 체념한 표정으로 머리를 슬프게 가로저으며 한숨을 쉬었다. 그러다가 갑자기 소리쳤다.

"이봐, 젊은이!"

셀던이 조금 전에 반대편 방향으로 지나간 차림새가 지저분한 소년을 불렀다. 사탕을 입에 넣고 우적우적 씹으며 그 껍질을 아무 생각 없이 바닥에 버렸기 때문이었다.

"어서 그걸 집어서 쓰레기통에다 버리게."

셀던이 훈계를 하자 소년은 무뚝뚝한 표정으로 쳐다보았다.

"당신이 집으셔."

소년이 으르렁대더니 그냥 돌아서서 가 버렸다.

"저것 역시 심리역사학이 예견한 것처럼 사회가 붕괴되고 있다는 또 다른 징후로군요, 셀던 교수님."

스테틴 팔버가 말했다.

"그래, 팔버. 사방에서 제국이 조각조각 붕괴되고 있어. 너무 많이 부서져서 이제 돌이킬 수도 없어. 무관심, 부패, 그리고 탐욕이 기승을 떨면서 영광스러운 제국을 파괴하는 데 기여하고 있어. 이러다가 결국엔 어떻게 될까? 왜……"

여기에서 팔버의 얼굴을 쳐다보던 해리 셀던은 갑자기 입을 다물었다. 팔버가 열심히 듣는 것 같았다. 하지만 셀던이 하는 말은 아니었다. 머리는 한쪽으로 숙이고 얼굴은 무표정했다. 멀리서 일어나는 어떤 소리를 들으려고 애쓰는 것 같았다.

그러다가 팔버가 갑자기 정신을 차리고 주변을 급하게 둘러보며 해리 셀던의 팔을 잡았다.

"교수님, 서두르세요, 어서 피신해야 해요. 저들이 다가오고 있어요……."

그리고 그때, 조용한 초저녁을 깨뜨리는 발자국 소리가 급하게 일어났다. 셀던과 팔버가 돌아섰지만 너무 늦었다. 일단의 공격자들이 몰려들고 있었다. 하지만 이번에는 셀던도 단단히 준비하고 있었다. 그래서 팔버랑 자신 주변으로 커다란 원을 그리며 지팡이를 휘둘렀다. 그러자 공격자 세 명이 (10대 청소년들이, 사내 두 명과 여자 한 명이) 웃었다.

우두머리로 보이는 소년이 콧방귀를 뀌며 말했다.

"쉽게 굴복하지 않겠다는 거로군, 늙은이. 하지만 나랑 내 친구들은 2초 정도면 당신을 쓰러뜨릴 수 있어. 우리는……."

그러다가 우두머리가 갑자기 쓰러졌다. 복부에 완벽한 발길질을 당한 것이다. 가만히 서 있던 깡패 두 명이 재빨리 허리를 숙이며 달려들 준비를 갖췄다. 하지만 팔버가 더 빨랐다. 그래서 두 사람 역시 뭐가 뭔지 모르는 사이에 바닥에 나뒹굴고 말았다.

그것으로 끝이었다……. 언제 시작했는지도 모르게 끝나고 말았다. 셀던은 옆에서 지팡이에 몸을 기대 가만히 선 채 아슬아슬했다는 생각에 몸을 덜덜 떨었다. 힘을 쓴 팔버가 약간 숨을 헐떡이며 주변을 살폈다. 깡패 세 명이 어두운 돔 밑의 황폐한 인도에 널브러져 있었다.

"서두르세요, 어서 여기를 벗어나야 해요!"

팔버가 다시 재촉했다. 하지만 이번에 피신하려는 상대는 깡패가 아니었다.

셀던이 의식을 잃고 널브러진 강도 미수범을 가리키며 저항했다.

"팔버, 그냥 떠날 순 없어. 저들은 아직 어린애야. 이대로 두면 죽을 수도 있어. 그런데 어떻게 그냥 떠날 수 있어? 그건 비인간적이야. 내가 지금까지 열심히 일한 것 자체가 바로 이런 걸, 바로 이런 인간성을 지키기 위한 것이어."

해리 셀던이 지팡이로 바닥을 때리며 강조했다. 두 눈에는 확신이 이글거렸다.

하지만 팔버가 반박했다.

"말도 안 돼요. 비인간적인 건 저런 깡패가 교수님 같은 선량한 시민을 먹잇감으로 삼는 거예요. 교수님은 저놈들이 조금이라도 사정을 봐 줄 거라고 생각하세요? 저놈들은 교수님 복부에 칼을 꽂는 즉시 주머니를 탈탈 턴 다음에…… 발로 걷어찬 채 그냥 도망가고 말았을 거예요! 저놈들은 금방 정신을 차리고 다른 곳으로 피신해서 상처를 치료할 거예요. 아니면 다른 사람이 발견하고 경찰서에 신고하던가요.

하지만 교수님, 우리는 달라요. 교수님이 지난번에 겪은 일을 생각해야 해요. 이런 폭행 사건에 또 휘말리면 모든 게 물거품이 될 수 있어요. 제발 교수님, 어서 도망쳐야 해요!"

이 말과 함께 팔버는 셀던의 팔을 잡았고, 셀던은 마지막으로 뒤를 돌아본 다음에 팔버가 이끄는 대로 따라갔다.

셀던이랑 스테틴 팔버가 급히 떠나는 발자국 소리가 멀어지기 시작하자, 나무 뒤에 숨어 있던 또 다른 인영이 나타났다. 그래서 무뚝뚝한 눈으로 깔깔 웃으면서 중얼거렸다.

"나한테 잘잘못을 가르치려 들다니, 잘 걸렸어, 교수."

그러더니 홱 돌아서서 경찰서에 신고하러 갔다.

26

"정숙! 정숙하시오!"

테잔 팝젠스 리 판사가 소리쳤다. 까마귀 셀던 교수랑 젊은 직원 스테틴 팔버의 청문회에 트랜터 시민들이 참석해 시끌벅적하게 떠들어대고 있었기 때문이다. 제국의 몰락과 문명의 붕괴를 예고한 사람이, 예의와 질서를 어기면 안 된다고 열심히 떠들어 대던 사람이 지금 이 자리에서 청문회에 회부되었다. 증인의 진술에 따르면 아무런 죄도 없는 트랜터 젊은이 세 명을 잔인하게 폭행하도록 명령한 죄목이었다. 정말 대단한 청문회가 될 게 분명했고, 의심의 여지 없이 정말 대단한 재판으로 이어질 게 확실했다.

판사가 판사석 오목한 곳에 있는 버저를 누르자 사람들이 꽉 들어찬 재판정으로 낭랑한 소리가 울려 퍼졌다. 갑자기 침묵한 군중을 향해 판사가 다시 소리쳤다.

"정숙하시오! 필요하다면 여러분 모두를 퇴장시키겠소. 이건 경고요. 두 번 다시 반복하지 않겠소."

판사는 보라색 판사복을 걸친 당당한 자세로 청중을 압도했다. 외부 행성 리스테나 출신인 테잔 팝젠스 리 판사는 원래 피부가 약간 푸르스름했지만 흥분하면 색깔이 훨씬 짙어지다가 정말 화가 나면 보라색으로 변했다. 가장 공평하다는 평판과 제국의 법에 가장 정통한 판사라는 위치에도 불구하고 테잔 팝젠스 리 판사에게는 판사로 오랫동안 재직하는 동안 그녀가 자신의 피부 색깔에 약간의 자부심을 지니고 있다는, 밝은 빨간색 의상을 입어서 피부가 부드러운 청록색으로 보이는 걸 좋아한다는 소문이 있었다.

그렇기는 하지만 테잔 팝젠스 리 판사가 제국의 법을 악용하는 사람한테 아주 가혹하다는 평판도 있었다. 테잔 팝젠스 리 판사는 인권을 중시하는 얼마 안 되는 판사 가운데 한 명이었다.

"지금까지 나는 우리 문명이 몰락할 거라는 당신의 이론을 들었습니다, 셀던 교수. 그리고 나는 최근에 또 다른 사건에 대해, 납을 집어넣은 지팡이로 사람을 때린 사건에 대해, 당신의 진술을 들은 치안판사도 만났습니다. 그 사건에서도 당신은 오히려 자신이 공격을 당한 피해자라고 주장했습니다. 그건 당신과 아들이 그전에 깡패 여덟 명에게 공격을 당했다는 확인되지 않은 사건에 근거한 진술이라고 본인은 믿습니다. 증인의 증언은 완전히 다른 내용임에도 불구하고 당신은 정당방위라는 논리로 존경하는 우리 동료를 설득할 수 있었습니다, 셀던 교수. 하지만 셀던 교수, 이번에는 설득력이 훨씬 많아야 할 겁니다."

셀던과 팔버를 고소한 깡패 세 명이 원고석 탁자에 있는 좌석에서 킥킥거렸다. 오늘은 사건이 일어날 때와 완전히 다른 옷차림이었다. 사내 두 명은 헐렁하지만 깨끗하고 간편한 옷을 입고 여자는 주름이 깨끗하게 잡힌 옷을 입고 있었다. 전체적으로 볼 때 아주 자세히 쳐다보거나 그들의 말을 엿듣지 않으면 세 사람은 평범한 트랜터 청소년을 대변한다고 볼 수도 있었다.

셀던의 (그리고 팔버도 함께 변호하는) 변호사 시브 노브커가 판사석으로 다가가며 말했다.

"판사님, 제 고객은 트랜터 사회의 저명인사입니다. 예전에는 총리로 명성을 날리기도 했습니다. 그리고 개인적으로 아지스 14세 황제 폐하의 친구이기도 합니다. 그런 셀던 교수님이 아무런 죄도 없는 젊은이를 공격해서 무슨 이익을 얻을 수 있겠습니까? 셀던 교수는 트랜터 젊은

이의 지적인 창조성을 가장 열정적으로 주창하는 사람 가운데 하나입니다. 그리고 셀던 교수가 이끄는 심리역사학 프로젝트는 수많은 학생을 고용하고 있습니다. 그는 스트릴링 대학에서 많은 존경을 받는 교수이기도 합니다. 그뿐 아니라…….”

여기에서 시브 노브커가 잠시 말을 멈추고 빼곡하게 들어찬 법정을 훑어보았다. 조금만 기다리라고, 우리 고객의 진정성을 의심한 걸 후회하게 될 것이라고 말하는 것 같았다.

"셀던 교수님은 그 유명한 은하도서관이랑 공식적으로 협력 관계를 맺은 얼마 안 되는 인물 가운데 하나이기도 합니다. 도서관 시설을 무제한으로 사용하는 권한을 받고 은하대백과사전이라는 것을 제작하기 위해 노력하고 있습니다. 이것은 인류 문명을 찬양하는 놀라운 업적이 될 것입니다.

여러분한테 묻건대, 이런 사람이 어떻게 이런 문제로 청문회 심문을 받을 수 있단 말입니까?”

시브 노브커가 팔을 화려하게 움직이며 셀던을 가리켰고, 셀던은 스테틴 팔버와 함께 피고석에 아주 불편한 표정으로 앉아 있었다. 최근 들어서 자신의 이름이 화려한 박수갈채보다 킥킥거리는 조롱거리로 전락한 데 익숙한 셀던은 너무나 갑작스러운 칭찬에 얼굴이 빨갛게 물들었고 믿음직한 지팡이 손잡이에 올려놓은 손은 살짝 떨렸다.

리 판사는 그런 셀던을 쳐다보며 별다른 인상을 못 받은 어투로 이렇게 말했다.

"그래서 얻는 이익이 무엇인지 궁금하오, 변호사. 나 역시 마음속으로 그 질문을 수없이 던져 보았소. 지난 며칠 동안 밤에 눕기만 하면 그 이유를 파악하려고 이리저리 머리를 굴렸소. 시민 질서의 '붕괴'를 그 누구보다 비판하던 셀던 교수와 같은 저명인사가 정당한 이유 없는 폭행을 행사한 이유는 무얼까?

그러다가 이런 생각이 떠올랐소. 자신의 주장에 사람들이 별다른 반응을 보이지 않자, 좌절감에 시달리던 셀던 교수가 이 세상이 멸망한다는 예언이 현실로 나타나고 있음을 증명해야 한다고 느낀 것이오. 제국의 몰락을 평생에 걸쳐서 예언했는데 실제로 일어나는 건 돔에 달린 전등 일부가 꺼지고 대중교통 수단이 가끔씩 고장 나고 여기저기에서 예산이 줄어드는 정도에 불과하니 말이오. 하지만 한 명이든 두 명이든 세 명이든 시민이 폭행당하면 달라질 거라고 생각한 것이오."

리 판사가 등을 뒤로 대고 앞에 있는 두 손을 겹쳤다. 얼굴은 만족스러운 표정이었다. 셀던이 탁자에 몸을 무겁게 기대며 일어났다. 그리고 판사의 엄격한 시선이 지켜보는 가운데에서 변호사한테 가만히 있으라고 팔을 흔들며 판사석을 향해 힘들게 나아갔다.

"판사님, 제 자신을 변호하는 차원에서 몇 마디 말하도록 허락해 주십시오."

"물론입니다, 셀던 교수. 어차피 지금 당장은 재판이 아니라 재판으로 넘어갈지 여부를 결정하기 위해 사건과 관련된 다양한 주장과 사실과 이론을 듣고자 하는 청문회이니까요. 게다가 본 판사 역시 당신이 무슨 말을 할지 듣고 싶습니다."

셀던이 목청을 가다듬고 나서 입을 열기 시작했다.

"저는 지금까지 제국에 온 삶을 바쳤습니다. 황제를 성실하게 섬겼습니다. 제가 개발한 심리역사학은 파괴를 예고하는 데 초점이 있는 게 아니라 문명을 되살리는 데 초점을 맞추고 있습니다. 심리역사학이 있으면 우리는 문명 재건 과정을 준비할 수 있습니다. 제가 예상한 대로 제국이 계속 붕괴된다면 심리역사학은 우리가 예전의 장점에 근거해서 훨씬 좋은 문명사회를 새롭게 구축하도록 도와줄 겁니다. 저는 우리 사회를, 인류를, 우리 제국을 사랑합니다. 우리 힘을 일상적으로 갉아먹는 불법행위에 제가 기여할 이유가 무엇이겠습니까?

전 더 이상 할 말이 없습니다. 판사님은 저를 믿어 주셔야 합니다. 방정식이란 학문을 통해 지성을 익힌 전…… 지금 마음에서 우러나오는 말을 하고 있습니다."

셀던이 돌아서서 팔버 옆자리로 천천히 돌아갔다. 그래서 의자에 앉기 전에 청중석 제일 앞에 앉아 있는 손녀딸을 쳐다보자, 완다가 희미하게 웃으며 윙크했다.

"마음에서 우러나오든 아니든, 셀던 교수, 이번 결정을 내리려면 나 스스로 많은 생각을 해야 할 것 같습니다. 우리는 검사 측의 진술을 들었으며 당신과 팔버 씨의 진술을 들었습니다. 내가 증언을 듣고 싶은 사람이 한 명 더 있습니다. 리알 네바스의 증언을 듣고자 합니다. 이번 사건의 증인은 앞으로 나와 주십시오."

네바스가 판사석으로 다가오자, 셀던과 팔버는 깜짝 놀라며 서로를 쳐다보았다. 사건이 일어나기 전에 셀던이 훈계한 바로 그 소년이었다.

리 판사가 소년한테 이렇게 말했다.

"사건이 일어난 저녁에 귀하가 목격한 내용을 정확히 설명하겠습니까, 네바스 씨?"

그러자 네바스는 셀던한테 무뚝뚝한 시선을 고정시킨 채 입을 열었다.

"저어, 제가 혼자서 생각에 빠져 걸어가는데, 맞은편에서 저 두 사람이……."

네바스가 고개를 돌려서 셀던과 팔버를 가리키며 계속 말했다.

"제가 있는 쪽으로 걸어오는 게 보였어요. 그다음엔 저기에 있는 세 사람을 보았습니다."

이번에는 원고석에 앉아 있는 세 사람을 손가락으로 가리키며 계속 말했다.

"나이가 많은 두 아저씨가 세 사람 뒤에서 걷고 있었어요. 하지만 저 사람들은 저를 보지 못했지요. 제가 맞은편에 있었을 뿐 아니라 저 두 사람이 피해자들한테만 신경쓰고 있었거든요. 그런데 꽈꽝! 저 늙은 아저씨가 아이들한테 갑자기 이런 식으로 지팡이를 휘두르고 저 젊은 아저씨는 펄쩍 뛰어서 사람들을 발로 찼습니다. 그와 동시에 세 사람은 순식간에 바닥으로 나뒹굴었습니다. 그러고 나서 저 두 아저씨가 줄행랑을 치더라고요. 믿을 수가 없었어요."

셸던이 폭발했다.

"거짓말입니다. 젊은이, 자네는 지금 우리 목숨을 가지고 장난치는 거야!"

하지만 네바스는 태연한 표정으로 셸던을 쳐다보기만 할 뿐이었다.

셸던이 애원했다.

"판사님, 저 아이가 거짓말하는 거란 사실을 모르시겠습니까? 저도 저 아이가 기억납니다. 우리가 공격받기 몇 분 전에 제가 저 아이한데 쓰레기를 버린다고 야단쳤습니다. 그러면서 여기에 있는 팔버한테 설명하길 우리 사회가 붕괴되고 시민들이 거기에 적응하는 또 다른 사례로써……"

판사가 중간에 말을 끊었다.

"됐습니다, 셸던 교수. 그런 식으로 갑자기 끼어들면 당신을 이 법정에서 추방할 수도 있습니다. 자, 네바스 씨……."

판사가 증인한테 고개를 돌리며 다시 물었다.

"조금 전에 설명한 장면이 일어나는 동안 당신은 무엇을 했나요?"

"저는, 저어, 숨었습니다. 나무 뒤에. 저는 숨었습니다. 저 사람들이 저를 보고 쫓아올까 봐 두려웠거든요. 그러다가 저 사람들이 사라진 다음에, 저어, 당장 달려가서 경찰관한테 신고했습니다."

네바스는 어느새 식은땀을 흘리고 있었다. 손가락을 넣어서 꽉 끼는 목깃을 풀 정도였다. 높이 올라온 증언대 단상에 서서 이 발 저 발로 체중을 옮기면서 안절부절못했다. 자신을 쳐다보는 수많은 사람의 눈초리가 너무나 불편했다. 그래서 청중을 보지 않으려고 애썼지만 그럴 때마다 제일 앞줄에 앉아 있는 예쁜 금발 소녀의 끈질긴 시선에 저절로 눈길이 끌리는 걸 느꼈다. 마치 상대편이 자신한테 질문을 던지고 대답하도록, 말을 하도록 강요하는 것 같았다.

"네바스 씨, 셸던 교수와 팔버 씨가 공격받기 몇 분 전에 당신을 보았다는, 셸던 교수가 당신에게 뭐라고 말했다는 주장에 대해 할 말이 있습니까?"

"저어, 으음, 아니요. 그 일은, 제가 말한 것처럼…… 저는 길을 걷던 중이라서……."

네바스가 더듬거리며 셸던 쪽을 바라보았다. 셸던은 슬픈 눈으로 소년을 쳐다보고 있었다. 마치 모든 게 끝났다고 생각하는 것 같았다. 하지만 셸던 옆에서 스테틴 팔버가 무서운 눈으로 노려보았다. '진실을 말해!'라는 소리가 들리는 것 같아서 네바스는 깜짝 놀라며 펄쩍 뛰었다. 팔버가 그렇게 말한 것 같았다. 하지만 팔버는 입술을 조금도 움직이지 않았다. 그래서 네바스는 당혹스러운 나머지 금발 소녀 쪽으로 머리를 홱 돌렸다. 금발 소녀가 말하는 소리를 (진실을 말해!) 들은 것 같았다. 하지만 금발 소녀 역시 입술을 조금도 움직이지 않았다.

젊은 소년의 혼란스러운 머릿속으로 판사의 목소리가 파고들었다.

"네바스 씨, 네바스 씨. 셀던 교수와 팔버 씨가 원고 세 사람 뒤에서 당신 쪽으로 걸어가고 있었다면 셀던 교수와 팔버 씨가 먼저 보였다는 건 어떻게 된 겁니까? 아까 그렇게 진술했지 않습니까?"

네바스가 재판정을 마구 둘러보았다. 사람들이 쳐다보는 시선을 피할 수가 없었다. 모든 시선이 자신한테 진실을 말하라고 소리치는 것 같았다. 리알 네바스는 해리 셀던을 쳐다보며 이렇게 대답했다.

"죄송해요."

그리고 법정의 모든 사람이 깜짝 놀라는 가운데에서 열네 살짜리 소년이 엉엉 울기 시작했다.

27

아주 화창한 날이었다. 너무 따뜻하거나 춥지도 않고 너무 밝거나 어둡지도 않았다. 바닥을 기던 예산도 몇 년 전에 완전히 사라졌지만 은하도서관으로 올라가는 계단에 늘어선 볼품없는 화초 몇 개가 아침의 상쾌한 기분을 더해 주었다. (고풍스러운 방식으로 지은 도서관 건물 전면에는 제국 전체에서 가장 웅장한 계단이 있었다. 그보다 웅장한 계단은 황궁 건물밖에 없었다. 하지만 도서관을 찾아오는 사람은 거의 모두가 에스컬레이터를 선호했다.) 오늘 아주 좋은 일이 있을 것 같았다.

해리 셀던은 스테틴 팔버와 함께 최근에 발생한 폭행 혐의를 깨끗하게 씻어 낸 다음부터 마치 새로 태어난 느낌이 들었다. 비록 고통스러운 경험이었지만 청문회 속성상 셀던의 입장이 널리 알려질 수밖에 없었다. 트랜터에서 가장 영향력이 커다란 건 아닐지언정 비중이 커다란 재판관으로 알려진 테잔 팝젠스 리 판사는 리알 네바스가 감성적으로 진술한 다음 날 자신의 의견을 아주 또렷하고 낭랑하게 발표했다.

"우리 '문명' 사회가 갈림길에 서 있는 지금 해리 셀던 교수는 자신의 위치와 입장 때문에 동시대를 살아가는 사람들한테 모욕과 학대와 허위 공격을 당할 수밖에 없는 처지에 놓였습니다. 하지만 그건 우리가 지금 암흑시대를 살아간다는 증거일 뿐입니다. 나 역시 처음에는 그런 암흑에 빠져 있었다는 사실을 인정합니다. '혹시 셀던 교수가 자신의 예언이 옳다는 걸 입증하기 위해 그런 일을 꾸민 건 아닐까?' 하고 생각한 것입니다. 하지만 나중에 깨달았듯이, 내 생각은 완벽한 오류에 빠져 있었습니다."

여기에서 판사가 이맛살을 찡그리자 짙은 파란색 피부가 목덜미에서 뺨으로 슬금슬금 올라오기 시작했다.

"인간이 살아남기 위해서 거짓과 사기에 의존해야 하는 것처럼 보이는 사회를 없애고 정직과 명예와 선의가 살아 숨 쉬는 사회, 새로운 사회를 만들려는 셀던 교수의 노력을 충분히 이해할 수 있었기 때문입니다.

지금까지 우리는 인간답게 살아가는 도리에서 너무나 멀리 벗어나 있었습니다. 이번에 우리는 커다란 은혜를 입었습니다. 친애하는 트랜터 시민 여러분. 우리는 우리 자신의 진정한 자아를 보여 준 셀던 교수에게 많은 감사를 표시해야 합니다. 인간의 기본적인 도리를 갉아먹는 세력에 대해 경계심을 늦추지 않는 셀던 교수를 본받기 위해 우리 모두 열심히 노력해야 하겠습니다."

청문회가 끝난 다음에 황제는 셀던한테 축하한다는 홀로그램 디스크를 보냈는데, 거기에는 이제 셀던이 새로운 기금을 지원받아 프로젝트를 제대로 추진할 수 있기를 바란다는 소망도 들어 있었다.

입구에 있는 에스컬레이터를 타고 올라가면서 해리 셀던은 현재 심리역사 프로젝트가 처한 새로운 현실을 깊이 생각했다. 좋은 친구였던 라스 제노 도서관장은 은퇴했다. 그 자리에 있는 동안 라스 제노는 셀던이 하는 일을 적극적으로 후원했다. 하지만 도서관 이사진에게 두 손이 묶여서 꼼짝할 수 없을 때가 많았다. 그러나 라스 제노는 새 도서관장 트리마 아카니오가 제노 자신만큼이나 진보적일 뿐 아니라 붙임성이 좋아서 이사들에게 인기가 좋으니까 많은 도움이 될 거라며 셀던에게 자신감을 심어 주었다.

제노는 고향 행성 웬코리로 가기 위해 트랜터를 떠나기 직전에는 이런 말까지 했다.

"셀던 교수님, 트리마 아카니오는 좋은 사람입니다. 깊은 지식과 열린 마음을 지니고 있습니다. 나는 그 사람이 교수님과 교수님의 프로젝트를 돕기 위해 모든 노력을 다할 거라고 확신합니다. 그래서 교수님과 백과사전에 대한 자료 파일을 그 사람에게 모두 넘겼습니다. 그 사람은 인류의 지혜를 보존하려는 교수님의 노력에 나 이상으로 열심히 협조할 겁니다. 그럼 건강하세요, 정다운 친구, 셀던 교수님…… 교수님을 영원히 잊지 않을 겁니다."

그래서 오늘 해리 셀던은 새로 취임한 도서관장을 공식적으로 처음 만날 예정이었다. 제노가 사전에 심어 준 확신 때문에 셀던은 기분이 좋았다. 그래서 프로젝트와 백과사전의 미래를 위한 계획을 적극적으로 지원하겠다는 새로운 도서관장의 약속만 잔뜩 기대하고 있었다.

셀던이 도서관장 사무실에 들어서자 트리마 아카니오가 일어섰다. 주인이 바뀐 흔적이 이미 또렷했다. 제노가 있을 때에는 트랜터 각 구역에서 발행한 홀로그램 디스크와 다양한 잡지가 구석구석마다 쌓여 있고 다양한 행성이 담겨 있는 현란한 지구본 영상이 공중에서 어지럽게 빙글빙글 돌아갔으나, 트리마 아카니오는 제노가 언제든 볼 수 있도록 쌓아 놓았던 모든 자료와 영상을 깨끗하게 치워 버렸다. 반면에 한쪽 벽에 설치한 커다란 홀로그램 스크린이 실내를 압도했다. 원하는 방송이나 간행물을 신속하게 보기 위한 것 같았다.

트리마 아카니오는 땅딸막하고 단단한 체구에 약간 산만한 표정이었다. 어린 시절에 한 각막 교정이 잘못된 결과였다. 그래서 주변에서 일어나는 모든 상황을 항상 파악하려고 애쓰는 소심한 지식인 인상을 주었다.

"어이쿠, 어서 오세요, 셀던 교수님. 들어오세요. 의자에 앉으시죠."

트리마 아카니오가 자신이 앉아 있는 책상 앞의 등 곧은 의자를 가리키며 계속 말했다.

"교수님께서 만나자고 하실 거란 생각은 조금도 못했습니다. 교수님도 아시겠지만 저는 자리부터 잡고 나서 연락을 드릴 생각이었거든요."

셀던은 고개를 끄덕였다. 새로 취임해서 정신이 없는 와중에도 자신을 만날 생각부터 할 정도로 배려하고 있다는 사실이 고마웠다.

"하지만 우선, 교수님이 저를 만나자고 한 이유부터 알려 주시죠. 그러고 나서 제가 느끼는 사소한 관심사로 넘어가기로 합시다."

셀던은 목청을 가다듬고 상체를 앞으로 기울이며 말했다.

"내가 여기에서 하는 작업과 은하대백과사전에 대한 생각을 라스 제노 전 관장님이 귀하에게 틀림없이 말했을 겁니다, 도서관장님. 전 관장님은 내가 이곳에서 개인 공간을 활용하며 도서관의 방대한 자료를 무제한 접근할 수 있도록 아주 적극적으로 도와주었습니다. 실제로, 백과사전 프로젝트를 본격적으로 진행할 공간으로 아주 멀리 떨어진 외계행성 터미너스를 찾아준 사람도 바로 전 관장님입니다.

하지만, 그가 도와줄 수 없었던 일 하나가 있습니다. 백과사전 프로젝트를 계획대로 진행하려면 내 동료들이 여기에서 작업할 공간과 모든 자료에 접근할 권한이 필요합니다. 백과사전을 편찬하는 구체적인 작업에 들어가기 전에 필요한 자료를 복사해서 터미너스로 전송하는 건 정말 엄청난 작업입니다.

하지만 귀하도 잘 아시다시피 전 관장님은 이사회에 인기가 없었습니다. 하지만 귀하는 다릅니다. 그러니 부디 부탁하건대, 도서관장, 내 동료들한테 내부인의 특권을 제공해 우리가 너무도 중요한 작업을 진행할 수 있도록 도와주시겠습니까?"

셀던이 숨을 헐떡이며 말을 마쳤다. 전날 밤에 머릿속으로 되뇌고 또 되뇌던 자신의 연설이 바람직한 효과가 있을 거라고 확신했다. 그래서 자신만만하게 트리마 아카니오의 반응을 기다렸다.

"셀던 교수님."

마침내 트리마 아카니오가 입을 열었다. 그 순간 셀던의 느긋한 미소가 사라졌다. 도서관장의 목소리에서 셀던이 전혀 예상치 않던 어투가 묻어나왔다.

"제가 존경하는 전임자께서 교수님이 이곳 도서관에서 하시는 작업에 대해 지겨울 정도로 자세히 설명하셨습니다. 그분은 교수님의 연구를 적극적으로 지지하면서 교수님 동료들이 여기에서 작업하도록 도와달라고 부탁하셨습니다. 그래서 저도 그렇게 마음먹었습니다, 셀던 교수님⋯⋯."

트리마 아카니오가 입을 다무는 순간에 셀던은 갑자기 고개를 들고 쳐다보았다.

"······처음에는요. 그래서 이사회를 특별히 소집해 교수님과 동료들이 백과사전 작업을 할 수 있는 널찍한 공간을 제공할 생각이었습니다. 하지만, 셸던 교수님, 지금은 그 마음이 변했습니다."

"변하다니! 이유가 뭡니까?"

"셸던 교수님, 교수님은 폭행 사건으로 세간의 관심을 끈 청문회를 이제 막 마쳤습니다."

트리마 아카니오의 지적에 셸던이 급히 반박했다.

"하지만 혐의가 없다는 사실이 밝혀졌습니다. 재판까지 가지도 않았단 말입니다."

"셸던 교수님, 그럼에도 불구하고 그 사건은 세간의 관심을 끌었으며 교수님은 불가피하게······ 뭐라고 말하는 게 좋을까요? '살짝 나쁜 평판'을 받게 되었습니다. 그래요, 교수님은 모든 혐의를 벗었습니다. 하지만 그 혐의를 벗는 과정에서 교수님의 이름과 전력과 신념 그리고 모든 작업이 온 천하에 그대로 드러났습니다. 그래서 생각이 올바른 진보적인 판사 한 명이 교수님한테 혐의가 없다고 선언했다 하더라도 다른 평범한 시민 수백만, 어쩌면 수십 억은 진취적인 심리역사학자가 영광스러운 인류의 문명을 보존하기 위해 애쓰는 게 아니라 전지전능하고 위대한 제국이 멸망할 거라고 광적으로 외쳐 대는 미친 사람이라고 보지 않겠습니까?

교수님이 연구하는 심리역사학은 본질적으로 제국의 기초를 위협할 수밖에 없습니다. 지금 저는 이름도 없고 얼굴도 없는 거대한 제국 그 자체를 말하는 게 아닙니다. 제가 말하는 건 제국의 심장과 영혼입니다······. 그 안에서 숨 쉬며 살아가는 사람들. 교수님이 제국이 몰락한다고 말하는 건 그 사람들이 몰락한다고 말하는 것입니다. 그런 주장을, 친애하는 교수님, 일반 시민은 좋아할 수 없습니다.

셀던 교수님, 좋든 싫든 교수님은 지금 조롱거리, 웃음거리, 놀림거리가 되었습니다."

"도서관장님, 미안하오만 나는 오래전부터 일정 계층한테 놀림거리였습니다."

"그래요, 하지만 일정 계층이었지요. 하지만 최근 사건, 그리고 만천하에 공개된 공청회를 통해서 교수님은 이곳 트랜터는 물론이고 모든 행성의 조롱거리가 되었습니다. 그래서, 교수님, 우리 은하도서관 측이 작업 공간을 제공한다면 그건 교수님 작업에 무언의 동조를 한다는 뜻이고 그렇게 되면 우리 도서관 측 역시 온 세상의 웃음거리가 될 것입니다. 따라서 제가 개인적으로 교수님 이론과 백과사전 편찬을 아무리 적극적으로 지지한다 하더라도 은하도서관을 책임지는 도서관장으로서 저는 도서관을 우선으로 생각할 수밖에 없습니다.

셀던 교수님, 그래서 동료들을 데려오도록 해 달라는 교수님의 요청은 기각되었습니다."

셀던은 한 방 맞은 것처럼 뒤로 휘청거렸고 트리마 아카니오는 계속 말을 이었다.

"게다가 저는 도서관에 대한 교수님의 특권 전체를 앞으로 2주일 동안 잠정적으로 정지시키며 그건 지금 이 순간부터 적용된다는 말씀을 드릴 수밖에 없습니다. 그래서 특별 이사회를 소집한 상태입니다, 셀던 교수님. 우리가 교수님에게 계속 협력할지 아닐지 여부를 결정해서 2주 후에 알려드리겠습니다."

트리마 아카니오는 여기에서 말을 멈추더니 광택이 번쩍거리는 화려한 책상에 양손 손바닥을 올려놓고 일어나며 덧붙였다.

"이게 전부입니다, 셸던 교수님…… 지금 당장은."

셸던도 마찬가지로 일어났다. 하지만 그 동작은 트리마 아카니오처럼 신속하고 부드럽지 않았다. 그리고 물었다.

"나도 이사회에 출석할 수 있겠소? 내가 심리역사학과 백과사전의 중요성에 대해 설명한다면……"

"어렵겠습니다, 교수님."

트리마 아카니오가 부드럽게 대답하는 순간에 셸던은 라스 제노한테 들은 그런 성품이 순간적으로 번뜩이는 걸 느꼈다. 하지만 그건 순간적으로 사라졌고 문으로 안내하는 트리마 아카니오에게는 차가운 관료주의만 가득했다.

문이 스르륵 열릴 때에 트리마 아카니오가 말했다.

"2주, 셸던 교수님. 그때까지."

셸던이 밖에서 기다리는 스키터에 올라타자 문은 다시 스르륵 닫혔다.

이제 어떻게 한단 말인가? 이걸로 모든 게 끝이란 말인가?

셸던은 허무한 느낌만 들었다.

28

해리 셸던이 스트릴링 대학에 있는 손녀딸 연구실에 들어서며 말했다.

"얘야, 완다. 무슨 일을 그렇게 열심히 하는 거니?"

탁월한 수학자 애머릴이 사망하면서 심리역사학 프로젝트를 커다랗게 위축시키기 전까지 쓰던 연구실이었다. 다행히도 완다는 몇 년에 걸쳐서 제1발광체를 조정하고 다듬어가며 유고의 역할을 서서히 메워가는 중이었다.

"네, 33A2D17 부분의 방정식을 살피는 중이에요. 보세요, 제가 표준지수를 감안해서 이 부분을······."

완다가 바로 앞에서 공중에 걸린 채 반짝이는 보라색 부분을 가리키며 덧붙였다.

"조정했어요. 됐어요! 제가 생각한 그대로인 것 같아요."

완다가 뒤로 물러나며 두 눈을 문질렀다.

셀던이 가까이 다가가서 방정식을 살피며 물었다.

"저게 뭐니, 완다? 아니, 이건 터미너스 방정식처럼 보이는데 아직은······ 완다, 이건 터미너스 방정식 역함수잖아, 그렇지 않니?"

"맞아요, 할아버지. 보세요, 터미너스 방정식에서 숫자가 정확히 작동하지 않았어요······. 보세요."

완다가 우묵 들어간 벽을 만지자 실내 건너편에서 다른 빨간 영상이 생생하게 떠올랐다. 셀던과 완다는 그쪽으로 걸어가서 살피기 시작했다.

"지금은 모든 게 선명하게 떠오르는 게 보이세요, 할아버지? 이걸 수정하는 데 몇 주일이 걸렸어요."

"이걸 어떻게 했니?"

셀던이 물었다. 방정식이 정확하게 펼쳐진 선과 논리가 감탄을 사아냈다.

"처음에는 여기에 있는 부분에다 관심을 집중했어요. 나머지는 모두 배제하고요. 터미너스를 가동시키려면, 터미너스에서 작업하려면······, 이치에 맞아야 하잖아요, 그렇지 않나요? 하지만 그러다가 이 방정식을 제1발광체 시스템에 그대로 집어넣으면 아무렇지 않은 것처럼 부드럽게 섞일 수 없다는 사실을 깨달았어요. 하나를 넣으면 하나를 빼야

균형을 잡을 수 있으니까요."

"네가 언급한 개념은 옛사람들이 말하던 '음과 양' 같구나."

"네, 어느 정도는. 음과 양. 그래서 할아버지도 아시겠지만, 저는 터미너스의 음을 완성시키기 위해 그 양을 찾아야 한다는 사실을 깨달았어요. 그래서 그렇게 했어요, 저기에서."

완다는 제1발광체가 만든 다른 쪽 모서리의 보라색 부분으로 되돌아가며 덧붙였다.

"그래서 여기에 있는 숫자를 조정하자, 터미너스 방정식이 저렇게 딱 맞아떨어졌어요. 조화!"

완다는 마치 자신이 제국의 모든 문제를 해결하기라도 한 것처럼 아주 만족스러운 표정을 떠올렸다.

"대단하구나, 완다, 저게 프로젝트에 어떤 의미가 있는지에 대해서는 나중에 자세히 설명해 주렴. 하지만 지금 당장은 나랑 함께 홀로그램 스크린으로 가야겠다. 몇 분 전에 산태니에서 보낸 긴급 메시지를 받았다. 네 아빠가 나더러 당장 연락해 달라는구나."

완다의 미소가 사라졌다. 그렇지 않아도 산태니에서 최근 발생한 내전이 걱정스럽던 차였다. 제국의 예산이 삭감된 결과는 외부 행성에 사는 시민들에게 가장 커다란 고통으로 다가왔다. 돈도 많고 인구도 많은 중심부 행성에 접근하는 것 자체가 어려워지면서 현지 생산물을 수출한 대가로 절박하게 필요한 물품을 수입하는 게 더욱 힘들어지기만 했다. 산태니로 들어오고 나가는 제국의 초공간 우주선조차 거의 사라지면서 제국 전체에서 완전히 고립된 느낌까지 들었다. 그러면서 행성 여기저기에서 반역의 무리가 생겨나기 시작한 것이다.

"할아버지, 별일 아니었으면 좋겠어요."

완다가 말했다. 두려움이 가득한 목소리였다.

"걱정하지 마렴, 완다. 레이치가 메시지를 보낼 수 있었다는 건 안전하단 뜻이 분명하니까."

셸던의 연구실에 들어선 두 사람은 영상이 켜지고 있는 홀로그램 스크린 앞에 섰다. 셸던은 스크린 옆에 있는 키보드에 암호를 입력하고 행성간 연결이 될 때까지 몇 초를 기다렸다. 이윽고 스크린이 벽으로 천천히 빨려들어 동굴 입구처럼 변하더니, 동굴 건너편에서 눈에 익은 땅딸막하고 건장한 체구가 희미하게 나타나기 시작했다. 연결이 강화되면서 상대의 모습도 선명하게 변하기 시작했다. 이윽고 셸던과 완다 앞에 다알 특유의 덥수룩한 콧수염이 비치면서 레이치의 모습이 나타났다.

레이치의 입체 홀로그램 영상이 산태니에서 트랜터로 전송되며 말했다.

"아버지! 완다! 잘 들어요, 시간이 별로 없어요."

레이치가 시끄러운 소음에 깜짝 놀란 듯 움찔하면서 덧붙였다.

"여기 사정이 아주 나빠졌어요. 정부가 무너지고 임시 정부가 들어섰어요. 모든 게 엉망진창이에요. 조금 전에 마넬라랑 벨리스를 아나크레온으로 가는 초공간 우주선에 태웠어요. 그곳에 도착하면 아버지한테 연락하라고 말했어요. 우주선 이름은 아르카디아 /호예요.

마넬라가 어떤지 보셨어야 했어요, 아버지. 정신없이 반발했으니까요. 하지만 벨리스의 안전을 위해 어쩔 수 없다는 사실을 지적해서 간신히 태워 보낼 수 있었어요.

아버지랑 완다가 무슨 생각을 하는지 알아요. 물론 저도 함께 가려고 했어요……. 그럴 수만 있었다면. 하지만 자리가 없었어요. 함께 우주선에 타기 위해 제가 얼마나 몸부림쳤는지 몰라요."

레이치가 얼굴 한쪽에 어리는 미소를 흘날렸다. 셀던이나 완다가 너무나 사랑하는 미소였다.

"게다가 여기에 있는 동안 저는 대학을 지키는 데 힘을 보태야 해요. 우리는 제국 대학 시스템의 일부이긴 하지만 배우고 건설하는 공간이지 파괴해야 하는 대상은 아니에요. 제가 장담하는데, 성미 급한 폭도들이 이곳으로 몰려오면……"

해리 셀던이 중간에 끼어들었다.

"레이치, 얼마나 긴박한 상황이니? 너도 전투에 참가하는 거니?"

"아빠, 지금 위험한가요?"

완다도 물었다.

두 사람은 그 말이 은하계 저편으로 9000파섹 거리를 지날 때까지 몇 초를 기다렸다.

홀로그램이 대답했다.

"무…… 무…… 무슨 말인지 안 들려요. 사방에서 조그만 전투가 일어나고 있어요. 사실, 아주 흥미진진할 정도예요."

레이치가 다시 미소를 떠올리며 계속 말했다.

"그래서 이제 그만 가 봐야 해요. 명심하세요, 아르카디아 7호가 아나크레온에 무사히 도착했는지 확인하세요. 저도 최대한 빠른 시간 안에 다시 연락할게요. 명심하세요, 전……"

연결이 끊어지면서 홀로그램이 사라졌다. 홀로그램 스크린도 원래 상태로 돌아오고 셀던과 완다는 텅 빈 벽만 물끄러미 쳐다보았다.

완다가 말했다.

"할아버지, 아빠가 무슨 말을 하려고 했을까요?"

"나도 모르겠구나, 완다. 하지만 한 가지 확실한 건 너희 아빠가 스스로 자신을 지킬 수 있다는 사실이야. 할아버지는 너희 아빠한테 다가왔다가 발길질을 당할 폭도가 불쌍할 뿐이야! 이리 오렴, 이제 방정식 문제로 돌아가자꾸나. 그래서 몇 시간을 보낸 다음에 아르카디아 7호를 확인하는 거야."

"사령관. 아르카디아 7호가 어떻게 됐는지 모르십니까?"

해리 셀던이 행성간 연결을 다시 시도한 이번 상대는 아나크레온에 주둔한 제국 해군 사령관이었다. 이번에는 일반 영상 스크린을 사용했는데, 홀로그램 스크린보다 현실감은 떨어지긴 하지만 그만큼 단순명쾌했다.

"제가 말씀드리지만, 교수님, 그 우주선이 아나크레온에 들어오겠다는 허락을 요청한 기록이 없습니다. 물론 산태니와 통신은 지난 일주일 동안 산발적으로 이뤄지다가 몇 시간 전에 완전히 끊어졌습니다. 우주선 측에서 산태니에 있는 채널로 우리한테 연락하려고 하다가 실패했을 가능성도 있지만 아닐 수도 있습니다.

현실적으로 볼 때 아르카디아 7호는 방향을 바꿀 가능성이 훨씬 많습니다. 보레그 행성이나 사립 행성으로. 그 행성에 가 보신 적이 있나요, 교수님?"

사령관의 질문에 셀던은 힘없이 대답했다.

"아니요. 하지만 아나크레온으로 향하던 우주선이 그곳으로 안 간 이유를 이해할 수가 없군요. 사령관, 나는 그 우주선을 꼭 찾아야 합니다."

사령관이 과감하게 대답했다.

"물론, 아르카디아 7호가 실패했을 수도 있습니다. 무사히 출발하는 자체를. 그곳에서 많은 전투가 일어나고 있으니 말입니다. 반역군은 상대를 가리지 않고 포격합니다. 레이저 광선 다루는 법을 이제 막 배워서 아지스 황제를 죽인다며 아무한테나 쏘아 댑니다. 이곳 변두리 행성은 그곳이랑 분위기가 완전히 다릅니다, 교수님."

"내 며느리랑 손녀딸이 그 우주선에 타고 있습니다, 사령관."

셀던이 목 멘 소리로 말하자, 사령관이 안타까운 목소리로 대답했다.

"아, 정말 안됐습니다, 교수님. 무슨 소식을 들으면 곧바로 연락하겠습니다."

셀던은 기운이 하나도 없이 일반 영상 스크린을 닫았다. 정말 피곤하다는 생각이 들었다. 하지만 놀랄 건 없다는 생각도 들었다. 지난 40년 동안 이런 일이 일어날 거란 막연한 예상을 하면서 살아 왔던 것이다.

셀던은 혼자서 씁쓸하게 웃었다. 사령관은 '변두리 행성'의 삶을 생생하게 전해서 셀던에게 많은 충격과 동시에 강한 인상을 주었다고 생각할 것 같았다. 하지만 셀던은 그런 행성에 대해서 너무나 잘 알고 있었다. 그리고 주변부가 분리되면서, 실이 한 올 한 올 풀려나간 스웨터처럼 그 중심부 트랜터까지 헝클어질 게 분명했다.

셀던은 조그맣게 윙윙거리는 소리를 알아차렸다. 문에 달린 버저 소리였다.

"네?"

"할아버지, 무서워요."

완다가 안으로 들어오며 말했다.

"왜, 완다?"

셀던이 걱정스러운 표정으로 물었다. 아나크레온 사령관한테 지금 들은 정보를 (아니, 아무것도 모른다는 사실을) 아직은 완다한테 말하고 싶지 않았다.

"평상시에는 아주 멀리 떨어져 있어도 아빠랑 엄마랑 벨리스가 여기에……."

완다가 자신의 머리랑 가슴을 짚으며 계속 말했다.

"그리고 여기에 있다는 느낌이 들었어요. 하지만 지금은, 오늘은, 그런 느낌이 안 들어요. 느낌이 사라졌어요, 모두가 사라진 것처럼, 돔에 있는 꺼진 전구처럼. 이런 느낌이 싫어요. 가족을 다시 떠올리고 싶어요. 하지만 제대로 안 돼요."

"완다, 그건 네가 가족을 걱정하기 때문에 일어나는 현상에 불과해. 너도 알다시피 반역은 제국 전역에서 항상 일어나. 화산이 폭발해서 용암을 내뿜는 것처럼. 그만 진정하렴. 레이치나 마넬라나 벨리스한테 무슨 일이 일어날 가능성은 아주 적다는 사실을 너도 잘 알잖아. 너희 아빠가 모두가 괜찮다는 연락을 할 거야. 너희 엄마랑 벨리스가 아나크레온에 무사히 도착해서 특별 휴가를 즐기고 있다고 말이야. 불쌍한 처지는 우리야…… 여기에서 항상 일에 파묻힌 채 지내고 있으니 말이야! 그러니, 완다, 그만 잠자리에 들어서 좋은 생각만 하렴. 내일 깨어나서 환한 날씨를 보면 모든 게 훨씬 좋아 보일 테니까 말이야."

완다가 대답했다. 하지만 충분히 동의하는 목소리는 아니었다.

"알았어요, 할아버지. 하지만 내일…… 내일까지 아무런 소식이 없다면…… 우리는…… 우리는……."

"완다, 우리가 기다리는 외에는 무얼 할 수 있겠니?"

셀던이 다정한 목소리로 물었다.

완다가 돌아서서 밖으로 나갔다. 축 늘어진 양쪽 어깨는 걱정이 가득했다. 셀던은 완다가 떠나는 모습을 지켜보다가 마침내 마음속에 숨겨놓았던 자신의 걱정을 겉으로 드러냈다.

레이치랑 홀로그램 통신을 한 것도 벌써 사흘이 지났다. 그리고 아무 것도 없었다. 그런데 오늘 아나크레온 주둔 해군 사령관은 아르카디아 7호라는 우주선에 대해 아무 소식도 못 들었다고 대답했다.

셀던은 레이치랑 통신 연결을 하려고 무던히 노력했지만 모든 통신이 끊어진 상태였다. 산태니랑 아르카디아 7호 자체가 꽃에서 떨어진 꽃잎처럼 제국에서 완전히 떨어져 나가기라도 한 것 같았다.

셀던은 이제 어떻게 해야 할까 생각했다. 제국이 몰락하긴 했지만 완전히 끝난 건 아니었다. 제대로 사용한다면 그 힘은 여전히 막강했다. 셀던은 아지스 14세한테 긴급 전송을 보냈다.

29

홀로그램 스크린에서 아지스의 영상이 흘러나왔다.

"정말 놀랍군요……. 내 친구, 해리 셀던! 이렇게 연락을 주어서 고맙긴 하지만 평소에는 직접 알현을 요청했잖소. 무슨 일인지 정말 궁금하구려. 급한 일이 무엇이오?"

"폐하, 제 아들 레이치와 그 부인이랑 딸이 산태니에 살고 있습니다."

그 말을 듣는 순간 황제는 미소가 사라진 얼굴로 중얼거렸다.

"아, 산태니. 일단의 무리가 엉뚱한 길로 들어서서……"

순간 셀던이 불쑥 끼어들어서 황실 예절을 무참히 깨뜨렸다는 사실에 황제와 셀던 자신도 깜짝 놀라는 가운데 이렇게 말했다.

"폐하, 제발, 제 아들이 마넬라랑 벨리스를 초공간 우주선에, 아르카디아 7호에 간신히 태워서 아나크레온으로 보냈습니다. 하지만 제 아들은 그곳에 남아야 했습니다. 그게 사흘 전입니다. 우주선은 아직까지 아나크레온에 착륙하지 않았습니다. 그리고 제 아들도 행방불명된 것 같습니다. 산태니로 연락해도 아무 대답이 없습니다. 통신이 완전히 깨졌습니다. 제발, 폐하, 저를 도와주십시오."

"셀던, 그대도 알다시피, 산태니와 트랜터는 공식적으로 모든 연결이 끊어졌소. 하지만 나는 산태니 일부 지역에 여전히 영향력을 지니고 있소. 아직 드러나지 않은 충신 몇 명이 그곳에 있다는 뜻이오. 내가 세상에 관여하는 구체적인 방식을 누구에게도 드러내지 말아야 하지만 그곳 소식이 들어오면 그대에게 알려 주겠소. 물론 극비 사항이지만 그대가 처한 상황과 우리 관계를 감안해서 그대한테 관심이 있을 만한 사항에 접근하는 걸 허락하리다.

한 시간 후에 어떤 소식이 들어올 것이오. 그대가 원한다면 연결이 되는 대로 그대에게도 연결하겠소. 그리고 다른 한편으로 지난 사흘 동안 산태니에서 발송한 모든 통신을 검색해서 레이치와 마넬라, 벨리스에 대한 내용이 있는지 찾아보도록 심복한테 지시하겠소."

"고맙습니다, 폐하. 너무나 커다란 은혜에 감사드립니다."

셀던이 머리를 깊이 숙였고 황제의 영상은 홀로그램 스크린에서 사라졌다.

그리고 60분이 지난 다음에도 해리 셀던은 책상에 여전히 앉아서 황제에게서 연락이 오기만 기다렸다. 지난 한 시간은 평생에 걸쳐 가장 힘든 시간이었다. 도스가 파괴된 당시의 고통스러운 시간 이후로 처음이었다.

아무것도 모른다는 사실이 해리 셀던을 더욱 힘들게 만들었다. 지금까지 셀던은 평생에 걸쳐서 진실을 파악하는 작업에 몰두했다. 현재는 물론이고 미래까지. 그런데 지금 자신한테 가장 소중한 세 사람에 대해서 파악할 수 있는 게 하나도 없었다.

홀로그램 스크린이 조그맣게 부지직거리며 커지고 셀던은 스위치를 눌렀다. 아지스가 나타났다.

"셀던."

황제가 입을 열었다. 부드러운 슬픔이 묻어나오는 목소리에서 셀던은 나쁜 소식을 직감할 수 있었다. 그래서 입을 열었다.

"우리 아들이……."

황제가 대답했다.

"그렇소. 레이치가 사망했소, 오늘 이른 시각에, 산태니 대학이 포격을 당할 때에. 믿을 만한 소식통에 의하면 레이치는 포격이 일어날 거란 사실을 알았지만 자신이 맡은 자리를 포기하지 않았다고 하오. 반역자 대부분은 학생이기 때문에 레이치는 자신이 거기에 그대로 있다는 사실을 안다면 그들이 포격을 안 할 거라고 생각한 것이오……. 하지만 증오는 모든 이성을 마비시키고 말았소.

그대도 알다시피 그 대학은 제국의 대학이오. 반역자들은 제국의 모든 걸 파괴해서 새롭게 건설해야 한다고 주장하고 있소. 멍청이들! 도대체 무엇 때문에……."

여기에서 아지스가 말을 멈췄다. 해리 셀던이 산태니 대학이나 반역자들의 생각에 대해서 (최소한 지금 당장은) 아무 관심도 없다는 사실을 갑자기 깨달은 것 같았다.

"셀던, 위로가 될지 모르겠지만 그대의 아들이 인류의 지혜를 지키기 위해 죽었다는 사실을 생각하시오. 레이치가 지키려고 애쓰다가 죽은 건 제국 자체를 위해서가 아니라 인류 그 자체를 위해서였소."

셀던은 눈물이 가득한 눈으로 쳐다보며 힘없이 물었다.

"그럼 마넬라와 벨리스는? 그들은 어떻게 되었습니까? 아르카디아 7호를 찾았나요?"

"사방을 뒤졌지만 아직까지 소식이 없소, 셸던. 그대가 말한 것처럼 아르카디아 7호는 산태니를 떠났소. 하지만 도중에 행방불명된 것 같소. 반역자들한테 납치를 당했거나 급히 방향을 돌린 것 같은데…… 지금 당장 우리가 파악할 수 있는 건 없소."

셸던은 고개를 끄덕였다.

"고맙습니다, 아지스. 비록 슬픈 소식이긴 하지만 그래도 알려 주셨군요. 아무것도 모르는 것보단 낫지요. 폐하는 진정한 친구이십니다."

"그렇소, 친구. 이제 그대 혼자서 추억을 곱씹을 시간인 것 같소."

황제는 이 말과 함께 영상에서 사라졌다. 셸던은 책상에 두 팔을 겹치고 머리를 눕힌 채 흐느꼈다.

30

완다 셸던은 허리춤을 풀어서 약간 느슨하게 만들었다. 스트릴링 심리역사 연구소 건물 바깥에 있는 조그만 꽃밭에서 맘껏 자라는 잡초를 괭이로 피내는 중이었다. 일반적으로 완다는 연구실에서 세1말광제를 켜놓고 연구하며 거의 모든 시간을 보냈다. 통계를 정확한 위치에 집어넣는 작업은 완다한테 많은 위로가 되었다. 모든 게 미쳐 돌아가는 제국 분위기에서 한결같은 방정식은 정말 든든했다. 하지만 사랑하는 아빠랑 엄마랑 어린 동생이 생각날 때마다 너무나 힘들어서 견딜 수가 없었다. 최근에 겪은 끔찍한 상실감 때문에 연구에 집중할 수 없을 때마다 완다는 결국 여기에 나와서 꽃밭을 가꾸는 자신을 발견했다, 조그만 생물을 살리는 작업에 몰두하다 보면 자신의 고통을 조금이라도 덜어낼 수 있다는 듯이.

아빠가 사망하고 엄마랑 벨리스가 행방불명 된 지 한 달이 흐르는 동안 그렇지 않아도 날씬하던 완다는 체중이 훨씬 줄어들었다. 하지만 몇 달 전까지만 해도 식욕이 없는 사랑하는 손녀딸을 바라보며 걱정하던 해리 셀던조차 지금은 자신만의 슬픔에 빠져들어 아무것도 모르는 것 같았다.

해리 셀던과 완다 셀던에게, 그리고 심리역사학 프로젝트에 아직까지 남아 있는 얼마 안 되는 연구원들에게 엄청난 변화가 찾아왔다. 해리 셀던이 모든 걸 포기한 것 같았다. 그는 스트릴링 일광욕실의 안락의자에 앉아 따뜻한 전등 불빛을 쬐고 대학 영내를 물끄러미 바라보며 거의 모든 시간을 보내고 있었다. 셀던의 보디가드 스테틴 팔버라는 사내가 밖으로 산책을 나가자고 조르거나 프로젝트가 앞으로 나아갈 방향에 대한 토론을 이끌어 내려고 애쓴다는 얘기를 프로젝트 연구원이 완다에게 가끔 알려 주는 정도였다.

하지만 완다는 제1발광체가 발산하는 황홀한 방정식에 더 깊이 빨려들 뿐이었다. 할아버지가 달성하려고 그렇게 열심히 노력하던 미래가 마침내 형상화되는 걸, 할아버지가 옳았다는 걸, 백과사전 편집자들은 터미너스에 자리를 잡아야 한다는 걸, 그들이 파운데이션의 토대가 되어야 한다는 걸 느낄 수 있었다.

그리고 33A2D17 부분에서 완다는 할아버지가 비밀로 삼아야 한다는 제2파운데이션을 볼 수 있었다. 이제 남은 건 구체적인 추진이었다. 하지만 할아버지가 적극적인 관심을 보이지 않으니 완다로선 어떻게 추진해야 좋을지 알 수가 없었다. 게다가 완다 자신도 가족을 잃은 슬픔이 너무나 커서 그 방법을 스스로 찾아낼 힘이 전혀 없는 것 같았다.

아직까지 50여 명 정도 남아 있는 끈질긴 프로젝트 직원들은 최선을 다해 맡은 작업에 열중했다. 대부분은 백과사전 편집자들로서 종국적으로 터미너스로 이주할 때 가져갈 자료의 목록을 분류하고 복사할 대상을 파악하는 작업을 담당하고 있었다. 은하도서관에 전면적으로 접근 가능한 순간에 대한 대비였다. 하지만 지금 당장 그들을 붙잡아 주는 건 신념 하나밖에 없었다. 셀던 교수는 도서관 개인 연구실까지 빼앗겼으며 다른 프로젝트 멤버가 거기에 접근할 가능성은 아주 희박했다.

남아 있는 프로젝트 구성원들은 (백과사전 편집자 이외는) 역사 분석가들과 수학자들이었다. 역사학자들이 과거와 현재의 인간 행위 및 사건을 해석해서 그 결과물을 전달하면 수학자들은 그 내용 하나하나를 위대한 심리역사학 방정식으로 전환시켰다. 정말 지루하고 고통스러운 작업이었다.

프로젝트 구성원 대부분은 너무나 적은 보상에 오래전에 떠난 상태였다. 심리역사학자들 자체가 트랜터에서 조롱거리가 되었을 뿐 아니라 예산 삭감이 셀던으로 하여금 극단적인 월급 삭감을 실시하도록 강제한 결과였다. 하지만 해리 셀던의 지속적인 출현은 어려운 작업 환경을 이겨 내는 데 지금까지 많은 도움이 되었다. 셀던 교수에 대한 존경과 사랑, 바로 이것이야말로 지금까지 사람들이 일부나마 남아 있는 유일한 이유였다.

그런데 해리 셀던이 모든 걸 포기한 것처럼 보이는 현재로선 그들 역시 여기에 남아 있을 이유가 없을 것 같다는 쓸쓸한 생각이 완다의 머리에 떠올랐다. 가벼운 미풍이 금발 머릿결 일부를 불어서 두 눈을 가렸다. 완다는 그 머리칼을 무심코 쓸어 올리며 잡초 제거 작업을 계속했다.

"셀던 양, 잠시 대화를 나눌 수 있을까요?"

완다는 고개를 돌려서 쳐다보았다. 젊은 사내가 (완다의 눈에 이십대 초반으로 보이는 사내가) 바로 옆 자갈길에 서 있었다. 완다는 사내의 강렬하고 무시무시한 지성을 곧바로 느꼈다.

"당신이 누군지 알아요. 우리 할아버지의 보디가드시죠, 그렇죠? 스테틴 팔버 씨 맞지요?"

팔버가 대답하며 얼굴을 살짝 빨갛게 물들였다. 이렇게 아름다운 소녀가 자신을 알아본다는 사실에 감격한 것 같았다.

"네, 맞습니다. 셀던 양. 할아버님에 관해 대화를 나누고 싶습니다. 할아버님이 아주 걱정스럽습니다. 뭔가 조치가 필요합니다."

"어떤 조치 말씀이세요, 팔버 씨? 어떻게 해야 좋을지 모르겠어요. 우리 아빠가······."

완다는 말하는 것 자체가 힘에 겨운 듯 억지로 꿀꺽 삼키며 덧붙였다.

"돌아가시고 엄마랑 여동생이 사라진 이후 제가 할 수 있는 건 아침에 할아버지를 침대에서 일으키는 것밖에 없어요. 솔직히 말하자면 저 역시 아주 깊은 충격을 받았어요. 팔버 씨도 충분히 이해하시겠지요?"

완다가 상대의 두 눈을 쳐다보고 충분히 이해한다는 걸 느꼈다.

팔버가 부드럽게 말했다.

"셀던 양, 그 일에 대해서는 나 역시 아주 안타깝게 생각합니다. 하지만 당신과 셀던 교수님은 살아 있으며 따라서 심리역사학에 대한 연구는 계속되어야 합니다. 교수님은 모든 걸 포기한 것처럼 보입니다. 나는 당신이, 우리 둘이 셀던 교수님한테 뭔가 다시 일어설 희망을, 계속 앞으로 나아갈 이유를 드릴 수 있기를 바랍니다."

그 순간 완다는 머릿속으로 생각했다.

'아, 팔버 씨, 어쩌면 지금 할아버지 생각이 옳은지도 몰라요. 나 역시 앞으로 계속 나아갈 이유가 있을까 의문이 들거든요.'

하지만 입으로는 이렇게 대답했다.

"미안합니다, 팔버 씨. 저는 어떤 방법도 떠오르지 않네요."

완다가 괭이로 꽃밭을 가리키며 덧붙였다.

"아시다시피 이제 전 이 지긋지긋한 잡초를 뽑아야 해요."

"나는 교수님이 옳다고 생각하지 않습니다. 계속 앞으로 나아갈 이유는 분명히 있다고 생각해요. 우리는 그걸 찾아야 합니다."

그 말에 완다는 강력한 충격을 받았다. 자신이 머릿속으로 생각한 걸 저 사람이 어떻게 알아챘을까? 혹시⋯⋯

"당신은 마음을 읽을 수 있어요, 그렇죠?"

완다가 물었다. 팔버가 어떤 대답을 할까 두려워서 숨조차 쉴 수 없었다.

젊은이는 이렇게 대답했다.

"그래요, 항상 그랬던 것 같아요. 그러지 않은 기억은 없으니까. 나 자신이 그런 사실 자체를 못 느낄 때가 많아요. 사람들이 머릿속으로 하는 생각이 나한테 저절로 느껴지니 말이에요."

스테틴 팔버는 완다가 발산하는 느낌을 알아채고 용기를 내서 계속 말했다.

"나는 다른 사람들이 발산하는 빛을 느낄 수 있어요. 많은 사람이 모인 곳을 거닐다 보면 항상 그런 빛을 느끼는데 그 당사자를 찾을 순 없었지요. 하지만 나와, 아니 우리와 비슷한 사람이 주변에 있다는 건 확실해요."

완다는 팔버의 손을 열정적으로 붙잡고 괭이를 바닥에 내던진 채 이렇게 말했다.

"그게 우리한테 어떤 의미가 있는지 아세요? 할아버지한테, 심리역사학한테? 우리는 혼자서도 많은 일을 할 수 있지만 둘이 힘을 합치면……."

완다는 팔버를 자갈길에 놔둔 채 심리역사학 연구소로 급히 달려가다가 거의 입구에서 걸음을 멈추고 돌아서며 머릿속으로 생각했다.

'어서 오세요, 팔버 씨, 지금 당장 할아버지한테 알려야 해요.'

그러자 팔버도 똑같이 대답했다.

'그래요, 나도 그래야 한다고 생각했어요.'

31

"네 말은 내가 너와 같은 능력을 지닌 사람을 찾으려고 트랜터 전역을 뒤지면서도, 완다, 바로 그런 사람이 우리랑 여기에서 지난 몇 개월을 함께 보냈다는 사실조차 모르고 있었다는 거냐?"

해리 셀던은 믿을 수가 없었다. 일광욕실에서 꾸벅꾸벅 졸고 있는데 완다랑 팔버가 갑자기 흔들어 깨우며 놀라운 사실을 말하고 있지 않은가!

"네, 할아버지, 생각해 보세요. 저는 지금까지 팔버 씨를 제대로 만난 적이 한 번도 없어요. 할아버지가 팔버 씨를 데리고 있을 때에는 주로 멀리 나갈 때이고 저는 거의 모든 시간을 제 연구실에서 제1발광체를 조작하며 지냈으니까요. 그러니 우리가 언제 만날 수 있었겠어요? 지난번에 우리가 우연히 마주친 결과도 정말 놀라웠어요."

"그게 언제니?"

셀던이 기억을 더듬으며 묻자 완다는 거의 동시에 대답했다.

"마지막 청문회였어요…… 리 판사 앞에서. 할아버지랑 팔버 씨가 깡패 세 명을 폭행했다고 고발한 증인 기억나세요? 그 증인이 갑자기 울음을 터트리며 사실대로 말했는데 정작 그 증인은 자신이 갑자기 그러는 이유조차 몰라서 어리벙벙했던 거 기억나세요? 그건 바로 팔버 씨와 제가 힘을 합친 결과였어요. 우리 둘이서 리알 네바스를 완벽하게 밀어붙인 거예요. 처음에 그 주장이 너무나 확고해서 팔버 씨나 저나 과연 혼자서 그를 밀어붙일 수 있을까 의심스러웠어요. 하지만 둘이서……."

완다가 한쪽 옆에 무심코 서 있는 팔버를 수줍은 표정으로 흘낏 바라보며 덧붙였다.

"힘을 합친 결과는 정말 놀라웠어요!"

해리 셀던이 모든 사실을 파악하고 입을 열려고 했지만 완다가 계속 말했다.

"사실, 우리는 오후에 각자의 정신력 수준을 시험할 예정이에요, 각자의 능력과 함께 힘을 합친 능력을. 우리가 지금까지 파악한 약간의 사실에 의하면 팔버 씨의 능력이 나보다 약간 낮아서…… 약 5점 정도 되는 것 같아요. 하지만 팔버 씨의 5점을 제 7점이랑 합치면 12점이 되는 거예요! 생각해 보세요, 할아버지. 그건 정말 엄청난 힘이에요!"

스테틴 팔버가 끼어들었다.

"모르시겠어요, 교수님? 셀던 양과 저는 교수님이 원하시는 돌파구가 될 수 있어요. 우리는 교수님이 심리역사학의 타당성을 온 세상에 알리는 걸 도울 수도 있고 우리 같은 사람을 찾아내는 걸 도울 수도 있고 심리역사학을 궤도에 다시 올려놓는 작업을 도울 수도 있어요."

해리 셀던은 바로 앞에 서 있는 두 젊은이를 물끄러미 쳐다보았다. 둘 다 젊음과 열정과 활력이 가득한 얼굴이었다. 해리 셀던은 새로운 힘이 솟아나는 걸 느꼈다. 새로운 희망이 펼쳐지는 것 같았다. 해리 셀던은 자신이 최근의 비극을, 아들이 죽고 며느리와 손녀딸이 실종된 슬픔을 떨치고 일어날 거라고 생각한 적이 없었다. 하지만 완다의 가슴 속에 살아 있는 레이치를 이제 볼 수 있었다. 완다와 팔버가 파운데이션의 미래라는 사실도 이제 알 수 있었다. 그래서 고개를 열심히 끄덕이며 이렇게 말했다.

"그래, 그래. 이리 와서 나를 일으켜 주렴. 지금 당장 연구실로 가서 다음 계획을 세워야 하니까."

32

"셀던 교수님, 들어오세요."

도서관장 트리마 아카니오가 차가운 어투로 말했다. 해리 셀던이 도서관장의 위압적인 집무실에 들어서자 완다랑 팔버도 뒤따라 들어왔다.

셀던은 의자에 앉아서 광활한 책상 너머로 아카니오를 바라보며 입을 열었다.

"고맙습니다, 도서관장님. 우리 손녀딸 완다랑 내 친구 스테틴 팔버를 소개하겠습니다. 완다는 심리역사학 프로젝트의 아주 소중한 자원으로 수학이 전공입니다. 그리고 팔버는, 으음, 팔버는 일급 심리역사학자로 발돋움하는 중이고, 개인적으로 내 보디가드 역할을 수행하지 않을 때에는 말입니다."

해리 셀던이 정겨운 표정으로 껄껄 웃었다.

"그래요, 정말 훌륭하군요, 교수님."

아카니오가 말했다. 셀던의 기분 좋은 분위기에 한층 고무된 느낌이었다. 셀던이 들어와서 굽실거리며 도서관을 이용할 특권을 한 번만 더 달라면서 구걸할 거라는 예상은 완전히 빗나가고 말았다.

"하지만 저를 무슨 일로 만나자고 했는지 이해가 안 되는군요. 우리 입장이 확고하다는 사실은 교수님도 잘 아실 거라고 저는 생각합니다. 우리는 일반 대중한테 인기가 전혀 없는 사람한테 특권을 줄 수 없습니다. 우리는 공공도서관이고 따라서 일반대중의 감정을 항상 염두에 두어야 하니까요."

아카니오가 등을 뒤로 기댔다. 이제 비굴한 구걸이 시작될 거란 생각이 들었다.

"관장님을 조금도 움직일 수 없다는 사실은 잘 알고 있습니다. 하지만 프로젝트의 젊은 구성원, 미래를 책임진 심리역사학자 두 명의 설명을 들으면 프로젝트가 미래 사회에 미칠 결정적인 역할을, 그리고 백과사전의 중요성을 당신이 훨씬 쉽게 이해할 수 있을 거란 생각이 들었습니다. 완다랑 팔버가 하는 말을 들어 보기 바랍니다."

아카니오는 해리 셀던 앞옆에 있는 두 젊은이에게 차가운 시선을 던졌다. 그리고 벽에 걸린 시계를 날카롭게 쳐다보며 대답했다.

"그럼 좋습니다. 5분 이상은 안 됩니다. 도서관에는 신경 쓸 일이 아주 많으니까요."

완다가 먼저 시작했다.

"도서관장님, 지금 막 할아버지가 설명하신 것처럼 심리역사학은 우리 문화를 보전하는 데 가장 유용한 수단으로 사용될 수 있습니다. 네,

보전."

완다가 반복하더니, 그 말에 아카니오의 두 눈이 동그랗게 커지는 걸 바라보며 계속 말했다.

"지금까지는 제국의 몰락을 너무 많이 강조했습니다. 그러다 보니까 심리역사학의 진정한 가치가 과소평가되었습니다. 하지만 심리역사학이 있으면 우리 문명의 불가피한 퇴조를 예측할 수 있고 따라서 그걸 보존하기 위한 조치를 취할 수 있습니다. 바로 그게 은하대백과사전의 용도이기도 합니다. 우리에게 도서관장님과 위대한 도서관의 도움이 필요한 이유는 바로 그것 때문입니다."

아카니오는 얼굴에 떠오르는 미소를 억누를 수가 없었다. 젊은 숙녀가 너무나 매력적이었다. 아주 솔직하고 말솜씨도 훌륭했다. 트리마 아카니오는 바로 앞에 앉은 완다를 물끄러미 쳐다보았다. 금발 머릿결을 엄격한 학자 타입으로 뒤로 넘겼지만 그건 독특한 매력을 숨기는 게 아니라 더욱 강하게 드러낼 뿐이었다. 게다가 숙녀가 한 말도 그럴싸하게 느껴지기 시작했다. 어쩌면 완다 셀던의 말이 맞을 수도 있었다. 어쩌면 지금까지 그 문제를 바라본 자신의 시각이 틀릴 수도 있었다. 그게 본질적으로 파괴가 아니라 보전하기 위한 조치라면…….

이번에는 스테틴 팔버가 입을 열었다.

"도서관장님, 이 위대한 도서관에는 수천 년이란 전통이 있습니다. 이 도서관에 황궁보다 더 거대한 제국의 힘이 담겨 있을 수도 있습니다. 황궁이 제국의 지도자가 사는 저택이라면 도서관은 제국의 지혜와 문화와 역사 전체가 들어 있는 공간이기 때문입니다.

이 거대한 지식의 보고에 찬사를 보내는 건 너무나 당연한 거 아닌가요? 은하대백과사전은 바로 그런 찬사의 일환이 될 것입니다. 이곳에 담겨 있는 모든 지식을 총망라한 거대한 사전. 한번 생각해 보십시오!"

한순간에 모든 게 트리마 아카니오한테 너무나 선명하게 보이는 것 같았다. 셸던의 특권을 취소하자는 이사진의 꼬임에 (제나로 무메리의 역겨운 꼬임에) 자신이 넘어갔다는 사실 자체가 믿기지 않았다. 자신이 그렇게 믿고 따르던 라스 제노도 셸던의 백과사전을 열렬히 지지하지 않았던가!

아카니오는 바로 앞에서 자신의 판단을 기다리는 세 사람을 다시 쳐다보았다. 이사진에서도 프로젝트 구성원에게서 불평거리를 찾기 힘들 것 같았다……. 셸던 밑에서 일하는 사람들이 바로 앞에 앉아 있는 두 젊은이 같기만 하다면.

아카니오는 자리에서 일어나 이맛살을 찌푸린 표정으로 실내를 거닐었다. 머릿속 생각을 정리하는 것 같았다. 그러더니 책상에 있는 우윳빛 크리스털 공을 집어서 손바닥으로 무게를 재며 깊이 생각하는 표정으로 말했다.

"트랜터, 제국의 요람, 은하계의 중심. 생각할수록 대단한 곳이지요……. 우리가 셸던 교수님에 대해 너무 성급한 판단을 내린 것 같습니다. 교수님이 계획하신 프로젝트는, 은하대백과사전을 편찬하신단 계획은 제게 한 줄기 빛으로 다가오고 있습니다."

아카니오가 완다와 팔버에게 고개를 살짝 끄덕이며 계속 말했다.

"여러분이 여기에서 작업을 계속하는 게 아주 중요하다는 사실을 이제 비로소 깨달았습니다. 물론 여러분 동료들한테 이곳을 맘껏 이용할 권한을 부여해야 한다는 사실도."

셸던은 감사의 미소를 떠올리며 완다의 손을 꼭 잡았다. 아카니오는 자신의 결정에 극히 만족한다는 표정과 어투로 다시 입을 열었다.

"제가 이런 결정을 내린 건 제국의 위대한 영광을 위해서만이 아닙니다. 셀던 교수님은 아주 유명한 분입니다. 사람들이 셀던 교수님을 별난 사람으로 여길 수도 있고 천재로 여길 수도 있습니다. 누구나 자기 의견이 있는 법이니까요. 하지만 교수님의 학술 활동을 은하도서관이 적극적으로 후원한다면 최고 수준의 지식 탐구를 지원하는 요새라는 우리의 명성도 강화될 수 있습니다. 게다가 교수님의 빛나는 영광은 이곳에 최신 출판물을 비치하고 우리 직원을 늘리고 일반 이용자한테 문호를 더 오랫동안 개방하는 데 필요한 예산을 증액시키는 부수적인 효과를 낳을 수도 있습니다.

그리고 은하대백과사전 자체는…… 정말 기념비적인 프로젝트가 아닐 수 없습니다! 인류의 화려한 문화를, 우리가 살아온 오랜 역사, 우리가 이룩한 놀라운 업적, 우리가 가꾸어 온 훌륭한 문화를, 총정리하는 그렇게 거대한 사업에 은하도서관이 관여한다는 사실을 알게 되면 일반 대중이 어떤 반응을 보일지 상상해 보세요. 게다가 제가, 도서관장 트리마 아카니오가, 이처럼 위대한 프로젝트를 출범시키는데 결정적인 역할을 하게 된다는 생각을 하면……."

트리마 아카니오가 크리스털 공을 열심히 바라보며 공상에 잠기더니, 다시 현실 세계로 돌아오며 덧붙였다.

"네, 셀던 교수님. 교수님과 동료 분들한테 내부인의 특권을, 그리고 작업하는데 필요한 공간을 충분히 제공하겠습니다."

아카니오는 탁자에 크리스털 공을 내려놓고 옷을 펄럭이며 책상으로 돌아갔다.

"물론 이사진을 설득하는 약간의 작업이 필요하겠지만…… 저는 그들을 설득할 자신이 있습니다. 제가 다 알아서 하겠습니다."

셀던과 완다와 팔버는 의기양양한 표정으로 서로를 쳐다보며 입술 끝에 살짝 미소를 머금었다. 트리마 아카니오가 이제 가도 된다는 신호를 보내서 그들은 도서관장이 의자에 앉아 자신의 후원 아래 도서관이 누리게 될 영광과 명예를 꿈꾸도록 한 채 밖으로 나왔다.

셀던이 입을 연 건 두 사람과 함께 지상차에 무사히 올라탄 다음이었다.

"놀랍군. 지난번에 저 사람이 보여 준 행동을 너희가 보았어야 하는데. 저 사람이 나한테 허튼소리로 '제국의 기초를 위협한다'는 말까지 했거든. 그런데 오늘은 너희 둘이랑 단 몇 분을 보내더니……"

"그다지 어렵지 않았어요, 할아버지."

완다가 말하면서 스위치를 누르자 지상차가 움직이며 도로로 나왔다. 완다는 자동 운행 시스템으로 돌려놓고 제어판에 목적지 좌표를 넣었다. 그리고 이렇게 덧붙였다.

"저 사람은 자존심이 강한 성격이에요. 우리가 한 건 백과사전의 긍정적인 측면을 부각시켜서 저 사람의 자존심이 그다음을 넘겨받도록 한 것뿐이에요."

"완다랑 제가 안에 들어선 순간만 하더라도 그 사람은 가망이 없었지요. 하시만 저희 둘이서 밀어붙이는 순간에 거저먹기로 변하고 말았어요."

뒷좌석에서 팔버가 끼어들더니, 손을 내밀어서 완다의 어깨를 다정하게 꼭 움켜쥐었다. 완다도 빙그레 웃으며 손을 올려서 그 손을 쓰다듬었다.

셀던이 말했다.

"백과사전을 준비하는 사람들한테 최대한 빨리 준비하라고 알려야 하겠어. 지금까지 남아 있는 사람은 서른두 명에 불과하지만 모두가 헌신적인 훌륭한 일꾼이야. 그들을 도서관에 등록시키고 나서 다음 장애물을 해결해야 돼, 예산 문제. 도서관의 후원을 받는다는 사실이 알려지면 기금을 모으는 데 도움이 될 거야. 어디 보자…… 테렙 빈드리스를 다시 찾아가야겠어, 이번에도 너희 둘을 데리고. 처음에는 내 요구를 정중하게 거절했지만 과연 이번에는 저항할 수 있을까?"

지상차가 마침내 스트릴링에 있는 심리역사학 건물 앞에서 멈췄다. 옆에 달린 문이 스르륵 열렸지만 셀던은 곧바로 내리지 않고 완다를 쳐다보며 말했다.

"완다, 너와 팔버가 트리마 아카니오를 만나서 얼마나 중요한 일을 했는지 알아? 너희 둘만 힘을 합치면 돈 많은 기업가 몇 사람한테 필요한 자금을 지원받을 수 있을 거야. 제1발광체에 몰두할 시간이 줄어드는 걸 네가 아쉬워한다는 건 나도 알아. 하지만 이런 방문은 너희 두 사람이 구체적인 실습으로 능력을 가다듬고 새로운 기술을 찾아내는 좋은 기회가 될 거야."

"좋아요, 할아버지, 하지만 도서관 측의 허락을 받아냈으니 이제 할아버지의 요구를 거부하는 분위기도 많이 줄어들 거예요."

"너희 둘이 밖에 나가서 여기저기를 돌아다녀야 하는 또 다른 이유가 있어. 팔버, 다른 사람이 자네와 비슷한 능력을 가진 걸 '느낀 적'이 있다고, 하지만 그 사람을 찾을 수 없었다고 말한 적이 있지?"

셀던이 묻자, 팔버가 대답했다.

"네. 광채를 보았지만 매번 인파가 많을 때였어요. 24년을 사는 동안 그런 빛을 느낀 게 대여섯 번은 되는 것 같아요."

셀던이 나지막한 목소리로 말했다. 잔뜩 긴장한 목소리였다.

"하지만 팔버, 그런 빛을 낸 사람은 자네랑 완다와 비슷한 유형일 가능성이 많아, 새로운 초능력자. 완다는 그런 빛을 한 번도 본 적이 없는데, 그 이유는 솔직히 말해서 평생을 실내에서 보냈기 때문이야. 인파가 가득한 곳에 나가 본 적이 거의 없어서 다른 초능력자를 만나지 못한 게 분명해.

바로 그게 너희 둘이 밖으로 나가야 하는 이유야, 어쩌면 가장 중요한 이유, 내가 있든 없든. 너희는 다른 초능력자를 찾아야 해. 너희 두 사람은 한 명을 밀어붙이는 강력한 힘을 발휘할 수 있어. 하지만 그 숫자가 많으면 그래서 힘을 모으면 제국 전체를 밀어붙일 수도 있어!"

이 말과 함께 해리 셀던은 두 발을 훌쩍 들어서 지상차 바깥으로 나갔다. 완다와 팔버는 심리역사학 건물을 향해 절뚝거리며 걸어가는 해리 셀던을 물끄러미 쳐다보았다. 셀던이 지금 막 자신들의 젊은 어깨에 짊어 준 막대한 책임감이 이제 비로소 막연하게 다가오고 있었다.

33

정오가 막 지난 시간이었다. 거대한 행성을 뒤덮은 금속 피부 위에서 트랜터의 태양이 맑게 빛났다. 해리 셀던은 스트릴링 대학 전망대 모서리에 서서 한 손으로 두 눈을 가린 채 뜨거운 햇살을 차단하고 있었다. 돔 아래에서 빠져나온 자체가 정말 오랜만이었다. 물론 황궁을 몇 차례 방문하긴 했지만 그건 특별한 의미가 없었다. 황궁 영내에 들어가도 닫힌 분위기는 똑같기 때문이었다.

셀던은 보디가드 없이 주변을 돌아다니기 시작했다. 다른 무엇보다 팔버 자신이 제1발광체나 초능력 조사 혹은 다른 비슷한 사람을 찾는 작업에 열중하느라 거의 모든 시간을 완다랑 보내야 했기 때문이었다. 하지만 필요한 경우에 셀던은 대학생이나 프로젝트 구성원 가운데에서 보디가드를 해 줄 만한 젊은이를 쉽게 찾을 수 있었다.

하지만 셀던은 이제 보디가드 자체가 더 이상 필요하지 않다는 사실을 깨달았다. 사방에 대대적으로 보도된 공청회는 물론 은하도서관과 다시 협약을 맺은 이후부터 경찰청에서 셀던에게 특별한 관심을 보이기 시작한 것이다. 그래서 누군가 항상 미행하는 걸 느낄 수 있었다. 지난 몇 개월 동안 그런 '그림자'를 몇 차례 목격한 적도 있었다. 심지어 자택과 연구실 자체에도 도청 장치를 한 게 분명했지만 중요한 대화를 나눌 때마다 도청 방지 장치를 가동시키는 방식으로 넘어갈 수 있었다.

셀던은 경찰청에서 자신을 어떻게 생각하는지 궁금했다. 하지만 그들 자신도 아직은 또렷한 입장이 없을 것 같았다. 그들이 셀던을 예언자로 여기는지 괴짜로 여기는지 여부는 상관없었다. 중요한 건 그들이 해리 셀던의 위치를 항상 파악하는 일에 열중한다는 사실, 그리고 그것은 경찰청 측에서 다른 판단을 내릴 때까지 셀던의 안전을 보장한다는 사실이었다.

미풍이 풀어서 셀던이 일상복 위에 걸친 짙은 파란색 망토를 흔들고 머리에 남아 있는 얼마 안 되는 백발을 휘날렸다. 셀던은 난간 너머로 이음새조차 없이 매끈하게 펼쳐진 강철판을 내려다보았다. 강철판 밑에서는 아주 복잡하고 방대한 세상이 펼쳐지고 있을 게 분명했다. 돔이 투명하다면 지상차가 달리는 광경이, 중력차가 사방으로 연결된 복잡한 터널을 획획 지나는 광경이, 초공간 우주선이 곡물과 화학 제품과 보석류를 싣고 내리는 광경이랑 제국의 다양한 행성으로 나가고 들어오는 광경이 보일 터였다.

번뜩이는 금속판 밑에서는 400억 인구가 다양한 고통과 기쁨이 넘쳐흐르는 극적인 인생사를 펼쳐가며 살아가고 있었다. 사람들이 펼치는 다양한 인생사, 셀던은 그런 광경을 너무나 사랑했다. 지금 밑에서 펼쳐지는 모든 삶의 현장이 앞으로 몇 세기 후에는 완전한 폐허로 변할 거란 사실이 셀던의 심장을 아프게 파고들었다. 저 거대한 돔 자체가 흉물스럽게 뜯겨져 나가 한때는 번창하는 문명의 요람이던 곳이 황폐한 불모지로 변한 모습을 드러낼 터였다. 셀던은 슬픔에 젖으며 머리를 가로저었다. 그런 비극을 막을 방법이 없다는 사실을 너무나 잘 알고 있었다. 하지만 셀던은 파괴된 돔 밑에서, 살아남은 자들이 벌일 마지막 전투로 완벽한 폐허가 된 밑바닥에서, 봄은 다시 찾아오고 결국엔 새로운 제국의 가장 중요한 일부로 트랜터가 다시 살아날 거란 사실도 알고 있었다. '계획'은 그런 미래를 그리고 있었다.

셀던은 갑판 주변을 에워싼 벤치 가운데 하나에 앉았다. 다리가 고통스럽게 콕콕 쑤셨다. 열심히 돌아다닌 결과였다. 하지만 트랜터를 다시 둘러보는 건, 그래서 광활한 하늘을 쳐다보며 열린 공간을 느껴보는 건 충분한 가치가 있었다.

셀던은 완다를 떠올렸다. 자신이 찾아길 때마다 손녀딸 옆에는 어떤 식으로든 스테틴 팔버가 있었다. 처음 만남 이후 3개월이 지나는 동안 두 사람은 떨어질 수 없는 관계가 된 것 같았다. 완다는 프로젝트를 추진하려면 계속 만날 수밖에 없다고 말했지만 셀던은 두 사람의 관계가 업무에 대한 헌신적인 노력 그 이상으로 깊어진다고 의심했다.

도스와 만나던 초창기 분위기가 그대로 떠올랐다. 젊은 두 사람이 서로를 쳐다보는 모습만 봐도 지적인 동기는 물론이고 감성적인 동기까지 다분히 들어 있다는 것을 알 수 있었다.

　게다가 완다와 팔버는 천성적으로 다른 사람과 함께 있는 것보다 서로에게 더 커다란 편안함을 느끼는 것 같았다. 사실, 셸던이 발견한 바에 의하면 주변에 다른 사람이 없을 때에 완다랑 팔버는 서로 말조차 하지 않았다. 머릿속 대화로 충분하기 때문에 굳이 말까지 할 필요가 없었던 것이다.

　프로젝트의 다른 구성원은 완다와 팔버의 독특한 능력을 몰랐다. 셸던은 그 능력을 비밀로 하는 게 최선이라고 생각했다, 계획에서 두 사람이 담당할 역할을 확실히 정할 때까지는. 그런데 사실 그 계획 자체도 이미 확실하게 정해진 상태였다…… 셸던의 머릿속에서였지만. 몇 가지 조각만 제자리를 잡는다면 완다랑 팔버에게, 그리고 필요하다면 언젠가는 다른 한두 사람에게도 그 계획을 밝힐 생각이었다.

　셸던은 뻣뻣한 몸을 천천히 일으켰다. 한 시간 안에 스트릴링에 돌아가서 완다랑 팔버를 만나야 했다. 두 사람이 깜짝 선물을 준비했다는 말을 남겼기 때문이었다. 퍼즐을 푸는 또 다른 조각이면 좋겠다는 생각이 들었다. 그래서 셸던은 트랜터를 마지막으로 둘러보더니, 반중력 승강기로 발길을 돌리면서 빙그레 웃는 얼굴로 조그맣게 속삭였다.

　"파운데이션."

34

　해리 셸던이 연구실에 들어서자 완다랑 팔버는 벌써 도착해 연구실 끝 회의 탁자에 앉아 있었다. 두 사람만 있을 때 흔히 그런 것처럼 실내에는 완벽한 정적이 감돌았다.

그런데 셀던이 갑자기 걸음을 멈췄다. 그 옆에 새로운 인물이 앉아 있었던 것이다. 정말 이상했다. 다른 사람이 있으면 예의상 완다랑 팔버는 표준적인 말을 사용했다.

셀던은 낯선 사람을 살펴보았다. 무언가를 아주 오랫동안 연구하다가 불쑥 쳐다보는 것처럼 표정이 이상한 서른다섯 살 정도로 보이는 사내였다. 너무 무능해서 해고된 그런 분위기였다. 하지만 상태의 턱에 깃든 단호한 기운은 그런 인상을 거부했다. 상대의 얼굴에는 강한 힘과 다정한 기운이 깃들어 있었다. 믿음직한 얼굴이라고 셀던은 생각했다.

"할아버지."

완다가 말하며 의자에서 우아하게 일어났다. 그런 손녀딸을 쳐다보는 셀던의 마음이 아팠다. 지난 몇 개월 사이, 가족을 잃은 이후 완다는 너무나 많이 변했다. 예전에는 할아버지를 부르는 소리에 애교가 가득했지만 지금은 그 소리가 아주 차분하게 들렸다. 예전에는 킥킥거리며 웃는 걸 좋아했지만 최근에는 잔잔한 시선에 가끔씩 행복한 미소가 어릴 뿐이었다. 하지만 예전이나 지금이나 아름다운 건 여전했다. 그 미모를 뛰어넘는 건 놀라운 지성 하나밖에 없었다.

"완다, 팔버."

셀던이 말하며 전자의 뺨에 키스하고 후자의 어깨를 툭 쳤다. 그리고 낯선 사람한테 아는 척하며 자신을 소개했다.

"안녕하세요. 나는 해리 셀던입니다."

그러자 사내가 대답했다.

"이렇게 만나서 정말 영광입니다, 교수님. 저는 보르 알루린입니다."

알루린이 고풍스러운 자세로 셀던한테 손을 내밀며 아주 정중하게 인사했다.

"보르 선생님은 심리학자이십니다, 교수님."

팔버가 설명했다.

"중요한 사람은 이분 역시 저희와 같은 유형이란 사실이에요, 할아버지."

"너희랑 같은 유형? 그렇다면······."

셀던은 두 사람을 번갈아 쳐다보며 눈빛을 번뜩였다.

"네, 할아버지. 할아버지가 제안하신 대로 어제 팔버랑 이라이 구역에 가서 이리저리 돌아다니며 사람들을 살폈어요. 그런데 갑자기 획 이상한 느낌이 드는 거예요."

완다가 말하고 팔버가 뒷말을 이어 나갔다.

"저희는 사고 패턴이 동일한 사람을 알아채고 그 즉시 주변을 살피며 연결고리를 찾기 시작했어요. 그곳은 우주 공항 근처의 상업 지역이라서 거리에는 쇼핑을 나온 사람과 관광객은 물론 외부 행성 무역상이 바글바글거렸어요. 가망이 없는 것처럼 보였는데 완다가 갑자기 걸음을 멈추더니 '이리 오세요.'라는 신호를 보내고 인파 한가운데에서 이분이 나타나더니, 우리한테 다가와서 '왜요?'라고 신호를 보낸 거예요."

셀던이 환한 얼굴로 손녀딸을 바라보며 말했다.

"놀랍군. 보르 박사, 그나저나 박사가 맞지요? 당신은 이번 일을 어떻게 받아들이나요?"

심리학자가 깊이 생각하며 입을 열었다.

"으음, 아주 기쁘게 생각합니다. 뭔가 이상한 기분에 항상 시달렸는데 이제 그 이유를 알게 되었습니다. 만일 제가 교수님한테 도움이 될 수 있다면······."

심리학자가 갑자기 고개를 숙였다. 자신이 너무 주제넘게 말한다는 사실을 깨달은 것이다.

"제 말은, 제가 교수님의 심리역사학 프로젝트에 기여할 방법이 있다고 완다랑 팔버가 말했다는 뜻입니다. 교수님, 그럴 수만 있다면 저로선 더할 나위 없이 기쁘겠습니다."

"그럼요, 그럼요. 당연하고 말고요, 보르 박사. 당신이 프로젝트에 기여할 부분은 아주 많을 거예요……. 우리랑 함께한다면. 물론 지금 하는 일은 포기해야 하겠지요, 가르치는 일이든 심리 상담을 하는 일이든. 그렇게 할 수 있나요?"

"어이쿠, 그럼요, 교수님, 당연히 그래야죠. 아내를 설득하는 일이 남아있긴 하지만……."

보르 박사가 이렇게 말하더니 살짝 웃으며 수줍은 표정으로 세 사람을 쳐다보았다. 그리고 덧붙였다.

"하지만 충분히 가능할 것 같습니다."

셀던이 경쾌하게 대답했다.

"그럼 결정되었습니다. 심리역사학 프로젝트에 참여하는 거예요. 보르 박사, 내가 약속하건대 이번 결정을 후회하는 일은 결코 없을 겁니다."

나중에 보르 알루린이 떠난 후, 셀던이 말했다.

"완다, 팔버. 정말 놀라운 약진이야. 다른 초능력자를 또 얼마나 빨리 찾을 수 있을 것 같나?"

"할아버지, 저분을 찾는 데에도 한 달 이상 걸렸어요……. 다른 사람을 얼마나 빨리 찾을 수 있을지 예상할 수 없어요.

"사실대로 말씀드리면 이런 식으로 '밖에 나가서 돌아다니는' 동안 제1발광체에서 할 일을 못할 뿐이 아니라 정신이 산만해요. 팔버랑 지내다 보니까 말을 하는 것 자체로 너무 시끄러워서 피곤해요."

셀던의 미소가 사그라졌다. 그렇지 않아도 이런 상황을 염려하던 차였다. 완다랑 팔버가 정신력을 개발하기 시작하면서 '평범한' 삶에 대한 인내심은 그만큼 줄어들고 있었다. 정신으로 많은 걸 해결하는 사람이 느낄 수 있는 당연한 현상이었다.

"완다, 팔버, 유고가 몇 년 전에 제안한 아이디어를, 거기에 근거해서 내가 고안한 계획을 이제 너희한테 알려 줄 시간이 된 것 같구나. 지금 이 순간에 퍼즐 조각이 모두 모인 건 아니라서 아직 완벽한 건 아니야. 너희도 알다시피, 유고는 우리가 파운데이션을 두 개 만들어야 한다고 생각했어, 하나가 실패할 경우에 대비해서. 정말 놀라운 아이디어였지. 이 아이디어가 실현될 때까지 유고가 살아 있을 수 있었다면 얼마나 좋을까?"

셀던이 잠시 말을 멈추더니, 안타까운 한숨을 크게 내쉬었다.

"내가 여담 하나를 알려 주마……. 6년 전, 완다한테 속마음을 읽는 초능력이 있는 게 분명하단 사실을 깨닫고 나는 두 개의 파운데이션이 있어야 할 뿐 아니라 그 성격도 완전히 달라야 한다는 생각을 떠올렸어. 하나는 물리학자 중심으로 구성하는 거야. 터미너스에 가서 백과사전을 편집하는 사람들이 개척자가 되는 거지. 또 하나는 진정한 심리역사학자들, 그리고 너희 같은 초능력자들로 구성하는 거야. 내가 너희한테 비슷한 사람을 찾으라고 계속 부탁하는 이유가 바로 그것 때문이야. 그래서 제2파운데이션은 비밀로 하는 거야. 그 힘을 겉으로 드러내지 않은 채 사방에서 다양한 가능성을 원격조종하는 거야. 너희도 알겠지만 몇 년 전에 나한테 보디가드가 필요하단 사실이 분명하게 드러나는 순간, 나는 제2파운데이션이 제1파운데이션의 강력하고 조용하고 은밀한 보디가드가 되어야 한다는 사실을 깨달았어. 심리역사학은 틀릴 수 없어……. 예언은 틀릴 수 있지만 확률 자체는 아주 높아. 파운데이션은 초창기에 많은 적이 생길 수밖에 없어, 내가 지금 그런 것처럼. 완다, 너랑 팔버는 제2파운데이션의 개척자이자, 터미너스 파운데이션의 수호자가 되는 거야."

완다가 물었다.

"하지만 어떻게요, 할아버지? 우리는 두 사람에 불과해요……. 으음, 보르 알루린 박사까지 세 사람. 파운데이션 전체를 수호하려면 최소한……."

"수백 명? 수천 명? 아무리 많은 시간이 걸려도 그런 사람을 찾아, 손녀딸. 너희는 그럴 수 있어. 좋은 방법을 알고 있으니 말이야.

아까 팔버가 보르 알루린 박사를 찾는 이야기를 할 때에 네가 갑자기 걸음을 멈추고 마음속으로 소리쳐서 그 사람이 나타났다고 했잖아. 모르겠니? 지금까지 나는 너희에게 밖으로 나가서 비슷한 사람을 찾으라고 계속 촉구했어. 하지만 그건 쉬운 작업이 아니야, 너희에겐 정말 고통스러울 정도로. 이제 나는 너랑 팔버가 은둔해야 한다는 사실을 깨달았단다. 그곳에서 수많은 사람이 넘쳐흐르는 바다에 그물을 넌지시 는 거야."

"할아버지, 지금 무슨 말씀을 하시는 거예요?"

완다가 속삭이듯 묻더니, 의자에서 일어나 셸던이 앉은 의자 뒤로 다가와서 무릎을 꿇으며 다시 물었다.

"제가 떠나기를 원하세요?"

셸던은 북받치는 감정에 목이 멨다. 하지만 억지로 대답했다.

"아니야, 완다. 너를 보내고 싶지 않아. 하지만 다른 방법이 없어. 너랑 팔버는 물질주의가 판치는 트랜터를 떠나야 해. 정신력을 강화시키다 보면 너희 같은 사람들의 관심을 집중시킬 수 있어……. 은밀하고 조용한 파운데이션이 성장하는 거지. 우리는 계속 연락을 취하는 거야…… 물론 가끔씩. 그리고 각자 제1발광체를 지니고 있는 거야. 내가 하는 말을, 꼭 그래야 하는 이유를 이해하겠니?"

"네, 할아버지. 정말 훌륭한 계획이란 걸 느낄 수 있어요. 안심하세요, 할아버지를 실망시키지 않을 테니까요."

"그래, 나도 안다, 아가."

셀던이 힘없이 말했다.

어떻게 자신이 이런 결정을 내릴 수 있단 말인가? 너무나 소중한 손녀딸을 어떻게 보낼 수 있단 말인가? 완다는 자신의 행복한 시절을 연상시키는, 도스랑 유고랑 레이치를 연상시키는 마지막 인물이 아닌가! 은하계에 하나밖에 없는 셀던의 후손이 아닌가!

"네가 정말 보고 싶을 거야, 완다."

셀던이 말할 때에 주름살이 고운 뺨으로 눈물이 흘러내렸다.

완다가 일어나서 팔버랑 떠날 준비를 하며 물었다.

"하지만, 할아버지. 우리는 어디로 가야 하나요? 제2파운데이션은 어디인가요?"

셀던이 고개를 들고 쳐다보며 대답했다.

"제1발광체가 이미 너한테 알려 주었단다, 완다."

완다는 멍청한 눈으로 할아버지를 쳐다보며 기억을 되짚었다.

셀던이 팔을 내밀어서 손녀딸의 손을 움켜잡았다.

"내 마음을 읽으렴, 완다. 거기에 있으니까."

완다는 할아버지의 마음을 읽다가 눈을 커다랗게 떴다. 그리고 조그맣게 속삭였다.
"알겠어요."
'33A2D17 구역: 성계의 끝.'

제5부

에필로그

 나는 해리 셀던이다. 클레온 황제를 모신 전임 총리. 트랜터 스트릴링 대학의 명예교수. 심리역사학 연구 프로젝트 대표. 은하대백과사전 편집장. 파운데이션 설립자.
 이 모든 게 아주 그럴싸하게 들린다는 건 나도 안다. 81년을 살아오는 동안 나는 엄청나게 많은 일을 했다. 그리고 지쳤다. 지난 삶을 돌아보면 몇 가지 일은 다른 식으로 할 수 있지 (그래야 하지) 않았을까 하는 생각이 든다. 예를 들어서, 심리역사학의 위대한 발전에 너무 몰두한 나머지 삶을 살아가는 도중에 마주치는 다양한 사람과 사건에 상대적으로 무관심하진 않았을까?
 인류의 미래를 절대 양보하지 않고서도 약간의 관심과 조정으로 나에게 소중한 사람(유고, 레이치)의 삶을 극적으로 향상시킬 수 있었던 기회를 너무나 소홀하게 넘긴 것 같다는 생각이 든다. 사랑하는 도스를 구할 방법은 없었을까 하는 궁금증이 일어나는 걸 막을 수가 없다.
 지난달에 나는 위기 관리 홀로그램 촬영 작업을 끝냈다. 조수 가알 도닉이 그걸 셀던 금고에 설치하는 작업을 감독하기 위해 터미너스로 가져갔다. 금고는 완전히 봉인하고 위기가 일어난 순간에 비로소 금고를 개방하라는 지침서를 남길 예정이다.

그때는 당연히 내가 죽은 다음이겠지.

앞으로 거의 50년이 지나서 최초의 위기가 발생한 순간에 미래의 파운데이션 시민들은 나를 (정확히는 내 홀로그램 영상을) 보고 무슨 생각을 할까? 내가 아주 늙고 목소리는 아주 약하다고, 아니면 휠체어에 앉아 있는 모습이 아주 조그맣게 보인다고 쑥덕거릴까? 내가 남긴 메시지를 그들이 이해할까? 그래서 고마워할까? 아, 이런 건 정말 생각할 가치도 없다. 옛날 사람들이 말하듯이 주사위는 이미 던져졌다.

어제 가알에게서 소식을 들었다. 터미너스에서는 모든 작업이 잘 진행되고 있다. 보르 알루린을 비롯한 프로젝트 구성원은 '추방'을 즐기고 있다. 나는 웃지 말아야 하지만 거만한 멍청이 링게 첸이 2년 전에 프로젝트를 터미너스로 추방하면서 만족스러워하던 얼굴을 떠올릴 때마다 킥킥거리는 웃음이 새어 나오는 걸 어쩔 수가 없다. 결과적으로 볼 때 제국 헌장에 ('정부에서 지원하는 과학 연구 재단 그리고 위대하신 황제 폐하의 관심', 경찰청장은 우리를 트랜터에서 추방해 근심을 덜고 싶었겠지만 결과적으로 완벽한 통제를 포기해야 한다는 사실에 당혹스러워했다.) 근거해서 추방이 집행되었지만 터미너스를 파운데이션의 고향으로 선택한 건 라스 제노와 나 자신이라는 사실은 은밀한 기쁨의 원천이 아닐 수 없다.

링게 첸에 대한 유일한 후회는 우리가 아지스를 구할 수 없었다는 사실이다. 아지스 황제는 명목상의 황제였지만 좋은 사람이었으며 고상한 지도자였다. 아지스의 실수는 자신의 지위를 믿었다는 거였고, 경찰청은 황제의 권한이 늘어나는 걸 묵인하지 않았다.

그들이 아지스를 어떻게 했을까? 아주 먼 외부 행성으로 추방했을까? 아니면 클레온처럼 암살했을까? 궁금할 때가 많다.

현재 옥좌에 앉아 있는 어린애는 완벽한 꼭두각시 황제이다. 그는 링게 첸이 귀에 대고 속닥거리는 말에 모두 복종하면서 자신을 새로 부상하는 정치인이라고 착각한다. 황궁과 꼭두각시 황제 역할은 어린 소년에게는 아주 흥미진진한 놀이를 즐기는 장난감에 불과하다.

이제 나는 어떻게 하나? 가알이 마지막으로 터미너스 그룹에 합류하면서 나는 완전히 혼자가 되었다. 가끔씩 완다가 소식을 전한다. 성계의 끝의 작업은 계획대로 진행되고 있다. 지난 10년 사이에 완다랑 팔버는 초능력자 수십 명을 모았다. 그래서 그 힘을 끊임없이 증가시키고 있다. 링게 첸으로 하여금 백과사전 편집자들을 터미너스로 추방하게 만든 건 바로 (내가 설립한 비밀 파운데이션) 성계의 끝 파견대였다.

완다가 보고 싶다. 완다랑 마주 앉아서 얼굴을 보며 그 손을 잡아 본 지도 몇 년이 지났다. 완다가 떠날 때에는, 떠나라고 요구한 게 바로 나지만, 심장이 무너져서 죽는 줄 알았다. 내가 내릴 수밖에 없었던 가장 힘든 결단은 바로 그것이었던 것 같다. 완다한테 말하진 않았지만 하마터면 그 결정을 번복할 뻔했다. 하지만 파운데이션의 성공을 위해서 완다와 팔버는 성계의 끝으로 가야 했다. 심리역사학 자체가 그렇게 선포했기 때문이다. 따라서 그건 내가 내린 결정이라고 볼 수도 없다.

나는 아직도 여기에 매일 온다. 심리역사학 건물에 있는 내 연구실로. 낮이든 밤이든 건물 전체에 사람들이 가득하던 때가 기억난다. 오래전에 떠난 가족, 학생, 동료들 목소리가 사방을 가득 메우는 것 같은 느낌이 들 때도 있다. 하지만 실제로는 아무도 없이 고요하다. 복도에는 내가 타고 가는 휠체어 모터 소리만 위잉 울려 퍼진다.

이제 이 건물을 비워서 대학 측에 넘겨주어야 할 것 같다. 하지만 왠지 이곳을 떠나기가 어렵다. 너무나 많은 추억이 깃든 곳이라서······.

지금 나한테 남은 건 이것, 제1발광체가 전부다. 이건 심리역사학을 컴퓨터로 전환시키는 장비이다. 이게 있어서 내가 세운 계획을 방정식으로 만들어 분석할 수 있었다. 그 모든 일이 여기에 있는 까맣고 조그만 경이로운 통 안에서 이루어진 것이다. 지금 여기에 앉아서 내 손바닥에 움켜쥔 너무나 간단해 보이는 이 장비, 다닐한테 이걸 보여 줄 수 있으면 좋으련만······.

하지만 나는 혼자다. 그리고 연구실 불빛만 희미하게 줄이면 된다. 휠체어에 등을 기대자 제1발광체가 가동되면서 사방에 화려한 삼차원 방정식을 뿌려 댄다. 모르는 눈으로 보면 다양한 형상과 숫자가 뒤죽박죽되며 총천연색 소용돌이를 일으키는 것에 불과하겠지만 나에게 (그리고 유고와 완다와 가알에게) 이것은 생생하게 살아 있는 심리역사학이다.

지금 내 눈앞에, 주변에, 인류의 미래가 펼쳐져 있다. 3만 년은 계속될 혼란을 1000년으로 압축시킨······.

매일 성장하는 부분은 터미너스 방정식이다. 그리고 저 손댈 수 없을 정도로 뒤틀린 부분은 트랜터의 모습이다. 하지만 나는 볼 수 있다······. 그래, 지속적으로 부드럽게 빛나는 희망의 빛을······ 성계의 끝을!

이게, 이것이야말로 내가 평생을 바친 결과이다. 나의 과거이자 인류의 미래. 파운데이션. 너무나 아름답고 너무나 생생하다. 이제 그 무엇도······

도스!

해리 셸던

······은하제국 12069년(파운데이션 원년)에 스트릴링 대학에 있는 자신의 연구실 책상에서 꾸부정하게 엎드린 채 사망한 상태로 발견되었다. 셸던은 마지막 순간까지 심리역사학 방정식을 연구하고 있었던 게 분명하다, 손에 꼭 움켜쥔 제1발광체가 가동되고 있는 걸 보면······
셸던의 유언에 따라 이 장비는 최근에 터미너스로 이주한 동료 가알 도닉한테 배송되었다······
셸던의 시신은 우주에 투하했는데, 이것 역시 그가 남긴 유서에 따른 것이다. 트랜터에서 공식적으로 열린 장례식은 간소했지만 많은 사람이 참석했다. 특이한 사실은 셸던의 오랜 친구이자 전임 총리인 에토 데머즐이 장례식에 참석했다는 것이다. 데머즐은 클레온 1세 재임 기간에 조라넘주의 음모가 발생한 직후 신비롭게 사라져서 단 한 번도 모습을 드러낸 적이 없었다. 셸던의 장례식 다음 날 경찰청에서 데머즐의 위치를 파악하려는 시도는 실패로 드러났다······.
해리 셸던의 손녀딸 완다 셸던은 장례식에 참석하지 않았다. 너무나 크나큰 슬픔에 빠져서 공식적인 자리에 나타나는 것 자체를 거부했다는 소문이 돌았다. 그때부터 지금까지 완다 셸던의 소재는 밝혀지지 않고 있다······
해리 셸던은 아직까지 살아 있다는 말이 있다, 그가 창조한 미래가 사방에서 펼쳐지고 있기 때문이다······

— 『은하대백과사전』

역자 후기

이 작품은 아이작 아시모프의 마지막 소설이다. 이 책은 1951년에 발표한 『파운데이션』과 1988년에 발표한 『위험한 서막』 사이에 일어난 다양한 사건을 다루면서 두 책을 하나로 연결한다.

「파운데이션」 시리즈는 기본적으로 정치와 사회를 다룬 소설이다. 은하제국이라는 광대한 영역을 배경으로 펼쳐지는 다양한 사회의 다양한 고민과 크고 작은 권력 투쟁, 자신을 위해 타인을 희생시키고 진실을 왜곡하는 유형, 공동체의 번영과 진실을 위해 자신을 바치는 유형이 등장한다.

하지만 무엇보다 뛰어난 건 과학적 상상력이다. 2차대전 직후에 집필한 작품에서 은하제국의 변두리에 있던 조그만 행성이 폐허를 딛고 최고 강대국으로 떠오르는 장면이 나오는데 이는 제2차 세계대전의 패전을 딛고 일어선 일본을 연상시키고, 컴퓨터 시스템 하나가 커다란 건물 전체를 차지하던 시대에 집필한 작품에서는 주인공이 주머니에서 꺼낸 신문 내용을 검색하는 손바닥만 힌 컴퓨터가 등장한다. 그리고 악을 부정하고 절대 선을 지향하는 사회제도가 붕괴하는 장면은 수십 년 후의 동구권 붕괴를 예고한다. 악과 선은 동전의 양면이며 따라서 악이 없으면 선도 없다는 주장과 함께.

시리즈는 전체로서 통일성을 지니지만 각권 하나로 완결성을 지닌다는 특징이 있다. 그래서 「파운데이션」 시리즈 역시 데커드나 앤더튼,

루크 스카이워커 같은 히어로가 등장해서 각각의 스토리를 이끌어 간다. 하지만 시리즈마다 짧게는 수십 년 길게는 수백 년의 시차를 갖기 때문에 딱히 떠오르는 인물은 없다. '심리역사학'의 창시자 해리 셀던의 이름이 지속적으로 등장하지만 처음에 발표한 3부작에서 그는 전설 속의 인물에 불과하다.

하지만 마지막 두 번째 작품『파운데이션의 서막』에서 해리 셀던의 청년 시절이 본격적으로 등장한다면 이 책에서는 해리 셀던이 '심리역사학'을 개발하기 시작하는 서른 살에서 사망에 이를 때까지를 본격적으로 다룬다. 그런 점에서 시리즈 전체를 놓고 볼 때 시기적으로 두 번째에 해당되지만 실제로는 마지막으로 집필한 작품이다.

재미있는 건 아시모프 자신이 오래 살지 못할 거란 사실을 확실히 깨닫고 이 작품을 쓰기 시작했으며 그래서 작품 주인공 해리 셀던을 통해 자신의 삶 전체를 문학적으로 형상화시켰다는 사실이다. 작품에 등장하는 부인과 아들과 심리역사학 그리고 은하대백과사전은 진짜 부인 재닛 젭슨과 딸 로빈 그리고 평생에 걸친 자신의 집필활동 그리고 인류의 지혜를 정리하기 위해 애쓴 삶을 상징한다. 따라서 과학 소설의 가치를 차치하더라도 거장의 삶과 고민 그리고 내적 성찰을 살피는 재미가 상당하다.

광대한 우주에 비해 너무나 왜소한 자신. 그런 우주를 향해 끊임없이 도전하는 삶. 인류의 행복을 위해 바친 평생의 노력. 그러는 와중에 소홀할 수밖에 없었던 인간관계에 대한 후회. 소중한 사람을 하나씩 떠나

보내야 하는 노인의 슬픔과 고독. 하지만 자신의 역할에 충실하다가 책상에 엎어져서 숨을 멎는 죽음. 바로 그게 아시모프가 바라본 자신의 삶과 죽음이 아니었을까?

2011년 12월 북한산이 보이는 송천동에서

옮긴이 | 김옥수

서울에서 태어나 한국외국어대학교 영어과를 졸업하고 임프리마 코리아 영미권 부장을 지냈다. 도서출판 사람과책에서 편집부장을 지내다가 현재는 전문 번역가로 활동하고 있다. 역서로는 「파운데이션 시리즈」, 『돼지가 한 마리도 죽지 않던 날』, 『푸른 돌고래섬』, 『천상의 예언』, 『레모네이드 마마』, 『행운을 부르는 아이』, 「뱀파이어 다이어리 시리즈」, 「셉티무스 힙 시리즈」 외 다수가 있다.

파운데이션을 향하여

1판 1쇄 펴냄 2013년 10월 4일
1판 22쇄 펴냄 2025년 2월 24일

지은이 | 아이작 아시모프
옮긴이 | 김옥수
발행인 | 박근섭
책임편집 | 김준혁·장은진
펴낸곳 | 황금가지

출판등록 | 2009. 10. 8 (제2009-000273호)
주소 | 06027 서울 강남구 도산대로 1길 62 강남출판문화센터 5층
전화 | 영업부 515-2000 편집부 3446-8774 팩시밀리 515-2007
홈페이지 | www.goldenbough.co.kr

도서 파본 등의 이유로 반송이 필요할 경우에는 구매처에서 교환하시고
출판사 교환이 필요할 경우에는 아래 주소로 반송 사유를 적어 도서와 함께 보내주세요.
06027 서울 강남구 도산대로 1길 62 강남출판문화센터 6층 민음인 마케팅부

한국어판 © ㈜민음인, 2013. Printed in Seoul, Korea

ISBN 978-89-6017-762-8 04840 (7권)
ISBN 978-89-6017-763-5 04840 (set)

㈜민음인은 민음사 출판 그룹의 자회사입니다.
황금가지는 ㈜민음인의 픽션 전문 출간 브랜드입니다.